탄생 100주년 문학인 기념 문학제
논문집

2025

존재의 슬픔을 넘어,
고향과 동심에 이르는 길

탄생 100주년 문학인 기념문학제
논문집

2025

존재의 슬픔을 넘어, 고향과 동심에 이르는 길

유성호 · 권성우 외

민음사

차례

해방과 함께 찾아온 성년의 빛, 그 언어적 개진

유성호 | 한양대 교수

1 '탄생 100주년 문학인 기념문학제'의 역사

2001년부터 대산문화재단은 한국작가회의와 협업하여 '탄생 100주년 문학인 기념문학제'를 지속적으로 열어 왔다. 이때 '문학인'이란 시인, 소설가, 극작가, 비평가, 수필가, 아동문학가 등 여러 장르에 헌신한 모든 문인들을 포괄하는 것이다. 첫해에 1901년생 문학인인 김동환, 박영희, 박종화, 심훈, 이상화, 최서해 등을 다룬 이래 이 행사는 근대문학의 여러 성좌들을 학문적, 대중적으로 발굴하고 재해석하고 알리는 문학사적 검토의 대표 현장이 되어 주었다. 불가피하게 1901년 이전 태생들은 이 행사에 초대받지 못했는데 가령 이인직, 이해조, 한용운, 신채호, 홍명희, 최남선, 이광수, 조명희, 이기영, 김억, 김동인, 한설야, 주요한 등이 그러했다. 특별히 그동안 제도권 내에서 조명을 제대로 받지 못한 납월북 문인들이 폭넓게 알려지게 된 것도 이 문학제의 큰 성과였다. 정지용, 송영, 최명익, 이

태준, 박팔양, 박세영, 김기림, 임화, 이원조, 박태원, 이찬, 허준, 안막, 이
북명, 안함광, 김남천, 설정식, 백석, 조명암, 이용악, 김사량, 함세덕, 안용
만, 최석두, 오장환 등이 그 바통을 이어받았다.

우리는 1년 주기로 행사가 열릴 때마다 한국 근대문학의 척박한 토양
위에 가녀린 빛을 던진 그들의 언어와, 등이 굽어 있는 그들의 외롭고 높
고 쓸쓸한 뒷모습을, 때로는 외경으로 때로는 연민으로 바라볼 수 있었
다. 그 역사적 특수성 아래서 누구는 북을 택한 이유로 누구는 제국에 협
력한 이유로 문학 외적 평가에 노출되기도 했고, 유족들이 참여해 고인의
생애를 증언하고 추모하는 성격도 부가되어 많은 이들에게 공감적 친화력
을 부여하기도 했다. 또한 문학제는 최근으로 올수록 학술적 심포지엄 외
에도 개성적인 공연이나 전시 같은 복합예술의 형태로 문학인들을 재탄생
시키는 융합적 조명을 시도해 대중적 접근성을 한층 더 높여 가기도 했다.
이번 2025년생 문학인 행사도 그러한 흐름 위에 놓여 전개되었다.

필자는 윤동주 탄생 100주년 때 학술대회 발표를 맡았고 재단의 후의
로 '2017 대학생 동북아 대장정'에 지도교수로 참여했다. 이때 윤동주와
갑장인 대산 신용호 선생의 유적을 함께 돌아볼 수 있어 더욱 뜻깊은 행
사를 할 수 있었다. 100년 전 태어나 불우한 민족 현실을 딛고 문학적 성
채를 이룬 이러한 선배들의 공과(功過)를 때로 학술 행사처럼 때로 축제처
럼 치러 온 이 행사가 '탄생 100주년'이라는 빛을 지상에 쏘아 온 지 벌써
25년째가 된다. 이러한 흐름을 오래도록 쌓아 한국문학의 호환할 수 없는
기둥이 되어 준 문학인 기념문학제가 벌써 25회를 맞았다니, 어쩌면 기념
문학제 자체를 기념할 때가 된 것이 아닌가 생각해 보게 된다. 요절 문인
들이 특히 많았던 근대 100년을 넘어 이제 평균수명도 늘어났는데, 앞으
로 생존 문인이 자신의 탄생 100주년 행사에 나오시어 추모가 아닌 회고
를 하시게 될 순간도 기다려 본다.

또 하나 강조되어야 할 것은 앞으로 이 행사에 등장할 월북 작가들은
이제 없다는 점이다. 2018년 오장환을 하한선으로 하여 일제강점기에 활

동하다가 북으로 간 문인들은 이제 더 이상 없다. 반면 월남 작가들은 앞으로 차례차례 전봉건, 김광림, 한하운, 이호철, 장용학, 선우휘, 최인훈 등으로 그 범위를 꾸준히 넓혀 갈 것이다. 그동안 조명된 김광섭, 최정희, 백철, 노천명, 정비석, 안수길, 박영준, 양명문, 박계주, 장만영, 김광균, 황순원, 손소희, 박남수, 김성한, 전광용, 구상, 김종문 등에 이은 당연한 수순일 것이다. 이렇게 월남 작가가 행사 후반부로 올수록 점증하는 것은 납월북 작가들이 당시 이미 중진 내지는 중견들로 확고한 작가적 위상을 가졌던 반면 월남 작가들은 월남 직전 소장이었거나 월남 후 비로소 문학을 시작한 경우가 많았기 때문이다.

올해는 김규동, 박용래, 홍윤숙, 어효선, 이오덕 등 1925년생 소띠 문학인들을 대상으로 하여 탄생 100주년 행사가 꾸려졌다. 전후문학의 자장 위에 놓일 수밖에 없는 다섯 분이 각각의 개성으로 클로즈업된 것이다. 이분들은 해방이 되자 성년을 맞았고 그 성년의 빛으로 분단 이후 한국문학의 주춧돌을 놓았다. 이들로부터 시작된 전후문학사는 전쟁으로 인한 상흔과 이념적 배타성을 한 축으로 삼고, 실존적 내면의 불안을 또 다른 축으로 하여 전개되었다. 이들의 문학사적 자취는 이러한 지형 안에서 생성되고 천천히 번져 간 것이다.

2 민족 발견, 존재의 슬픔, 삶에의 의지 — 전후 시인들의 서정적 세계

1950년대 한국문학의 기반은 《문예》와 《현대문학》이라는 잡지를 통해 응집되고 가시화되었다. 해방기에 청년문학가협회를 중심으로 활약했던 이들이 이 매체들을 통해 주류 미학을 건설하게 되었고, 모윤숙, 유치환, 서정주, 박목월, 박두진, 조지훈 등의 시인들이 이 매체들을 통해 저마다의 개성과 연륜을 담은 시들을 발표하면서 한국 시의 주류 미학은 순수 서정에 뿌리를 내린다. 이들을 이은 신진으로 박재삼, 박용래, 이동주, 이형기, 천상병, 이수복, 박성룡, 구자운, 김관식, 임강빈, 정한모, 황금

찬, 이성교, 유정, 한성기 등의 시인들이 있다. 여기에 박남수, 양명문, 이기형, 김종문, 구상, 김종삼, 김규동, 전봉건, 김광림, 한하운 등 월남 시인들의 시 세계가 접목된다. 그 점에서 월남 시인들의 존재는 분단 직전 북의 상황을 살필 수 있는 중요한 인자이자 지금도 분단을 안고 있는 우리를 돌아볼 수 있는 성찰적 자료가 되기에 족하다. 따라서 우리는 전후 문단의 재편 과정에서 월남 시인들이 차지하는 몫을 객관화하여 문학사의 중요 범주로 정립해 가야 한다. 오늘 우리가 만나는 김규동의 자장을 이렇게 설명할 수 있을 것이다.

김규동은 그의 초기 시 세계를 확연한 모더니즘의 자장 아래 펼쳐 간다. 이때 그는 '신시론' 동인이 '후반기' 동인으로 넘어가면서 모더니즘의 새로운 가능성이 축소되고 보수화된 국면을 맞이한다. 김규동의 시는 이러한 후반기 동인의 한계 아래 놓인 채 출발한다. 물론 김규동의 1950년대 성과는 후반기 일반이 성취한 초현실주의나 도회적 모더니즘을 넘어 분단 해소의 상상력을 작동했다는 의외로움을 가진다. 이 점, 김규동의 매우 독자적인 위상이 아닐 수 없다. 1925년 함북 종성 출생인 그는 1948년에 단신 월남해 《예술조선》에 「강」이라는 작품을 발표한 이래 첫 시집 『나비와 광장』(1955)을 낼 때까지 주로 언론사에서 활동했다. 『나비와 광장』에 수록된 초기 시들은 '나비'를 핵심 이미지로 하는 분단 초극의 지향을 보여 주었는데 이러한 인식과 형상은 그의 문학적 스승이었던 김기림의 광범위한 영향 아래서 내면화된 민족 통합의 소망을 표출한 것이었다. 이러한 분단 극복의 모더니즘 운동에 정예로 서 있던 김규동은 1962년부터 침묵을 지키면서 생활 전선에 충실하게 뛰어든다. 한국 현대사에 군사정권이라는 새로운 억압 체제가 등장한 직후부터 시작된 그의 침묵은 1970년대 후반에 이르러 민족 현실에 대한 재발견 과정으로 종언을 고하고 새로운 자신의 시 세계를 열어 가는 과정을 보여 주게 된다. 분단 극복의 모더니즘에 정예로 서 있던 그가 민족 현실에 대한 발견 과정으로 이월해 간

것이다. 그때부터 그는 분단 극복이라는 선명한 주제로 나아간다. 그 현장이 바로 후기 시 세계의 원질일 것이다. 이때 그는 분단에 대한 경험적 통한, 사회의 여러 국면들에 대한 비판적 개입과 함께 깨끗한 슬픔을 통한 비극적 서정성을 담아내는 데 주력했다. 김규동이 펴낸 시선집『깨끗한 희망』(1985)은 김규동 시의 30여 년 역사를 선택적으로 집성한 미학적 결실로서, 분단의 슬픔과 스스로를 향한 역사의식 부여 같은 존재 도약의 순간을 그 안에 담아냈다. 서문에서 그는 "내가 사는 당면한 민족 현실과 거리가 멀다는 것을 깨달음과 동시에 우리의 모더니즘이 절름발이 구실밖에 못했다는 사실을 아울러 느끼게 되었다."라면서 모더니즘을 넘어 분단 현실에 적극적으로 몸을 내맡기게 된다. 팔순을 맞아 출간한 시집『느릅나무에게』(2005)에서 김규동은 "인격과 품성의 잘못은 나에게 있지만 다른 한편 절반의 책임은 분단에 있다."라고 썼는데, 상황적 독법을 가능케 하는 서정적 기품이 돋보이는 다음 시편에서 우리는 김규동 시학의 완결성을 보게 된다. 이때로부터 시인은 맑고 간결한 서정성에 깊이 의존하게 된다.

나무
너 느릅나무
50년 전 나와 작별한 나무
지금도 우물가 그 자리에 서서
늘어진 머리채 흔들고 있느냐
아름드리로 자라
희멀건 하늘 떠받들고 있느냐
8·15 때 소련 병정 녀석이 따발총 안은 채
네 그늘 밑에 누워
낮잠 달게 자던 나무
우리 집 가족사와 고향 소식을

너만큼 잘 알고 있는 존재는

이제 아무 데도 없다

그래 맞아

너의 기억력은 백과사전이지

어린 시절 동무들은 어찌 되었나

산목숨보다 죽은 목숨 더 많을

세찬 세월 이야기

하나도 빼지 말고 들려다오

죽기 전에 못 가면

죽어서 날아가마

나무야

옛날처럼

조용조용 지나간 날들의

가슴 울렁이는 이야기를

들려다오

나무, 나의 느릅나무.

—「느릅나무에게」 전문

반세기 전 작별한 느릅나무는 8·15광복 때 소련 병정이 따발총 안은 채 그늘 밑에 누워 낮잠 자던 어떤 시기적 상징성을 품고 있다. 아직도 그 자태 그대로 있을 느릅나무에게 시인은 "우리 집 가족사와 고향 소식"을 의탁하고 있다. 어린 시절 동무들과 세찬 세월의 이야기를 들려달라는 간절한 마음에 "옛날처럼/ 조용조용 지나간 날들의/ 가슴 울렁이는 이야기"가 들리는 듯하다. 그래서 "나무, 나의 느릅나무."라는 호명이 가능해진 것이다. 이러한 침잠의 시편 등 『느릅나무에게』에 실린 작품들 가운데서 우리는 소리 높여 외치는 절규의 목소리가 아니라 내면으로 가라앉은 침잠의 목소리를 택한 후기 김규동 시의 심미적 면모를 약여하게 바라보게 된다. 이렇게 김규동의 동선은 모더니즘의 선구자로서 시작해 민족 발견을 수행하는 깨끗한 형상의 서정시인으로 이월해 간 뚜렷한 궤적을 품고 있다 할 것이다.

박용래는 충남 강경에서 출생해 1943년 강경상고를 졸업했고 같은 해 조선은행에 들어가 1944년 대전 지점으로 전근했다. 1946년 일본에서 귀국한 김소운을 방문해 문학을 배우고, '동백시인회'를 조직하여 동인지 《동백(柊柏)》을 간행했다. 1947년 조선은행을 그만두고, 1948년 중학교 교사로 근무하면서 문학 수업을 계속해 1955년 6월호 《현대문학》에 박두진의 추천을 받았다. 간결한 표현 속에 한국의 토속적인 정서를 재현함으로써 잃어버린 시대 및 제도에 대한 강한 향수를 자아내게 하는 것이 그의 미학적 특징이었는데, 작고할 때까지 명리와 세속을 등지고 서정시만 줄곧 쓴 문자 그대로 서정시인이었다. 시집으로 『싸락눈』(삼애사, 1969), 『강아지풀』(민음사, 1975) 등이 있다. 한국시인협회 주선으로 1971년에는 한성기, 임강빈, 최원규 등과 함께 동인 시집 『청와집(靑蛙集)』을 출간했다. 그의 작품 세계는 전원적이고 향토적인 서정을 심화, 확대시킨 것이 특징이며 언어의 군더더기를 배제해 압축의 묘미와 존재의 슬픔을 최대치로 보여 주었다.

늦은 저녁때 오는 눈발은 말집 호롱불 밑에 붐비다

늦은 저녁때 오는 눈발은 조랑말 발굽 밑에 붐비다

늦은 저녁때 오는 눈발은 여물 써는 소리에 붐비다

늦은 저녁때 오는 눈발은 변두리 빈터만 다니며 붐비다.
—「저녁 눈」 전문

그의 대표작 「저녁 눈」은 이러한 그의 서정적 특성이 잘 드러나 있는 작품으로 간결한 표현 속에 한국의 토속적인 정서를 재현해 잃어버린 시대 및 제도에 대한 강한 향수를 자아냈다. "늦은 저녁때 오는 눈발은"이 일관된 주어이고, "붐비다"가 일관된 술어로 나타난다. 하지만 늦은 저녁 시골 말집에 내리는 눈이 붐빌 리는 없을 것이다. 역설적 표현인 셈이다. 1969년에 《월간문학》에 발표된 이 시편은 겨울을 배경으로 하면서, 병렬적 반복의 형식을 통해 이러한 풍경이 이곳에서 오랫동안 반복되어 왔음을 암시한다. 1행 1연 형식으로 4연이 나란히 놓이면서 좀처럼 사람들 눈에 띄지 않는 변두리에 평등하게 내리는 눈을 묘사한 것이다. 뒤로 오면 시각적 이미지는 청각적 이미지로 전환되는데 시인은 "여물 써는 소리"가 들리는 듯하게 고요한 풍경을 완성한다. '말'과 관련된 공간, 그 가운데서도 소외되고 한적한 곳에 찾아온 눈발을 보여 주면서도 그것을 "변두리 빈터만 다니며 붐"빈다고 의미화한 절편이다. 이처럼 박용래는 한국 전후 시단에 로컬의 현장을 전면화하면서 가장 고유하고 견고한 서정시인으로 등극했다. '눈물의 시인'이라는 별칭이 따라다닐 정도로 그는 한국의 현실에 슬퍼하고 그것을 눈물의 결정(結晶)으로 시화했다. 이러한 그의 자취는 지금의 서정시인들에게도 연면한 DNA가 되어 이어지고 있다 할 것이다.

홍윤숙은 1947년 《문예신보》로 작품 활동을 시작한 이래, 『여사시집』, 『풍차』, 『실낙원의 아침』 등 다수 시집을 간행함으로써 해방 후 한국 여성시의 발전에 커다란 기여를 했다. 이별과 고독 같은 결핍된 삶의 조건들이 바로 그의 시를 태어나게 하는 실존적 원천이었지만, 그는 궁극으로는 인간에 대한 그리움과 사랑이 절실히 배어나는 서정시를 통해 철저히 사랑하고 절망할 줄 아는 인간의 용기 있는 모습을 보여 주었다. 초기 시에서는 이른바 존재의 본질로서 순수 세계를 정서적으로 탐구하다가 점차 모순과 어둠으로 가득 찬 현실적인 삶의 세계를 탐구하는 데로 확대되어 나아갔다. 이러한 과정 속에서 애상과 자학 혹은 비애와 탄식의 태도를 보여 주기도 했고, 후기에는 체념과 정관 혹은 초월과 관조를 드러내기도 했다. 그동안 홍윤숙 시에 대해서는 "현실과 맞부딪쳐 인간 존재에 대한 통찰력 있는 시선으로 여성시의 지평을 넓히는 역할을 하고 있다."[1]라는 평가가 있었는데, 그의 시는 언어와 현실과 인간이 서로 적정한 거리를 두고 긴장을 유지해 온 존재론적 표지(標識)로서 해방 후 여성시의 한 좌표를 선명하게 그려 준 세계였다. 그리고 집과 길의 상징을 통해 삶의 고단한 여정을 원형적으로 그리기도 했는데, 길은 궁극적 귀소를 정하지 않은 사람이 과정적 실체로서의 삶을 보여 주는 관습적 상징이고 이때 집은 젊은 날의 방황과 정열을 거두고 평화와 안식을 취하는 삶의 거소(居所)로서의 상징으로 줄곧 쓰였다. 시인은 한동안 길 위에서 시를 쓰다가 자신이 가장 그리워하던 집으로 귀환하면서 시적 생애를 완성하게 된다.

어떤 시인은 바퀴를 보면 굴리고 싶다 하고
어떤 화가는 평면을 보면 모두 일으켜 세워
그 속을 걸어 다니고 싶다고 한다
나는 쓸데없이 널려 있는 낡은 널빤지를 보면
모두 일으켜 세워 이리저리 얽어서 집을 짓고 싶어진다
서까래를 얹고 지붕도 씌우고 문도 짜 달고
그렇게 집을 지어 무엇에 쓸 것인진 나도 모른다
다만 이 세상이 온통 비어서 너무 쓸쓸하여
어느 한구석에라도 집 한 채 지어 놓고
외로운 사람들 마음 텅 빈 사람들
그 집에 와서 다리 펴고 쉬어 가면 좋겠다
때문에 날마다

---

1)　김현자, 「홍윤숙 시의 거리 두기와 집짓기의 시학」, 『한국 시의 감각과 미적 거리』(문학과 지성사, 1997), 270쪽.

의미 없이 버려진 언어들을 주워 일으켜

이리저리 아귀를 맞추어 집 짓는 일에 골몰한다

나 같은 사람 마음 텅 비어 쓸쓸한 사람을 위하여

이 세상에 작은 집 한 채 지어 놓고 가고 싶어

──「쓸쓸함을 위하여」 전문

‘쓸쓸함’이란 감각적으로 외롭고 정서적으로 어둑할 때 생겨나는 어떤 느낌이다. 하지만 시인은 그 ‘쓸쓸함’을 인간 존재의 본래적 정서로 파악하고 있다. 그 ‘쓸쓸함’을 위해 시인은 서까래와 지붕과 문을 차례대로 갖추는 구체적 공정으로 집을 짓는다. 여기저기 널려 있는 낡은 널빤지를 다 일으켜 세워 이리저리 얽어 집을 짓고 싶어 하는 시인은 대체 그 작은 집에다 무엇을 담으려 한 것일까. 시인은 그 집에 “외로운 사람들”과 “마음 텅 빈 사람들”을 불러 쉬어 가게 하면 좋겠다고 말한다. 이때 이러한 ‘집짓기’는 곧바로 ‘시 쓰기’의 은유로 탈바꿈한다. 말하자면 시인은 “날마다/ 의미 없이 버려진 언어들을 주워 일으켜” 이리저리 맞추어 집 짓는 일에 골몰하는데 바로 자신과 같이 쓸쓸한 내면을 가진 이들을 위해 짓는 “작은 집 한 채”야말로 자신이 쓰고자 하는 ‘시’의 은유인 것이다. 결국 이 시편은 시인의 궁극적 귀환처가 ‘시’임을 넌지시 암시적으로 전해 주는 일종의 시로 쓴 시론(詩論)인 셈이다. 시인은 비록 자신이 “이제 낙일 앞에/ 조용히 앉아/ 떨어질 일 준비하고 있다”(「낙일 앞에」)라고 고백하고는 있지만, 그와 동시에 가장 아름다운 집 한 채를 지어 우리 앞에 이렇게 내놓은 것이다. 그 아름다운 집이 바로 이번 ‘시집(시의 집)’인 셈이다. 그 집은 “거기 언제나 가슴 환히 열린 창/ 돌아갈 집이 있어/ 지상의 날들 비 오고 바람 차도/ 행복했다”(「창」)는 시인의 기억을 담아 두고 있어 “지상의 삶이 눈물 나게 해맑은/ 한순간”(「기쁨」)을 기억하는 공간이 되고 있다. 그만큼 시인은 자신의 일생이, 시를 쓰는 일을 통해, 천천히 집으로 귀환해 온 여정임을 노래하고 있는 것이다.

이처럼 홍윤숙 시편에서는 '집'이라는 상징이 연거푸 나오면서, '집'으로 돌아오는 길 위에서의 삶을 회상하는 내용을 담고 있다. 한편으로 그것은 자신의 실존적 노경을 은유하는 것이기도 하지만 다른 한편으로는 평생 지속해 온 '시작(詩作)'을 빗대어 표현한 것이기도 하다. 홍윤숙은 이렇게 시를 통한 삶의 의지를 처연하고 오롯하게 노래한 것이다. 시인은 언젠가 "내게 있어 시는 일차적으로 자기 성찰 내지는 확인이지만, 그러한 성찰과 확인은 단순한 자기 발견의 고백이기보다는 존재의 내밀한 인식에 이르는 하나의 수술용 메스와 같은 것이다."[2]라고 말했는데 여기에서 반쯤 틀린 채 발화되는 목소리가 그러한 삶에의 의지와 존재의 인식에 이르는 방법을 보여 준 범례임은 두말할 필요가 없다. 그래서 '반음'은, 홍윤숙 시인이 쓰고 있는 '시'의 존재론적 전이 형태라고 보아도 좋을 것이다. 이처럼 홍윤숙 시는 존재론적 확인과 삶에의 의지를 균형적으로 표현함으로써 한국 여성시의 한 뚜렷한 좌표가 되어 준 것이다.

3 서정적, 메타적 아동문학의 상상과 실천 — 전후 아동문학가들의 세계

한국문학사에서 아동을 하나의 독립된 인격체의 단위로 보고, 그들을 대상으로 하는 문학작품이 창작되기 시작한 것은 대략 20세기 들어서이다. 독립된 주체로서 아동의 등장이 근대문학의 중요한 표지 가운데 하나라는 점은 그동안 많은 연구자들이 적극 동의해 온 사실이다. 근대 국민 국가가 제도 교육의 중요한 일원으로 아동을 받아들이면서, 다시 말해 아동이 근대적 제도에 의해 "발견"[3]되면서, 아동문학은 근대문학에서 매우 중요한 권역으로 등장하게 된 것이다. 한국 근대문학 초창기의 선구자 최남선이 "우리 대한으로 하여금 소년의 나라로 하라. 그리하랴면 능히 이

---

2) 홍윤숙, 「나의 삶 나의 문학」, 『한국 대표시인 선집』(문학사상사, 2004), 244쪽.
3) 가라타니 고진, 박유하 옮김, 『일본 근대문학의 기원』(민음사, 1997, 2005).

책임을 감당하도록 그를 교육하라.”(「권두언」)라는 취지문을 내걸고 최초의 과도기적 매체였던 《소년》(1908)을 창간한 것도 이러한 아동의 중요성을 발견한 근대문학의 한 풍경을 보여 주는 획기적 사건이었다. 하지만 이것은 순전한 의미에서의 '아동문학'이 아니라 오랜 쇄국의 세월 속에서 문호를 개방해 근대화 운동을 촉진하려 했던 시대에 국가의 장래를 소년에 의탁하려 했던 민족운동 내지 독립운동의 한 방편이었다고 할 수 있다. 이처럼 근대와 전통 혹은 외세와 자주가 가파르게 길항하던 근대 초기 아동문학은 독립운동과 문학 운동을 동시에 결합한 일종의 민족운동이었다. 이러한 아동문학 형성기에 주류로 등장한 것이 바로 동요와 동화였는데, 특별히 민족운동의 일환이기도 했던 동요 운동은 방정환, 윤극영, 서덕출, 한정동, 윤석중, 강소천, 이원수 등의 시인들과 박태준, 홍난파, 정순철 등의 작곡가들에 의해 풍부하고도 세련되게 펼쳐진다. 창가(唱歌)에 이어 사람들 입에 다양하게 오르내린 근대 동요는, 그래서 모어의 힘과 아름다움을 보여 준 가장 첨예한 문학사적 실례라고 할 수 있다. 마찬가지로 동화역시 민족운동의 일환으로 펼쳐지다가 점차 순수한 아동문학의 권역으로 미학적 확장을 하기에 이른다. 이러한 흐름 위에서 자신의 세계를 펼친 대표 사례가 어효선과 이오덕이다.

호를 난정(蘭丁)으로 쓴 어효선은 서울에서 태어났다. 1948년 《어린이》에 동시 「졸업 축하의 노래」를 발표했고, 그 이듬해 소년 시 현상모집에 「봄날」이 당선되어 등단했다. 1957년 《새벗》에 발표한 「파란 마음 하얀 마음」은 너무나 유명한 국민 동요로 인지도가 매우 높다. 그 외에도 「과꽃」 같은 빼어난 서정적 동요를 그는 남겼다. 이러한 작품들은 어린이들의 서정을 담은 소박하고 순수한 동심이 표현된 결과였을 것이다. 그는 동화도 많이 남겨 『눈사람』, 『바람개비』 등을 발표했다. 특별히 작곡가 권길상이 부산 피난 시절인 1952년 잡지 《소년세계》에 실린 「꽃밭에서」를 읽고 영감을 얻어 작곡한 「꽃밭에서」는 그의 대표작으로 남아 있다. 그 밖에 보통 사람들의 삶과 전통문화에 대한 수필도 많이 남겼으며 동시집으로 『봄 오는 소리』(1961) 등을 남겼다.

아빠하고 나하고 만든 꽃밭에
채송화도 봉숭아도 한창입니다

아빠가 매어 놓은 새끼줄 따라
나팔꽃도 어울리게 피었습니다

애들하고 재밌게 뛰어놀다가
아빠 생각나서 꽃을 봅니다

아빠는 꽃 보며 살자 그랬죠
날 보고 꽃같이 살자 그랬죠

—「꽃밭에서」 전문

　　자연과 인간, 꽃밭과 가정이 한순간 어울리는 정다운 풍경은 동심이 이룰 수 있는 가장 궁극적인 경지일 것이다. "아빠"와 "나", "채송화"와 "봉숭아"가 완벽한 구도로 공존하는 꽃밭은 그 자체로 현실이 가닿아야 할 낙원의 이미지를 구현한다. "아빠가 매어 놓은 새끼줄"은 삶의 안내도이며 거기 어울려 피어난 나팔꽃은 그 자체로 삶의 동반자가 되어 준다. 애들하고 재밌게 뛰어놀다가 생각나는 아빠 모습, 이제는 다 자란 아이의 곁을 떠나신 아빠의 모습에서, 우리는 이 시편이 일종의 성장소설 구도로 짜여 있음을 알게 된다. 이 노래는 6·25전쟁 직후 작품으로서, 꽃을 좋아하시던 아버지를 생각하는 어린이의 마음을 잘 나타내 많은 이들의 사랑을 받았다. 일정하게 시대적 상황이 담겨 있으며 그리움을 호소하는 애절한 노래로도 들린다. 어효선은 동요가 결국 어린이의 노래이며 어린이는 어린이를 위한 노래와 시를 부르고 느끼며 동심(童心)을 충분히 누려야 한다고 생각한 선구자이다. 그는 어린이들이 눈물이나 한숨을 짓게 하지 않기 위해 밝고 희망에 찬 동요를 썼다. 결국 동요와 동시는 밝고 맑은 어린이의 마음으로 누릴 수 있는 아름다운 문학이어야 했기 때문이다. 그에게 동시는 어린이다운 마음과 눈으로 어른과 어린이 모두가 공감할 수 있게 쓴 시를 말한다. 그래서 어효선의 동시는 어린이의 시선과 마음으로 사물과 삶을 바라보아, 그것을 운율이 있는 소박하고 단순한 언어로 형상화한 서정적 시라고 말할 수 있을 것이다.

이오덕은 1955년 《소년세계》에 동시 「진달래」를 발표했고 이후 『별들의 합창』(1966), 『탱자나무 울타리』(1969) 등의 동시집을 출간했다. 1971년 동아일보 신춘문예에 동화, 한국일보에 수필이 당선되어 등단했다. 한국글쓰기교육연구회와 우리말연구소를 만들어 일생 동안 우리말을 가꾸고 다듬고 바르게 정립하는 일에 정열을 쏟았다. 일본어 투와 번역 투 잔재를 지적하고 이를 수정하기 위해 『우리 문장 쓰기』(1992)를 집필하기도 했다. 이처럼 이오덕은 어린이가 쓰는 말을 중시해 아동문학 진로와 관련해 새로운 문학 정신을 옹호하는 아동문학론을 폈다. 그야말로 메타적 열정으로 아동문학을 실천한 것이다. 그의 대표 시편을 한번 읽어 보자.

풋고추로 된장을 찍어
한 그릇 가득 보리밥이 먹고 싶어라.

"이 녀석 봐라, 시골뜨기같이,
나도 첨 와선 그랬지만
이젠 이런 요리 아니면 못 먹지."

아, 나도 서울 사람이 되는가?
이 느긋느긋한 설탕 기름투성이를 좋아하는.

창밖은 환한 전깃불 세상
깜깜한 저것이 하늘인가?
나는 돌아가야지, 고향으로.
서울 사람이 아주 되기 전에.

──지금쯤 동생들은 멍석을 펴고 둘러앉아
구수한 강냉이를 까먹고 있을 게다.
하나, 또 하나 나타나는 별을 헤면서
부엌에서 어머니가 쪄 내오신
뜨끈뜨끈한 감자를 먹고 있을 때다.
──「고향 생각」 전문

소년 이오덕이 나고 자란 고향은 "풋고추로 된장을 찍어/ 한 그릇 가득 보리밥"을 먹던 곳이다, "시골뜨기"와 "서울 사람"의 확연한 대조 속에서 고향을 떠나 사는 이들의 애환이 만져질 듯하다. "설탕 기름투성이"와 "환한 전깃불 세상"이 상징하는 서울 생활은 "나는 돌아가야지, 고향으로./ 서울 사람이 아주 되기 전에."라는 다짐을 불러온다. 멍석을 펴고 둘러앉아 강냉이를 까먹고 있을 동생들 생각을 하면서 "하나, 또 하나 나타나는 별"을 헤던 그때-그곳을 향해 "부엌에서 어머니가 쪄 내오신/ 뜨끈뜨끈한 감자"를 떠올리는 순간이야말로 '고향 생각'의 한 정점을 이루고 있다. 이처럼 이오덕 시편은 잃어버린 동심을 되찾아 가는 여정으로 충일하다.

그는 창작 활동도 열심히 했지만, 무엇보다도 글쓰기 교육 운동과 우리말 연구에 힘썼다. 그는 자신의 책에서 철저하게 민중을 '백성'이라고 했다. 특별히 그가 발견한 아동문학가가 권정생이었는데 권정생은 1973년 「무명 저고리와 엄마」로 《조선일보》 신춘문예에 당선했고 이 작품을 읽고 감동을 받은 이오덕은 권정생 문학을 널리 알리겠다고 각오하고 작가를 직접 찾아가 30년 동안 아름다운 우정을 나누었다. 결국 이오덕 글쓰기의 목표는 글을 쓰고 읽는 인간 자체에 두어진다. 인공지능이나 4차산업혁명으로 대표되는 시대의 흐름이 있다 할지라도 가장 근원적인 인간성의 대안이 될 수는 없을 것이라는 점에서, 이오덕이 주창한 민족의 글쓰기, 백성의 글쓰기는 지속적인 소환과 성찰의 대상이 되어 줄 것이다.

4 한국문학의 개진과 확산의 중요한 견인차

우리가 한국문학사에서 이른바 전후문학을 이야기할 때 언제나 불가분의 관행적 전제로 따라다니는 것은 1950년대 벽두에 터진 6·25전쟁이라는 역사적 상황일 것이다. 해방과 분단으로 이어지는 급격한 현대사의 흐름에 따라 한국문학은 자연스러운 내재적, 연속적 발전 경로를 억압당한 채 문학의 형식과 내용에서의 분단도 동시에 경험하게 된다. 이러한 상황에서 발생한 전쟁은 국제적 냉전 상황의 틈에서 발생한 일종의 이념전 성격이 강하기는 했지만 국토 피폐와 참혹한 동족 살상 그리고 그에 다른 깊은 정서적 적의로 경험된 그 무엇이었다. 그만큼 전쟁은 1950년대 이후를 살아간 한국인의 심성에 하나의 뚜렷한 상흔으로 자리 잡을 수밖에 없었고, 따라서 그 역사적 동기나 결과에 관계없이 그것은 우리 정신사의 불가피한 발생론적 배경이 되었다. 그래서 우리는 문학이 현실을 형상적으로 반영한다는 해묵은 진실을 떠올리지 않는다고 하더라도, 1950년대 이후 문학이 전쟁이라는 역사적 경험과 그 영향으로 편재화하는 운명을 띤 것이라고 말할 수밖에 없을 것이다. 이러한 사정을 전제할 때 우리는 이른바 전후문학의 토대로서의 실존주의를 또한 이해하게 된다. 물론 그것은 서구 맥락 중 하나의 편향, 가령 사르트르식의 참여적 열정이 아닌 카뮈식의 절망과 불안의 감각으로 경사된 채 수용된 것이기는 하다. 그러나 이는 1950년대 상황을 세계적 동시성 안으로 포섭하면서 다수의 작품 안으로 스며들어 그 안에 소외와 불안이라는 정조를 보편적으로 착근시켰다. 또한 전쟁 후 만연하게 된 궁핍이나 폐허 의식도 작품 속으로 적극 반영되었다. 이처럼 전후문학사는 전쟁이라는 물리적 충격으로 인한 피해 의식의 극대화와 이념적 배타성의 심화를 한 축으로 하고, 거기서 비롯된 인간 내면의 소외와 불안을 또 다른 한 축으로 하여 그 줄거리를 형성하게 된다.

오늘 기념하는 작가 및 시인들의 문학적 자취는 이러한 전후문학사의 지형 안에서 생성되어 그러한 조건들을 특유의 미학으로 극복한 자리에 놓이는 사례들이다. 그리고 그들은 이후 한국문학사의 호환할 수 없는 근원적 뿌리가 되어 주었다. 더할 나위 없는 한국문학의 개진과 확산의 가장 중요한 견인차가 되어 준 것이다. 해방과 함께 찾아온 성년(成年)의 빛으로 그들은 참으로 다양하고 개성적인 언어적 개진을 각자의 개성과 열망과 역량으로 이루어 낸 것이다.

대한민국 건설기 정열의 문학정치

공중인 시인을 중심으로

김익균 | 동국대 강사

서론

올해는 공중인 탄생 100주년이다. 공중인은 한국 시문학사에 대체로 이름이 기입되지 못한 것으로 보인다. 공중인의 아들의 헌신으로 뒤늦게 시 전집이 나올 수 있었다.[1] 한편 동시대인의 기억 속에서 공중인은 분명히 실존했으며 그것이 전혀 엉뚱한 방식으로 튀어나오곤 했다. 가령 한국전쟁 때 서울이 함락되던 순간 최후까지 대한민국을 지키려 한 애국 시인의 목소리, 낭송시들은 시의 물질성 혹은 시인의 고유명이 기호의 물질성을 얻게 했다.[2] 혹은 공중인의 시가 실린 신문을 읽으려고 서던 대중들의

---

[1] 박성규, 「50년대 스타 시인 공중인 타계 50년 만에 세상으로」, 《서울경제》, 2015. 10. 18.

[2] "나는 힘없이 그렇게 말하고는 터벅터벅 봉익동 나의 집으로 걸어갔었다. 그날 밤의 불안과 초조는 이루 형용할 수가 없으며 궂은비는 더욱 사납게 퍼붓는데 거의 자정 때가 되자 그때까지 잠잠하던 라디오가 갑자기 울리기 시작하더니 이 대통령의 고별사와 곧이

줄에 대한 1급 시인의 반감 섞인 기억이 역설적으로 문학사의 공백에 낙서처럼 기입되기도 했다.[3]

문학사가 솎아 낸 시인들의 (비)문학사를 위해 이 글은 준비되었다.

공중인(孔仲仁, 1925~1965, 본명 仲麟)은 곡부(曲阜) 공씨인 아버지 공승일(孔承一)과 어머니 한동라(韓東邏) 사이에서 2남 1녀 중 둘째로 태어났다. 고향은 함경남도 이원군 동면 고암리이다. 아버지 공승일은 함경북도의 도청 소재지인 청진시에서 한의사로 자산을 축적했지만 정어리 사업을 하는 친구 보증 선 것이 잘못되어 가산을 탕진하고 일찍 죽는다. 공중인은 청진에 있는 천마소학교를 1등으로 졸업해 함경북도를 대표하는 1명에 선발돼 각 도(道)의 1등들과 함께 일본 천황을 만났다고 한다.[4] 이후 청진의 경성고보에서 수학한다. 당시 경성고보에는 김기림이 영어 교사로 있었다. 1940년 8월 10일 《조선일보》가 폐간되자 김기림은 고향인 함북 성진에서 인접한 청진의 경성중학(이후 학제가 바뀌어 경성고보가 된다.) 영어 교사로 재직했다.

공중인은 1944년에 경성고보를 졸업하고 해방이 된 직후인 1946년에 어머니와 결별하고 고향을 잃은 월남민의 대열에 동참하게 된다. 그 후 공중인은 대한민국 시인으로 20년을 살아 냈다.

어서 모윤숙, 공중인 씨 등의 결별시(訣別詩) 「한양(漢陽)아, 잘 있거라」가 애끊는 음성으로 낭독되었다. 나는 라디오를 붙들고 울었다."(김을한, 「나는 자유를 선택하였다」, 《경향신문》, 1956. 2. 5.) "그해 6월 27일 밤 11시쯤이던가, 서울방송은 조국을 지키자는 애국시를 계속 내어 보내고 있었다. 모윤숙, 공중인 두 시인이었던 것으로 기억된다."(유주현, 《정(情) 그리고 지(知)》, 1975)

3)　신경림, 「어떤 시를 읽을 것인가」, 한국문화예술진흥원 금요이야기, 2004. 6. 18.

4)　김태완, 「애국 시인 孔仲仁 ── 목숨 걸고 北과 싸운 愛國 낭만파 시인」, 《월간조선》, 2020. 8.

본론: 시문학사가 거부한 애국적 정열 ── 문학사의 병리학[5]을 위하여

1세대 월남 작가와 2세대 월남 작가는 월남 체험의 차이가 있다. 공중인은 일반인으로서 월남 체험을 했다는 점에서 해방 이후 대한민국의 건설기의 주체화의 전형이 될 수 있었다. 또한 공중인은 해방기의 불안정한 등단 절차를 거쳤으며 전쟁문학, 전후문학에 제한되는 활동 시기의 문제 때문에 문학사의 경계선에 위치해 있었다. 실제로 대부분의 문학사에 공중인은 이름을 넣지 못했다.[6]

공중인 시인의 흔적은 시인 고은(高銀)이 전시(戰時) 문단의 이야기를 묶은 『1950년대』(1973)에 국방부 정훈국과 거기 의지해 있던 문총구국대 활동 시인들의 활동 기록으로 겨우 남아 있다.

> 문예빌딩은 1층 문예살롱, 2층 문예사(사장 모윤숙, 편집 조연현), 3층 한국문화연구소(소장 신명구 대령, 고문 마해송·최태응)가 있는데 6월 26일 작가들을 중심으로 비상국가대책위를 소집했다. 그 회의는 방황이 테마였고 어떤 것도 결의하지 못했다. 오영진, 김동리, 조지훈, 박목월, 이한직, 서정주, 김윤성, 서정태와 춘곡 고희동, 박종화, 모윤숙, 김영랑, 김진섭, 김송, 조연현, 이원섭, 이동주, 공중인 들의 30명 회의는 오전에 흩어졌다. (……) 6월 28일 최후의 KBS 방송은 화가 고희동의 시국 안정 연설과 모윤숙의 시 낭독 프로, 공중인의 격문조 시 낭송 프로였다. '국군은 건재한다!'가 그들의 정훈

---

5) 문학사가 연대기적인 역사와 미학 이데올로기의 결합 형태라고 할 수 있다면 문학사의 이데올로기는 무엇이 시인지 혹은 시가 아닌지를 준별할 것을 요구한다. 따라서 문학사는 비-문학의 역사와 함께 만들어진다. 알튀세는 이를 통합적으로 해명하기 위해 "문학사의 가능한 병리학이라는 문제"를 사고할 것을 제안한다. 루이 알튀세, 배세진·이찬선 옮김, 『역사에 관한 글들 ── 비-역사의 조건으로부터 역사의 조건으로』(오월의봄, 2023), 33~83쪽.

6) "우리의 시사에서 공중인 시인에 대한 평가는 미미한 편이다. 공식적인 문학사나 시사에서는 거의 언급된 적이 없고 주로 신문이나 잡지의 단평이나 강연과 같은 방식으로 몇몇 사람들에 의해 언급된 것이 전부이다."(이재복, 「공중인 시의 낭만성 연구」, 《어문연구》 86, 2015. 12, 184쪽)

사업이었다.[7]

시인으로서 활동 중에 나온 몇 안 되는 공중인의 시 세계에 대한 공적 기록을 보자.

시를 쓰는 대로 시집이 흘러나오는 중에서 시인 공중인의 시집만은 나오지 않았다. 혹시는 나로서 은연히 기다린 때도 있었다. 한 편의 시로써 그 시인을 만대에 거느릴 수 있으나 한 시인의 면모는 한 시집에서 우선 구현되는 것이다. 그런 의미에서 시집 『무지개』는 의미 있는 출현이라 할 것이다.

첫째로 일관하여 강조되는 것은 시편 하나에 나타난 분방한 정열이었다. 그것을 혹시 공허하다는 듯이 논단하는 평가도 있으나 나는 공중인 씨에게 대상을 심미적 감동에서 포착하는 정열의 양이 풍부함을 높이 평가한다. 어떠한 의미로든지 시인이 타고난 정열은 곧 시를 이루는 정열인 것이다. 공중인 씨의 시는 여기에 인용할 것 없이 어느 편에도 그 정열이 넘치고 있다.

다음으로 들 수 있는 특색은 그 정열을 통하여 시혼을 세우려는 것이다. "재빠르게도 순간이 열어 준 유현의 길을 향하여 이제야말로 새벽을 뒹구는 천성의 바다처럼 나의 생애는 재현하고 비약하고 융합하리니."(「푸른 혼가」의 일절) 이것은 낭만주의 정신에 의한 자아실현이요 순간마다 변용하는 시혼의 세계인 것이다.

다음으로 한 가지 더 들고자 하는 것은 이념의 세계다. 그것이 대부분 『기념비 편』에 실려져 있다.

우리가 묵념할 때마다 무엇을 생각하고 고개를 숙이는 것인지 다시 한번 반성할 때 시인들이야말로 그 근원에 부딪쳐 볼 만한 일일 것이다.

고갈되어지는 국민적 정열 또는 민족의 근원적인 것에 부딪쳐 보려는 노력을 위하여서도 그 장점이 재평가되는 동시에 낭만주의 정신이 이 시집을

---

7)　고은, 『1950년대』(청하, 1989), 86쪽.

기회로 독자에게 널리 감상되었으면 한다"[8]

김광섭은 공중인 시 세계의 핵심을 낭만주의 정신으로 보고 세 가지 층위, 즉 분방한 정열과 시혼 그리고 이념으로 요약한다. 공중인의 분방한 정열이 시로 나타나면 시혼이요 국가와 민족을 향해 나타나면 (애국적) 이념이라고 할 수 있을 것이다.

선행 연구에 따르면 공중인 시인의 "낭만주의자의 내면을 가득 채우고 있는 정감은 지금, 여기라는 현실보다는 그것을 초월해 저기나 영원을 겨냥한다. 이들에게 현실은 이상적이고 진정한 존재로 인식되지 않기 때문에 그것을 넘어 이상적이고 영원한 세계를 희구하는 것이다. 이런 점에서 그의 낭만주의는 1920년대 김소월, 황석우, 이상화 등이 보여 주고 있는 퇴폐적 낭만주의와도 차이가 있다."[9] 또한 첫 시집의 표제시인 「무지개」의 "무지개는 낭만성을 표상하기에는 가장 적합한 대상"인바 "무지개에 투사된 비전의 제시"는 "시인의 낭만성이 단순히 개인의 정감 차원을 넘어 조국이나 민족의 차원으로 나아"갈 수 있게 한 것이다. 이런 관점에서 볼 때 공중인의 시는 "현실로부터의 초월과 이상적인 세계에 대한 동경이 자연스러우면서도 강렬하게 드러난다는 점에서 낭만성의 일반적인 특징을 잘 보여 주지만 투사 대상이 당대 현실을 겨냥할 때에는 낭만성이 약화되거나 과장되어 그것이 생경하게 보"인다고 하겠다.[10] 선행 연구는 공중인 시 세계의 분방한 정열과 시혼은 일반적 낭만주의에 부합하는 것으로 파악하는 한편 "이념"은 비록 "1950년대라는 실존의 위기 상황에서 그 나름의 현실적 비전을 제시해야 한다는 낭만주의자로서의 고뇌"를 감안한다 하더라도 비판적으로 지양해야 할 측면으로 보는 이분법적 접근이었다.[11]

---

8) 김광섭, 「무지개와 낭만주의 정신」, 《경향신문》, 1957. 4. 25.
9) 이재복, 「공중인 시의 낭만성 연구」, 앞의 글, 188쪽.
10) 위의 글, 196~197쪽.

이러한 접근은 낭만주의라는 문예사조의 긍정을 전제로 하여 공중인의 시를 낭만주의에 충실한 측면만을(김광섭이 고평한 세 가지 측면 중에서 분방한 정열과 시혼만을 수용하고 "이념"을 "생경"한 것으로 반려하는 방식으로) 복권한다는 한계를 노정한다.[12]

이러한 한계를 넘어서기 위해서는 공중인 개인의 특질을 넘어서 공중인의 '영향에의 불안'과 문학장의 규칙, 사회 공간의 상징 권력, 담론의 질서와의 복잡한 관계 속에서 공중인 시인의 시 세계와 시 작품이 다뤄져야 할 것이다.

공중인 시인이 속했던 시대 즉 전쟁기 문학의 대부분을 차지하는 종군 문학이 문학적 자율성을 상실한 채 전쟁을 옹호하는 체제의 대변자 역할을 했다는 문학사의 입장[13]을 1950년대에 밀착하면 "자기 자신의 시대에 과격한 정열을 주입"[14]했다고 평가할 수 있는 것이다.

공중인이 대표한 1950년대 저항 집단의 과격한 정열은 당대에 뜨거운 반응을 받은 것으로 보인다. 신경림은 "50년대에 가장 인기 있는 시인으로 공중인이라는 시인이 있었다. 신문에 시를 연재했는데 가판에서 그 사람의 시가 없으면 안 팔릴 정도였"[15]다고 증언한다. 신경림이 공중인의 시가 "시를 함부로 써서 남발하기보다는 단 한 편으로 승부를 거는 그런 결벽증이 아쉽다."라고 한 것은 공중인과 (문학사에 대한) 저항 집단의 시가 '분방한 정열'에서 '과격한 정열'로 이행해 온 문학사적인 판단의 결론이라고 봐도 무방하다. 문학사는 한 편의 시에 공들여진 결벽증이나 분방한

---

11) 위의 글, 198쪽.

12) 푸코에 따르면 "문학비평과 역사 서술은 사법기관의 담론 통제와 구별되지 않는다". 올리버 지몬스, 임홍배 옮김, 『한 권으로 읽는 문학 이론』(창비, 2020), 221쪽.

13) "종군 시인들의 전쟁시 역시 대부분 애국적 인물을 찬양하거나 비애국적 인물을 비판함으로써 애국심을 강조한다든지, 승리를 위해 전위를 고취하거나 적에 대한 비판을 통해 전쟁의 정당성을 강조한다든지 등의 내용적 특성을 보여 주고 있다."(신영덕, 『한국전쟁과 종군작가』(국학자료원, 2002), 253쪽)

14) 고은, 앞의 글, 164쪽

15) 앞의 글.

정열이냐의 사이에서 항상 동요하지만 최후의 승자는 전자가 되는 것이 문학사의 경향성이라고 할 수 있다.

문학사가 지운 것은 공중인 시인 개인을 넘어서 50년대적인 것의 핵심이었던 "50년대의 저항 집단이 자기 자신의 시대에 과격한 정열을 주입"한 문학적 수행성 그 자체였다고 하겠다. 1950년대 문학의 수행성은 분방한 정열과 시혼 그리고 국가와 민족에 비전을 투사하는 실천의 미분리 상태였다. 문학사가 연대기적인 역사와 미학 이데올로기의 결합 형태라고 할 수 있다면 문학사의 이데올로기는 무엇이 시인지 혹은 시가 아닌지를 준별할 것을 요구한다.[16] 따라서 문학사는 비-문학의 역사와 함께 만들어진다. 공중인 시인의 존재는 우리에게 '비문학의 역사-문학의 역사'라는 쌍이 함께 존재한 역사가 사유되어야 한다는 점을 역설하고 있다. 우리가 문학사를 만들기 원할 때 우리는 적어도 ① 문학에 이르지 못하고 유산되었던 것의 역사, ② 생산되었고 성공했던 것의 역사, ③ 문학의 은총을 받지 못해 문학으로 간주되지 않은 것의 역사를 생각해 볼 수 있다.[17] 이때 요청되는 것은 공중인 시를 비롯한 문학사에 기입되지 못한 분방한 정열의 시 중에서 낭만주의의 정형에 맞는 부분만 엄선해 다시 문학사에 집어넣는 작업이 아니라 문학사와 쌍으로 존재할 수밖에 없는 비문학의 역사를 다시 쓰는 과정에서 문학사가 거부한 시(인)의 분방한 정열을 검토하는 것이 될 것이다.

김기림의 계보학과 2세대 월남 시인

비문학의 역사로서 해방 이후 대한민국 건설기의 담론적 실천의 일부로서 공중인의 시를 읽어 보겠다. 공중인 시의 낭만성은 개인의 개성으로

16) 알튀세, 앞의 글, 40쪽. 푸코에 따르면 "문학비평과 역사 서술은 사법기관의 담론 통제와 구별되지 않는다."(221쪽)
17) 위의 글, 62쪽.

환원되지 않는 '영향의 불안'과 월남민, 월남 작가의 체험과 관련해서 살펴볼 수 있기 때문이다.

공중인 시의 낭만성의 계보학을 구성하기 위해서는 경성고보 시절로 거슬러 올라가 볼 필요가 있다. 즉 공중인 시의 낭만성이 모더니스트 김기림과의 사제 관계 속에서 파악될 필요성이 생기는 것이다.[18] 경성고보 시절 김기림의 제자였음을 강조해 왔던 김규동 시인의 회고에 따르면 경성고보 시절 김기림은 "새벽 5, 6시면 일어나 셸리, 키츠 등 영국 시인들의 시를 원서로 읽었다."고 한다. 해방기에도 "영문판 키츠 시집을 끼고" 한강변을 산책하는 모습을 보았다고 하니[19] 경성고보 학생들은 김기림에게서 영국 낭만주의에 대한 감화를 받았을 것으로 보인다.

또한 김기림의 사유의 저변에는 국가, 민족에 대한 이해가 전제되어 있다. 김기림은 "해방 이전에 표 나게 내세웠던 르네상스적 유토피아"를 해방기에 더욱 자신 있게 개진하게 된다. 르네상스적 미래에 대한 긍정과 이를 조선 사회에 대한 긍정적 모델로 인식한 김기림은 문맹에 가입하여 「우리 시의 방향」과 같은 산문과 「새나라 송」 같은 시 창작의 전범을 보인다.[20]

김기림이 닥쳐 오는 냉전 시대의 역사를 과소평가하고 통일된 민족국가의 비전을 노래한 것과 달리 이후 2세대 월남 시인[21]으로서 불타 버리

---

18) 공중인의 낭만성은 '자연스러운 개인의 감정의 발로'에 가깝다는 점에서 리얼리즘과 모더니즘의 낭만성과는 변별된다며 1950년대의 전통적 서정시와 모더니즘 시와의 관련성 속에서 공중인의 낭만성을 해명하자고 한 선행 연구는 다음을 참조. 이재복, 「공중인 시의 낭만성 연구」, 《어문연구》 86, 2015. 12, 186쪽.

19) 조영복, 「일제 말기와 해방 공간, 6·25 전후의 김기림 — 김규동 인터뷰 및 보유」, 《어문연구》 35권 1호, 2007 봄, 241, 248쪽.

20) 해방기 김기림에 대한 더 자세한 이해는 다음을 참조. 송기한, 『해방 공간의 한국 시사』 (지식과 교양, 2023).

21) 1세대 월남 작가와 2세대 월남 작가의 구분은 작가라는 공인으로서의 월남 체험과 일반인으로서의 월남 체험의 차이에 주목한다. 월남 1세대 작가가 공간의 이동과 환경의 변화로 인한 작가 의식의 변화 과정을 보여 주고 있다면 월남 2세대는 월남 체험을 토대로

고 남겨진 재를 백조의 노래로 다시 부활하게 하는 분단 시대 대한민국의 '새나라 송'을 노래하게 되는 공중인은 김기림의 제자였던 것이다.

> 님아. 나의 노래를 비김 없이 관절케 하여 다오/ 나의 가슴을 촉대의 만 가락 불길로 태워 다오// 신음에 쓰러지는 병수처럼 애끓는 나의 가슴을 노 을빛으로 뜨겁게 안아 다오, 늬 백조의 노래!/ 님아, 나의 노래를 채색한 날 개로 돋쳐 하늘 달리게 하여 다오/ 너의 하얀, 설백의 님 자취 그처럼/ 나의 노래를 비김 없이 관절[22]케 하여 다오(「백조의 노래 ― 키이츠의 시혼에」)

> 나의 무덤은 하늘의 무지개! (중략) 무지개여!/ 저토록 너를 그리다 못해 우짖는 심원(心願),/ 귀촉새 피를 쏟고 마침내 땅에 쓰러진,/ 너는 내 노래의 무덤!/ 나의 심이(心耳)는 한결같은 그 음성을 더듬어/ 울렁이는 가슴 바다 처럼 일어서나니// 이 겹겹한 푸름으로 내 목숨이 영원히/ 마음 바쳐 죽어 갈 사랑을 더불어/ 이제야 너처럼 있으리라/ 무지개여, 무지개여(「장시 ― 무 지개」)

공중인 시의 분방한 정열은 전쟁의 시대의 실존적 위기를 통과하면서

작가 활동을 시작한다. 김효석, 「전후 월남 작가 연구 ― 월남민 의식과 작품과의 상관관 계를 중심으로」, 중앙대 박사학위논문, 2006, 11~12쪽.

22) '관절'이라는 시어를 중심으로 공중인의 시 세계의 중핵을 다음과 같이 제기할 수 있다. "공중인은 자기 환멸이 아닌 자기 자신에 대한 신뢰와 애정에 근거한 자기 고양을 위해 적극적인 모색을 단행한 그런 시인이다. 그의 이러한 모습을 잘 보여 주는 시어가 바로 '관절'이다. 다소 낯설어 보이는 이 시어는 '가장 뛰어나다'라는 의미를 지닌다. 그는 이 말을 자주 사용하면서 자기 고양을 위한 의지를 강하게 표출한다. (……) 시인이 가장 뛰 어나야 한다(관절)고 인식하는 대상이 자신을 넘어 국가나 민족을 향할 때 그의 시의 낭 만성은 일정한 변주의 과정을 밟게 된다. (……) 시인의 감정이 이념이나 이데올로기 생성 의 힘으로 작동하는 경우 그것이 흘러넘치게 되면 시는 죽고 이념이나 이데올로기만 생 경하게 전경화되는 위험성이 발생할 수 있다. 그의 시에 이러한 위험성이 내재해 있는 것 이 사실이며, 주로 '기념비' 시편들 중 관제적인 의미가 강한 시에 그것이 집중되어 있다." (이재복, 앞의 글, 222~225쪽)

쏟은 "피"로 백조의 노래를 다시 부르거나 자신의 "무덤"을 무지개로 변용해 낸다. 이러한 시의 내적 흐름은 해방과 전쟁, 전후 건설기의 '대한민국＝무덤＝백조＝무지개'라는 이미지의 혼용으로 나타난 것이라고 하겠다.

> 짓밟힌 인생의 기진한 구혼의 아우성들이
> 마구 흐름하여 황혼의 하늘을 밀며 굽이치는 것을
> 나의 노래는 의식하고 있다.(용두산에서)
>
> 자세와 자세, 절망으로 이어진 판자들의 고조된 협주
> 허우적거리며 신음하는 오뇌의 절정에서
> 오 ― 기세월 잊혀 오랜 최대의 희생들이여
> 하늘은 말없이 이 진실을 의지하고 있음인가
>
> (중략)
>
> 이는 내가 사는 모국의 숭고한 영상,
> 그러나 지금은 해어진 기폭처럼 운명의 불 속에 흔들리고 있다.
> ……마치 빈사의 백조처럼!
> (피난 때 불붙는 부산 용두산을 쳐다보면서)
>
> ──「단애(斷崖)」부분

> 이는 내가 사는 '동방의 무지개'
> 영원히 부르는 지고의 사랑!
> 이는 만대에 누리는 자손들의 요람,
> 피로 찾은 불멸의 국토,
> 오 ― 이는 열화의 꿈 도도히 자유를

구현하는 민주공화의 나라일레라

(중략)

골고루 돌리자! 수력과 불의 협주된 원동력
흙내 자욱한 삼천리 노래 속에 금빛 지도록!
일출 동해, 희망의 밧줄 당기며, 당기며
너와 나의 으르대는 푸른 꿈, 종아 울려라
그대 위해 다시 아까울 리 없는 이 겨레,
대대 이어 영영 불변함이니
천추에 길이 빛날 어머니의 나라,

세계에 관절하라 대한민국
—「대한민국 ― 머언 자손들에게」 부분

「단애」는 한국전쟁이 끝난 직후에 있었던 부산의 대화재를 모티프로 하고 있다. 전쟁 피난민들의 옹색한 판잣집들이 화재로 불타고 있는 것이 전후의 대한민국의 맨얼굴이며 모든 비참을 태우고 있는 불길은 곧잘 공중인의 시에서 '새'의 이미지로 나타난다. 「대한민국 ― 머언 자손들에게」는 해방기의 유토피아적 비전을 노래한 김기림의 "아모도 흔들지 못하는 나라"(「새나라 송」)가 전쟁을 겪은 후에 꺾이지 않고 "동방의 무지개"로 다시 뜬 형상이다.

하지만 공중인의 시 전집을 출간한 차남 공명재의 인터뷰에서 알 수 있듯이 공중인은 평소 김기림과의 사제 관계를 내세우지 않은 것으로 보인다.

시와 문학을 누구에게 배웠고 영향을 받았는지에 대해선 구체적으로 알지 못해요. (……) 학창 시절 문학을 접했을 개연성이 높은데, 선친과 동문수학한 분(김정준: 재미 의사, 뉴욕 한국음악재단 이사장 역임)의 증언을 들어보면, 청진의 경성고보에 시인 김기림 선생이 계셨다고 합니다.[23]

공중인 시 전집을 직접 발행한 차남 공명재의 인터뷰에서 김기림은 선친의 지인을 경유해서 어렴풋이 언급이 될 정도로 공중인은 김기림에 대해 언급을 자제(?)한 것으로 짐작된다. 이는 시인 공중인의 '영향의 불안'이라는 층위에서 접근할 수도 있다. 더 나아가 당대 사회의 역사적 구조의 특징이라는 층위에서 접근할 수도 있다.[24]

이 글은 김기림, 공중인의 사제 관계와 그를 둘러싼 일련의 침묵을 대한민국 주체화와 월남민의 위치성과 관련하여 해명하겠다. 대한민국 건설기의 미시사는 증상적 읽기의 대상이 아니겠는가.

선행 연구에 따르면 공중인의 낭만성은 '자연스러운 개인의 감정의 발로'이며 그것의 '투사'가 한편으로는 '국가와 민족'과 같은 유한한 것을 향해 나아갔던 것이 위험을 수반한다는 데 유의해야 하지만 다른 한편으로는 공중인의 낭만성 자체는 초월적이고 영원한 것에 가닿고 있다는 점을 재발견하는 것도 필요하다고 한다.[25]

이 글은 개인이 가진 '내면의 투사' 혹은 문학의 자율성에 대한 믿음에

---

23) 김태완, 앞의 글.

24) 경성고보 출신으로 대표적인 문화계 명사는 영화감독 신상옥과 시인 김규동이다. 김규동이 공중인의 장례식 때 맡은 역할(?)이 회고에서 누락된 것도 의아한 점이다. 최금선 여사는 "혜화동 성당에서 장례미사할 때 남편의 친구인 영화감독 신상옥 씨의 아내 최은희 씨가 까만 옷을 입고 조사(弔詞)를 낭독했어요. 막내가 얼마나 울던지, 미사에 참석한 모든 이가 함께 울었어요."라고 회고하는바 시인 김규동에 대한 '침묵' 혹은 '거리'를 느낄 수 있다.(김태완, 위의 글) 김규동은 김수영이 김기림을 비판한 것도 그의 제자인 자신을 돌려서 비판한 것으로 느꼈을 정도로 김기림의 제자임은 김규동의 정체성을 형성해 왔다. 조영복, 앞의 글 참조.

25) 이재복은 공중인 시 전집 『무지개』(문학세계사, 2015) 「해설」에서 자신이 공중인의 낭만성의 투사를 '신라'와 같은 유한한 것에 한정했다고 자기비판하면서 영원한 것 초월적인 것으로 강조점을 이동한다. 이재복, 「공중인 시의 낭만성 연구」, 앞의 글.

비판적인 구조주의적인 접근[26]을 시도하겠다. 공중인은 대한민국 건설기 월남민, 월남 시인으로 호명된 주체이다. 월남 체험[27]은 호명된 월남민의 '예속적 주체화'에 있어서 중요한 지표이다. 월남민의 호명은 넓은 의미에서는 역사적 '전향 공간'을 통해 냉전 체제하의 국민국가 수립 과정의 '냉전 국민' 만들기로 수렴된다.[28] 호명으로부터 자유로운 주체는 없다는 점에서 모든 주체는 '예속적 주체'이다.[29]

공중인의 사실상의 등단작으로 불리는 「바다」의 경우를 보자.

1
구름ㅅ다리 바람에 아시운
억천의 가슴 ─
바다야 새벽노을로 딩굴고 오라!

오색빛 만가리 채색하고
바다야 바다야
별과 더부러
나는 문허지는 하늘이 되리라

---

26) 에티엔 발리바르에 따르면 구조주의의 핵심은 전통적인 철학사에서의 구성하는 주체를 구성되는 주체로 전도한 것이다. 따라서 주체는 기원이나 원인이 아닌바 구조에 의해 생산된 효과이다. 배세진, 『금붕어의 철학』(편앎, 2025), 340쪽.

27) 월남 체험을 통해 월남민의 '구조적 상동성'에 주목하는 연구는 다음을 참조할 것. 김효석, 「전후 월남 작가 연구 ─ 월남민 의식과 작품과의 상관관계를 중심으로」, 중앙대 박사학위논문, 2006. 뤼시앵 골드만의 구조적 상동성 개념은 마르크스의 경제 결정론을 계승한 반영론 혹은 헤겔적인 '표현 인과성'에서 벗어나지 못한다는 점에서 한계가 있다.

28) 조은정, 「해방 이후(1945~1950) '전향'과 '냉전 국민'의 형성 ─ '전향 성명서'와 문화인의 전향을 중심으로」, 성균관대 박사학위논문, 2018, 18쪽.

29) 알튀세는 구조로부터 자율성을 갖는 인간의 본성이 있다고 보는 '이론적 인간주의'에 대항하여 '이론적 반인간주의'를 주창하는데 이 점에서 푸코 역시 문제 설정을 공유한다. 배세진, 앞의 책, 361쪽.

2
바다 —
너는 잠에 지친 푸른 고냥이 — ,

멀리서 누가 뭐라 하기에
얼골을 그리도 찡그리고
바위에 부대처 흩어지는 아픈 소리,
밤새도록 쉴 새 없구나

3
바다, 수정빛 아름 움켜서
꽃피는 순간을 휘여잡고

물결에서 물결로 여릿여릿 빛을 놓아

흘러라 흘러라, 아 — 다그치는 억천의 가슴은!
그대로 훑이워 마고스처서

머얼리 넨들 낸들 해연의 푸른 꿈을
제마다 휘적고 적시려니
바다, 너를 굴으며 종일토록 울리리라

—「바다」

선행 연구에 따르면 공중인은 "1949년《백민》3월호에「바다」,「오월송」을 발표하면서 정식으로 등단하였다".[30] 하지만 이에 대해서는 사실 확

---

30) 이재복,「낭만적 실존과 관절(冠絶)의 사상 — 공중인 시 전집」,『무지개』 해설(문학세계
    사, 2015), 210쪽.

정이 필요하다. 우선 이 글은 사실 확인 차원에서 볼 때 「바다」는 《백민》 1949년 3월호, 「오월송」은 《백민》 1949년 6월호에 게재되었음을 확정하겠다. 또한 해석의 차원에서 볼 때 공중인 시인에게서 "정식으로 등단"이 갖는 의미가 무엇인지는 불명료하다는 점을 짚고 넘어가야 한다. 공중인은 해방 이후 월남하여 《시탑》(1946년 4월) 동인으로 활동했으며 《백민》에 「바다」(1949년 3월)와 「오월송」(1949년 6월)을 발표하고 뒤이어 《경향신문》에 「홍흔」(1949년 8월 3일)을 발표한다.

해방기는 일제강점기에 확립된 등단 제도가 흔들린 시기이다. 기존의 등단 제도가 형해화되어 있는 상황에서 다양한 등단 경로로 시인들이 배출되었다. 이봉범에 따르면 해방기의 등단 경로는 동인지 활동, 신문 매체의 (현상) 신춘문예 혹은 시 게재, 잡지의 (현상) 신춘문예 혹은 시 게재의 세 가지로 요약된다.[31] 이렇게 볼 때 첫째, 공중인은 《시탑》 동인 활동을 통해 1946년 등단했다고 할 수 있지만 등단작은 확인되지 않는다. 둘째, 공중인은 《백민》과 《경향신문》에 차례로 시를 발표하고 있으며 둘 다 등단으로 갈음할 수도 있는 사례이므로 그중 먼저 발표한 《백민》의 「바다」를 등단작으로 인정할 수 있을 것이다. 하지만 이를 두고 "정식으로 등단"이라고 하려면 보충적인 검토가 필요해 보인다.

《백민》은 당시 신진 발굴에 가장 많은 기여를 한 잡지이다. 해방기의 추천제가 위상이 약했지만 추천제를 일부 운영하고 있기도 했다. 하지만 공중인은 정식 추천을 통해 등단하지는 않았다.[32] 그 대신 공중인의 「바다」가 《백민》 1949년 3월호에 발표된 후 《경향신문》에 "3월 시단의 백미의 가편"이라는 고평을 받는다. 당시 구상 시인은 1세대 월남 시인의 대표성[33]

---

31) 이봉범, 『전향, 순수 | 전후, 참여 — 대한민국 문학의 형성과 매체』(성균관대 출판부, 2023), 121~165쪽.

32) "백민의 추천제는 제도적 차원에서 이루어진 것이 아니라 잡지 편집에 관여했던 김동리를 비롯한 기성 문인들의 비공식적 개인적 추천이었기 때문에 지속성이 없었다. 권위도 미약했다."(위의 글, 145쪽)

33) 구상은 1946년 초 '원산문학가동맹'에 가입해 시집 『응향(凝香)』(1946년 12월)에 네댓 편

을 갖고 있었다. 구상의 고평은 당시 시단에서 일종의 '추천'으로 인정되었을 것이다. 한편 당시 《백민》은 정식 추천(?)과 변별되는 대가의 소개장이 물의를 빚기도 했던 정황[34]으로 볼 때 공중인은 이 시기 구상의 후견을 받은 것으로도 보인다.

등단작으로서 이 시가 "시작 대상으로 '바다'를 선택한 것 자체가 낭만주의자로서의 그의 기질"을 보여 주고 있다는 점에 주목할 때 "낭만성의 표상으로서의 '바다'는 시인의 마르지 않는 상상력의 원천"이다.[35] 시적 자아는 바다를 어떤 때는 움키고 '휘어잡'거나 '부여잡'기도 하고 또 어떤 때는 '휘젓고 흔들'다가 '구르'고 '울리'기까지 한다. 선행 연구는 여기에서 시인, 작가의 낭만성, 낭만적 기질을 확인하는 데 그치고 있다. 하지만 월남 시인으로서 공중인의 담론적 실천으로 볼 때 '바다'에 대한 분방한 정열은 일반적인 낭만성으로 환원되는 데 그치지 않는데 바다라는 시적 대상은 실존적 위기를 겪고 있는 실향민이 갖는 '고향'에 대한 들끓는 내면의 정감이며 이산가족이 된 어머니에 대한 격정으로 이어지는 것으로 볼 수 있는 것이다. 이는 공중인의 시 「고향」의 "바다 가물지도록/ 나를 그리며 눈물지을/ 동해 머언 어머니,// 그 야윈 모습, 외로움을 엮어 오면/ 어머니여, 그리다 못해 아니 그리지 못해/ 푸른 바다 외치며 달려간/ 머언

의 시를 발표한다. 1947년 1월 하순 평양에서 네 명의 검열단이 원산에 파견되었고, 이들은 극장 원산관에서 보고서 연설, 토론, 자기비판, 결정서 낭독의 순서로 진행된 열성자대회를 통해 『응향』의 시들은 "북조선예술운동을 좀먹는 것"이자 "인민 대중에게 악기류를 유포하는 것"으로 규정한다. 구상은 체포, 투옥, 재탈출의 곡절을 겪으며 월남한 직후 북한의 《문화전선》 3호(1947. 2. 25)에는 「시집 『응향』에 관한 북조선문학예술총동맹 중앙상임위원회의 결정서」가 게재된다. 이 결정서는 조선문학가동맹의 기관지인 《문학》(4월)에 다시 게재되면서 남한에까지 알려졌다. '응향 사건'은 해방 이후 최초의 필화 사건이다. 김익균, 「분단의 강 위에 놓인 회심의 일터 ― 구상론」, 《시와표현》, 2015; 송기한, 『해방 공간의 한국 시사』(지식과 교양, 2023) 참조.

34) 백철, 「신인과 문학 태도 ― 지성 빈곤의 일 증상」, 《경향신문》, 1948. 10. 29; 이봉범, 앞의 글, 146쪽.

35) 이재복, 「공중인 시의 낭만성 연구」, 192쪽.

발자국, 자욱마다 마음은 흐느껴 울고"에서 확인되는 것이다.

어떻게 보든 공중인은 해방기 등단 제도의 불안정 속에서 출현했으나 구상과 김광섭이라는 1세대 월남 시인의 보증은 문학장에서 정식 등단 효과로 작동하게 된 것으로 보인다. 정리하자면 「바다」의 시적 주체는 월남민의 정체성 형성, '예속적 주체화(assujettissement)'와 월남 작가들의 상호 인정의 관계망 속에서 출현했다고 할 수 있다.

극단적 폭력을 거스르는 애국적 정열의 문학정치

공중인은 월남 2세대 작가군으로 분류할 수 있다. 월남 1세대 작가인 구상의 월남 체험은 시인으로서 어느 정도는 선지자로서의 위치성을 보장해 주었다. 공중인의 월남 체험은 이와는 선명하게 분할[36]된다.

공중인이 '불안정한 등단 제도'하에서 시인으로 인정받는 1949년은 월남 작가라는 정체성 집단이 형성 중에 있었다. 1949년 11월경, 안수길, 박영준, 구상, 황순원 등 스무 명 남짓의 작가들이 김동명을 위원장으로 하여 '월남 작가 구락부'를 준비한다.[37] 공중인 역시 월남 작가 구락부에 참여하고 있다. 월남 작가의 집단적 정체성이 형성된 것은 이 무렵으로 보인다.[38]

---

36) 월남민은 개인 차원에서는 다양한 위치성에 놓여 있었다. 공임순, 「빨치산과 월남민, 이 승만의 재현/대표성의 두 기표」, 『스캔들과 반공국가주의』(앨피, 2010) 참조.

37) 「월남 작가 구락부 내월 삼일에 결성」, 《조선일보》, 1949. 11. 24; 「월남 작가 크럽 결성」, 《경향신문》, 1949. 11. 24.

38) 이들은 "① 민족문화의 행동 부대로서 반민족적인 일체 문학 행동과 대결한다. ② 우리 는 세계민주주의 작가와 대오하여 새로운 문학 정신 탐구에 정진한다. ③ 우리는 둘의 세계를 몸소 체험한 지성으로서 문학 정신 탐구에 정진한다."를 강령으로 내세우며 월남 문인들의 참여를 촉구하는 기사를 내기도 했다. 「월남작가회, 반민족문학 반대를 강령으로 내세우고 결성」, 《서울신문》, 1949. 12. 4; 전소영, 「월남 작가의 정체성, 그 존재 태로서의 전유 — 황순원의 해방기 및 전시기 소설 일고찰」, 《한국근대문학연구》, 32, 2015, 82쪽 참조.

해방 직후에는 아직 이주민 일반[39]과 월남민의 변별성이 약했다. 당시 월남민의 공식 명칭은 '재남조선이북인'이었다. 그들은 사후적으로 '월남자', '북한 난민', '이북도민', '실향민', '월남 난민' 등으로 기록된다.[40] '재남조선이북인'이라는 호칭은 '월남 체험'을 특화하지 않고 있다. 이렇게 볼 때 월남 체험은 상징적인 의미만을 갖는다. 해방 이전부터 남쪽(대체로 서울)에 내려와 있었거나 대체로 1947년 이전에 월남한 사람들은 '재남조선이북인'일 뿐이었을 것이다. 사후적으로 이들 역시 월남민으로 구성된다. '재남조선이북인'은 점차적으로 차별의 대상이 되어 간다.[41] '재남조선이북인'이라는 공식 명칭이 사라지는 과정은 해방 이후 담론의 변화를 증상적으로 보여 준다. 월남민으로 호명된 주체는 어떠한 형상으로 나타나는가? 월남민들은 월남 동기와 관련하여 정부 당국이나 월남민 관련 기관이 만들어 낸 공적 담론, '공산당의 전통적인 억압과 학살 정책에 시달리던 북한 주민들이 공산 정권에 염증을 느끼고 남하했다는 신화를 적절히 직조하는 증언자가 될 수 있었다. 김귀옥은 이것이 거의 획일적으로 나타난다고 지적했다.[42]

공중인의 월남 서사를 직접적인 텍스트로 접근할 수는 없지만 가족들의 증언을 통해서 간접적으로 접근하는 것은 가능하다. 최금선 여사와 공중인의 아들 공명재가 인터뷰에서 전한 공중인의 월남 계기는 월남민 서

---

39) 해방기 인구 유동 현상 속에서 남한으로 유입된 사람들은 귀환 전재민이라고 불렀다. '전재민'이란 전 지구적 차원의 전쟁 난민의 의미를 담고 있으며 세계대전으로 인한 피해자를 지칭하지만 당시 사회적인 통념에 따라 남한으로 들어온 인구를 가리키는 말로 널리 쓰이게 되었다. 이선미, 「'만주 체험'과 '만주 서사'의 상관성 연구」, 『반공주의와 한국문학』(깊은샘, 2005), 362쪽.

40) 전소영, 「해방 이후 월남 작가의 존재 방식 — 1945~1953년의 시기를 중심으로」, 《한국현대문학연구》 44집, 2014, 385쪽 참조.

41) 재남조선이북인은 스스로 '망명자'라는 자의식을 표현하기 시작한다. 「《피의 철학》 아시죠 미소공위는 정의의 문척(門尺) — 재남이북인, 연합국에 호소」, 《동아일보》, 1947. 5. 29.

42) 김귀옥, 『월남민의 생활 경험과 정체성』(서울대 출판부, 1999), 70쪽.

사의 전형성을 갖기 때문이다.

"—— 시인이 1946년 월남했다고 하는데 당시 이야기를 들은 적이 있나요."

최금선 여사의 말이다.

"생전 남편이 이런 말씀을 하셨어요. '공산 체제가 너무 가혹해 목숨을 걸고 내려왔노라'고요. '북에서 죽을 바에야 자유스런 남한에서 죽으면 여한이 없겠다'는 생각에 그렇게 탈출했는데 얼마 후 6·25사변이 터져 버렸어요. 남편은 모윤숙 시인과 함께 '목숨을 걸고 싸우자', '서울을 사수하자'는 방송을 하셨다고 합니다."[43]

다음은 차남 공명재의 인터뷰이다.

"—— 공 시인이 공산주의를 몹시 싫어했다고 들었다."

"그랬다. 선친의 고향이 함경남도 이원이다. 그러나 함경도에서 그 시절 가장 명문인 함경북도 청진에 있는 북경성고보를 졸업했다. 할아버지가 청진에서 한의원을 한 덕도 있다. 1945년 이후 북한 지역에 소련군이 진군하자 미련없이 고향을 떠났다. 일찌감치 공산주의 만행을 알아차린 것이다."[44]

이러한 월남민의 정체성에 대해서 개인의 내면이나 이념으로 설명하는 것은 분명히 한계가 있다. 해방기의 월남은 전시기에 비해 북한의 체제가 가해 온 신변상의 위협이나 압박을 피하려는 목적으로 이루어진 경우가 많았다. 전쟁 이전 월남자의 월남 동기는 사상적 정치적 이유가 31.2%로 가장 높고 농지개혁 등 재산 몰수 및 종교 탄압이 각각 11.8%로 그 뒤를 잇는다.[45] 엘리트층일수록 월남민은 남한 사회에 편입하기 위해 반공 정체성을 과장하고 권력 지향적인 태도를 드러내기도 했다.[46]

---

43) 김태완, 앞의 글.

44) 김동률, 「인터뷰: 육사 교가 작사 공중인 시인 아들 공명재 씨」, 《국방일보》, 2016. 4. 27.

45) 조형·박명선, 「북한 출신 월남민의 정착 과정을 통해서본 남, 북한 사회구조의 비교」, 변형윤 외, 『분단 시대와 한국 사회』(까치, 1985), 150쪽.

46) 전소영, 「해방 이후 월남 작가의 존재 방식」, 389쪽.

또한 해방기 월남민은 급변하는 시국에 따라 그 위상이 유동적이었다. 월남이라는 행위 자체에 대한 인식이 생겨난 것은 미군정에 의해 38도선이 그어진 해방 직후였으나 초기에는 귀환 전재민으로 총칭되다가 1947년 4월경부터 구분이 의식된다.[47] 전재민의 급증으로 발생한 실업률 증가나 주택, 식량난, 범죄 등을 해결한다는 명목으로 미군정이 설치한 38선 접경의 수용소가 남북 체제 긴장 관계가 본격화되면서 유독 이북 출신 월남민을 대상화하는 방향으로 이루어지게 되었다.

1950년대의 국민국가 이야기는 한국전쟁의 공식 일지 작성 및 정부의 공과 정리 등의 공식 기억 강화 작업과 개인들이 겪은 학살과 만행에 대한 고발을 통해 사회주의 이데올로기의 허위를 적발하는 방식이 초월적으로 맞물리면서 국가 이데올로기를 강화하는 방향으로 나아간다.[48] 남한 지식인들의 기득권이 인정되고 자신들은 소외되는 상황에 직면해야 했던 월남 작가들의 불안정한 존재 방식[49]에 의해 당대 남한 국민으로서의 존재 증명을 해야 했던 월남 작가들은 대부분 종군작가단에 포섭되어 후방의 반공 담론을 공고히 할 수 있는 텍스트들을 생산해 낸 바 있다.[50]

이러한 월남 서사 속에서 공중인과 김기림의 궤적은 '한국문화연구소'에서 우발적이지만 필연적인 마주침을 갖는다. 역사적 사건으로서 '전향 공간'이 열리자 '한국문화연구소'는 1949년 12월 3~4일의 종합예술제를 개최하면서 정지용, 김기림, 정인택 등에게 전향을 강요했는데[51] 공교롭게도 공중인은 1950년에 한국문화연구소의 기관지 《별》의 간행에 참여하고

---

47) 「38선 접경 3개소 월남 수용자 수가 2천여 명으로 알려짐」, 《경향신문》, 1947. 4. 30; 전소영, 「월남 작가의 정체성, 그 존재태로서의 전유 ── 황순원의 해방기 및 전시기 소설 일고찰」, 83쪽.

48) 유임하, 「이데올로기의 억압과 공포」, 《현대소설연구》 25, 한국현대소설학회, 2005, 63쪽.

49) 최강민, 「사상계의 동인문학상과 전후 문단의 재편」, 최강민 외, 『한국문학의 권력 계보』(한국출판마케팅연구소, 2004).

50) 김효석, 「전후 월남 작가 연구 ── 월남민 의식과 작품과의 상관관계를 중심으로」, 중앙대 박사학위논문, 2006.

51) 염무웅, 「(3)남한 주류 문단의 형성」, 《경향신문》, 2016. 3. 21.

있다. 김기림-공중인의 사제 관계가 침묵으로 빠져든 곳은 월남 체험과 전향 공간의 점이지대라고 추론할 수 있는 것이다.

월남민은 '38따라지'로 불리며, 대한민국 국민됨을 증명할 가시적인 증거와 표지를 필요로 했다. 선행 연구는 대한민국의 재현/대표성의 경계 지점을 형성한 리미널(liminal)한 존재, 호모 사케르로서 월남민을 주목해 왔다.[52] 호모 사케르는 희생물로 바칠 수는 없지만 죽여도 되는 생명인바 아감벤에 따르면 근대 주권 권력은 바로 호모 사케르와 같은 존재를 존립시킴으로써만, 다시 말하면 그들을 배제함으로써만 성립하기 때문에 그들은 배제됨으로써 포함되어 있는 것이기도 하다. 주권자는 예외 상태를 결정하는 자인데, 예외 상태에 있는 벌거벗은 생명은 이러한 정치권력의 궁극적인 토대로서 이미 소환되어 있다는 호모 사케르 개념에 따르면 삶과 죽음의 경계가 불분명한 상태로 남게 된다.

호모 사케르 개념의 강점은 주권 권력 더 나아가 생명 권력을 깨닫게 하는 데 있는 한편 그 대안을 사고하기는 어렵다는 난점이 있다.[53] 발리바르에 따르면 호모 사케르는 "'벌거벗은 생명'의 절대적인 취약함이나 절대적인 소모 가능성, 또는 이렇게 말하는 것이 더 낫다면, 인간 세계의 중심에 존재하는 동물성의 차원을 생산"하고 "사회적 유대의 파괴를 생산"하는 "사회 자체"에 대해 "사유할 수 있게 해 준"다. 하지만 이 개념은 정치를 불가능하게 하는 조건인 극단적 폭력의 시대 시민 주체의 아포리아를 지나치게 알레고리화한 것으로 이해될 수 있다.[54]

더 나아가 발리바르는 '자기'를 저항의 원초적 심급으로 삼는 푸코의 통치성 개념의 한계를 비판하며 구조적 폭력을 넘어서 '자기' 자체를 파괴

---

52) 공임순, 「빨치산과 월남민, 이승만의 재현/대표성의 두 기표」, 『스캔들과 반공국가주의』(앨피, 2010), 61쪽; 전소영, 「월남 작가의 정체성, 그 존재태로서의 전유 ― 황순원의 해방기 및 전시기 소설 일고찰」, 86쪽; 월남민의 비국민화 양상에 대해서는 전소영, 「해방 이후 월남 작가의 존재 방식: 1945~1953년의 시기를 중심으로」, 1~2장 참조.

53) 한국철학사상연구회, 『현대 정치철학의 네 가지 흐름』(에디투스, 2019), 371~373쪽.

54) 에티엔 발리바르, 진태원 옮김, 『폭력과 시민다움』(난장, 2012), 99쪽.

하는 '극단적 폭력'에 대항하는 반폭력의 정치로서 '시민다움' 개념을 제시하고 있다.[55] 이 글에서는 대한민국 건설기 주권 권력, 생명 권력의 형성기에 월남민, 월남 작가 공중인이 경험한 '극단적 폭력'이 생산한 시문학으로부터 "시는 죽고 이념이나 이데올로기만 생경하게 전경화되는 위험성"[56]을 보는 낭만주의적 해석학과 월남 작가를 호모 사케르라는 알레고리로 고착시키는 월남 문학 연구 둘 다와 다른 각도에서 접근해 '분방한 정열의 시혼과 이념'[57]을 시민다움의 계기로 발굴하는 길을 열어 볼 것을 제안하겠다.

발리바르는 "민주주의 전통의 역사를 집약하는 합성어로서 '평등자유(égaliberté)'"를 추구하는 보편적인 공동체인 시민권과 긴장을 유지하는 시민다움, 집합적인 것이 지닌 역량 자체로부터의 물러섬(retrait)으로서의 시민다움을 개념화했다. 발리바르는 정치 안에 능동적인 저항으로서 대중들의 역량의 유동성에 대한 민활한 리프리젠테이션(단순 재현을 넘어서 구성하는 재-현)으로서 시민다움의 계기가 존재해야 한다고 주장한다. 정치를 봉쇄하는 극단적 폭력의 국면마다 때로는 시민권 운동이 때로는 그 물러섬을 가능하게 하는 시민다움 운동이 필요하며 이 두 계기는 공존할 수 있어야 한다는 것이다. 공중인의 시 세계는 극단적 폭력에 맞서서 '자기'가 파괴되지 않도록 보존하기 위해 한편으로는 분방한 정열의 이념(시민권 운동)과 다른 한편으로는 시혼(시민다움 운동)으로 이행한다. 월남민의 자기 '재-현'으로서 공중인의 시, 더 나아가 1950년대의 '저항 집단의 과격한

---

55) 에티엔 발리바르, 『대중들의 공포』(서관모·최원 옮김, 도서출판b, 2007) 1부와 『폭력과 시민다움』 참조.

56) 이재복, 「낭만적 실존과 관절(冠絶)의 사상 ─ 공중인 시 전집」, 225쪽.

57) 스피노자의 정서론에 따르면 "하나의 정서는, 제어되어야 할 정서와 상반되며 더 강한 어떤 정서에 의해서만 제어되고 제거될 수 있다."(스피노자, 『에티카』, 4부 정리 7) 극단적 폭력의 시대, 월남민 체험이 '자기' 자체를 파괴하는 슬픔의 정서와 그 상태에 고착시키는 '놀람'에서 벗어나기 위해 더 강한 다른 정서가 요청되었고 그것은 2세대 월남 시인에게서 기대되었다.

정열'은 이러한 변증법적인 정치의 장소를 마련하고 있었다.

동방 바다의 이슬져 오랜 나의 님 무지개의 나라여
우리의 팽배하는 아사달 왕검의 꿈 동결된 우리의 국토여
그대 찬연한 진주의 가슴, 우리가 명명한 어머니인 민주공화국!

(중략)

이날, 너의 나직한 시인을 하여금 송영에 넘치는 신의 조언을 부여케 하라
같은 말, 같은 피, 같은 겨레 서로 협동하며 평등히 누릴 자유의 헌장!
영겁히 구별 없는 인간다운 보람, 하늘은 은혜하여 오곡을 무르익게 하라
　　　　　　　　　　　　　　—「기(旗)여 영원히! 별처럼 영구히!」 부분

염염이 결정의 봉화 피보래친 삼월 초하루
눌리워 뭉친 인경마다 목숨을 굽이쳐
피 휘덮어 적신 진동, 여명아 오너라

얼을 부숴, 뼈를 갈아 찢기며, 날리며,
갈갈이 외치다 쓰러진 님들의 사연이여
'최후의 1인까지, 최후의 일각까지!'

(중략)

동방 바다의 불사족, 한량없는 영광을 가슴에
유구히 푸른 슬기 하늘 나래친 우아의 단일로
백열의 계승이여, 세계에 관절하라
　　　　　　　　　　　　　　—「기미(己未) 피의 항쟁」 부분

공중인의 시집에서 "이념"을 표현한 '기념비'장에 들어 있는 시들은 "대한민국"의 정체성을 삼일운동으로부터 찾아내어 "백열의 계승"을 이뤄 내고 그 "영광"을 "세계에 관절하"기를 염원하고 있다.

발리바르에 따르면 시민다움의 정치는 위로부터의 시민다움과 아래로부터의 시민다움으로 나뉘며, 후자는 다시 저항의 다수자로 되기로서의 시민다움(변혁의 정치를 통합)과 저항의 소수자로 되기로서의 시민다움(자기 배려, 탈주, 탈구축 등)으로 세분화된다. 시민다움의 정치의 세 가지 층위는 서로를 대체보충(supplément)하면서 공존해야 한다. 이때 위로부터의 시민다움의 정치의 가장 일반적인 경우는 국가의 국민 만들기의 과정 속에서 찾을 수 있다. 지배적 엘리트들이 수행하는 교양, 계몽은 단순히 헤게모니적 지배(혹은 랑시에르적인 '치안')로 치부될 수 없는데 대중들의 역량이 자신들의 상상계에 따라 리프리젠테이션('재현/표상/재-현/대표')되는 하나의 계기가 위로부터의 시민다움의 정치로 나타나는 것이기 때문이다.[58]

삼일운동과 민주공화국을 통해서 공동체의 시민권을 보존하려 하는 '기념비'장의 시들에는 위로부터의 시민다움의 정치가 작동하고 있다. 다시 말해서 1950년대를 대표하는 공중인의 시에는 위로부터의 시민다움의 계기와 공존하는 무지개와 관절(冠絶)의 시혼이 작동하고 있었던 것이다.

결론

공중인의 시 세계는 1950년대 신진 작가 그룹의 중핵인 애국적 정열을 근간으로 하는데 문학사는 애국적 정열의 시를 배제했다. 공중인의 시 세

---

58) 지배계급의 이데올로기는 피지배계급의 이데올로기라는 테제는 발리바르, 『대중들의 공포』 참조. 시민다움의 정치에 대한 국내 논의는 다음을 참조. 김익균, 「독서 대중과 '시민다움의 정치' 형성의 한 계기가 된 릴케 현상」, 《정신문화연구》 148호, 2017; 진태원, 「극단적 폭력과 시민다움 — 에티엔 발리바르의 반폭력의 정치에 대하여」, 《철학연구》 118, 철학연구회, 2017; 김익균, 「만해 한용운의 문학이 표현한 시민다움의 기예」, 『대각 사상』(대각사상연구원, 2020).

계는 김기림으로부터 유토피아적인 국가의 비전을 계승하는 한편 2세대 월남 시인의 (사후성을 통해서 획득된) 월남 체험과 한국전쟁 체험이 결합된 것이었다.

월남 시인은 호모 사케르로서 '예속적 주체화'한 주체성을 갖고 있으며 그러한 리미널한 존재가 쓴 특히 '기념비' 장의 시는 다시 한번 문학사에 의해 관제적인 시로 선고받으며 지워져야 할지도 모른다. 이 글은 이러한 일관된 흐름으로부터 비켜서서 극단적 폭력을 거스르는 애국적 정열의 문학정치로부터 시민다움의 계기를 발견해 (비)문학사에 기입하고자 했다.

참고 문헌

「《피의 철학》 아시죠 미소공위는. 정의의 문척(門尺) ― 재남이북인, 연합국에
　　호소」, 《동아일보》, 1947. 5. 29.
「월남 작가 구락부 내월 삼일에 결성」, 《조선일보》, 1949. 11. 24.
「월남 작가 크럽 결성」, 《경향신문》, 1949. 11. 24.
「월남작가회, 반민족문학 반대를 강령으로 내세우고 결성」, 《서울신문》, 1949.
　　12. 4.

고은, 『1950년대』, 청하, 1989.
공임순, 「빨치산과 월남민, 이승만의 재현/대표성의 두 기표」, 『스캔들과 반공
　　국가주의』, 앨피, 2010.
김광섭, 「무지개와 낭만주의 정신」, 《경향신문》, 1957. 4. 25.
김을한, 「나는 자유를 선택하였다」, 《경향신문》, 1956. 2. 5.
김귀옥, 『월남민의 생활 경험과 정체성』, 서울대 출판부, 1999.
김동률, 「인터뷰: 육사 교가 작사 공중인 시인 아들 공명재 씨」, 《국방일보》,
　　2016. 4. 27.
김익균, 「분단의 강 위에 놓인 회심의 일터 ― 구상론」, 《시와 표현》, 2015.
김익균, 「독서 대중과 ‘시민다움의 정치’ 형성의 한 계기가 된 릴케 현상」, 《정
　　신문화연구》 148호, 2017.
김익균, 「만해 한용운의 문학이 표현한 시민다움의 기예」, 《대각사상》, 대각사
　　상연구원, 2020.
김태완, 「애국 시인 孔仲仁 ― 목숨 걸고 北과 싸운 애국 낭만파 시인」, 《월간

조선》, 2020. 8.

김효석, 「전후 월남 작가 연구: 월남민 의식과 작품과의 상관관계를 중심으로」, 중앙대 박사학위논문, 2006.

박성규, 「50년대 스타 시인 공중인 타계 50년 만에 세상으로」,《서울경제》, 2015. 10. 18.

배세진, 배세진, 『금붕어의 철학』, 편낢, 2025.

백철, 「신인과 문학 태도 — 지성 빈곤의 일 증상」,《경향신문》, 1948. 10. 29.

송기한, 『해방 공간의 한국 시사』, 지식과 교양, 2023.

신경림, 「어떤 시를 읽을 것인가」, 한국문화예술진흥원 금요이야기, 2004. 6. 18.

신영덕, 『한국전쟁과 종군작가』, 국학자료원, 2002.

염무웅, 「(3) 남한 주류 문단의 형성」,《경향신문》, 2016. 3. 21.

유임하, 「이데올로기의 억압과 공포」,《현대소설연구》25, 한국현대소설학회, 2005.

유주현, 『정(情) 그리고 지(知)』, 문예창작사, 1975.

이봉범, 『전향, 순수| 전후, 참여 — 대한민국 문학의 형성과 매체』, 성균관대 출판부, 2023.

이선미, 「'만주 체험'과 '만주 서사'의 상관성 연구」, 『반공주의와 한국문학』, 깊은샘, 2005.

이재복, 「공중인 시의 낭만성 연구」,《어문연구》86, 2015. 12.

이재복, 「낭만적 실존과 관절(冠絶)의 사상 — 공중인 시 전집」, 『무지개』 해설, 문학세계사, 2015.

전소영, 「해방 이후 월남 작가의 존재 방식: 1945~1953년의 시기를 중심으로」,《한국현대문학연구》44집, 2014.

전소영, 「월남 작가의 정체성, 그 존재태로서의 전유 — 황순원의 해방기 및 전시기 소설 일고찰」,《한국근대문학연구》, 0?(32), 2015.

조영복, 「일제 말기와 해방 공간, 6·25 전후의 김기림 — 김규동 인터뷰 및 보유」,《어문연구》35권 1호, 2007 봄.

조은정, 「해방 이후(1945~1950) '전향'과 '냉전 국민'의 형성 ─ '전향 성명서' 와 문화인의 전향을 중심으로」, 성균관대 박사학위논문, 2018.

조형·박명선, 「북한 출신 월남민의 정착 과정을 통해서 본 남, 북한 사회구조 의 비교」, 변형윤 외, 『분단 시대와 한국 사회』, 까치, 1985.

진태원, 「극단적 폭력과 시민다움 ─ 에티엔 발리바르의 반폭력의 정치에 대 하여」, 《철학연구》118, 철학연구회, 2017.

최강민, 「사상계의 동인문학상과 전후 문단의 재편」, 최강민 외, 『한국문학의 권력 계보』, 한국출판마케팅연구소, 2004.

한국철학사상연구회, 『현대 정치철학의 네 가지 흐름』, 에디투스, 2019.

루이 알튀세, 배세진·이찬선 옮김, 『역사에 관한 글들 ─ 비-역사의 조건으로 부터 역사의 조건으로』, 오월의봄, 2023.

에티엔 발리바르, 진태원 옮김, 『폭력과 시민다움』, 난장, 2012.

에티엔 발리바르, 서관모·최원 옮김, 『대중들의 공포』, 도서출판b, 2007.

올리버 지몬스, 임홍배 옮김, 『한 권으로 읽는 문학 이론』, 창비, 2020, 221쪽.

1925년	함경남도 이원군 동면 고암리에서 한의사 공승일의 2남1녀 가운데 차남으로 출생. 아버지는 한의사로 재력이 있었지만 정어리 공장을 하던 친구의 보증을 잘못 서는 바람에 가산을 날리고 화병으로 마흔한 살에 돌아가심.
1938년(14세)	청진시에 있는 천마소학교를 1등으로 졸업하고 각 도(道)의 1등들과 함께 함경북도를 대표해 일본 천황을 만났다고 함.
1944년(20세)	함경북도 청진시 경성고보 졸업. 당시 김기림이 경성고보 영어 교사로 재직하고 있어서 문학적 영향을 추정할 수 있음. 동기생으로 영화감독 신상옥, 시인 김규동 등이 있음.
1946년(22세)	월남해 김윤성, 정한모, 조남사, 전광용 등과 '시탑' 동인으로 시를 발표함.
1949년(24세)	종합 잡지《신세기》편집기자로 생활함. 《백민》3월호와 6월호에 「바다」, 「오월송」을 각각 발표하면서 본격적으로 문단 활동을 시작함. 12월, 월남 작가 구락부, 한국문학가협회 결성에 참가함.
1950년(25세)	한국문화연구소에서 최태응과 함께 기관지《별》편집. 한국전쟁 발발. 6월 27일, 이승만의 고별사와 함께 모윤숙, 공중인 등이 결별시(訣別詩) 「한양(漢陽)아, 잘 있거라」를 낭독함.
1951년(26세)	《희망》(7월) 창간호에 시 게재.《희망》(8월) 2호부터 문화부장으로 재직. 육군사관학교 교가 작사.(작곡자는 김순애) 해군 목포경비부정훈실에서 간행한《갈매기》에 글을 게재했으나

갈매기는 창간호와 3호만 남아 있어 확인 미상.

1952년(27세)	3월 26일, 이 대통령 탄신일 라디오 프로그램에서 「자유의 종」을 시 낭독함. 6월 14일, 부산에서의 지방의원대회에서 「아 — 운명의 국회여」를 시 낭독함. 6월 28일, 자유예술인연합 결성에 참여함.
1953년(28세)	6월, 최금선과 결혼.
1956년(31세)	6월 27일, 월간 《삼천리》 발행인, 발간인이 됨.
1957(32세)	첫 시집 『무지개』(삼천리사) 발간. 12월, 공중인 편으로 『전국 남녀 고교생 문예 작품집』(삼천리사) 발간. 4월 17일, 「시인의 시간」 자작시 낭독.
1958년(33세)	2월 5일, 자유문협에서 『무지개』를 포함한 28인의 합동출판 기념회를 개최함. 12월, 사진 시집 『조국』(건국십주년기념시와 사진집, 예술세계문화사) 발간.
1959년(34세)	1월 31일, 자유문협회원 『조국』을 포함한 31인 합동출판기념회.
1963년(38세)	1월, 북원무부의 『알쏭달쏭』 번역서 출간.
1965년(41세)	1월, 국방부 발행 《전우》 창간. 초대 문화부장이 됨.
1965년(41세)	11월 18일, 향년 41세의 나이로 서울에서 별세.
2016년	육사 개교 70주년을 기념해 교정에 교가비가 세워짐.

공중인 작품 연보

발표일	분류	제목	발표지
1946	시	제목 미상	시탑
1949. 3	시	바다	백민
1949. 6	시	오월송	상동
1949. 8. 3	시	홍흔	경향신문
1949. 9. 16	시	고향	서울신문
1950. 1. 16	동요	눈사람	상동
1950. 3. 19	동시	제목 미상	상동
1950. 6. 27	시(낭독)	한양아, 잘 있거라	라디오
1951. 5. 9	시	제목 미상	갈매기 1권 3호
1951	산문	혜산진에서 부산까지의 탈출기	갈매기 1권 4호
1951. 6. 25	시	조국	국방
1951. 7. 1	시	진혼곡/동천홍/라이락/ 동방 시의 나라 민국이여!	희망
1951. 8. 1	시	백의천사/거리의 숲껄/ 직녀성/타이피스트/계절풍/ 제목 미상	상동
1951. 11. 5	시	국회에	국방
1952. 1. 8	가요	국민 총진군의 노래	상동

발표일	분류	제목	발표지
1952. 3. 5	시	제목 미상	애국시삼십삼인집 대한군사원호 문화사(釜山)선시집
1952. 3. 26	시(낭독)	자유의 종	의사당 광장에서 시 낭송
1952. 5. 1	시	제5 무지개	희망
1952. 6. 12	시(낭독)	아 ─ 운명의 국회여	부산에서의 지방 의원대회
1952. 8. 15	시	독립제	국방
1952. 10. 8	산문	김장수 동요집 『파랑새』를 읽고	동아일보
1953. 2. 5	시	대한민주공화국이여	국방
1953. 3. 10	시	바다의 간주곡	해양소설집
1953. 6	시	최후의 무지개	자유세계
1953. 7. 1	시	민족 투쟁의 노래	국방
1954. 10. 10	산문	오소백편 오늘의 문제는 무엇이냐?	동아일보
1954. 11. 18	산문	김성환 제2만화집 가카카추아	상동
1955	시	열애의 장/오후의 서정시	전시 한국문학선 ─ 시편
1955. 7. 27	산문	올챙이 기자 방랑기 오소백 저	동아일보
1955. 8. 15	시(낭독)	영원과 함께	서울방송
1956. 11	시	낭만파	문학예술

발표일	분류	제목	발표지
1957	시집	무지개	삼천리사
1957. 3. 22	산문	『나의 소년 시절』 쌘버그 저, 강봉식 역	동아일보
1957. 4. 17	시(낭독)	시인의 시간	기독교방송
1957. 5. 23	산문(낭독)	오월의 회상	서울방송
1957. 6. 20	산문(낭독)	미녀의 발	상동
1957. 11	시	나무	자유문학
1957. 12	시	유랑	상동
1958	시집	조국	예술세계문화사
1958. 5	시	영곡	현대문학
1958. 6	시	조국의 음악	상동
1958. 11	시	백자부	자유문학
1958. 12. 22	산문	『운명의 다리』 손튼 와일더 저, 이호성 역	경향신문
1963. 1	번역서	알쏭달쏭	휘문출판사
1964. 5. 10	산문	민족 위한 처절한 호흡	조선일보
2020. 8	시	무제/꿈/종다리 바람	월간조선

작성자 김익균 동국대 강사

김규동 시에 나타난 분단 의식과 통일 지향

남승원 | 서울여대 초빙교수

1 분단 현실의 자각에서 출발한 시적 여정

김규동(金奎東, 1925~2011)은 1948년 《예술조선》에 작품을 발표하면서 시인으로 등단했다. 하지만 본격적인 시작 활동은 한국전쟁기 부산에서 결성된 '후반기' 동인에 참여하면서부터라고 할 수 있다. 그간 '후반기' 동인에 대한 선행 연구가 축적되어 온 것을 살펴보면 알 수 있는 것처럼,[1]

---

[1] 한국 시사의 관점에서 '근대성'의 문제를 중심으로 '후반기' 동인의 문학 세계를 종합적인 차원에서 규명하고자 한 권경아의 「1950년대 한국 모더니즘 시의 근대성 연구 — '후반기' 동인을 중심으로」(한양대 박사학위논문, 2011)를 비롯해 1950년대의 시대적 상황 속에서 동인의 역할과 그 의미에 대해 주목하고 있는 연구(송기한, 「후반기 동인과 전위의 의미」, 《한국시학연구》 20집, 한국시학회, 2007; 우남희, 「1950년대 '후반기' 동인과 《신시학》의 연관성 연구」, 《한국문학이론과 비평》, 84권, 한국문학이론과비평학회, 2019)나, 1930년대와의 변별적 차원에서 후반기 동인이 보여 준 모더니즘적 지향성에 대한 연구(박민규, 「신시론과 후반기 동인의 모더니즘 시 이념 형성 과정과 그 성격」, 《어문학》 124호, 한국어문학회, 2014)를 포함해서 동인에 참여한 개별 시인들의 작품 세계나 시론의 특성을 조명

김규동 역시 서구 모더니즘을 수용하는 가운데 한국의 현대시를 새롭게 형성하고자 했던 전후의 신진 시인들과 함께 자신의 역할을 찾아 나서고자 했다. 특히 김일성종합대학을 다니던 중에 가족과 고향을 등지고 홀로 월남을 결정하게 된 큰 이유 중 하나가 경성(鏡城)고등보통학교(김규동 시인이 입학했을 때에는 경성중학으로 교명 변경) 시절 스승으로 인연을 맺게 된 김기림의 영향이었다는 사실은 시 창작의 출발 지점에서 그의 시적 지향성을 단적으로 보여 주는 사례라고 할 수 있다. 요컨대 김규동은 개인 내면의 자연발생적 감정을 노래해 온 기존의 시를 거부하고 '과학적 시학으로서의 방법론'[2]을 통해 현실을 인식하는 한편 새로운 시의 형식과 현대 정신을 추구하고자 했다. 더불어 그의 시 세계는 형태적 운율과 결부된 전통적 서정을 비롯해서 당시 한국 시단의 주류라고 할 수 있었던 '청록파'와의 대결 의식을 통해 성립해 나갔다.[3]

<hr>

하는 연구(김창환, 「후반기 동인의 시론과 영화의 상관성에 관하여 — 김규동, 조향의 시론을 중심으로」, 《사이》 2권, 국제한국문학문화학회, 2007; 손미영, 「속도에 매혹된 모더니스트의 초상 — 김경린론」, 《비평문학》 51호, 한국비평문학회, 2014)를 들 수 있다.

[2] "현대시는 스스로의 과학적 명제를 지닌다. 그리고 또한 과학적 시학으로서의 방법론을 가지는 것이다. 시는 치밀한 방정식의 추리 방식과도 같은 방법으로 운산(運算)되는 것이다. 그럼으로 제작되는 시는 항상 담담(淡淡)한 기분의 상태(상징주의(象徵主義))이거나 넋두리(단순한 운율(韻律)의 무용(舞踊))가 되어서는 안 되는 것이다."(김규동, 「현대시의 위치 — 개성과 독자성의 문제를 중심으로」, 《사상계》 1955. 9; 최예열 엮음, 『1950년대 전후 문학 비평 자료』(월인, 2002), 927쪽에서 재인용)

[3] 김규동 시인은 자신의 초기 활동에 대해 인터뷰(김규동·맹문재 인터뷰, 「다시 보는 박인환 시인」, 맹문재 편, 『김규동 깊이 읽기』(푸른사상, 2012), 374쪽)나 또는 회고글(김규동, 「'후반기' 동인 시대의 회고와 반성 — 부정과 우상 파괴의 시학」, 《시와시학》 창간호, 1991, 361쪽)을 통해서도 이와 관련된 내용을 여러 차례 직접 서술하기도 했다.
  만년의 시인이 구술한 내용으로 정리한 자전 에세이 『나는 시인이다』(바이북스, 2011)에서는 다음과 같이 말하고 있다. "전쟁 통이었잖아요. 그런데도 처참한 현실을 외면하고 여전히 산천, 바람, 별, 꽃을 읊조리고 노래했죠. 참담한 현실과 역사를 외면한 거지요. 그에 대한 반동의 움직임도 뒤따랐어요. 전쟁에 대한 아픔과 비참함을 탄식하며 어떻게 하면 전쟁을 종식시킬 수 있을지 고민하는 작품을 쓰는 부류가 등장했어요. 그런데 그게 주의·주장처럼 쉽겠어요? 현실을 고발하는 것은 중요하지만, 그것을 형상화할 기법이나 언어가 부족했지요. 우선 **새로운 문학**에 대한 참다운 이해가 없었어요."(강조는 인용자)

시작 초기 이와 같은 김규동의 시적 지향은 1955년 펴낸 첫 시집 『나비와 광장』(산호장)에 이어 두 번째 시집인 『현대의 신화』(덕연문화사, 1958), 그리고 첫 번째 시론집인 『새로운 시론』(산호장, 1959)과 평론집 『지성과 고독의 문학』(한일출판사, 1962)[4]에 고스란히 반영되어 있다. 그간 김규동에 대한 연구의 상당 부분은 바로 이 시기에 집중되어 있는데, 해방 이후한국 시가 다시 한번 새로운 방향성을 찾아가고자 했던 1950년대에 '후반기' 동인으로 대표되는 모더니즘의 재발현 양상은 시사적 차원에서 중요한 문제가 아닐 수 없기 때문이다.[5] 특히, 김규동은 1950년대 한국 모더니즘 시의 논의 속에서 도시를 배경으로 하는 현대의 감각과 지성적 이미

(「대한민국에서 시인으로 살아가기」, 218쪽)

4) 이후 1965년 재판부터는 『文學講話』로 표제를 바꾸어 출간.

5) 초기 시의 의미와 그 특징에 주목한 연구로는 윤여탁, 「1950년대 모더니스트의 자기 모색」(《선청어문》 25권, 서울대 국어교육과, 1997); 김지연, 「1950년대 김규동 시의 시 정신」(《어문연구》 28권 4호, 한국어문교육연구회, 2000); 정문선, 「대응과 응전의 주체 ― 김규동론」, 김학동 외, 『한국 전후 문제 시인 연구 4』(예림기획, 2005); 김은영, 「김규동의 시 세계 연구 ― 초기 시와 영화의 친연성을 중심으로」, 《국어국문학》 156집, 국어국문학회, 2010; 오형엽, 「김규동 초기 시의 구조화 원리 연구 ― 시선과 응시의 충돌을 중심으로」, *Journal of Korean Culture* 55호, 한국어문학국제학술포럼, 2021; 홍용희, 「전쟁의 도상학과 불안의 초상 ― 김규동의 초기 시 세계를 중심으로」, 《국제한인문학연구》 41호, 국제한인문학회, 2025 등을 들 수 있다.
같은 시기 시론에 보다 주목한 연구로는 박윤우, 「1950년대 김규동 시론에 나타난 현실성 인식」, 《비평문학》 33집, 한국비평문학회, 2009; 김민선, 「김규동 시론에 나타난 현실 인식과 동시성의 욕망」, 《비평문학》 38집, 한국비평문학회, 2010; 문혜원, 「전후 주지주의 시론 연구 ― 김규동, 문덕수, 송욱의 시론을 중심으로」, 《외국문학연구》 46집, 한국외국어대 외국문학연구소, 2012; 맹문재, 「김규동의 『새로운 시론』에 나타난 주제 고찰」, 《어문학》 119집, 한국어문학회, 2013; 임경섭, 「김규동 초기 시론의 시적 적용 양상 연구」, 《우리문학연구》 57집, 우리문학회, 2018 등을 들 수 있다.
이외에도 김규동 시론 전반을 대상으로 한 연구로는 '현대성'과 '사회성'의 길항과 연속성이라는 관점에서 살펴보고 있는 이병주의 「김규동 시론 연구」(고려대 석사학위논문, 2017)나, '현대성'에 초점을 두고 다른 모더니스트들과의 구별성에 주목하고 있는 고봉준의 「김규동의 시론에서 '현대성'의 의미 ― 『새로운 시론』(1959)과 『현대시의 연구』(1972)를 중심으로」(《국제한인문학연구》 41호, 국제한인문학회, 2025)가 있다.

지, 그리고 새로운 언어관을 추구하는 '후반기'의 다른 동인들과 그 목표를 같이하면서도 한편으로는 역사와 현실에 대한 투철한 인식을 배경으로 하는 '현대성'을 중요한 시적 자질로 여겼다는 점에서 구별되는 모습을 보여 주었다.[6]

모더니스트로서의 면모를 보여 주며 왕성하게 활동하던 김규동은 두 번째 시집을 출간한 이후 20여 년 가까운 시간 동안 시작을 멈춘다. 수필집 『지폐와 피아노』(한일출판사, 1962)를 비롯해 평론집 『지성과 고독의 문학』, 『현대시의 연구』(한일출판사, 1972)를 발간하고 출판사를 경영하는 등 문단을 떠나 있지는 않았지만, 1977년에서야 세 번째 시집 『죽음 속의 영웅』(근역서재)을 펴낸다. 시인으로서는 공백기라 할 수 있는 이 시기에 김규동은 1974년 '민주회복국민선언대회'에 참가하거나 1975년에는 '자유실천문인협의회'의 고문에 추대되는 등 현실 참여적 활동을 적극적으로 보여 주었다. 말하자면 세 번째 시집에서 확인할 수 있는 리얼리스트로서의 시적 변모를 어느 정도 예견할 수 있었던 셈이다. 이후 김규동은 반독재와 민주화 투쟁에 적극적으로 참여하는 한편, 분단 시대를 살아가는 시인의 소명이자 실향민으로서 통일을 지향하는 작품들을 창작해 나갔다. 이에 따라 그간 김규동의 시 세계에 대한 연구는 주로 리얼리스트로의 변모에 주목하면서 민중적 성격과 평화, 통일 지향의 모습에 주목해 왔다. 또한 이 같은 시 세계의 변화가 단순히 이전 시기와의 단절이 아니라 연속성의 차원에서 이루어지고 있음을 설명하고자 했다.[7]

---

6) "가장 중요한 문제가 있다. 그것은 어느 시대 어느 작가로부터 왜? 그것을 가르켜 현대시라고 불러야 하는가?라기보다도 부르게 되는가 하는 문제인 것이다. (……) 우리가 살고 있는 현실을 지난날의 문화가 이르러 온 종합의 귀결로서 닥쳐올 날에 연결코져 하는 의식적 방법론에 착안하는, 말하자면 현실을 단순한 현실로 보는 것이 아니고 역사적 현실로 보는 동적 사고의 시인군과 다른 하나는 단순한 현실에 교섭된 자아만을 움직이는 동력의 근원으로 생각하는 자연발생적 사고의 시인군이다. (……) 이렇게 역사적 현실에 일초의 지각도 없이 등장하는 '에네르기'가 문학적 탐구 형식을 거쳐 오게끔 만드는 것이 그것이 바로 역사적 의식인 것이다."(김규동, 「현대시와 방법 — 현대 불란서 시를 중심으로」, 『새로운 시론』(산호장, 1959), 94~95쪽)

이 글은 이와 같은 선행 연구의 문제의식을 바탕으로 김규동이 리얼리스트로서의 변화를 본격적으로 보여 주기 시작한 1980년대 간행 시집을 살펴보고자 한다. 이 시기의 작품에서 그는 사랑하는 어머니를 비롯해서 많은 것들을 두고 떠나올 수밖에 없었던 북쪽 고향에 대한 추억과 현재 경험하고 있는 분단의 현실을 대비적으로 드러내는 가운데 통일을 향해 강한 열망을 보여 주고 있다. 두 권의 시선집 『깨끗한 희망』(창작과비평사, 1985), 『하나의 세상』(자유문학사, 1987)과 네 번째 시집인 『오늘 밤 기러기 떼는』(동광출판사, 1989)이 바로 그것들이다. 이 시집들은 앞서 살펴본 것처럼 1970년대부터 독재에 저항하며 민주화 활동을 해 온 그의 현실적 태도가 고스란히 반영되어 있는 동시에 이후로도 지속되는 김규동의 문학 세계의 핵심적인 요소들을 모두 포함하고 있기에 주목할 만하다.

특히 시선집의 구성을 좀 더 살펴보면 김규동이 자신의 시적 지향을 두

---

7)　이 시기 이후 김규동에 대한 연구는 리얼리스트로서의 변모와 그 의미에 주목하면서도 초기에 보여 주었던 그의 모더니즘적 지향과 단절적으로만 파악하지는 않는다. 초기의 그가 강조한 대로 역사·현실을 향한 투철한 인식이나 작품에 반영되어 있는 폭력성에 대한 반성과 성찰, 그리고 공동체에 대한 인식 등이 일견 단절된 것처럼 보이는 그의 시 세계를 연속적으로 파악하게 만드는 원리라는 것이다.

이 같은 통합적 관점에서 김규동의 시 세계를 바라보는 연구로는 이동순, 「김규동 시 세계의 변모 과정과 회복의 시정신」, 《동북아 문화연구》 26집, 동북아시아문화학회, 2011; 김홍진, 「모더니티에서 민중적 현실 인식으로서의 시적 갱신」, 맹문재 엮음, 『김규동 깊이 읽기』(푸른사상, 2012); 한강희, 「'분열과 부정'에서 '통일 염원'에 이르는 도정」, 맹문재 엮음, 앞의 책; 오문석, 「김규동의 월남민 의식」, 《인문학연구》 50호, 조선대 인문학연구원, 2015; 나민애, 「김규동 시인의 공동체 회복과 시적 방법론 연구 ― '전쟁 은유'와 '기억의 시학'을 중심으로」, 《한국시학연구》 60호, 한국시학회, 2019 등이 있다.

이 밖에도 김규동의 세 번째 시집 『죽음 속의 영웅』에 주목하면서 시집에 드러난 모더니즘적 기법과 리얼리즘적 태도의 혼재는 곧 그의 변모가 일종의 연속성을 가진 시적 발전이었음을 밝히는 김종훈의 「현대성의 흔적과 현실성의 징후 ― 김규동 시집 『죽음 속의 영웅』을 중심으로」(《한국근대문학연구》 45호, 한국근대문학회, 2022)와 1970~1980년대 김규동의 시집을 대상으로 '경계인'으로서의 특징을 살펴보면서 이 같은 태도가 결국 시적 이분법을 벗어날 수 있었다고 본 장은영의 「이념을 넘어서는 경계인의 윤리 ― 김규동의 1970~1980년대 시를 중심으로」(《국제한인문학연구》 41호, 국제한인문학회, 2025)가 있다.

고 각별한 고민을 했던 것으로 짐작할 수 있다. 가령 『깨끗한 희망』의 경우 총 70편의 작품이 수록되어 있는데, 1부와 2부에 배치된 40편은 미발표 신작이며, 3부는 세 번째 시집인 『죽음 속의 영웅』에서, 그리고 4부는 첫 번째와 두 번째 시집인 『나비와 광장』, 『현대의 신화』에서 각각 15편씩 선별해서 배치해 두고 있다.[8] 이 시선집의 발간을 두고 시인은 「자서(自序)」에서 자신이 처음 시 쓰기에 주목했었던 "쉬르를 중심한 문학 운동"의 한계를 깨닫게 되었으며, 따라서 "이 땅의 시인인 이상 분단이라는 다급하고 절실한 문제를 떠나서는 존재 의의를 찾을 수 없다는 생각과 목을 조이는 분단의 사슬을 문제 삼지 않고는 시의 문제를 해결할 수 없다는 자각을 갖게" 되었기 때문이라고 말하고 있다.[9] 이처럼 시인으로서 시대적 역할에 대한 변화의 필요성을 언급하면서도, 신작만이 아니라 이전 시집에서 선별한 작품을 같이 묶어 시선집으로 발간한 사실은 조금 의외라고 할 수도 있다. 시인이 직접 말하듯, 이 시기 김규동은 이전의 시적 경향과 스스로 거리를 두고자 했기 때문이다. 그렇다면 굳이 시선집의 형태로 연이어 두 권을 발간한 이후에야 신작 시집을 펴낸 사실은 자신의 시적 변화가 단순히 초기 모더니즘적 경향과의 단절로서가 아니라 일종의 시적 연속성을 내재한 선택이었음을 보여 주고자 한 것으로 이해하는 것이 타당해 보인다. 요컨대 김규동의 현실 인식이란 곧 분단된 조국의 상황에 대한 역사적 감각이며, 그 극복을 위한 실천적 선택이 바로 통일을 지향하는 시적 행위라는 사실이라고 정리될 수 있다. 이처럼 서로 다른 두 시적 경향의 차이와 대립을 넘어 구체적인 역사 현실과 관계 맺는 시 쓰기를 보여 준 김규동은 여전히 지속되고 있는 분단의 현실에서 우리에게 "시와 양심과 진실을 사랑할 줄밖에 모르는"[10] 시인의 역할에 대해서도 다시

---

8) 『하나의 세상』도 이와 유사하다. 총 55편이 수록된 이 시집에서 신작은 20편인데, 나머지는 앞서 출간한 시선집 『깨끗한 희망』에 수록했던 신작시를 포함해서 첫 번째와 두 번째, 세 번째 시집에서 다시 선별한 작품들이 수록되어 있다.

9) 김규동, 「자서(自序)」, 『깨끗한 희망』(창작과비평사, 1985), 3쪽.

한번 성찰해 볼 수 있게 해 준다.

2 세계 질서의 재편과 한반도의 분단 상황

김규동이 시인으로서 본격적인 활동을 하며 몸담았던 '후반기' 동인의
경우 한국전쟁의 사회적 혼란 속에서 새로운 시대를 준비해야 하는 필연
성에서 출발했다고 볼 수 있다. 구체적 양상은 카프에서 연원한 지난 시
기의 리얼리즘이나 당시 청록파가 계승하고자 했던 전통 서정에 대한 거
부로 나타났다. 하지만 이 시기 모더니스트를 자인하며 먼저 등장한 '신시
론' 동인과는 달리 '후반기'로 오면 언어적 실험과 시적 기교를 중시한 김
경린 이외에도 철저한 현실 인식과 사회적 책임을 강조한 박인환과 이봉
래 등도 활동했다. 동인의 구성만 보더라도 모더니즘에 대해 보다 폭넓은
인식을 가지고 있었음을 알 수 있다.[11] 영미 모더니즘을 이끌었던 이른바
'뉴컨트리 그룹' 중에서도 엘리엇(T. S. Eliot) 이후 사회적 현실에 대한 인식
을 강조했던 오든(W. H. Auden)이나 스펜더(S. H. Spender) 등의 시적 논의를
보다 적극적으로 수용했다는 점도 이 같은 태도와 깊이 연관되어 있다.[12]
김규동 역시 초기 작품들에서 근대성에 대한 비판과 부정의 양식으로 모
더니즘에 주목하는 가운데 파편적 이미지들의 연쇄나 분열된 자아의 내
면 인식을 그리고자 했다. 하지만 동시에 사회 현실에 대한 직접적 서술
역시 쉽게 확인할 수 있는데, 이 같은 점은 시작 활동의 초기부터 그 역시
전쟁과 분단으로 이어지던 조국 현실을 직시하고 있었음을 분명하게 보여

---

10) 김규동, 「머릿말 — 젊은 시인에게」, 『오늘 밤 기러기 떼는』(동광출판사, 1989), 5쪽.

11) 남승원, 「이봉래 시론의 현실 인식과 영미 모더니즘」, 《한국문예비평연구》59호, 한국현
　　　대문예비평학회, 2018, 10쪽.

12) '신시론'에서부터 '후반기'까지 동인으로 참여하면서 주도적 역할을 했던 박인환의 경우
　　　특히 오든과 스펜더를 적극적으로 수용하면서 '후반기' 동인의 문학적 방향은 무엇보다
　　　도 '사회적 책임'이 되어야 한다고 강조하기도 했다. 박인환, 「현대시의 불행한 단면」, 김
　　　경린 편, 『한국 모더니즘 시운동 대표 동인 시선』(앞선책, 1994), 95쪽.

준다.[13] 사회 현실에 대한 김규동의 관심은 1980년대에 들어오면서 보다 확대되는 한편, 분단 조국의 현실에 영향을 미치는 근본적인 힘과 세계사적 진실에 다가서고자 노력한다.

목숨 부지하는 일도 어려운 판에

산더미 같은 호화 상품 선전이 무엇이냐

이 나라 아이들은 모조리

직업 야구 선수와 농구 선수 되란 말이냐

못 먹고 못 배워도

분칠하고 서양 춤 출 것이냐

무엇보다도 네게선

제국주의 냄새가 나서 질색이다

이만큼한 침략에도 부족하여

무엇을 더 빼앗겠단 것이냐

그만 빼앗아라

그만 짓밟고 그만 속여라

오만한 목청 돋구어

노동에 지친 곤한 잠 깨우지 말며

어린것들 순박한 꿈 멍들게 하지 마라

두고 봐야 허황한 놀음이다

말이면 다 말이냐

너의 말장난질은 중형이 마땅하다

---

13) 첫 시집 『나비와 광장』에 수록된 「보일러 사건의 진상」은 이 같은 관점에서 주목할 만하다. '보일러'와 그 힘으로 움직이는 '기차'를 각각 역사적 시간의 흐름과 국가로 상징화해서 보여 주고 있는 이 작품은 전쟁의 상황을 초현실적 이미지들로 그리고 있다. 여기에서 김규동은 시인의 형상을 "끄스른 머리와 떨어진 팔다리의 상처"를 그대로 가진 채 재난적 현실 위를 살아가고 있는 것으로 강조해서 보여 주고 있다.

그만 쳐라 북을

너는 죄 없는 백성들

귀한 시간 빼앗는 기세 좋은 도적이다

양놈 왜놈 합세하여 못살게 굴지 마라

분단을 영구화하지 마라

가난한 자와 억울한 자를

사랑하는 척도 하지 마라

이러한 죄로 재판에 회부된 너는

네모난 상자 속에 숨은 요사스런 적이구나

엄한 눈 하고 시청료 받아먹는.

—「재판」(『깨끗한 희망』) 부분[14]

작품의 제목에서 알 수 있는 것처럼 시적 화자는 어떤 대상을 향한 "재판"을 하고 있는데, 마지막 구절에서 그것이 'TV'였다는 사실이 명확히 드러난다. "외롭고 당당"한 방식으로의 재판을 강조하면서 대상의 행위를 심판하고 있는 시적 진술을 따라가는 일은 그리 어렵지 않다. 또한 30%대였던 한국에서의 가구당 TV 보급률이 컬러 방송이 시작된 1980년도 이후 83% 정도로 급등하게 된 당시의 사정을 감안한다면,[15] TV를 중심으로 급격하게 변화되고 있는 사회 현실을 향한 시인의 우려 역시 쉽게 납득할 수 있기도 하다. 이 같은 현실 속에서 시인은 TV를 통해 전파되는 문화적 산물의 본질로 미국 문화 산업이 가지고 있는 "제국주의"의 폭력적 속성을

---

14) 이하 작품 인용은 『김규동 시 전집』(창비, 2011)을 따르며, 쪽수를 제외하고 작품이 수록되어 있는 발표 시집의 제목을 함께 표기한다.

15) 통계상 한국에서 가구당 TV 보급률이 100%가 되는 것은 1995년도이다. 하지만 컬러 방송 시작 이후부터는 흑백 TV를 조사에서 제외했기 때문이며, 전력거래소의 가전기기 보급률 통계를 보면 실제로는 1989년도에 이미 가구당 100%의 보급률이 넘는 것을 알 수 있다.(채백 외 3인, 「TV의 보급 확대와 공동체의 변화」, 《커뮤니케이션 이론》 14권 4호, 한국언론학회 2018, 146쪽)

지목하고 있다.

한국전쟁은 그 본질적 차원에서 2차 세계대전의 종전 이후 국제 정세가 재편되면서 시작된 냉전 시대의 이념 충돌이라는 측면을 가지고 있다. 문화적 차원에서 본다면 이는 해방 이후 미군정기부터 시작된 이상화된 미국 이미지가 당시 남한 사회에서 새로운 국가의 중심으로 형성되고 있던 민족적 부르주아 계층과 강하게 결부될 수밖에 없었던 사실과 깊이 연관되어 있다.[16] 따라서 이 작품에서 김규동이 "이 나라 아이들"에게 "야구 선수와 농구 선수"만이 사회적 목표처럼 제공되는 TV 문화를 두고 "어린 것들 순박한 꿈 멍들게" 한다는 진술은 단순히 오락성에 대한 지적에 그치지 않는다. 그것은 먼저 일상적 차원에서 "노동에 지친 곤한 잠"을 방해하는 요소, 즉 노동의 가치를 떨어뜨림으로써 "산더미 같은 호화 상품"이 상징하는 소비문화에 열광하게 만드는 자본주의적 속성에 대한 비판이라고 할 수 있다.

당시 미국의 소비문화는 한국전쟁 이후 국가 재건을 최우선으로 하고 있던 남한 사회에 하나의 목표이면서 그것을 향한 동기이기도 했다. TV를 비롯한 각종 매체들에 등장하는 미국의 대중문화는 곧 미국으로 표상되는 이상화된 사회의 상징이며, 문화 소비를 통한 미국 사회와의 자연스러운 동화는 결국 미국의 정책적 판단에 이르기까지도 수용하게 만드는 중요한 힘이라고 할 수 있다. 따라서 김규동에게 미국이 제공하는 소비문화는 곧 냉전의 유지를 원하는 미국 중심의 국제 질서 속에서 곧 "분단을 영구화"하는 힘으로 인식된다. 한반도의 문제는 미국을 중심으로 하는 자본주의 세력의 진영 논리를 구성하는 하부 체계에 편입되어 있는 것으로 볼 수 있다. 미국을 꼭짓점으로 하는 이른바 냉전 시대 자유 진영의 유지를 위해서라면 한반도의 분단 체제 유지와 남한과 북한을 대리로 내세운 이념적 대결 구도의 강화는 필수적인 사항 중 하나이기 때문이다.

---

16) 테드 휴즈, 나병철 옮김, 『냉전 시대 한국의 문학과 영화 ― 자유의 경계선』(소명출판, 2013), 146~150, 154~159쪽 참고.

　따라서 민족적인 염원에도 불구하고 통일은 사실상 남과 북의 당사자들만으로 해결될 수 있는 문제가 아니다. 통일을 현실화하기 위해서라면 세계적 정치 지형도 안에서 남한 사회를 바라볼 수 있어야 하며, 한국전쟁 이후 우리 사회의 정치·문화적 구조가 어떻게 구성되었는지에 대한 근본적 진단 역시 필수적으로 동반되어야 할 것이다. 이 작품에서 "네모난 상자 속에 숨은 요사스런 적"에 대한 김규동의 '재판'은 바로 이 같은 분단 현실을 보다 근원적 시선으로 바라보고자 하는 태도와 연관되어 있다. 모든 정보들이 TV를 통해 독점적으로 제공되는 현실에서 "가난한 자와 억울한 자"를 구조적으로 발생시킬 수밖에 없는 자본주의의 폐해를 감추고, 문화적 오락물의 범람을 통해 미국 중심의 자본주의가 오히려 이상이자 달성해야 할 목표로 제시되는 상황이 바로 "분단"을 지속하게 만드는 가장 근본적인 문제점임을 지적하고 있는 것이다.[17]

> 어둡고 탁한 우리들의 도시
> 밀물처럼 찰랑대는 이곳
> 이 엄청난 시멘트 더미를
> 어떻게 할 것이냐
> 화가와 조각가
> 시인과 학자와 마술사도
> 바보천치 되어
> 슬슬 곁눈질로 꽁무니 빼는 도시

---

17)　남한 사회에 급속하게 전파된 미국 대중문화는 미국 중심의 자본주의적 질서를 확산시킴으로써 남한 사회가 미국이 주도하는 국제적 질서에 자발적으로 동화될 수 있도록 하는 데 중요한 역할을 수행했다. 해방 이전부터 유입되기 시작한 미국 문화는 미군정기를 거치며 체계적이고 광범위하게 한국에 수입되었으며, 한국전쟁 이후 점차 미국식 삶과 이상은 한국 사회에서 동경의 대상이 되는 데에 성공한다.(서대정, 「미국 대중문화가 한국인의 가치관에 끼친 영향 연구 — 1950년대 영화와 음악을 중심으로」, 《현대영화연구》 4호, 한양대 현대영화연구소, 2007, 89~96쪽)

(중략)

유유히 움직이는 것은

풍경과 기억이 아니라

너와 나의 약속과 믿음이 아니라

등 붙일 데 없는 그림자의 물결이요

춤추는 석유 제품의 무덤이다

(중략)

보이지 않는 끈에

두 겹 세 겹 묶여 달리는

죽음의 냄새 물씬한 화폐 다발이요

피 묻은 욕망의 물결이다

—「마지막 도시」(『오늘 밤 기러기 떼는』) 부분

분단의 현실에 주목하는 한편 근본 원인이라고 할 수 있는 자본주의적 면모에 보다 천착하고 있는 김규동은 이 작품에서 모순이 집중되어 있는 공간으로서의 '도시'를 그리고 있다. "거대한 괴수"와 같은 직접적 표현에서 알 수 있는 것처럼 김규동에게 도시는 심지어 "시인과 학자"에 이르기까지 모두 "바보천치"로 만드는 부정적 공간으로 인식된다. 실제 역사적으로 도시는 전통 공간의 해체와 맞물려 발전하게 되었는데 그 과정에서 이전의 사회관계를 재구성하고 나아가 근대사회를 이끄는 공간이자 원동력으로 작동해 왔다.[18] 자본주의의 발달과 경제적 필요성의 급증에 따라 확장된 도시는 이제 단순히 거주 공간이라는 의미를 넘어 현대인들의 욕망을 재배치하는 힘이 집중된 곳이라고 할 수 있다. 1970년대 이후에 오면 한국에서는 이미 도시 지역에 거주하는 인구가 더 많아지는 등 도시로의 집중화 현상이 극단적으로 나타나기도 한다.[19]

---

18) 이성욱, 『한국 근대문학과 도시 문화』(문화과학사, 2004), 66~67쪽.

19) 한국의 도시 지역 인구 비율은 2005년에 이미 90%를 넘겼으며, 2023년 현재 92.1%

이 작품에서 김규동은 빠른 속도로 "엄청난 시멘트 더미"에 뒤덮여 가는 도시를 발전의 표상이 아니라 "폼페이"와 같은 폐허의 모습과 겹쳐 두고 있다. 특히 이윤을 좇는 자본주의 경제구조의 비인간적 측면을 두고 "춤추는 석유 제품의 무덤"이라는 표현을 통해 생태 환경에 대한 경고에까지 이르는 것은 김규동이 1980년대의 한국 현실을 그만큼 냉정하게 바라보고 있었음을 알 수 있다. 이 같은 서술을 따라 "약속과 믿음"을 모두 쓸모없는 것으로 만들어 버리는 자본의 맨얼굴이 드러난다. 사실 전쟁의 결과로 분단을 경험하고 있는 한민족에게 가장 필요한 것은 평화에 대한 '약속'과 서로의 신뢰를 회복하는 '믿음'일 수밖에 없다.[20] 하지만 이윤 획득만을 향해 맹목적이 되는 현실에서 한민족으로서 추구해야 할 통일 공동체 회복의 염원조차 이해관계의 영역 안에 편입되고, 결국 우리 사회가 "어디로 가는지도 모를/ 피투성이 경주"에 빠져들고 있었음이 김규동의 시선을 통해 드러나고 있다.

> 서울이 무엇이 좋으냐
> 오도 가도 못 하니 서울에 산다
> 과연 지난밤 꿈은 흉몽인가
> 드디어 닥치고 말았다
> 어느새 리어카는 번쩍 들려

이다. 이는 이미 도시로의 인구 유입이 종착 단계에 도달한 것을 의미한다. 전 국토 대비 도시 면적이 16.5%라는 점을 감안하면 우리 사회의 도시 집중화가 얼마나 극심한지 알 수 있다.(한국국토정보공사, 『2023 도시계획현황』, 2024. 9; https://www.lx.or.kr/kor/publication/city/list.do)

20) 1988년 출범한 노태우 정부는 '민족자존과 통일번영을 위한 특별선언(7·7선언)'에서 북한의 고립과 대결을 전제로 해 왔던 이전 정부의 대북 정책과는 달리 북한의 체제를 인정하고 협력의 대상으로 보기 시작했다. 물론 정책적 실효성 여부는 별개의 문제이지만, 최소한 1880년대 이후부터는 국민의 대북 인식이 이전과 달라졌음을 방증하는 단적인 예이다.(손진우, 『북방 정책의 기원에 관한 연구: 기원, 모색, 정착 ─6·23 선언에서 7·7선언까지』, 북한대학원대학교 박사학위논문, 2015, 172~174쪽)

단속 차량에 실렸고

과일이 땅바닥에 굴렀다

무력하게

그것은 순식간의 일이었다

(중략)

상계동 꼭대기

조그만 판자촌 어귀에 나와 선

죄 없는 어린것들이

온종일 기다리고 있다

— 「기다리는 아이들」(『오늘 밤 기러기 떼는』) 부분

햇덩이도

두어 번 눈을 문질러 대더니

하는 수 없이 하루의 일을 시작했다

질서 정연한 생존 경쟁이다

(중략)

생각하는 삶은

수은주처럼 말끔히 눈을 뜬 채 죽었다

아침에 나간 이는

어디쯤 가 있을까

어딘가에서 허기진 몸으로

바겐세일이라도 하고 있나 보다

— 「일상」(『오늘 밤 기러기 떼는』) 부분

　인용한 두 작품은 구체적인 일상 속 장면을 통해 이 같은 김규동의 현실 인식을 잘 보여 주고 있다. 먼저 「기다리는 아이들」의 경우 현실에서 어렵지 않게 만나 볼 수 있는 두 장면을 병렬시켜 둠으로써 별개로 인식될

수 있는 각각의 사건이 결국 원인과 결과처럼 깊이 연관되어 있음을 보여주는 시적 구조가 인상적이다. 그 구조를 염두에 둔다면 제목을 통해 알 수 있는 것처럼, 시적 화자에게 먼저 목격된 것은 누군가를 기다리고 있는 듯 보이는 "어린것들"의 모습이라고 할 수 있다. 누군가에게는 그냥 지나쳐 버릴 수도 있는 이 장면을 두고 김규동은 그것의 원인을 추적해 가는데 먼저 아이들의 배경 공간, 즉 "상계동 꼭대기/ 조그만 판자촌"에 주목한다. 그리고 그것은 "서울이 무엇이 좋으냐"라는 질문과 "오도 가도 못하니 서울에 산다"라는 대답으로 이어진다.

일제강점기부터 지방의 인구를 끌어들이며 확장 일로를 걸어 온 '서울'은 해방 이후 지금에 이르기까지 단순한 행정 중심의 역할을 넘어 경제 성장의 상징이자 한국인들의 물질적 욕망을 대변하는 공간이 된다. 특히 1960년대 후반부터 대대적으로 이루어진 서울 도시화 개발 사업은 인구 과밀 문제를 해결하는 것이 아니라 도시 빈민들을 서울의 외부로 추방하는 합법적 방법에 불과했으며, 서민들의 주거지를 확대하기 위한 '시민 아파트 사업'조차 무허가 정착지로 쫓겨나 살아갈 수밖에 없는 도시 빈민을 오히려 양산하는 결과를 가져왔다.[21] 이 같은 사정을 감안한다면 "오도 가도 못 하니 서울에 산다"라는 진술은 가정 내의 적절한 양육이 불가능한 것으로 보이는 '판자촌'에서의 장면과 결합되면서 도시 빈민의 생활상을 드러낸다. 또한 길거리 행상에게는 그야말로 "흉몽"처럼 다가오는 "단속 차량"의 폭력성이 더해지면서 자본의 증가를 따라 확장되는 도시 발전의 비인간성과 산업화의 이면이 그대로 노출되고 있다.

「일상」이라는 작품은 여기에서 한 걸음 더 나아가고 있다. 「기다리는 아

---

21) 1960년대 후반부터 본격화된 서울의 도시화 개발 사업에 따라 도시 빈민 거주지에서 벌어진 상세한 변화와 관련해서는 박홍근, 「1960년대 후반 서울 도시 근대화의 성격 — 도시 빈민의 추방과 중산층 도시로의 공간 재편」(《민주주의와 인권》 15권 2호, 전남대 5·18 연구소, 2015, 240~242쪽)을 참고. 이후 재개발 등 서울 안에서 새롭게 생겨나는 도시 빈민의 문제를 두고 '무허가 정착지'로 다시 분류한 것과 관련한 내용은 강모근, 『서울의 계획 시가지 내 무허가 정착지 형성 특성』(서울대 석사 학위논문, 2019, 8~15쪽)을 참고.

이들」이 도시 빈민의 모습을 통해 '서울'로 대변되는 조국 발전의 이면을 살펴봤다면, 이 작품에서는 경제적 조건의 차이를 넘어 "질서 정연한 생존 경쟁"이 곧 '일상'이 되어 버린 현대인의 삶을 조망한다. 물질적 욕망을 추동하는 "바겐세일 간판이 즐비"하고 "공장에서 나오는 새 차가" 온통 거리를 뒤덮고 있는 도시에서의 삶은 자본이 제공하는 일종의 환각 속에서 "생각하는 삶"을 불가능하게 만든다. 자본 획득을 위한 노동의 시간과 '삶'이 더 이상 분리되지 않는 현실 속에서 현대인들은 무수히 분할된 자본의 명령에 따라 지속적으로 주어지는 역할들을 수행하기에도 벅찬 삶을 살아갈 수밖에 없다.[22] 자신의 "몸"마저 "바겐세일"의 대상으로 기꺼이 스스로 내놓으면서 말이다. 이와 같이 강제된 '일상' 속에서 사회 구성원은 연속성에 기반한 경험이 더 이상 불가능해지면서 일종의 무기력증을 경험하게 된다. 무역사적이고 반기억적인 문화가 오히려 보편적이 되는 현상 역시 여기에서 비롯한다. 통일이 한민족 공통의 가치가 아니라 점차 이해득실의 계산적 영역으로 전환되는, 자본주의적 병리 현상이라고 지적할 수 있는 현실이 김규동에게 문제적인 이유는 바로 이 때문이다.[23]

전후 모더니즘의 영향 아래 시를 쓰기 시작한 김규동은 점차 민중적 현실 인식으로의 전환을 보여 주기 시작했는데, 여기에 주목했던 연구들을 통해 분단으로 인한 그의 개인사적 고통이나 조국의 비극성 등이 그의 시적 특질로 드러났다.[24] 하지만 전쟁과 분단으로 인한 비극적 면모와 함께,

---

22) 마크 피셔, 박진철 옮김, 『자본주의 리얼리즘 — 대안은 없는가』(리시올, 2018), 62~65쪽.

23) 「한낮의 기적」(『오늘 밤 기러기 떼는』)은 이 같은 자본주의적 현실의 극복 가능성과 연관된 장면을 그리고 있다는 점에서 주목할 만하다. 이 작품의 주된 장면은 "8차선 도로를 줄줄이/ 자동차가 질주하는" 가운데 "한 노파"가 "대로를 유유히 건너"고 있는 상황인데, 「기다리는 아이들」에서는 서민적 삶을 파괴하는 힘을 상징했던 "교통순경"도 여기에서는 어쩔 수 없이 "정중히 노파를 부축"해서 노파가 원하는 방식대로 길을 건널 수 있게 도와준다. 시적 화자는 "자못 통쾌하다"는 감정을 직접 드러내기도 하는데, 사소할 수도 있는 이 상황을 통해 결국 "사람"의 힘이 자본의 흐름을 멈추고 그것에 부역하던 공권력의 방향도 전환시키는 유일한 것임을 강조하고 있다.

24) 김홍진, 앞의 글, 앞의 책, 56~62쪽.

현실에 대한 그의 성찰적 시선은 분단의 원인과 그것을 영구화하려는 힘을 보다 깊이 들여다보고자 노력했음을 알 수 있다. 특히 그는 자본주의적 질서가 만들어 내는 비인간적 면모들에 주목하면서 한반도의 분단이 냉전 시대라는 국제적 질서를 유지하기 위한 미국 자본주의적 확산의 결과물임을 보여 주고 있다. 1980년대에 본격화된 김규동의 '변화'는 세계사적 힘의 변화와 움직임에 따른 그만의 시적 '발전'이라고 보아야 할 것이다.[25]

3 분단의 비극성에서 비롯된 현실적 통일 감각

통일연구원의 조사에 따르면 통일이 필요하다고 생각하는 여론은 점차 하락세를 보이고 있다. 가령 1969년과 1971년 당시 국토통일원의 여론조사에서는 통일이 '꼭 되어야 한다'고 생각하는 사람들이 각각 90.6%와 91.5%를 기록했지만, 2024년 4월의 여론조사에서는 통일이 되어야 한다고 생각하는 사람은 이제 전체 응답자 중 52.9%에 불과했다.[26] 여기에서 다음과 같은 질문을 던져 볼 수 있을 것이다. 한국전쟁과 이후 분단 상황이 지속되면서 결국 유일한 피해자는 우리 한민족 모두일 수밖에 없고, 그것의 유일한 해결책이 통일 외에는 없는데도 정작 희생의 당사자들인 우리들은 어째서 통일이 더 이상 필요하지 않다고 생각하게 된 것일까. 김규동이 주목한 것은 바로 이처럼 통일에 점차 무감각해지는 현실 상황이었으며, 이를 통해 세계사적 질서와 결합되어 있는 조국 분단의 원인을 보다 명확하

---

25) 김규동은 자신의 첫 시론집에서부터 "시가 역사와 함께 발전하고 성숙해 가는 식물체와 같은 것"이라는 언급을 통해 역사 현실과 시문학의 관계성에 대해 이미 분명히 했다. 김규동, 「현대 의식과 현실」, 앞의 책, 20쪽.

26) 이 비율은 통일이 '약간 필요하다'와 '매우 필요하다'의 응답자를 모두 합친 것이다. 전체적인 비율도 하락했지만, 앞선 시기의 '꼭 되어야 한다'는 응답자와 비교한다면 더 낮은 수치라고 보아야 할 것이다. 이상신 외 7명, 『KINU 통일의식조사 2024』(통일연구원, 2025. 2. 25.) 참고. https://www.kinu.or.kr/main/module/report/view.do?idx=128256&category=44&nav_code=mai1674786094#wrap.

게 들여다보고자 노력했다는 점을 앞서 살펴보았다. 1980년대 김규동이 통일이라는 민족적 가치보다 자본주의적 목표를 중심으로 점차 변화되어 가던 우리 사회의 목격자로서 그 현실의 단면들을 그려 낸 것이 바로 이 때문이다. 이 같은 그의 냉철한 현실 인식은 이제 자신이 그토록 바라 마지않는 통일이라는 목표를 향해 나아간다.

> 꿈에 네가 왔더라
> 스물세 살 때 훌쩍 떠난 네가
> 마흔일곱 살 나그네 되어
> 네가 왔더라
> (중략)
> 멀고 먼 날들을 죽지 않고 살아서
> 네가 날 찾아 정말 왔더라
> 너는 내게 말하더라
> 다신 어머니 곁을 떠나지 않겠노라고
> 눈물 어린 두 눈이
> 그렇게 말하더라 말하더라.
>
> ──「북에서 온 어머님 편지」(『죽음 속의 영웅』) 부분

의사가 되기 위해 공부했던 김규동은 해방 이후 전공을 바꾸어 문학 공부에 뜻을 둔다. 그 과정에서 자신에게 영향을 준 스승인 김기림 시인을 찾아 월남까지 하게 된 것은 김규동의 삶에서 중요한 사건으로 잘 알려져 있다. 하지만 곧 고향으로 돌아갈 수 있다고 생각했던 것과는 달리 분단이 고착되는 것으로 한반도의 상황이 변화되고, 남과 북은 점차 적대적 관계가 되는 가운데 북쪽 고향에 홀로 두고 떠나온 어머니에 대한 그리움은 김규동에게 가장 절박한 내면의 문제일 수밖에 없었다.

이 작품은 아들에게 전달하는 편지글 형식이나 어머니의 직접적인 독

백체로 전달되는 내용면에 있어서도 김규동의 진심이 독자에게 솔직하게 전달되고 있다. 그리고 20년도 훌쩍 넘어 이제야 해후하게 된 작품 속의 모자 관계가 실제 현실에서는 불가능한 일이며, "다신 어머니 곁을 떠나지 않겠노라"는 약속도 사실은 만남을 기약할 수 없는 비참한 지금의 상황을 강조하고 있다는 점에서 분단의 비극성에 대한 공감이 심화되고 있다. 통일과 관련된 김규동의 많은 작품들에서 그 중심에 '어머니'가 등장하는데, 특히 이 작품의 경우 분단과 통일의 문제를 자신의 시 세계에서 중심으로 다루기 시작한 계기가 되었다는 데에서 각별한 의미가 있다.[27] 이처럼 어머니를 향한 그리움은 김규동에게 통일의 염원과 다르지 않다. 가령 「고흐의 구두」(『하나의 세상』)와 같은 작품을 보면 "헐어 빠진 구두"를 우연히 마주하게 된 시적 화자가 "통일이 되어/ 어머니에게로 돌아갈 때" 신고 가리라는 다짐을 한다. 그런데 이 다짐은 분단에 이르게 된 역사적 과정과 또 분단된 조국의 현실에서 고통받고 있는 서민들의 삶에 대한 상상력과 결부되고 결국 통일을 달성하기 위한 구체적인 행위들 전부가 '구두'로 압축된다. 어머니를 만나기 위해 자신이 신고 걸어가는 '구두'가 곧 한민족 전체에게 부여된 행위를 상징하게 되는 것이다.

만년에 이르러 펴낸 마지막 시집 『느릅나무에게』(창비, 2005)에 이르기까지 '어머니'를 소재로 한 작품이 그의 시 세계에서 가장 많은 부분을 차지하는 것도 이와 연관되어 있다. 그가 작품을 통해 그리는 어머니는 무엇

---

27) 김규동은 한 인터뷰에서 이 작품을 쓴 계기를 두고 다음과 같이 말한다. "15년이 지나고, 『죽음 속의 영웅』에 실린 「북에선 온 어머님 편지」를 썼는데, 꿈에 어머니가 편지한 내용을 받아 적었습니다. 《한국일보》에 발표했는데 시가 좋다고 이야기 들었습니다. 1971년에 그 시를 중심으로 해서 완전히 길이 달라졌다는 것을 선언하는 것이었습니다. 『죽음 속의 영웅』이라는 것은 죽음 속에서 외치는 소리가 진실한 시의 소리라는 것입니다. 언어를 찾으려고 하지 말고 민중의 언어를 살아가는 데서 체득하면서 민주화운동으로 이어지는 것입니다. 중요한 역할을 한 작품입니다."(고운기 시인과의 대담, 「민중의 아픔을 껴안은 모더니스트」, 《문장웹진》, 2006. 2. 23: https://munjang.or.kr/board.es?bid=0005&mid=a20105000000&act=view&list_no=2586&ord=B&nPage=1&c_type=&c_page=1).

보다도 자신이 직접 경험한 이산의 아픔 속에서 추구하는 애착과 그리움의 대상이다. 하지만 이는 민족 구성원 모두의 어머니로 확장되고, 수난의 현대사 속에서 희생당한 존재들을 보살피고 위로하는 절대적 존재로까지 나아간다.[28]

> 갓난애기는 아직
> 핏덩이에 지나지 않을 줄 알았더니
> 손이며 발이며 이목구비 모두
> 자상하게 사람을 닮았구나
> (중략)
> 태어난 지 백날도 안 된 네가
> 어찌 우리 살아가는 세상 알랴마는
> 옥같이 맑은 동자에 어린 세계는
> 오직 하나이다
> 흩어지지도 갈라지지도 않은
> 통일된 완전한 세계다
>
> ──「통일의 얼굴」(『깨끗한 희망』) 부분

김규동의 작품에서 개인적 애착의 대상인 동시에 통일의 표상으로서 절대적 의미를 갖는 어머니와 함께 동일한 관점으로 주목할 것은 '아이'이다. 그것은 먼저 순수함과 같은 보편적 상징 체계를 공유하고 있다는 측면에서 확인할 수 있다. 김규동에게 어머니는 고통과 슬픔의 근원이라는 개인적인 사연에서 출발했지만 보편적 이해의 차원으로 확장되면서 오히려 독자들에게 통일을 매개하는 것으로 인식될 수 있었음을 앞서 살펴보았다. '아이' 역시 유사하게 실제 시인의 경험에서 먼저 출발한다. 「유모차를

---

28) 장은영, 「이념을 넘어서는 경계인의 윤리 ── 김규동의 1970~1980년대 시를 중심으로」, 《국제한인문학연구》41호, 국제한인문학회, 2025, 137~140쪽.

끌며」(『깨끗한 희망』)와 같은 작품이 이에 해당되는데, 김규동은 "기저귀를 갈고 우유 먹이는 일/ 목욕시켜 잠재우는 일"의 고단함에 대해 먼저 토로한다. 그리고 이 같은 실질적인 육아의 경험을 통해 자연스럽게 "남북의 아이들"에 대한 생각으로 나아간다. 그리고 "너희들은 기어이 통일된 나라"에서 만나게 될 것이라는 간절한 기원으로 향하는데 이와 같은 과정을 통해 통일을 향한 염원이 단순한 구호에 머물지 않고 아이들을 양육하는 현실의 모든 부모들에게 통일을 위한 구체적 행위에 참여할 수 있게 만드는 설득력을 갖게 된다.

「통일의 얼굴」에서 "갓난애기"는 다 자란 성인과 동일한 외형을 가지고 있지만 세상의 논리를 아직 받아들이지 않은 존재로서 "흩어지지도 갈라지지도 않은/ 통일된 완전한 세계"를 상징한다. 이로 인해 "갓난애기"와 똑같은 사람이면서도 그와는 다르게 오히려 "분단을 영구화하려는 자"들에게는 반성적 사고를 유발한다. "조국 통일"을 원하는 사람들이라면 무엇보다도 먼저 "양심"이 선행되어야 한다고 말하는 시인은 바로 그것을 깨우쳐 주는 존재로서 '아이'를 내세우고 있는 것이다. 나아가 '양심'이 통일을 달성하기 위한 실질적 힘이 되기 위해서 "실천"과 결부되어야 하는데, 이때 '아이'의 순수함을 지켜 주기 위한 행위들이 곧 통일을 향한 구체적 단계와 다르지 않은 것으로 제시된다. '어머니'를 비롯해 '아이'를 통일과 관련된 작품들의 중심에 내세움으로써 김규동은 분단의 극복이 결국 일상적 차원의 행위들로 이루어질 수 있음을 강조하고 있는 것이다.

대룡이는 혀가 짧아
말을 제대로 못했다
성문에서 뛰어내리다 혀를 깨물었다고 했다
큰 머리에 두어 군데 흉터가 있는데 거기만 머리털이 없다
아이들은
대룡이를

대룡대룡 똥대룡 하고 놀렸다

(중략)

아이들이 다 가 버린 운동장 구석 같은 데서 흙투성이가 된 채 뒹굴며
그는 슬피 울었다

대룡이네 집은 어딘지 모르나 학교에서 아주 멀다고 했다

그때 아이들 얼굴은 다 잊었으나 대룡이 피에 젖은 얼굴이 선히 보인다
나보다 윗반이던 검은 옷 입은 대룡이, 대룡이는 지금 이북에 살아 있을까
혀가 짧아 말을 더듬거리던 가엾은 대룡이
어서 통일이 되어 다만 한 번만이라도 그를 만나 봐야겠다.

—「무서운 아이들」(『깨끗한 희망』) 부분

초등학교 때의

그 섭섭이라는 아이

어머니는 없고

아버지가 농사하고 밥도 지었던 집 아이

그 애는 왜 그랬을까

왜 누구에게나 져 주기만 했을까

도시락 못 가져온 날은

운동장 구석에서 혼자 놀았는데

(나는 그애에게 도시락을 갈라 주질 못했다)

섭섭이는

누구하고나 잘 놀아 주었다

(중략)

힘이 약한 섭섭이는 모랫바닥에 거꾸로 박혔다

섭섭이가 일어섰을 때

얼굴이 자주 모래투성이였다

모래투성이가 된

우는 듯 웃는 듯한 섭섭이 얼굴이

50년이 지난 지금도 선히 보인다

섭섭아

너는 아직 이북에 살아 있느냐

지금도

누구에게나 져 주기만 하면서

고향을 지키고 있느냐.

──「50년 후」(『하나의 세상』) 부분

실향인으로서 김규동에게 어머니에 대한 그리움은 곧 통일의 이유이기도 했다. 자신의 가족을 꾸리면서 아이를 돌보게 된 개인적 경험 또한 자라나는 후세들에게 통일된 조국을 물려주어야만 한다는 사명감을 떠올리게 만드는 계기이다. 그리고 시인으로서는 '어머니'와 '아이'를 소재로 한 작품을 통해 분단이 점차 고착되어 가는 현실에서 통일을 일상의 차원에서 받아들일 수 있도록 노력했다. 이처럼 개인적 경험과 민족적 가치가 결합된 보편적 차원의 소재로서 '어머니, 아이'와 함께 위 두 작품에 등장하는 시적 주인공들은 통일을 지향하는 김규동의 시적 목표 안에서 주목해 볼 필요가 있는 대상이다.

두 작품에서 각각 주인공으로 등장하는 "대룡이"와 "섭섭이"는 화자의 추억 속에서 조금 모자란 듯한 측면을 가지고 있는 친구들이라고 할 수 있다. 먼저 「무서운 아이들」의 "대룡이" 경우 "성문에서 뛰어내리다 혀를 깨"무는 사고로 인해 말이 좀 어눌하고, 머리에 있는 "두어 군데 흉터" 때문에 "머리털"이 나지 않아 비교적 보기 좋지 않은 외관을 하고 있다. 그 때문에 다른 아이들로부터 놀림을 받는 대상이다. "잔인한 짓거리 저지르기 좋아하던 무서운 아이들"로부터는 언어적 놀림을 받는 것을 넘어 폭력의 대상이 되기도 한다. 놀림의 대상으로서는 누구에게나 알려진 "대룡"이지만 그가 사는 "집은 어딘지" 모를 정도로 다른 사람들의 관심 바깥에 존재할 뿐이다.

그런데 정작 김규동 시인은 당시 "대룡이"가 "학교에서 아주" 멀리 떨어진 곳에서 사는 것을 알고 있으면서도, "어스름 저녁" 시간이 되면 "어디선가 대룡이 우는 소리"가 들려오는 듯한 착각을 경험한다. 그리고 "아이들 얼굴을 다 잊었으나 대룡이"의 얼굴은 지금까지 기억에 선명하고, 뿐만 아니라 통일이 된다면 "한 번만이라도" 꼭 만나고 싶다는 다짐을 하고 있다. "대룡이"를 놀리는 행위에 시인이 가담한 것으로 보이지는 않기 때문에 "대룡이"를 향한 시인의 마음이 어린 시절의 잘못을 사과해야 하는 뒤늦은 후회와도 사실상 관련은 없다.

「50년 후」의 "섭섭이"도 이와 유사하다. "섭섭이"는 "어머니"가 없는 가정환경으로 인해 다른 아이들과 비교했을 때 상대적으로 돌봄을 받지 못하고 있다는 점들이 외관적으로 드러나 있을 것이라고 추정된다. 가난한 형편 때문이기도 하겠지만, "아버지가 농사하고 밥도" 해야 하는 상황으로 인해 "도시락 못 가져온 날"이 많은 것도 결국 친구들의 무리에서 떨어져 나와 "섭섭이"를 "혼자 놀"게 만든 이유라고 할 수 있다. 그런데도 "섭섭이"는 착한 성정을 가지고 있었는지 다른 아이들과 어울릴 때면 자신에게 유리하거나 좋은 것을 전혀 고집하지 않는 모습을 보여 준다. 시인은 그런 "섭섭이"에게 선뜻 "도시락을 갈라" 줄 수 있을 정도로 친하게 어울렸던 사이는 아닌 것으로 보인다. 그럼에도 「무서운 아이들」에서 그랬던 것처럼 "50년이 지난 지금"의 시인에게 "섭섭이"가 가장 보고 싶은 대상으로 기억되고 있는 것이다.

두 작품을 통해 김규동이 통일이 된다면 꼭 만나 보고 싶은 그리움의 대상으로 강조하고 있는 인물들은 '어머니'나 '아이'처럼 개인적인 관계만을 따져 본다면 그리 깊은 사연을 가지고 있는 인물들은 아니다. 어린 시절 자신의 기억 속에서 집단에 의해 폭력을 경험한 일종의 피해자로 남아 있는 대상일 뿐이다. 하지만 오랜 시간이 지난 뒤에 새삼 그들을 기억 속에 떠올리는 한편 통일이 되어 고향에 방문했을 때 꼭 만나 보고 싶다는 시인의 진술은 결국 독자들에게도 각자의 기억 속에 있을 법한 인물들을 떠올리게 만든다. 그리고 성인이 되어 다시 되돌려 본 기억을 통해 어린 시절에는 미처 생각해 보지 못했던 피해자의 상황에 공감할 수 있게 만들어 주기도 한다.

김규동에게 "대룡이"와 "섭섭이"처럼 집단으로 인한 피해의 경험자들을 기억하는 것이 중요한 이유가 바로 여기에 있다. 분단된 조국의 현실에서 무엇보다도 중요한 것은 자신을 포함해서 우리 민족 전체가 피해자였음을 깊이 자각하는 일이라고 할 수 있다. 우리 민족의 처지에 대한 성찰이 선행되었을 때만이 주변 상황의 변화에도 불구하고 피해자로서 스스로의 문제를 해결하기 위한 노력이 지속될 수 있기 때문이다. 따라서 이들을 만나고 싶다는 시인의 언급은 반드시 찾아올 통일의 시간을 앞당기기 위한 노력을 멈추지 않겠다는 김규동의 다짐이기도 하다.

4 맺음말

'후반기' 동인으로서 '새로운 시'를 향한 실험 정신을 강조했던 김규동 시인이 리얼리스트로서 전환된 모습을 본격적으로 보여 주었던 1980년대의 작품을 다시 한번 살펴보았다. 1970년대부터 반독재 운동과 민주화 투쟁에 적극적으로 참여했던 김규동에게 1980년대는 스스로 짊어진 사회적 역할은 물론 시인으로서도 활동이 가장 왕성했던 시기이기도 하다. 이 시기에 그는 세 권의 시집을 출간했는데, 이 중 두 권은 시선집으로 앞서 모더니스트를 자인하던 시기에 발간했던 시집에 있는 작품들을 선별해 수록했다. 보통 김규동의 시 세계를 모더니즘과 리얼리즘으로 양분해 왔던 관점에서라면 조금은 의외로 여겨질 수도 있는 이 같은 사실을 통해, 1980년대의 김규동은 단순히 과거와 분리된 시적 변화를 보여 주고자 한 것이 아니라 연속성 속에서 일종의 시적 발전을 꾀했음을 알 수 있었다. 따라서 시작 초기부터 역사적 현실에 주목하고 있었던 그에게 시대적 역할에 대한 변화와 고민은 이미 내재되어 있다고 볼 수 있다. 분단된 조국의 현실을 바라보는 김규동의 작품이 누구보다 냉정하면서도 세계사적 차원에서 작동하는 근본적 원인들을 밝히기 위해 노력하고 있다는 사실은 이를 방증한다.

김규동은 한반도의 분단이 2차 세계대전 국제 정세가 새롭게 재편되면서 시작된 냉전 시대의 결과물임을 인지한다. 남한 사회는 미국을 중심으로 하는 자본주의 세력의 하부 체계에 편입되어 있으며, 따라서 통일 문제 역시 남과 북의 당사자만으로 해결될 수 있는 것이 아니라는 사실을 깨닫는다. 나아가 그는 온갖 문화적 오락물을 내세워 이상화된 미국 이미지를 퍼뜨리고 다시 이를 중심으로 자본주의적 가치가 점차 우리 사회의 중심이 되고 있는 현상에 주목한다. TV를 심판하고 있는 「재판」이라는 작품에서 김규동은 바로 이처럼 노동의 가치가 점차 하락하고, 소비문화에만 열광하는 우리 사회에 대해 경종을 울린다. 이어 「마지막 도시」, 「기다리는 아이들」, 「일상」과 같은 작품에서는 '서울'로 상징되는 한국 사회의 경제 발전 이면에 도사리고 있는 자본주의의 비인간적 면모를 드러내고자 했다. 김규동은 통일이라는 가치마저 이해득실의 계산적 영역으로 편입시킴으로써 결국 통일을 경제 발전의 후순위로 만드는 자본주의의 병리적 현상에 경고를 한 것이다.

자본주의적 질서로의 세계적 재편과 분단의 영구화를 꾀하는 세력 간의 밀착이 노골화되면서 통일을 원하는 국민적 정서가 점차 감소되는 현실 역시 김규동에게는 문제적이다. 실향민이기도 한 김규동은 이를 위해 '어머니'에 대한 그리움과 같은 가족사적 비극을 반복적으로 드러낸다. 실제로도 독자들에게 보편적 울림을 주는 많은 작품들은 이와 깊이 연관되어 있다. 그리고 개인적 정서를 드러내는 것에 그치지 않고 이 땅에서 벌어진 수많은 역사적 사건 속에서 희생한 존재들을 보살피고 위로하는 절대적 모성성의 세계로 나아가고자 했다. 또한 순진무구한 대상인 '아이'에 주목하는 작품들을 통해서는 보편적 감정으로서의 보호 본능을 이끌어 내면서 미래의 세대들에게 통일된 조국을 넘겨주어야 한다는 역사적 의미를 일깨우기도 한다. 이 같은 그의 시적 특징은 결국 분단을 극복하는 일이 개인의 일상적 차원에서 벌어지는 실천적 행위들이 선행됨으로써 가능한 것임을 역설한다.

한편으로 김규동은 '피해자의 감각'이라고 말할 수 있는 것을 일깨우고자 한다. 한반도의 분단으로 인한 최대의 피해자는 그 어떤 다른 대상이 아니라 우리 민족이다. 하지만 남과 북이 서로 대치되어 있는 상황에서 어느새 우리 민족끼리 서로가 피해자임을 내세우면서 서로를 가해자로 몰아가는 대결 국면만이 지속되고 있다. 이 같은 현실에서 양보와 타협을 통한 통일은 점차 멀어질 수밖에 없을 것이다. 따라서 무엇보다 중요한 것은 우리 민족 모두가 피해자라는 사실을 다시 한번 깨닫는 일이며, 피해자로서 서로를 보듬고 위할 때만이 통일에 더 가까이 다가갈 수 있음은 물론이다. 「무서운 아이들」이나 「50년 후」 같은 작품에서 김규동이 과거 유년 시절 북쪽 고향에서 목격했던, 집단에 의해 폭력을 경험한 인물들을 회상하는 이유는 이와 연관되어 있다. 그의 목격담을 통해 독자들은 피해자로서의 감각을 다시 일깨우는 가운데 분단 현실에 처한 우리 민족의 처지를 두고 성찰할 수 있게 된다.

이처럼 분단의 현실에서 단 한 순간도 눈을 돌리지 않고 있었던 김규동의 시적 여정을 따라가다 보면, 결국 상대방 역시 민족의 역사 속에서는 또 다른 피해자일 뿐이라는 것을 인정할 수밖에 없게 된다. 이것은 어쩌면 진정한 만남이 불가능하게만 보이는 지금의 현실을 극복하고 민족간의 해후를 가능하게 만들어 줄 유일한 방법일지도 모른다.

참고 문헌

김규동, 『새로운 시론』, 산호장, 1959.

______, 『깨끗한 희망』, 창작과비평사, 1985.

______, 『오늘 밤 기러기 떼는』, 동광출판사, 1989.

______, 「'후반기' 동인 시대의 회고와 반성 — 부정과 우상 파괴의 시학」, 《시
　와시학》 창간호, 1991.

김규동·고운기 대담, 「민중의 아픔을 껴안은 모더니스트」, 《문장웹진》 2006. 2. 23.

______, 『나는 시인이다』, 바이북스, 2011.

______, 『김규동 시 전집』, 창비, 2011.

김민선, 「김규동 시론에 나타난 현실 인식과 동시성의 욕망」, 《비평문학》 38집,
　한국비평문학회, 2009, 118~140쪽.

나민애, 「김규동 시인의 공동체 회복과 시적 방법론 연구 — '전쟁 은유'와 '기억
　의 시학'을 중심으로」, 《한국시학연구》 60호, 한국시학회, 2019, 115~150쪽.

남승원, 「이봉래 시론의 현실 인식과 영미 모더니즘」, 《한국문예비평연구》 59호,
　한국현대문예비평학회, 2018, 7~27쪽.

맹문재 편, 『김규동 깊이 읽기』, 푸른사상, 2012.

서대정, 「미국 대중문화가 한국인의 가치관에 끼친 영향 연구 — 1950년대
　영화와 음악을 중심으로」, 《현대영화연구》 4호, 한양대 현대영화연구소,
　2007, 89~112쪽.

이성욱, 『한국 근대문학과 도시 문화』, 문화과학사, 2004.

장은영, 「이념을 넘어서는 경계인의 윤리 — 김규동의 1970~1980년대 시를

중심으로」,《국제한인문학연구》41호, 국제한인문학회, 2025, 125~152쪽.

최예열 엮음, 『1950년대 전후문학 비평 자료』, 월인, 2002.

Mark Fisher, 박진철 옮김, 『자본주의 리얼리즘 — 대안은 없는가』, 리시올, 2018.

Theodore Hughes, 나병철 옮김, 『냉전 시대 한국의 문학과 영화 — 자유의 경
　　계선』, 소명출판, 2013.

1925년	함경북도 종성에서 의사인 아버지 김하윤(金河潤)과 어머니 김옥길(金玉吉) 사이의 장남으로 출생.
1932년	고향 마을의 보통학교에 입학. 두 번의 유급으로 8년 후에 졸업함.
1940년	함경의 경성(鏡城)고등보통학교(김규동 시인이 입학했을 때에는 경성중학으로 교명 변경) 입학. 재학 중에 선생으로 부임한 김기림 시인을 만남.
1944년	경성고보 졸업 후 경성(京城)제국대학 예과에 응시했으나 불합격. 집에서 의사검정시험을 준비하는 한편, 연변의대 2학년에 청강생으로 다님.
1945년	의사가 되기 위한 학업을 이어 가면서 해방 이후 농민연극운동에 참여, 「춘향전」의 연출을 맡기도 함.
1947년	의학 공부를 그만두고 김일성종합대학 조선어문과 2학년으로 편입. 11월, 《대학신문》 창간호에 시 「아침의 그라운드」 발표.
1948년	같은 학교 의학부에 다니던 동생의 배웅을 받으며 대학의 교복을 입은 채로 단신 월남함. 이후 평생을 북에 두고 온 어머니와 두 명의 누이, 그리고 남동생을 만나지 못하게 됨. 문학에 뜻을 두고 온 남한에서 김기림 선생을 다시 만나고, 그의 추천으로 상공중학(지금의 중대부고) 교사로 부임. 《예술조선》에 시 「강」을 발표. 많은 문인들과 교류.
1949년	경성고보 동문인 영화감독 신상옥에서 「귀재 나운규」라는 서

사시 형식의 단편영화 스토리를 써 줌.

1950년 한국전쟁 발발. 평양에서 가깝게 지내던 유채룡이 인민군 점령하 서울대병원 총책임자로 왔다는 소식을 듣고 찾아가 만남을 가지면서 고향의 소식을 물어본 뒤 피란.

1951년 인천을 거쳐 가게 된 부산에서 '후반기' 동인 활동을 시작. 《연합신문》의 문화부장으로 취임.

1952년 강춘영(姜春英)과 결혼.

1953년 서울로 다시 올라옴. 《연합신문》 편집국장 정국은이 간첩 사건으로 몰리면서 신문사를 그만둠.

1954년 동료들과 함께 《한국일보》 창간에 합류하고 문화부장에 취임.

1955년 첫 시집 『나비와 광장』(산호장) 출간. 11월 13일, 동방문화회관 강당에서 출판을 기념하는 '비평의 밤' 개최. 김종문, 이봉래, 오상순, 박인환, 이헌구 등 참여.

1956년 부산에서 창간한 계간지 《한글문예》에 시 집필진으로 참여.

1957년 《한국일보》를 사직하고 삼중당 편집주간으로 근무. 김종문, 이인석, 김춘수, 이상로, 임진수, 김경린, 김수영, 이흥우와 함께 9인 시집 『평화에의 증언』(삼중당) 출간.

1958년 전봉건을 삼중당의 편집장으로 초빙. 두 번째 시집 『현대의 신화』(덕연문화사) 출간.

1959년 시론집 『새로운 시론』(산호장) 출간.

1960년 삼중당을 사직하고, 한일출판사를 창업하면서 대중잡지와 단행본을 출간하기 시작. 『새로운 시론』으로 제2회 자유문인협회상 평론 부문 수상. 이봉래와 공저 『영화 입문』(삼중당) 출간.

1962년 한일출판사에 수필집 『지폐와 피아노』와 평론집 『지성과 고독의 문학』(1965년 재판부터 『文學講話』로 표제 변경) 출간.

1964년 판매 실적이 좋던 월간 대중지 《사랑》을 1963년에 자유문학사에 양도한 뒤, 월간 《영화잡지》 창간.

1965년   《문학춘추》 발행인 부임.

1966년   한일출판사를 사원 중심 체제로 경영하면서 운영 책임에서
             벗어나, 독서에 매진하며 번역을 함.

1972년   『현대시의 연구』(한일출판사) 출간.

1974년   민주회복국민회의 주최 '민주회복국민선언대회'에 이헌구, 김
             정한, 고은, 김병걸, 백낙청, 김윤수 등과 함께 참여.

1975년   자유실천문인협의회 '165인 문인선언'에 참여. 이후 자유실천
             문인협회의회 고문으로 추대됨. 한일출판사에서 출간한 김철
             의 『오늘의 민족노선』으로 인해 중앙정보부에 연행되어 일주
             일간 심문을 받음. 책은 압수됨.

1976년   한일출판사를 시인 최정인과 처남 강덕주에서 넘기면서 경영
             에서 완전히 물러남. 김종문, 이형기, 이활 등 13명의 시인 앤
             솔러지 『실험실』(한일출판사) 출간.

1977년   세 번째 시집 『죽음 속의 영웅』(근역서재) 출간. 김광균 시 전
             집을 엮고 발문을 씀.

1979년   카터 미국 대통령 방한 반대 집회로 인해 10일 구류. 내외신
             기자회견에서 자유실천문인협회를 대표하여 '문학인 선언'
             낭독. 평론집 『어두운 시대의 마지막 언어』(백미사) 출간.

1980년   '지식인 134인 시국 선언' 참가.

1981년   문인협회의 비민주적 운영에 반발하여 창립한 한국문학협회
             에 발기인으로 참여.

1982년   공연윤리위원회의 영화검열심의위원으로 활동.

1983년   월간지 《마당》에 에세이 연재. 문병란, 민용태, 김명수, 문충
             성, 최승호, 고정희, 이성선, 김봉근 등과 함께 '실험실' 동인
             작품집을 7년 만에 복간.(4호. 표제는 『民意』)

1984년   '민주통일국회의' 창립대회에서 중앙위원으로 피선. 자유실
             천문인협의회 확대개편대회에서 다시 한번 고문으로 추대됨.

1985년   회갑 기념 시선집 『깨끗한 희망』(창작과비평사) 출간. 흥사단
          강당에서 출판 기념회 개최.

1987년   산문집 『어머님전 상서』(한길사), 시선집 『하나의 세상』(자유
          문학사) 출간. 개헌을 촉구하는 문학인 193인 성명에 참여.

1988년   시 전각 작업을 시작.

1989년   시집 『오늘 밤 기러기 떼는』(동광출판사) 출간. 한국민족예술
          인총연합의 고문으로 추대. 전국민족민주운동연합 조국통일
          위원회가 제안한 범민족대회 예비회담 대표단에 문화예술대
          표로 참여. 이 때문에 국가보안법 위반 혐의를 받기도 함. 고
          은, 김승희, 문병란 등 61명의 시인과 함께 어머니에게 바치는
          시 작품집 『이 땅의 어머니를 위하여』(예하)에 참여.

1990년   야권 통합 운동을 펼치기 위한 '범민주통합추진회의' 공동 대
          표. 5·18민주화운동 10주년을 기념하기 위한 67인 시인들의
          시집 『하늘이여 땅이여 아아, 광주여』(황토) 참여. 김광균, 구
          성, 조병화 등과 함께 보성고등학교에 김기림 시비를 건립.

1991년   수필집 『어머니 지금 몇 시인가요』(도서출판 나무), 시집 『생
          명의 노래』(한길사), 시선집 『길은 멀어도』(미래사) 출간.

1994년   산문집 『시인의 빈손 — 어느 모더니스트의 변신』(소담출판
          사) 출간.

1996년   은관문화훈장 서훈.

1997년   통일염원 문화예술박람회(준비위원회 대표) 개최.

2001년   조선일보사 미술관에서 '통일염원 시각전' 개최. 119점을 출품.

2002년   폐기종으로 입원. 이후 몇 차례 병원에 입원하게 됨.

2005년   시집 『느릅나무에게』(창비) 출간. 갑작스러운 가슴 통증으로
          응급실 행, 심장 수술을 하게 됨.

2006년   제21회 만해문학상 수상.

2008년   호흡 곤란으로 다시 병원에 입원.

2011년   『김규동 시 전집』(창비) 출간. 대한민국예술원상 문학 부분
             수상. 9월 28일, 타계.

2011년   『김규동 시 전집』(창비) 출간. 대한민국예술원상 문학 부분
             수상. 9월 28일, 타계.

김규동 작품 연보

발표일	분류	제목	발표지
1952. 6. 26	시	뇌우(雷雨)	경향신문
1955	시집	나비와 광장	산호장
1956. 5. 8	시	창경원	조선일보
1956. 12. 8	시	남산가로	경향신문
1957	9인 시집	평화에의 증언	삼중당
1958	시집	현대의 신화	덕연문화사
1959	시론집	새로운 시론	산호장
1959. 5. 31	시	정신해협	동아일보
1959. 6. 23	시	죽음에의 계단	조선일보
1960	공저	영화 입문(이봉래와 공저)	삼중당
1961	작품 해설서	독서법 —무엇을 어떻게 읽을까	한일출판사
1962	수필집	지폐와 피아노	상동
1962	평론집	지성과 고독의 문학	상동
1972	이론서	현대시의 연구	상동
1977	시집	죽음 속의 영웅	근역서재
1977. 10. 1	시	10월의 목소리	경향신문
1979	평론집	어두운 시대의 마지막 언어	백미사
1983	시 해설서	한국의 명시 해설	혜원출판사

발표일	분류	제목	발표지
1985	시선집	깨끗한 희망	창작과비평사
1987	산문집	어머님전 상서	한길사
1987	시선집	또 하나의 세상	자유문학사
1989	시선집	오늘 밤 기러기 떼는	동광출판사
1991	산문집	어머니 지금 몇 시인가요	나루
1991	시집	생명의 노래	한길사
1991	시선집	길은 멀어도	미래사
1994	산문집	시인의 빈손 —어느 모더니스트의 변신	소담출판사
2005	시집	느릅나무에게	창비
2011	자전 에세이	나는 시인이다	바이북스
2011	시 전집	김규동 시 전집	창비

작성자 남승원 서울여대 초빙교수

인식과 실천의 변증법

김병걸 비평에 나타난 실존적 주체성의 여정

최진석 | 서울과기대 교수

1 탈근대의 자장에서 근대 지식인 읽기

한국 현대문학사에서 김병걸은 흔히 '참여를 지향한 리얼리즘 비평가'
로 요약되어 왔다. 그러나 이 한 문장은 그의 사유가 지나온 궤적을 지나
치게 단순화한다. 김병걸에게 문학은 현실을 재현하는 기술이 아니라, 인
간이 세계를 인식하고 그 인식에 따라 행동하는 존재 방식의 문제였기 때
문이다. 즉, 그는 문학을 통해 세계를 다시 사유하려 했고, 인간의 주체적
역량을 회복시키려 했다. 이때 리얼리즘은 단지 사회 현실을 반영하는 수
단이 아니라, 실존적 주체로서 인간이 자립적인 사유와 행위의 지평을 자
각하여 이 세계에서 행동하기 위한 방법론을 뜻한다. 이 같은 김병걸 비평
의 구조는 그를 지난 시대의 리얼리즘 이론가나 참여주의 평론가로 한정
하기보다, 훨씬 폭넓은 지성사적 자장에 기입한다. 하지만 오늘날 그의 이
름은 1970~1980년대의 이념, 지난 시대가 남긴 기념비 속에 망각되어 버

린 듯하다.[1] 1990년대 이래의 탈이념적 자장에서 '참여'와 '리얼리즘'이라는 단어가 '민중·민족문학'만큼이나 낡은 시대의 수사로 여겨진 탓에, 그의 비평을 읽는 일이 쉽지 않게 된 것이다.

지금까지 김병걸에 대한 조명이 거의 이루어지지 않았던 이유 중 하나는, 그의 활동이 시대적 소명으로서의 민주화와 시기적으로 겹치고, 근대성이라는 역사적 패러다임의 교체와 함께 퇴조했기 때문이다. 1987년의 민주화 이후 창작과 비평의 현실 지평은 비교할 수 없이 확장되었고, 자연스레 1970~1980년대의 문학은 역사화되는 경향을 피할 수 없었다. 또한 1990년대에 접어들며 탈근대가 지성사의 화두가 되었고, 특히 2000년대에 접어들면서 근대성 담론은 낡은 이념이라는 꼬리표를 떼기 어려워졌다. 또 다른 이유는, 그가 문학사의 체계적인 지식이나 이론으로 무장한 학제의 비평가가 아니었기 때문이다. 그는 폭넓은 독서와 지적 교양으로 자신만의 입장을 만들어 현장에 적용했는데, 이런 점은 그의 글쓰기에서 정연하게 체계화된 이론적 구조를 찾기 어렵게 만들었다. 반독재 민주주의의 사회정치적 대의명분을 통해 한국문학의 현재를 고민하고 개척했던 그의 활동이 탈근대의 지형에서 정당한 주목과 평가를 받지 못한 이유가 여기 있다.

그러나 바로 이 시대의 엇갈림(anachronism)을 통해 역으로 김병걸의 문제의식을 다시금 조망할 필요가 있다. 주체의 문제가 완전히 소진되지 않았으나, 이전과 같은 방식으로는 다시 제기될 수 없는 시대를 우리가 살아가는 까닭이다. 그러면 어떻게 그의 비평 의식과 활동을 우리 시대를 위한 발판으로 성찰해 볼 수 있을까?

김병걸은 문학의 사회적 실천을 통해 인식과 행위, 사유와 존재의 관계를 궁구하는 근대적 주체성의 문제를 집요하게 추적했다. 1945년 해방 이후 한국 사회는 식민지의 잔재, 분단과 전쟁, 압축적 근대화가 낳은 단절

---

1) 김병걸 비평에 관한 논문은 지금까지 단 한 편에 불과하다. 이상갑, 「한 싸르트르주의자의 논리와 그 엄정함」, 《민족문학사연구》 19, 민족문학사학회·민족문학사연구소, 2001, 228~247쪽.

의 국면에서 근대적 주체의 형식을 자립적으로 산출하지 못했다. 그 때문에 세계를 바라보는 눈과 그 세계 속에서 스스로를 규정하는 언어는 언제나 외부로부터 주어질 수밖에 없었다. 김병걸이 '참여'와 '실천'을 문학의 본질로 강조한 것은 바로 이 결핍된 주체성을 구축하려는 지적 노력의 일환이었다.

실존주의 철학의 영향 아래에서 그의 비평이 출발한 것도 이 때문이다. 초월적 이념을 거부하는 한편으로, 유폐된 자아의 문제점 또한 인식했던 그는 인간의 자율적 존재 방식을 탐색하는 동시에 문학의 의미를 사회 현실과 결부시키려 애썼다. 1960년대의 참여문학론이 그 우선적 결과였고, 1970년대를 전후하여 정교화된 리얼리즘론은 '객관적 전체 과정을 주체적으로 변형하는 문학'이라는 정의로 나아가게 해 주었다. 이는 인식과 실천의 상호 관계 및 역동적 긴장을 통해 자아의 사회적 형상화를 이루려는 시도를 뜻한다. 그가 주력했던 리얼리즘은 모사론으로 통칭되는 현실의 정확한 재현이나 그것의 이상화된 논법이 아니라, 주체로서의 인간이 현실을 인식하고 변형시키는 실천의 방법론에 해당한다. 이는 1970년대 후반에서 1980년대로 이어지는 민족·민중문학의 논리로 연결된다.

물론, 지난 시대의 패러다임으로서 참여론이나 리얼리즘, 민족·민중문학론의 한계는 명확할지 모른다. 하지만 우리가 주목해야 할 점은 이 같은 논리가 담아내는 역사적 현행성에 있다. 김병걸은 근대적 주체에 대한 자립적 논리가 세워지지 않은 상황에서, 특히 해방과 전쟁을 거쳐 반독재 민주화의 공백 지대에서 주체성을 도모하고, 이를 비평적 실천으로 전유하려는 특별한 실험적 사례에 속하기 때문이다. 바꿔 말해, 한국 근대 지성사의 공백을 메운 실천철학의 한 형식으로서 우리는 그의 비평을 조명해야 한다. 이를테면, 그는 규범적 선구가 없는 주체 형성의 도정을 지적 성찰과 비평적 개입을 통해 만들어 나가려 한 경험주의자에 가깝다. 이런 의미에서 '인식과 실천의 변증법'은 그의 지적 원리이자, 삶 전체로 증명하려한 주체성의 구조라 할 만하다. 김병걸과 우리 시대의 간극에도 불구하고,

그가 자신의 시대를 건너며 정립해 갔던 주체성의 문제의식과 인식, 그리고 실천을 돌아보는 것은 지금 우리에게 꼭 필요한 작업이 아닐 수 없다.

이 글은 그의 비평이 실존적 자아에서 사회적 주체로, 그리고 민족·민중의 형식으로 이행한 과정을 추적하고, 그 사유와 실천의 여정을 검토하려는 시도이다. 탈근대와 탈이념의 시대라는 표현도 식상한 지금, 그가 제기한 주체성의 문제 설정과 그 비평적 도정을 재구성하는 것이 이 글의 목표다.

2 현대사의 격랑과 변증법적 비평의 여정

김병걸은 1924년 음력 7월 22일, 함경남도 이원군 남송면 송단리에서 3남 2녀 중 차남으로 태어났다. 호적상 출생일은 1925년 1월 15일이다. 어린 시절은 나름대로 넉넉한 편이었으나 병약한 유년기를 보내는 사이에 점차 가세가 기울었다. 가난으로 겪은 모멸감은 어린 시절의 성정을 강하게 잠식했다. 학문에 대한 열정과 배움에 대한 열망은 이 시절에 형성된 보상 심리로 보인다. 1939년 15세 나이에 떠난 일본 유학은 큰 기대와 충격, 실망으로 끝났다. 동경에서 접한 근대 서구의 합리성과 인간관은 그를 격동시켰으나, 식민지 청년이 체감했던 실제 현실은 그런 이념이 공허한 것임을 깨닫게 했다. 해방 후 월남하여 교사 생활을 시작하면서, 그는 '교육'과 '문학'이야말로 식민지를 겪은 한국의 근대적 인간 형성에 핵심 근간이 된다고 믿었다. 그러나 6·25전쟁과 분단의 현실은 그 믿음을 송두리째 뒤흔들었다. 이후 김병걸의 비평은 개인의 구원이나 사적 자유의 문제보다, 파괴된 사회 현실에서 인간이 어떻게 다시 주체로 설 수 있는가를 둘러싼 물음으로 이동했다. 이러한 인식의 궤도는 그의 문학론 전반을 관통하는 실천적 리얼리즘의 철학적 기반을 이룬다.

1962년 《현대문학》에 발표된 「에고에의 귀환」은 그의 등단작이었다. 이 글에서 그는 초월적 이념의 추상성에 기대는 전후의 세태를 비판하고, 인간이 스스로의 존재 근거를 현실적 자아에서 찾아야 한다고 주장했다. "인간은 인간으로 귀착할 수밖에 도리가 없"다고 주장하며, 그는 신에 의존하지 않는 인간의 자율적 실존을 강조하는 한편으로, 그 자율성이 현실과 단절될 때 오히려 허위로 귀결될 것이라 첨부한다.[2] 자족감에 젖은 자아의 유폐는 주체성을 소멸하게 만든다는 판단이 이후 참여문학론과 리얼리즘론의 근저를 이룬다.

1960년대 중반 이후 그는 서구의 앙가주망(engagement) 개념을 적극적으로 수용하여 문학의 사회적 참여를 옹호했다. 「순수와의 결별」(《현대문학》, 1963)에서 그는 "우리의 현실은 소녀적인 몽상이 가능케 하는 정다운 공동 목장이 아니다. 그리고 우리는 이 현실에서 우리의 몸을 도려낼 수도 없고, 또 고고의 영혼은 지상의 인력에 끌리는 육체의 중량을 이겨 내지도 못한다."라고 단언한다.[3] '순수'라는 표어가 무균질한 진공이 아님을 직시한 그는 순수에 대한 강조가 개인을 현실로부터의 고립과 폐쇄로 이끌 것임을 경고했다. 개별 실존은 항상 바깥 세계, 즉 사회와 연결됨으로써 윤리적 책임마저 담보한다. 그렇기에 참여론은 단순한 이념적 선언이 아니라, 문학이 우리의 의식 구조를 변형시키는 실천적 행위라는 함축을 갖는다. 이 같은 인식은 곧 리얼리즘의 인간학적 토대로 발전한다.

1970년대는 김병걸의 비평 활동이 가장 왕성했던 시기다. 『리얼리즘 문학론』(1976)을 비롯해 「김정한 문학과 리얼리즘」(1972), 「1920년대 한국 리얼리즘 문학 비판」(1974), 「정치 현실과 인간 조건」(1974) 등의 글에서 그는 리얼리즘을 "다양한 구체적 행위를 통해서만이 그 전모가 밝혀지는" 작품의 경향으로 정의했다.[4] 이는 '현실의 사실적 재현'이라는 리얼리즘의 통념을 넘어, 인간이 사회적 관계 속에서 어떻게 세계를 인식하고 변화시키는가에 대한 실천 철학적 명제를 도출한다. 그러나 이것이 그의 비평을

---

2)   김병걸, 「에고에의 귀환」, 『격동기의 문학』(일월서각, 2000), 515쪽 이하.
3)   김병걸, 「순수와의 결별」, 위의 책, 498쪽.
4)   김병걸, 「김정한 문학과 리얼리즘」, 『실천 시대의 문학』(실천문학사, 1984), 173쪽 이하.

곧장 정치 비판으로 환원하는 것은 아니다. 가령 「정치 현실과 인간 조건」에서 그는 문학작품에 나타난 "정치적 상황은 정치성 자체를 따지고 묻는 일이 없다. 문제는 오직 그 앞에 놓인 인간 존재의 조건뿐이다."라고 명시함으로써,5) 비평의 임무를 현실에 던져진 인간 실존의 문제성을 캐묻고 그 존재론적 의미에 답하는 윤리적 행위로 끌어올렸다.

다시, 관건은 저 윤리적 행위가 갖는 사회성과 역사성이다. 1974년 1월 긴급조치가 발동된 후, 김병걸은 11월 27일 '민주회복국민선언'에 참여함으로써 10년간 봉직한 경기공업전문대에서 해직당했다. 그에게 지식인의 실천은 책과 논문에 한정될 수 없었다. 이는 그가 '자유실천문인협의회'의 활동을 통해 여러 차례 구속과 고문을 겪고,6) 후일 학교 측의 복직 요청도 단호히 거부했던 사실에서 입증된다. 그것은 공동체에 대한 책임을 자기의 삶 전체로 지려는 의식적 노력에 값한다. 비평가로서 그의 글쓰기 역시 사회적 지평에 놓인 개인의 결단과 책임이라는 문제와 깊이 연관된 것이다. 이러한 이력은 그의 리얼리즘론을 미학주의 논리를 넘어서 '삶의 구체적 형식으로서의 비평'으로 자리매김하게 만든다.

1980년대의 '민중문학'과 '민족문학'의 이론적·실천적 기반은 그 같은 토대에서 다져졌다. 『민중문학과 민족 현실』(1989)에서 김병걸은 "민중문학의 발생은 필연적"이라 단언하며,7) 민중의 개념적 구체성은 그것이 "민족사의 변천 과정에서 시대에 따라 어떠한 모습으로 나타났느냐"에 달려 있다고 진단했다.8) 이는 그가 천착했던 리얼리즘이 실제 사회구조의 인식과 역사적 변혁 속에서 구체적 대상을 확인하고 실천성을 확보하는 단계에 도달했음을 뜻한다. 이로써 "역사는 진보의 기록"이자 "싸움"으로 정립

---

5) 김병걸, 「정치 현실과 인간 조건」,《창작과비평》, 1974년 가을호, 735쪽.

6) 김병걸, 『실패한 인생 실패한 문학』(창작과비평사, 1994), 273~282쪽. 문학평론가의 '자서전'임에도 책의 후반부는 1960년대 이래 그가 몸담았던 민주화 운동의 일대기로 거의 온통 뒤덮여 있다.

7) 김병걸, 「민중예술과 사회사」(1986~1987), 『민중문학과 민족 현실』(풀빛, 1989), 112쪽.

8) 김병걸, 「민중 항쟁의 사적 맥락 — 여말에서 3·1운동까지」(1987), 위의 책, 9쪽.

되고, 그 "가장 강력한 무기의 하나"로 "문학"이 선포되기에 이른다.[9] 문학과 진보의 불가분한 관계는 그의 활동 초기부터 분명히 제기된 것이고, 그 중추에 놓인 실천적 주체성에 관한 지적 소명과 과제는 민주화가 이루어진 1987년 이후로도 중단되지 않았다.

문학평론가로서 김병걸의 생애는 그 자체로 한국 근현대사의 축소판을 보여 준다. 식민지의 수탈과 빈곤, 전쟁의 무차별적 파괴, 군사독재의 폭력, 민주화의 험난한 여정에서 그는 언제나 인간이 어떻게 세계를 인식할 수 있는가, 그로써 어떻게 이 세계를 바꿀 수 있는가, 하는 문제에 매진했다. 이 같은 행보는 그의 비평이 불가피하게 논쟁적 성격을 띨 수밖에 없었음을 시사한다. 현실이 억압적이고 불투명한 시대일수록 '문학의 사회적 참여'는 작품 하나하나에 대한 "지성스러운 싸움질" 즉 쟁론이 될 수밖에 없었다. 문학에 대한 인식과 실천은 서로를 지지하면서, 매번 스스로를 새롭게 형성하고 갱신하는 '변증법적 과정'으로 나타나게 된다.

실천적 비평은 결국 변증법적 비평이 되어야 한다고 말할 수 있다. 물론 '변증법적'이라는 매김말은 그냥 겉멋으로 쓰이는 일도 많고 불온 사상의 대명사로 오해되기도 일쑤며 심지어 바로 그러한 분위기를 위해 채택되는 경우도 없지 않을 듯하다. 이러한 온갖 폐단에도 불구하고 우리가 문학비평에까지 이 낱말을 끌어들이려면 적어도 두 가지 여건이 충족되어야 할 것이다. 즉 한편으로 변증법이라는 것이 어떤 일정한 전문가들이나 알고 있는 특수 이론 또는 기술이라기보다 문학 자체가 원래 요구하는 지성과 감성을 행복한 융합이라든가 작품과 현실 사이에서의 유연한 정신에 본질적으로 일치하는 것이라야 한다. 동시에, 단순히 '유연한 정신'이라거나 '통합된 감수성' 등 대다수 문학 독자들에게 좀 더 친숙한 표현만으로는 미흡할 만큼 실제 역사에서 적어도 헤겔 이래로 '변증법'이라 이름 붙여진 사고와 실천의

---

9)   김병걸, 「문학과 진보 정신」, 《실천문학》 21, 1991년 봄호, 23쪽.

전통이 우리의 문학 활동에도 중요하다는 판정이 나야 할 것이다.[10]

백낙청이 "변증법적 비평"이라 명명한 김병걸의 글쓰기는 "지성"과 "감성", "작품"과 "현실"의 상관관계를 따져 보는 인식과 실천의 "융합" 및 "일치"의 실험이었다. 이는 인식과 실천을 막연히 접붙이거나 중도적 평형점을 찾는 시도가 아니다. 과연 양자가 만날 수 있는지, 만난다면 어떤 조건에서 가능하며, 이를 위해 필요한 것은 무엇인지 따지고 발명하는 작업이 그에 해당한다. 우리가 김병걸의 비평적 여정을 주체성의 정립과 구조화에서 찾는 이유도 이와 다르지 않다.

하지만 백낙청의 지적대로 '변증법'을 수사적 차원보다 더 멀리 밀고 나가기 위해서는, 주체성에 대한 김병걸의 사유가 "실제 역사에서" "사고와 실천의 전통"으로 작동한 경과를 더욱 세밀하게 짚어 보아야 한다. '인식과 실천의 변증법'은 그의 삶과 비평 전반을 일관하는 지식이자 태도, 세계관에 값하기 때문이다. 그의 비평적 논리와 지적 전기가 불가분하게 연관되는 것도 그런 까닭이다.

3 초기 철학적 사유의 형성 — 실존적 자아에서 사회적 주체로

자서전에 따르면 김병걸의 십 대 시절 일본행은 공부에 대한 욕구 때문에 무작정 나선 길이었다. 배움에 대한 열망은 컸으나, 학비와 식비를 마련하기 위해 여러 일자리를 전전하며 간신히 일본어를 떼는 정도에 그쳤다. 영어와 러시아어를 조금 익혔다고는 하지만, 경제적 사정으로 인해 1943년 메지로상업학교 졸업 후 상급 학교 진학은 포기할 수밖에 없었다. 귀국 후 1949년 김포농업중학교 영어 교사로 일하게 되면서, 그리고 1953년 서울 덕수상업고등학교를 거쳐 1955년 경기공업고등학교로 옮기면서 찾게 된 생

---

10) 백낙청, 「실천적 비평에 관한 단상 — 김병걸 선생의 회갑을 맞으며」, 김병걸·채광석 편, 『민족, 민중 그리고 문학』(지양사, 1985), 337쪽.

활의 안정이야말로 그가 문학을 본격적으로 시작할 수 있게 만든 물적 토대였다. 이는 1962년 그가 등단하기 전까지 문학에 대한 전문적 소양이나 능력을 길렀다기보다, 문학을 바탕으로 한 당대의 지적 분위기에 더욱 경도될 수밖에 없던 사정을 짐작하게 해 준다. 실존주의는 그를 매료시킨 당대의 사상이었다.[11]

앎에 대한 열망으로 차올랐던 김병걸의 초기 비평은 문학보다 철학적인 성격을 강하게 띠었다. 작품에 대한 무지 또는 해석의 능력 부족 탓은 아닐 듯싶다. 그가 철학적 글쓰기에 먼저 손을 댔던 것은 문학청년의 꿈을 이루려는 소박한 이유에서가 아니라 자신이 글을 써야 하는 필연적인 까닭, 즉 자기 시대의 글쓰기란 무엇이어야 하는지에 대한 일종의 자기 소명이 필요했기 때문이다. 전문 철학자의 논리 구조를 띠지 않음에도, 자기 시대를 개관하고 비평적 세계관을 구축하기 위해 사상적 실험을 시도했던 점은 청년 김병걸의 특수한 입지를 이룬다. 첫 작품 「에고에의 귀환」(1962)이 "현대의 감성은 초지상적인 것과의 결별에서 시작한 것"[12]이라는 거창한 포문으로 시작되는 것도 그래서이다.

근대성의 역설은 그가 처음으로 대결했던 논제였다. 중세적 신중심주의를 탈피한 근대인은 "현대의 프로메테우스"가 되어 지상적 세계를 건설했다. 그러나 이는 또 다른 초지상적인 것의 군림을 초래했으니, "헤겔을 절정으로 한 아폴로적 사변 철학"이 내세운 보편자의 세계가 그것이다. 절대정신 같은 초월적 존재를 밀어내기 위해 니체는 "신의 부음"을 말했으나, 초지상적인 것이 밀려난 자리에 지상적 존재, 즉 인간은 오랫동안 무엇을

---

11) 서구에서 실존주의의 등장 배경은 2차 세계대전의 결과에 따른 폐허 의식이었고, 한국에서 이는 6·25전쟁이 남긴 파괴의 상처에 따른 것이었다. 특히 기댈 곳 없는 개인의 깊은 상실감과 불안감 등은 실존주의와 공명하는 바가 컸기에 1950년대의 문학적 감수성과 잘 어울릴 수밖에 없었다. 하지만 추상적 감정에의 몰입과 공소한 휴머니즘의 표명 등으로 한계가 분명했고, 이를 타개하기 위한 비평적 움직임이 1950년대 후반의 상황을 이루었다. 전기철, 『한국 전후 문예비평 연구』(도서출판 서울, 1993), 1부 2장 참조.
12) 김병걸, 「에고에의 귀환」, 514쪽. 이하 인용 시 쪽수만 기입한다.

채워 넣어야 할지 몰랐다. 20세기 중반에 이르러 "결국 인간은 인간으로 귀착할 수밖에 도리가 없"다는 진단이 "오늘의 사유가 풀어야 할 유일한 숙제"(515쪽)라는 언명은 이렇게 도출된다.

그런데 '지상적인 것'에 대한 천착은 단순히 신이나 이념을 '인간'이라는 말로 대체함으로써 충족되지 않는다. 관념으로서의 인간은 그 자체로 초지상적인 것과 별반 다르지 않다. 후설을 인용하며, 김병걸은 자아의 실존이 외적 대상에 대한 의식적 지향을 통해, 즉 "관계"를 통해 존립하는 것임을 분명히 한다. 하지만 의식과 대상의 유관성을 확인하는 것이 목적은 아니다. 거꾸로, 의식하는 자아란 무엇인지가 초점이다. 데카르트의 코기토와 달리, 현상학적 사유를 거쳐 등장하는 자아는 "직감의 주체성"과 "실감의 구체성"을 통해 나타난다. 그것은 추상적인 정신 일반이 아니라 현실의 대상과 연결되고, 그에 대해 작용하는 실존의 감각이다. "그러므로 어디까지나 문제의 터전이 되는 것은 초지상적인, 표상을 넘어선 본질의 세계가 아니라, 인간적인 나의 존재, 즉 사물의 객체성을 의식하며 인식하며 상상하며 판정을 하며 평가하는 일체의 존재의 거점이 되는 나의 존재인 것입니다."(518~519쪽) 그가 덧붙이는 주요한 화두는 "자유"와 "결단"이다.

나는 온갖 대상에 대하는 태도의 진정한 자유와 결단을 가지고 있는 것입니다. 나는 나로부터 독립하고 있는 객관 세계의 존재 양상에 대한 나의 태도의 주관자입니다.

나는 내가 대하고 있는 어떤 객체를 이렇게 해석할 수도 있을 것이고 저렇게 해석할 수도 있는 것입니다. 즉 그것을 받아들이기도 하고 또 거부하기도 하는 것입니다. 나의 존재에 대하여 내가 자각하게 되며 또한 나의 존재를 실현하는 데 있어서 절대 불가결한 매개체인 다른 존재에 대한 나의 존재의 우위성을 나는 주장할 수가 없지마는 그러나 그 존재에 대한 태도의 자유를 나는 언제나 나에게 허용할 수가 있는 것입니다. 긴요한 것은 이 '허용할 수가 있다'고 하는 점입니다. 그 절대적 권한은 나의 것이며 그것은 누구에 의하여 구속을 받거나 혹은 그에게 빼앗기거나 또는 그와 나눌 수조차 없는 특질을 가지고 있습니다. '허용할 수 있다'는 말은 실존철학의 용어를 빌려 말하면 '선택의 자유'라고도 할 수 있는 내용입니다.(519쪽)

지향적 존재로서 나-자아는 유아독존적인 권리를 갖지 못한다. 외적 대상에 대해 자아가 존재론적으로 더 우월할 근거는 없다. 하지만 대상에 어떤 태도를 취할 것인지, 즉 해석의 수용이나 거절, 혹은 앞서 언급한 "인식하며 상상하며 판정을 하며 평가하는" 행위 일체는 전적으로 나-자아에 달려 있다. "선택의 자유"는 나-자아의 실존에 주어진 것으로, "목적적인 의식을 가지고 적극적으로 발동 작용을 하면서 그것에 참여하는 한에서만 이루어지는"(520쪽) "관심"의 자유에서 기인한다. "에고에의 귀환"이란 이를 통한 자아의 확립을 가리킨다.

그러나 이토록 자기 확신적인 자아의 이미지는 '나'를 또 다른 유아론적 고독으로 몰아넣을 우려가 있다. 두 번째 평론 「로고스의 궁지」(1963)는 이를 타개하고 보충하기 위한 시도였다. 그에 따르면 "나의 존재는 포괄적인 헤겔의 변증법의 논리 체계에 꼭 알맞게 파악될 수 있는 합리적인 구조체가 아니"기에, "인간으로서의 나의 존재는 현실적으로 끝내 특유의 독자적인 생존을 영위"[13]하게 된다. "참다운 현실성"이란 "사람의 존재를 그가 자기에 일치하는 고정성에서 다룰 것이 아니라, 끊임없이 자기에 대자(對自)하여 현전하는 유동성에서 파악해야"(505쪽) 한다. 이 같은 현실의 유동으로부터 '나'의 자유는 무한하기보다 유한하고, 가능성의 조건 속에서만 주어지는 제한된 것으로 밝혀진다. 이를테면 칸트의 '규제적 이념'이 작용하는 한계 안에서의 자유만이 인간-자아-나의 실존적 선택에 놓일 수 있다.[14]

---

13) 김병걸, 「로고스의 궁지」, 『격동기의 문학』, 504쪽. 이하 인용 시 쪽수만 기입한다.
14) 규제적 이념은 사유가 스스로를 무한히 확대하거나 실체화하는 것을 방지하기 위한 한

'나의 중심'이라고 해서 우리는 이 말이 상식적으로 초래하기 쉬운 오류, 즉 자기 집착이나 혹은 그와 반대로 어떤 존엄성을 가진 권능으로 해석해서는 안 된다. 그것은 끝끝내 한계 안에서의 나의 중심일 뿐이며, 그런 까닭에 되레 스스로 겸손해야 할 충분한 의미와 이유를 지닌다. (……) 즉 한계 의식이 사고를 제어하는 것이다.(508쪽)

의식의 지향성은 자아가 마음대로 고르고 향하는 자의성과 다르다. 역으로, 자아와 관계 맺는 대상의 상황, 곧 세계의 구체성에 따른 행위의 조건과 관련된다. 그것이 '직감'과 '실감'으로 이루어진 현실에서 실존적 '선택의 자유'가 갖는 진정한 의미이다. "쉴 새 없이 이질적인 의식의 지향성을 구성하는 현재 이곳의 구상적(具象的)인 상황이 문제인 것이다."(510쪽) 이 지점에 이르러 김병걸의 연작 비평은 순수 사유 바깥에 엄존하는 현실의 지평을 직시하고, 거기에 올라서기 위한 첫 발자국을 내딛는다.「순수와의 결별」(1963)은 이를 시사하는 글이다.

현실이란 무엇인가? 우리는 이상적인 것과의 반립에서 정의되는 모든 사실성을 현실이라고 규정할 수 있다. 물론 이것은 극히 피상적인 견해이다. 현실은 말하자면 다원적인 것이다. 한 개인의 어제와 오늘의 현실이 다르며, 또 다른 개인의 현실과도 이질적이며, 그리고 이 이질적인 것들을 내포하는 또 어떤 사회 전체의 현실이라는 것이 있다. 그러나 그 어느 현실에 있어서도 그것을 꾸며내는 요인으로서 나와 남과의 관련이 두드러지게 전제되는 것이다. (……) 인간의 모든 문제성은 신에 있어서 밝혀지는 것이 아니라, 타인에 있어서 밝혀지는 것이다. 나의 시선, 나의 호기심, 나의 감정을 끌어당기는 저 지평선상의, 그리고 그 배경 안의 뭇 대상 가운데에서도 가장 인력적인 존재는 타인이다.[15]

<hr>

게 설정의 원리로 기능한다. 이마누엘 칸트, 백종현 옮김, 『순수이성비판 2』(아카넷, 2006), B672~674쪽.

관념 너머에 있는 현실은 타인들의 세계다. 달리 말해, 사회가 현실이다. 사르트르와 카뮈, 마르셀, 하이데거 등을 인용하며, 현란하게 현대 사상의 첨단을 왕복하지만, 그 초점은 실존적 자아가 타자들과 교통하는 사회적 현실의 주체라는 점에 맞추어져 있다. 해석과 판단, 상상과 평가의 자유를 갖는 '나'의 주체성을 말하기 위해서는 저 현실을 마주해야 하고, 그것은 원하든 원하지 않든 "참여"의 문제의식으로 자아를 견인한다.

현실과의 절연, 역사의 외면, 이것은 곧 이 땅, 이 주민에 대한 하나의 욕된 행위이며, 허백(虛白)의 미와 신비의 탐구를 일삼는 고답은 석고의 조소처럼 자기 마음의 미화 작업이 될 수 있을지언정 이 땅에 농축된 이 현실의 독소에 대한 소독제는 될 수가 없다. (……) 현실에의 참여란 실리적인 것, 획일적인 것, 속물적인 것, 쾌락성 등에의 귀착을 의미하지 않는다. 참여의 행위는 이것들을 고발하며 규탄하며 소기(燒棄)하는 작업을 맡는 것이다. 세계내 존재(das In-der-Welt-Sein)의 의식은 그 필연적 숙명으로 해서 군집성 가운데 내존하면서도 그것에 결코 동화하는 일이 없이, 오히려 인간이 가져야 할 최소한의 권리를 쟁취하기 위하여, 그것과 맞서는 것, 즉 현실에 범람하는 오욕, 비인간성, 불미(不美), 독선을 제벌(除伐)하는 사명을 가지는 것이다.(498쪽)

김병걸의 초기 평론은 동시대 문학을 바라보기 위한 발판으로서 주체성의 의미를 모색하고, 그로써 현실과 사회를 사유하는 인식적 근거를 마련하는 데 바쳐져 있다. 서구 현대사상에 강한 영향을 받았음이 분명하지만, 일방적으로 수용하기보다 그가 자신의 방식대로 이해하고 논리화한 흔적을 발견하기는 어렵지 않다. 이렇게 견고하게 다져진 주체성의 논리를 염두에 두지 않는다면, 곧이어 순수·참여의 전장에 뛰어든 그의 글쓰기

---

15) 김병걸, 「순수와의 결별」, 『격동기의 문학』, 490~491쪽. 이하 인용 시 쪽수만 기입한다.

를 제대로 이해하기 어려울 것이다.[16]

4 참여의 실천철학 — 상황 인식과 실존의 자유

"1960년대 한국의 시문학에 있어서 가장 두드러진 현상은 순수와 참여의 대립적 양상이었다."[17] 1972년의 시점에서 회고적으로 언급한 문장이지만, 이 진단은 김병걸이 본격적으로 비평 활동을 시작하며 매진한 1960년대 한국문학의 상황을 집약적으로 보여 준다. 물론, 순수·참여 논쟁이 당대 문학의 전부는 아니며, 순수·참여 논쟁이 그 시기에 처음 일어난 것도 아니었다. 그의 문제의식을 파악하기 위해 간단히 그 역사를 정리해 보자.

문학에서 순수·참여 논쟁은 1930년대 이후 주요 쟁점의 하나로 전개되어 왔다. 특히 비평 담론에서 그것은 비평가 개인의 시각을 묻는 것으로부터 당대 비평의 흐름을 규정하는 지성사적 문제의식마저 포괄한다. 가령 1920년대 카프의 출발부터 해체에 이르는 동안 '참여'가 문학적 근대성과 연관되었으나, 1930년대를 전후해서는 그에 대립적인 '순수'가 부각되었다. 사회혁명을 지향하는 카프의 문제의식이 참여를 정당화했다면, 카프로 인해 후경화되었던 문인들의 지지, 또는 일제의 민족말살정책에 대한 역설적 저항으로 순수가 창작과 비평의 명분이 되었던 것이다.[18] 이는 1930년대 말 유진오와 김동리 사이의 세대 논쟁을 통해 진전되었다. 유진오가 「순수에의 지향」(1939)에서 당시 젊은 작가들의 문학 외적 활동에 비판을 가하며 인간성을 옹호했다면, 김동리는 「순수 이의」(1939)를 통해 순

---

16) 당시 《현대문학》을 주관하던 조연현은 「에고에의 귀환」과 「로고스의 궁지」를 연달아 추천함으로써 김병걸의 등단을 완료시켜 주었다. 하지만 그의 글이 철학 논문에 가까울 뿐더러 독창성도 약하다는 평가를 내리기도 했다. 김병걸, 『실패한 인생 실패한 문학』, 212~213쪽. 초기작에 대해서는 일정 정도 수긍할 만하지만, 그것이 이후의 비평을 위한 지적 토대로 작용했음을 고려해야 한다.

17) 김병걸, 「1960년대의 시」(1972), 『격동기의 문학』, 204쪽.

18) 전승주, 『한국 현대비평문학 탐구』(월인, 2009), 301쪽.

수한 문학적 태도는 젊은 작가들의 것이며, 그것이야말로 진정한 인간성 옹호라고 주장했다.[19]

해방 공간은 순수·참여 논쟁이 재개되는 무대였다. 하지만 미군정기의 혼돈과 곧이어 일어난 전쟁은 남한을 폐허로 내몰았고, 남북으로 갈라졌던 문인들의 지향마저 반공 일색으로 바꿔 놓았다. 그 결과 남한의 문단은 '참여'에 대해서는 입을 닫았고, 획일적으로 '순수'에 경도되는 모습을 띠게 된다. 기류가 바뀐 것은 1950년대 말의 신세대 비평가들이 나타나면서부터였다. 이어령이 「작가의 현실 참여」(1959)를 통해 올바른 현실 참여의 문제를 제기하고, 유종호가 「비순수의 선언」(1960)으로 김동리와 조연현 등의 기성세대를 비판했기 때문이다. 그들의 목표가 기성문단에 대한 반항과 도전이었다는 점에서 순수·참여 논쟁의 진정한 재론이라 보기 어려우나,[20] 적어도 '참여'가 다시 비평의 화두가 되었던 점은 기억해 둘 만하다.

4·19는 새로운 비평 의식의 출발점인 동시에 순수·참여 논쟁이 다시금 활성화되는 전기였다. 전후 문단은 실존주의와 휴머니즘에 이어 앙가주망을 적극 수용했고, 혁명으로 각성한 세대의 정치적 관심과 문학적 응전을 촉발했다. 1960~1965년 사이에 재론된 순수·참여 논쟁은 갓 등단한 김병걸이 자신의 지적 토대를 마련하자마자 본격적으로 뛰어든 비평의 전장이었다.[21] 이 논쟁의 자세한 경과보다, 그가 내세운 비평적 발판을 살펴보자. 「순수와의 결별」(1963)부터 「참여론 백서」(1968), 「문학의 참여성 시비」(1971) 등 이에 관한 그의 글은 여럿이나, 실제로 그가 작품론이나 작가론

---

19) 한강희, 『한국 현대비평의 인식과 논리』(태학사, 1998), 164~165쪽.

20) 위의 책, 169~171쪽.

21) 논쟁의 시작점에 대해서는 연구자마다 편차가 있다. 가령 1960년 김양수의 「문학의 자율적 참여」를 시발점으로 보거나(전승주), 1962년 5월 《사상계》의 '한국 현대시 50주년 심포지엄'을 출발점으로 볼 수도 있다.(한강희) 해방 후부터 이즈음까지의 논의는 대체로 순수나 참여의 본질적 의미를 따지는 데 치우쳐 본격적인 담론 투쟁으로 예각화되지 못했다. 한강희, 『한국 현대비평의 인식과 논리』, 173쪽.

등을 통해 논쟁의 전환점을 만든 흔적은 크지 않다.[22] 따라서 우리는 이 논쟁에서 주체성에 관한 그의 논리를 파악하고, 리얼리즘론과의 연결 고리를 찾는 데 주력하는 편이 낫다.

이 점에서 「참여론 백서」는 흥미로운 텍스트이다. 이 평문은 '1. 참여론 시비', '2. 참여의 뜻', '3. 현실의 문제', '4. 역사성'의 4개 소절로 나뉘어 있다. 1절은 김붕구의 「작가와 사회」(1967)가 점화한 논쟁의 경과를 다룬다. "이론화된 앙가주망은 필연적으로 프롤레타리아 혁화(革化)의 이데올로기로 귀착된다."라는 그의 비난에 대한 임중빈과 이호철, 김현, 정명환, 문덕수, 김수영, 이어령, 백낙청 등의 반응을 기록했다.[23] 이는 3절에서 범위를 더 넓혀 참여론의 현황 및 그 자신의 입장을 밝히는 데로 나아간다. 관건은 2절과 4절이다. 특히 2절은 앙가주망의 어의 설명으로부터 사르트르와 하이데거, 브렌타노와 후설, 키르케고르, 세스토프와 도스토옙스키까지 종횡무진하는, 김병걸 특유의 철학과 문학이 어우러진 논변으로 이루어져 있기 때문이다. 일견 참여론에 대한 사상적 논설로 읽힐 여지도 있으나, 소절의 표제와는 동떨어져 있기에 의아스러운 대목이다. 하지만 그의 사유 구조를 이해하기 위해서는 오히려 주의 깊게 읽어 볼 부분이다.

앙가주망은 대개 '참여'라는 능동적 의미로 번역되나, 그 본의는 '구속'에 있다. "사람이란 세계 속에 내던져져 있는 그 존재의 양상으로 해서 세계의 기구 속에 말려 들어가서 '속박되어' 있는 것이다."[24] 하지만 이로부터 우리는 "우리 존재의 가치를 실현하기 위하여 스스로 투기(投企, Entwurf)해야 하는 필연성에 직면하"(137쪽)게 된다. 이 세계를 산다는 것은 '나'의 능동적 투사로 충족되는 행복한 과정이 아니라, 수동적인 피투성을

---

22) 순수·참여 논쟁에서 김병걸의 중심성이 지목되기도 하지만,(이상갑, 「한 싸르트르주의자의 논리와 그 엄정함」, 230쪽) 1962년에야 문학장에 진입한 신진 비평가가 중핵을 맡았다고 보기는 쉽지 않다. 이 논쟁을 다룬 여러 연구서도 그의 역할을 부분적으로만 인정하는 편이다.

23) 이상갑, 「한 싸르트르주의자의 논리와 그 엄정함」, 231쪽에 요약되어 있다.

24) 김병걸, 「참여론 백서」, 『격동기의 문학』, 136쪽. 이하 인용 시 쪽수만 기입한다.

겪으며 고통스럽게 나아가야 하는 불가피한 과정이다. 그렇게 이 세계로 던져짐을 통해서만 자발적인 던짐, 곧 투기도 비로소 가능하다. 실존적 주체의 의미는 이를 받아들일 때 명확히 드러난다. “스스로 투기해야 하는 필연성”은 동시에 “선택의 행위”가 되며, 여기에 “자유 정신”이 깃들어 있기 때문이다. 따라서 “자유로 선택하는 사람, 스스로 자기를 만들어 나가는 사람만이 본래적으로 실존에 닿는 것이 된다”.(같은 곳)

구체적 실존으로서 ‘나’는 매 순간 선험적으로 규정되지 않은 세계를 경험한다. 그것은 내가 자발적으로 선택한 것이 아니기에 일방적으로 받아들일 수밖에 없는 ‘던져진 삶’이다. 그럼에도 “순간마다 새로운 가능성을 잉태하면서 현실로 존재하는 것, 자기 존재의 역사적인 일회성을 실천하는 것, 이 점에 실존의 자유성이 있”다.(138쪽) 자유는 조건 없이 무한하게 주어지는 것이 아니라, 조건을 달고 유한하게 던져진 경험을 통해 획득되는 선택의 결과이기 때문이다. “책임”은 자유가 ‘나’와 무관하게 증발하는 것을 저지하는 단서이며, 우리가 “불안의 감정”에 시달리는 이유는 그러한 책임의 의미를 놓치지 않기 위함이다. 결론적으로 〔자유로운〕 선택은 〔현실의 경험적 조건에 의한〕 구속”(139쪽)이라는 사실을 받아들여야 하며, 따라서 현실에 대한 참여 즉 실천을 결단하지 않을 수 없다. 김병걸에게 실존적 주체의 본래 의미는, 그와 같이 ‘선택’과 ‘구속’에서 연유한 자유를 인식하는 여정에 다름 아니다.

4절의 역사성은 이런 실존적 주체성에서 도출되는 참여의 진정한 의미로 제기된다. “인간이 실존한다 함은 그저 ‘있는 것(Sein)’이 아니고 ‘거기에 있는 것(Dasein)’, 즉 상황 안에 있는 것, 세계 및 다른 의식적인 존재와 일정한 관계를 맺고 있음을 뜻한다.”(152쪽) 실존적 주체의 의식은 추상적 자의식을 벗어나 ‘여기(da)’라는 상황의 구체성과 연결되어 “역사적 의식”을 갖는다. 그것은 자아가 ‘이 세계’ 속에서 ‘타자’와 맺는 ‘관계’의 필연성이기도 하다. 그런 관계들로 엮여 있는 집합적 시간을 살아가는 ‘나’와 ‘타자’의 무대가 바로 역사인 것이다.

상황이란 다름 아닌 역사성을 의미한다. 우리는 저마다 스스로 선택을 하며, 결단을 하면서 독자적인 상황 안에 존재하는 까닭에, 뿐더러 '여기에 지금(hic et nunc)' 단지 일회적으로 존재하는 이유로 말미암아 자기 자신의 역사성을 짊어지고 있는 것이다. (……) 실존적 의미로서의 역사는 (……) 현존재의 자유의 가능성의 장인 것이다. 이 장 안에서 우리는 고립적인 자아의 밀폐성을 파기하고, 우리 자신의 역사성을 영위하면서 우리와 같은 다른 현존재와 교섭을 하는 가운데 우리 자신을 생동적으로 의식하게 된다. 역사는 인간이 자기의 실존과 남의 그것과의 교섭을 구현하는 도장인 것이다.(152쪽)

자아와 타자 사이에서 매 순간 달라지는 그 관계는 "상황"의 다수성을 낳고, 그것의 총체가 "역사"를 이룬다. 우리가 "저마다 스스로 선택을 하며, 결단을 하면서 독자적인 상황 안에 존재"한다는 것은 결국 역사라는 거대한 흐름 속에 합류하는 과정일 것이다. '나'와 타자는 그 상황에 제약된 "현존재"이지만, 그 구체적인 지금-여기로부터 투기한다는 점에서 "자유"를 갖는다. 참여는 이러한 실존적 자각이 빚어내는 주체성의 탄생과 직결된 사건이라 할 수 있다.

실존적 자각이란 우리가 이미 알고 있는 바와 같이 사회에서 소외된 자기를 의식하며, 자기의 밑바닥에 허무의 구렁텅이를 보며, 그리하여 그때에 우리가 응당 체험하게 되는 통절한 오뇌를 통하여 인간 존재의 근거를 밝혀내는 동시에 인간의 주체성을 회복하려는 각성인 것이다. (……) 어쨌든 실존이라는 서구적인 개념을 우리가 단지 하나의 지식으로서만 받아들인다면 우리는 실존에 대해서 큰 오류를 저지르게 되는 것이다. 실존의 참된 뜻은 우리가 삶의 실천자로서 사회에 참여하고, 현실에 대응하면서 인간의 진실한 가치와 자유를 위하여 싸워 나갈 때에만이 적극적인 의미를 가지게 된다. 그 까닭은 실존이 지식의 문제가 아니라, 실천의 문제이기 때문이다.[25]

그럼, "실천"이란 구체적으로 어떤 것인가? 철학적 사유의 구조는 어느 정도 단단한 기반을 확보한 듯싶지만, 어쩐지 사변적 논리를 공전하는 듯한 느낌도 없지 않다. 실제로 김병걸의 초기 비평은 현장 문학의 사정을 분석하고 묘파하면서도, 갑작스레 철학적 진술과 논증으로 빠져드는 경향이 강한 편이다. 당연히, 이는 그의 논리 구조를 심화시키고 견고하게 하는 방편이지만, 다른 한편으로는 삶의 구체성을 담는 문학 텍스트와의 거리를 벌려 놓는 요인이 된다. 아마도 그 역시 이를 절감하고 있었을 터인데, 참여의 문제의식이 불거질 때마다 "상황"에 대한 인식과 그것의 구체적 시·공간적 지평으로서 "역사"와 "사회"를 호출하기 때문이다. 작가의 "창조적 자아"와 "사회적 자아"를 구분하도록 요구한 김붕구에게 답하기 위해 작성된 「문학의 참여성 시비」(1971)는 그 같은 문제의식을 여실히 보여 준다.

> 인간이 자기가 놓여 있는 상황을 명석히 의식하고, 그 상황이 현재 품고 있거나 혹은 품을 위험성이 다분히 있는 비인간적 또는 인간을 굴욕시키는 제사상(諸事象)을 예의 주시하면서 그것을 서슴없이 개시할 때, 그는 사회적 존재성과 의식의 필연적 관계를 충분히 깨닫고 있는 것이며, 그리하여 그는 인간으로서의 성실함을 보여 주는 것이다. 요컨대 그는 상황 속에 있는 의식존재의 당위성이 무엇이며, 그리고 사회 안에서 어떤 것이 정말 인간을 위한 정직함인가를 양식을 가지고 판단한다.[26]

특정한 상황 속에 던져진 실존은 곧 "사회적 존재성과 의식"이 맺는 "필연적 관계"를 자각하지 않을 수 없다. 그것은 존중이나 모욕, 협력이나 강제, 화합이나 적대와 같은 현실적 구체성을 띤다. 이로부터 "실존"은 비로소 "인간"으로 정식화되는데, 철학적 개념이 현실의 토대 위에서 뼈와 살

---

25) 김병걸, 「문화의 방위」(1965), 『격동기의 문학』, 480~481쪽.
26) 김병걸, 「문학의 참여성 시비」, 『문학과 사회의식』(창문문고, 1974), 140쪽.

을 입는 존재로 표지되는 것이다. 달리 말해, 관념상의 추상이 아니라 역사와 사회 속의 구상(具象)으로서의 인간이 나타난다. 참여를 둘러싼 논쟁에서 김병걸이 얻은 가장 큰 수확은 자신의 사변적 논리를 '지상적인 것'에 정박시킬 현실성의 구조, 즉 사회와 역사에 대한 실천철학적 감각이었다고 할 만하다.

5 방법으로서의 리얼리즘 ─ 민족·민중문학으로의 이행과 현실성

리얼리즘이라는 말은 여러 가지 오해를 초래하고 있다. (……) 사람들은 일반적으로 리얼리즘을 객관적 세계 또는 사실의 빈틈없는 복사로 곡해하고 있다. 그러나 진정한 리얼리스트는 결코 객체와 일치하는 충실한 묘사법을 받아들이지 않는다.
그는 현실적 사상(事象)을 중시하고 그것을 날카롭게 관찰하지만, 그렇다고 단순한 보고자가 결코 아니다. 소박한 기계론적 모사론을 리얼리즘의 개념으로 생각하는 사람들은 리얼리즘 문학의 발전사를 전연 알지 못하는 사람들이다.[27]

김병걸에게 리얼리즘은 하나의 문학 사조나 재현의 기법이 아니다. 그는 리얼리즘을 인간이 세계와 관계 맺는 방식을 규정하는 주체적 인식의 방법으로 받아들였다. 이는 '리얼리즘 = 객관적 재현'이라는 통념에서 벗어나, 세계의 작동 원리를 이해하기 위한 사유의 틀로서 리얼리즘을 다시 세공하는 작업이었다. 현실은 주체가 자신을 확인하는 장이고, 문학은 그 장을 사유하고 자기 역량을 투사하는 활동에 가깝다. 그렇기에 리얼리즘은 작가가 세계를 바라보는 특정한 관점이며, 인물의 경험 배후에 있는 사

---

27) 김병걸, 「리얼리즘 문학의 가능성」, 『실천 시대의 문학』, 129쪽. 이하 인용 시 쪽수만 기입한다.

회적 구조를 포착하게 하는 인식적 감도를 뜻한다. 이 지점에서 김병걸의 리얼리즘론은 문학사적 논의를 떠나, 주체성의 형성과 실천을 매개하는 지성사적 전망이자 방법론으로 확장된다.

1973년에 작성된 「리얼리즘 문학의 가능성」은 이를 요약해서 보여 준다. 흔히 '사실주의'로 번역되는 리얼리즘의 통념을 지적하며, 그는 자신의 입장에서 재구성한 이론적 원칙을 제시한다. 단순한 수단으로서의 리얼리즘은 "인간, 사회, 역사를 어느 한 시점상의 생명이 없는 고정태로 파악하는 기계론"(130쪽)에 불과하다. 그러나 재현이나 복제의 영역을 벗어난 리얼리즘은 현상의 보이지 않는 것을 추적하고 그 구조적 원리를 파악하려는 시도이다. 이에 따를 때, "리얼리즘이 내세우는 목표는 인간 상호 간의 관계와, 인간과 사회와 자연의 관계가 현실에서, 역사에서 어떻게 전개되고 있는가 하는 본질적 제형식을 추구하며 반영하는 극적 형식"(같은 곳)으로 드러난다. 다시 말해, 인간, 사회, 자연이 맺는 역동성의 반영이자, 그것들이 형성하는 역사적 경과의 본질을 드러내는 형식이 리얼리즘이라는 것이다.

이렇게 재정의된 리얼리즘은 '사실의 복사'라는 소박한 통념, 즉 '있는 그대로의 현실'에 대한 재현의 강박을 물리치도록 주문한다. 리얼리즘은 일상성을 관통하여 사회의 내적 구조에 대한 통찰을 요구한다. 하지만 작가가 현실의 전모를 일거에 파악하거나 총합하는 전능한 존재라는 뜻은 아니다. "작가란 모든 다른 사람들과 마찬가지로 어디까지나 관찰과 경험의 한계를 가지는 개적 존재이기 때문"이다. 작가는 "개별적 인간"과 "개별적 상황"을 예술화하는 자로서, 현실 세계를 "특유한 의식과 관찰로써" 체험하여 형상화할 뿐이다. 그러한 작업의 결과물로서 작품이 모든 사람에게 "추경험"될 때,(131쪽) 오직 그때만 작품의 예술적 가능성, 즉 보편적 의미도 생성된다. "작가는 그의 체험 가운데서, 그가 대하는 현실의 단편 속에서 사회 일반의 진리를 위하고 역사의 바른 진로를 위한 객관적 제재를 선택하고 추구해야 한다. 문학도 결국은 철학과 마찬가지로 사상의 한 형태이며 작가가 의도하는 이념의 표현"(같은 곳)인 것이다.

　김병걸이 강조한 "사회 일반의 진리", "역사의 바른 진로"는 그의 리얼리즘 개념을 이해하기 위한 핵심적 단서가 된다. 그에게 '사실 혹은 현실의 전체'는 물리적 환경이나 외적 조건의 망라가 아니라, 개별 인간이 세계에서 직면하는 상황의 층위를 종합적으로 파악하는 관찰의 범위에 가깝다. 즉 전체를 파악한다는 것은 경험과 구조를 동시에 이해하는 일이다. 우리는 작품 속 인물이 겪는 특정한 상황을 추체험하지만, 그로써 깨닫는 것은 그를 그렇게 만든 사회적 구조의 문제다. 그 구조의 공시성 속에 개인이 있고, 통시성 속에 역사가 있다. 문학은 이처럼 개인의 삶과 역사의 흐름을 가공하여 전시함으로써 집합적 삶의 공시성과 통시성을 드러내는 장치라 할 만하다. 인간은 사회적 조건과 역사적 힘의 교차를 통해 형성된다는 김병걸의 실존적 주체성의 구조가 리얼리즘론에서도 그대로 적용되는 것이다. 이렇게 그는 리얼리즘을 현실의 모사로 환원하지 않고, 주체의 경험과 각성을 통해 세계의 구조가 드러나며 변화시키는 과정으로 정의했다. 리얼리즘은 사실의 정확성이 아니라, 주체적 인식의 확실성과 그 외화(外化)를 기준으로 평가되는 원리인 셈이다.

　　문학에 있어서의 리얼리즘은 자유의 최고의 형식인 인간이 부단한 창조에 참여한다는 자각이다. 이 자각은 작가로 하여금 역사적 주도성과 책무를 담당케 하고, 세계의 해석이 아니라, 세계상(世界相)의 의로운 변용에 참가하도록 한다. 그리하여 역사의 변증법적 발전을 이루도록 한다. 역사는 스스로 이루어지거나 전진하지 않는다. 역사는 공동체의 바른 진작을 위한, 그리고 생존 가치를 위한 인간들의 지성적 혈투의 응결로써 구성되어진다.(132쪽)

　그가 "역사의 변증법적 창조의 장"이라 명명하는 예술 창작은 특정한 인물과 그가 겪는 사건을 그리는 특수한 과정이지만, 같은 시대 지평을 살아가는 이들이 품을 법한 "모든 질문에 대한 해답"을 겨냥하는 "공통의 문제"를 제출해야 한다. 그것의 세계사적 역정을 살펴본 시도가 《상황》, 《현대문학》, 《창작과비평》 등에 4년 동안 연재하여 1976년 출판한 『리얼리즘 문학론』이다.[28] 책의 주된 내용은 16세기 르네상스 이래의 리얼리즘 개념과 그 변천에 대한 서술이지만, 그가 출발점으로 삼는 것은 플라톤과 아리스토텔레스로부터 발원하는 사상사적 기원이다. 이는 리얼리즘의 역사를 철학사까지 포괄하는 거대한 흐름으로 보려는 의도인 동시에, 근본적으로는 리얼리즘이 사실 재현의 방법이라는 협소한 의미를 벗어나 인간 주체성의 구조를 밝히고 세계를 변화시키는 창조적 방법론임을 입증하는 데 있다.

그러나 김병걸의 리얼리즘론이 갖는 의의는 그 이론적 구성만으로 충분히 설명되지 않는다. 그는 '주체적 인식의 방법'으로서의 리얼리즘이 어떻게 한국문학에서 작동해 왔고, 어떤 인식과 실천의 지평을 열어 놓았는가에 관심을 기울였다. 이 책에서 제시된 리얼리즘의 개념과 범주는 미학적 체계의 논제가 아니라, 삶의 조건을 파악하고 현실을 변혁하기 위한 근본 원리였던 탓이다. 따라서 이론을 설명하는 데 치중하기보다 현실의 구조를 인식하는 데 필요한 통찰의 감각에 더 큰 강조점을 두었다.[29] 문학은 세계에 대한 사유와 실천의 형식이라는 그의 판단은, 1970년대 이후 급격히 변화한 한국 사회의 조건 속에서 더욱 날카로운 방향성을 얻게 되었고, 이는 자연스럽게 민족·민중문학론에 대한 관심으로 이어졌다.

리얼리즘론과 민족·민중문학론은 연속적 흐름 속에 정위된다. 전술했

---

28) 김병걸, 『리얼리즘 문학론』(을유문화사, 1976). 「머리말」에 따르면 일부 연재분은 이 단행본에 함께 묶이지 않았다.

29) 이 책의 주된 기조는 근대 유럽에서 특화된 리얼리즘의 발생 경위와 이론적 구조이지만, 그것이 유럽의 근대성을 어떻게 견인했는가를 해명하는 데에도 큰 역점을 둔다. 나아가 김병걸은 소련의 사회주의 리얼리즘에 대해서도 나름의 설명을 시도하는데, 이 때문에 동료 문인들과 소원해진 사정이 이채롭다. 진보적 평론가이자 사회운동가였음에도, 그는 자신의 통찰과 체감으로 납득할 수 없는 이념적 지향에 대해서는 가차 없이 비판했기 때문이다. 김병걸, 『실패한 인생 실패한 문학』, 236~237쪽.

듯, '객관적 전체'란 세계의 물리적 총합이 아니라 주체의 구체적인 성찰적 장 전체로서의 현실을 가리킨다. 그것은 언제나 역사적 시간과 사회적 공간에서 성립하기 때문에, 리얼리즘은 필연적으로 특정한 시대 현실과 그 구조를 읽는 방식으로 작동한다. 이러한 관점은 1970년대의 민족·민중문학에 대한 김병걸의 시계(視界)에 정확히 부합했다. 민족·민중문학은 단순히 억압받는 민중의 삶을 묘사하는 것이 아니라, 현실에 내재한 구조적 힘을 인식하고, 그것이 인간 삶을 어떻게 규정하는지, 더불어 변혁의 계기는 어디에 있는지 발견하려는 시도였다. 그가 정립한 리얼리즘론은 바로 그 인식적 작업의 도구이자 방법이었다. 작품의 개별적 분석을 넘어, 그것은 1970년대의 가장 강력한 문학적 의제에 접속하기 위한 논리적 발판이었던 셈이다.

그렇다면 김병걸에게 민족·민중문학의 핵심은 무엇이었을까? '주체성-역사성-실천'으로 이어지는 인식과 실천의 구조가 그것이다. 우선 주체성의 측면에서, 그는 문학을 인간이 세계를 인식하는 적극적 행위로 보았고, 민중을 특정한 사회계층이 아니라 현실을 이행시키는 주체적 계기로 파악했다. 민중은 수동적으로 묘사되거나 관찰되는 집단이 아니라, 세계를 구성하고 변화시키는 실천적 행위자로 재정립된다. 이때 '민중'이라는 말은 정치적 수식어나 이념적 수사가 아니라, 등단 초기부터 그가 내걸었던 실존적 주체성이 참여의 사회적 지평 위에서 실현되는 구체적 형상에 다름 아니다.

역사성의 측면에서도 사정은 다르지 않다. 리얼리즘은 현실 재현의 기법이 아니라 구성의 방법론이기에 역사는 그러한 현실성의 기저에 깔린 구조적 시간으로 명명된다. 이에 따라 민족문학론에서 '민족'은 단일한 정체성의 집단이 아니라 역사적 경험을 공유하는 다수적인 존재 방식으로 표상되고,[30] 민중문학론에서 '민중'은 그런 민족적 역사 경험을 가장 구체

---

30) "민족문학은 (……) 역사에 있어서의 민족국가의 형성과 민족의식의 발로와 더불어 엄연히 존재해 온 문학 현상인 것이다." 김병걸, 「작가의 민족 연대 의식」(1972), 『격동기의

적으로 살아 내는 실존적 존재로 정립된다.[31] 이 두 층위는 모두 주체의 인식이 역사적 맥락 속에서만 온전히 성립한다는 김병걸의 논리에 그대로 맞닿아 있다.

> 민중이 누구이며 어떤 계급을 가리키느냐, 즉 노동자·농민·도시빈민층만이냐 혹은 소외된 지식층도 포함되느냐 하는 문제를 놓고, 그동안 많은 학자들과 지식인들이 진지하게 논의해 왔다. (……) 중요한 것은 민중의 개념이나 실체의 문제라기보다, 민족사의 변천 과정에서 시대에 따라 그것이 어떠한 모습으로 나타났느냐 하는 민중의 역사적 현상성이라고 하겠다. (……) 민중은 민족에 따라 또는 그 민족의 역사 발전에 따라 여러 갈래로 구성된다. 이렇게 보면 민중의 개념은 매우 막연하고 모호하다고 하겠다. 물론 모호하다고 해서 민중의 실체가 없는 것은 아니다.[32]

압축해서 정리한다면, 민족사의 거대한 원천에서 민중은 역사와 사회적 조건에 따라 구체적인 형상, 곧 노동자나 농민, 도시빈민층과 같은 모습으로 자신을 드러낸다. 그것은 "사회 기층 구조의 가장 튼튼한 주춧돌로서, 자각적인 의식을 갖고 사회적으로는 평등과 인권을, 민족적으로는 주체성을 확보하려는 운동체"[33]이다. 계속해서 김병걸은 "대중"과 구분되는 특질로 민중이 "의식적이고 주체적인 존재"임을 분명히 선언한다. 그의 비평적 출발점을 떠올려 본다면, 실존적 주체성의 담지자가 개인으로부터 민

문학』, 111쪽.

31) "민중은 가장 구체적이고 가장 현실적인 실상이다. 그 실상을 알려면 구태여 호미를 들고 농사짓거나 시장에서 장사할 것까지는 없고, 손쉬운 일로 아침 출근 때 교통지옥의 아비규환 속에서 생사를 결단하는 사람들의 떼 속에 뛰어들면 살갗에 닿도록 실감이 날 것이다."(김병걸, 「민중과 문학」(1983), 『실천시대의 문학』, 16쪽)

32) 김병걸, 「민중항쟁의 사적 맥락 — 여말에서 3·1운동까지」(1987), 『민중문학과 민족 현실』(풀빛, 1989), 9~10쪽.

33) 김병걸, 「민중과 한국의 정치 현실」(1985~1986), 『민중문학과 민족 현실』, 76쪽.

족과 민중의 집합적 개념으로 이관된 것이라 볼 수 있다. 물론, 민족과 민중의 개념적 분절과 의미상의 차이를 더욱 상술할 수도 있으나, 적어도 김병걸에게 이 두 개념 사이의 논리적 구별은 크게 중요하지 않았던 듯싶다. 1970~1980년대에 사회 내부의 독재에 대항한 민주화를 위해 민중문학이 요청되고, 외세의 압박에 맞선 자주화를 위해 민족문학이 요구되었다는 점에서 양자 사이의 개념적 문맥과 구분은 그에게 무의미했을지 모른다.

하지만 이러한 틀에 문제가 전혀 없는 것은 아니다. 1960년대의 순수·참여 논쟁이 당대 현실의 지형을 얼마나 반영했든 간에, 그것은 문학장 내부의 담론 투쟁이었다. 그런데 1970년대의 민족·민중문학에 관한 논의는 문학의 범주 바깥에서 외삽된 개념을 통해 이루어진 담론 외적 투쟁이었기 때문이다. 다시 말해, 민중 혹은 민족은 문학사에서 항상 호명되어 온 집합적 주체를 지시하지만, 이 시기에 이르러 민중/민족은 '정의롭고 올바른 역사적 주체'라는 일종의 선험적 개념으로 문학사에 기입되어 문학장을 이끌어 갔다.[34] 김병걸의 비평적 인식에 한정하여 말한다면, 다소 의아스러운 부분이 여기다. 우리는 등단 초기부터 그가 고집스럽게 당대 철학의 언어와 논법을 빌려 자기 입장을 정립하고, 그로부터 당대의 문학적 현장에 개입하려 했음을 알고 있다. 특히 실존적 주체의 자유를 무한대로 받드는 오류를 범하지 않기 위해, 자아가 놓인 현실적 가능성의 조건을 인식함으로써 일종의 '규제적 이념'을 설정했던 것도 기억한다. 그런데 민중과 민족에 이르러 이러한 개념적 한계 설정은 어딘지 무화되어 버린 듯하다. 단독적 주체에서 집합적 주체로 이행한 이 지점에서 민중과 민족은 당위적인 이념의 누빔점이 되어 문학 전체를 선도하는 힘으로 표상되기 때문이다.

실제로 1970~1980년대의 주요 평문을 엮은 『민중문학과 민족 현실』(1989)에는 상당히 많은 분량의 글이 현장 비평보다 한국 현대사에 나타난 민

---

34) 김정현, 「70년대 텍스트에 나타난 '민중'의 형성과 그 결절 지점 ― 김지하, 고은, 신경림을 중심으로」,《한국현대문학연구》56, 한국현대문학회, 2018, 93쪽.

중·민족적 저항의 역사를 기술하는 데 바쳐져 있다. 문학의 사회 참여적 원칙이나 리얼리즘에 대한 개괄적 설명을 개진한 다음, 근현대의 민중·민족적 저항 사례 기술에 집중하는 그의 글쓰기는 이념적 당위에 이끌린 바가 크다. 실제 역사적 사건과 문학사의 깊은 연관을 떠올린다면, 이러한 서술의 필연성과 의미는 불가결할 것이다. 그럼에도 1970년대 말부터 1980년대 그의 글쓰기는 '문학비평'의 범주를 크게 넘어서 있다. 어쩌면 이는 그로 하여금 오랜 이론적 사유의 정련을 거친 자신의 비평이 반드시 뿌리내려야 할 현실 자체에 대한 규명으로 이동한 것일지 모른다. 인식과 실천의 변증법이 '초지상적인 것'의 추상성에 잠식되지 않기 위해서는, 필연코 현실 자체 곧 비평가의 실존이 내디딘 사회와 역사를 구체적으로 톺아 보아야 하기 때문이다. 민중과 민족, 주체성과 사회 및 역사적 관계에 대한 더 심도 있는 이론적 해명이 역사적 서술로 대체된 사정이 그에 있다.[35]

     도대체 문학이란 인간의 문제를 둘러싼 제 조건을 떠나서 그 자체로서의 독자적인 가치와 이유를 획득할 수 있는가. (……) 사실 문학을 한다는 것은 역사로부터 사회로부터 동떨어져 그것 자체를 추구하고 누리는 어떤 선택된 특권 의식의 작업일 수가 없다고 볼 때, 문학을 한다는 일은 바로 사람이 한 시민으로서 마땅히 역사 속에 뛰어들어 맡은 바의 책임과 사명을 다하는 삶의 한 양식에 지나지 않는다고 봐야 한다.[36]

---

35) 실제로 그가 활동했던 시대적 상황도 염두에 두어야 한다. 『민중문학과 민족 현실』의 「머리말」에서 김병걸은 "지난 6~7년간 문예지 같은 데 평론다운 글을 거의 쓴 일이 없었"다면서, "80년대 들어서부터는 글쓰는 작업보다 반체제 재야권 내에서 민주화와 통일운동에 몸바쳤던 관계로 골방에 처박혀 차분히 글쓸 여념이 없었다."라고 고백한다.(4쪽) 1994년 출간된 자서전의 후반부가 1970~1980년대의 정치 활동 기술에 집중된 것도 같은 맥락이다.

36) 김병걸, 「문학의 역사적 사명」(1982), 『실천 시대의 문학』, 94~95쪽.

6 변증법적 비평 ── 문학을 넘어선 실존적 지성의 운동

김병걸의 글쓰기는 문학비평의 견고한 토대가 미정립되었던 시대에 작품 읽기와 현실 경험의 실제를 통해 자기만의 시각과 논리를 구축했던 비평가의 여정을 보여 준다. 그의 사유는 실존적 자아에 대한 추상성을 비판적으로 문제화하고, 사회적 관계의 역사적 구조를 파악하며, 그로부터 인간이 다시 주체로 서기 위한 조건을 탐색하는 방식으로 전개되었다. 실존의 의미에 대한 초기의 성찰은 참여론을 가능하게 한 인식의 기반이 되었고, 참여의 문제의식은 리얼리즘의 세공을 통해 현실에 실천적으로 개입하는 방법론이 되었다. 주체성-역사성-실천이라는 삼각 구도를 경유하여 그는 개인과 사회, 현실과 역사, 문학과 세계를 연관짓는 사유의 논리적 구조를 구축했다. 이런 일련의 과정은 문학을 시대의 윤리적 장치이자 인식적 실천으로 바라보는 독특한 비평적 입지점을 이룬다.

그러나 그의 비평이 도달한 최종 지점은 문학 내부의 기법이나 사조를 정밀히 분류하는 학술적 체계를 넘어선다. 김병걸에게 문학은 문학장 내부의 자족적 제도에 갇힐 성질의 것이 아니었다. 오히려 문학은 인간이 세계 속에서 자신의 존재를 인식하고, 그로부터 다시 삶의 행위를 구성하는 실천의 장이었다. 그런 점에서 그는 문학을 근대적 문화 체계의 한 갈래로 다루지 않았고, 더욱이 비평을 미학적 기술이나 제도적 규범으로 환원하지도 않았다. 그의 활동은 언제나 삶의 조건과 사회적 현실을 직시하는 과정이었으며, 비평은 그 경험을 현실의 장으로 확장하는 행위에 가까웠다. 따라서 그의 비평 활동은 불가피하게 문학장의 바깥으로 나아갈 수밖에 없었고, 이로써 문학은 다시 사회적 변혁의 동력으로 자리매김되었다.

따라서 김병걸이 추구한 것은 문학을 통한 세계의 반영이 아니라, 문학을 매개로 한 세계의 재구성이었다. 그의 활동을 특징짓는 '변증법'은 실존적 주체가 사회적·역사적 구조의 인식을 통해 자신으로 되돌아오는 것, 그러나 집합적 주체성의 실존으로 귀환함으로써 현실의 조건을 바꾸는 사건에 대한 명명이기도 하다. 식민지와 전쟁, 독재로 얼룩져 근대적 개인과 사회가 미비하던 한국의 상황에서, 문학은 이러한 변혁을 이끌어 내기 위한 변증법의 소재이자 주제, 방법에 다름 아니었다. 바로 여기서 '인식과 실천의 변증법'은 그의 비평 전반을 관통하는 근본 원칙으로 제기된다. 이는 정치적 도그마에서 연역된 강제가 아니라, 인간이 세계와 역사에 관계 맺는 방식에 대한 철저한 성찰을 통해 도달한 실존적 방법론을 지칭한다.

이런 관점에서 보자면, 김병걸의 비평적 사유와 그 구조는 지난 시대의 개념과 범주를 포함하고 있음에도 여전히 유효한 성찰의 장을 열어 낸다. 주체성이 해체되거나 소비 논리에 함몰되는 우리 시대에, 역사적 감각이 약화되고 행위의 책임이 모호해진 이 시대에 그의 실천적 지성은 다시 호출될 가치를 지닌다. 근대성이나 실존적 주체, 사회와 역사의 운동 및 그에 대한 인식과 실천의 변증법을 그는 자기 삶의 역정을 통해 살아내고 실험하며 작동시켰기 때문이다. 문학은 이 과정을 담아내면서 또 그 바깥으로 나아가는 방법이자 실험에 비견된다. 그는 문학을 통해 인간의 내면을 살피되, 그 내면이 현실의 구조와 맺는 긴장과 충돌을 반드시 포착해야 한다고 주장했다. 이러한 요구는 문학이 사회적 개입의 도구가 되어야 한다는 단순한 명제를 넘어서, 개인의 실존이 경험을 통해 세계와 만나고 그 구조를 통찰함으로써 변혁해야 한다는 실천적 의무를 촉구한다.

김병걸의 비평적 여정은 단지 텍스트를 해석하는 기술의 문제가 아니라, 한국 현대사의 질곡을 온몸으로 겪어 낸 한 지식인의 실존적 결단의 기록이기도 하다. 식민의 억압, 전쟁의 파괴, 독재의 폭력과 민주화 운동에 이르는 긴 시간 동안 그는 문학을 통해 세계를 파악하는 동시에, 세계와 맞서는 실천의 장으로서 비평을 재정의해 왔다. 그것은 삶과 동떨어진 추상적 사변이 아니라, 현실과 마주하고 견디는 과정 속에 도달한 일종의 행위적 사유였다. 이 때문에 그의 글쓰기는 종종 문학장의 바깥으로 걸어 나갔고, 바로 그 자리에서 문학은 다시 사회적 책임과 인간적 진실을 탐구하는 방법으로 변모했다.

그가 남긴 비평의 자취는 이론을 정교하게 구축한 학자의 흔적이라기보다, 시대의 굴곡 속에서 사유의 방향을 스스로 만들어 가던 한 개인의 경험적 선택의 기록에 가깝다. 당대 지식인들이 기댈 언어가 충분히 마련되지 않았던 시기에, 그는 자신이 처한 현실의 조건을 해석하고 개입하기 위해 비평의 정의와 방법론을 끊임없이 전환하고 갱신했다. 문학을 통해 현실을 해석하고, 다시 그 해석을 기반으로 사회적 사건에 뛰어드는 그의 삶은 주어진 틀을 적용하는 것이 아니라, 사유의 근거를 현실 속에서 직접 길어 올리는 과정이었다. 하지만 때마다 편의적으로 적용되는 입장의 취사선택이 아니라, 자기의 사유와 결단 속에 내려지는 고유한 관점을 개진하는 것이야말로 그가 고수하던 실천적 행위로서의 비평이었다.

평론가는 준엄한 '관(觀)'이 있어야 한다. 그는 자기의 특유한 가치관에 준거하여 작품을 분석하고 값을 매겨야 한다. 작가에게 개성적인 생산성이 주요하듯이, 평론가에게도 그런 성격이 절대적인 요건이 된다. 개성이 없는 평론은 신문의 문화면을 채워 주는 데 도움이 될지언정, 문학에서 별 쓸모가 없다.
평론가가 일정한 '관'을 지녀야 한다는 말은 즉 삶과 세계 또는 역사에 대한 자기의 의도와는 얼마든지 다르게 보고 평가할 수 있는 것이다. (……) 책임은 전적으로 평론가 자신에게 있음은 더 말할 나위도 없겠다.[37]

자기만의 세계관에 대한 그의 강조는, 비평이 특정한 이론 체계를 따르는 일이 아니라, 변화하는 역사와 사회의 현장에서 자기만의 감각을 획득하며 글을 쓰는 행위에 비견된다.[38] 우리가 김병걸의 여정을 '인식과 실천의 변증법'으로 부르며 지성사적 맥락 속에 위치시키는 까닭이 여기에 있다.
그렇기에 그의 비평은 정교한 논리로 무장한 이론의 집대성이나 방법론

---

37) 김병걸, 「문학, 그 생명의 불꽃」, 《작가》, 2000년 겨울호, 210쪽.
38) 이는 "변증법적 비평의 건강성"이라 지칭될 만하다. 백낙청, 「실천적 비평에 관한 단상」, 338쪽.

적 수단을 넘어선다. 현실의 경험주의적 체감을 바탕으로 그는 사유와 해석, 실천이 서로를 검증하는 길을 만들어 갔다. 텍스트 분석은 언제나 현실의 압력과 긴장 속에 놓였고, 이로써 김병걸이라는 실존적 주체는 문학과 사회가 분리되지 않는 독특한 비평적 감도 속에 형성되었다. 요컨대 그의 삶과 활동은 비평의 현대성과 주체성을 만드는 동시에 그 자신의 실존적 현재성과 주체성을 형성하는 동시적 경로 위에 놓여 있던 셈이다. 이는 문학장 내부의 논리만으로는 포착하기 어려운, 삶과 사유, 행위의 평행적 운동이었다. 이제 우리에게 남은 과제는 그가 남긴 자취를 음미하는 가운데 우리 시대의 변증법적 비평을 다시 가동시키는 일이다.

1 기본 문헌

김병걸, 「문학의 참여성 시비」(1971), 『문학과 사회의식』, 창문문고, 1974.

______, 「정치현실과 인간 조건」(1974), 《창작과비평》 1974년 가을호.

______, 『리얼리즘 문학론』, 을유문화사, 1976.

______, 「김정한 문학과 리얼리즘」(1972), 『실천 시대의 문학』, 실천문학사, 1984.

______, 「리얼리즘 문학의 가능성」(1973), 『실천 시대의 문학』, 실천문학사, 1984.

______, 「1920년대 한국 리얼리즘 문학 비판」(1974), 『실천 시대의 문학』, 실천문학사, 1984.

______, 「문학의 역사적 사명」(1982), 『실천 시대의 문학』, 실천문학사, 1984.

______, 「민중과 문학」(1983), 『실천 시대의 문학』, 실천문학사, 1984.

______, 「민중과 한국의 정치 현실」(1985~1986), 『민중문학과 민족 현실』, 풀빛, 1989.

______, 「민중예술의 사회사」(1986~1987), 『민중문학과 민족 현실』, 풀빛, 1989.

______, 「민중 항쟁의 사적 맥락 ― 여말에서 3·1운동까지」(1987), 『민중문학과 민족 현실』, 풀빛, 1989.

______, 『실패한 인생 실패한 문학』, 창작과비평사, 1994.

______, 「에고에의 귀환」(1962), 『격동기의 문학』, 일월서각, 2000.

______, 「순수와의 결별」(1963), 『격동기의 문학』, 일월서각, 2000.

______, 「로고스의 궁지」(1963), 『격동기의 문학』, 일월서각, 2000.

______, 「문화의 방위」(1965), 『격동기의 문학』, 일월서각, 2000.

______, 「참여론 백서」(1968), 『격동기의 문학』, 일월서각, 2000.

______, 「1960년대의 시」(1972), 『격동기의 문학』, 일월서각, 2000.

______, 「작가의 민족 연대 의식」(1972), 『격동기의 문학』, 일월서각, 2000.

______, 「문학과 진보 정신」, 《실천문학》 21, 1991년 봄호.

______, 「문학, 그 생명의 불꽃」, 《작가》, 2000년 겨울호.

2 논문

김정현, 「70년대 텍스트에 나타난 '민중'의 형성과 그 결절 지점 ─ 김지하, 고
　　은, 신경림을 중심으로」, 《한국현대문학연구》 56, 한국현대문학회, 2018.

백낙청, 「실천적 비평에 관한 단상 ─ 김병걸 선생의 회갑을 맞으며」, 김병걸·
　　채광석 편, 『민족, 민중 그리고 문학』, 지양사, 1985.

이상갑, 「한 싸르트르주의자의 논리와 그 엄정함」, 《민족문학사연구》 19, 민족
　　문학사학회·민족문학사연구소, 2001.

3 단행본

김용락, 『민족문학 논쟁사 연구』, 실천문학사, 1997.

전기철, 『한국 전후 문예비평 연구』, 도서출판 서울, 1993.

전승주, 『한국 현대비평문학 탐구』, 월인, 2009.

하상일, 『1960년대 현실주의 문학비평과 매체의 비평 전략』, 소명출판, 2008.

한강희, 『한국 현대비평의 인식과 논리』, 태학사, 1998.

이마누엘 칸트, 백종현 옮김, 『순수이성비판 2』, 아카넷, 2006.

김병걸 생애 연보[1]

1924년   7월 22일(음력), 함경남도 이원군 남송면 송단리에서 3남 2녀
               중 차남으로 출생. 호적상 출생일은 1925년 1월 15일. 식자 집
               안은 아니었고, 자작농이었으나 넉넉지는 않았음. 조부는 아
               버지가 한 살 때 불명의 사유로 러시아 블라디보스토크로 떠
               났음. 한 씨에게 개가한 할머니는 한인택(1930년대 동반자 작
               가로 대표작은 「선풍 시대」이고, 1937년 36세로 사망)을 낳음.

1933년   고향의 국민학교 입학. 3학년부터 졸업할 때까지 학급에서 늘
               2등 차지. 작문에 소양이 있었고, 달리기를 잘해 단거리 선수
               로 군내 운동대회에 출전, 우승함. 기념사진 등은 고향에 두
               고 왔기에 남은 것이 없음.

1939년   국민학교 졸업 후 여름방학 때 일본 동경으로 혼자 공부하러
               떠남. 학비를 벌기 위해 《요미우리(読売新聞)》신문을 배달하
               며 영수학관(英數學館)에서 영어와 수학을 공부함. 다음 해
               1940년 봄에 5년제 메지로(目白)상업학교 2학년 편입시험에
               합격. 그러나 학업보다 학비와 식비를 벌기 위해 신문 배달,
               우유 배달, 인쇄소 직공, 혹은 도로 공사장의 인부, 동경항의
               부두 노동 등 온갖 일을 다함. 십 대의 왜소한 소년으로서는
               감당하기 힘들어 귀향을 여러 번 생각했으나 견딤. 영어에 열
               중하고 러시아 문학을 좋아함.

---

[1] 이 연보의 주된 내용은 김병걸이 평론집 『실천 시대의 문학』에 부록으로 실은 것을 수정
     보완한 것이다.

1943년	태평양전쟁으로 학제 단축, 12월, 메지로상업학교 졸업. 대학 전문부로 진학하고 싶었으나, 전문학교 이상의 학생들이 학도병으로 끌려갔으며 미군의 폭격이 심해져 귀향. 다시 서울로 가서 떠돌이 생활. 동경에서 같이 공부하던 친구의 권유로 다시 평남 진남포의 군용 비행장 공사장에서 일함.
1945년	징병 문제로 집으로 돌아오라는 전갈을 받고 정월즈음, 귀향. 징집장이 나오지 않은 채 8·15광복 도래. 일본의 항복 소식에 주재소와 이원역에 뛰어 들어가 가미다나(神棚)를 부수고, 동네 청소년들을 동원해 만세 시위 주도.
1946년	늦가을, 어머니의 만류를 뿌리치고 단신 남하. 부모형제와 다시는 만나지 못함으로써 민족 분단의 비극 실감.
1947년	일정한 직업 없이 미군정의 구호미와 밀가루 배급으로 연명. 서울대 문리대에서 불어와 러시아어 청강.
1948년	설의식(薛義植)이 경영하던 새한민보사의 말단 사무원으로 일함. 소설가 박영준(朴榮濬)이 편집부에서 일했고, 시인 구상(具常)이 가끔 놀러 옴. 간혹 습작시를 구상에게 보여 주었고 호평을 받음. 6·25전쟁 전까지 많은 습작시를 썼으나 남은 것은 없음.
1949년	김포농업중학교(6년제) 교사로 임용, 6학년 영어 담당.
1950년	인천 공업고등학교로 전근, 6·25전쟁 후 경기도 서해안 군자까지 피난. 퇴로가 차단되어 학교로 돌아오게 됨. 다행히 복직하나 곧 강제의용군에 끌려감. 서울을 거쳐 문산을 지나 개성에 도착. 이틀 뒤 38선을 넘어 사리원으로 이동. 남한 출신 약 1,500명이 있었고, 인근 산에서 참호 파는 노동에 동원. 북쪽으로 밤의 행진을 하면서 평양을 지나 성천을 거쳐 광산 마을 신성천에 도착. 이미 부대는 지리멸렬하여 친구와 함께 탈출 감행, 꼬박 이틀 걸려 평양에 감. 평양에서 미군과 나눈

영어 몇 마디 덕분에 서울행 군 트럭을 얻어 탐. 인천 공업고등학교에 돌아오지만 부역자로 지목되어 동인천 경찰서에서 곤욕을 치름. 곧 혐의가 풀려 석방됨.

1951년   1·4후퇴 때 튀르키예군의 야전병원 통역관으로 일함. 처음에는 영어를 사용했으나, 몇 개월 동안 튀르키예 말을 배워, 6개월 후에는 아쉽지 않게 튀르키예어로 통역하게 됨. 가을께 수원에서 영국군 7th Royal Tank Regiment의 통역관으로 옮김.

1952년   초여름, 인천 공업고등학교로 돌아옴.

1953년   늦봄, 서울 덕수상업고등학교에 취직, 영어와 독일어를 가르침. 10월, 고등학교 영어과 2급 정교사 자격증 취득.

1954년   4월, 만 30세에 처 김정식과 결혼.

1955년   6월, 경기공업고등학교로 전근. 장남 홍조(洪朝) 출생.

1957년   장녀 미라(美羅) 출생.

1960년   3·15 부정선거 규탄문 작성, 동료 교사이며 소설가인 이광숙을 통해《동아일보》에 보내나 게재되지는 않음. 4·19 때 서대문 동양극장 앞에서 데모 군중과 이기붕의 집을 공격.

1961년   6월, 서울여자상업고등학교로 전직.

1962년   10월,《현대문학》에 평론「에고에의 귀환」이 추천, 발표. 이어 1963년 2월,「로고스의 궁지」가 추천되면서 등단. 소설가 이광숙을 통해 문덕수, 이형기, 김상일 등과 교제했으나, 이념적 차이로 사이가 벌어짐.

1963년   9월, 국립경기공업전문대에 조교수로 부임. 10월,《현대문학》에 평론「순수와의 결별」을 발표하여 참여문학에 가담함.

1966년   조용만, 전제옥과 중학교 검인정 영어 교과서 『The Crown Englinsh Course』(교문사판) 공저, 1967년 박술음과 고등학교 검인정 영어 교과서 『The Ideal English』(을유문화사판) 공저. 1970년대에도 계속 고등학교 영어 교과서를 집필, 문교부의 검인정에 합격함.

1968년　　《현대문학》에 평론「참여론 백서」발표, 이후 참여문학론에 몰두함. 1969년부터 남정현, 박용숙, 김국태 등과 깊이 교유함.

1970년　　4월, 정을병, 구중서, 신상웅, 임헌영 등과 '한국자유작가회의' 조직.

1972년　　봄,《창작과비평》에「김정한 문학과 리얼리즘」발표. 이때부터 신경림, 염무웅, 임중서, 조태일, 이문구 등과 친교. 구중서, 이상웅, 임헌영, 백승철 등과 민중의식을 지향하는 동인지《상황》발족. 10월, 문학 강연을 위해 목포와 광주로 내려가, 권일송의 소개로 목포에서 송기숙과 친교, 광주에서는 문병란과 교우. 이선영, 송원희와도 친해짐.

1973년　　『한국 문학 대사전』(문천각판)의 편집주간을 맡음. 90명에 가까운 문인, 학자의 집필진 동원에 진력함.

1974년　　1월, 긴급조치 발동 하루 전날인 7일, 명동 YWCA 회관 앞 다방에서 이호철, 백낙청, 박태순 등이 주도한 문인 61명 서명의「개헌서명운동 지지선언」에 서명, 참가. 모두 중앙정보부에 끌려가 조사받는데, 이 때문에 이호철, 김우종, 정을병, 장백일, 임헌영 등이 이른바 문인 간첩 사건으로 구속됨. 9월, 평론집『문학과 사회의식』을 창문각에서 발행. 11월 18일, 자유실천문인협의회 결성에 뒤이은「101명의 문인 선언」에 서명, 참가. 11월 27일 오전, 기독교회관에서 거행된 '민주회복국민선언' 대회에 이헌구, 김정한, 박연희, 김규동, 고은, 홍사중, 백낙청, 김윤수 등 문인들과 함께 참석. 이어서 신민당 김영삼 총재가 종로 YMCA 구내 식당에서 베푼 초청 오찬에 함석헌, 김규동 등과 같이 참석. 이 일로 11월 30일, 10년간 봉직한 국립 경기 공전대에서 공무원법 위반을 이유로 해직. 12월 25일, 민주회복국민회의 중앙운영위원으로 선출됨.

| 1975년 | 1월 11일, 김정례, 함세웅, 홍성우 등과 함께 민주회복국민회의의 운영세칙 제정을 위한 소위원으로 선출됨. 13일 오전 10시부터 12시까지 명동천주교 주교관 3층 회의실에서 첫 모임을 갖고 운영 세칙 작성에 관한 문제 논의. 이 일로 홍성우, 김정례와 중앙정보부에 연행되어 3일간 조사받음. 민주회복 운동체에서 손을 떼라는 협박을 받고, 학교에 복직시켜 주겠다는 유혹도 받았으나 완강히 거부함. 3월 15일, 자유실천문인협의회의 「165인 문인 선언」에 서명, 참가. |

1976년 10월, 『리얼리즘 문학론』을 을유문화사에서 발행.

1978년 4월 15일, 성래운 교수 집에서 '해직교수협의회' 결성, 「동료 교수들에게 보내는 글」 채택. 4월 30일, '민족문학의 밤' 문학 강연 사건으로 정보부에 연행됨. 백기완, 고은의 석방을 위한 농성 투쟁을 벌임. 7일 14일, 기독교 회관 소강당에서 한국인권운동협의회 주도하여 긴급회의 개최. 문익환 목사 납치 사건에 대한 규명, 문 목사의 즉각 석방을 위한 성명서 작성 논의. 송건호, 고은과 함께 성명서 작성. 12월 7일 오전 10시, 기독교회관 소강당에서 윤보선 전 대통령이 선언문 「12월 12일 선거에 대한 우리의 입장」 낭독. 김병걸을 비롯해 57명이 선언문에 서명. 낭독 후 동아일보사 앞에서 투쟁하다 기동경찰대와 충돌.

1979년 1월 21일, 오후 2시 반, 갈릴리 교회에서 서남동 목사의 주재하에 세례를 받음. 2월 5일, 광주 기독교회 연합회, 광주 정의구현사제단 주체의 '양심수를 위한 문학의 밤'에 참석. 「문익환 목사의 시 세계」에 관해서 박태순, 「송기호 교수의 작품 세계」에 관해서 이문구, 「김지하 시인의 문학세계」에 관해서 김병걸, 「양성우 시인의 시 세계」에 관해서 조태일이 각각 강연. 신경림이 「자유실천문인협의회 발표문」 낭독, 문병란이 자작시 「탄시」를 낭독. 6월 5일, 전북 정읍성당에서 거행된 '김지하 시인의 밤'에 백기완, 고은과 같이 참석, 문학 강연. 6월 23일 정오, 윤보선 전 대통령을 비롯한 반체제 인사들이 종로 화신 앞에서 카터 미국 대통령의 방한 반대 데모. 김병걸 등은 "카터는 독재의 후원자인가, 인권의 동지인가"라는 현수막을 들고 가두시위 중, 출동한 종로서 형사대와 격돌. 현장에서 문동환, 이석표와 함께 종로서로 연행됨. 금영균, 안재웅, 고은 등이 곧 잡혀 왔고, 24일 오후에는 김규동, 박태순 등이 들어옴. 이틀 동안 조사받은 후, 즉결재판에서 29일간 구류 처분. 안재웅과 함께 종로서에서 강서서로 옮겨 10일간 유치되었다가 풀려남. 김병걸 등은 그 직후 정식 재판을 신청. 7월 12일 오후 3시, 김규동, 백기완, 문익환 등과 연금중인 김대중 방문. 동교동 길목을 지키던 형사대와 크게 충돌. 8월 13일, 기독교 회관에서 Y.H.여공문제대책위원회 구성. 회의 뒤 신민당사 김영삼 총재를 찾아가 위안, 여공들의 수난 현장 답사. 8월 18일, Y.H.여공 신민당사에서의 농성 투쟁 사건으로, 문동환, 이문영과 함께 구속된 고은의 문제를 토의하기 위해 종로 관훈동 모 음식점에서 자유실천문인협의회 긴급회의 개최. 협의회의 대리대표 간사로 피선. 8월 24일 오전 10시, 기독교회관 소강당에서 해직교수협의회와 자유실천문인협의회가 공동으로 내외신기자회견 개최. 여기에서 해직교수협의회 회장 성래운이 「신학기를 맞이하여」 낭독, 자유실천문인협의회를 대표하여 김규동이 박태순이 작성한 「문학인선언문」 낭독, 김병걸은 박태순이 쓴 짧은 선언문 낭독. 같은 날 오후 6시 금교기도회에서 백낙청이 「신학기를 맞이하며」, 김병걸은 「문학인 선언문」 낭독. 이 사건으로 8월 27일, 북부서로 연행됨. 박태순을 끌어들이고 싶지 않았기에 「문학인 선언문」을 자신이 썼다고 거짓 진술했으나, 결국 자백함. 선언문 원본이 한글 타이프로 쳐져 있던 사실을 조사관이 알고 있었기 때문. 그러나 양심의 가책에 시달림. 박태순과 자신 사이의 연락을 맡은 민주청년협의회의 이명준에 대해서는 끝까지 함구함. 성래운은 27일, 백낙청은 28일, 관할 경찰서에 연행, 며칠 후에는 박태순과 그의 동생도 시경에 연행됨. 각각 10일간 구류. 11월 12일 정오 12시, 서대문의 기독자 연수원(원장 서남동)에서 해직교수협의회, 자유실천문인협의회, 동아투위, 조선투위, 민주청년협의회 공동으로 '나라의 민주화를 위하여'라는 주제의 토론회 개최. 13일 오전 10시, 윤보선의 집에서 앞의 5개 단체가 내외신기자회견 열고 선언문 「나라의 민주화를 위하여」 발표. 이 사건으로 종로서에 연행, 계엄령포고 위반으로 조사받음. 4일간 구류 후 석방되나, 이부영만은 구속되어 옥고를 치름.

1979년	11월 24일, 오후 6시, 명동 YWCA에서 결혼식을 가장한 '통일주체국민회의에서의 대통령 보궐선거 저지 국민대회' 결행. 김병걸은 준비위원으로 참석. 서빙고 보안사에 끌려가 혹심한 고문과 구타를 당하고, 20일 만에 풀려남. 김병걸은 보통 군법회의에서 2년 징역을 언도받으나, 고등 군법회의에서 징역 1년, 집행유예 2년 형 받음.
1980년	2월 20일 오후 6시 30분, 김규동, 이호철, 남정현, 신경림, 구중서, 신상웅, 조태일, 염무웅, 임정남, 양성우, 윤흥길, 한승원 등 문우과 김대중을 예방, 한담 나눔. 3월 13일 오후 2시, 영등포 한국교회 사회선교회에서 동일방직에서 쫓겨난 여성 근로자 124명의 복직을 위한 '동일방직 해고 근로자 복직추진위원회' 개최. 4월 1일 밤 8시, 김대중의 집에서 재야인사들이 모여 김대중이 신민당에 들어갈 것인지에 대해 협의. 당분간 사태를 전망하며 신민당 가입 문제를 보류하기로 결정. 5월 7일 오전

8시, 동대문 성당에서 「민주화 촉진 국민선언」 작성, 오전 10시 기독교회관에서 이 선언을 문익환 목사가 내외신기자에게 발표. 5월 12일 오후 4시, 북악파크호텔에서 국민연합 집행위 개최. 김대중이 '민주화 촉진 전국민운동'을 적극 추진해 주도록 부탁. 5월 15일 학계, 언론계, 법조계, 종교계, 문단 등 134명의 인사가 서명한 「지식인 134인 시국선언」에 참석. 이 선언문은 유인호 교수가 서울지방법원 기자회의실에서 내외신기자들에게 발표. 5월 17일 밤 12시, 이호철 부인으로부터 남편이 계엄군에 잡혀갔다는 급박한 전화를 받고 김병걸은 서둘러 처갓집으로 도망함. 다음 날 아내와 함께 조치원으로 피신함. 거기에서 소설가 백용운을 만나 여관에서 하룻밤을 보내고, 이어서 청주·수안보 온천으로 도피. 2박 3일 후 경주 불국사 호텔에서 하룻밤을 지낸 다음, 서울에 돌아와 처갓집에서 1주일 가량 은신. 7월 16일, 계엄사령부 합동수사본부(중앙정보부) 기관원 두 사람에 의해 집에서 연행됨. 1주일 동안 정보부 지하실에서 소위 김대중사건, 지식인선언, 자유실천문인협의회 등에 관해 조사받음. 김병걸이 YWCA사건 이후 15회에 걸쳐 계엄포고령을 위반했다고 엄포하며, 이에 대해 자술서와 반성문 쓰도록 강요함. 백낙청도 같이 잡혀 옴.

1981년   12월 15일 오후 9시, 함세웅 신부의 한강성당에서 '한국크리스찬공해문제협의회' 창립 이사회 개최. 이 협의회는 나중에 '한국공해문제연구소'로 개칭됨.

1982년   5월 31일, 기독교회관 소강당에서 '원풍모방 노동조합' 탄압의 즉각 중지를 위한 대책위원회 구성 예정이었으나 경찰의 방해로 실패함.

1983년   9월 30일, '민주화운동 청년연합' 결성. 이 조직에 관련된 이유로 안기부(전 중앙정보부)에 끌려가 1주일 동안 조사받음.

1984년	2월 13일, '해직교수협의회'(1980년 5월 17일 이후 대학에서 쫓겨난 교수협의회)의 회원으로 가입. 5월 16일, 「오늘의 민주국민선언」에 서명. 해직교수의 복직이 허용됨. 경기공업개방대학(현 서울과학기술대학교)의 복직 요청이 있었으나 거부하고 재야운동권에 잔류. 평론집 『실천 시대의 문학』(실천문학사) 출간. 민주통일민중운동연합 창설에 참가.
1987년	민통련이 주최한 4·19묘지에서의 민중집회와 관련, 집시법 위반으로 구속. 서대문구치소에 3개월간 수감.
1988년	4월, 편저 『친일문학 작품 선집』 1·2권(실천문학) 출간.
1989년	1월, 재야운동권의 통합(전민련)을 위해 민통련의 발전적 해체 결의, 운동권의 중심을 떠나 백의종군하기로 결심. 3월, 『민중문학과 민족 현실』(풀빛) 출간.
1993년	《내일신문》에 '문학과 역사와 인간'을 주제로 연재 시작.
1994년	자서전 『실패한 인생, 실패한 문학』(창작과비평사) 출간.
1995년	주간 《내일신문》 발행인.
1996년	『문학과 역사와 인간』(도서출판 석탑) 출간.
1998년	'한국지도자육성장학재단' 이사장, '민화련' 운영위원장. 이때부터 암 투병.
1999년	『문예사조, 그리고 세계의 작가들』(전2권, 두레) 출간.
2000년	10월 25일, 문학평론집 『격동기의 문학』(일월서각) 발행. 10월 26일, 췌장암으로 타계. 향년 75세. 그가 병실에서 남긴 유고 「문학, 그 생명의 불꽃」에는 삶과 문학에 대한 사랑과 후배 문인들에 대한 당부가 담겨 있음.

발표일	분류	제목	발표지
1962. 10	평론	에고에의 귀환	현대문학
1963. 2	평론	로고스의 궁지	상동
1963. 10	평론	순수와의 결별	상동
1965. 5	평론	문학의 방위	상동
1965. 7	평론	억설의 분노	상동
1966. 7	평론	데카르트의 논리와 사유	미상
1967. 9	평론	오영수 문학의 양의성	현대문학
1968	평론	Huxley와 作品 Crome Yellow	서울산업대 논문집
1968	평론	참여론 백서	현대문학
1969. 8	평론	횡포의 논리	월간문학
1968. 12	평론	사회성과 의식의 상상/ 참여론 백서	현대문학
1969. 7	평론	고발문의 연발	현대문학
1969. 12	평론	60년대 문학의 이슈	월간문학
1970. 4	평론	이어령의 언어 장난	월간시
1971. 1	평론	리얼리즘 논쟁	현대문학
1971. 2	평론	문학의 참여성 시비	신문학
1971. 8	평론	사회성과 의식과 상상	현대문학

발표일	분류	제목	발표지
1972. 2	평론	왜 쓰는가?(문학인 앙케에트)	지성
1972. 2	평론	구보 씨의 지적 곡예	월간문학
1972. 3	평론	미국 리얼리즘 문학의 별견(瞥見)	상황
1972. 3	평론	20세기 리얼리즘의 동향	상황
1972. 3	평론	김정한 문학과 리얼리즘	창작과비평
1972. 6	평론	싸르트르의 상상력론	월간문학
1972. 9	평론	1960년대의 시	월간시
1972. 11	평론	작가의 민족연대의식	문학사상
1972. 12	평론	한국 소설과 사회의식	창작과비평
1973. 1	평론	작가와 사회적 책임 —72년도 한국 소설의 개관	한양
1973. 11	평론	리얼리즘 문학의 가능성	시문학
1974. 1	논문	70년대 한국문학의 과제와 리얼리즘	영남대문화
1974. 1	평론	74년도 한국문학의 과제	월간문학
1974. 3	후기	인간 존재의 확인 — 신상웅의 문학	신상웅 창작집 『분노의 일기』 후기, 을유문화사
1974. 5	평론	문학에 있어서의 사회·역사의식	한국문학
1974. 6	평론	20년대의 리얼리즘 문학 비판: 서구의 리얼리즘과 김동인· 염상섭의 초기작들	창작과비평
1974. 7	평론	기계화 시대와 시	심상
1974. 8	평론집	문학과 사회의식	창문문고
1974. 9	평론	정치 현실과 인간 조건	창작과비평

발표일	분류	제목	발표지
1974. 11	평론	원형갑의 「두 개의 세계 문단』에 대하여	현대문학
1974. 11	평론	20년대 한국 리얼리즘 문학 별견	월간문학
1975. 7	해설	『자랏골의 비가』 —송기숙 장편소설 해설	현대문학
1975. 9	평론	네 개의 중편소설	창작과비평
1975. 11	해설	이문희의 작품 세계	『하모니카의 계절』, 삼중당문고
1976	단행본	리얼리즘 문학론	을유문화사
1976. 3	해설	도시의 허용과 농촌의 조락을 대비 — 최일남	『한국 단편문학대전집』, 동화출판사
1976. 5	해설	백시종의 작품 세계	『들끓는 바다』, 삼중당
1976. 6	단행본 (공저)	단절된 시대 정신과 문학	『문학논쟁집』, 태극출판사
1976. 6	단행본 (공저)	외래 문화 도입의 영향	상동
1976. 6	단행본 (공저)	1960년대 참여론의 지평	상동
1976. 6	단행본 (공저)	허위의식의 미학 — 이효석의 작품 세계	『한국문학 대전집(6)』, 태극출판사
1976. 7	평론	현실 속의 민중과 소설 속의 민중	뿌리깊은나무
1976. 9	평론	현실을 보는 세 개의 시선 — 이호철, 박용숙, 정을병의 소설론	창작과비평
1976. 9	평론	역사소령과 민중의식 — 유현종	문학과지성

발표일	분류	제목	발표지
		「들불」, 황석영 「장길산」 서평	
1976. 10	해설	이주홍 문학의 세계	『한국문학 전집』21, 민중서관
1976. 11·12	평론	민중과 역사	씨알의소리
1977. 1	서평	『상황의 문학』— 이선영 평론집	한국문학
1977. 3	평론	민중과 문학의 지평	세계의문학
1977. 6	해설	양문길의 작품 세계	『보호받는 풍경 외』, 삼중당
1977. 8	서평	1950년대 시의 현실 의식 —『현대와 현대시』	대화
1977. 9	논문	70년대 리얼리즘 논쟁의 검토	영남대문화
1977. 9	평론	소설의 사상성 — 박연희의 「하촌일가」 해설	현대문학
1977. 12	평론	역사의 그늘	창작과비평
1978. 6	서평	두 개의 평론집에 관하여 — 임헌영·김인환의 평론집	세계의문학
1978. 11	해설	상황악에 대한 끈질긴 도전 — 남정현의 문학	『한국 현대문학전집』 29권, 삼성출판사
1979. 9	서평	사회현상에 대한 문학적 조명 —『예술과 사회』	정경연구
1979. 6	평론	소설 속의 6·25, 그 비극의 문학	월간중앙
1980. 3	해설	외촌동 사람들의 이야기 — 박태순 작품론	현대문학
1980. 4	서평	예술, 민족, 시대에 대한 신념 — 백낙청, 『인간 해방의 논리를	월간중앙

발표일	분류	제목	발표지
		찾아서』	
1980. 6	평론	원차의 세계『토지』— 박경리의 「토지」제1부를 중심으로	세계의문학
1980. 7	평론	톨스토이 작『전쟁과 평화』의 사상	『민중문학과 민족 현실』(1989) 수록
1981. 6	평론	사회의식과 자아 인식	『현대 한국 단편 문학 전집』51, 금성출판사
1981. 12	평론	김수영의 시와 문학 정신	세계의문학
1981. 11	평론	반일적 정치소설	실천문학
1982. 2	평론	한국문학의 현 단계	창작과비평
1982. 10	단행본 (공저)	이돈명 선생 화갑 기념 논총	두레
1982. 11	평론	문학의 역사적 사명	실천문학
1983. 6	평론	두 개의 정치 소설 — 최일남 『거룩한 응달』, 김원일『불의 제전』	세계의문학
1983. 12	단행본 (공저)	홍남순 선생 고희 기념 논총	형성사
1984. 12	해설	이원수론: 민중적 역사를 확신하는 시	『이원수 아동문학 전집』26, 웅진출판사
1985. 3	평론	한국의 농촌소설	『민중문학과 민족 현실』(1989) 수록
1985. 7	단행본 (공저)	민족 민중 그리고 문학	지양사
1985. 8	평론	민중과 한국의 정치 현실 1~2	민주·통일
1986. 2	평론	민중과 한국의 정치 현실 3~5	상동

발표일	분류	제목	발표지
1986. 5	평론	민중예술의 사회사 (전반부)	민족문학
1986. 7	평론	문학과 민족 현실	『민중문학과 민족 현실』(1989) 수록
1986. 9	평론	이념 서적의 파동 문제	상동
1986. 12	평론	분단사의 배경과 통일 지향	상동
1987. 5	평론	민중예술의 사회사 (후반부)	민족문학
1987. 6	평론	폭력과 문학	한신
1987. 9	평론	숨겨진 민주화의 버팀목	광장
1987. 10	평론	민중항쟁의 사적 맥락	『민중문학과 민족 현실』(1989) 수록
1987. 12	평론	노동의 현장성과 문학의 목소리	상동
1988. 4	단행본 (편저)	『친일 문학 작품 선집』 1-2	실천문학사
1988. 11	해설	시대의 증인, 리어카 시인	김영 시집 『깃발 없이 가자』, 도서출판 청맥
1989. 1	단행본 (공저)	단재의 문학관	『신채호 문학 연구』, 도서출판 아침
1989. 1	단행본 (공저)	남정현 문학의 저항성 —「분지」를 중심으로	『문예운동의 현 단계』, 풀빛
1989. 3	단행본	민중문학과 민족 현실	풀빛
1989. 6	평론	민족 통일 염원	중원문화
1990. 9	단행본 (공저)	이기영의 『고향』론	『1930년대 민족인식』, 한길사
1990. 11	해설	승려 시인의 분노	박진관 시집 『우리 함께 살자』, 지양사

발표일	분류	제목	발표지
1991. 3	평론	문학과 진보 정신	실천문학
1991. 9	해설	늙지 않는 시인	이기형 시집『삼천리 통일 공화국』, 황토
1991. 10	해설	분단의 비인간화를 극복하는 통일의 노래	김규동 시집『생명의 노래』, 한길사
1991. 11	평론	계급전쟁의 서사시, 스탕달의 『적과 흑』	사회평론
1992. 2	평론	시대를 일그러뜨린 지성	정세연구
1992. 3 · 4	평론	친일 문학, 그 배족의 현장성	순국
1994. 9	단행본	실패한 인생 실패한 문학	창작과비평사
1996. 4	단행본	문학과 역사와 인간	도서출판 석탑
1996. 9	평론	'문학의 해'에 부치는 말	실천문학
1998. 6	평론	실천문학에 대한 추억	상동
1999. 4	단행본	문예사조, 그리고 세계의 작가들	두레
2000. 9	평론	세계 명작 속의 사랑 이야기 ①	문예운동
2000. 10	단행본	격동기의 문학	일월서각
2000. 12	평론	문학, 그 생명의 불꽃	작가
2001. 3	평론	세계 명작 속의 사랑 이야기 ②	문예운동

작성자 최진석 서울과기대 교수

고립을 두려워하지 않는 담대한 도정

김석범의 문학세계에 대해[1]

> 고립되어도 좋다. 그래도 나는 나대로 글을 쓰고
> 살아갈 것이다. ─ 김석범(2016. 7. 11)

권성우 | 숙명여대 교수

1 글을 시작하며

재일 한인(조선인) 작가 중에서 일본 문단과 지식사회에서 노벨문학상을 받아 마땅하다고 높이 평가받는[2] 김석범(金石範)[3] 작가는 최근 10여 년간 한국에서도 커다란 주목을 받으면서 많은 작품이 번역 출간되었으며, 이호철통일로문학상, 제주 4·3평화문학상을 각각 초대 수상한 바 있다.

올해 만으로 100세에 이른 김석범은 1925년 오사카에서 태어났다. 제주에서 김석범을 임신한 작가의 어머니는 당시 제주와 오사카를 정기 운항한 배 '기미가요마루(君が代丸)'를 타고 일본으로 가 오사카에서 김석범을 출산했다. 그는 재일조선인들이 집단 거주하는 오사카 이쿠노구의 조선인

---

1) 이 글은 2021년 《문학과의식》 봄호에 발표된 「김석범의 문학 세계에 대하여」를 수정·보완한 것이다.

마을 이카이노(猪飼野)[4]에서 많은 재일조선인이 여전히 조선어를 사용하는 민족적 분위기 속에서 유년 시절을 보냈다. 다음 발언은 일본에서 태어났지만 조선인이라는 분명한 자각을 지닌 김석범 작가의 자의식과 정체성을 인상적으로 보여 준다.

유년기부터 일본어를 배우기 전에 조선인 마을 공동체에서 제주도 사투리를 포함한 조선어를 배웠어요. 물론 일본 소학교를 다녔지만, 집에 돌아오면 어머니와 우리말을 주고받으며 대화했어요. 해방 전에 제주도에 가서, 숙모님 댁에서 1년여 거주하며 조선말을 배우기도 했고요. 당시 제주 성내에 가면 일본말을 했지만, 촌에서는 거의 조선말로 대화했어요. 이런 과정에서 나는 일본 사람이 아니라, 조선 사람(제주 사람)이라는 자각이 어릴 때부터 있었답니다. 일본에서 살면서도 늘 '식민지 조선에서 흘러와서 일본에 있는 우리는 누구인가?'라는 생각이 싹트곤 했지요.[5]

---

2) 가령 다카하시 토시오(高橋敏夫) 와세다대학 문학연구과 교수는 일본에서 노벨문학상을 수상할 만한 작가로 세 사람을 꼽으며, 그중에 김석범을 포함시켰다. 이에 대해서는 김동현의 글 「여기에 김석범과 양석일이 있다」(《한라일보》 2014. 10. 28) 참조. 다카하시가 꼽은 다른 두 명의 작가는 오키나와 출신의 작가 마타요시 에이키(又吉榮喜, 1947~)와 재일 한인 작가 양석일(梁石日, 1936~2024)이다. 양석일은 김석범의 문학 세계에 대한 견해를 이렇게 피력했다. "만일 김석범 문학이 영어나 프랑스어로 번역됐다면 노벨문학상을 수상했을 것이 틀림없다."(《동아일보》 2005. 10. 1). 일본문학 연구자인 이키 이치로(いき 一郎)는 "『화산도』는 피의 바다 밑에서, 그래도 인간의 가능성을 믿고자 하는 동아시아의 20세기를 살아온 조선, 일본, 중국 세 민족의 '희망'과 '꿈'을 담은 대작품에 다름 아니다. 노벨문학상의 목소리가 있어도 이상하지 않다."라고 언급하며 『화산도』는 무수한 눈물이 쏟아진 20세기 일본어 문학의 최고봉이라고 단언해도 좋을 것이다."라고 평가했다. いき 一郎, 「『火山島』について: 作品と出版メディアの文化マインド」, 《沖縄大学地域研究所年報》 11호, 1998, 68쪽.
3) 김석범 작가의 본명은 신양근(愼洋根)이다. 김석범은 필명이다.
4) 지금은 존재하지 않는 지명이다.
5) 2016년 7월 11일, 도쿄 우에노 인근에서 이루어진 필자와 김석범 작가의 대화에서 가져왔다. 이 대화의 기록 전문은 다음 글을 참조할 것. 권성우, 「『화산도』 문학 기행」, 『비정성시(悲情城市)를 만나던 푸르스름한 저녁』(소명출판, 2019).

이렇게 보면 김석범의 인생은 태어날 때부터 이산(離散)을 경험한 디아스포라의 도정(道程)이었다고 할 수 있다. 김석범 작가의 경우는, 엄밀하게 말하면, 재일조선인 1세대에 가까운 2세대이다. 그는 일본에서 태어났지만, 소년 시절부터 투철한 민족주의적 감성을 지녀 왔다. 재일조선인의 집단 거주지 이카이노 특유의 민족적 분위기, 소년 시절의 제주 체류 경험 등이 김석범에게 '재일조선인'에 대한 자의식과 민족적 정체성을 부여한 소중한 계기였다. 김석범은 중학교 3년 시절에 이미 '작은 민족주의자'가 되어 남몰래 민족사 책을 탐독했다고 전한다.[6] "그가 '작은 민족주의자'가 된 배경에는 특고과 내선계 형사들의 무자비한 폭력이 있었다."[7]라는 서술에서 볼 수 있듯이 김석범 작가의 아픈 체험에서도 연유한다. 그 체험은 재일조선인문학 연구자인 가와무라 미나토가 쓴 「화산도의 민속학 — 김석범」에 김태생의 글 「두 번의 만남」의 다음 대목에 인용되어 있다.

소년의 수난은 그곳에서 일어났다. 비록 본보기였다곤 해도 건장한 남자 형사가 저항할 방법도 없는 무방비의 청년에게 과연 그토록 고문을 가할 필요가 있었던 것일까. 우리들은 다만 정렬한 채, 목조 바닥에서 형사의 발길질을 피해 양손으로 머리를 감싸고 이를 악물며 고통을 참고 있던 한 소년의 모습을 보고 있을 뿐이었다.[8]

---

6) 정대성, 「작가 김석범의 인생 역정, 작품 세계, 사상과 행동」,《한일민족문제연구》9호, 2005, 62쪽.

7) 가와무라 미나토(川村湊),『生まれたらそこがふるさと: 在日朝鮮人文学論(태어나면 그 곳이 고향: 재일조선인문학론)』(平凡社, 1999), 152~153쪽. 한편 김석범 작가의 자전적 장편소설『1945년 여름』에도 이 폭력의 상처가 등장한다. "그러나 김태조는 죽지 않았다. 그는 이곳 콘크리트 복도에서도, 또 4, 5년 전에 경찰서 내의 협화회 사무소 마룻바닥에서도 특고에 구타당했을 때와 마찬가지로 등을 새우처럼 구부리고 양손으로 머리를 감싼 불쌍한 모습으로 누워 있을 뿐이었다."(밑줄은 인용자)(김석범, 김계자 옮김,『1945년 여름』(보고사, 2017), 313쪽)

8) 가와무라 미나토, 위의 책, 152쪽.

그와 동년배의 작가이자 당시 같은 동네에 살았던 김태생이 바로 이 장면을 같은 공간에서 목격하고 쓴 글이다. 소년 디아스포라의 아픔이 느껴지는 장면이 아닐 수 없다. 이런 사건은 작가가 된 이후에도 차별받는 재일조선인의 입장에 서서, 일본에 대한 비판적 문제의식을 키워 온 계기로 작용한다. 오노 데이지로(小野悌次郎)도 이 장면에 대해 "후일, 강인한 반제국주의 사상을 구축한 원질이 드러나 있다고 생각한다."[9]라고 적었다. 이런 폭력의 체험은 김석범의 문학 세계에 '저항적 민족주의'가 흐르게 만드는 중요한 계기가 되었을 테다. 하지만 김석범 작가는 편협한 의미의 국가주의와 인종주의와는 분명한 거리를 두었다. 그의 인생은 특정한 국가의 국민적 상상력으로 포섭되는 삶과는 분명한 거리를 지닌 주체적 개인의 고독한 여정이었다.

여기에서 김석범을 포함한 재일조선인(한인)의 일본 이주 역사를 간단하게 살펴볼 필요가 있다. 일본으로 이주한 한인의 역사, 즉 "조선인이 인부와 노동자로 도항한 일은 1876년의 불평등조약(조일수호조약) 체결까지 거슬러 올라간다."[10] 그 후 일제 식민지 시기에 징용, 취업, 유학 등으로 재일조선인이 급격하게 증가했다. 조선 농민의 일본 도항은 1차 세계대전을 계기로 1910년대 후반에 시작되어 1920년대 산미증산계획기를 거쳐 조선에서 식민지 공업화가 진행된 1930년대의 세 단계를 통해 진행됐다.[11] 일본 내무성의 조사에 따르면 1931년 재일조선인 인구는 30만 명을 돌파했으며 1940년에는 100만 명을 돌파해 1,190,444명에 이르렀다. 해방 직전인 1944년에는 거의 200만 명에 가까운 1,936,843명의 조선인들이 일본에 거주했다.[12] 1945년 8월 15일 해방이 되면서, 재일조선인의 3분의 2에 가

---

9)   오노 데이지로(小野悌次郎), 『存在の原基—金石範文学』(新幹社, 1998), 107쪽.

10) 문경수, 고경순·이상희 옮김, 『재일조선인 문제의 기원』(도서출판 문, 2016), 67쪽.

11) 위의 책, 69쪽.

12) 위의 책, 69~70쪽. 참고로 "1945년 8월, 일본이 패전한 시점에서 재일조선인 총수는 200만 이상이었고, 그중에 100만 이상이 1939년에 시작된 강제 연행에 의한 입국자이다."(김석범, 「재일(在日)'이란 무엇인가」, 김환기 편, 『재일 디아스포라 문학 선집 4』(소명출

까운 숫자가 조국으로 귀환했다.

해방 직전에 약 200만 명에 이르렀던 재일조선인은 해방 직후 60만 명 정도가 생계, 직업 등의 이유로 일본에 남았다. 하지만 일본에서 한반도로 귀환한 수많은 한인은 격렬한 좌우 대립, 취업과 경제적인 어려움, 친일파의 득세, 제주4·3사건, 한국전쟁, 패전국 일본보다도 가혹한 미군정의 정책과 낙후된 한국의 현실 등으로 인해 밀항을 통해 일본으로 되돌아가는 경우가 많았다.[13] 김석범의 경우에는 일본에서 태어났지만, 일제 식민지 시절부터 몇 차례나 제주, 경성을 오가면서 민족의식을 키워 왔으니, 그 스스로 디아스포라 정체성을 지니게 된 경우에 가깝다.

김석범은 재일조선인 최고의 작가로 평가받는다. 본격적으로 소설 「간수 박서방」, 「까마귀의 죽음」을 《문예수도》 지면에 발표하기 시작한 1957년부터 치면 2025년 현재 74년에 이르는 그의 작가적 여정은 곧 차별에 저항하는 재일조선인의 육성과 상처, 한을 문학에 담는 도정이었으며 자신의 정신적 고향인 제주에서 벌어진 피의 학살을 증언하고 고발해야겠다는 작가로서의 소명(召命)을 실천하는 고난의 시간이었다.

한때 북한과 연관된 조직에서 일하기도 하고 조총련[14]에 속해 있던 김석범 작가는 1960년대 말부터 조총련의 경색된 입장과 거리를 두고 독자적인 행보를 걷게 된다. 이런 김석범 작가의 입장을 이문영은 「"정치적 협격을 당해 왔다":『화산도』 문학 르포」에서 다음과 같이 소개·정리했다.

조선적들이 한국적으로 옮겨 가고, 북송을 선택하거나, 일본으로 귀화해

판, 2017), 16쪽)

13) 가령 김석범과 함께 일본 문단에서 높이 평가받는 재일조선인 시인 김시종(金時鐘, 1929~)은 제주4·3사건 때 항쟁에 참여했다가 수배되어 친척 집에 도피하는 등 험난한 과정을 거쳐, 1949년 6월 가까스로 일본으로 밀항했다. 그는 2000년 무렵까지도 자신이 남로당 조직의 일원으로 4·3항쟁에 참여했다는 사실을 온전히 털어놓지 않았다. 김시종의 자서전 『조선과 일본에 살다』(윤여일 옮김, 돌베개, 2016)를 참조할 것.

14) 재일본조선인총연합회(在日本朝鮮人總聯合會)의 약칭이다.

도, 김석범은 '존재하지 않는 나라'를 고집했다. 그는 '대한민국 국민'도 '공화국 인민'도 아닌 분단 이전의 '조선인'으로 살았다. "언젠가 북·일 수교로 북을 지지하는 사람들이 북한 국적을 갖게 되면 조선적엔 나처럼 분단을 인정하지 않는 '무국적자'의 정체성만 남을 것이다. 찢긴 나라의 국민은 되지 않겠다. 나에게 조선은 국적이 아니라 나를 드러내는 기호다."[15]

그는 평생 동안 일본, 한국, 북한(조총련) 모두로부터 거리를 둔 독립적이며 주체적인 포지션을 유지해 왔다. 김석범 작가는 일종의 무국적 내지 난민에 가까운 정체성인 조선적(朝鮮籍)을 꿋꿋하게 지켜 온 것이다.

2 초기 작품 세계

1951년 교토대 문학부 미학과를 졸업한 김석범 작가는 그해 《조선평론(朝鮮評論)》에 박통(朴桶)이라는 필명으로 최초로 활자화된 작품 「1949년 무렵의 일지로부터 ─ 「죽음의 산」의 한 구절에서(1949年頃の日誌より ─「死の山」の一節より)」를 게재하면서 공식적인 글쓰기를 시작했다. 1957년 《문예수도》 8월호에 「간수 박서방」, 같은 잡지 12월호에 「까마귀의 죽음」을 발표하면서 김석범은 소설가로서의 활동을 본격적으로 시작한다. 1967년 신흥서방에서 간행된 첫 창작집 『까마귀의 죽음』은 김석범 문학의 본격적인 탄생을 알리는 의미 깊은 결실이었다.

　1988년 한국어로 처음 번역된 작품집 『까마귀의 죽음』(김석희 옮김, 소나무)[16]에는 표제작 「까마귀의 죽음」과 「간수 박서방」, 「똥과 자유」, 「관덕정」, 「허몽담」 등 다섯 편의 소설이 수록됐다. 이 작품 중에서 제주4·3학살을 소재로 다룬 작품 「간수 박서방」, 「까마귀의 죽음」, 「관덕정」은 일본

---

15)　이문영, 「'화산도 문학' 르포, 하: 도쿄」, 《한겨레21》 1106호, 2016. 4. 8.
16)　『까마귀의 죽음』은 2015년 '도서출판 각'에서 일부 번역 수정(김석희 옮김)을 거쳐 재출간됐다.

사회에 제주4·3사건의 비극을 본격적으로 환기한 문제작이다. 이 작품들에는 나중에 발표될 필생의 대하소설 『화산도』의 원형이라 할 만한 소재와 이야기가 편편이 박혀 있다. 한국어로 번역된 작품집 『까마귀의 죽음』은 현기영의 「순이 삼촌」(1978)[17] 이후 한국 사회에 제주4·3사건의 비극을 알리는 뜻깊은 전령사(傳令使) 역할을 수행했다. 때로 문학작품이 어떤 역사책 이상으로 역사의 상처를 생생하게 독자에게 알리는 역할을 할 수 있다는 점을 『까마귀의 죽음』과 『순이 삼촌』이 잘 보여 주었다. 이 장에서는 『까마귀의 죽음』에 수록된 작품 중에서 초기작인 「간수 박서방」과 「까마귀의 죽음」에 대해 간단히 고찰해 보고자 한다. 제주4·3사건의 비극을 다룬 두 작품, 특히 「까마귀의 죽음」은 '김석범 문학의 원점'에 해당하는 소설로, 그 이후 전개되는 김석범 문학 세계를 근본적으로 규정했다.

「간수 박서방」은 제주4·3사건 즈음해서 감옥에 갇힌 주인공 송명순을 통해 당시 제주에 만연했던 참담한 학살과 고문의 실상을 생생하게 묘사하고 풍자한 작품이다. 명순이 감방에서 끝까지 하얀 수건을 간직한 이유는 자신이 학살당할 때 수건에 이름과 주소를 남겨 신원(身元)을 밝히는 데 도움을 주기 위해서다. 그녀는 학살당하기 직전 간수에게 먹과 붓을 빌려 수건에 '송명순, 22세, 애월리'라고 적는다. "명순은 분명 할머니가 손녀딸을 찾아낼 수 있게 해 달라고 그 하얀 수건에 기원을 담았을 것이다."라는 작품 속 문장은 죽음(학살)을 앞둔 명순의 절박한 마음을 잘 드러낸다. 김석범 작가는 이런 명순의 행동에 대해 "죽음을 당하고 많은 시체와 함께 파묻혀 버리면 마침내 자신의 몸은 썩어 버려서 누구의 것인지 알 수 없게 되겠지."[18]라고 설명한다.

명순의 스토리 외에 "마을 주민의 거의 절반인 200명 남짓한 사람들에

---

17) 김석범은 현기영 소설집 『순이 삼촌』(「순이 삼촌」, 「해룡 이야기」, 「길」, 「아스팔트」 수록)을 일본어로 번역해 신칸사(新幹社)에서 2001년 간행했다.

18) 김석범·김시종 저, 이경원·오정은 옮김, 『왜 계속 써 왔는가 왜 침묵해 왔는가』, 문경수 편(제주대 출판부, 2007), 74쪽.

대한 처형이 점심때가 되어서야 끝났다. 늦여름의 햇살이 쨍쨍 내리쬐는, 티끌 하나 없는 국민학교 운동장이 시체의 산이 되고 피바다가 되었다." 같은 충격적인 학살 묘사가 명순의 스토리가 진행되는 과정에 배치된다.

「까마귀의 죽음」은 대하소설 『화산도』의 기본 얼개가 원형으로 담긴 중편소설이다. 이 작품의 주요 인물 정기준(미군정청 통역)은 『화산도』의 양준오, 지주이자 식산은행 중역인 아버지를 둔 방탕한 부르주아 이상근은 『화산도』의 주인공 이방근, 빨치산 간부 장용석은 『화산도』의 강몽구에 부합되는 인물이다. 시체를 대바구니에 넣고 돌아다니는 허물 영감도 『화산도』에 비슷하게 등장한다. 이 소설은 정기준을 중심으로 제주4·3사건 당시 제주에 불어닥친 변화의 물결과 제주 사람들의 피해의식, 미군정청 통역이면서 조직과 연결된 비밀 당원 정기준의 자의식 등을 형상화한다. 그 과정에서 산으로 올라갈 수밖에 없었던 사람들의 힘겨운 처지와 가슴 시린 학살 장면 등이 포개진다. 무엇보다 「까마귀의 죽음」의 인물과 스토리가 확대·심화되어 대작 『화산도』가 탄생했다는 사실은 이 작품이 이후에 전개된 김석범 문학의 원형 같은 존재임을 여실히 보여 주고 있다.

김석범 작가는 1965년 한글 장편 「화산도」를 재일조선문학예술가동맹 기관지 《문학예술》(한글판)에 연재하기 시작하다가 1967년 중단한다. 그즈음 『까마귀의 죽음』 출판을 둘러싼 조총련 측과의 갈등이 있었고, 1968년 조총련을 탈퇴했다는 점을 감안하면 김석범 작가가 이 무렵부터 일본에서 한글로 계속 글을 쓰는 것에 대해 모종의 한계를 느꼈던 정황이 한글 「화산도」의 중단으로 나타났다고 할 수 있다. 1969년에 발표된 「허몽담」은 약 10년 만에 일본어로 발표한 소설이었다. 이때부터 김석범은 본격적으로 일본어로 글을 쓴다는 것에 대해 고민하고 사유하기 시작한다.[19] 그 이후 시간은 대하소설 『화산도』 창작을 준비하는 기간이기도 했다.

---

19) 정대성, 「작가 김석범의 인생 역정, 작품 세계, 사상과 행동」, 《한일민족문제연구》 9호, 2005, 67쪽.

3 대하소설『화산도』

『화산도』는 애초에「해소(海嘯)」라는 제목으로 1976년 2월호부터 일본 문예춘추(文藝春秋)사에서 발행하는《문학계》에 연재되었다. 1983년『화산도』1부 세 권이 '문예춘추'에서 간행되었으며, 1988년 실천문학사에서 한국어판 다섯 권으로 번역되었다.[20] 이후 2부가 역시《문학계》연재를 거쳐, 4, 5권은 1996년, 6, 7권은 1997년 문예춘추에서 출간되면서 대하소설『화산도』가 완간됐다. 이렇게 보면,『화산도』는 처음 집필로부터 21년 만인 1997년 일곱 권으로 출간된 셈이다. 2015년 10월에는 이와나미쇼텐(岩波書店)에서 주문본(전 7권) 형태로 재출간되었다.

동시에 2015년 10월에『화산도』가 일본어판 완간(1997) 이후 18년 만에 한국어로 번역되어 모두 12권으로 한국어판『화산도』(보고사)가 출간됐다. 200자 원고지 22,000매에 달하는 대하소설『화산도』는 집필 기간에 20여 년의 세월이 필요했고, 다시 한국어로 번역되기 위해 역시 20여 년의 세월이 걸린 셈이다.『화산도』의 한국어 번역은 한국의 문학 번역과 출판에서 하나의 기념비적 사건으로 인식되고 있다.『화산도』는 넓게 보면 세계문학의 우람한 업적이자 한민족 디아스포라 문학이 거둔 최대의 성과에 해당한다. 이와나미쇼텐의 대표이사 오카모토 아쓰시(岡本厚)는 "『화산도』가 일본 전후문학뿐만 아니라, 세계문학사에 있어서도 유례없는 존재"라고 평가했다. 재일조선인문학 연구자인 하야시 코우지(林浩治)는 "『화산도』는 동아시아의 전후 역사에 있어서 일본어 문학사상 독보적인 고고한 대작이다."[21]라고 적은 바 있다.

『화산도』는 인간과 세상을 묘사하는 거시적 안목, 그 고뇌와 지성의 깊이, 중대한 역사적 사건을 바라보는 넓은 시야, 다양한 인간 군상의 생생

---

20) 1988년 당시 한국어로 1부 다섯 권이 번역된『화산도』와『까마귀의 죽음』은 국가보안법 위반 혐의로 판매금지 조치를 당했다.

21) 林浩治,「虛無と対峙して書く―金石範文学論序說」,『在日朝鮮人文学: 反定立の文学を越えて』(新幹社, 2019), 168쪽.

한 내면, 박진감 있는 스토리, 대하소설이면서도 상당히 치밀하게 구성된 유기적 소설미학, 이런 다양한 요소가 성공적으로 어우러진 장편대하소설이다. 이 소설은 작품의 미학적 완성도가 해당 역사적 소재를 둘러싼 정치적 힘(호소력)과 비례관계가 될 수 있다는 사실을 대표적으로 보여 주는 작품이다.[22]

『화산도』의 시간적 배경은 제주4·3사건 직전인 1948년 2월경부터 그 마무리 단계에 해당되는 1949년 6월에 이르는 기간이다. 그사이에 벌어지는 투쟁과 저항, 밀항과 망명, 혁명에 대한 고뇌와 회의, 학살과 죽음, 서북청년단의 행태와 욕망, 친일(파)에 대한 성찰 등이 밀도 깊게 묘사된다. 이런 주된 스토리가 전개되는 와중에 제주의 문화와 음식, 등장인물의 연애 감정과 성적 탐닉, 허무와 사유가 곳곳에 인상적으로 배치돼 있다.

『화산도』는 일본어로 발표되었지만, 일본문학이 아니라 일본어문학에 해당한다고 김석범은 거듭 주장한다. 즉 김석범은 『화산도』가 일본이라는 특정한 단일국가의 문학에 포섭되는 것을 거부하며, 디아스포라문학이자 망명문학의 성격을 지닌다고 주장한다. 『화산도』를 높이 평가하는 이유는 제주4·3항쟁이라는 민감한 역사적 소재를 정면으로 다루었다는 평면적인 사실을 뛰어넘는다. 『화산도』는 물론 일본어로 발표되었지만, 한국현대문학사를 수놓은 어떤 작품 못지않게 이 땅에서 살아갔던 인간에 대한 깊고 넓은 이해, 제주4·3사건에 대한 면밀한 이해와 서술, 제주도 풍속과 자연에 대한 생생한 묘사, 해방 직후 한국 현대사의 굴곡 변전 상처를 총체적으로 형상화하는 거시적 시야를 두루 보여 주고 있다. 특히 미증유의 비극적인 역사를 다루면서도 인간의 심리 묘사에 탁월하며 캐릭터의 창출에 뛰어나다. 말하자면 『화산도』는 예술성과 사회성이 단단하게 조화를 이룬 작품이다.

---

22) 권성우, 「망명, 혹은 밀항(密航)의 상상력」, 『비평의 고독』(소명출판, 2006), 340쪽. 이 장에서 『화산도』에 대한 서술은 「망명, 혹은 밀항의 상상력」의 몇몇 대목을 수정·보완한 것이다.

『화산도』의 주인공은 남승지와 이방근이다. 남승지는 어머니와 여동생을 일본 오사카에 두고 해방 직후 고향 제주에 와, 새로운 조국 건설에 매진하는 인물이다. 그는 『화산도』에 등장하는 인물 누구보다도 순정한 혁명가로 등장한다. 그는 결국 투쟁 상황이 악화되면서 체포되었다가 이방근의 도움을 받아 일본으로 밀항하게 된다. 남승지의 캐릭터는 작가 김석범의 실제 그림자가 짙게 스며들어 있다. "남승지는 작가 김석범의 청춘의 자화상이다."[23]

이방근은 『화산도』에서 가장 중요한 인물이다. 혁명(항쟁)의 동조자이면서도 비판자인 이방근은 서북청년단을 필두로 한 우익 세력과 게릴라를 위시한 좌익 세력 양쪽과 두루 통하는 『화산도』의 중심 매개 인물 역할을 수행한다. 그는 도스토옙스키의 소설 속에 등장하는 다면적 캐릭터의 인물을 닮았다. 이방근의 복잡다단한 심리에 대한 섬세한 장악 없이 『화산도』를 제대로 이해했다고 말할 수는 없을 것이다.

『화산도』는 등장인물의 자의식과 내면, 심리, 사유가 깊이 있게 묘사된 일종의 심리소설에 해당한다. 그렇기에 『화산도』를 온전히 독해하는 과정은 무엇보다 주인공 이방근, 남승지의 그토록 섬세하고 복잡한 마음과 심리를 이해하는 과정이기도 하다. 특히 남승지와 이방근 같은 "『화산도』의 등장인물에는 김석범의 청년 시대의 굴절된 마음이 겹겹이 투영돼 있"[24] 기에 이들에 대한 이해는 작가의 문제의식과 작품을 정확하게 독해하는 데 중요한 관건이다.

『화산도』는 평생 동안 이국에서 조국의 해방과 자유, 민주주의를 염원하고 제주를 그리워해 온 망명자에 가까운 김석범 작가가 고향 땅 제주의 슬픈 현대사에 바치는 문학적 위령비이자 추모의 대서사시이다.

---

23) 오노 데이지로, 앞의 책, 115쪽.
24) 위의 책, 117쪽.

4 재일조선인의 정체성과 자의식: 『1945년 여름』과 『과거로부터의 행진』

김석범이 저술한 작품에는 무엇보다 '재일조선인'으로서의 정체성과 자의식이 선명하게 부조돼 있는데, 이런 시각에 보면 특히 1974년에 발표된 장편소설 『1945년 여름』과 2012년 간행된 장편소설 『과거로부터의 행진』[25]을 주목해 독해할 필요가 있다.

『1945년 여름』은 김석범 작가의 자전적 소설에 해당한다. 해방을 둘러싼 역사적 인식의 차이, 친일파에 대한 비판적 감정이 이 작품에 생생하게 부조돼 있다. 주인공 김태조는 김석범의 초상 같은 인물이다. 그가 오사카를 떠나 시모노세키에서 관부연락선을 타고 부산에 도착해 경성으로 향하는 과정, 도항선 내 풍경과 검문 장면, 제주에서의 징병검사, 경성 선학원에서의 체류, 해방 직전 다시 일본행, 해방(전쟁) 직후 일본 오사카에서의 생활과 재일조선인들의 동향, 다시 경성행 등의 궤적은 작가 김석범의 행적과 겹친다. 한때 친일 단체 협화회에 적극적으로 참여하는 등 친일파였던 이들이 해방 후 진보 쪽으로 변신하는 모습,[26] 그 이중성과 욕망을 착잡하게 응시하는 김태조의 환멸과 내면은 김석범의 관점이 그대로 스며든 것이다. 이런 친일파의 변신이라는 문제의식은 『화산도』에서 유달현에 대한 형상화로 상세하게 구현된다. 『화산도』의 주인공 남승지의 초상에는 『1945년 여름』의 주인공 김태조의 모습이 짙게 투영돼 있다.

『1945년 여름』은 "아, 이곳은 경성이다. 이곳은 독립 조국의 수도 경성이다. 혼자 중얼거리며 소파에서 일어난 김태조는 밝은 창 쪽으로 걸음을 옮겼다."라는 문장으로 끝난다. 조국에서 새출발을 시작하는 주인공의 의

---

25) 『1945년 여름』(김계자 옮김, 보고사)은 2017년 한국어로 번역 출간되었으며 『과거로부터의 행진』(상·하 2권)은 2018년 한국어판(김학동 옮김, 보고사)이 간행됐다.

26) 교토에서 열린 '인민전사출옥환영대회'에 참여한 김태조는 이 행사 참여자에 대해 "이들 대부분이 8·15광복까지는 협화회의 청년반에서 '황국신민'이 되기 위해 천황폐하 만세를 외친 무리가 틀림없다."라고 생각한다.(『1945년 여름』, 309쪽)

지와 희망이 담긴 대목이다. 하지만 김석범 작가는 결국 병환 치료를 위해 1946년 여름 오사카로 밀항하여 오랜 세월 동안 조국에 돌아올 수 없는 운명에 처한다. 그 후 김석범은 어언 42년 후인 1988년에야『화산도』 1부 한국어판 출간(실천문학사)에 즈음하여 조국 땅을 다시 밟을 수 있었다.

한편『과거로부터의 행진』(상·하)은 재일유학생 간첩 사건을 배경으로 한 장편소설이다. 일본에서 갖가지 차별을 받다가 조국에 대한 동경과 환상을 가지고 조국으로 유학 온 수많은 재일한인들이 간첩으로 몰려 기나긴 시간 동안 감옥에 갇히거나 목숨을 잃는 운명에 처했다.[27] 이 소설의 배경은 1977년 일본에 있는 단체인 한국민주통일연합 간부의 지령을 받고 국가 기밀을 탐지하고 수집했다는 혐의로 재일유학생 2명을 간첩으로 조작한 사건이다.

김석범 작가는 바로 이 주제를 소설화하면서, 남과 북 모두로부터 거리를 두는 재일유학생이 조국 중앙정보부(KCIA)에서 당한 엄청난 고문과 폭력에 굴복하고 다시 일어서는 고난의 행적을 담았다. 그 스토리의 과정에서 재일유학생들의 상처와 고뇌, 실존, 그들이 일본에서 조선적을 고수한다는 것의 어려움 등이 작품에 생생하게 형상화돼 있다. 이 소설을 통해, 김석범 작가는 '재일조선인' 작가로서 그가 지닌 재일조선인의 자의식을 선명하게 드러내고 조국과 일본에 대한 착잡한 생각과 번민을 섬세하게 묘사한다. 아울러『과거로부터의 행진』은 재일유학생 간첩 사건이라는 주제를 제주4·3사건과 연계시키며,[28] 재일조선인의 상처, 회한의 역사적 근

---

27) 김효순,『조국이 버린 사람들: 재일동포 유학생 간첩 사건의 기록』(서해문집, 2015).
28) 이 작품의 주인공 고재수의 "어머니는 제주도의 해녀였다. …… 제주도 4·3사건 당시 이 학살의 섬에서 게릴라 투쟁이 있었고 해녀들이 싸웠다."(『과거로부터의 행진』상권, 김학동 옮김(보고사, 2018), 65쪽)라는 독백을 보라. 고재수는 제주4·3사건 유족으로 설정돼 있다. 또 한 명의 주인공 한성삼 역시 수사관으로부터 "제주 빨갱이 새끼"라고 욕설을 당하는 등 어머니가 제주의 고향에서 해녀로 자랐다. 더불어 소설 속에서 '김일담'으로 표기되는 실제 김석범 작가의 행적과 발언을 통해 재일조선인과 제주4·3사건에 대한 문제의식이 드러난다.

원을 다룬다는 의미에서 그 어느 곳에서도 편하게 정주하지 못하는 재일 조선인의 불안한 정체성이 뚜렷하게 드러난 문제작이다.

5 『화산도』 이후

김석범은 대하소설 『화산도』 후속편에 해당하는 장편소설 『바다 밑에서(海の底から)』(岩波書店)를 2020년 2월 간행했다. 이 작품은 일본의 대표 월간지 《세카이(世界)》에 2016년 10월부터 2019년 4월 사이에 연재되었으며 2023년 한국어로 번역되었다.[29]

대하소설 『화산도』의 마지막 12권은 주인공 이방근이 죽음의 수용소에 갇힌 남승지를 가까스로 빼내 일본으로 밀항시키고 권총으로 자살하는 모습으로 끝맺는다. 『바다 밑에서』는 1949년 1월 시체들로 뒤덮인 관덕정 땅바닥의 처참한 분위기에 대한 묘사로 시작한다. 이방근은 인근 '현해'라는 다방에서 이 장면을 묵묵히 지켜보고 있다. 이후 소설의 시간이 흘러 1949년 6월 19일 이방근의 자살 소식이 서술되고 이후 한 달 뒤인 1949년 7월 20일 무렵에 남승지가 일본 오사카의 조선 식당에서 일본에 온 밀무역선 선주(船主) 한대용으로부터 이방근의 죽음을 전해 듣는다. 이제 스토리는 남승지, 한대용, 이유원 등 제주4·3사건의 참화를 피해 일본으로 밀항한 인물을 중심으로 펼쳐진다. 남승지가 일본에 도착해 힘들게 공장 노동을 하는 과정, 이방근 1주기 제사, 일본에서의 생활 등이 밀도 깊게 묘사된다.

김석범 작가는 『바다 밑에서』를 통해, 제주4·3사건 이후 밀항을 통해 일본에서 살아가는 남승지와 이유원의 시점으로, 제주4·3사건에서 생존한 사람들의 죄의식과 부끄러움, 상처와 회한의 감정을 선연하게 드러낸다. 그들의 의식과 무의식에는 1949년 6월 19일 제주 산천단 절벽에서 권

---

29) 김석범, 서은혜 옮김, 『바다 밑에서』(도서출판 길, 2023).

총 자살한 주인공 이방근의 그림자가 끊임없이 어른거린다. 저세상 사람이 된 이방근은 그들 마음의 배후에 존재하는 십자가의 그림자 같은 존재다. 남승지와 이유원, 한대용은 일본에서도 이 세상에 없는 이방근의 존재를 의식하고 회상한다. 이러한 와중에 남승지는 제주도에서 애틋한 연모의 마음을 지니기도 했던 이유원(이방근의 여동생)과 일본에서 운명적으로 다시 해후한다. 하지만 이들의 만남은 결국 이별로 끝난다. 『화산도』에서 내내 서로 쉽게 다가서지 못하면서도 한편으로 애틋한 로맨스 감정에 휩싸이기도 하던 남승지와 이유원의 관계는 일본에서 비극적으로 어긋난다. 그 둘이 맺어지기를 원했던 이방근의 바람은 결국 이루어지지 못한다. 남승지는 "주위에서는 그렇게 생각하지 않겠지만 나는 결혼하지 않을 것이다."라고 마음먹는다. 남승지와 이유원의 슬픈 사랑, 그 어긋남 역시 그들의 운명이겠다.

남승지는 이유원과 함께 이방근 1주기 제사를 지내러 가는 길에 유원에게 이렇게 말한다. "이방근 씨는 말야……. 죽은 자는 산 자들 속에 살아 있는 거라고 말했지." 그렇다. '죽은 자' 이방근은 '산 자' 남승지와 이유원 마음속에 영원히 살아 있는 것이다. "살육자의 신경보다 더한 무감각을 익히지 않으면 인간의 마음 구조가 모조리 산산이 흩어져 버릴 것이다. 돼지처럼 되어서라도 살아가지 않으면, 살육자들을 이길 수 없다."라는 이방근의 독백은 살아남은 그들에게 전하는 전언이기도 하리라. 하지만 자신을 상처받은 돼지라고 생각하는 생존자는 평생을 부끄러움 속에서 살아갈 수밖에 없다.

『바다 밑에서』 뒷부분에 등장하는 산지항 인근 바다에서 행해진 수장(해상 학살) 장면과 남승지가 대마도행을 통해, 4·3사태를 피해 탈출한 두 여성을 재일조선인 마을 오사카 이카이노까지 데리고 오는 스토리는 너무나 깊은 슬픔과 먹먹한 울림을 전달한다.

『바다 밑에서』 후반부에 남승지는 쓰시마(對馬島)로 향한다. 그곳은 제주4·3사건 때 엄청난 고문을 당한 끝에 가까스로 풀려난 안정혜와 역시 고문 끝에 유방이 사라져 버린 강연주가 제주도에서 밀항해 몸을 숨기고 있는 중간 기착지다. 남승지는 그녀들을 일본 본토에 데려오기 위한 임무를 부여받은 것이다. 대마도에서 만난 두 여성 안정혜와 강연주는 남승지에게 담담하게 제주4·3의 가공할 학살과 잔혹한 고문에 대해 얘기한다. "승지 씨는 아까 자신을 부끄러운 인간이라고 했지만 능욕, 온갖 짓을 당한 섬 여자는 어떻게 하면 좋을까?"

『바다 밑에서』의 끝 대목은 남승지가 안정혜와 강연주를 쓰시마에서 만나서 하카다(博多)항을 거쳐 기차로 안전하게 일본 오사카 이카이노로 데리고 오는 긴박한 여정을 생생하게 묘사한다. 남승지가 수행하는 이 스토리는 작가 김석범의 실제 체험, 즉 대마도로 밀항한 먼 숙부의 아내를 마중하여 이카이노로 데리고 오는 임무를 맡은 것을 변주하여 형상화한 것이다.[30] 이 긴박하고 문제적 체험은 김석범으로 하여금 작가로서의 인생 내내 제주4·3사건에 천착하게 만든 문제적 사건이자 상처였다.[31]

남승지가 대마도에서 만난 두 여성의 이야기는 최근에 한국어로 번역된 김석범 소설집 『만덕유령기담』(보고사, 2022)에 수록된 중편소설 「유방이 없는 여자」(1981)와 『보름달 아래 붉은 바다』(소명출판, 2025)에 수록된 중편소설 「소거된 고독」(2017)에서도 등장한다. 이 대마도행 스토리는 김석범 작가의 실제 체험을 그대로 소설화한 것이다. 김석범은 1951년 봄에 직접 대마도로 가서 그곳으로 밀항한 친척 여성 둘을 이카이노로 데리고 온 바 있다. 그녀들에게 들은 고향 제주의 참담한 비극이 김석범으로 하여금 그토록 오랜 세월 동안 제주4·3사건에 관해 쓰게 만든 계기인 셈이다. 이런 의미에서 대마도는 "생과 사의, 죽은 자와 산 자의 분기점"에 해당한다. 김석범 작가가 대마도에서 전해 들은 너무나 잔혹한 이야기, 그로 인한 슬픔

---

30) 김석범의 대마도행은 실제로 1951년 이른 봄이지만, 『바다 밑에서』 작품 속에서 남승지의 대마도행은 1950년 12월 초에 이루어진다.

31) 김석범·김시종 저, 이경원·오정은 옮김, 『왜 계속 써왔는가 왜 침묵해 왔는가』, 문경수 편(제주대 출판부, 2007), 73~75쪽.

과 분노의 감정은 그가 살아 있는 세월 내내 가슴 깊이 박힌다. 거기에 대해 쓰지 않으면, 그는 살아가는 의미를 온전히 못 느끼는 것이다.

한편 『화산도』 후속편에 해당하는 또 하나의 장편소설 『땅속의 태양(地底の太陽)』도 2006년 슈에이샤(集英社)에서 간행됐다. 이 소설은 애초에 「괴멸(壞滅)」이라는 제목으로 월간 《스바루(すばる)》지에 2005년 7월부터 2006년 7월 사이에 걸쳐 다섯 차례 연재됐다. 『땅속의 태양』은 1949년 4월 남승지의 밀항을 통한 일본 도피부터 이방근의 사망 일주기에 이르는 시기를 4·3에서 살아남아 일본으로 간 남승지, 이유원, 한대용, 신영옥, 일본에 거주하는 남승지의 사촌 형 남승일 등을 중심으로 다룬다. 저항과 학살의 현장인 제주도에서 도피하여 일본으로 왔다는 남승지의 자의식, 즉 '살아남은 자의 부끄러움'이 이 작품을 흐르는 주된 정서다. 요컨대 『땅속의 태양』은 『화산도』의 배경인 제주4·3에서 용케 살아남은 인물들이 일본에서 새로운 인생을 영위하는 얘기다. 그러니 『땅속의 태양』은 『화산도』 바로 다음 이야기이자 『바다 밑에서』 앞에 전개된 스토리에 해당한다.

김석범은 『땅속의 태양』 후기에서 "주인공이 일본에서 마음속 괴멸에 이르는 자살을 하지 않고 생을 이어 간다면, 현실적으로 괴멸은 존재하지 않는다."[32]라고 쓴 바 있다.(『땅속의 태양』 연재 시 제목이 「괴멸」이다.) 이런 김석범의 발언은 4·3이라는 지옥에서 탈출해 깊은 회한과 상처 속에서 일본에서 살아가는 남승지와 이유원이 어떻게든 그 사회에서 적응하고 살아갈 수밖에 없음을 암시한다. 세월을 묵묵히 견딘다는 건 살아남은 자의 운명이다. 언젠가 때가 되면, 시간이 흘러가면 그 살아남은 자들이 자신이 직접 겪은 비극적 역사의 현장을 증언하게 되리라. 『바다 밑에서』는 바로 그 죽음의 현장에서 탈출해 가까스로 살아남은 자를 형상화한 귀한 문학적 기록이자 증언이다.

---

32) 김석범, 「あとがき」, 『땅속의 태양(地底の太陽)』(集英社, 2006), 316쪽.

아직 한국어로 번역되지 않은 『땅속의 태양』 한국어판이 간행되고, 1960년대에 작가가 연재했던 한글판 『화산도』와 대하소설 『화산도』가 활발히 연구될 때, 한글 「화산도」(미완, 1965~1967, 한국어판: 2022)—대하소설 『화산도』(1997, 한국어판: 2015)—『땅속의 태양』(2006), 『바다 밑에서』(2020, 한국어판: 2023)로 이어지는 55년간의 기나긴 세월의 문학적 결실인 대하소설 『화산도』와 그 후속작의 문학적 전모, 그 깊이와 넓이, 예술성과 사상성이 온전히 세상에 알려질 수 있을 테다.

6 글을 맺으며: 김석범 연구의 활성화를 소망하며

김석범 작가가 본격적으로 글을 쓰기 시작한 1951년부터 현재에 이르기까지 어언 70년의 기나긴 세월이 흘렀다. 그동안 김석범은 수많은 작품과 저작을 남겼다. 이 글에서 미처 소개하지 못한 작품들이 한국어로 번역되어 김석범 문학의 전모가 한층 투명하게 드러나게 되기를 소망한다. 김석범 작가는 소설 외에도 문제적인 평론, 기행문, 에세이도 다수 남겼다. 평론집 『언어의 주박』(1972), 『고국행』(1990), 『전향과 친일파』(1993), 『신편 「재일」의 사상』(2001), 『김석범 평론집 I: 문학·언어론』(2019), 『김석범 평론집 II: 사상·역사론)(2023), 기행문집 『귀문(鬼門)으로서의 한국행 —『화산도』에 이르는 길』(2023) 등의 의미 깊은 성과도 한국어로 번역되어야 할 것이다.

지금까지 살펴 온 김석범 문학의 각별한 의미, 소중한 가치, 일본 지식 사회의 높은 평가에도 불구하고 김석범 문학에 대한 연구와 비평은 아직 제한적으로만 이루어져 왔다. 특히 학계와 달리 문예지에서 『화산도』를 비롯한 김석범 문학에 대한 조명이 드물다는 점은 매우 아쉬운 대목이다. 대하소설 『화산도』를 위시해 『1945년 여름』, 『과거로부터의 행진』, 『혼백』, 『만덕유령기담』, 『언어의 굴레』, 『보름달 아래 붉은 바다』 등이 한국어로 번역·정리되어 출간되었지만, 주요 문예지에서 이 의미 깊은 저작들에 대한 비평과 리뷰는 거의 이루어지지 않았다. 이는 문제의식과 안목의 부재에서 연유하는 현상이 아닐까.

김석범 문학에 대한 다양한 해석과 창의적 시각이 활발하게 펼쳐져야 한다. 정대성은 "그의 도전은 일본에서나 한국에서나 (그리고 더 넓은 세계에서도 아직은) 충분히 이해를 받지 못하고 있다. (……) 연구자나 독자들이 김석범의 다이너미즘을 못 따라잡고 있는 한, 김석범 텍스트는 다이나믹하게 되읽혀질 수 없다."[33]라고 주장한 바 있다. 이러한 견해에 설득력이 있다고 생각한다. 김석범 문학의 깊고 넓은 문제의식은 아직 일본이나 한국, 특히 한국에서 충분히 이해·수용되지 못했다. 김석범 문학에 대한 제대로 된 연구를 위해서는 김석범의 문학적 활력과 깊이, 인생의 궤적, 사유의 힘에 대한 밀도 깊은 이해가 필요하다.

김석범은 "설사 본국에 비해 인구는 적다 하더라도 '재일'은 남북에 대해서 창조적인 위치에 있다."[34]라고 적었다. 이런 시야에서 보면 김석범의 문학이야말로 남과 북 어느 곳에서도 창작될 수 없었던 열린 시야와 깊은 사유의 힘을 지니고 있다고 하겠다. 특히 『화산도』는 일본의 상대적으로 자유로운 지적 풍토 속에서 결정적인 검열이나 문화적 억압 없이 창작되었기에 작품 속에서 혁명과 반혁명에 대한 열린 지적인 대화, 사회주의와 허무주의에 대한 그토록 깊은 사색이 가능했던 것이다.[35] 한반도를 침탈했던 일본 제국주의가 전후에 한반도보다 한층 사상의 자유를 누렸던 것은 통렬한 아이러니다.

김석범 문학과의 본격적인 만남을 통해 한국문학은 그 지성의 깊이, 투철한 역사적 상상력, 사유의 힘을 통과하면서 한 단계 도약할 수 있을 것이다. 앞으로 다양한 관점의 김석범 연구와 재일조선인문학 연구가 진척되어 한국문학과 재일조선인문학이 함께 예술적으로 성장할 수 있기를

---

33) 정대성, 「김석범 문학을 읽는 여러 가지 시각 ― 그 역사적인 단계와 사회적 배경」, 《일본학보》 66권, 2006, 378쪽.

34) 김석범, 「'재일(在日)'이란 무엇인가」, 앞의 책, 30쪽.

35) 권성우, 「망명, 혹은 밀항(密航)의 상상력」, 『비평의 고독』(소명출판, 2006), 347쪽.

바라는 마음이다. 이를 위해서는 현재까지 번역되지 않은 김석범 작가의 저작을 비롯해 김달수, 김학영, 김태생 등의 주요 재일조선인 작가의 작품들이 한국어로 온전히 번역·소개되어야 할 것이다.

2025년 10월 2일 김석범 작가는 만 100세를 맞이했다. 그 직후인 2025년 10월 6일에 발간된 《스바루》 11월호에는 소설 「골고다 언덕의 게릴라(ゴルゴタの丘のゲルラ)」가 게재됐다. 또한 작가는 올해 8월 한국어로 번역 발간된 현재 시점의 마지막 소설집 『보름달 아래 붉은 바다』(조수일 옮김, 소명출판)의 한국어판 서문을 쓰기도 했다. 지난해인 2024년에는 두 편의 단편소설 「명순과 기준(ミョンスンとギジュン)」(《스바루》 2월호), 「만덕의 유령(マンドギのユーレイ)」(《스바루》 8월호)을 발표했다.

2020년 이후에 나온 단행본 저작만 치더라도 김석범 작가는 장편소설 『바다 밑에서(海の底から)』(2020, 岩波書店), 소설집 『보름달 아래 붉은 바다(滿月の下の赤い海)』(쿠온, 2022), 기행문집 『귀문으로서의 한국행 ——『화산도』에 이르는 길(鬼門としての韓国行 ——『火山島』への道)』(三元社, 2023), 평론집 『김석범 평론집 II: 사상·역사론(金石範 評論集 Ⅱ: 思想·歷史論)』(明石書店, 2023)을 펴낸 바 있다. 이전에 발간된 작품과 비평을 정리하고 엮은 한국어 저작과 한국어 번역본도 최근 몇 년 사이에 여러 권이 출간됐다. 이를테면 한글 소설을 묶은 소설집 『혼백』(김동윤 편, 보고사, 2021), 평론집 『언어의 굴레』(오은영 옮김, 보고사, 2022), 소설집 『만덕유령기담』(조수일·고은경 옮김, 보고사, 2022)이 그런 성과들이다.

이 밖에 아직 단행본에 묶이지 않은 산문이나 에세이에 해당하는 글들도 이 시기에 나왔다. 김석범은 2020년 6월 심장 질환으로 수술 후에 보름 가까이 입원했을 때 들었던 생각을 내보인 에세이 「삶·글쓰기·죽음(生·作·死)」(《스바루》, 2020. 12), 자전적 산문 「꿈이 가라앉은 바닥의 『화산도』(夢の沈んだ底の『火山島』)」(《世界》, 2022. 11), 「속 꿈이 가라앉은 바닥의 『화산도』(夢の沈んだ底の『火山島』)」(《世界》, 2023. 6) 등을 발표했다. 이렇게 보면 김석범 작가는 90대 중반을 넘긴 이후에도 어떤 청년 작가 못지않게 성실하

고 꾸준하게 소설과 에세이를 쓰고 있다. 그야말로 경이롭기 그지없는 말년의 치열한 작가 정신이자 예술혼이라 하겠다. 이 모두가 허투루 쓰인 작품이 아니라, 작가의 열정과 문제의식이 오롯이 녹아 있는 문제작이다. 하지만 그 심원한 문제의식과 문학적 깊이에 부합하는 본격적인 연구와 비평은 아직 충분히 제출되지 않았다. 김석범은 2025년 현재 100세에 이른 왕성하게 활동하는 현역 작가다.

그의 작가적 열정과 분투만큼, 그에 상응하는 김석범 문학에 대한 깊고 넓은 이해와 연구가 진행되길 소망한다. 그의 남은 말년이 자신의 인생과 작품에 대한 보람과 자존의 시간으로 채워지길 바라며 이 글을 맺는다.

참고 문헌

1차 자료

김석범, 서은혜 옮김, 『바다 밑에서』, 도서출판 길, 2023.

김석범, 김계자 옮김, 『1945년 여름』, 보고사, 2017.

김석범, 김석희 옮김, 『까마귀의 죽음』, 도서출판 각, 2015.

김석범, 김환기·김학동 옮김, 『화산도』 1~12권, 보고사, 2015.

김석범, 『地底の太陽』, 集英社, 2006.

김석범·김시종 저, 문경수 편, 이경원·오정은 옮김, 『왜 계속 써 왔는가 왜 침묵해 왔는가』, 제주대 출판부, 2007.

논저

권성우, 「망명, 혹은 밀항의 상상력」, 『비평의 고독』, 소명출판, 2006.

권성우, 「『화산도』 문학 기행」, 『비정성시(悲情城市)를 만나던 푸르스름한 저녁』, 소명출판, 2019.

김시종, 윤여일 옮김, 『조선과 일본에 살다』, 돌베개, 2016.

김환기 편, 『재일디아스포라문학 선집 4』, 소명출판, 2017.

김효순, 『조국이 버린 사람들: 재일동포 유학생 간첩 사건의 기록』, 서해문집, 2015.

정대성, 「작가 김석범의 인생 역정, 작품 세계, 사상과 행동」, 《한일민족문제연구》 9호, 2005.

정대성, 「김석범 문학을 읽는 여러 가지 시각 — 그 역사적인 단계와 사회적 배경」, 《일본학보》 66권, 2006.

일본어 문헌

가와무라 미나토(川村湊), 『生まれたらそこがふるさと ── 在日朝鮮人文学論』,
　平凡社, 1999.

문경수, 고경순·이상희 옮김, 『재일조선인 문제의 기원』, 도서출판 문, 2016.

오노 데이지로(小野悌次郎), 『存在の原基──金石範文学』, 新幹社, 1998.

이키 이치로(いき一郎), 「『火山島』について: 作品と出版メディアの文化マインド」,
　《沖縄大学地域研究所年報》11호, 1998.

하야시 코우지(林浩治), 「虚無と対峙して書く──金石範文学論序説」, 『在日朝
　鮮人文学: 反定立の文学を越えて』, 新幹社, 2019.

김석범 생애 연보[1]

1925년   모친이 제주에서 김석범을 임신한 채, 정기 연락선 기미가요
                 마루를 타고 도일한 지 3~4개월 후 오사카 히가시나리 이카
                 이노(大阪東成猪飼野)에서 10월 2일(음력 8월 15일) 태어남.
                 본명은 신양근(愼洋根). 부 신수연, 모 강정산.

1927년(2세)   부친은 제주의 몰락 계급 출신으로 파락호이자 탕아였음. 전
                 답과 가산이 제법 있었는데 모두 탕진하고 36세에 제주에서
                 병사함. 부친의 사망 이후 모친이 한복 재봉을 하면서 조그
                 만 집에서 조선인들에게 하숙을 치면서 생계를 이어 감. 하숙
                 집에는 조선인·일본인 노동운동가들이 빈번하게 드나들었고,
                 모친은 넉넉하지 않은 생활인데도 도울 수 있는 한 물심양면
                 으로 그들을 도움. 대여섯 살 무렵 자고 있을 때, '일본전국노
                 동조합협의회'(약칭 전협) 소속이었던 형을 체포하려고 사복
                 형사 여러 명이 신발을 신은 채 들이닥치는 장면을 목격함.

---

1)   김석범 작가의 연보와 작품 목록은 다음 자료를 참조하며 작성되었다. 김석범,『김석범
     작품집 2(金石範作品集 II)』(平凡社, 2005)(「김석범 상세 연보」); 구로코 가즈오(黒古一
     夫)·이소가이 지로(磯貝治良) 편,『재일 문학 전집 3권 김석범(在日 文学全集〈第3卷〉金
     石範)』(勉誠出版, 2006)(「김석범 연보」); 김석범,『귀문으로서의 한국행 ──『화산도』에
     이르는 길(鬼門としての韓国行 ──『火山島』への道)』(三元社, 2023); 오은영,『재일 조선인
     문학에 있어서 조선적인 것 ── 김석범 작품을 중심으로』(도서출판 선인, 2015)(「김석범의
     연보」); 고명철·김동윤·김동현,『제주, 화산도를 말하다』(보고사, 2017)(「김석범 연보」);
     고명철·김동윤·김동현·김재용·하상일,『김시종 X 김시종』(보고사, 2021)(「김석범 연
     보」, 연보 정리: 김동현); 화산도 소설어 사전 편찬팀 엮음,『火山島 소설어 사전』(보고사,
     2024)(「김석범 연보」).

1938년(13세)   오사카 시립 쓰루하시(鶴橋) 제2심상소학교를 졸업한 후에
              곧바로 칫솔 공장에서 일하기 시작.

1939년(14세)   여름, 유소년 시절에 몇 번 제주를 오간 적이 있었지만, 철이
              든 후에는 처음으로 제주도에 건너와 수개월간 지냄. 한라산
              의 웅장한 자연에 영혼이 뿌리부터 흔들릴 정도로 감동을 받
              음. 오사카로 돌아와 간판점 견습, 철공소 등의 일을 다시 함.
              신문 배달을 가장 오래 함. 독학을 시작함. 제주에서 돌아온
              후에는 태어난 곳인 오사카가 고향이 아니라 제주도가 고향
              이라는 의식이 강해짐. 이를 계기로 반일 사상이 짙어지며 조
              선 독립을 열렬히 꿈꾸는 어린 민족주의자로 변해 감. 은밀히
              조선사 책을 구해 읽음. 잃어버렸던 조국을 향한 마음을 억누
              르기 힘들어짐.

1940년(15세)   오사카 부립 고즈(高律)야간중학교 입학 자격을 얻었으나 (학
              과시험이 없는) 본시험 체력 검사와 구두시험에 낙방함. 체력
              검사는 체육관을 몇 바퀴 빙글빙글 달리게 하고 도중에 한
              발로 껑충껑충 뛰게 하는 것이었음.

1941년(16세)   오사카 지쿄(自彊)학원 중학교 3년으로 편입해 1년간 재학함.
              6월, 군사교련 결석으로 인한 호출 시, 이쿠노 경찰서에서 특
              고에게 잔인한 폭력을 당함. 이 모습을 같은 동네에 살던 김
              태생이 바로 뒤에서 지켜봄. 12월 8일, 진주만 공습 날 이마자
              토(今理) 로터리 부근《마이니치신문(每日新聞)》가판에서 신
              문 배달을 하고 호외를 배포하면서, 결국 일본은 패망할 거라
              고 막연하게 확신을 품음.

1943년(18세)   가을, 제주도 숙모 집과 원당봉 원당사, 한라산 관음사에서
              기숙하면서 한글과 『천자문』 등의 한문을 통해 조선어를 공
              부함. 관음사에서 김상희와 한패가 됨. 조선 독립에 대해 이야
              기를 나눔. 일본에서는 결코 얻을 수 없는 경험이었음.

1944년(19세)   여름까지 제주도에 머묾. 몇 번 경성(서울)에 가려 했지만 계
획을 이루지 못하고 오사카로 돌아옴. 곧바로 제주도에서 단
파무선전신국 사건(청진단파사건, 11월)이 일어남. 제주도에
머물 때 심야에 제주 무선전신국에서 조선독립을 호소하는
샌프란시스코 방송을 함께 들은 적이 있던 김운제(金運濟)가
소련으로 탈출하던 도중에 청진에서 체포된 것을 계기로, 김
상희도 체포되어 청진 형무소로 보내진 사실을 알고 충격을
받음. 만약 오사카로 돌아오는 게 한두 달 늦었다면 제주도에
서 체포되었을 것임. 일본 패전 후에 사건 관계자들은 석방되
었지만 김상희는 여전히 행방불명. 형이 경영하는 마을 공장
에서 일하면서 도사보리(土佐堀)YMCA 영어학교에 다니기 시
작함. 다음 해 3월까지 재학했는데 그 후에 영어 학교가 존속
했는지 분명치 않음. 그해까지 3, 4년에 걸쳐 '전문학교입학자
검정' 시험을 치름. 12과목 중에 역사, 지리, 영어, 공민 단위
를 취득한 직후에 바로 중단함. 일본 국내에서 중국으로의 탈
출 결심을 굳힘.

1945년(20세)   3월 하순, 대한민국 임시정부가 있는 중국 충칭으로의 망명을
가슴에 품고 제주도에서 징병검사를 받는다는 구실로 서울로
감. 당시 징병검사는 살고 있던 오사카에서 받아야 했지만 고
향 제주의 선영을 참배한 후에 일편단심으로 검사에 임하겠
다는 결심을 밝혀 겨우 경찰의 도항 증명을 얻을 수 있었음.
일본에서는 마지막이라는 심정으로 오사카에서 출발함. 일
단 서울 선학원에서 머물면서 4월 초에 이른바 창씨개명 신고
를 하지 않으려고 본명 그대로 제주에서 징병검사를 받음. 며
칠 전부터 식사를 하지 않고, 안경을 쓰지 않은 채 검사를 받
았지만 제2을종에 합격함. 곧바로 서울로 감. 선학원에서 이
석구(李錫玖) 선생과 만남. 이 선생의 제자로 청년 승려 행색

이었던 장용석(張龍錫)이 전라도로 여행을 하던 도중 선학원에서 하룻밤을 지냈고 그와 밤을 새워 가며 조선 독립을 이야기함. 장용석은 아침 일찍 떠남. 5월, 발진티푸스를 앓아 순화병원에 한 달 가까이 입원함. 의지할 데 없는 몸이었지만 조선의 수도에 있다는 존재 감각만으로 고독을 떨쳐 버릴 수 있었음. 퇴원 후 이 선생의 주선으로 강원도의 궁벽진 시골 사찰에서 요양을 위해 열흘 정도 지냄. 그사이 이 선생에게 설득되어 중국행이 터무니없는 공상이었다는 사실을 알게 됨. 이 선생에게 모친과 형이 있는 오사카로 돌아가겠다고 말하자 노여움을 드러내며 "새삼스럽게 무엇 때문에 불바다로 변한 일본으로 돌아가는가?"라며 반대함. 절의 주지도 같이 반대함. 이 선생도 "금강산에 있는 절에 가서 잠시 때를 기다리게, 거기서는 나와 같은 뜻을 지닌 청년들이 은신해 있네. 시기가 되면 연락을 할 테니 그때 하산하시게."라고 했지만 시기가 언제일지는 잘 이해할 수 없었음. 일본 패전이 불과 몇 달 뒤로 다가와 있다고까지는 생각이 미치지 못함. 6월 말경에 수척해져서 반대를 무릅쓰고 오사카로 되돌아옴. 8월, 일본 항복, 조선 독립. 도쿄 아라카와(荒川) 숙소·미노와 병원에서 조국의 독립을 기쁜 마음으로 맞이하면서, 8·15 광복 이후 급격하게 허무적 상태가 되어 속으로 칩거함. 사회주의의 지향과는 상극이라는 생각이 강해짐. 10월, 송태옥과 동행해 부중(府中) 형무소 내 예방구금소를 방문. 공산주의자 도쿠다 규이치(德田球一), 시가 요시오(志賀義雄) 등과 만남. 11월, 신생 조국 건설에 참가하기 위해 이번에야말로 일본에서 조선으로 가야겠다는 결심으로 서울로 감. 이 선생과 장용석 등을 만나 비로소 선학원이 독립운동의 아지트이며, 조선인민당 조직부장인 이 선생이 당시 승려로 변장하고 조선건국동맹의 간부로서 지하 운동을 하고 있던 독립운동 투사였다는 사실을 알게 됨. 일본 패전을 전제로 한 조선 독립 비밀 결사 건국동맹이 여운형(呂運亨), 이석구, 김진우(金鎭宇) 등 6명을 주동으로 해방 한 해 전에 조직됨. 사찰 주지 선생도 동지임. 장용석이 있던 남산 자락의 옛 사택에서 김동오, 김영선 등 노동조합 간부 청년, 학생들과 공동생활을 시작함. 12월 말, 모스크바삼상회의에서 조선 신탁통치가 결정되었다는 뉴스가 전해지자 서울은 신탁통치 반대 움직임으로 떠들썩해짐.

1946년(21세) 새해 초부터 전날 조선공산당, 조선인민당 등이 신탁통치 반대 데모에서 급거 진보 진영이 신탁통치 찬성 데모로 바뀌자 데모에 연일 참가함. 하룻밤 사이에 반탁에서 찬탁으로 변한 고비에 직면함. 3월, 서울에서 조선 임시정부 수립을 위해 제1차 미소공동위원회가 개최되었지만 5월, 결렬됨. 그사이 이석구 선생의 권유로 조선 독립운동의 동지이며 한학의 대가로 역사학자이자 국문학자인 정인보 선생이 설립한 서울 국학전문학교 국문과에 장용석, 김동오와 함께 입학함.

여름 한 달을 예정으로 오사카로 밀항함. 그 이후 1988년까지 42년 동안 조국에 돌아오지 못하는 신세에 처함. 가을부터 임시로 거주하던 지역의 이쿠노 나카가와(生野中川) 조선소학교에서 아동을 상대로 교원을 함.

1947년(22세) 서울에서 장용석으로부터 "왜 너는 우리들이 기다리고 있는 조국에 돌아오지 않는가."라는 내용의 편지가 한 달 이상이 걸려서 도착함. 편지는 한 달에 한두 통씩, 그가 총살되었다고 생각될 무렵까지 이어짐. 마지막 편지에 적힌 날짜는 1949년 5월 5일. 지난해 여름 서울에 머물렀거나 오사카에서 예정대로 다시 서울로 갔더라면 동년배의 그들과 함께 20대 초반에 세상을 떠났을 것임. 장용석이 보낸 편지 스무 통은 지금

도 가지고 있음.(『김석범 평론집 II: 사상·역사론』(2023)에 일본
어로 번역 수록됨) 4월, 간사이대학 전문부 경제학과 3학년에
편입함.

1948년(23세)　3월, 간사이대학 전문부 경제학과 졸업. 4월, 교토대학 문학
부 미학과에 입학함. 예술의 '영원성'과 '보편성'을 부정하는
마르크스주의 예술 이데올로기론에 의문이 들어 미학을 선
택했지만, 대학에는 거의 나가지 않음. 일단 퇴학계를 냈지만
주임교수 이지마 쓰토무(井島勉) 선생의 만류로 겨우 졸업함.
재일조선인 대학생동맹 간사이본부(오사카) 일에 종사함. 일
본공산당에 입당함. 제주4·3사건이 일어남. 한신(阪神)교육
투쟁 탄압에 항의해 오사카부청 앞 데모에 참가함. 이때 김태
일(金太一) 소년을 사살한 경찰의 총소리를 데모대 인파 건너
편에서 들음. 가을 이후 제주도에서 학살을 피해 오사카 지방
으로 밀항이 시작됨. 밀항한 사람들은 굳게 입을 다물고 말하
지 않았지만 그들 중 먼 숙부에게 학살의 진상을 들음. 평생
을 지배하는 큰 충격을 받음.

1951년(26세)　3월, 교토대학 문학부 미학과 졸업. 졸업 논문은 「예술과 이
데올로기」임. 4월, 일본으로 밀항해 온 먼 숙부의 아내를 마
중하러 대마도로 감. 그곳에서 '유방이 없는 여자'를 만남. 겉
보기에는 극히 평범한 두 여성은 함께 투옥과 고문을 체험한
자였음. 숙부의 아내에게 제주도에 대해 들려달라고 부탁하
니, '옆에 있는 사람은 젖가슴이 없다, 고문으로 도려내졌다.'
고 말함. 그 여성은 담담하게 그렇다고 함. 다시 묻고 싶은 생
각조차 들지 않음. 이 문제적 체험은 나중에 소설 「유방이 없
는 여자」(1981)에서 거의 실제 체험 그대로 서술됨. 4월, 조련
해산 후 재일조선통일민주전선(약칭 민전) 조직 산하 오사카
청년고등학교원에서 일함. 30명 정도 되는 조선인 청년 노동

자들이 모인 야학으로 수업료는 없었음. 경영난으로 얼마 안
가 문을 닫음. 10월, 오사카조선문화협회 설립에 관여함. 12
월, 김종명(金鐘鳴) 등과《조선평론》을 창간하고 김시종(金時
鐘, 1929~)을 만남. 박통(朴桶)이라는 필명으로 활자화된 첫
작품인「1949년 무렵의 일지로부터 ──「죽음의 산」의 한 구절
에서」를《조선평론》에 게재함.

1952년(27세)　2월, 일본 공산당 당적을 이탈함.《조선평론》제3호 편집 작
업을 마치고 나서 은밀히 센다이로 감. 그곳에서, 겉으로는 지
방 신문사 광고 수주이지만 사실상 조직의 일을 수행함. 극도
의 신경증에 걸려 일을 견디지 못함. 3~4개월 만에 그만두고
도쿄로 감. 조직 활동을 하면 애국이라고 불리던 시대에 두
개의 조직에서 나왔다는 것은 정치생명이 끊어지는 것을 의
미했음. 자기 자신에 대한 절망적인 심정이 되어 갔던 센다이
생활은 나중에「까마귀의 죽음」집필의 계기가 됨. 오사카로
돌아갈 수 없기에 이후 도쿄로 가서《평화신문》편집부와 재
일조선인문학회에서 일함. 이 무렵 제주 출신 김태생(金泰生,
1924~1986)과 처음으로 만남.

1955년(30세)　오사카로 돌아와 공장 노동 등으로 생계를 이어 감.

1957년(32세)　5월, 구리 사다코(久利定子)와 결혼함. 본격적으로 제주4·3사
건을 소재로 그 처절한 상흔을 다룬「간수 박서방」(《문예수
도》8월호),「까마귀의 죽음」(《문예수도》12월호) 발표.「간수
박서방」이 먼저 게재되었으나 그 이전부터 줄곧 가슴에 품고
괴로워해 온 것은「까마귀의 죽음」쪽임.

1958년(33세)　어머니가 병환으로 돌아가심. 향년 72세.

1959년(34세)　오사카 쓰루하시(鶴橋) 역 근처에서 포장마차(선술집)를 시
작함. 옥호(屋號)는 '밑바닥(どん底)'. 근처에 조선총련 오사
카 본부가 있음. 지인들이 매우 놀람. 그중에는 대학까지 나

온 녀석이 포장마차밖에 할 게 없느냐고 했지만, 생면부지의
사람들과 인연을 맺기도 함. 친구들도 자주 옴. 여러 손님들의
이야기를 들을 수 있었는데, 1960년 4월에《문예수도》에 발표
한「똥과 자유와」는 포장마차에서 들었던 이야기의 소산임.
그 사람도 후에 북조선으로 귀국함.

1960년(35세) 3월, 포장마차를 그만둠. 당시 단골손님이던 오사카 조선고등
학교 교장 한학수(이후 아내와 함께 북조선으로 귀국한 뒤에 처
형됨)와 같은 학교 선생이었던 강재언(姜在彦) 등(학생 동맹 시
대부터의 친구들)에게 포장마차를 그만두고 고등학교로 오지
않겠느냐는 권유를 받았지만 응하지 않음. 3월 들어 일본어
교사 한 명이 그만두었다는 사정으로 어찌 됐든 한번 해 보
자는 말이 나옴.(끌어들이려는 의도도 있었을 것임.) 고전 등에
전혀 자신이 없었지만 1년 정도를 예상하고 새 학기부터 오
사카 조선고등학교 교사가 됨. 자유롭게 수업을 해도 좋다고
했기 때문에 일본어 시간에는 부교재로『김사량 전집』을 사
용해 1년을 마침. 한편 고학년은 문학(조선어) 수업을 맡았고
다음 해 한 학기까지 계속한 후에 학교를 떠남.

1961년(36세) 일간지로 바뀐《조선신보》편집국으로 자리를 옮김. 도쿄로
이사함.

1962년(37세) 소설「관덕정」(《文化評論》), 한글 단편소설「혼백」(《문학예
술》) 발표.

1964년(39세) 재일본조선문학예술가동맹(약칭 문예동)의 기관지《문학예
술》(조선어 잡지)을 편집함. 3월 16일부터 4월 21일에 걸쳐 '재
일조선인 조국 왕래 실현 요청 오사카~도쿄 720킬로 도보
행진'에 참여함.

1965년(40세) 한글 장편소설「화산도」를《문학예술》13호에 발표하며 연재
를 시작함. 이후 1967년《문학예술》21호(6월호)까지 총 9회에

걸쳐 연재함. 이후 완성되지 못한 채 연재를 중단함.

1967년(42세) 소설집 『까마귀의 죽음』(新興書房) 발간. 서랍 구석에서 10년 동안이나 잠들어 있던 원고를 끌어내 조금 손을 보았음.『까마귀의 죽음』의 간행에는 조직의 비준이 필요한 상황이었는데, 사전 상담을 했더니 아무튼 안 된다고 함. 비준을 받지 않은 채 출간을 강행함. 10월, 위암 수술로 요요기 병원에서 12월 말까지 3개월간 입원함.

1968년(43세) 건강 회복에 애씀. 해방 전후에 남한에서 투쟁 중에 20여 년의 짧은 생애를 마친 친구와 불행한 어머니에 대해 생각하면서 자주 고향 제주도의 눈으로 뒤덮인 한라산 꿈을 꿈. 이해 여름 조총련 조직을 떠남.

1969년(44세) 「한 재일조선인의 독백」을 《아사히저널》에 5회 연재함. 7년 만에 일본어로 쓴 소설 「허몽담(虛夢譚)」을 《세계》 8월호에 발표하며 일본어로 다시 쓴다는 행위에 대해 고민함.

1970년(45세) 장편소설 「만덕유령기담」을 《人間として》 4호에 발표함.

1971년(46세) 「만덕유령기담」이 제65회 아쿠타가와상 후보작에 오름. 신장판 『까마귀의 죽음』(講談社) 발간. 장편소설 『만덕유령기담』 (筑摩書房) 발간.

1972년(47세) 평론집 『언어의 주박』(筑摩書房) 발간.

1973년(48세) 소설집 『밤』(文藝春秋) 발간, 소설집 『까마귀의 죽음』(講談社)이 문고본으로 간행됨.

1974년(49세) 연재한 소설 「장화」, 「고향」, 「방황」, 「출발」을 대폭 가필하고 수정한 장편소설 『1945년 여름』(筑摩書房) 발간. 소설집 『사기꾼』(講談社) 발간. 박정희 정권이 민청학련 사건으로 체포된 김지하 시인 등에게 사형을 선고하자, 7월 16~19일, 김시종, 이회성 등과 함께 김지하의 사형 판결에 항의하며 스키야바시 공원에서 단식 투쟁을 결행함.

1975년(50세)   1974년 창간 준비 단계부터 편집위원으로 관여해 오던 《계간
              삼천리》 창간호 발간. 당시 옥중에 있던 한국의 시인 김지하
              (金芝何) 특집. 평론집 『입 있는 자는 말하라』(筑摩書房) 발간.
1976년(51세)   연재 소설 「해소」(나중에 「화산도」로 제목을 변경함) 첫 회분을
              《문학계》 2월호에 게재함. 평론집 『민족·언어·문학』(創樹社)
              발간.
1977년(52세)   소설집 『남겨진 기억』(河出書房新社) 발간.
1979년(54세)   소설집 『왕생이문』(集英社) 발간.
1980년(55세)   5월, 광주에 대한 생각을 담은 「광주학살을 생각한다」(《계간
              삼천리》)를 발표함.
1981년(56세)   함께 《삼천리》 편집위원이던 김달수, 강재언, 이진희 등의 한
              국 방문에 대한 견해차로 편집위원 직을 그만둠. 장편소설
              『제사장 없는 제사』(集英社) 간행. 문제작 「유방 없는 여자」
              (《文学的立場》 5월호) 발표. 소설 「해소」 연재를 종료함. 평론
              집 『'재일'의 사상』(筑摩書房) 간행
1982년(57세)   소설집 『유명의 초상』(筑摩書房) 발간.
1983년(58세)   연재된 소설 「해소」에 내용을 추가하고(10~12장, 400자 원고
              지 1000매 분량) 제목을 '화산도'로 수정해 『화산도』 1~3권
              (文藝春秋)을 발간함.
1984년(59세)   제주 출신 현기영(玄基榮, 1941~) 작가의 소설 「순이 삼촌」과
              「해룡 이야기」를 일본어로 번역하고 「현기영에 대해」라는 해
              설을 덧붙여 《해(海)》 4월호에 수록함. 실제 작가이면서 번역
              을 한 것은 한국에서 제주4·3사건을 테마로 한 소설이 30년이
              라는 시간을 지나 발표되었다는 사실에 감격했고 시공간적으
              로 보편성을 담보한 작품이라고 생각했기 때문임. 10월, 『화산
              도』(1부 3권)로 제11회 '오사라기지로(大佛次郎)상을 수상함.
1985년(60세)   청년들과 틈틈이 지문 날인 거부 운동에 참여함. 외국인 등

록증을 교체하던 시기인 11월에 가와구치 시청 시민과에서
지문 날인을 거부함.

1986년(61세) 「화산도」 2부를 《문학계(文學界)》 6월호부터 연재 시작함. 소
설집 『가위눌린 세월』(集英社) 발간.

1988년(63세) 소설집 『까마귀의 죽음』(김석희 옮김, 소나무)과 『화산도』 1부
(1~5권, 이호철·김석희 옮김, 실천문학사) 한국어판이 번역 발
간됨. 이 두 책의 한국어판 번역 출간을 기념하기 위한 출판
사의 초대로 한국 방문이 예정되어 있었지만, 한국 대사관의
연기 요청으로 단념함. 『까마귀의 죽음』과 『화산도』가 한국
에서 일시적으로 금서가 됨. 『까마귀의 죽음』 중국어 번역본
이 『당대 세계 소설가 독본』(타이페이, 光復書局) 31권으로 출
간됨. 11월, 입국이 허가됨에 따라 1946년 여름 이후 42년 만
에 한국을 3주 동안 방문함. 주로 서울과 제주도에서 묵으며
다양한 체험을 함.

1990년(65세) 평론집 『고국행』(岩波書店) 발간. 1989년 《세계》에 연재했던
「현기증 속의 고국」의 제목을 「고국행」으로 바꾸고, 『화산도』
와 제주도에 대한 에세이를 추가해 단행본으로 펴냄.

1991년(66세) 소설집 『만덕유령기담·사기꾼』(講談社 文芸文庫) 발간. 「화
산도」 2부의 취재 목적으로 한국 방문을 신청했지만 입국이
거부됨. 이 체험을 담은 「고국 재방문, 이루지 못하다」(《문학
계》 12월호)를 발표함.

1993년(68세) 평론집 『전향과 친일파』(岩波書店) 발간. 친일 문제에 대한 심
대하고 근원적인 문제의식은 대하소설 『화산도』에서 풍부하
게 반영됨.

1995년(70세) 소설집 『꿈, 풀이 우거지다』(講談社) 간행. 「화산도」(2부) 연
재 종료(《문학계》).

1996년(71세) 소설집 『땅 그림자』(集英社) 발간. 『화산도』(文藝春秋) 4, 5권

발간. 10월, 서울에서 열린 한국 문화체육부 후원 '한민족문
학인대회'에 초청돼 『화산도』 취재를 겸해 참가함. 해방 후에
두 번째로 한국 방문을 달성함. 도쿄 출발 당일에야 겨우 입
국허가 임시여권이 발행됨. 17일간의 여정으로 제주도에서 열
흘 동안 지냄.

1997년(72세)   『화산도』 6, 7권이 발간됨으로 1976년 《문학계》에 연재를 시작
한 이래 21년 만에 대하소설 『화산도』(文藝春秋)를 완간함. 『화
산도』의 구체적인 모티프가 시작된 작품 「까마귀의 죽음」(1957)
으로부터 시작하면 40년 동안 김석범 작가는 제주4·3사건을
치열하게 응시하며 결국 『화산도』를 완성함.

1998년(73세)   대하소설 『화산도』(전 7권)로 '마이니치 예술상' 수상. 7월,
제주도에서 열린 '제2회 동아시아 평화와 인권 국제심포지
엄 — '제주4·3' 50주년 기념학술대회'에 참가해 열흘간 한국
체류. 애초에는 입국이 거부되어 방한을 단념했지만, 심포지
엄 참가자 300여 명 전원의 강력한 항의로 한국 정부가 입장
을 바꿈. 대회 마지막 날 입국이 가능하다는 연락을 받고 8월
24일에 한국 입국. 「지금 '재일'에게 국적이란 무엇인가 — 이
회성에게 보내는 편지」(《세계》 10월호) 발표. 이 글은 1999년
《실천문학》 봄호에 번역 소개됨.

1999년(74세)   소설집 『까마귀의 죽음·꿈, 풀 우거지고』(小学館文庫) 간행.
장편소설 「바다 밑에서, 땅 밑에서」(《군상》 11월호) 발표.

2000년(75세)   장편소설 『바다 밑에서, 땅 밑에서』(講談社) 간행. 12월, 프랑
스어 판 『까마귀의 죽음』이 번역 출간됨.

2001년(76세)   '4·3사건 유적지 순례 투어'와 '4·3사건 53주년 제주4·3희
생자 범도민 위령제'에 참가차 한국행. 4·3문학제 심포지엄
「4·3문학에서 통일문학으로」에서 강연.(제목: 「나의 문학과
제주4·3사건」) 학술대회 '4·3 53주년 기념: 폭력의 역사는 청

산 가능한가 — 과거 청산의 사례와 4·3'에서 기조 강연.(제목:「과거청산이란 무엇인가」) 장편소설「만월(滿月)」(《군상》 4월호) 발표. 번역소설『順伊おばさん(순이삼촌)』(玄基栄 著, 金石範 訳, 新幹社) 간행. 평론집『신편「재일」의 사상』(講談社), 장편소설『만월(滿月)』(講談社) 간행. 기행문「고난의 끝 한국행」(《문학계》 11월호) 발표. 재일 역사학자 문경수가 엮은 김시종 시인과의 대담집『왜 계속 써 왔는가 왜 침묵해 왔는가 — 제주도 4·3사건의 기억과 문학』(平凡社) 간행.

2002년(77세)   소설『허몽담(虛夢譚)』(講談社 文芸文庫) 발간. 소설집『허일(虛日)』(講談社) 발간.

2003년(78세)   제주MBC 특별기획「4·3과 '제주도'」 출연을 위해 한국 방문. 김수열 시인, 방민호 평론가, 강영숙·하성란 작가 등 문인들과 만남.

2004년(79세)   기행문「귀문(鬼門)으로서의 한국행」(《문학계》 1~3월호) 발표. 평론집『국경을 넘어서는 것 — 재일의 문학과 정치』(文藝春秋) 발간.

2005년(80세)   제주4·3 57주년 기념주간 중 민족문학작가회의 주최 전국민족문학인 제주대회에 참석함. 민예총 주최 4·3전야제에 참석하여 인사. 기행문「적이 없는 한국행」(《스바루》 6월호) 발표. 연작소설「괴멸 1 — 돼지의 죽음」(《스바루》 7월호) 발표.『김석범 작품집』(平凡社) 1·2권 간행. 2권 말미에 김석범 작가의 자세한 연보(1925~2005)가 수록됨.

2006년(81세)   재일작가를 망라한 문학 선집 중 한 권으로『재일 문학 전집 제3권 김석범』(勉誠出版) 발간.『화산도』 번역자인 동국대 일본학과 김환기 교수의 제안으로 한국일어일문학회 학술대회 초청강연차 한국행. 학술대회 후에 경주 여행. 부산에서 관부페리를 타고 일본으로 돌아옴.『화산도』 속편에 해당하는 장편소설『땅속의 태양』(集英社) 발간.

2007년(82세)   기행문「자유로운 한국행」(《스바루》1월호) 발표. 2007년 9월
부터 진행된 제주공항 학살 유해 발굴현장 탐방. 육촌 동생을
만나 부친과 조모 묘의 이장에 대해 협의. 김시종 시인과의
대담집『왜 계속 써 왔는가 왜 침묵해 왔는가』(제주대 출판부)
한국어판 발행.

2008년(83세)   기행문「나는 보았다, 4·3 학살의 유해들을」(《스바루》2월호)
발표. 제주4·3 60주년 기념사업 추진위와 제주특별자치도 주
최 '재일동포·일본인 4·3 교류방문단 사업'에 동행해 추도식
전에 참석함. 기행문「슬픔으로부터의 자유가 주는 기쁨」(《스
바루》7월호) 발표.

2010년(85세)   인터뷰집『김석범『화산도』소설 세계를 말하다』(右文書院)
발간.『만덕유령기담』영역본이 출간됨. 소설집『죽은 자는
지상에』(岩波書店) 발간.

2012년(87세)   한국으로 유학한 재일 유학생의 삶과 비극을 다룬 장편소설
『과거로부터의 행진』상·하(岩波書店) 발간.

2014년(89세)   소설「땅 밑에서」(《스바루》2월호) 발표.

2015년(90세)   제1회 4·3평화상 수상자로 선정돼 제주 방문. 시상식과 4·3
위령제에 참여함. 수상소감에서 해방 후의 이승만 정권을 비
판했다는 이유로 논란이 됨. 당시 제주4·3평화공원, 게릴라
사령관 이덕구의 가족묘지 등 방문. 대하소설『화산도』(김환
기·김학동 옮김, 보고사) 한국어판 전 12권 발간. 아울러 주문
제작 형태인『화산도』온 디맨드(ON DEMAND)판을 이와나미
쇼텐(岩波書店)에서 발간함.『화산도』한국어판 완역 기념 학
술대회 '재일 디아스포라문학의 글로컬리즘과 문화정치학' 심
포지엄이 동국대에서 열림. 이 행사에 김석범 작가가 제1회
4·3평화상 수상소감의 여파로 주한일본대사관에서 여행증명

서를 발급해주지 않아 참석하지 못함. 『까마귀의 죽음』(김석
희 옮김, 도서출판 각)이 11월에 복간됨.

2016년(91세) 소설 「아직 끝나지 않은 삶」(《스바루》 1월호) 발표. 기행문
「마지막 한국행」(《세계》 2~3월호) 발표.

2017년(92세) 장편소설 『1945년 여름』(김계자 옮김, 보고사) 한국어판 발간.
제1회 이호철통일로문학상 수상. 시상식 참가를 겸해 한국 방
문. 은평구 숲속극장에서 열린 '김석범 문학 심포지엄' 기조
강연, 출국 날 오전, 동국대 강연. 센다이 시절과 포장마차 등
의 체험을 담은 소설 「소거된 고독」(《스바루》 10월호) 발표. 기
행문 「속(續) 한국행」(《세계》 2017. 12~2018. 1) 발표.

2018년(93세) 장편소설 『과거로부터의 행진: 상·하』(김학동 옮김, 보고사)
한국어판 발간. 기행문 「속·속 한국행」(《세계》, 7~8월호) 발
표. 제주4·3평화재단의 초청으로 제주4·3 70주년 추도식과
광화문 광장에서 열린 문화제에 참가함.

2019년(94세) 평론 선집 『김석범 평론집 I: 문학·언어론』(明石書店) 발간.

2020년(95세) 『화산도』 속편에 해당하는 장편소설 『바다 밑에서』(岩波書
店) 발간. 소설 「보름달 아래 붉은 바다」(《스바루》 7월호), 에
세이 「삶·글쓰기·죽음」(《스바루》 12월호) 발표. 6월, 갑작스
러운 심장 질환으로 수술 후 보름 가까이 입원한 동안 들었던
생각을 적음.

2021년(96세) 한글 「화산도」를 포함해 한글로 발표된 작품을 묶은 소설집
『혼백』(김동윤 엮음, 보고사) 발간.

2022년(97세) 소설 「땅의 동통」을 《스바루》 5~6월호에 발표. 신작을 모은
소설집 『보름달 아래 붉은 바다』(CUON) 발간. 평론집 『언어의
굴레』(오은영 옮김, 보고사) 한국어판 발간. 일본어판 제목은
『ことばの呪縛』임. 소설 「만덕유령기담」, 「유방이 없는 여자」,
「1949년 무렵일지로부터 ─〈죽음의 산〉의 한 구절에서」가 수

록된 소설집 『만덕유령기담』(조수일·고은경 옮김, 보고사) 한
국어판 간행. 소설집 『신편 까마귀의 죽음』(CUON) 출간. 산문
「꿈이 가라앉은 바닥의 『화산도』」(《세계》 11월호) 발표.

2023년(98세)　　장편소설 『바다 밑에서』(서은혜 옮김, 도서출판 길) 한국어판,
평론 선집 『김석범 평론집 II: 사상·역사론』(明石書店), 기행
문집 『귀문(鬼門)으로서의 한국행 ――『화산도』에 이르는 길』
(三元社) 출간. 제주문학관에서 4·3문학 특별전과 국제문학
포럼 '김석범과 김시종 ―― 불온한 혁명, 미완의 꿈'이 4~6월
에 전시·개최됨.

2024년(99세)　　제주 MBC 특집 다큐멘터리 「화산도 4·3의 기억」이 방영됨.
소설 「명순과 기준」(《스바루》 2월호), 「만덕의 유령」(《스바루》
8월호) 발표.

2025년(100세)　　『보름달 아래 붉은 바다』(조수일 옮김, 소명출판) 한국어판 출
판, 서문 집필. 8월 27일, 광운대에서 '김석범 탄신 100주년
문학 학술 포럼: 김석범의 문학 세계, 아시아의 반전 평화와
세계문학'이 열림. 9월, 대산문화재단이 주관하는 '탄생 100주
년 문학인 기념문학제'에 김석범을 포함해 100주년을 맞이하
는 문인들을 조명하는 행사가 열림. 이 행사의 일부로 저녁에
는 김석범 문학을 소재로 낭독극이 진행됨. 10월 2일, 만 100
세를 맞이함. 100세 직후에 출간된 《스바루》 11월호에 신작 소
설 「골고다 언덕의 게릴라」가 발표됨.

김석범 작품 연보[2]

발표일	분류	제목	발표지
1951. 3	논문	예술과 이데올로기 (芸術とイデオロギー): 『金石範 評論集 I: 文学·言語論』 (2019, 明石書店)에 수록됨	교토대 문학부 미학과 졸업논문
1951. 12	소설	1949년 무렵의 일지로부터 —「죽음의 산」의 한 구절에서 (1949年頃の日誌より —「死の山」の一節より)	朝鮮評論 창간호
1953. 5	소설	밤 국수(夜なきそば)	文学報
1957. 8	소설	간수 박서방(看守朴書房)	文芸首都
1957. 12	소설	까마귀의 죽음(鴉の死)	상동
1958. 11	소설	이제부터(これから)	상동
1960. 4	소설	똥과 자유와(糞と自由と)	상동
1961. 12	한글 소설	꿩 사냥	조선신보
1962. 5	소설	관덕정(觀德亭)	文化評論
1962. 10	한글 소설	혼백	문학예술
1963. 3	평론	비판정신(批判精神)	상동

2) 이 작품 연보는 단행본과 주요 작품을 중심으로 작성된 것임.

발표일	분류	제목	발표지
1964. 7	평론	큰 분노를 조용한 행진으로 (大きな怒りを静かな行進に)	文化評論
1964. 9	한글 소설	어느 한 부두에서	문학예술
1964. 10. 10	대담	문학과 정치(文学と政治): 소설가 김달수와의 대담	朝日ジャーナル (아사히저널)
1965. 5 ~1967. 6	한글 소설 연재	화산도	문학예술
1967. 9	소설집	까마귀의 죽음(鴉の死)	新興書房
1968. 2. 26	평론	라이플총 사건을 떠올리며 (ライフル銃事件を思う)	京都新聞
1969. 2. 16. ~3. 16	산문	한 재일조선인의 독백 (一在日朝鮮人の独白)	朝日ジャーナル
1969. 8	소설	허몽담(虚夢譚)	世界
1970. 4	대담	고향 제주도(ふるさと済州島): 이즈미 세이이치(泉靖一)와의 대담	상동
1970. 9	평론	언어와 자유 ― 일본어로 쓴다는 것(言語と自由 ― 日本語で書くということ)	人間として 3
1970. 11	대담	일본어로 쓴다는 것에 대해서 (日本語で書くことについて): 김석범, 이회성, 오에 겐자부로 3인 대담	文學
1970. 12	소설	만덕유령기담(万德幽霊奇譚)	人間として 4
1971. 4	소설	장화(長靴)	世界
1971. 5. 10	평론	제주도에 대하여 ― 4·3사건의	朝日新聞

발표일	분류	제목	발표지
		참극을 생각하며(済州島のこと ―四・三事件の惨劇に思う)	
1971. 7	평론	「왜 일본어로 쓰는가」에 대하여 (「なぜ日本語で書くか」について)	文学的立場 5
1971. 8	평론	민족의 자립과 인간의 자립 (民族の自立と人間の自立)	展望
1971. 8. 30 ～9. 1	평론	남북 조선적십자의 접촉을 회상하다(南北朝鮮赤十字の接触に思う)	北海タイムス
1971. 9	평론	먼곳에서 온 사람(遠來の人)	人間として 7
1971. 10	소설집	신장판 까마귀의 죽음 (新装版 鴉の死)	講談社
1971. 11	평론	제주도와 베트남 (済州島とベトナム)	学生通信
1971. 11	소설	밤(夜)	文學界
1971. 11	장편소설	만덕유령기담	筑摩書房
1971. 12	소설	고향(故郷)	人間として 8
1972. 1. 12	평론	나에게 국가란(私に国家とは)	信濃毎日新聞
1972. 2	평론	'재일조선인문학'과 이회성 (「在日朝鮮人文学」と李恢成)	『新鋭作家双書李 恢成集』(河出書房) 해설
1972. 2	평론	김사량에 대하여―언어의 측면에서(金史良について ―ことばの側面から)	文学
1972. 2. 14	평론	「재일조선인문학」의 확립은 가능한가(「在日朝鮮人文学」の確立は可能か)	週刊読書人

발표일	분류	제목	발표지
1972. 2. 23	평론	안우식『김사량─그 저항의 생애』(安宇植『金史良─その抵抗の生涯)	每日新聞
1972. 3	평론	물에 빠진 개를 때리는 것 (水に落ちた犬を打つこと)	海
1972. 4. 3	평론	이회성『다듬질하는 여인』 (李恢成「砧をうつ女)	東京新聞
1972. 4	평론	오다 마코토에 대하여 (小田実のこと)	現代日本文学大系 第84卷(月報, 筑摩書房)
1972. 4	평론	재일조선인에 있어서의 민족적 것(在日朝鮮人における民族的なもの): 3·1조선독립운동 기념집회 기념강연 원고	『口あるものは語る』 (筑摩書房)
1972. 5	소설	등록 도둑(トーロク泥棒)	文學界
1972. 6	평론	김지하와 재일조선인문학자 (キム·ジハと在日朝鮮人文学者)	展望
1972. 7	평론집	언어의 주박─「재일조선인문학」과 일본어(ことばの呪縛─「在日朝鮮人文学」と日本語)	筑摩書房
1972. 7. 11	평론	조선통일을 위한 공동성명에 접하고─울고 싶을 만큼의 기쁨 (朝鮮統一のための共同声明に接して─泣きたいほどの喜び)	京都新聞
1972. 9	소설	방황(彷徨)	人間として 11

발표일	분류	제목	발표지
1972. 9	평론	처형(處刑)	展望
1972. 9. 8	평론	자신의 소설을 쓰는 것 (自分の小説を書くこと)	朝日ジャーナル
1972. 10. 13	평론	고발을 넘어서는 것 (告發を越えるもの)	サンケイ新聞
1972. 10. 21	평론	작은 책(小さな本)	出版ダイジェスト
1972. 11	산문	어떤 부고(ある訃報)	文學界
1972. 12	평론	사라져 버린 역사 (消えてしまった歷史)	人間として 12
1972. 12	평론	거리감(距離感)	展望
1972. 12	평론	언어, 보편으로 가는 가교를 놓는 것(ことば, 普遍への架橋をするもの)	群像
1973. 1. 1	평론	아프리카 대륙의 생생한 맨살 (アフリカ大陸の生の地肌)	朝日ジャーナル
1973. 1	평론	위조된 조선사 (僞造された朝鮮史)	考える高校生
1973. 2. 10	수필	'이카이노' 소멸에 대하여 (「猪飼野」消滅について)	大阪朝日新聞
1973. 3	평론	나에게 있어서 언어란 (私にとってのことば)	早稲田文学
1973. 3	평론	재일조선인 문필가에 대하여 (在日朝鮮人文筆家のことについて)	展望
1973. 3. 30	서평	유머에 지탱된 고뇌 (ユーモアに支えられた苦渋)	朝日ジャーナル
1973. 6	소설	이훈장(李訓長)	文學界

발표일	분류	제목	발표지
1973. 7	평론	나에게 있어서의 허구 (私にとっての虛構: 발표 당시의 원제는「民族·ことば·文学」と私)	季刊文芸·教育 10
1973. 7	소설	출발(出發)	文藝展望 2
1973. 8. 22	수필	우울한 여름(憂鬱な夏)	每日新聞
1973. 10	소설집	밤(夜)	文藝春秋
1973. 12	소설	사기꾼(詐欺師)	群像
1973. 12	소설집	까마귀의 죽음(鴉の死)	講談社 文庫版
1974. 1	평론	전후의 김사량 작품 (戰後における金史良の作品)	『金史良全集』 第三卷 解題
1974. 2	평론	「까마귀의 죽음」이 세상에 나오기까지(「鴉の死」が世に出るまで)	部落解放 51
1974. 3	평론	어떤 질문(ある質問)	新日本文学
1974. 3	평론	어떤 원고에 관한 이야기 (ある原稿のこと)	『野間宏全集』 (筑摩書房) 月報
1974. 4	소설	밤의 목소리(夜の声)	文芸
1974. 4	장편	1945년 여름(1945年夏)	筑摩書房
1974. 5	소설	길 위에서(途上)	海(中央公論社)
1974. 5	평론	『1945년 여름』의 주변 (『1945年夏』の周辺)	新刊ニュース
1974. 6. 2	평론	침묵하는 한국의 민중 (沈默する韓国の民衆)	週刊ポスト
1974. 7	평론	'재일조선인문학'에 대하여 (「在日朝鮮人文学について)	新日本文学
1974. 7	평론	제주4·3사건과 이덕구	歷史と人物

발표일	분류	제목	발표지
		(済州島四·三事件と李德九)	
1974. 7	평론	말하라, 말하라, 갈기갈기 찢긴 몸으로(語れ, 語れ, ひき裂かれた体で)	中央公論
1974. 7. 9	평론	문학에서의 저항이란 무엇인가 (文学における'抵抗'とは何か)	東京新聞
1974. 7	소설집	사기꾼(詐欺師)	講談社
1974. 7. 13	평론	공포로는 인간을 지배할 수 없다(恐怖で人間を支配できない)	週刊読売
1974. 7. 26.	평론	김지하 씨와 그들의 수난을 생각하다(金芝河氏らの受難に思う)	毎日新聞
1974. 8	평론	멀리서 들려오는 개 짖는 소리 (犬の遠吠え)	文學界
1974. 8. 4	평론	용서할 수 없는 펜 대표의 궤변 (許せぬぺん代表の詭弁)	信濃毎日新聞
1974. 10	평론	새로운 연대감을 낳은 날 (新しい連帯感を生んだ日)	月刊エコノミスト
1974. 11	평론	서른 번째 맞는 8·15 (三十年目の八·十五)	상동
1974. 11	평론	박 정권과 테러리즘 (朴政権とテロリズム)	中央公論
1974. 12	평론	나의 허구를 떠받치는 것 — 왜 '제주도'를 쓰는가 (わが虚構を支えるもの —なぜ「済州島」を書くか)	月刊エコノミスト
1975. 1	평론	'소화50년'에 대해	流動

발표일	분류	제목	발표지
		(「昭和五十年」について)	
1975. 2	평론	옛날이야기 ― 달래나 보지 고개의 남매(昔話 ― タルネナボジ峠の姉弟)	文藝春秋デラックス
1975. 2	평론	당파를 싫어하면서도 당파적이라는 것 (党派ぎらいの党派的ということ)	季刊 三千里 1
1975. 2. 20	평론	《삼천리》 발간에 대해 (《三千里》 發刊について)	朝日新聞
1975. 4	평론	내가 싫어하는 말 '대신' (私の嫌いことば「大臣」)	思想の科学
1975. 4	평론집	입 있는 자는 이야기하라 (口あるものは語る)	筑摩書房
1975. 5	소설	소낙비(驟雨)	季刊 三千里 2
1975. 8	평론	'마당'의 질문에 답하다 ― 제주 4·3 무장봉기에 대하여 (『まだん』の質問に答える ― 済州四·三武装蜂起について)	季刊 三千里 3
1975. 가을	평론	누군가가 쓴다(誰かが書く)	小說歷史
1975. 9	소설	남겨진 기억(遺された記憶)	文藝
1975. 10. 14	평론	6가 크롬 재해를 생각하며 (六価クロム禍ニ思う)	エコノミスト
1975. 11	평론	김지하 「양심 선언」을 읽고 (金芝河 「良心宣言」を読んで)	季刊 三千里 4
1976. 1	수필	나의 술에 대한 도리	酒

발표일	분류	제목	발표지
		(わが「酒徳」なるもの)	
1976. 1	평론	'한'과 '양심선언' (「恨」と「良心宣言」)	『金芝河』(三一書房)
1976. 2	평론	슬픔의 절규에 대하여 (哀号について)	季刊 三千里 5
1976. 2	평론	그리움을 거부하는 것 (「懐しさ」を拒否するもの)	『小林勝作品集 第 5卷』 해설
1976. 2 ~1981. 8	소설 연재	해소(海嘯)(나중에 「화산도」로 제목이 바뀜)	文學界
1976. 봄	평론	김지하, 그리고 일본 (金芝河, そして日本)	解放教育
1976. 7	평론	내 소설의 주변(私の小説の周辺)	君狼
1976. 8	평론	재일조선인문학 (在日朝鮮人文学)	『岩波講座 文学』 第八卷「表現の方 法 5」
1976. 10	평론	일본어로 '조선'을 쓸 수 있을까 (日本語で「朝鮮」が書けるか)	言語
1976. 가을	평론	어떤 전화(ある電話)	文芸展望
1976. 11	소설	우아한 유혹(優雅な誘い)	文藝
1976. 11	평론집	민족·언어·문학 (民族·ことば·文学)	創樹社
1976. 12	산문	나의 원풍경 — 제주도 (私の原風景 — 済州島)	すばる
1977. 1	소설집	남겨진 기억(遺された記憶)	河出書房新社
1977. 2. 15	평론	재일 조선 청년의 인간 선언	週間 エコノミスト

발표일	분류	제목	발표지
		(在日朝鮮靑年の人間宣言)	
1977. 5	평론	언어의 자립(ことばの自立)	季刊 三千里 10
1977. 8. 10	평론	'재일'의 허구(「在日」の虛構)	朝日新聞
1978. 7	장편소설	만덕 이야기(マンドギ物語)	筑摩書房
1978. 8	소설	여름 장례식(夏の葬式)	季刊 三千里 15
1978. 8	소설	지존의 아들(至尊の息子)	すばる
1978. 11	소설	결혼식 날(結婚式の日)	季刊 三千里 16
1979. 2	평론	김시종 『이카이노 시집』 (金時鐘『猪飼野詩集』)	季刊 三千里 17
1979. 5	평론	'재일'이란 무엇인가 (「在日」とはなにか)	季刊 三千里 18
1979. 8	소설	왕생이문(往生異聞)	すばる
1979. 8	평론	박수남 편 『이진우 전 서간집』 (朴寿南編『李珍宇全書簡集』)	季刊 三千里 19
1979. 11	평론	「민족허무주의의 소산」에 대하여(「民族虛無主義の所産」について)	季刊 三千里 20
1979. 11	소설집	왕생이문(往生異聞)	集英社
1979. 12. 15	수필	다무라 씨의 장정 (田村さんの裝幀)	くじゃく通信
1980. 4	평론	영화 「유랑 엔예인의 기록」에 대해(映画「旅芸人の記録」のこと)	すばる
1980. 5	평론	「태백산맥」 속편을 (「太白山脈」続編を)	『金達寿小説全集 第七拳』月報 (筑摩書房)
1980. 5	평론	일본어의 주박(日本語の呪縛)	言語生活

발표일	분류	제목	발표지
1980. 5	평론	이제부터 어떻게 해야 할까 ("これからどうすればよいか")	季刊 三千里 22
1980. 8	평론	광주학살을 생각한다 (光州虐殺に思う)	季刊 三千里 23
1981	평론	재일조선인문학을 둘러싸고 (在日朝鮮人文学をめぐって)	朝鮮人 19
1981. 1	소설	제사장이 없는 제사 (祭司なき祭り)	すばる
1981. 2	평론	차별, 잡감(差別, 雜感)	季刊 三千里 25
1981. 6	장편소설	제사장이 없는 제사 (祭司なき祭り)	集英社
1981. 11	소설	유방이 없는 여자(乳房のない女)	文学的立場 5월
1981. 12	평론집	'재일'의 사상(「在日」の思想)	筑摩書房
1982. 1	소설	유명(죽은 자)의 초상 (幽冥の肖像)	文芸
1982. 8	소설	취몽의 계절(醉夢の季節)	海
1982. 10	소설집	유명의 초상(幽冥の肖像)	筑摩書房
1983. 6~9	대하소설	화산도(火山島) 1부 (1~3)	文藝春秋
1983	평론	제주도를 생각하다 (済州島を思う)	朝鮮·モンゴル (講談社)
1984. 3	평론	밑바닥(「どん底」)	すばる
1984. 4	평론	변하지 않은 것 (変わっていないこと)	世界
1984. 4	번역	현기영 작가의 소설 「순이 삼촌」과 「해룡 이야기」	海(中央公論社)

발표일	분류	제목	발표지
		일본어 번역 수록	
1984. 4	평론	현기영에 대해(玄基榮について)	海
1984. 7	소설	가위눌린 세월(金縛りの歳月)	すばる
1984. 9	평론	'조선'과 교과서검정의 관점 (「朝鮮」と教科書檢定の観点)	世界
1984. 12	수필	지난 일 년(この一年)	文學界
1985. 1. 9	수필	고향 제주도 근해를 날다 (ふるさと済州島近海を飛ぶ)	朝日新聞
1985. 6	평론	「까마귀의 죽음」과『화산도』 (「鴉の死」と『火山島』)	IN・POCKET (講 談社)
1985. 7	수필	오래 살아야 한다 (長生きせねば……)	歷史批判 창간호
1985. 7	소설	귀로(帰途)	世界
1985. 7. 1	수필	제주도와 나(済州島と私)	耽羅研究通信 2
1985. 9. 10	평론	전후사 속의 나 — 가슴 아픈 조국 조선의 분단 (戰後史のなかの私 — 心痛む祖国朝鮮の分断)	時事通信配信
1985. 10	평론	지문 날인과 경찰 (指紋押捺と警察)	葦牙
1985. 11	평론	지문 날인 문제(指紋押捺のこと)	海燕
1985. 11	평론	의견서(意見書)	『ロン藤好指紋拒 否裁判』公判資料3
1985. 12	평론	이래 봬도 페미니스트가 되고 싶은 마음(これでもフェミニスト願望)	早稲田文学

발표일	분류	제목	발표지
1985. 12	소설	고향 하늘을 유람한 기록 (鄕天遊記)	すばる
1985. 12. 10	평론	나이면서 내가 아닌 — 지문 날인을 거부하며 (私であって私ではない — 指紋押捺を拒否して)	朝日新聞
1986. 6 ~1995. 2	소설 연재	화산도(2부) 연재	文學界
1986. 9	소설집	가위눌린 세월	集英社
1987. 8. 17. ~27	평론	일의 주변(しごとの周辺)	朝日新聞
1988. 1	평론	'6월혁명'의 불꽃은 꺼지지 않는다(「六月革命の火は消えない」)	朝日ジャーナル
1988. 2. 29	평론	'제주도 사건' 40주년 (「済州島事件」四十周年)	読売新聞
1988. 3. 29	평론	제주도 4·3사건, 획기적인 40주년(済州島四·三事件, 画期的な四十周年)	朝日新聞
1988. 4	평론	왜 4·3사건에 천착하는가 (なぜ「四·三事件」にこだわるのか), 제주도4·3 40주년 추도 기념 강연문	『済州島「四·三事 件」とは何か』(新 幹社)
1988. 5	소설집	까마귀의 죽음(한국어판)	소나무
1988. 6	대하소설	화산도(1부: 1~5권, 한국어판)	실천문학사
1988. 6	평론	『화산도』에 대하여 (『火山島』について)	실천문학

발표일	분류	제목	발표지
1988. 6	번역 출간	까마귀의 죽음 (『當代世界小說家讀本』 31권, 台北): 중국어 번역본	光復書局
1988. 8	평론	금서 『화산도』(禁書·『火山島』)	群像
1988. 9	평론	금서, 그 후(禁書, その後)	文學界
1988. 9	수필	다무라 씨 이야기 (田村さんのこと)	本·田村義也の 仕事
1988. 11	평론	재일로 산다는 것 (在日を生きること)	「ひと」の権利 (関西大学)
1989. 1. 12	평론	침략의 전후 처리가 되지 않은 채(侵略の戰後処理ないまま)	共同通信配信
1989. 1. 25	평론	침략의 아픔이 느껴지지 않는 칙서(侵略の痛み感じられぬ詔書)	朝日ジャーナル 緊 緊急増刊号
1989. 5	기행문	42년 만의 한국, 나는 울었다 (42年ぶりの韓国, 私は泣いた)	文藝春秋
1989. 9~12	기행문	현기증 속의 고국 (眩暈のなか故国)	世界
1989. 10. 22	평론	보이지 않는 힘에 이끌려 쓴 집대성의 장편(見えざる力が書 かす集大成としての長篇)	朝日新聞
1989. 12. 7	평론	적어도 판문점으로 가는 길 하나만이라도(せめて板門店の道一本を)	東京新聞
1990. 1. 24	평론	'조선' 배척 사상은 여전히 (「朝鮮」排斥の思想なお)	北海道新聞
1990. 8	평론집	고국행(故国行)	岩波書店

발표일	분류	제목	발표지
1991. 2. 18	평론	시인이 고통받는 사회 (詩人が苦しむ社会)	朝日新聞
1991. 4	평론	권력은 스스로의 정체를 폭로한다(権力は自らの正体を暴く)	世界
1991. 4	소설	꿈, 풀이 우거지다(夢, 草深し)	群像
1991. 8	소설집	만덕유령기담·사기꾼 (万徳幽霊奇譚·詐欺師)	講談社 文芸文庫
1991. 9	수필	베토벤에 관해 한마디 (ベートーヴェンについて一言)	音楽鑑賞教育
1991. 10	평론	예술과 정치(芸術と政治)	群像
1991. 12	평론	고국 재방문, 이루지 못하다 (故国再訪, 成らず)	文學界
1992. 2	평론	고국으로의 질문 (1) 재방문을 거부당하고 (故国への問い (1) 再訪を拒まれて)	世界
1992. 6 ~1993. 2	평론	고국으로의 질문 (2) '친일'에 대하여 (故国への問い (2) 「親日」について)	상동
1992. 7	수필	조사 — 이양지에게 (弔辞—李良枝へ)	群像
1992. 9	평론	캄보디아 다음에는 어디로 갈 것인가(カンボジアの次はどこへ行く)	季刊シリウス
1993.6	수필	술에 대하여(酒について)	群像
1993. 7	평론집	전향과 친일파(転向と親日派)	岩波書店
1993. 9	소설	작렬하는 어둠(炸裂する闇)	すばる

발표일	분류	제목	발표지
1994. 2	소설	지렛대와 코마(テコとコマ)	상동
1994. 10	평론	김일성의 죽음, 그 밖의 것들 (金日成の死, その他)	文學界
1994. 12	소설	빛의 동굴(光の洞窟)	群像
1995. 2	소설	「화산도」 연재 종료	文學界
1995. 6	소설집	꿈, 풀이 우거지다(夢, 草深し)	講談社
1995. 12	소설	누런 해, 하얀 달 (黃色き陽, 白き月)	群像
1996. 6	소설집	땅 그림자(地の影)	集英社
1996. 8	대하소설	화산도 4권	文藝春秋
1996. 10	소설	외딴 숲(離れた森)	群像
1996. 11	대하소설	화산도 5권	文藝春秋
1997. 2	대하소설	화산도 6권	상동
1997. 9	대하소설	화산도 7권, 화산도 완간	상동
1997. 2 · 4	기행문	다시 한국, 다시 제주도 —『화산도』에 이르는 길 (再びの韓国, 再びの済州島 —『火山島』への道)	世界
1997. 10	평론	『화산도』를 끝내고 나서 (『火山島』を完結して)	朝日新聞
1998. 4	평론	『화산도』의 독자들 (『火山島』の読者たち)	別冊 文藝春秋
1998. 5	대담	제주도 4 · 3사건 50주년에, 반세기를 되돌아보며 (濟州道四 · 三事件50周年に,	새누리(セヌリ) 29

발표일	분류	제목	발표지
		半世紀を振り返って): 김석범·김시종 대담	
1998. 5	평론	망각은 되살아나는가 ― '중얼거림의 정치사상'에 대한 단상(忘却は蘇るか ― 'つぶやきの政治思想'への斷想)	思想
1998. 10	소설	잡풀 무성한 애기 무덤 (紵茂る幼い墓)	群像
1998. 10	평론	지금 '재일'에게 국적이란 무엇인가 ― 이회성에게 보내는 편지(いま,「在日」にとって 「国籍」とは何か ― 李恢成君への手紙)	世界
1998. 12	평론	이토록 어려운 한국행 (かくも難しき韓国行)	群像
1998. 12	평론	재일조선인문학은 일본문학인가 (在日朝鮮人文学は日本文学か)	立教大学 講演文
1999	평론	「국적」과 정신의 황폐 (「國籍」と精神の荒廢): 『金石範 評論集 II: 思想·歷史論』 (2023, 明石書店)에 수록됨)	미발표 원고
1999. 3	평론	지금 '재일 조선인'에게 '국적'이란 무엇인가 ― 이회성에게 보내는 편지 (한국어 번역)	실천문학
1999. 3	평론	문화는 어떻게 국경을 넘는가 (文化はいかに国境を越えるか)	立教アメリカンス タデイーズ 21호
1999. 3	소설집	까마귀의 죽음·꿈, 풀 우거지고	小学館文庫

발표일	분류	제목	발표지
		(鴉の死・夢′草深し)	
1999. 5	평론	「재일」에 있어서 「국적」에 대하여 ― 준통일 국적의 제정을 (「在日」にとつての「國籍」について ― 準統一國籍の制定を)	世界
1999. 11	장편소설	바다 밑에서, 땅 밑에서 (海の底から, 地の底から)	群像
2000. 2	단행본	바다 밑에서, 땅 밑에서	講談社
2000.12	번역 출간	까마귀의 죽음 (小玉クリスティーヌ 옮김): 프랑스어 번역본	ガパリ・ラルマタン社
2001. 4	장편소설	만월(満月)	群像
2001. 4	번역소설	順伊おばさん(순이삼촌)	新幹社(玄基栄 著, 金石範 訳)
2001. 4	평론	『순이 삼촌』 역자 후기 (『順伊おばさん』訳者あとがき)	『順伊おばさん』 (新幹社)
2001. 4	평론	주인공의 성격 창조와 초월성 (主人公の性格創造と超越性)	梁石日 『血と骨』 解説
2001. 5	평론집	신편 「재일」의 사상 (新編 「在日」の思想)	講談社
2001. 8	대담	「왜 제주 4·3사건을 써 왔는가 (済州島4·3事件をなぜ書き続けるか)」: 한국의 현기영 작가와의 대담	世界
2001. 8	장편소설	만월(満月)	講談社
2001. 10	좌담	재일조선인문학 ― 일본어문학과 일본문학(在日朝鮮人文学 ―	すばる

발표일	분류	제목	발표지
		日本語文学と日本文学),	
		참석자: 김석범, 박유하,	
		고모리 요이치, 이노우에 히사시	
2001. 11	기행문	고난의 끝 한국행 (苦難の終りの韓国行)	文學界
2001. 11	대담집	왜 계속 써왔는가 왜 침묵해 왔는가 — 제주도 4·3사건의 기억과 문학 (なぜ書きつづけてきたかなぜ沈黙してきたか —済州島四·三事件の記憶と文学)	平凡社
2002. 2	소설	허몽담(虚夢譚)	講談社 文芸文庫
2002. 5	소설	허일(虚日)	群像
2002. 11	소설· 기행문집	허일(虚日)	講談社
2002. 12	평론	역사는 완수될 것인가 — 한일 국교 정상화에 대하여 (歴史は全うされるか — 日韓国交正常化について)	世界
2003. 4. 12	평론	기억의 부활	동아일보
2004. 1~3	기행문	귀문으로서의 한국행 (鬼門としての韓国行)	文學界
2004. 8	평론집	국경을 넘어서는 것 — 재일의 문학과 정치 (国境を越えるもの —「在日」の文学と政治)	文藝春秋
2004	평론	『동백 바다의 기록』에 나타난	『石牟礼道全集 不

발표일	분류	제목	발표지
		무녀성과 보편성 (『椿の海の記』の巫女性と普遍性)	知火』第4卷 해설
2005. 6	기행문	적이 없는 한국행 (敵のいない韓国行)	**すばる**
2005. 7	연작소설	괴멸 1 — 돼지의 죽음 (壊滅 1 — 豚の死)	상동
2005. 9	작품집	김석범 작품집 1 (金石範作品集 I)	平凡社
2005. 10	연작소설	괴멸 2 — 이방근의 죽음 (壊滅 2 — 李芳根の死)	**すばる**
2005. 10	작품집	김석범 작품집 2 (金石範作品集 II)	平凡社
2006. 1	연작소설	괴멸 3 — 부서진 꿈 (壊滅 3 — 割れた夢)	**すばる**
2006. 4	연작소설	괴멸 4 — 하얀 태양 (壊滅 4 — 白い太陽)	상동
2006. 5	문학 선집	재일 문학전집 김석범 (在日 文学全集 金石範)	勉誠出版
2006. 7	연작소설	괴멸 5 — 방근 오빠 (壊滅 5 — バンゲンオッパア)	**すばる**
2006. 11	장편소설	땅속의 태양(地底の太陽)	集英社
2007. 1	기행문	자유로운 한국행(自由な韓国行)	**すばる**
2007. 11	대담집	왜 계속 써 왔는가 왜 침묵해 왔는가(한국어판)	제주대 출판부
2007. 12	평론	왜 일본語문학이냐	창작과비평

발표일	분류	제목	발표지
2008. 2	기행문	나는 보았다, 4·3 학살의 유해들을(私は見た, 四·三虐殺の遺骸たちを)	すばる
2008. 7	기행문	슬픔으로부터의 자유가 주는 기쁨(悲しみの自由の喜び)	상동
2009. 4	평론	문학적 상상력과 보편성 (文学的想像力と普遍性)	『異郷の日本語』, 社会評論社
2010. 4	인터뷰집	김석범『화산도』소설 세계를 말하다(金石範『火山島』小説世界を語る) 인터뷰어: 아다치 후미토, 코다마 미키오	右文書院
2010. 10	장편소설	죽은 자는 지상에(死者は地上に)	岩波書店
2012. 3	장편소설	과거로부터의 행진 (過去からの行進: 上·下)	상동
2014. 2	소설	땅 밑에서(地の底から)	すばる
2015. 4. 1	강연문	4·3의 해방(제1회 제주 4·3평화상 수상 기념)	『金石範 評論集 II: 思想·歷史論』(2023, 明石書店)
2015. 4	대담집	증보판 왜 계속 써왔는가 왜 침묵해 왔는가	平凡社
2015. 6	평론	일본어문학과 역사성 (日本語文学と歷史性)	跨境
2015. 10	대하소설	화산도 1~2권(オンデマンド版)	岩波書店
2015. 10	대하소설	화산도 1~12권(한국어판)	보고사
2015. 11	소설집	까마귀의 죽음(한국어판 재발간)	각
2016. 1	소설	아직 끝나지 않은 삶	すばる

발표일	분류	제목	발표지
		(終っていなかった生)	
2016. 2～3	기행문	마지막 한국행(終わりの韓国行)	世界
2016. 4	대담	『화산도』의 "최현재"(『火山島』의 "最現在"): 대담자: 김석범, 고모리 요이치	すばる
2016. 10 ～2019. 4	연재소설	바다 밑에서(海の底から) 연재 시작(『화산도』 속편에 해당하는 작품)	世界
2016. 12	평론	조선을 주제로 했으니 보편성이 없다(朝鮮がテーマだからフヘン性がない)	抗路
2017. 4	장편소설	1945년 여름(한국어판)	보고사
2017. 9	강연문	『화산도』와 나 ― 보편성에 이르는 길 (제1회 이호철통일로 문학상 기념 심포지엄 기조강연문)	『金石範 評論集 I: 文学·言語論』 (2019, 明石書店) 에 일본어 번역문 수록
2017. 9. 17	강연문	해방공간의 역사적 재심을 ― 해방공간은 반통일·분단의 역사 형성기(제1회 이호철 통일로문학상 수상 기념 강연문)	상동
2017. 10	소설	소거된 고독(消された孤独)	すばる
2017. 12 ～2018. 1	기행문	속 한국행(続·韓国行)	世界
2018. 3～4	평론	기억은 생명이다 ― 기억의 죽음과 부활	가톨릭평론

발표일	분류	제목	발표지
2018. 4	장편소설	과거로부터의 행진(상·하) (한국어판)	보고사
2018. 4	평론	김시종의 문체에 관한 것 등 (金時鐘の文体のことなど)	『金時鐘 コレクション』 第8卷 해설
2018. 7~8	기행문	속·속 한국행(続·続韓国行)	世界
2019. 4	연재소설	바다 밑에서(海の底から) 연재 마지막 회	상동
2019. 6	평론집	김석범 평론집 I: 문학·언어론 (金石範 評論集 II: 文学·言語論)	明石書店
2019. 7	대담	지배받지 않고, 지배하지 않고 ─ 전체소설의 새로운 지평으로 (支配されず, 支配せず ─ 全体小説の新たな地坪へ) 대담자: 김석범, 세키 마사노리	世界
2020. 2	장편소설	바다 밑에서(海の底から)	岩波書店
2020. 7	소설	보름달 아래 붉은 바다 (満月の下の赤い海)	すばる
2020. 12	에세이	삶·글쓰기·죽음(生·作·死)	상동
2021. 9	소설집	혼백 (한글소설)	보고사
2022. 5~6	소설	땅의 통증(地の疼き)	すばる
2022. 7	소설집	보름달 아래 붉은 바다 (満月の下の赤い海)	CUON
2022. 9	평론집	언어의 굴레(한국어판): 원제는 언어의 주박(ことばの呪縛)	보고사

발표일	분류	제목	발표지
2022. 11	산문	꿈이 가라앉은 바닥의 『화산도』 世界 (夢の沈んだ底の『火山島』)	
2022. 12	소설집	만덕유령기담(한국어판)	보고사
2022. 12	소설집	신편 까마귀의 죽음 (新編 鴉の死)	CUON
2023. 4	장편소설	바다 밑에서(한국어판)	도서출판 길
2023. 6	산문	속 꿈이 가라앉은 바닥의 『화산도』(続 夢の沈んだ底の『火山島』)	世界
2023. 7	평론집	김석범 평론집 II: 사상·역사론 (金石範 評論集 II: 思想·歷史論)	明石書店
2023. 9	기행문집	귀문으로서의 한국행 ―『화산도』에 이르는 길 (鬼門としての韓国行―『火山島』への道)	三元社
2024. 2	소설	명순과 기준(ミョンスンとギジュン)	**すばる**
2024. 8	소설	만덕의 유령(マンドギのユーレイ)	상동
2025. 8	소설집	보름달 아래 붉은 바다 (한국어판)	소명출판
2025. 11	소설	골고다 언덕의 게릴라 (ゴルゴタの丘のゲルラ)	**すばる**

작성자 권성우 숙명여대 교수

박용래 시의 낭만성, 그 기원과 형식

이경수 | 중앙대 교수, 문학평론가

1 서론

박용래 시인은 1925년 충남 강경에서 태어나 강경상업학교를 졸업하고 조선은행에 입사한 후에 대전과 인연이 시작되었다. 고향 가까운 대전에 조선은행 지점이 생기면서 그곳으로 옮겨 갔고 이후 대전 지역의 시인들과 어울리면서 《동백》지를 창간하는 등 시작 활동을 하게 되었다. 시작에 전 념하기 위해 조선은행을 사직한 후 대전 지역에서 교직에 종사하기도 했으 나 전업 시인으로 산 세월이 길었다. 1955년 《현대문학》 6월호에 「가을의 노래」, 1956년 1월호에 「황토길」, 4월호에 「땅」이 박두진 시인에게 추천되 어 시단에 나왔다. 1969년 첫 시집 『싸락눈』을 간행하고 이듬해 제1회 현 대시학작품상을 받으며 시단의 주목을 한몸에 받았다. 1975년에 두 번째 시집 『강아지풀』, 1979년에 세 번째 시집 『백발의 꽃대궁』을 출간하며 대 전을 대표하는 시인으로 자리 잡았다. 1980년 11월 심장마비로 작고할 때

까지 대전 지역에서 살았다.[1)]

박용래 시인 탄생 100주년을 맞이해 박용래 시인이 주로 활동했던 대전 지역에 있는 대전문학관에서 '눈물의 시인 박용래' 특별전이 열렸다. 이처럼 박용래 시인이나 시를 떠올릴 때 흔히 붙는 수식어가 '눈물의 시인'이다.[2)] 그의 시에 자리하고 있는 슬픔이 박용래 시를 대표하는 상징성을 얻은 것이겠지만 그럼에도 박용래를 유독 '눈물의 시인'이라 일컫는 까닭이 있을 것이다. 이 글은 박용래 시의 낭만성이 그를 '눈물의 시인'으로 일컫게 한 이유라고 보면서 박용래의 낭만성의 기원을 탐색해 보고자 한다. 박용래 시의 낭만성을 부정할 연구자나 독자는 없을 것 같지만 그 낭만성의 기원과 형식에 대한 탐구가 충분히 이루어졌다는 생각은 들지 않는다.[3)] 그런 점에서 '눈물의 시인'이라는 수식어가 잘 어울리는 박용래의 시에 나타난 낭만성의 기원과 형식을 본격적으로 탐색해 보고자 한다.

박용래 시의 낭만성은 어디에서 온 것일까? 이런 질문을 던지면서 시작하는 이 글은 박용래의 편지에서 나타나는 다정함의 정동, 박용래 시에 자주 등장하는 눈과 비가 형성하는 낭만적 상상력, 그리고 박용래 시에 나타난 고향의 유토피아를 살펴봄으로써 그 낭만성의 기원과 형식을 밝혀 보고자 한다.

---

1) 박용래의 생애에 대한 자세한 내용은 고형진, 『박용래 평전』(문학동네, 2022)을 참고.

2) 박용래 시의 눈물이나 울음, 슬픔의 정조에 주목한 연구로는 다음의 연구들이 있다. 이문구, 「박용래 약전」, 『(박용래 시 전집) 먼 바다』(창작과비평사, 1984); 김재홍, 「전원상징과 낙하의 상상력 — 박용래」, 『한국 현대시인 비판』(시와시학사, 1994), 482~492쪽; 이경애, 「박용래 시의 생명 지향성 연구」, 《한국언어문학》61, 한국언어문학회, 2007. 6, 253~277쪽; 김낙현, 「박용래 시의 자연물과 시 세계의 원천」, 《한국문학이론과비평》24(2), 한국문학이론과비평학회, 2020. 5, 31~53쪽; 신익선, 「박용래 시에 나타난 울음의 변용 양상 고찰」, 《현대문학이론연구》84, 현대문학이론학회, 2021. 3, 69~92쪽.

3) 라기주는 박용래 시의 주된 정조를 낭만적 서정성으로 보고 박용래의 시에 '먼 곳', '먼 과거'의 기억을 상상력과 결합하는 특성이 나타난다고 보면서 '꽃'과 '달'을 중심으로 박용래 시의 낭만적 상상력을 살펴보았다. 라기주, 「박용래 시의 낭만적 상상력 연구」, 《한국문예비평연구》52, 한국현대문예비평학회, 2016. 12, 123~152쪽.

2 서간문의 형식과 다정함의 정동

먼저 박용래 문학의 기원으로서 편지 형식에 주목하고자 한다. 박용래 시의 낭만성은 삶과 시가 연동되어 있는 데서 발생하는데, 다정함[4]의 정동이야말로 그의 낭만성의 핵심을 형성한다고 이 글에서는 본다. "정동은 많은 점에서 힘 또는 힘들의 마주침과 동의어"[5]로 "행위하는 능력과 행위를 받는 능력의 한가운데서 발생"[6]한다. 이 글에서는 다정함을 공동체의 관계에서 발생하는 태도로 보되, 타자에 대한 공감 능력을 지닌 긍정적인 태도로 주목하고자 한다. 특히 최근의 한국문학에서 타자에 대한 무해하고 다정한 태도가 주목받고 있기도 한데 이러한 태도를 일찍이 보인 시인으로 박용래를 주목하고자 한다. 니콜 칼리스는 이타심이 경청과 공감으로부터 시작되고 다정함은 그런 점에서 힘이 세다고 주장한다.[7] 그 다정함의 정동이 가장 잘 발현되어 나타나는 것이 박용래가 많은 지인들과 가족에게 보낸 편지이다. 시인들끼리 혹은 지인들과 편지를 주고받거나 가족에게 편지를 보내는 일은 박용래가 활동했을 당시 시인들에게는 흔한 풍경이라고 볼 수도 있지만 그럼에도 박용래의 편지에서는 특유의 다정함이 드러난다는 점에서 각별한 주목을 요한다.

'다정함'의 정동과 감각은 사실상 최근의 시에서 흔히 발견되는 특징이라고 볼 수 있는데 1960~1970년대에 주로 활동한 박용래의 시에서 바로 그런 정동이 포착된다는 사실은 이목을 끈다. 다정함의 정동이 박용래 시에 낭만성을 부여하는 요소로 작용하고 있다고 이 글에서는 보는데, 그런 특징을 박용래의 편지글에서 먼저 확인할 수 있다는 것이 흥미롭다.

---

4)　김동규는 '다정(多情)'을 '무정(無情)'의 반대항에 놓으면서 가족 같은 사적인 공동체의 관계에서 발생하는 태도로 파악했다. 김동규, 「무정(無情)과 다정(多情) 사이: 홀로서기와 공화주의적 시민」,《동향과 전망》107, 한국사회과학연구회, 2019. 10, 33~41쪽.

5)　그레고리 J. 시그워스·멜리사 그레그, 최성희·김지영·박혜정 옮김, 「미명의 목록〔창안〕」,『정동 이론』(갈무리, 2015), 15쪽.

6)　위의 글, 14쪽.

7)　니콜 칼리스, 유라영 옮김,『다정한 세계를 위한 공부』(유노책주, 2025), 285~290쪽.

색깔에 대한 취미도 세월 따라 이것저것 달라지는 모양이다.

소년 시절에 가장 좋아했던 것은 오랑캐꽃 색깔이다. 책갈피마다 오랑캐꽃을 접어 넣고 심심할 때는 골똘히 들여다보곤 했었다. 멀리 떠나간 친구에게 띄우는 편지에도 오랑캐꽃을 넣어서 보내곤 했었다. 누이가 입는 치마 중에서도 오랑캐꽃 색깔의 메린스 치마가 제일 선명했었다. 가을 학예회 때 넓은 강당에 내려뜨린 수막도 오랑캐꽃 색깔……

그 무렵 '다케히사 유메지'라는 일본 화가는 여학생들이 달 없는 밤이면 곧잘 목청을 돋우던 유명한 「달맞이꽃」의 노래 작사가이기도 한 시인이지만 이 사람이 우리들이 열독하던 《소년구락부》이니 《소녀구락부》에 즐겨 예쁜 소녀상을 그리고 있었다. 소녀의 눈동자는 어찌도 큰지 정말 등잔불만 같았다. 그 큰 눈에 속눈썹은 유달리 길어서 마치 양산을 펼쳐 놓은 듯했었다. 언제였던가. 「녹색의 장원」이라는 영화가 있었다. 거기에 나오는 은막의 요정 '오드리 헵번'의 깊은 눈동자와 꼭 같다고나 할까! 나는 그 젖은 듯한 소녀상이 좋았다.

눈빛은 역시 오랑캐꽃 색깔이었으니까. 그것은 하염없는 그리움이었다. 그것은 속절없는 꿈이었다.[8]

위에 인용한 산문에서 박용래는 자신이 가장 좋아하는 색깔로 오랑캐꽃 색깔과 황토 색깔을 언급하면서 특히 소년 시절에 가장 좋아했던 색깔로 오랑캐꽃 색깔을 손꼽는다. 제비꽃의 보랏빛을 굳이 '오랑캐꽃' 색깔이라 언급하는 것도 인상적이지만[9] 소년 시절의 기억으로 책갈피마다 오랑캐꽃을 접어 넣고 심심할 때면 그것을 골똘히 들여다보곤 했던 일과 친구에게 보내는 편지에 오랑캐꽃을 넣어 보내곤 했던 일을 언급한 부분은 특기할 만하다. 소년 시절부터 책갈피마다 자신이 좋아하는 오랑캐꽃을 접

---

8) 박용래, 「색깔」, 《중앙일보》, 1970. 5. 17; 고형진 엮음, 『박용래 산문 전집』(문학동네, 2022), 179~180쪽.

9) 우리는 여기에서 자연스럽게 「오랑캐꽃」의 시인 이용악을 떠올리게 된다.

어 넣고 심심할 때마다 그것을 들여다보곤 하는 남다른 취미를 가지고 있었던 점도 인상적이고 친구에게 편지를 보낼 때 고이 접어 넣어 말려 두었던 오랑캐꽃을 편지지에 넣어 보냈다는 점도 박용래의 남다른 낭만적 성향을 보여 주는 일화이다. 다정다감하고 꼼꼼한 성격이 아니고는 좀처럼 할 수 없는 일일 터이다. 더구나 친구들과 어울려 뛰어노는 것을 더 좋아할 법한 소년 시절임을 감안하면 더욱 그러하다. 아마도 멀리 떠난 지인에게 편지를 쓰곤 하는 박용래의 습관은 소년 시절부터 이미 시작된 것으로 보인다.[10]

　박용래가 문단의 선후배 동료 시인들과 주고받거나 둘째 딸 박연과 주고받은 편지는 『박용래 산문 전집』에 수록되어 확인할 수 있다. 박용래의 편지를 받은 문인들에게 제공받은 편지와 둘째 딸 박연이 보관하고 있던 편지만 전집에 실을 수 있었다는 점에서 아쉬움이 있지만 남아 있는 편지를 통해서나마 박용래가 문단의 지인들과 딸에게 보낸 편지의 면모를 엿볼 수 있다. 박용래가 편지를 주고받은 사람들은 크게 문단의 선후배 동료 시인과 작가들, 가족으로 나눌 수 있다. 문단의 지인들 중에는 선배 시인으로 박목월, 동료 시인으로 천상병, 박재삼 등, 후배 작가와 시인으로 이문구, 나태주, 홍희표 등이 있다. 선배 시인이나 작가에게는 안부를 묻고 작품에 대한 조언을 청하는 내용이 주를 이루고, 동료 시인들과는 잡지에서 읽은 작품에 대한 감상을 나누고, 후배 시인에게도 안부와 함께 작품에 대한 조언을 건네기도 하는 등 박용래 시인의 다정다감한 면모를 확인할 수 있다. 그러면서도 주된 내용은 문학에 대한 것이었음을 눈여겨볼 필요가 있다. 서울에서 대학을 다닌 둘째 딸 박연과는 여러 차례에 걸

---

10) 전집에 실린 편지글은 그 특성상 박용래의 편지를 받은 이들에게 제공받은 것만 실렸고 그나마도 보관하고 있는 경우에만 실릴 수 있었다. 그런 까닭에 소년 시절 친구들에게 보낸 편지를 구해서 실을 수는 없었다는 점이 아쉽지만 「색깔」이라는 산문을 통해서나마 소년 시절 박용래가 친구들에게 편지를 자주 써서 보냈고 편지에 책갈피에 고이 넣어 둔 오랑캐꽃을 함께 보내곤 했다는 것을 알 수 있었다.

쳐서 편지를 주고받은 것으로 보이는데, 객지에서 생활하며 공부하는 딸에 대한 걱정과 당부, 가족에 대한 안부를 전하는 것과 함께 미술을 전공하는 딸을 위해 시를 쓰는 아버지로서 건네는 예술가로서의 조언이 편지에 담긴 부분이 특히 인상적이다.

천상병 인형

글월을 받고 가슴이 떨렸다오.

십오 년 우정이 긴 것 같으나 오히려 짧으오.

구자운 형은 가고 우리들 몇몇이 남았소.

형의 시집 『새』는 읽고 읽고 있소.

자운 형이 하도 서러워 「반 盞」이란 시 한 편을 현대문학사에 보냈다오.
《시문학》에나 발표될는지.

형의 김현승론도 보았다오.

詩美展의 성과는 어떠하였는지.

영부인께 안부 말씀 전해 주시오. 아직은 뵙지 못하였어도.

부디부디 건필하십시오.

―1973년 1월 6일 박용래[11]

1926년생인 구자운 시인은 1972년 12월 15일에 사망한 것으로 알려져 있다. 1925년생인 박용래 시인과 나이도 비슷하고 등단 시기[12]나 활동 시기도 겹치고 등단 지면도 같아서 가까이 교류한 것으로 보인다. "십오 년 우

---

11) 고형진 엮음, 앞의 책, 260~261쪽.
12) 박용래 시인은 1955년 《현대문학》 6월호에 「가을의 노래」, 1956년 《현대문학》 1월호에
「황토길」, 4월호에 「땅」이 박두진 시인에 의해 추천되어 시단에 나왔다. 구자운 시인은
1955년 서정주의 추천으로 《현대문학》에 시 「균열(龜裂)」을 비롯해 1956년에 「청자수
병(靑磁水瓶)」, 1957년에 「매(梅)」 등을 발표해 등단했다. 추천인은 달라도 등단 지면이
같고 추천 완료된 시점도 한 해 차이밖에 나지 않아 가깝게 교류한 것으로 보인다.

정이 긴 것 같으나 오히려 짧"다는 소회에서 시단의 동료 시인인 구자운을 잃은 데 대한 안타까움이 느껴진다. 천상병 시인은 1930년생으로 박용래나 구자운 시인과 나이 차이가 나지만, 시단에 나온 것은 이들보다 빨랐다. 1949년 7월 《죽순》에 시 「공상(空想)」 외 1편을 발표한 것은 차치하더라도 1952년 《문예》에 시 「강물」, 「갈매기」 등으로 추천을 받았고 1953년 같은 잡지에 평론 「사실의 한계: 허윤석론」을 발표하고 1955년 《현대문학》에도 「한국의 현역대가」 등을 발표했다. 시단과 평단에는 박용래나 구자운 시인보다 먼저 나온 문단의 선배이기도 해서 나이 차가 5살 터울 정도 나지만 가까이 어울렸던 것으로 추정된다.

이 편지를 쓴 날짜가 1973년 1월 6일이니 구자운 시인을 보낸 지 한 달이 채 안 된 시점에서 쓴 편지인 셈이다. "구자운 형은 가고 우리들 몇몇이 남았소."라는 문장에서 박용래 시인의 상실감과 쓸쓸함이 느껴진다. 천상병 시인은 잘 알려져 있다시피 동베를린 간첩단 사건에 연루되어 잡혀가 고문을 당하고 그 후유증으로 행려병자로 떠도는 동안 그가 죽은 줄 오해한 문우들이 1971년 그의 첫 시집이자 유고 시집으로 『새』를 발간한 희대의 문학사적 사건의 주인공이었다. 이 편지를 쓴 시점은 그 사건 이후 2년 가까이 지난 시점이었는데 "형의 시집 『새』는 읽고 읽고 있소."라는 문장으로 천상병의 첫 시집 『새』를 오래오래 아껴 가며 읽는 박용래의 모습을 엿볼 수 있다. 그 밖에도 그는 구자운의 이른 죽음을 서러워하며 「반 잔」이라는 시를 써서 현대문학사에 보내기도 하고 천상병이 쓴 김현승론도 읽는 등 동시대 시인들의 작품을 부지런히 읽고 그에 대한 감상을 나누기를 즐겨했다. 박용래는 중앙 문단에 이름을 알린 후에도 내내 대전에 머물며 대전의 시인으로 살다 간 시인이었지만 동료, 선후배 시인들이 발표하는 작품을 부지런히 따라 읽으며 문단 소식에도 귀 기울일 줄 아는 시인이었다.

1933년생인 박재삼 시인의 경우에도 등단 시기는 박용래보다 빨랐고 동시대에 활동한 시인이라 서로 우정을 나누는 관계였던 것으로 보인다. 나이는 1925년생인 박용래 시인보다 한참 아래였지만 등단이 더 빠른 점을 존중해 박재삼에게 보낸 편지에는 '박재삼 시백(詩伯)'이라는 호칭을 쓰고 있음을 주목하게 된다. "첫눈이 날리는 날, 시백이 보내 주신 우정 어린 시집 『어린것들 옆에서』를 읽"고 "살얼음 속에 혼자 감격하고 흥분하고 있"다고 박용래는 편지에 적어 보냈다. "시백의 물새 발자국 같은 사랑의 시편을 읽으며 새삼스레 자성한 것은 나의 지나온 도정에 있어 너무도 등한했던 너무도 인색했던 사랑의 사상", "인인(隣人)에 대한 사랑의 열도(熱度)"[13]임을 깨달았다고 그는 고백한다.

그런가 하면 충청도 출신 후배 작가, 시인들과도 편지를 통해 자주 교류하며 남다른 애정을 드러내기도 했다. 1977년 이문구에게 보낸 편지에서는 "이번 달 《문학사상》에 발표하신 「월하초」의 후반에서도 《세대》지에 쓰신 에세이에서도 형의 애향심은 슬프도록 두드러져 감격하고 있"다는 내용이 등장한다. 1941년생인 이문구는 충남 보령군 대천읍에서 태어나 1966년 《현대문학》에 「백결」을 실으며 등단했는데, 충남 지역의 방언을 맛깔나게 살려 농촌 공동체의 모습을 그린 이문구의 작품을 읽으며 박용래는 같은 충남 출신의 시인으로서 더욱 깊은 공감을 느꼈던 것으로 보인다. 1945년생인 나태주 시인에게도 각별한 애정을 드러내는데 동향의 후배 시인이라는 점이 남다르게 다가왔던 것으로 보인다. 1973년 9월 19일자 편지에서 나태주 시인이 보내 준 『새여울』과 글월을 고맙게 읽었다고 답하며 박용래는 "뭣보다도 반가운 것은 형이 곧 결혼한다는 사실"이라며 "외롭고 슬픈 시인일수록 진실히 미더운 반려자는 필요하"다고 조언한다. 나태주 시인과는 여러 차례 편지를 주고받았던 것으로 보이는데 나태주의 시에 대해서 꽤 구체적인 조언을 하고 있는 점도 인상적이다.

박용래는 대전 지역에서 함께 활동했던 시인들과도 오랫동안 연락을 주고받으며 교류한다. 대전을 떠나 거주지를 옮겨 활동을 해도 편지를 통해

---

13) "1976년 初秋 박용래"라고 표기된 편지이다. 고형진 엮음, 앞의 책, 262~263쪽.

왕래를 계속했음을 알 수 있다. 홍희표 시인은 1946년에 대전에서 태어난 시인으로 동국대 국문과와 대학원에서 석사학위를 받고 인하대에서 박사 학위를 받았으며, 1967년 《현대문학》에 시 「봄바람에게」 등으로 추천 완료되어 시단에 나왔다. 한국문인협회 대전지회 부회장을 맡기도 했고 목원대 교수로 재직하기도 해서 대전 지역을 대표하는 시인으로 박용래와 함께 오래 활동했다. 1977년에 보낸 답신의 편지에서 박용래는 "일인 삼인 역으로 노력하는 형을 생각할 때 나의 나태는 부끄럽고 죄송할 따름"(위의 책, 284쪽)이라고 말하는데 아마도 대전 지역의 시인으로 이런저런 활동을 활발히 했던 홍희표에 대한 고마움과 미안함을 표현한 말일 것이다. 흥미로운 것은 대전 지역에서 함께 교류하던 시인과 편지를 주고받을 때에는 함께 어울리던 다른 문우에 대한 소식을 다정하게 전하곤 했다는 점이다. "어제는 한성기 시인이 우거(寓居)를 찾았"다는 소식을 전하며 "같이 성보 극장 골목에서 복일배(復一杯)"하며 "형의 모습 그리워했"다고 말한다.(위의 책, 284쪽) 한성기 시인은 1923년생으로 박용래보다도 2년 앞서는데 함경남도 정평에서 태어나 1942년 함흥사범학교를 졸업하고 충청남도로 발령을 받은 후 1947년부터 대전사범학교에서 15년간 근무했으며, 대전 근교에서 1984년 작고할 때까지 시 창작에 전념했다. 한성기는 1952년 《문예》(5·6합병호)에 시 「역(驛)」과 1953년 「병후(病後)」 등이 추천되어 문단에 나왔으며, 이후 1955년 《현대문학》에 「아이들」, 「꽃병」이 다시 추천을 받았으니 등단 시기도 박용래와 대체로 비슷하다고 볼 수 있다. 대전 지역을 대표하는 시인으로 흔히 함께 묶이곤 하지만 한성기와 박용래가 동년배에 가깝고 홍희표 시인은 한참 후배라고 할 수 있다. 그럼에도 격의 없이 어울리는 모습을 이들의 산문이나 편지를 통해 확인할 수 있다.

박용래는 선후배 동료 시인들에게는 물론 자식에게도 다정한 아버지였던 것으로 보인다. 특히 서울에서 미대에 다니며 학업을 해 나가던 둘째 딸 박연에게 보낸 여러 장의 편지에서는 다정한 아버지의 면모가 잘 드러나 있다. 요즘처럼 자유롭게 전화할 수 있는 시절이 아니다 보니 객지에서 공부하는 딸과도 편지로 왕래하는 일이 더 많았을 것이다.

연에게

총총히 보내 놓고 무척도 가슴 조이더니 너의 글월을 받고 적이 마음 놓이는구나.

그간이라도 별고는 없겠지.

남달리 부끄럼을 타는 네가 동숙의 선배 언니들과도 오손도손 잘 지내고 있다니 기쁘고 기쁘다. 후배라고 어리광일랑 말고 깍듯이 예의를 지켜 다오.

그리고 뭣보다 반가운 것은 이미 시일이 늦었는데도 ㅅ학원과 ㅁ화실에 등록 절차는 마친 일, 그저 고맙고 고마울 따름이다.

짧은 해에 학원에 가랴 화실에 가랴 낯선 거리에서 종종걸음 치겠구나. 아마 그런 것을 일인이역이라고 하는 거겠지. 예부터 젊어서 고생은 사서라도 한다는 내려오는 속담이 있지. 고진감래란 말도.

허기야 연아, <u>저 반고흐의 하늘에 맴도는 두 개의 태양, 일어서는 지평, 춤추는 올리브 숲 등이 어찌 하루아침에 이루어졌겠느냐. 참으로 종교처럼, 스스로 가는 길을 믿고 끝까지 간 사람은 훌륭하구나.</u>

<u>그렇지만 연아, 아직은 어린 너, 너의 장래 희망이 화가여서 온갖 정열을 그림에 쏟는 것은 좋으나, 한편 인간으로서의 품위를 잃지 말아 다오. 지식이 곧 지성이 아님을 명심해 다오. 어찌 지식이 곧 지성이겠느냐.</u>

연아, 아무래도 그림은 재료의 선택도 중요한 만큼 돈에 구애받진 말고 마음에 드는 것을 골라서 쓰도록 해라.

학교 길과 집밖에 모르던 네가 난생처음 객지 생활을 하게 되니 어찌 한신들 마음 놓이겠냐만 평소 너의 침착성과 의지를 믿고 안심은 한다. <u>객지에 있다 하여 무턱대고 널 홀로 물가에 노는 아이 취급은 않으련다.</u>

(중략)

연아, 식사는 제때에 맞춰 해야 한다. 학과도 그림도 중요하다만 우선 건

강을 염두에 둬 다오. 어차피 점심은 밖에서 하겠지만 절대로 거르는 일 없
도록.

혹시나 너는 넉넉지 못한 집안 사정 때문에 필요 이상으로 마음의 부담
을 느끼고 있지나 않을는지. 버려라, 그런 걱정일랑 깨끗이 버려라. 다만 너
는 너의 최선만 다하면 그만인 거야.

연아, 가로수 은행잎도 모조리 지고 서울의 하늘도 쓸쓸하겠구나. 부디부
디 몸조심하고 네가 바라는 미술대학에 무사히 합격을 하자.

<u>아빠 인간의 가능성이란 무한임을 믿는다. 오늘도 차가운 화포(畫布) 앞
에서 (화필을 든) 너의 작은 손은 엄숙히 떨리겠구나.</u>

<u>최후의 일각을 빛내자.</u>

—76년 12월 1일 아빠로부터[14]

둘째 딸 박연과 주고받은 박용래의 편지는 박연이 미대 진학을 준비하
기 위해 학원과 화실을 다니느라 서울 생활을 시작한 시점부터 시작되어
이화여대 미대에 진학해서 다니는 동안 내내 계속된다. 위의 편지는 박연
의 서울 생활이 시작된 지 얼마 안 된 시점에서 박용래가 딸에게 보낸 편
지로 추정된다. 서울에 올라가 생활을 시작하고 이런저런 사정을 전하는
편지를 둘째 딸에게 받고 나서 답신으로 보낸 편지로 보인다. 대학 진학을
위해 딸을 서울로 보내 놓고 가슴 조였을 시인의 모습이 생생히 전해지는
편지이다.

객지로 어린 딸을 보내 놓고 노심초사하는 아버지의 마음이야 비슷한
것이겠지만 대개 저 시절의 아버지들이 그런 마음을 구구절절 표현하지
못하고 무뚝뚝한 경우가 많았다는 것을 상기하면 박용래가 딸에 대해 세
심하게 파악하고 있는 점도 인상적이고 구구절절 딸의 서울 생활에 대한
걱정을 펼쳐 놓는 다정다감함도 남다르다는 것을 알 수 있다. 남달리 부끄

---

14) 고형진 엮음, 앞의 책, 307~309쪽. 밑줄은 인용자의 것이다.

러움을 타는 딸의 성격도 걱정의 한자리를 차지한 것으로 보이는데 "동숙의 선배 언니들과도 오순도순 잘 지내고" 있다는 딸의 편지를 받고 기뻐하는 아버지의 마음을 읽을 수 있다. 편지의 내용은 딸에 대한 이런저런 현실적 당부와 딸이 꿈꾸는 미래에 대한 응원과 격려가 주를 이룬다.

"후배라고 어리광일랑 말고 깍듯이 예의를 지켜" 달라는 당부, "학원에 가랴 화실에 가랴 낯선 거리에서 종종걸음 치"는 딸의 모습을 상상하며 안타까워하면서도 "고진감래라는 말도" 있듯이 이 시기를 잘 이겨 내 줄 것을 당부하는 말, "온갖 정열을 그림에 쏟"으며 화가라는 장래 희망을 향해 정진하는 것도 좋으나 "인간으로서의 품위를 잃지 말아" 달라는 당부 등에서는 꿈을 향해 나아가는 딸의 미래를 응원하면서도 딸이 좋은 화가이기 전에 좋은 사람이 되기를 바라는 아버지의 마음이 담겨 있다. "지식이 곧 지성이 아님을 명심"하라는 말은 아버지가 딸에게 하는 말이면서 동시에 예술가 선배가 후배 예술가에게 건네는 조언이기도 하다.

"저 반고흐의 하늘에 맴도는 두 개의 태양, 일어서는 지평, 춤추는 올리브 숲 등이" 결코 "하루아침에 이루어"진 것이 아님을 강조하면서 "참으로 종교처럼, 스스로 가는 길을 믿고 끝까지 간 사람은 훌륭하"다는 점을 거듭 말하는 데서도 박용래 시인이 생각한 좋은 예술가의 모습을 짐작할 수 있다. 화가를 꿈꾸는 딸도 그렇게 훌륭한 예술가의 길을 올곧게 걸었으면 하는 아버지이자 선배 예술가의 바람이 담겨 있기도 하다. 넉넉지 못한 집안 사정 때문에 딸의 미래를 충분히 지원해 주지 못할까, 딸이 필요 이상으로 마음의 부담을 느끼고 있지나 않을까 박용래의 걱정은 좀처럼 그치지 않는다. 그러면서도 "객지에 있다 하여 무턱대고 널 홀로 물가에 노는 아이 취급은 않"겠다는 말에서는 어린 딸에 대한 존중의 마음이 느껴지고, "인간의 가능성이란 무한임을 믿는다."라는 말에서는 인간에 대한 깊은 신뢰와 사랑이 느껴진다.

이후 박연이 이화여자대학교 미술대학에 합격한 후에도 오랫동안 둘째 딸과 편지를 주고받았음이 확인된다. 안부를 묻거나 가족 구성원 하나하나의 소식을 전하며 그리움을 표현하기도 하고, 좋은 전시회나 영화 같은 것이 있으면 꼭 가 보라고 권하기도 하면서 아버지와 딸의 관계를 넘어 예술가 선후배의 관계로 예술에 대한 생각을 나누고 조언하는 모습이 자주 포착된다. 후배 시인, 작가들을 존중하던 박용래의 태도는 딸을 향해서도 일관되게 유지된다.

이상에서 박용래 시에 나타난 다정함의 정동을 그의 편지를 통해 살펴본 결과, 동시대 남성 시인들의 시와는 다른 정동이 포착됨을 확인할 수 있었다. 무해함을 추구하는 최근 문학의 지향점과 오히려 닿아 있는 박용래의 다정함의 정동은 박용래 시의 현재성이라는 측면에서도 주목을 요한다. 위악의 포즈와는 거리가 먼 박용래의 문학은 일찌감치 다정함의 정동을 문학의 자양분으로 삼으면서 슬픔과 눈물이 주조를 이루는 낭만성을 형성해 간 것으로 보인다.

3 눈과 비가 형성하는 낭만적 상상력

박용래 시에는 봄, 여름, 가을, 겨울 등 계절을 나타내는 시어가 자주 등장한다. 그런데 그중에서도 겨울과 관련된 시어가 압도적으로 많이 등장한다. 압도적인 비중을 차지하는 겨울을 배경으로 하는 박용래의 시는 대개 눈을 동반하는 경우가 많은데[15] 이러한 점도 박용래의 시에 낭만성을 부여하는 데 큰 역할을 한다. 땅에 발을 디디고 살아가는 인간에게 하늘은 기본적으로 낭만적 동경의 대상이 된다. 바로 그런 하늘에서 내리는 눈과 비는 천상과 지상을 연결하며 시에 특유의 낭만적 분위기를 형성하는 데 기여한다.

박용래 시인이 시를 쓰기 시작한 이후 주로 시간을 보낸 대전에도 겨울

---

15) 김종훈은 '눈'이 자주 등장하는 박용래의 시편을 중심으로 박용래 시에서 회화성이 어떻게 변모하는지 살펴보았다. 김종훈, 「박용래 시에 나타난 회화성의 변화 ─ '눈'의 시편을 중심으로」, 《한국문학이론과비평》 24(2), 한국문학이론과비평학회, 2020. 5.

에 눈이 많이 내리고 쌓이기는 하지만 상대적으로 눈의 강설량이 압도적인 지역은 아니다. 그렇다면 눈은 실재의 풍경이기만 한 것이 아니라 박용래 시에서 구축한 시적 이미지이자 세계라고도 볼 수 있다. 비 역시 하늘에서 내리는 존재라는 점에서 눈과 닮아 있다. 이 글에서는 눈과 비가 등장하는 시를 중심으로 눈과 비 같은 기상의 상상력이 박용래의 시에서 어떻게 작동하는지를 시간과 공간과의 관련 속에서 살펴보고자 한다.

하늘과 언덕과 나무를 지우랴
눈이 뿌린다
푸른 젊음과 고요한 흥분이 서린
하루하루 낡아 가는 것 위에
눈이 뿌린다
스쳐 가는 한 점 바람도 없이
송이눈 찬란히 퍼붓는 날은
정말 하늘과 언덕과 나무의
限界는 없다
다만 가난한 마음도 없이 이루어지는
하얀 斷層.

―「눈」

박용래의 첫 시집 『싸락눈』(삼애사, 1969)에 실린 「눈」이라는 시이다. 이 시에서 어디에 눈이 내리고 어떻게 내리는지 눈여겨보면 "하늘과 언덕과 나무를 지우랴/ 눈이 뿌린다"라는 문장으로 시가 시작된다. '지우랴'는 설의적 의문으로도 읽을 수 있고 의도와 목적을 지니는 '려'의 변형으로도 읽을 수 있는데 문맥을 고려할 때 '지우려고'의 의미로 읽는 것이 더 적합해 보인다. 하늘과 언덕과 나무를 지우려고 눈이 뿌린다. "하루하루 낡아 가는 것," 즉 흘러가는 시간 위에 눈이 뿌린다. "송이눈 찬란히 퍼붓는

날"에는 "정말 하늘과 언덕과 나무의/ 한계는 없다". 하늘과 언덕은 천상과 지상이라는 점에서, 나무는 언덕 위에 심어져 하늘을 향해 뻗어 있다는 점에서 하늘과 언덕을 잇는 존재이기도 할 텐데 그 위상을 가리지 않고 눈이 퍼붓는다. 경계를 지우면서 눈은 내리는 것이다. 공간의 경계는 물론 시간의 경계도 지운다. "하루하루 낡아 가"며 시간은 흐르고 있는데 그 위에 눈이 뿌려지니 눈 역시 고정되지 않고 각각의 한계를 지우며 시간과 함께 흐른다. 그러므로 그렇게 쌓인 눈은 "하얀 단층"을 이룬다. 단층은 지각 변동의 하나로, 지층이나 암석이 변형되어 연속성이 파괴되는 현상이나 그러한 현상으로 나타난 지층을 가리킨다. 그런 점에서 단층은 하나의 공간인 동시에 시간이다. 단층이지만 "하얀 단층"이기에 사실상 단층이 잘 구별되지는 않을 것이다. 박용래의 하얀빛은 "가난한 마음도 없이" 이루어진다. 백석에게 흰빛이 가난한 마음과 동일시되었던 것과는 또 다르다. 하얀 단층은 결국 단층마저 지운다.

잠 이루지 못하는 밤 고향집 마늘밭에 눈은 쌓이리.

잠 이루지 못하는 밤 고향집 추녀 밑 달빛은 쌓이리.

발목을 벗고 물을 건너는 먼 마을.

고향집 마당귀 바람은 잠을 자리.
—「겨울밤」

첫 시집 『싸락눈』에 수록된 「겨울밤」은 박용래의 대표시로 "잠 이루지 못하는" 겨울밤을 배경으로 하고 있다. 잠 이루지 못하는 불면의 겨울밤에 화자는 눈 내리는 겨울밤의 고향집을 떠올린다. 좀 더 구체적으로는 "고향집 마늘밭에 눈"이 "쌓이"는 풍경과 "고향집 추녀 밑"에 "달빛"이 쌓이는 모습을 상상한다. 고향에 머물던 시간에 화자가 경험한 풍경일 텐데 지금은 고향을 떠나 있는 화자가 잠 이루지 못하는 겨울밤을 보내며 고향집 겨울밤의 풍경을 떠올리고 있다. "발목을 벗고 물을 건너는" 마을은 고향 마을일 텐데 지금은 "먼 마을"이다. 실제로 화자에게 먼 마을이기도 했겠지만 화자가 느끼는 심리적 거리로 보는 것이 더 타당해 보인다. 박용래의 고향은 강경인데 대전에서 학교에 다니고 이후 대전에서 주로 살았던 것을 생각하면 대전과 강경의 거리를 먼 마을로 표현한 것은 주관적이고 심리적인 거리에 더 가깝다고 볼 수 있겠다.

마지막 연에 등장하는 풍경은 "고향집 마당귀 바람은 잠을 자리"라고 그려진다. 화자는 겨울밤 잠 못 이루며 불면의 밤을 보내는데 그가 그리워하는 고향집에서는 바람도 잠을 잔다. 그렇다면 이 불면의 원인에는 고향에 대한 그리움이 분명 들어 있을 것이다. "고향집 마당귀 바람은 잠을 자"겠지만 화자는 긴 겨울밤 잠을 이루지 못하면서 고향을 그리워한다. 고향은 박용래의 시에서 이처럼 그리움의 대상으로 그려진다. 그리고 이러한 낭만적 정서에는 눈이 내려 쌓이는 풍경이 기여하고 있다. 눈만 내려 쌓이는 것이 아니라 낭만적인 정서도 함께 쌓여 깊어 가는 것이다.

박용래의 대표시 중 한 편인 이 시에서 또 한 가지 눈여겨봐야 할 것은 1행이 1연을 이루며 4연으로 된 이 시의 형식이다. 박용래의 대표시가 흔히 취하는 형식이기도 한데 이러한 형식은 연과 연 사이의 여백을 강화하는 효과를 지닌다. 박용래의 시를 읽을 때 짧은 시인데도 집중력을 요하고 시에 머무는 시간이 길어지는 데에는 이러한 형식이 미치는 영향을 고려하지 않을 수 없다.

늦은 저녁때 오는 눈발은 말집 호롱불 밑에 붐비다

늦은 저녁때 오는 눈발은 조랑말 발굽 밑에 붐비다

늦은 저녁때 오는 눈발은 여물 써는 소리에 붐비다

늦은 저녁때 오는 눈발은 변두리 빈터만 다니며 붐비다.

―「저녁 눈」

역시 첫 시집(『싸락눈』)에 실린 박용래의 대표시「저녁 눈」도 겨울을 배경으로 하고 있다. '늦은 저녁때 오는 눈발은 ～에 붐비다'라는 동일한 구조의 문장이 병렬적 반복의 형식으로 배치되어 있는 시이다. 1행 1연 형식으로 4개의 연이 나란히 놓이면서 '～에' 앞에 오는 말들만 달라지는 구성을 띠고 있다. 늦은 저녁때 오는 눈발이 붐비는 곳은 "말집 호롱불 밑", "조랑말 발굽 밑"처럼 좀처럼 눈에 띄지 않는 곳이다. 1, 2연에서는 잘 눈에 띄지 않는 곳까지 어김없이 찾아오는 눈발을 통해 눈 오는 겨울 저녁의 풍경을 보여 준다. 3연에 오면 시각적 이미지가 청각적 이미지로 전환된다. "늦은 저녁때 오는 눈발은 여물 써는 소리에 붐"빈다. 마지막 4연에서는 늦은 저녁때 오는 눈발의 속성을 "변두리 빈터만 다니며 붐"빈다고 정리해 주는 역할을 한다.

마치 백석 시에서 병렬적 반복이 쓰인 시들의 마지막 연이나 행에서 병렬된 각각의 의미를 감싸안아 주는 역할을 함으로써 이질적인 병렬의 풍경뿐 아니라 그것이 조화롭게 어우러진 연대의 풍경을 자아냈던 것처럼 박용래의 이 시에서도 말과 관련된 장소, 그중에서도 눈에 띄지 않고 소외된 곳에 찾아드는 눈발을 보여 주면서도 그것을 "변두리 빈터만 다니며 붐"빈다고 의미화한다. 4개의 연이 동등한 무게를 지니며 병렬된다기보다는 마지막 연에 조금 더 무게가 실리는 구조라고 볼 수 있다.

이 시에서 또 하나 눈여겨볼 점은 각 연을 마무리하는 서술어의 시제이다. '붐빈다'라는 현재형 대신에 '붐비다'라는 기본형을 취함으로써 이 풍경에 특정한 시간을 부여하는 대신 무시간성을 부여해 늦은 저녁때 오는 눈발이 붐비는 이 풍경이 마치 정지된 풍경처럼 영원히 계속될 것 같은 이

미지를 조형해 내고 있다. 시인이 경험했을 저녁 눈이 내리는 풍경이 하나
의 원형처럼 많은 독자들의 마음속에 고향의 풍경으로 새겨진 것이야말
로 이 시의 힘일 것이다.

　　오는 봄비는 겨우내 묻혔던 김칫독 자리에 모여 운다

　　오는 봄비는 헛간에 엮어 단 시래기 줄에 모여 운다

　　하루를 섬섬히 버들눈처럼 모여 서서 우는 봄비여

　　모스러진 돌절구 바닥에도 고여 넘치는 이 비천함이여.
　　　　　　　　　　　　　　　　　　　　　　　　　　—「그 봄비」[16]

　눈 내리는 풍경 못지않게 비 오는 풍경도 낭만적 정서를 형성한다. 봄비
는 더욱 그러하다. 겨울을 지나 봄을 알리는 봄비도 생명이 움트는 봄의
설렘을 전한다는 점에서 낭만성을 동반하며, 활짝 핀 꽃을 떨구는 봄비는
꽃비처럼 내린다는 점에서 또한 낭만성을 동반한다. 이 시에서는 "오는 봄
비는" "모여 운다"고 말한다. 모여 우는 장소는 "겨우내 묻혔던 김칫독 자
리", "헛간에 엮어 단 시래기 줄", "모스러진 돌절구 바닥" 등이다. 봄비
오는 소리를 모여 운다고 표현함으로써 봄비에 울음을 접목시키는 상상력
도 낭만적 상상력이 발현된 것이라 볼 수 있다. 봄비가 모여 우는 장소는
고향을 연상시키는 곳이라는 점에서 고향에 대한 그리움을 일깨우는 봄
비는 울음을 동반하며 낭만적 상상력을 극대화한다.

---

16)　박용래, 「그 봄비」, 『강아지풀』(민음사, 1975).

4 고향이라는 유토피아

박용래 시에 자주 등장하는 장소는 대전과 고향인 강경이다. 그가 생활의 공간으로 오래 머물렀던 곳은 대전이지만 대전 못지않게 그의 시에 원형적 장소성을 형성하는 곳은 그의 고향인 충남 강경이었다. 대전이나 충남 지역과 관련해 박용래의 시를 읽거나 박용래 시에 나타난 장소성에 주목한 선행 연구들은 꽤 축적되어 있다.[17] 고향은 그에게 닿고 싶지만 닿을 수 없는 유토피아적 장소성을 띠며 원형처럼 남아 있었다. '좋은 장소'와 '어디에도 없는 곳'이라는 유토피아의 이중적 의미[18]는 박용래의 시에서 고향이 지니는 의미와 궁극적으로 닿아 있다. 이 장에서는 그 풍경을 살펴보면서 박용래 시의 낭만성의 연원을 살펴보고자 한다.

　　홍래 누님

　　누님은 만혼이었다.

　　스물여덟이던가, 아홉, 선창가 비 뿌리던 날, 강 건너 마을로 시집갔다. 목선을 타고.

　　목선에 오동나무 의걸이 싣고 그 무렵 유행이던 하이힐 신고 눈썹만 그리고 갔다.

　　눈썹만 그려야 할 누님에게 무슨 흠이 있었던 것은 아니다. 오히려 창포 모습이었다.

---

17) 이형권, 「지역 문학의 정체성과 토포필리아의 상관성 — 박용래와 대전-충남 문학의 관계를 중심으로」, 《어문연구》 60, 어문연구학회, 2009. 6; 한상철, 「박용래 시의 장소 표상과 로컬리티 — '집', '고향', '마을' 표상을 중심으로」, 《비평문학》 58, 한국비평문학회, 2015. 12; 간호배, 「박용래 시에 나타난 토포필리아」, 《한국근대문학연구》 20(1), 한국근대문학회, 2019. 4; 엄경희, 「박용래 시에 나타난 게니우스와 헤테로토피아의 장소 경험」, 《국어국문학》 198, 국어국문학회, 2022. 3; 심재휘, 「전후 세대의 장소 상실과 시적 상상력」, 《국어문학》 80, 국어문학회, 2022. 7; 이재훈, 「박용래 시에 나타난 토포스의 특성 연구」, 《한국문예비평연구》 76, 한국현대문예비평학회, 2022. 12.

18) 티에리 파코, 조성애 옮김, 『유토피아』(동문선, 2002), 10쪽.

아버지의 아집이랄까, 하기사 기울 대로 기운 가세였지만 뒷간에 가실 때도 꼭 대님을 매시곤 하던 아버지로서 고명딸을 아무에게나 주실 순 없었으리라.

가세는 기울 대로 기운 데다 세상은 중일전쟁이 한창이어서 모든 물자는 통제되고, 보리방아에 젖던 모시 적삼.

유학 간 맏형은 일본에서 그대로 주저앉고,

뜻하지 않은 둘째 형의 발병 — 척추카리에스.

거기다 나의 중학 입학금.

어머니의 농에서 장으로 팔려 가던 누님의 비단 혼수.

이래서 혼기는 더욱 늦어졌는지도 모른다.

나는 개펄의 시들은 갈대, 너도 같은 개펄의 시들은 갈대 — 누님이 가슴으로 부르던 「시든 갈대」.

불평 한마디 모르던 누님.

앞가르매 검은 치마. 수정 돌, 분꽃에는 뜸물이 좋다든가, 아침, 저녁 쌀 씻은 뜸물을 꽃밭에 부시던 홍래(鴻來) 누님.

꽈리 부는 누님의 등에 업혀 보던 옥수수밭에 뜨던 달.

둑 너머 활터에서 불어오던 높새바람.

나는 어릴 때부터 허약했다. 여름이면 입맛을 잃고 자주 앓았다. 이슬 먹은 육모초, 박하사탕. 정구에 미치다시피 한 내게 미소 지으며 도시락을 챙겨 주던 누님.

내가 소학교 때 성적이 좋았던 것도 누님의 덕분이다.

전깃불이 한껏 귀한 때라 집에선 석유 호롱을 켜고 있었으나 누님과 거처하는 방만은 이슥도록 촛불이 밝았다.

그 홍래 누님이 시집가서 일 년도 못 돼 세상을 떠났다. 산후 대출혈.

슬픈 전갈은 야심, 강 건너 마을에서 왔다. 어머니는 가슴을 치며 길길이 뛰시다 기절을 하고 아버지는 온 울안을 대낮처럼 등불로 밝히고 혹시나 기적을 기다리며 밤을 새웠다. 중학교 2학년 나는 울지도 못했다.

시퍼렇게 얼어붙은 강심(江心)만이 원망스러웠다.

<u>누이 죽고 삼 년, 꿈에서 보았다. 하얀 창포였다, 역시.</u>

<u>달보다 높은 뒷산 팽나무 밑에서 처음 울었다, 그날.</u>

연약한 목덜미에 땀띠분 뿌리던 누님은 가고, 동생은 이제 머리끝이 희끗희끗.

무료한 날을 딸을 데불고 접시 물을 찍어 비눗방울을 날린다.

—「호박잎에 모이는 빗소리 3 — 홍래 누님」[19]

박용래가 남긴 대표적 산문「호박잎에 모이는 빗소리」는 16회에 걸쳐서 《현대시학》과《문학사상》에 연재되었는데 시적 산문의 정수를 보여 주는 이 글에는 고향의 풍경이 가득하다. 위의 인용문은 '홍래 누님'이라는 부제를 달고 있는데 박용래에게 홍래 누님은 고향의 표상과도 같았던 존재였다. 박용래의 유년 시절에 늘 함께하며 시인을 돌봤던 누이가 시집가고 나서 일 년도 못 되어 산후 출혈로 세상을 뜨면서 박용래는 슬픔을 흉터처럼 지니게 되었다. 홀로 슬픔을 가누고 다독여야 했던 시간은 시로 시인을 이끌었고 시인의 운명에 다가가는 계기가 되었을 것이다.

야심한 시간 강 건너 마을에서 들려온 홍래 누님의 부고 앞에서 "어머니는 가슴을 치며 길길이 뛰시다 기절을 하고 아버지는 온 울안을 대낮처럼 등불로 밝히고 혹시나 기적을 기다리며 밤을 새웠다". 누님의 갑작스러운 죽음으로 인한 상실과 슬픔은 시인에게 깊은 상흔을 남겼을 것이다. "중학교 2학년"이었던 시인은 "울지도 못했다"고 고백한다. "누이 죽고 삼 년"이 지난 후에야 "꿈에서" "하얀 창포" 같은 누이를 보았고 그날 "달보다 높은 뒷산 팽나무 밑에서 처음 울었다."라고 박용래는 고백한다. 박용래에게 '눈물의 시인'이라는 상징을 부여해 준 것도 누이의 이른 죽음이었다. 이후에도 두고두고 박용래는 홍래 누님의 죽음에 대해 이야기하며 울

---

19) 박용래, 「호박잎에 모이는 빗소리 3 — 홍래 누님」,《현대시학》, 1971. 11. 밑줄은 인용자의 것임.

곤 했다. 고향은 박용래에게 누이의 죽음을 떠올리게 하는 곳이자 슬픈 기억이 아로새겨진 곳이다. 누이의 죽음과 함께 떠올리게 되는 고향은 그리워하면서도 회복할 수 없는 곳, 이제는 없는 곳이라는 점에서 유토피아를 형성한다. 고향은 박용래에게 영원한 노스탤지어이자 유토피아이고 그런 점에서 낭만성을 동반한다.

> 릴케는 다만 '과수원'을 그의 모국어로 부르기 위해 긴 세월 시를 썼다지만 실지로 모래알보다 많은 언어 중에서 한마디 보석 같은 시어를 골라 사랑하기란 내게 있어서는 낙타가 바늘귀로 들어가는 것보다도 어려운 일인 양싶다. 그러한 나에게도 지나온 도정, 못 견디게 좋아했던 몇 마디의 어휘는 있다. <u>그중에서도 방랑자가 두고 온 고향을 그리듯 오랫동안 그린 한마디, 강아지풀, 꽃망울도 없이 들길에 혹은 박토에 밀생하는 야생초, 빛을 바라며 어둠 속에서 우는 어린이 같은 존재, 가을이면 꽃의 그림자 같은 녹물이 드는 오요요 강아지풀.</u>
>
> ──「강아지풀 ── 가장 사랑하는 한마디의 말」[20]

가장 사랑한 한마디 말이 무엇인지 시인에게 듣고자 하는 글에서 박용래는 '강아지풀'을 든다. '강아지풀'은 1975년에 출간한 시인의 두 번째 시집 제목이기도 하다. 전국 곳곳 어디서든 흔히 볼 수 있는 강아지풀이지만 시인에게는 강아지풀이 "방랑자가 두고 온 고향을 그리듯 오랫동안 그린 한마디"라는 의미를 지닌 말이었던 것으로 보인다. 대개 강아지풀을 처음 만나 그 존재를 인식하는 순간은 어린 시절일 테니 어쩌면 많은 이들에게 강아지풀은 유년의 한순간이나 장면을 떠오르게 하는 대상일 수 있겠다는 생각도 든다. 박용래 시인에게도 강아지풀은 그런 존재였던 것 같다. "오요요 강아지풀"이라는 말에서도 느껴지듯 강아지풀이 환기하는

---

20) 박용래, 「강아지풀 ── 가장 사랑하는 한마디의 말」, 《문학사상》, 1976. 6. 밑줄은 인용자의 것임.

풍경이나 장면이 있는 것이겠다. 꽃망울도 없이 들길이나 박토에 밀생하는 야생초라는 점도 시인의 눈에 들었던 듯하고, 빛을 바라며 어둠 속에서 우는 어린이 같은 존재로 강아지풀은 시인의 마음속에 각인된다. 꼭 고향의 풀이어서가 아니라 유년의 고향의 풍경을 환기하는 존재이면서 어디에서든 쉽게 마주칠 수 있는 존재여서 강아지풀은 시인에게 고향 같은 존재로 자리 잡는다.

첩첩산중에도 없는 마을이 여긴 있습니다. 잎 진 사잇길 저 모랫둑, 그 너머 강기슭에서도 보이진 않습니다. 허방다리 들어내면 보이는 마을.

갱 속 같은 마을. 꼴깍, 해가, 노루 꼬리 해가 지면 집집마다 봉당에 불을 켜지요. 콩깍지, 콩깍지처럼 후미진 외딴집, 외딴집에도 불빛은 앉아 이슥토록 창문은 모과빛입니다.

기인 밤입니다. 외딴집 노인은 홀로 잠이 깨어 출출한 나머지 무우를 깎기도 하고 고구마를 깎다, 문득 바람도 없는데 시나브로 풀려 풀려 내리는 짚단, 짚오라기의 설레임을 듣습니다. 귀를 모으고 듣지요. 후루룩후루룩 처마 깃에 나래 묻는 이름 모를 새, 새들의 온기를 생각합니다. 숨을 죽이고 생각하지요.

참 오래오래, 노인의 자리맡에 밭은기침 소리도 없을 양이면 벽 속에서 겨울 귀뚜라미는 울지요. 떼를 지어 웁니다, 벽이 무너지라고 웁니다.

어느덧 밖에는 눈발이라도 치는지, 펄펄 함박눈이라도 흩날리는지, 창호지 문살에 돋는 월훈(月暈).

—「월훈(月暈)」

박용래의 세 번째 시집 『백발의 꽃대궁』(문학예술사, 1979)에 수록된 「월훈」은 박용래의 이전 시에 비해 비교적 긴 산문시의 형식을 띠고 있다. "갱 속 같은 마을" 후미진 외딴집의 쓸쓸한 겨울 저녁부터 밤에 이르는 풍경을 그린 시이다. 외딴집의 겨울밤은 유독 더욱 길게 느껴지게 마련이다. 외딴집에서 노인이 홀로 잠이 깨어 출출한 나머지 무나 고구마를 깎아 먹기도 하다가 짚단이 풀려 내리면서 나는 짚오라기의 설렘을 귀 기울여 듣거나 "처마 깃에 나래 묻는 이름 모를 새"들의 온기를 숨죽여 생각하는 모습에서는 외딴집에서 홀로 고향을 지키는 노인의 외로움이 전해져 온다. "노인의 자리맡에 밭은기침 소리도 없을 양이면 벽 속에서 겨울 귀뚜라미"가 "떼를 지어" 우는데 벽이 무너지라고 우는 귀뚜라미 울음소리는 고요한 겨울밤에 울려 퍼지며 쓸쓸함을 더욱 깊이 자아낸다. 인기척 없는 긴 겨울밤을 못 견디겠다는 듯 떼를 지어 겨울 귀뚜라미가 우는 풍경은 청각적 이미지를 통해 고향의 외롭고 쓸쓸한 겨울밤의 풍경을 완성하고 있다. 이 시의 제목이기도 한 월훈은 달무리를 뜻하는데 여기에서는 고요히 깊어 가는 겨울밤, 밖에서 "눈발이라도 치는지, 펄펄 함박눈이라도 흩날리는지," 창호지 문살에 어리는 희뿌연 눈발의 이미지를 "창호지 문살에 돋는 월훈"으로 비유한 것이다. 외딴집에서 홀로 고향을 지키는 노인의 외로움은 겨울이라는 배경을 통해 그려짐으로써 고립감이 더욱 배가된다. 첩첩산중에도 없는 마을이라는 점에서 이 마을은 박용래 시의 주체가 그리워하는 대상이면서 동시에 없는 곳이라는 점에서 낭만적 유토피아를 형성하고 있다.

한때 나는 한 봉지 솜과자였다가
한때 나는 한 봉지 붕어빵였다가
한때 나는 좌판에 던져진 햇살였다가
중국집 처마 밑 조롱 속의 새였다가
먼먼 윤회 끝
이제는 돌아와
오류동의 동전.

─「오류동의 동전」

박용래의 시에서는 고향인 강경뿐 아니라 오랫동안 시인이 살았던 대전이 고향의 모습으로 등장하기도 한다. 이 시는 오류동 자택에 '청시사'라는 이름을 짓고 오래 거주했던 박용래의 삶을 떠올리게 하는 시인데, 시인의 사후에 유고로 《심상》(1984. 10)에 발표되었다. 박용래는 대전시 용두동에 살다가 1963년 오류동으로 이사했다.[21] 『박용래 시 전집』의 작품 연보에서는 이 시의 창작 시기를 1979년 9월경으로 추정했다.[22] 1979년 11월 30일에 출간된 세 번째 시집에 수록되지 않은 시이지만, 1979년 9월 26일에 갑자기 사고로 세상을 뜬 임홍재의 죽음과 이 시에 나타난 윤회 사상은 어쩌면 관련이 있을지도 모르겠다. 나이가 들수록 가까운 지인이 갑자기 세상을 뜨는 일을 점점 더 자주 경험하게 되고 그러면서 자연스럽게 죽음이나 윤회 같은 문제에 관심을 갖게 되는 법이니 말이다. 이 시에는 자신의 삶을 돌아보며 오류동에 기거하는 현재의 자신이 "먼먼 윤회 끝"에 "이제는 돌아"온 "오류동의 동전" 같은 신세임을 자각하는 화자가 등장한다. 마치 돌고 도는 동전처럼 "한때 나는 한 봉지 솜과자였다가/ 한 봉지 붕어빵였다가/ 좌판에 던져진 햇살였다가/ 중국집 처마밑 조롱 속의 새였다가/ 먼먼 윤회"를 거쳐 지금은 대전시 오류동에서 살아가고 있다는 깨달음이겠다. 한때 그가 조선은행에서 일했다는 사실을 떠올리면 하필 '동전'에 윤회하는 삶을 비유한 것이 수긍이 되기도 한다.

2021년 《서정시학》 가을호에 뒤늦게 발표된 박용래의 유고 「나 사는 곳」은 1980년 11월 시인이 세상을 뜨기 직전에 쓴 시로 추정된다고 작품 연보에서 밝히고 있는데[23] 역시 '오류동'이 등장한다. "뻗치면 닿을 수 있는 거리지만// 부르면 대답할 수 있는 거리지만// 조각보 같은 오류동 하늘// 몇 그루 헐벗은 오류동 나무"(「나 사는 곳」). 1행이 1연을 구성하는 형식으로 이루어진 4연의 짧은 시로 뻗치면 닿을 수 있고 부르면 대답할 수 있는

---

21) 고형진, 『박용래 평전』, 189쪽.
22) 「박용래 시 연보」, 고형진 엮음, 『박용래 시 전집』(문학동네, 2022), 411쪽.
23) 위의 책, 411쪽.

거리지만 닿을 수 없는 오류동의 하늘과 나무를 '나 사는 곳'이라고 명명하면서 존재하되 닿을 수 없는 유토피아로 자신의 고향집을 그리고 있다. 시인이 떠난 후로는 그곳은 더더욱 닿을 수 없는 유토피아가 되었고 박용래 시의 낭만성은 그렇게 완성되었다.

5 결론

'눈물의 시인'으로 흔히 불리는 박용래 시에서 포착되는 낭만성은 어디에서 온 것일까 하는 질문을 던지며 시작한 이 글은 박용래의 편지에서 나타나는 다정함의 정동, 박용래 시에 자주 등장하는 눈과 비가 형성하는 낭만적 상상력, 그리고 박용래 시에 나타난 고향의 유토피아를 살펴봄으로써 그 낭만성의 기원과 형식을 밝혀 보고자 했다.

2장에서는 박용래 시에 나타난 다정함의 정동을 그가 지인과 가족에게 보낸 편지를 통해 살펴본 결과 동시대 남성 시인들의 시와는 다른 정동이 포착됨을 확인할 수 있었다. 무해함을 추구하는 최근 문학의 지향점과 오히려 닿아 있는 박용래의 다정함의 정동과 감각은 박용래 시의 현재성이라는 측면에서도 주목을 요한다. 위악의 포즈와는 거리가 먼 박용래의 문학은 일찌감치 다정함의 정동을 문학의 자양분으로 삼으면서 슬픔과 눈물이 주조를 이루는 낭만성을 형성해 갔다.

3장에서는 눈과 비가 등장하는 박용래의 시를 통해 박용래 시에 나타난 낭만적 상상력을 분석해 보았다. 박용래의 시에서는 겨울을 배경으로 하는 시가 압도적인 비중으로 등장하는데, 겨울을 배경으로 하는 시는 대개 눈을 동반하는 경우가 많았다. 눈 내리는 겨울의 풍경은 박용래의 시에 낭만성을 부여하는 또 하나의 요인이었다. 땅에 발을 디디고 살아가는 인간에게 하늘은 기본적으로 낭만적 동경의 대상이 된다. 바로 그런 하늘에서 내리는 눈과 비는 천상과 지상을 연결하며 박용래 시에 특유의 낭만적 분위기를 형성하는 데 기여했다.

4장에서는 박용래 시에 자주 등장하는 고향을 모티프로 한 시를 중심으로 박용래 시에 나타난 고향이라는 유토피아를 살펴보았다. 박용래 시에는 고향인 강경과 그가 생애의 긴 시간을 보낸 고향과 다름없는 대전이 자주 모습을 드러낸다. 그는 중앙 문단에 진출해 인정받은 후에도 고향 가까이 있는 대전을 떠나지 않고 대전의 시인으로 살다 갔다. 대전은 그에게 생활의 장소이자 고향의 대리 장소로서 고향 같은 곳이었다. 또한 대전 못지않게 그의 시에 원형적 장소성을 형성하는 곳은 그의 고향인 충남 강경이었다. 고향은 그에게 닿고 싶지만 닿을 수 없는 유토피아적 장소성을 띠며 원형처럼 남아 있었다. 시인이 작고한 후 고향은 더욱 닿을 수 없는 유토피아가 되었고 박용래 시의 낭만성은 그렇게 완성되었다.

오늘날 박용래의 시를 다시 읽는다고 할 때 박용래 시의 현재성을 어디서 발견할 수 있을까 하는 것이 이 글에서 궁극적으로 던지고자 한 질문이었다. 서정시의 정수를 보여 줬다는 일반적인 평가를 넘어선 박용래 시의 개성적 자리를 편지에서 포착되는 '다정함'의 정동에서 찾고자 했고, 그것이 오늘날의 독자들도 박용래의 시에서 낭만성을 발견하게 하는 기원임을 밝히고자 했다. 이러한 다정함의 정동이 눈과 비가 형성하는 낭만적 상상력으로 펼쳐지며 하늘과 땅의 경계를 지우기도 하고, 고향이라는 유토피아에서 포착되는 낭만성의 형식으로 그려짐으로써 외로움과 쓸쓸함의 정서를 자아내기도 했다. 박용래의 시가 오늘의 독자에게도 공감을 불러일으키며 읽히는 힘은 여기에 있는 것이 아닐까 생각해 본다.

참고 문헌

기본 자료

고형진 엮음, 『박용래 시 전집』, 문학동네, 2022.

고형진 엮음, 『박용래 산문 전집』, 문학동네, 2022.

논저

간호배, 「박용래 시에 나타난 토포필리아」, 《한국근대문학연구》 20(1), 한국근대문학회, 2019. 4.

고형진, 『박용래 평전』, 문학동네, 2022.

김낙현, 「박용래 시의 자연물과 시 세계의 원천」, 《한국문학이론과비평》 24(2), 한국문학이론과비평학회, 2020. 5.

김동규, 「무정(無情)과 다정(多情) 사이: 홀로서기와 공화주의적 시민」, 《동향과 전망》 107, 한국사회과학연구회, 2019. 10.

김민지, 「박용래 시에 나타난 바깥의 시선들」, 《한국문학과 예술》 46, 사단법인 한국문학과예술연구소, 2023. 6.

김재홍, 「전원 상징과 낙하의 상상력 ── 박용래」, 『한국 현대시인 비판』, 시와시학사, 1994.

김종훈, 「박용래 시에 나타난 회화성의 변화 ── '눈'의 시편을 중심으로」, 《한국문학이론과비평》 24(2), 한국문학이론과비평학회, 2020. 5.

라기주, 「박용래 시의 낭만적 상상력 연구」, 《한국문예비평연구》 52, 한국현대문예비평학회, 2016. 12.

신익선, 「박용래 시에 나타난 울음의 변용 양상 고찰」, 《현대문학이론연구》

84, 현대문학이론학회, 2021. 3.

심재휘, 「전후 세대의 장소 상실과 시적 상상력」, 《국어문학》 80, 국어문학회, 2022. 7.

엄경희, 「박용래 시에 나타난 게니우스와 헤테로토피아의 장소 경험」, 《국어국문학》 198, 국어국문학회, 2022. 3.

이경애, 「박용래 시의 생명 지향성 연구」, 《한국언어문학》 61, 한국언어문학회, 2007. 6.

이문구, 「박용래 약전」, 『(박용래 시 전집) 먼 바다』, 창작과비평사, 1984.

이재훈, 「박용래 시에 나타난 토포스의 특성 연구」, 《한국문예비평연구》 76, 한국현대문예비평학회, 2022. 12.

이형권, 「지역 문학의 정체성과 토포필리아의 상관성 — 박용래와 대전-충남 문학의 관계를 중심으로」, 《어문연구》 60, 어문연구학회, 2009. 6.

한상철, 「박용래 시의 장소 표상과 로컬리티 — '집', '고향', '마을' 표상을 중심으로」, 《비평문학》 58, 한국비평문학회, 2015. 12.

니콜 칼리스, 유라영 옮김, 『다정한 세계를 위한 공부』, 유노책주, 2025.

멜리사 그레그·그레고리 시그워스, 최성희·김지영·박혜정 옮김, 『정동 이론』, 갈무리, 2015.

티에리 파코, 조성애 옮김, 『유토피아』, 동문선, 2002.

1925년	2월 6일, 충남 논산군 강경읍 본정 78번지에서 4남 2녀 중 막내 쌍둥이의 형으로 늦둥이로 태어남. 아버지는 한학자로 부여에서 태어나 오랫동안 부여에서 살다가 자식들 교육 문제로 강경으로 거주지를 옮긴 것으로 보임. 강경에서 박용래가 태어남.
1940년(16세)	박용래를 어머니처럼 보살펴 주던 열 살 터울의 손윗누이 박홍래가 3월에 출가해 12월에 산후 출혈로 사망함. 이 충격으로 박용래는 감상적 성격이 되었고 홍래 누이를 회고할 때마다 자주 눈물을 보였다고 함. 박용래를 시인의 운명으로 이끈 계기가 됨.
1943년(19세)	강경상업학교 졸업. 조선은행 군산 지점에서 면접을 본 후 합격해 입사함.
1944년(20세)	1월 10일, 조선은행 경성 본점에서 근무를 시작함. 고향을 떠나 낯선 곳에서 근무하며 외로움을 겪었고 은행 일이 자신과 맞지 않는다는 생각을 하게 됨. 5월 1일, 조선은행 대전 지점이 신설되자 서울을 떠나 고향 가까운 대전에서 일하고 싶다는 생각에 전근을 신청함.
1945년(21세)	일제의 개정 병역법에 따라 징병 검사를 받고 7월 초에 징집되어 한 달 남짓 일제의 사역병 노릇을 하게 됨. 그러다 8월 15일에 용산역에서 해방을 맞이함.
1946년(22세)	대전의 정훈 시인이 주도한 향토시가회에 합류함. 정훈, 박희

선과 함께 《동백》을 창간하고 시 「6월 노래」와 「새벽」을 발표
함. 김소운 시인이 부산 동래에서 문인 부락을 세울 예정이라
는 기사를 보고 동래로 김소운 시인을 수소문해 찾아가 며칠
간 머물며 문학에 대한 열망을 피력하고 이야기를 나눔.

1947년(23세) 시의 길을 걸어야겠다는 생각으로 조선은행을 사직함. 대전
에 용무차 내려온 박목월 시인을 우연히 만나 시 낭독과 문학
에 대한 담소를 나눈 후, 시인의 길을 걷겠다고 굳게 결심함.

1948년(24세) 대전 계룡학관(호서중학교) 교사로 근무함.

1950년(26세) 1월, 충청남도 국민학교 교사 채용 시험에 합격함. 6·25전쟁
이 일어난 후에도 대전에 머물다 논산으로 피신함.

1952년(28세) 호서문학회가 9월 1일 창간한 《호서문학》에 창간 회원으로
참여함.

1953년(29세) 서울에 있는 창조사 편집부에서 근무함. 11월에 부친이, 12월
에 모친이 온양에서 연달아 사망함.

1954년(30세) 4월, 대전으로 돌아와 덕소철도학교에 국어 교사로 부임함.

1955년(31세) 1월, 중학교 국어과 준교사 자격증을 취득함. 《현대문학》 6월
호에 「가을의 노래」가 박두진 시인에 의해 1회 추천됨. 원영한
시인의 소개로 12월 24일, 대전 출신의 도립 대전병원 간호사
이태준과 결혼해 대전 보문산 기슭의 대사동에 셋방을 얻어
신혼 생활을 시작함.

1956년(32세) 《현대문학》 1월호에 「황토길」이, 4월호에 「땅」이 박두진 시인
에 의해 추천되어 3회 추천 완료로 시단에 나옴. 대전 덕소중
학교 교사를 그만둠. 대사동에서 용두동으로 이사함.

1957년(33세) 장녀 노아 태어남.

1959년(35세) 차녀 연 태어남.

1961년(37세) 6월, 대전 한밭중학교 상업 담당 교사로 부임했다가 8월에 사
임함. 11월, 당진 송악중학교 국어 담당 교사로 부임함. 삼녀

수명 태어남. 제5회 충청남도문화상 문학 부문을 수상함.

1962년(38세)　송악중학교 교사를 그만둠.

1963년(39세)　대전시 중구 오류동 17-15번지로 이사함. 택호를 '청시사(靑
柿舍)'로 짓고 이곳에서 생을 마칠 때까지 거주함.

1966년(42세)　사녀 진아 태어남.

1969년(45세)　첫 시집 『싸락눈』(삼애사)을 발간함. 시집의 장정은 화가이자
시인인 김영태가 맡았음.

1970년(46세)　「저녁 눈」과 「능선」으로 제1회 현대시학작품상을 수상함.

1971년(47세)　《현대시학》 9월호부터 이듬해 6월호까지 산문 「호박잎에 모이
는 빗소리」를 연재함. 10월, 한성기, 임강빈, 최원규, 조남익,
홍희표 등 대전 지역의 시인들과 함께 6인 공동 시집 『청와
집』(문원사)을 발간함. 막내아들 노성 태어남.

1973년(49세)　대전북중학교 교사로 부임해 4개월 정도 근무하다가 고혈압
증세가 악화되어 퇴사함. 《현대시학》 신인 추천 심사위원으로
위촉됨.

1974년(50세)　한국문인협회 충남 지부장에 피선됨.

1975년(51세)　두 번째 시집 『강아지풀』(민음사)을 발간함.

1976년(52세)　《문학사상》 7월호부터 12월호까지 산문 「호박잎에 모이는 빗
소리」 연재를 이어 나감. 『현대 한국문학 선집』(일본 도주샤
(多樹社))에 「눈」, 「코스모스」, 「울타리 밖」, 「추일」, 「별리」,
「소나기」, 「솔개 그림자」 등 일곱 편의 시가 일역되어 실림.

1979년(55세)　세 번째 시집 『백발의 꽃대궁』(문학예술사)을 발간함.

1980년(56세)　7월, 교통사고가 나 2개월간 입원 치료를 받음. 10월, 장녀 노
아 결혼함. 11월 21일, 심장마비로 자택에서 별세함. 11월 23일,
충남문인협회장으로 영결식을 거행함. 충남 대덕군 산내면 삼
괴리 천주교 공원 묘지에 안치됨. 12월, 제7회 한국문학작가
상을 수상함.

발표일	분류	제목	발표지
1955. 6	시	가을의 노래	현대문학
1956. 1	시	황토길	상동
1956. 4	시	땅	상동
1956. 4	산문	수중화(水中花) ― 당선 소감	상동
1956. 10	시	엉겅퀴	상동
1957. 11	시	코스모스/눈/설야	상동
1958. 3	시	소묘 ― 풍경/마을	상동
1958. 6	시	소묘 ― 고향/산견	상동
1958. 9	시	뜨락	상동
1959. 2	시	울타리 밖에도 화초를 심는 마을의 시	상동
1959. 8	시	잡목림	상동
1960. 2	시	추일	상동
1960. 9	시	둘레	상동
1961. 12	시	엽서에	상동
1962. 5	시	그늘이 흐르듯	상동
1963. 5	시	소묘 ― 모과차/가학리/두멧집	상동
1964. 1	시	소묘 ― 모일(某日)	상동
1965. 1	시	오후	상동

발표일	분류	제목	발표지
1969	시	겨울밤/종소리/고향 소묘/ 한식/정물/세모(歲暮)/ 작은 물소리/수중화/삼동	『싸락눈』(삼애사)
1969	시집	싸락눈	삼애사
1969. 4	시	저녁 눈	월간문학
1969. 11	시	그 봄비	현대시학
1969. 11. 15	시	담장록	동아일보
1969. 12	시	강아지풀	월간문학
1970. 1	시	들판	현대문학
1970. 2	산문	단상	충남문학 6
1970. 3. 20	산문	민들레 몇 송이	한국일보
1970. 4	시	소감/친정달/울안/능선	현대시학
1970. 5. 17	산문	색깔	중앙일보
1970. 6	시	고흐	현대문학
1970. 8. 6	시	공주에서	대전일보
1970. 8	산문	그 마을 — 현대시학작품상 수상 소감	현대시학
1970. 10. 25	산문	파스텔의 질감 — 임성숙 시집 『우수의 뜨락』을 읽고	대전일보
1970. 11	시	낮달/먼 곳 — 수(袖)	현대시학
1970. 12	시	하관	여성동아
1971	시	공산(空山)/고월(古月)	『청와집』(문원사)
1971. 1	시	고도(古都)	현대문학
1971. 1	시	양귀비/창포	시문학
1971. 2	시	사면	월간문학

발표일	분류	제목	발표지
1971. 5	시	자화상 1	현대시학
1971. 5	산문	물쑥―박목월 선생님께	월간문학
1971. 9. 14	시	저문 산	조선일보
1971. 9~ 1972. 6	산문	호박잎에 모이는 빗소리: 1 나루터/2 풍금 소리/ 3 홍래 누님/4 대추알/5 노적가리/ 6 살무사/7 장갑/8 모교/9 목탄차/10 봇물	현대시학
1972. 1	시	서산	월간문학
1972. 5	산문	벼이삭을 줍듯이 ― 나의 시적 편력	시문학
1972. 8	시	취락	풀과 별
1972. 11	시	이명	현대시학
1972. 11	시	금강상류	월간문학
1972. 12	시	별리	시문학
1973. 1	시	미음	서울신문
1973. 2	시	샘가	신동아
1973. 2	시	반 잔(盞) ― 고(故) 자운 형에게	시문학
1973. 4	산문	시의 제1행을 어떻게 쓰는가	현대시학
1973. 5	시	시락죽	문학사상
1973. 5	산문	차일의 봄 ― 시와 산문	상동
1973. 5. 29	시	자화상 2	조선일보
1973. 6	시	차일(遮日)	현대시학
1973. 7. 21	시	울할매	동아일보
1973. 8	시	연시/환	현대문학
1973. 10	시	불도둑	월간중앙

발표일	분류	제목	발표지
1973. 10	산문	눈물을 아껴야지 —상호 데생, 최원규	현대문학
1973. 12	시	꽃물	한국문학
1974. 1	시	뺏기	시문학
1974. 4	산문	시의 마무리를 어떻게 하는가	현대시학
1974. 5	산문	수맥—나의 시, 나의 메모	심상
1974. 6	시	자화상 3/밤	현대시학
1974. 여름	시	탁배기/곰팡이/접분	창작과비평
1974. 7	산문	상처 속의 미 —무엇을 쓰고 있는가?	한국문학
1974. 9	시	솔개 그림자	심상
1974. 9	시	점묘	월간문학
1974. 12	시	해바라기 단장	한국문학
1975. 1	시	만선을 위해	새충남
1975	시	소나기/경주 민들레/현/겨울 산	『강아지풀』 (민음사)
1975	시집	강아지풀	민음사
1975. 1	산문	잠 못 이루는 밤의 시 —겨울밤, 모일, 서산	현대시학
1975. 여름	시	누가/눈오는 날/백야	문학과지성
1975. 9	시	풀꽃	현대문학
1975. 10	시	처마밑	한국문학
1975. 10	산문	선비 기질의 풍류 음식	월간중앙
1975. 11	시	사르비아	시문학
1975. 11. 11	시	계룡산	충남일보

발표일	분류	제목	발표지
		─충남일보 창간 25주년에 부쳐	
1975. 12	시	학의 낙루	월간중앙
1975. 12	시	난	난
1976	시	구절초	주간조선
1976. 3	시	월훈	문학사상
1976. 4	시	종소리	호서문학 5
1976. 4	시	제비꽃	현대시학
1976. 6	시	콩밭머리	한국문학
1976. 6	산문	강아지풀	문학사상
		─가장 사랑하는 한마디의 말	
1976. 7	시	목련초	현대문학
1976. 7	시	군산항	심상
1976. 7. 1	시	사역사	경향신문
1976. 7	산문	호박잎에 모이는 빗소리	문학사상
		─휘파람·가마·독백·초록 비	
1976. 8	산문	호박잎에 모이는 빗소리	문학사상
		─소리·파문	
1976. 8	산문	구름 같은 우울─탈고 그 순간	현대시학
1976. 9	산문	호박잎에 모이는 빗소리	문학사상
		─염소·해바라기	
1976. 10	산문	호박잎에 모이는 빗소리	상동
		─풍선의 바다	
1976. 11	산문	호박잎에 모이는 빗소리─여치	상동
1976. 12	산문	호박잎에 모이는 빗소리	상동
		─그림 없는 액자	

발표일	분류	제목	발표지
1977. 1	시	건들 장마	현대문학
1977. 2	시	만종/논산을 지나며	월간문학
1977. 3	시	바람 속	세대
1977. 3	산문	벗어라, 옷을 벗어라 — 나는 왜 문학을 선택했는가	한국문학
1977. 4	산문	ㄷㄷ 사잣더니 — 탈춤이 주는 문학적 모티브	문학사상
1977. 4	시	박명기	현대시학
1977. 5	시	풍경	한국문학
1977. 5	시	연지빛 반달형	주간시민
1977. 5	산문	운명의 리듬 — 문학에 눈뜬 최초의 순간	문학사상
1977. 여름	산문	소하산책	충남일보
1977. 8	산문	민들레 한 송이에도 — 전원에 산다	월간 세대
1977. 9	시	상아빛 채찍	신동아
1977. 10	시	유우(流寓)	현대시학
1977. 11	시	동요풍 — 민들레/나비/가을/ 원두막/나뭇잎	문학사상
1977. 11	산문	당신에게 — 나의 시의 불만은 무엇인가	현대시학
1977. 12	시	길	심상
1978. 2	시	유우	현대문학
1978. 2	시	고향 어귀에 서서	충남문학
1978. 4	산문	백지와의 대화 — 왜 시를 쓰는가	현대시학

발표일	분류	제목	발표지
1978. 5	산문	노랑나비 한 마리 보았습니다 목월 선생님 산으로 가시던 날	심상
1978. 5	시	진눈깨비	한국문학
1978. 6	시	점묘	주부생활
1978. 7	산문	오류동 산고 — 체험적 시론	심상
1978. 8	시	매미	문학사상
1978. 가을	시	곡 5편 — 여우비/허수아비/ 대추랑/황산메기/어스름	문학과지성
1978. 11	산문	흰 고무신, 흰 저고리 — 이 한 편의 시	한국문학
1978. 11	산문	'홍래 누님'의 정한의 시 — 내가 즐겨 부르는 노래	엘레강스
1978. 12	시	백로	월간문학
1978. 12	시	한(翰)	현대시학
1978. 12	시	도화/미닫이에 얼비쳐	심상
1978. 겨울	시	제비꽃	문예중앙
1979	시	면벽 1/얼레빗 참빗	『백발의 꽃대궁』 (문학예술사)
1979	시집	백발의 꽃대궁	문학예술사
1979. 1. 1	시	소리 — 신년송	서울신문
1979. 2	시	사연	여성중앙
1979. 3	시	면벽	한국문학
1979. 봄	산문	가까이 있는 진정한 아름다움	문예중앙
1979. 4	시	인동	신동아
1979. 4	시	안신	현대시학

발표일	분류	제목	발표지
1979. 5	시	곡/안행(雁行)	심상
1979. 6	시	이문구/쇠죽가마	문학사상
1979. 7	시	목침을 돋우면	월간문학
1979. 8. 11	시	산수유꽃	소년한국일보
1979. 9. 4	산문	가을에 생각한다	서울신문
1979. 9	시	짝짝이	세대
1979. 가을	시	물기 머금 풍경 1	백지
1979. 10	시	달밤	여성중앙
1979. 10	산문	산호잠 —문학, 문학인/작가의 일일	한국문학
1979. 11	시	홍시가 있는 풍경	학원
1979. 11	시	저물녘	문학사상
1979. 12	시	물기 머금 풍경 2	엘레강스
1979. 겨울	시	액자 없는 그림	문예중앙
1980. 1. 1	시	겨레의 푸른 가슴에 축복 가득 —신년시	충청일보
1980. 2	시	Q씨의 아침 한때	현대문학
1980. 2	산문	반의반쯤만 창틀을 열고 —문학적 자전	문학사상
1980. 3	시	부여	심상
1980. 4	시	버드나무 길	현대시학
1980. 5	시	보름	한국문학
1980. 5	산문	술래의 봄 앞에서 —한 시인의 죽음 앞에	엘레강스
1980. 8	산문	호박꽃 물든 노을	여고시대

발표일	분류	제목	발표지
		—추억 속의 외갓집 여름 풍경	
1980. 8	시	앵두, 살구꽃 피면/열사흘	현대문학
1980. 8	시	명매기	현대시학
1980. 9	시	점 하나	주부생활
1980. 가을	시	손 끝에	선미술
1980. 11	시	먼 바다	한국문학
1980. 겨울	시	음화/육십의 가을/첫눈/마을	세계의문학
1980. 12	시	초당에 매화	청파
		—선배 장영창 님 회갑에	
1984. 10	시	오류동의 동전	심상
1984. 10	시	감새/꿈속의 꿈/뻐꾸기 소리	한국문학(유고)
2021. 가을	시	때때로/나 사는 곳	서정시학(유고)

작성자 이경수 중앙대 교수, 문학평론가

'시적 상상력'의 재조명[1]

송욱(宋稶)의 작품을 중심으로

김민지 | 홍익대 초빙교수

1 시학적 상상력, 존재의 물음으로

본 논문은 송욱(1925~1980)의 탄생 100주년을 기념하여 송욱의 시론과 시를 새로운 시각으로 조명하는 데 목적을 둔다. 송욱은 전후(戰後)의 혼란스러운 상황 속에서 실험적인 시와 시론을 통해 자신만의 담론을 구축했다. 또한 시인이 지향해야 할 이론적 기반을 다양한 해외 이론을 참조해 나름의 기준을 가지고 체계적으로 구성했다. 송욱은 당대 주목받는 서구 이론가들의 논의를 번역하고, 작품 분석까지 나아가 이론이 지닌 담론적 의미를 비판적으로 검토하는 과정에서 자연스럽게 한국문학 담론 내에서의 적용 가능성을 탐색했다.

---

1)　*이 글은 「인공지능 시대, '시적 상상력'의 재조명: 송욱(宋稶)의 작품을 중심으로」,《선학》71호(한국선학회, 2025. 8. 31)에 실린 논문을 수정·보완한 것임을 밝힌다. 더불어 송욱의 생애 및 연보 또한 『송욱 시 전집』 등 송욱 관련 저서들을 참고해 작성했다.

무엇보다 송욱 시론의 특이점은 자신이 이해한 바를 토대로 이론을 자유롭게 전개했다는 점이다. 이러한 비평의 자율성은 당대 문인들에게 긍정적으로 평가되기도 했지만 동시에 이론적인 정합성의 한계와 편파적인 해석으로 비판받기도 했다. 특히 1963년에 발간된 『시학 평전』에서 지나치게 서구 이론과 문화를 찬양하여 연구자들로부터 비판적 평가를 받고 있으며, 시에 반영된 불교적 세계관 역시 논쟁적 쟁점으로 다루어져 왔다.

근래의 송욱은 "불교와 시의 융합을 성취한 시인"[2]이라고 평가받기도 했지만, 당대 평론가인 김종길은 송욱이 불교적 사유를 단편적이고 주관적인 해석을 통해 수용하는 경향을 보이며, 불교 교리에 대한 오독이 존재한다고 평가하면서 이를 비판적으로 바라보았다.[3]

하지만 위와 같은 부정적인 평가와 인식으로 송욱의 비평은 나름의 균형을 찾게 되면서 『문학 평전』과 평론집인 『문물의 타작』에 이르러서는, 서구 이론에 편중되어 있던 담론적 이해가 점차 수정되었다. 『문학 평전』에서는 서양 이론에 치우치기보다 이론의 균형을 찾아 갔으며, 작품을 통해 송욱이 말하고자 하는 바를 보다 주체적이고 전유적으로 전달하고자 자신의 논의를 논리적으로 수정했다. 특히 『문물의 타작』에서는 송욱을 향해 제기된 비판적 담론을 정리하여, 전작과 달리 전통성에 대한 인식의 확장이 이루어졌다.[4] 이에 대한 학문적 맥락을 파악하기 위해 기존 연구자들의 논의를 살펴보자.

송욱의 선행 연구를 살펴보면 특정 주제 의식 아래 집약되는 경향을 보인다. 주로 말과 언어,[5] 자연[6] 등에 관한 논의로 송욱의 연구는 한정된다.

먼저 박종석은 송욱 연구를 다각도로 검토한 연구자 중 한 명으로, 현

---

2) 홍기삼, 「시와 불교의 인간주의」, 『불교 문학 연구』(집문당, 1997), 66쪽.

3) 김종길, 「아카데미시즘과 나르씨시즘」, 《사상계》 1963. 9 참조.

4) 『문물의 타작』에는 수정된 『시학 평전』의 원서문이 실렸는데, 초판에 발행한 서문과 달리 송욱의 해명과 의도 등이 추가로 언급되어 있다.

5) 김현, 『문학과 유토피아 — 공감의 비평』(문학과지성사, 1992); 조영복, 「宋稶 연작시의 성격과 '말'의 탐구」, 《한국시학회》 1, 한국시학연구, 1998; 이승하 외 『송욱』(새미,

재까지 송욱의 시론을 불교적 사유로 면밀하게 살핀 연구자이다. 박종석은 선시(禪詩)의 관점에 송욱의 시를 분석하면서 그가 현실적인 삶의 고뇌를 불교적 이미지로 표현해 불이(不二)에 합(合)을 열망했음을 언급했다. 그리고 「해인연가」를 직접적으로 다루지는 않았으나, 이 연작시에서도 '일여(一如)의 방법론'이 지속되고 있음을 시사하며 해석의 여지를 남겼다. 박현수 역시 한용운 작품을 주해한 『님의 침묵 전편 해설』에도 불교철학의 시학적 가치를 전개하지 못함을 언급하면서 깊이 있는 분석으로 이어지지 못함을 밝혔다.[7] 다만 불교철학 관련한 논의를 살펴보면 송욱은 불교 교리를 통해 시학적 사유의 폭을 넓혔다는 점에서 유의미하나 이론적으로 면밀한 검토가 되어 있지 않음을 확인할 수 있다.

또한 김현은 송욱을 말의 울림이 예민한 시인으로, 다양한 운율을 시도한 시인으로 평가했다. 송욱은 시를 단순한 도구가 아니라 세계를 비추고 변형시키는 도구로 삼고, 의미의 원천은 불교에 기반하여 구축했다. 특히 송욱 시가 상상력을 통해 풍요로운 우주적 세계를 형성한다는 점에서 일상을 초월할 순간을 제시했다고 비평했다.[8]

나아가 김유중과 황현산은 송욱의 시론을 현실에 대한 비판적 개입과 해체적 성격뿐 아니라, 세계에 대한 새로운 인식의 틀을 제시하고 사물의 의미를 재구성하려는 창조적 지향이자 실천적 시도로 이해[9]했다. 이는 송욱의 시론을 해체에 앞서 재구성을, 분석에 앞서 총체적 통찰을 지향하는

2001); 김한식, 「시학과 수사학 ─ 송욱의 시와 시론 연구」, 《상허학보》 12, 상어학회, 2004.

6) 정효구, 「송욱 시에 나타난 자연과 생명 ─ 道의 의미와 작용을 중심으로」, 《어문연구》 63, 어문연구학회, 2010; 최호영, 「송욱의 생명 시학과 동서 사상 융합의 기획」, 《한국문예창작》 20, 한국문예창작회, 2021.

7) 박현수, 「근대시 연구의 새로운 지평 ─ 전통주의 연구를 중심으로」, 《현대문학이론연구》 33, 현대문학이론학회, 2008. 13~18쪽.

8) 김현, 앞의 책, 40~49쪽.

9) 김유중, 「사상의 창조와 실험 정신」, 《한국현대문학연구》 2, 한국현대문학회, 1993. 397~401쪽.

비평적 태도라고 인식한 것이다.[10]

　주지하듯 송욱에 관한 연구는 해방 이후 이념이 단절된 시기였음에도 한국 문학 비평의 방향성을 서양 사상과의 비교를 통해 새로운 지평을 제시했다는 점에서 학술적으로 의의를 지닌다. 다만 연구자들이 보는 송욱의 논의에 대한 부정적 평가는 주로 서구 중심적 서술과 전통문화에 대한 평가절하 그리고 불교적 사유에 대한 오독 등이 그 근거로 지적된다. 그럼에도 주목해야 할 것은 송욱은 자신만의 시론을 구축하고 차별화된 논의를 제시했다는 점에서 의의를 지닌다.

　본 연구의 목표는 앞선 선행 연구에서 송욱의 시론이 담고 있는 함의를 인공지능 시대의 변화된 인식론적 조건 속에서 논의를 어떠한 방식으로 확장하고 재맥락화할 수 있는지를 검토한다. 특히 송욱이 강조한 '상상력'을 중심 개념으로 삼아 연작시 「해인연가」에 나타난 자연의 상징적 변화를 고찰하여 시에 나타난 불교적 상상력을 고찰한다. 이때 상상력은 단순히 창작을 위한 수단이 아니라, 존재적 앎과 성찰에서 기인한 사유와 결합하여 작동한다. 이는 시를 쓰기 위한 '몽상의 상태'[11]로, 신체를 벗어나 쉬는 불교적 명상의 상태와도 유사하다.[12] 이는 송욱의 시적 상상력이 내면을 탐구하는 작업과 동일함을 알 수 있으며, 불교 교리와 이어져 통찰과 체험의 영역으로까지 나아가는 사유이자 현실에서 벗어나 고요함 속에서 창작에 이르는 과정이라고 볼 수 있다.

　이러한 인식은 자연스럽게 현시대의 문제와도 맞물린다. 인공지능이 만들어 낸 생성형 언어(AI-generated language)는 언어의 특수성과 상징성을 기

---

10)　황현산, 『역사의식과 비평의식』(난다, 2019), 408~431쪽.

11)　채숙희는 바슐라르의 물질적 상상력을 몽상으로 비롯된 것으로 이해했다. 그리고 몽상은 '인간을 세계에 연결시켜 주는 것'이라고 이해하며 존재는 실체가 있는 것이 아니라 몽상에서 느끼는 것이라고 보았다. 무엇보다 바슐라르의 '물'을 불교의 무아 사상으로 이해하면서 내면을 비추는 상상력으로 이해했다.(채숙희, 「가스통 바슐라르의 물질 상상력과 불교」,《부산대 사범대학》41, 교사교육연구, 1999, 47~51쪽)

12)　채숙희, 위의 책 41쪽.

계의 영역으로 환원시켰다. 그 결과 인간의 상상력이 제한되고, 언어의 상
징적 가치가 삶의 문제로 확장되지 못하는 근본적 한계를 보여 준다. 이러
한 문제는 송욱의 시론을 비판의 틀로 삼아 충분히 논의될 수 있다고 판
단된다.

따라서 본 연구에서 인공지능 시대 송욱의 시론을 새로운 시각에서 재
해석함으로써, 사유의 지향점을 찾고 향후 담론이 나아가야 할 방향성을
탐색하고자 한다. 정리하면 2장에서는 송욱이 자신의 경험과 체험의 영역
그리고 수행의 과정에서 쓰인 「해인연가」에 형상화된 '바다'의 이미지를
불교적 상상력으로 이해함으로써 시적 이미지가 실존적 인식과 결합하여
시인의 성찰이 이루어지고 있음을 확인한다. 3장에서는 2장에서 사유를
형상화하는 '시적 상상력'의 역량을 인공지능 시대 어떤 방식으로 확장할
수 있을지와 그 가능성을 모색하고자 한다.

2 '바다'에 담긴 불교적 상상력: 연작시 「해인연가」를 중심으로

송욱의 『시학 평전』은 불교에 대한 이해와 앎이 충분히 형성되지 않은
상태에서 집필된 것으로 판단된다. 이로 인해 불교에 대한 해석은 일차원
적인 수준에 머무르고 있으며, 교리의 다층적인 맥락도 충분히 고려되지
않았다. 또한 서양 이론에만 치중한 나머지 외국 시에 대한 과도한 수용과
옹호의 경향이 이어지면서 현대시에 대한 편향적 해석을 초래하고 있다.
하지만 『문학 평전』에 이르러 일정한 균형을 갖춘 해석적 시도가 본격적
으로 전개되면서 오독의 문제는 일정 부분 해소되었다.

송욱은 자신의 시론에서 '물'의 상징성과 물질적 이미지를 일관되게 중
시했다. 송욱은 "물이 우리 상상력(想像力)에 대하여 다른 물질(物質)과는
다른 개성(個性)을 가지고, 독특한 작용을 한다."[13]라며 물이 지닌 상상력

---

13) 송욱, 『文學評傳』(일조각, 1969), 238쪽.

을 바슐라르의 논의를 빌려 설명한다. 이러한 '물'의 이해는 송욱의 연작시인 「해인연가」에서 두드러진다. 「해인연가」에서 '바다'는 시적 화자의 내면과 불교적 교리와 긴밀하게 연결되어 있어 다른 시편과 달리 물이 지닌 고유한 내밀성을 통해 상징적 깊이를 보여 준다.

송욱은 시에서 물질적인 요소와 불교철학이 결합한 곳을 '바다'로 상정한다. 바다의 철학적 의미는 불교적 사유에 근거하고 있어 시에서 바다의 이미지는 물의 질료적 특성이 강하게 드러나고 있다. '해인(海印)'이라는 표현이 불교의 핵심 교리인 연기(緣起)에서 출발하여 바슐라르의 물질이 지닌 관념이 시에 감각적으로 반영된 것과 같이 동서양의 철학적 관점이 교차하며 복잡한 의미망을 형성한다.[14]

「해인연가」에 등장하는 '바다'는 "세계를 비추는 거울로 상정된 불교 특유의 바다"[15]로 규정되며, 이는 송욱의 사상과 가장 밀접하게 맞닿아 있는 이미지이다. 이러한 시적 상상력의 원천은 바슐라르가 언급한 '물'의 상징성을 불교의 교리와 접목하여 설명한 것으로, 『문학 평전』에서 논의된 '질료(質料)의 상상력(想像力)'[16]을 대표하는 주요한 상징성을 가진다. 나아가 송욱의 시편에서 이러한 물질적 상상력은 감각과 자연, 그리고 다양한 요소들과의 융합 속에서 시의 생기를 창조하며 그 과정에서 기호에 상징적 의미를 부여하고 있다.

'해인'과 같은 불교 특유의 바다는 「해인연가」뿐 아니라 다른 시에서도 반복적으로 등장하여 송욱의 시론의 상징체계를 이해하는 데 중요한 역할을 한다. 「해인연가」 시편들 가운데 불교적 사유가 분명히 드러나는 시편은 「해인연가」 1~5편에 집중된다. 특히 바다는 시적 화자의 내면을 반영하는 공간인 동시에 시적 화자가 궁극적으로 지향해야 할 철학적 경지

---

14) 다만 불교적 교리는 「해인연가」 시편의 후반부로 갈수록 철학적 의미보다 물질의 속성이 이미지로 형상화됨에 따라 시적 공간은 역동성을 획득한다.

15) 김현, 앞의 책, 47쪽.

16) 송욱, 앞의 책, 228쪽.

로 제시된다. 다만 작품이 전개될수록 철학적 담론의 구조 안에서도 시인의 욕망과 역동적 움직임이 두드러지는데, 이는 욕망의 지향점이 서사적으로 현시된 것으로 해석할 수 있다.[17]

「해인연가」 1~2편에서 '바다'는 모든 것의 근원이다. "아아 태양은 죽음은 제 모습을 못 보고, 바다가 비추면 푸르를 뿐"이라는 구절에서도 '바다'라는 공간은 모든 만물의 빛이 시작되는 근원적 장소로 표상된다. 이러한 인식은 「해인연가 10」까지 지속된다.

아아 못내 돌아다보니
눈부신 바단데,
그 위를 걷는 억만상(億萬相)이
너를 부르는 —
목숨도 죽음도
이루 다 못한 그 노래

—「해인연가 1」 부분

빛을 넘어선 빛이
웃음을 갓 배운
갓난아이처럼
파도 소리에
귀 기울이며
솔아 붙은 소라 껍질 —

---

17) 바슐라르는 이미지의 역동성이 이미지기 전에 욕망으로 파악되는 상상력이라고 보았다. 그래서 송욱의 '바다'는 물에서 나오는 시인의 욕망을 물질화하여 반영한 것이다. 바슐라르는 욕망을 상상력과 꿈의 에너지로 보았기에, 물질화된 바다의 모습은 송욱의 내면적 힘과 창조적 영감이 교감함을 의미한다.(가스통 바슐라르, 김병욱 옮김, 『물과 꿈』(이학사, 2020), 61~62쪽)

(이것이 무엇일까.)

종(鍾)일까

그림잘까 —

햇살 소리

수런하게 소란대는

바다를 등지고 앉은 —

가슴에 손을 얹은

나를

나는 모른다

—「해인연가 2」 부분

위 시에서 "소리"는 시적 화자가 바다에 가닿게 하는 매개이자 인간의 생(生)과 사(死)를 담고 있어 어떠한 것도 할 수 없는 인간의 유한성과 무력함을 환기시킨다. 어느 것도 통제할 수 없는 삶에서 시적 화자는 '나를 모른다'를 반복적으로 말하며 자아와 삶에 대한 무지(無知)함을 드러낸다. 이러한 인식의 한계로「해인연가 2」에서 시적 화자는 자신뿐 아니라 주변에 일어나는 변화들에 대해서도 물음을 갖기 시작한다. 특히 "빛을 넘어선 빛"이라는 구절에서 순수한 상태이자 초심자인 "갓난아이"처럼 아무리 귀를 기울여도 분간할 수 없는 인식의 상태를 보여 준다. 이는 세상의 파동을 감지하고도 그것이 '종'의 울림인지 '그림자'의 잔향인지조차 판별할 수 없는 상황에 비견된다. 그럼에도 여전히 시적 화자의 물음이 지속되는 이유는, 존재란 본질적으로 고정된 의미나 규정에도 완전히 포섭할 수 없기 때문이다. 고로 끝나지 않은 물음은 지속될 것이며 물음은 결국 '나'로 향하게 된다.

답을 제시하지 않았던 '빛'은「해인연가 3」에 와서도 그저 어둠을 밝히는 '광명(光明)'과 같다.

스며

나며

끈적이는 밤중을

대낮인 줄

알았겠다!

없어야 하게

있고

있어야 하게

없어서야 ──

어찌 지녔으랴

내가

한 줌

티끌이

티끌세상인 것을 ──

이는 듯 자고

자는 듯 이는

물결처럼

몸이 마음대로 맑은 바다로!

── 「해인연가 3」 부분

    '빛'은 "끈적이는 밤중"을 "대낮"처럼 만드는 힘을 지녔다. 다만 빛은 시적 화자의 의도대로 움직이지 않는다. 이러한 빛은 그저 시적 화자의 삶을 관통하는 것을 넘어 삶을 '부드럽게 할 빛'으로 여겨진다. 이 빛은 마치 고뇌에서 벗어날 수 있는 광채(光彩)인 듯 보이지만, 실은 이 빛으로 시적 화자는 자신의 존재가 "티끌"과 다름없음을 깨닫게 하는 앎으로 연결된다.

빛으로 모든 만물의 형상이 사라지듯, 모든 현상이 독립적인 실체가 아닌 '연기(緣起)' 사상과도 맞닿아 있어, 실체는 존재하지 않는다. 시적 화자는 자신의 존재 또한 "티끌세상인 것"처럼 모든 사물은 하나로 연결되어 있지만, 스스로의 존재를 규정할 수는 없다.

「해인연가 4」에 이르러서는 '해인'의 의미가 한층 두드러진다.

생각도
아닌 생각도 —
고독
노다지
요지경(瑤池鏡)
바다.

—「해인연가 4」 부분

꿈에 잠긴 인식(認識)과
인식에 잠긴 꿈,
불타는 가슴이
다한 물결이
바다.

—「해인연가 5」 부분

「해인연가 4」에서 바다는 '나를 비추는 물결!'이라는 표현을 통해 형상화되며, 이는 시적 화자가 내면을 응시하는 공간으로서의 상징성을 갖는다. '바다'는 모든 욕망을 볼 수 있는 공간이자 시적 화자의 심상(心想)을 비추는 곳으로 여겨진다. 다만 시적 화자는 여전히 '내려놓음'을 깨닫지 못하여 중생(衆生)에 머무르고 있어 고독의 정서가 잔존한다. 이러한 고독감으로 시적 화자는 '비개성적'인 것에 도달하지 못하게 하고, 감각과 감정을

초월하지 못한 채 공허하고 무상함을 느끼는 데 이른다. 그래서 「해인연가
4」까지 등장하는 '바다'는 시적 화자의 '인식'만이 가득 차 있는 공간이다.

그러다가 「해인연가 5」에 와서는 시적 화자의 욕망과 맞닿아 있지만 혼
탁한 자신의 욕망을 넘어 번뇌를 정화하기 위해 꿈을 좇기 시작한다. 「해
인연가 5」부터는 시적 화자의 욕망을 반영한 역동적인 은유들이 본격적
으로 시에 표면화되면서 '죽음'이 등장한다. 시적 화자는 죽음과 닮은 바
다에 몰입하며, 죽음을 초월적 세계로 승화시킨다. 비록 '꿈' 속에서 가능
하지만, 그럼에도 시적 화자는 끊임없이 바다를 응시함으로써, 자신만의
몰입(비개성적인 몰입)을 통해 죽음을 승화하는 보편적 진리에 도달한다.

「해인연가」 시편은 후반으로 갈수록 '바다'의 이미지보다 '꿈'의 형상이
중점적으로 드러나면서 역동적인 이미지보다 몽환적인 이미지가 시 전반
에 걸쳐 빈번하게 나타난다. 「해인연가 8」부터는 '부처'가 직접적으로 언급
되며, '수미산(須彌山)', '삼도천(三途川)'과 같은 상징적인 공간도 노골적으
로 등장한다. 이러한 초월 세계의 등장은 시적 화자가 지향해야 하는 앎
을 구체화하고, 상상력을 초월적인 차원으로 심화시킨다. 「해인연가 8」 이
후부터 철학적인 깊이보다는 욕망과 대상의 역동성에 주목해 "초자아(招
自我) 아수라"[18]와 같은 시어로 욕망을 승화하는 단계에 도달한다.

하지만 「해인연가」의 시편은 불교적인 근거가 관념적으로만 드러나는
궁극적인 한계를 지닌다. 다른 시편과 비교하면 분명 불교적 요소가 묘
사되기는 하나, 그 속의 불교적 표용이나 법계는 관념적 차원에서 암시될
뿐, 「해인연가」를 관통하고 있지는 않다. 이는 송욱의 불교적 이해가 다소
미흡함을 보여 주는 일례이다. 아마 이 같은 이유는 송욱이 불교적 존재
론을 충분히 체득하지 못한 점과 바슐라르의 철학과 불교의 상충하는 지
점에서 야기된 충돌 내지는 이론적 괴리의 결과로 판단된다. 그럼에도 「해
인연가」에서 불교적 교리에 대한 분석이 이루어져야 하는 까닭은 초탈이

---

18) 송욱, 「해인연가 8」, 『何如之鄕』(일조각, 1961).

나 '공(空)'의 경지에 도달하려는 시인의 목적에만 기인하는 것이 아니라, 세속의 고통과 현실의 감각에 귀 기울이려는 실천적 태도가 동반하기 때문이다.

비록 송욱의 불교적 이해가 미흡하나 「해인연가」에서 불교 교리를 자신만의 방식으로 변용·조합하여 역동적인 이미지를 형상화하고, 교리의 수행적 시도가 전개된다는 점에서 평가할 만한 작품으로 간주된다. 송욱의 불교적 상상력은 인공지능 시대 '깨달음'에 도달하기 위한 길을 여는 데 중요한 의의를 지닌다. 비록 본 연구에서 충분히 다루지 못했지만, 추후 송욱의 시적 상상력을 심도 있게 이해하기 위해서는 불교철학을 기반으로 바슐라르의 '상상력'의 개념을 조망하고, 이를 성찰적으로 실천하려 했던 송욱의 시론에 관한 연구가 보충되어야 한다.

다음 장에는 송욱 시론의 중심 개념 중 하나인 '상상력'에 주목하여, 인공지능 시대에 맞는 새로운 해석의 지평을 모색하고자 한다.

3 인공지능 시대 존재론적 조건으로서의 '상상력'

인공지능 시대 문학은 내면적 형상화라는 점에서 삶에서 중요한 가치를 지니지만, 인공지능이 생성한 텍스트에는 인간의 실존적 체험과 정서가 결여되어 있어 문제시되고 있다. 더욱이 창작의 영역에서 인공지능이 지닌 역량의 활용 방안과 담론적 이해는 인간이 추구하는 예술적 가치와 맞물려 앞으로도 필연적으로 전개될 것이다. 지금까지 이에 대한 명확한 해결 방안이 제시되지 않았으며, 인공지능 활용에 관한 가치판단과 기준 또한 확립되지 않은 상태이다. 이러한 시대적 맥락 속에서 송욱의 시론이 제시하는 철학적 함의를 심층적으로 다룰 필요가 있다.

송욱은 리처즈(I. A. Richards)의 '과학적 시관'에 대해 비판적인 태도를 보인다. 그는 과학은 인간이 "무엇을 느껴야 하는가, 무엇을 해야 하는가와 같은 문제에 대해서 직접적인 대답을 하지 않는다. 오히려 이러한 목적에 부합하지 않는다는 것"[19]을 언급하며 이를 비판한다. 리처즈는 기존 문학이 중시하던 가치와 달리 작품의 정확한 분석과 예측 가능한 독자의 반응에 관심을 두었다. 반면 예술성을 중시했던 송욱은 작품을 창작 실험의 결과물로 간주하는 리처즈의 논의를 결코 긍정적으로 받아들이지 않았다. 왜냐하면 송욱은 문학에서 전통성과 예술성을 항상 중요한 가치로 여겼기 때문에, 이 모든 것을 맹목적으로 초월하는 과학이 결코 시의 본질에 가닿을 수 없다고 판단했다.[20]

또한 시 읽기뿐 아니라 시 창작의 중요성을 강조한 송욱의 입장에 비추어 볼 때, 시 읽기만을 경험으로 한정하는 리처즈의 견해와는 명백하게 대립한다. 이후의 연구자들은 이러한 송욱의 비판을 다소 편협한 해석으로 지적하며, 송욱의 비판 자체가 리처즈 이론에 대한 오독에 기반하고 있다고 판단했다. 그러나 본 연구는 선행 연구에서 제기된 해석상의 논쟁보다는, 송욱의 시편에 드러난 법계 사유와 무상·연기와 같은 불교 교리가 시적 상상력 속에서 어떻게 형상화되는가에 주목한다. 이러한 관점은 단순히 송욱의 시론에 대한 분석을 넘어, 불교적 사유가 시적 상상력을 매개로 하여, 존재의 관계망과 실존의 차원으로 확장되는 과정을 새롭게 조명하려는 것이다. 나아가 송욱의 시론이 인공지능 시대 문학 논의와도 접속할 수 있는 지평을 찾는 데 목적을 둔다.

---

19) 송욱, 『詩學評傳』(일조각, 1963), 99~100쪽.

20) 송욱은 리처즈의 목적과 결과 중심적 비평 방식에 대해 비판적 태도를 견지한다. 하지만 이는 실제로 왜곡된 논의라고 볼 수 있는데, 리처즈는 그의 저서인 『시와 과학』에서 "과학은 어떠한 궁극적인 의미에 있어서도 사물의 본질에 관해서 우리에게 아무것도 말해 주지 않으며, 또 말해 줄 수 없다."라고 언급한 바 있다. 이는 그저 시적 경험이 어떻게 작용하는가를 생물학적이고 정신분석학적인 입장에서 설명할 뿐이라고 언급했다. 존재와 실존에 관한 오래된 물음들은 결코 과학이 해결해 줄 수 없음을 말하며, 오히려 인간의 궁극적인 물음을 향한 집요함이 과학에 대한 욕망과 집착을 생성할 뿐이라고 이해했다. 송욱은 이러한 리처즈의 견해를 다소 곡해했다고 판단된다. 하지만 표현법이 다를 뿐 리처드와 송욱 모두 시적 경험의 중요성을 언급하고 있다.(I. A. 리처즈, 이국자 옮김, 『시와 과학』(이삭, 1983), 20~51쪽)

현재 인공지능이 산출한 문화적 담론이 확산되는 가운데, 우리는 새로운 시대적 전환기를 맞이하고 있다. 작가의 목적이나 의도보다는 독자들의 반응과 요구가 작품에 직접적인 영향을 미치면서, 인공지능 시대의 창작은 새로운 국면에 이르렀다. 이러한 시대의 도래는 작품에 있어 객관성 확보를 중요한 과제로 제시하고 있으며, 창작의 영역에서는 기술적인 경계가 해체되면서 진정성의 문제를 불러일으키고 있다.

그렇다면 송욱의 시론을 통해 인공지능 시대 상상력에 대한 개념은 어떤 의미를 획득하게 될까? 혹은 문학에서 우리는 무엇을 추구하고 무엇을 실천해야 하는가? 이에 대한 해답으로 송욱은 시인이 추구해야 할 본질을 다름 아닌 완전한 몰입으로 획득되는 '비개성적(非個性的)'인 특징에 다다름이라고 보았다. '비개성적'이라는 의미는 예술적 정서를 단순히 표출하는 것이 아니라 이를 승화하고 성찰하는 데까지 나아가는 것을 의미한다. 이는 단순히 형식이나 기법으로 승화시키는 것이 아니라 생명력 있는 정서로 소위 '감동'을 이끌어 내는 내적 동력으로 작용한다. 송욱이 이토록 비개성적인 것에 주목한 까닭은 그것만이 작품의 고유성과 차별성을 가질 수 있으며, 쉽게 모방할 수 없는 진정한 개성(個性)이라는 역설적인 특징을 지녔기 때문이다. 그리고 이러한 특이성은 경험에서 비롯된 것임을 자신의 시론에서 거듭 강조한다.

韻文(운문)에 나타난 성실한 情緖(정서)의 표현을 소중히 여기는 사람들은 많으나 技術的(기술적)으로 훌륭한 점을 높이 여길 수 있는 사람들은 그보다 수가 적은 것이다. 그러나 '意義(의의) 깊은' 정서의 표현이 있는 경우, 즉 詩人(시인)의 來歷(내력) 속이 아니라 詩作品(시 작품) 속에서 생명을 지닌 정서가 표현된 경우, 이것을 알아차리는 사람은 매우 드물다. 藝術(예술)의 情緖(정서)는 非個性的(비개성적)인 것이다. 그런데 시인은 만들어야 할 작품에 오롯하게 몸을 바치지 않고서는 이러한 비개성에 다다를 수 없는 것이다. 그리고 그가 현재 있는 것뿐만 아니라 過去(과거)의 現存(현존)하는 瞬間

(순간) 안에 살지 않고서는, 또한 그가 이미 사라진 것 뿐만 아니라 이미 살아 있는 것을 意識(의식)하지 않고서는 어떤 작품을 써야 할지 알기 어려우리라.

─『시학 평전』[21]

송욱은 『시학 평전』에서 작품의 예술성을 위해서는 정서적 몰입이 핵심적인 요소임을 강조한다. 위 인용문에서 보듯 "과거의 현존하는 순간 안에 살지 않고서는, 또한 그가 이미 사라진 것뿐만 아니라 이미 살아 있는 것을 의식하지 않고서는 어떤 작품을 써야 할지 알기 어려우리"라는 것이다. 이는 곧 현재 주어진 시간을 매개로 정서에 몰입하는 과정이 시 창작의 본질적 요소임을 보여 준다. 송욱은 거듭 자신의 시론에서 '경험'을 강조했듯, 자아를 하나의 사건이나 감정으로 얽매지 않으면서 '무아(無我)'를 실천해야 함을 언급한다. 또한 좋은 시 그리고 작품 속에서 생명력 있는 시를 위해서 자신의 정서를 다양한 상상력을 통해 상징적으로 드러내야 한다고 보았다. 이는 시인의 감각과 정서가 상상력의 원천이 되며, 오직 이러한 창조 과정을 통해서만 진정한 시 작품이 생성될 수 있음을 함의한다. 결국 핵심은 생명력이 있는 시는 '상상력'부터 시작되며 상상력을 거친 대상은 대상을 넘어선 '초사물'이 되고 동시에 상상력으로 내면에 도달하게 되는 것이다.[22]

송욱의 시론을 통해 인공지능 시대의 방향성을 모색할 때, 그 핵심은 인간이 스스로 개인적 경험을 초월하는 데 있다고 할 수 있다. 단순히 정서를 쏟아 내거나 이미지 묘사에 그치는 것이 아니라 오히려 대상을 지우고 그리고자 하는 물질적인 것을 드러내야 하는 성찰적 상상력이 바로 그것이다. 그리고 이러한 시적 상상력은 존재와 비존재 사이의 간극을 사유

---

21) 송욱, 『詩學評傳』, 45~46쪽.
22) 임진수, 「이미지와 상상(2): 바슐라르의 이미지론」, 《東西文化》 19, 계명대 인문과학연구소, 1987, 194쪽.

하고 형상화하는 물질성을 지니기에, 실체가 부재하더라도 존재함은 여전히 성립한다.

송욱의 시적 상상력은 불교의 '묘유(妙有)'와 닮아 있다. 또한 시적 상상력에 대한 개념은 불교적 지혜인 무아(無我)이며 연기(緣起)이므로 창작에 있어 무의식적 체험과 실천으로 공(空)과 유(有)를 매개하는 힘으로 작용한다. 이에 따라 송욱의 시론을 바탕으로 인공지능 시대 시론에서 간과되어서는 안 될 핵심적인 요소인 '실존'과 '상상력'이 '묘유로 현현(眞空妙有)'하듯, 송욱의 시적 상상력은 실존의 문제와 마주하며, 이를 인간의 실천적인 힘으로 전환된다.

1) 실존의 문제

송욱이 무엇보다 과학 언어를 비판한 까닭은 예술적 사유의 본질과 존재론적인 성찰에 대한 근원적 인식에서 비롯되기 때문이다. 송욱은 시에서 "과학으로 환원되지 않은 '시의 진리'는 인간의 구체적 실존과 그 내면적 깊이 속에 존재하기 마련"[23]이라고 보았으며, 이에 따라 과학 언어는 문학적 언어와 달리 객관적으로 서술하고 그 진리를 규명하는 데 목적을 둔다고 이해했다. 특히 과학적 언어에는 감정이나 태도가 담겨 있지 않아 그저 객관성만 확보하는 언어일 뿐 의미의 범주는 획일적이다. 이찬은 송욱에게 시의 내면성은 "현대 과학 문명의 획일화된 가치 체계를 비판하고 부정하는 근거"[24]라고 정리하면서 시만이 실존적 차원으로 접근할 수 있는 행위이며 나아가 창작 행위를 인간의 구체적인 삶의 진리 그리고 '존재'의 조건으로 주목해야 함을 역설했다.

고로 시적 상상력은 대상을 넘어서 대상을 인식하는 존재 그리고 그 존재를 포괄하는 세계에 대한 총체적 이해를 위해서는 실존적 차원에 접근해야 한다. 이러한 맥락에서 송욱이 과학적 언어를 극단적으로 배제하려

---

23) 이찬, 『한국 현대 시론의 담론과 계보학』(한국연구원, 2011), 229쪽.
24) 위의 책, 232쪽.

했던 비판적 태도는 존재론적인 앎과 연결되어 있다고 볼 수 있다.

인공지능 시대가 도래함에 따라 진리를 둘러싼 경계가 점차 모호해지고 있는 가운데 존재론적인 이해는 필수적으로 요구된다. 진리 추구의 행위가 표면적으로 무의미한 국면에 이르면서 인간이 인공지능에 거의 전적으로 의존해도 무방하다는 역설적 인식이 확산되고 있다. 이러한 상황에서 송욱이 지적한 것처럼 창작, 특히 시 창작은 인간의 실존을 묻고 탐구하는 초월적인 행위이기 때문에, 인공지능에 대한 무분별한 의존은 비판적으로 재고될 필요가 있다.

송욱의 시론에 따르면 시적 언어가 갖는 주관적인 성질을 과학이 따라갈 수 없다. 이때 주관적인 성질이란 작가의 내면, 감정, 감각과 같은 형용할 수 없는 것들이다. 물론 인공지능은 '상징'으로서의 감정은 모방할 수 있지만, 송욱이 주목하는 것은 표현으로서의 의미를 넘어서는 것이다.

나아가 시적 상상력은 표현을 넘어 자기 감정을 드러내는 동시에 그것을 극복하고 치유하는 차원에 이르는 깨달음의 실천적 영역이다. 또한 이러한 상상력은 인간의 고유한 특성이자 실존의 문제와 맞닿아 있기에 인공지능은 인간의 '깨달음'의 영역을 모방하거나 주입할 수 없다. 인공지능이 아무리 인간과 똑같은 내용을 '쓰는' 행위가 가능하더라도 그것은 상징의 차원으로 존재할 뿐이다. 개인의 삶과 정서를 반영한 '창작'하는 행위는 모방할 수 없다. 이렇게 보면 송욱의 시론을 바탕으로 인공지능 시대를 검토하는 작업은 동시대 문학 연구에 새로운 통찰을 제공하는 의미 있는 시도라 볼 수 있다.

시적 상상력에 주목한 송욱은 자연스럽게 신체적 반응과 경험을 중요한 요소로 간주했다. 그리고 신체로 일어나는 모든 반응을 자연발생적인 충동이라고 보았다.[25] 송욱 시론에서 직접적으로 언급되지는 않았으나, 최근 논의로 설명하자면 정동(affect)'의 개념에 가까우며, 이는 '느낌

---

[25] 이러한 이유에서 송욱의 시편에 에로스적·욕망적 표현들이 빈번하게 나타난 것으로 추론할 수 있다.

(feeling)'과 유사한 의미로 이해될 수 있다. 송욱의 관점에서 정동은 존재를 증명하는 동시에 인간의 감각적 반응을 드러내는 작업으로, 인공지능이 대체할 수 없는 고유한 영역이다. 인간의 감각적 측면, 즉 경험하는 신체는 송욱이 시적 체험을 통해 본질에 도달하는 감각의 질료이다. 따라서 인공지능이 데이터를 기반으로 결합하여 도출하는 상상력과, 인간이 신체를 통해 세계를 경험하며 형성하는 상상력의 간극은 결코 극복될 수 없는 차이를 지닌다.

詩(시)의 활동은 주장을 할 뿐만 아니라, 창조한다. 그것은 記號(기호)와 記號(기호)로서 표현된 것의 統一性(통일성)에 기초를 두고 있는 것이 아니라, 이 두 가지의 分斷(분단)에 의지하고 있으며, 이 分斷(분단)이야말로 詩的思想(시적 사상)의 특유한 드라마를 시작하게 만드는 것이다. 이에 대한 이유를 밝히기 위하여 실상 詩(시)가 무엇인가 생각하여 보자. 시는 對象(대상) 중에서 概念(개념)을 통하여 혹은 어떤 論理的意味(논리적 의미)를 통하여 표현되는 부분을 除外(제외)하는 것이며, 抽象的概念(추상적 개념)이 형성된 경우에는 具體的實在(구체적 실재)를 잃게 된다는 느낌이다. (중략) 마지막으로 詩(시)는 잃어버린 것을 구출하려는 意志(의지)이며, 깊이의 리어리즘인데 이것은 다만 傾斜(경사)를 따라 비스듬이 투쟁을 통해서 태어날 수 있다.

—『시학 평전』[26]

송욱은 시를 기호가 지닌 개별적 역량에서 발생하는 특수성에 주목한다. 이는 통일된 기호의 조합이 아닌 시인의 정서적 흐름과 감각적 반응에 따라 서사와 은유가 시 생성의 핵심적인 요소로 작용함을 의미한다. 인공지능은 방대한 데이터로부터 통계에 따라 데이터를 추출함으로써 단어

---

26) 송욱, 앞의 책, 156쪽.

와 구문의 반복 등의 패턴을 규명하고, 이를 기반으로 시를 생성한다. 특히 문맥상 가장 자연스러운, 즉 통일성을 추구할 확률이 높으며 창조보다는 '의미의 확률적 재현'을 보여 준다는 점에서 송욱의 지적은 유의미하다. 시에서는 은유, 환유, 비약과 단절 등을 통해 새로운 이미지와 조합 그리고 의미의 지평을 생성하기 때문에 소위 의미의 '분단(分斷)'이라는 표현은 다소 낡은 듯 보이지만 목적과 의미만큼은 유효하다고 판단된다.

『시학 평전』 서문에서도 송욱은 시는 '불안한 현실'을 극복하게 하는 인간에게 요구되는 일종의 힘이라고 언급했다. 삶을 지탱하는 동력으로 비단 '시'만이 힘이 될 수는 없겠지만, 시가 지닌 감각의 확장과 시적 상상이 인간에게 필수적인 요소라고 이해할 수 있다. 그리고 인간은 자신의 존재가 위협받고 경계가 모호해질수록, 실존을 공고히 하기 위해 감각을 넘어서는 시적 상상력을 동원하여 시선을 확장하는 경향을 보인다.

어쩌면 송욱은 실존의 불안과 현실에 대한 불확실성을 극복하기 위해 시론을 통해 시의 필요성을 언급한 것일지도 모른다. 이것이 맞다면, 진리와 본질이라는 개념 자체에 대한 문제에 주목할 것이 아니라 인간의 '실존(實存)'을 위한 필요충분조건으로서의 과학을 부정한 것으로 볼 수 있으며, 오늘날의 시대와도 정합하는 비판적 통찰로 해석될 수 있다.

2) 상상력

실존의 문제는 인간의 상상력과 연결된다. 죽음이라는 운명에 맞서는 상상력의 기능은 세상을 개선할 힘과 동일한 것이다.[27] 이러한 힘은 창조적인 역량과 맞닿아 있으며 사물과 세계를 삶과 연결하고 나아가 존재로까지 이어지는 것이다. 상상력에 대한 송욱의 열정은 구체화된다. 송욱은 오든 콜리지(W. H. Coleridge)의 제1상상력과 제2상상력을 구분한 부분을 언급하면서 물질적 상상력에 관해 설명한다.

---

27) 질베르 뒤랑, 진형준 옮김, 『상상계의 인문학적 구조들』(문학동네, 2007), 626쪽.

앞서 언급했듯, '기호의 분단(分斷)'을 성립시키기 위해서는 이를 매개하고 구체화할 상상력은 시 이미지 생성에 필수적인 요소로 작용한다. 상상력은 기계적 조합이나 코드 기반의 통계적 예측 방식으로는 완전히 대체할 수 없는 감각적이고 정서적인 직관의 영역이며, 인간 고유의 정신적 작용이다. 인공지능도 확률적 계산과 통계적 조합에 기반하여 새로운 결과물을 생성하기에, 인간의 감각적 경험과 실존적 맥락에서 생성된 상상력은 타인 혹은 인공지능에 의해 재현될 수 없다. 『시학 평전』에서부터 강조한 상상력 개념을 살펴보자.

> 첫째로 想像力(상상력)은 보통 感覺器官(감각기관)의 刺戟(자극)을 통하여 직접 나타나는 外界(외계)의 事物(사물)에 관한 意識(의식)인 '知覺(지각) perception'과는 달리 그러한 자각과는 독립해서 마음속 再生(재생)된 것이다. 둘째로 그것은 과거에 겪은 경험에 바탕을 두고 다시금 認知(인지)하는 감정이 따르는 記憶(기억)과는 달리, 비교적 자유로운 觀念(관념) 혹은 心像(심상) Image의 結合(결합)과 變化(변화)를 빚어내는 까닭에, 新奇(신기)한 느낌을 자아낸다. 셋째로 想像作用(상상 작용)은 抽象的觀念(추상적 관념)으로써 이루어지는 思考作用(사유 작용)과 달리, 具體的(구체적)이며 直觀的(직관적)인 觀念(관념) 혹은 心像(심상)으로써 이루어진다…… 이렇게 文學辭典(문학 사전)은 이렇게 설명하고 있다. 즉 想像(상상)은 感覺(감각)과 거리를 두고 마음속에 再生(재생)된다는 점에서 知覺(지각)과 다르고, 記憶內容(기억 내용)에 없는 새로운 것을 창조하여 지닐 수 있는 점에서 記憶(기억)과 다르며, 具體的(구체적)이고, 直觀的(직관적)이라는 점에서 抽象的思考(추상적 사유)와 다르다는 뜻이다.
>
> ——『시학 평전』[28]

---

28) 송욱, 『詩學評傳』, 54~55쪽.

송욱은 상상력이 단순한 추상적 사유와는 다름을 강조하며, 인간의 상상력을 '심상'에서 비롯되는 내적 작용으로 이해했다. 이러한 개념은 과학자이자 철학자인 가스통 바슐라르(Gaston Bachelard)의 이론에 기반해 전개된 것이다. 바슐라르에게 상상력은 자신의 실체를 찾고 실체는 세계를 구성하는 본질이다.[29] 즉 상상력은 물질 혹은 대상과 인간이 서로 조응하는 '내밀성(intimité)'[30]에 의한 것으로, 송욱이 언급한 시적 상상력 역시 물질화로 인해 인간은 세계와 합일하고 존재하는 힘으로 사유될 수 있다. 고로 인공지능 시대 가장 크게 위협받는 것은 다름 아닌 인간의 상상력이며 이는 창조적 사유의 근간을 흔드는 문제로 이어진다. 상상력에 필수 요소인 내밀성을 축적하기 위해서는 경험이 뒷받침되어야 하며, 이를 위해 독서와 사유, 창작과 같은 행위도 동반되어야 한다. 하지만 인공지능이 인간을 대신해 상상력의 기반이 되는 경험과 정보를 처리함으로써, 시적 상상력은 자율성과 고유성을 위협받는 상황에 놓이게 되었다.

또한 송욱은 시적 상상력을 죽음에 반항하는 초월적 실천으로 이해했기에, 이는 이미지를 재생하는 능력뿐 아니라 인간의 삶을 존속시키는 종합적 수행으로 기능한다. 분명 송욱이 과학적 사유를 맹렬하게 비난했음에도 그의 논의가 여전히 유효한 까닭은 실제로 지금, 이 시대에 가장 필수적인 조언이기 때문이다. '상상력'은 인간의 의지를 불러일으킨다.[31] 따라서 송욱의 시론은 인공지능 시대의 요구에 부응하는 담론 속에서 유의미한 방향을 제시한다.

송욱은 상상력에 관한 논의를 위해 바슐라르뿐 아니라 질베르 뒤랑(Gilbert Durand),[32] 앙리 베르그송(Henri Bergson)의 논의를 바탕으로 확장

---

29) 채숙희, 앞의 글, 42쪽.

30) 송욱은 바슐라르의 중심 사상인 내밀성을 『문학 평전』에서 직접적으로 개념을 설명하며 중요성을 강조한다.(송욱, 『文學評傳』, 235쪽)

31) 김윤재·박치완, 「바슐라르의 대지의 시학에 나타난 상상력의 두 축」, 《철학·사상·문화》 17, 동국대동서사상연구소, 195쪽.

32) 질베르 뒤랑은 과학적 겸손함이 상상력의 지평을 넓히고 이로 비롯된 상상력은 다양한

하고 정리한 바 있다. 그럼에도 바슐라르의 논의를 가장 주목한 까닭은 바로 '물질적 상상력' 때문이다. 특히 바슐라르의 서로 결합하여 다양성을 드러내는 물질적 상상력을 통해서 인간의 내면을 그려 내고자 했다. 『문학 평전』의 내용을 살펴보자.

物質想像力(물질 상상력)이 詩的(시적) 가치를 얻는 방향에는 두 가지가 있다. 하나는 깊이 잠겨드는 深化(심화)의 방향이며, 또 하나는 높이 나는 飛翔(비상)의 방향이다. 深化(심화)하는 각도에서 볼 때에 物質(물질)은 헤아릴 수 없는 神祕(신비)처럼 보인다. 飛翔(비상)의 방향에서 본다면 質料(질료)는 무진장의 힘을 가진 奇蹟(기적)처럼 보인다. 하여간 우리가 어떤 物質(물질)에 관한 명상에 잠길 때에는 〈열린 想像力(상상력)〉이 드러날 것이다.

──『문학 평전』[33]

송욱이 『문학 평전』에서 보여 준 상상력은 시적 가치를 '심화'하거나 '비상'하는 방향으로 펼쳐진다. 이는 시인의 사유를 심화시키거나 초월적인 차원으로 확장하는 방향으로 나아간다. 상상력은 대상을 느끼는 시적 화자의 시선에서 출발하여, 대상이 고유하게 지닌 물질적 특성과 감각적 층위 전반을 포괄한다. 그리고 물질에 대한 명상 과정에서 '열린 상상력'은 창작 행위 속에서 현현한다. 즉 송욱이 언급한 '열린 상상력'의 개념은 일반적인 상상이나 공상과는 구별되는, 존재의 깊이에 닿는 창조적 능력과 직결된다.

형태로 표출된다고 보았다. 종교나 문학과 미학적인 것의 다양한 형태가 표현되며, 이러한 표현은 형이상학적인 힘을 지니고 있으며 존재하는 힘으로 이어지고 있음을 언급한다. 송욱은 뒤랑이 말한 '형이상학적인 힘'이 예술을 위한 힘이자 실존의 문제와 연결된다고 보았다.(질베르 뒤랑, 앞의 책, 626~628쪽)

33) 송욱, 『文學評傳』, 231~230쪽.

송욱이 제시한 '열린 상상력'은 존재를 사유하고 물질의 깊이를 드러내는 핵심적 기능을 수행하며, 인공지능 시대에 시적 상상력이 인간의 실존적 탐구에서 비롯됨을 보여 준다. 또한 열린 상상력은 존재를 증명하고 대상을 확장하는 '은유'에 이르는 시적 상상력이자 사유의 결정체이다. 앞서 언급했듯, 인간의 상상력은 인공지능처럼 자동화된 예측이나 인과적 연쇄 속에서 머무르는 것이 아니라, 미래의 잠재적 가능성을 사유하는 능력으로 간주된다. 인간의 상상력은 늘 예측 불가능한 방식으로 발동되며, 다양한 형상들을 겹쳐 놓음으로써 스스로 의미의 깊이를 형성하게 만든다.

나아가 시적 상상력은 깊은 의식에서 발현된 합리적 사유를 바탕으로 인간에게 당면한 죽음이라는 경계를 넘어서서 존재적 허상에서 벗어나게끔 한다. 궁극적으로 이러한 상상력에 기반한 모든 창작적·사유의 과정은 인공지능 시대에 요구되는 핵심적 덕목으로 작용한다. 그리고 과학의 합리적 사고와 효율성은 결코 모방할 수 없는 몸의 경험과 이로부터 촉발되는 상상력의 작용은 존재론적 지위를 확인하기 위한 필수적 사유 과정으로 자리할 것이다.

4 인공지능 시대의 사유: 시적 상상력

인공지능 시대, 창작의 주체와 예술의 본질에 대한 물음은 점점 더 뚜렷해지고 있다. 이러한 흐름 속에서 송욱의 시론은 단순히 과거의 비평 이론을 넘어, 현재 우리가 다시 사유해야 할 문학적 가치를 일깨워 주는 중요한 이론적 토대가 된다. 송욱은 『시학 평전』에서 스테판 말라르메(Stéphane Mallarmé)의 시의 특징을 소개하면서 시를 "지성만으로 밝혀지지 않는 신비와 창조"[34]적 힘이 시적 이미지로부터 발생한다는 점을 시론의 출발점으로 삼는다. 또한 송욱은 서양 철학에서 핵심적으로 다뤘던 상상

---

34) 송욱, 『詩學評傳』, 242쪽.

력의 철학적 가치와 인간의 존재론적 함의를 강조했다. 이는 과학적 언어로는 도달할 수 없는 감각과 정서의 층위를 통해 인간만이 수행할 수 있는 사유와 창작의 방식과 연결할 수 있으며, 예측 가능성과 반복을 기반으로 작동하는 인공지능이 결코 흉내 낼 수 없는 '마음'과 '몸의 경험'에 뿌리박은 상상력은 이 시대를 관통하는 핵심 키워드일 수밖에 없다.

무엇보다 송욱은 시를 쓰는 행위를 인간이 존재하기 위한 철학적 실천으로 이해했기에, 그는 T. S. 엘리엇(T. S. Eliot)의 전통론에 기대어 과거와 현재의 '동시적 질서'를 시 창작의 본질로 보았으며, 감정에 사로잡히지 않고 그것을 초월하는 시인의 태도를 강조했다. 이는 인공지능 시대에 더욱 중요해지는 인간 존재의 사유 방식으로 재해석될 수 있음을 본 연구를 통해 확인할 수 있었다.

본문에서 구체적으로 언급하지는 않았으나, 송욱은 시 창작의 본질을 구성하는 핵심 요소로서 리듬과 전통의 가치를 지속적으로 언급했다. 특히 전통성은 시의 차별화된 미학적 완성도와 직결됨을 역설했다. 그래서 "전통에 기대고 있는 까닭에 지니는 문학사의 연속관과 자기 세대의 특수성을 느끼기 때문에 과거와의 단절 의식, 이 분열에서 이 틈바구니를 뛰어넘는 활동이 곧 작품 제작이라는 행동"[35]이라고 언급하면서 전통이 지닌 역사적 층위를 강조했다. 이러한 주장은 앞으로 우리는 고전과 전통의 재해석만이 창조적 가능성을 열 수 있다는 인식으로 이어진다.

정리하면 본 연구는 송욱의 시론을 통해 인공지능 시대 문학이 나아가야 할 방향성을 모색하고자 했으며, 그 가능성과 의의를 고찰했다. 그것은 기계의 '쓰기'가 결코 대체할 수 없는 인간의 사유, 정서, 감각, 리듬과 같은 고유한 창작 조건들과 관련된다. 문학은 단지 텍스트 생성의 행위가 아닌, 인간의 실존과 사유하고 감응하는 삶의 방식과 연결되는 일이다. 따라서 우리는 송욱의 시론을 통해 '쓰기'가 아닌 '창작'의 본질을 다시 묻

---

35) 위의 책, 11쪽.

고, 인공지능 시대 인간의 상상력이 지닌 존재론적 의미와 비판적 물음으로 여전히 유효한 담론적 토대를 마련할 수 있다.

참고 문헌

송욱, 『何如之鄕』, 서울: 일조각, 1961.

＿＿＿, 『詩學評傳』, 서울: 일조각, 1963.

＿＿＿, 『文學評傳』, 서울: 일조각, 1969.

＿＿＿, 『(韓龍雲 詩集) 님의 沈默 全篇解說』, 서울: 일조각, 1974.

＿＿＿, 『文物의 打作』, 서울: 일조각, 1978.

가스통 바슐라르, 김병욱 옮김, 『물과 꿈』, 서울: 이학사, 2020.

김민지, 『브라이언 마수미』, 서울: 커뮤니케이션북스, 2023.

김유중, 「사상의 창조와 실험 정신」, 《한국현대문학연구》 2, 한국현대문학회, 1993.

김윤재·박치완, 「바슐라르의 대지의 시학에 나타난 상상력의 두 축」, 《철학·사상·문화》 17, 동국대 동서사상연구소, 2014.

김종길, 「아카데미시즘과 나르씨시즘」, 《사상계》, 서울: 사상계, 1963. 9.

김한식, 「시학과 수사학 ― 송욱의 시와 시론 연구」, 《상허학보》 12, 상허학회, 2004.

김현, 『문학과 유토피아 ― 공감의 비평』, 서울: 문학과지성사, 1992.

메를로 퐁티, 류의근 옮김, 『지각의 현상화』, 서울: 문학과지성사, 2019.

박현수, 「근대시 연구의 새로운 지평 ― 전통주의적 연구를 중심으로」, 《현대문학이론연구》 33, 현대문학이론학회, 2008.

오형엽, 『현대문학의 구조와 계보』, 서울: 작가, 2010.

이승하 외,『송욱』, 서울: 새미, 2001.

이찬,『한국 현대 시론의 담론과 계보학』, 서울: 한국연구원, 2011.

정효구,「송욱 시에 나타난 자연과 생명 ― 道의 의미와 작용을 중심으로」,
《어문연구》63, 어문연구학회, 2010.

임진수,「이미지와 상상(2): 바슐라르의 이미지론」,《東西文化》19, 계명대 인
문과학연구소, 1987.

조영복,「宋稶 연작시의 성격과 '말'의 탐구」,《한국시학회》1, 한국시학연구,
1998.

질베르 뒤랑, 진형준 옮김,『상상계의 인문학적 구조들』, 서울: 문학동네, 2007.

채숙희,「가스똥 바슐라르의 물질 상상력과 불교」,《부산대 사범대학》41, 교
사교육연구, 1999.

최호영,「송욱의 생명 시학과 동서 사상 융합의 기획」,《한국문예창작》20, 한
국문예창작학회, 2021.

홍기삼,「시와 불교의 인간주의」,『불교 문학 연구』, 서울: 집문당, 1997.

황현산,『역사의식과 비평의식』, 서울: 난다, 2019.

I. A. 리처즈, 이국자 옮김,『시와 과학』, 서울: 이삭, 1983.

1925년(출생)   4월 19일, 충남 홍성 오관리 417번지에서 아버지 송양호, 어머니 김동성의 3남 5녀 중 3남으로 출생. 같은 해 당진으로 이사.

1929년(4살)   12월, 아버지의 강화군수직 사임 이후 서울 종로구 화동 135번지로 이사.

1932년(7살)   4월, 서울 종로구 재동 공립보통학교에 입학.

1939년(14살)   3월, 재동 공립보통학교를 졸업하고 4월, 경기중학교에 입학.

1941년(16살)   '토야마 흐미오'로 창씨개명.

1942년(17살)   3월, 경기중학교 4년 때 중퇴(당시 5년제)하고, 일본 가고시마 제7고등학교에 입학.

1944년(19살)   8월, 제7고등학교 졸업(전쟁 말기 3년 학제는 2년 6개월로 변경됨)하고 교토 제국대학 문학부 사학과에 입학. 징병을 피하기 위해 구마모토 의과대학으로 편입. 이후 경성제대 의학부에 편입.

1945년(20살)   5월, 서울대학교 문리대 영문학으로 전공을 바꾸어 편입.

1948년(23살)   서울대학교 문리대 영문과 졸업. 경기중학교 교사 및 서울대학교 문리대 영문학과 강사로 출강.

1949년(24살)   10월, 숙명여자대학교 출강.

1950년(25살)   《문예》에 「장미」, 「비 오는 창」으로 2회 서정주의 추천을 받음. 한국전쟁이 일어나 해군에 장교로 임관.

1952년(27살)   진해 해군사관학교 영어 교관으로 부임. 12월, 충남 당진 출신의 4세 연하 인봉희와 결혼.

1953년(28살)   《문예》 초하호에 「꽃」으로 추천 완료. 10월, 해군 대위로 제
              대. 부산 미국 대사관에서 근무.

1954년(29살)   3월, 첫 시집 『유혹』(사상계사) 간행. 7월, 종로구 화동 104번
              지에서 장남 출생. 10월, 서울대학교 문리대 영문과 전임강사
              로 취임.

1956년(31살)   서울대학교 문리대 영문학과 조교수로 승진. 유치환, 김현승, 고
              석규 등과 함께 동인지《시연구》발행. 봄에 종로구 사간동 11번
              지로 이사.

1957년(32살)   미국 시카고대학교 교환교수로 연구 활동. 2월, 차남 출생.

1960년(35살)   서울대학교 문리대 영문학과 부교수로 승진.

1961년(36살)   제2시집 『하여지향』(일조각) 간행. 서울 성북구 175-5로 이사.

1962년(37살)   3월, 삼남 출생. 「시학 평전」을《사상계》에 연재하기 시작.

1963년(38살)   시론서 『시학 평전』(일조각) 간행. 『시학 평전』으로 한국일보
              출판문화상 저작상 수상.

1964년(39살)   서울특별시 주관 서울시 문화상 수상.

1965년(40살)   서울대학교 문리대 영문학과 교수로 승진.

1968년(43살)   11월, 유럽(이탈리아, 독일 프랑스, 영국)을 2개월간 여행.

1969년(44살)   11월, 비평서 『문학 평전』(일조각) 간행.

1971년(46살)   제3시집 『월정가』(일조각) 간행.

1972년(47살)   서울대학교에서 박사학위 취득.

1974년(49살)   『「님의 침묵」전편 해설』(과학사) 간행. 재판은 일조각에서 냄.

1975년(50살)   1977년까지 서울대학교 인문대학 학장 역임.

1978년(53살)   시 전집 『나무는 즐겁다』(민음사) 간행. 비평서 『문물의 타작』
              (문학과지성사) 간행.

1980년(55살)   4월 15일, 성북동 175번지 자택에서 별세. 경기도 양주군 묘
              사 모란공원 묘지에 안장.

1981년	유고 시집 『시신의 주소』(일조각) 간행.
1982년	「말과 생각」, 「알밤 왕밤노래」 등 유고시 4편이 《월간조선》 7월
	호에 발표됨.
1985년	5월, 제자들이 묘소에 시비를 세움.
2000년	7월, 박종석 씨가 『송욱 평전』, 『송욱 문학 연구』(좋은날) 간행.
2000년	9월, 김학동 교수 외 9명이 『송욱 연구』(역락) 간행.

발표일	분류	제목	발표지
1950. 3	시	장미	문예
1950. 4	시	비 오는 창	상동
1953. 6	시	꽃	상동
1954. 3	시집	유혹(쥬리엣트에게/헴렛트의 노래/라사로/유혹/숲/장미처럼/창/관음상 앞에서/있을 수 있다고/승려의 춤/여정/그 속에서/생생회전/실변/시인/시체도/슬픈 새벽)	사상계사
1955. 1	시	벽	현대공론
1955. 2	시	홍수	사상계
1955. 7	시	왕소군의 노래	야담
1955. 8	시	기름한 귀밑머리	현대문학
1955. 8	시	척식 식산	문학예술
1955. 10	시	한거름	사상계
1956	번역서	미국문학사	을유문화사
1956. 5	시	무엇이 모자라서	시연구
1956. 5	시	왕족이 될까 보아	현대문학
1956. 7	시	어느 십자가	문학

발표일	분류	제목	발표지
1956. 8	시	서방님께/그냥 그렇게	시와 비평
1956. 9	시	의로운 영혼 앞에서	문학예술
1956. 9	시	'영원'이 깃들이는 바다는	신세계
1956. 12	시	하여지향 1	사상계
1957. 7	시	하여지향 3	현대문학
1957. 7	시	하여지향 4	사상계
1957. 8	시	하여지향 6	문화예술
1957. 10	시	하여지향 5	현대시
1958	번역서	대전환기	을유문화사
1958. 8	시	하여지향 7	사상계
1958. 9	시	사랑이 감싸 주며	한국평론
1958. 12	시	하여지향 8	현대문학
1959. 1	시	하여지향 9	신태양
1959. 1	시	하여지향 11	자유공론
1959. 2	시	하여지향 10	사상계
1959. 5	시	무극설	자유문학
1959. 9	시	해인연가 4	사상계
1960	번역서	소설 기술법	일조각
1960. 1	시	우주가족	현대문학
1960. 2	시	해인연가 5	사상계
1960. 8	시	해인연가 8	상동
1960. 9	시	한일자를 껴안고	현대문학
1961. 2	시	제이창세기	사상계
1961. 2	시집	하여지향(어머님께/ 만뢰를 거느리는/비단 무늬/	일조각

발표일	분류	제목	발표지
		운상의상화상용/출렁이는 물결을/	
		살아가는 두 몸이라/	
		겨울에 꽃이 온다/	
		RIP VAN WINKLE/낙타를 타고/	
		거리에서/어쩌면 따로 난 몸이/	
		해는 눈처럼/'아담'의 노래/	
		남대문/하여지향 2/하여지향 12/	
		해인연가 1/해인연가 2/해인연가 3/	
		해인연가 6/해인연가 7/해인연가 9/	
		해인연가 10/삼선교/소요사/	
		잿빛 하늘에/미소/현대시학/	
		사월혁명 행진가)	
1961. 3	시	나는 어느 어스름	상동
1961. 6	시	혁명환상곡	현대문학
1961. 6	시	이웃사촌	자유문학
1961. 9	시	겨울에 산에서	사상계
1962. 11	시	알림 어림 아가씨	사상계
1963. 5	평론서	시학 평전	일조각
1963. 10	시	별 너머 향수	신사조
1963. 10	시	영자의 안목	사상계
1964. 6	시	포옹무한	문학춘추
1964. 6	시	찬가	사상계
1964. 6	시	빛	신동아
1965. 8	시	또 제이창세기	사상계

발표일	분류	제목	발표지
1968. 4	시	신방비곡	신동아
1968. 4	시	지리산 찬가	현대문학
1968. 7	시	지리산 이야기	사상계
1969. 10	시	나무는 즐겁다	신동아
1969. 10	시	제주 섬이 꿈꾼다	월간문학
1969. 11	평론서	문학평전	일조각
1970	논문	동서 사물관의 비교	한국문화연구
1970	논문	이황 자필 교정본	역사학보
1970. 3	시	나를 주면……	월간중앙
1970. 4	시	지리산 메아리	월간문학
1970. 8	시	바다/안개	문학과지성
1971	논문	동서 생명관의 비교	성곡논총
1971. 3	시	야우	월간중앙
1971. 5	시	나체송	월간문학
1971. 5	시	아악	문학과지성
1971. 10	시	개울/첫날 바다/수선의 욕망	문화비평
1971. 10	시집	월정가(육화잉태/랑데부/ 사랑으로……/좌우명초/ 그대는 내 가슴을……/ 우주시대 중도찬/이모저모가……/ 내가 다닌 봉래산/석류/비와 매미/ 단풍/바람과 나무/산이 있는 곳에서/ 용 꿈/설악산 백담사/암무지개 아가씨/ 희방폭포/자유/달을 디딘다/ 백설의 전설/개의 이유/말/	일조각

발표일	분류	제목	발표지
		아아 소나기……/너는……/	
		비 오는 오대산/월정가)	
1972. 2	시	까치/서녘으로 지는 해는	지성
1973. 1	시	여의주	박물관지
1974. 3	시	염화가의 노래	한국문학
1974. 3	해설서	「님의 침묵」 전편 해설	과학사
1974. 7	시	봄	한국문학
1974. 8	시	싫지 않은 마을	현대문학
1978. 7	평론서	문물의 타작	문학과지성사
1978. 8	시집	나무는 즐겁다	민음사
1978. 겨울	시	내 몸은/똑똑한 사람은/	세계의 문학
		만대의 문학/뿌리와 골반/	
		아아! 처음으로 마지막으로	
1979	논문	자아와 창조―베르그송의 경우	세계의 문학
1979. 2	시	말은 조물주/말과 몸/	문학과지성
		말과 사물/내 마음에……/	
		장자의 시학	
1980. 3	시	왕과 조물자/사랑의 물리/	현대문학
		사물과 사랑	
1981. 3	유고	시신의 주소(천지는 만물을……/	일조각
	시집	폭포/계수나무는 이미 섶나무……/	
		폭포의 조화/모세관 속을……/	
		누가 태양을/절현산조곡/	
		산골 물가에서/이태백의 시학/	
		도의 생리학/내 뱃속은……/	

발표일	분류	제목	발표지
		개는 실눈, 사람은 마음 올올이/	
		폭포수가 하는 말씨/	
		용이다…… 지네다……/	
		사물의 언해/말도 안 되는 말이지만……/	
		딱따구리처럼……/첫물 오이는……/	
		홀사람 짝사랑/반시 1/	
		천도와 지옥을 위한 연가송/	
		소요유/액땜하는 낭떠러지)	
1982. 7	유고시	말과 생각/활에……/	월간조선
		알밤 왕밤 노래/	
		가을은 새댁이 낳은 아들처럼	

작성자 김민지 홍익대 초빙교수

난정(蘭丁) 어효선이 가꾼 동시의 '꽃밭'

조은숙 | 춘천교대 교수

1 머리말

난정 어효선(蘭丁 魚孝善, 1925~2004)은 해방 직후에 등단해 작고할 때까지 동시,[1] 동화, 수필 작가로서 왕성하게 활동했으며, 아동문학 출판 및 글쓰기 교육 분야에서 중요한 업적을 쌓았다. 서울 매동국민학교 교사로 근무할 때 학교장의 요청으로 지은 「졸업 축하의 노래」가 1948년 8월에 잡지 《어린이》에 수록되는 것을 계기로 아동문학계와 인연을 맺었다. 곧

---

[1] '동요'와 '동시'의 장르명은 시대와 영역에 따라 다양하게 사용되어 왔다. 특히 어효선이 주로 활동했던 1950~1970년대에는 동요와 동시의 장르 구별에 관심이 집중되던 과도기여서 '가창 동요', '자유 동시', '동요시', '시적(詩的) 동요', '요적(謠的) 동시' 등 여러 용어가 혼란스럽게 사용되기도 했다. 이 글에서는 특별히 필요한 경우가 아니면 아동문학의 하위 장르로서 신문·잡지·도서 등에 발표한 문학 텍스트는 '동시'로 통칭하고, 곡이 붙여져 노래가 되어 가창된 경우에는 '노래' 또는 '동요'로 지칭함으로써 소통의 편의를 도모하고자 한다.

이어 1949년 3월 문교부 주최 현상가사모집에 「어린이의 노래」가 당선되고 같은 해 8월 잡지 《소년》의 현상모집에 동시 「봄날」이 입선됨으로써 본격적인 창작 활동을 시작했다.[2] 어효선은 성인이 되어, 막 사회생활을 시작한 스무 살 무렵에 해방을 맞았다. 한글강습회를 찾아다니며 이극로, 이희승과 같은 한글학자의 강의를 듣고, 아동문학가 윤석중이 펴내던 《주간 소학생》(조선아동문화협회, 1946. 2~1947. 5)을 종로 을유문화사에 가서 직접 구입해 읽는 열성을 통해 우리말 맞춤법과 글쓰기를 익히고 작가로 성장한 세대에 해당한다.[3]

잘 알려진 것처럼, 어효선이 동시 작가로서 명망을 얻은 것은 「꽃밭에서」(1952), 「과꽃」(1953), 「파란 마음 하얀 마음」(1957)처럼 노래로 만들어진 작품들 덕분이다. 「꽃밭에서」와 「과꽃」은 권길상이, 「파란 마음 하얀 마음」은 한용희가 곡을 붙였는데 이들 대표작들은 1950년대 발표 직후부터 라디오 방송이나 음반을 통해 널리 알려졌으며, 제1, 2차 교육과정부터 지금까지 초등학교 국어 및 음악 교과서에 연속하여 실림으로써 세대를 넘어선 '국민 애창곡'이 되었다는 공통점이 있다. 이처럼 오랜 기간 공유된 작품들은 학교 울타리 안의 교과서 정전을 넘어 일종의 사회·문화적 공공재로서 자리매김할 가능성이 높아진다.

그런데 어떤 작품이 시대를 넘어 지속적으로 사랑받는다고 해도 시대마다 역사적 경험과 문학 이데올로기가 다를 수 있고 수용 매체의 환경조건에도 차이가 있으므로 작품 해석이나 의미가 부여되는 맥락은 상이할 수 있다. 또한 대중적으로 잘 알려진 작품일수록 비평적 관심이 집중되고 상호 경쟁적인 관점이 교차하게 됨으로써 논쟁의 각축점이 가시적으로 노출될 가능성이 커진다. 이러한 현상은 어효선의 「꽃밭」 3부작과 「파란 마음 하얀 마음」 등 널리 알려진 대표작들에서도 여실히 나타난다. 어

---

2)　어효선, 「나의 문학 나의 인생」, 《아동문학평론》 10(3), 1985. 9.

3)　원종찬, 「문학사 인터뷰 2_어효선: 내가 걸어온 아동 문단」, 『한국 아동문학의 계보와 정전』(청동거울, 2018), 523~530쪽.

효선의 경우 오랜 창작 활동 기간에 비한다면 연구나 비평이 특별히 많이 이루어진 편이라고 할 수는 없다.[4] 그러나 '동심'의 표현 문제를 조언한 강소천의 1950년대 촌평, 리얼리즘의 관점에서 어린이의 일상과 동시의 언어 문제를 지적한 1970년대 이오덕의 비평 등은 어효선 동시 창작의 핵심을 짚고 있을 뿐만 아니라 한국 동시 비평사에서 시대 상황에 따라 변주되며 반복되어 왔던 주요 논쟁의 계보를 환기시킨다. 따라서 어효선 동시 연구는 한 작가의 시 세계를 조명한다는 의미에 더하여 동시 수용의 시대적 공통감각과 비평적 쟁점을 살펴볼 수 있다는 점에서 유의미하다.

이에 이 논문은 어효선의 1950년대 대표작 「꽃밭」 3부작과 「파란 마음 하얀 마음」을 중심으로 작가 개인의 시 세계를 조명하되, 이들 작품에 제기된 아동문학 비평의 쟁점을 중점적으로 검토해 보고자 한다. 이를 위해 먼저 작가가 생전에 출간한 동시(선)집을 검토하여 동시 창작의 전체적인 규모와 경향을 개관함으로써 어효선 동시 연구의 기초를 마련하고자 한다. 아울러 1950년대에 발표된 이들 대표 동시들이 노래가 되어 교과서 정전으로 자리 잡고 '국민 애창곡'으로서의 권위를 획득해 간 과정을 살펴봄

---

4) 어효선에 대한 연구는 1970년 유경환에 의해 시작되었다. 이재철은 1985년 《아동문학평론》 10권 3호를 작가의 회갑 기념 특집으로 꾸미면서 어효선의 "겸허한 성품과 중용적 생활철학"이 그의 작품에도 반영되어 실험적이고 진보적인 것보다는 "전통적인 것을 존중하고 돌다리도 두드려 건너는 선비적인 요소"가 강하게 나타난다고 평했다. 이후 1987년에 김원석이 3회에 걸쳐 발표한 평전은 어효선의 생애와 작품 세계 전반을 상세하게 살핀 대표 성과로 꼽을 수 있다. 김원석은 어효선을 "어쩌면 마지막 선비요, 기품 있는 마지막 서울 토박이"라고 했다. 어효선에 대한 주요 논문 및 비평은 다음과 같다. 유경환, 「어효선론」, 《횃불》 13, 1970. 1; 이재철, 「한국 아동문학가 연구(1)」, 《국문학논집》 10, 1981. 1; 정원석, 「어효선의 문학과 인생(상. 중. 하)」, 《아동문학평론》 12(1)~12(3), 1987. 3/7/9; 문삼석, 「어효선론」, 『한국 아동문학 작가 작품론(하)』(서문당, 1991); 신현득, 「난정 어효선 선생의 선비 정신」, 《월간문학》, 2002. 11; 김원석, 「그리움과 아름다움: 「꽃밭에서」, 「과꽃」, 「파란 마음 하얀 마음」」, 《21문학과 문화》, 2004. 9; 박영기, 「어효선 동요 동시 연구」, 《아동청소년문학연구》 8, 2011; 최명표, 「의고적 의식의 문화적 질서화: 어효선론」, 《어린이책 이야기》 27, 2014. 9; 박상재, 「파랗게 하얗게 물든 동심: 어효선 동화론」, 《아동문학평론》 50(2), 2025.

으로써, 동시의 문화 공공재로서 가치를 오늘날의 상황에서 생각해 보는
데에 시사점을 얻고자 한다.

2 어효선 동시 창작의 전체 규모와 양상

한 시인의 창작 활동의 규모와 변화 추이를 살필 때는 먼저 전체 시집
을 출간 순서에 따라 검토한 후 시기를 나누어 다루는 것이 일반적이다.
그런데 어효선의 경우 첫 번째 동시집『봄 오는 소리』이후에는 새로 쓴
작품뿐 아니라 앞서 출간한 동시집의 전체 또는 일부를 다시 수록했다는
점에 유의할 필요가 있다.[5] 몇몇 선행 연구가 연구 대상 검토를 위해 작
품집의 신작 수록 양상을 헤아리는 작업을 진행했던 것도 이 때문이다.[6]

5) 박영기의 연구는 어효선의 시 세계를 정치하게 분석하고 이를 바탕으로 작가의 1950년
    대 동시가 갖는 문학사적 의의를 밝힌 중요한 의의가 있다. 그러나 연구 대상 검토에는
    약간의 오류가 있다. 즉 동시선집은 연구 대상에서 제외하지만『고 조끄만 꽃씨 속에』는
    다른 선집들과 달리 "새로운 작품이 함께 수록되어" 있으므로 논의 대상에 포함시켰다
    고 했으나, 〔표 1〕에서 살필 수 있듯 이 작품집에 들어간 신작은 단 1편뿐이다. 이러한 착
    오 또한 그동안 어효선 작품의 전체적인 양상을 검토하는 기초 작업이 제대로 이루어지
    지 않았기 때문에 생겨난 것으로 볼 수 있다. 박영기,「어효선 동요 동시 연구」,《아동청
    소년문학연구》8, 2011, 168쪽.
6) 어효선의 시기별 작품 수는 정원석에 의해 처음 조사되었다. 그러나 그의 조사 시점상 두
    권의 동시집만 검토되었다. 이후 문삼석은『봄 오는 소리』(1961)부터『아기 숟가락』(1991)
    까지 총 7권을 조사했을 뿐 아니라 수록작 및 신작을 일일이 검토함으로써 어효선 동요의
    전체적인 규모를 드러내는 데 크게 이바지했다. 그런데 문삼석의 조사 결과와 본 논문의
    결과와는 몇 부분에 차이가 있다. ① 먼저 문삼석은 교가와 같은 의례용 시가는 제외하
    고 계산했으므로 수록 편수가 더 적다. ② 가장 크게 차이 나는 부분은 두 번째 시집『인
    형 아기 잠』(1977)의 작품 편수인데, 문삼석은 교가 30편을 신작에서 제외했으며 첫 번째
    시집에서 옮겨 실은 70편(교가 1편 포함)도 재수록 작품 수에 넣지 않아 총 편수를 83편
    으로 계상했다. 작품집의 부피를 확보할 목적으로 뒷부분에『봄 오는 소리』를 그대로 옮
    겨 놓은 것이기 때문에 일반적인 시선집의 재수록과는 구별된다고 판단한 듯하다. ③ 신
    작의 판단에서도 다른 부분이 있다. 문삼석은 세 번째 시집『고 조끄만 꽃씨 속에』에 신
    작이 1편도 없다고 했지만, 실제로는 마해송을 추도하는「마해송 선생님」1편이 새로 들
    어갔음을 확인할 수 있었다. 반면 1990년도에 출간된『인형 아기 잠』에 신작이 1편 있다

어효선이 생전에 낸 동시집의 목록을 정리하면 다음과 같다.[7]

순번	제목	연도	출판사	수록 작품 수			비고
				신작	재수록	계	
1	봄 오는 소리	1961	교학사	71	—	71	첫 동시집으로서 신작 71편이 수록되어 있음.
2	인형 아기 잠	1977	교학사	114	70	184	신작 114편 이외에 『봄 오는 소리』 수록작 70편을 재수록함.(은평국민학교 교가 1편은 제외)
3	고 조끄만 꽃씨 속에	1979	일지사	1	69	70	『인형 아기 잠』에서 69편을 추려서 재수록함. 「마해송 선생님」 1편을 새로 추가함.
4	파란 마음 하얀 마음	1985	가톨릭 출판사	4	32	36	기출간 시집에서 추린 작품들 외에 「못 한 독」 등 4편을 새로 추가함. 회갑기념 선집으로 동화도 함께 수록되어 있음.
5	소나기 그치고	1987	대교문화	12	35	47	기출간 시집에서 추린 작품들 외에 「어떻게 이맘 때면」 등 12편을 새로 추가함.
6	인형 아기 잠	1990	교학사	—	120	120	1977년도 출간 『인형 아기 잠』에서 120편을 추려서 재수록하고 제목도 『인형 아기 잠』을 다시 사용함.

고 했지만 이는 확인하기 어려웠다. 조심스럽지만 『고 조끄만 꽃씨 속에』에 표시해야 할 신작 편수를 잘못 기재한 것이 아닐까 추측해 본다. 한편 일곱 번째 시집 『아기 숟가락』의 신작을 48편으로 계상했는데, 이는 「설날」이 『봄 오는 소리』에 실린 「설날」과 제목만 같을 뿐 다른 작품이라는 점을 파악하지 못했기 때문이 아닌가 싶다. 정원석, 「어효선의 문학과 인생(하)」, 《아동문학평론》 12(3), 1987, 89쪽; 문삼석, 「어효선론」, 『한국 아동문학 작가 작품론(하)』(서문당, 1991), 558쪽.

7) 조사 대상 목록에 영문 번역 시집과 다른 여러 작가의 작품을 함께 모은 시선집은 제외했으며, 문삼석의 조사 이후에 나온 시집 2권을 추가했다. 필자의 조사 결과와 선행 연구와의 비교를 돕기 위해 표의 양식을 문삼석의 「어효선론」(1991)을 기준 삼아 정리했다.

7	아기 숟가락	1991	교학사	49	16	65	1985년 출간한 『파란 마음 하얀 마음』과 1987년 출간한 『소나기 그치고』에 신작으로 수록되었던 16편을 재수록하고, 「아기손」 등 49편을 새로 추가함.
8	그래서 장난꾸러기 너희들은	2002	교학사	4	46	50	기출간 시집에서 추린 작품들 외에 「시냇물」 등 4편을 새로 추가함.
9	파란 마음 하얀 마음	2003	으뜸사랑	14	27	41	기출간 시집 중에서 추린 작품들 외에 「엄마 마음」 등 14편을 새로 추가함
합계				269			

〔표 1〕 어효선의 동시(선)집 목록 및 수록 작품 내역(1961~2003)

첫 번째 동시집 『봄 오는 소리』에는 첫 작품 「졸업 축하의 노래」, 「선생님의 은혜」를 비롯해 「꽃이 피거든」, 「과꽃」, 「파란 마음 하얀 마음」, 「봄바람이」 등이 수록되어 있지만 그의 대표작으로 꼽히는 「꽃밭에서」(1952)는 빠져 있다. 어효선은 이 동요의 2절을 탐탁지 않아 한 강소천의 조언에 따라 수정을 해 보고자 애썼으나 잘 되지 않아 결국 빼 버렸다고 회고한 바 있다. 이에 대해서는 뒤에서 좀 더 자세히 다루기로 한다.

1977년에 낸 두 번째 동시집 『인형 아기 잠』에는 신작이 114편이나 실렸다. 그러나 세 번째로 낸 『고 조끄만 꽃씨 속에』부터는 신작의 편수가 눈에 띄게 감소한 것을 확인할 수 있다. 첫 동시집을 낸 1961년에 어효선은 대한교과서주식회사에 입사해 교과서를 만들었다. 이듬해에 대한교과서주식회사에서 어문각 출판사를 차리자 그곳으로 자리를 옮겨 수십 권의 학급문고 시리즈 및 글쓰기 교재를 편찬했으며 1964년도에는 아동 잡지 《새소년》의 초대 주간을 맡아 동분서주했다. 1967년에 출판사를 그만두고 다시 교직으로 돌아가 금란여중고에 근무할 때에도 각종 문학상의 심사위원으로 활발히 활동했으며, 1973년에 교직을 떠나 교학사 주간으로 이직한 후에는 교학사 소년문고를 기획·편찬했다. 이 무렵에는 동화

장르에도 관심을 가져 1975년도에 첫 동화집 『도깨비 나오는 집』을 낸 후 『나비 잡는 할아버지』(1976), 『인형의 눈물』(1978), 『종소리』(1978), 『느티나무』(1980), 『이상한 일기책』(1983), 『달나라 소동』(1991), 『집 나간 바둑이』(1992), 『개나리 피면』(1992) 등을 냈다.

이처럼 다방면에서 분주하게 활동했으니 그가 동시 창작에만 전념하기는 어려웠을 것이다. 어효선 동시 창작의 정수는 첫 시집 『봄 오는 소리』와 두 번째 시집 『인형 아기 잠』에 있다고 보는 것이 합당할 것이다. 그럼에도 불구하고 작가가 마지막까지도 동시 창작의 의욕을 내려놓지 않았음을 엿볼 수 있는데, 1991년도에 출간한 『아기 숟가락』에는 신작이 49편이나 실렸으며 작고하기 1년 전인 2003년에 낸 시선집 『파란 마음 하얀 마음』에도 14편의 신작이 수록되어 있음을 확인할 수 있다. 특히 주목해 볼 것은 『아기 숟가락』을 위시해 말년까지의 작품집에 수록된 신작 중에는 '아기'로 호명되는 유아를 대상으로 하여, 소리나 표현의 반복과 대구를 통해 운율을 강조한 비교적 짧은 길이의 시편들이 다수 포함되어 있다는 점이다. 예를 들어 "단풍잎은 빨간 손,/ 은행잎은 노란손.// 단풍잎도 은행잎도/ 귀여운 아기손.// 단풍잎은 쫙 편 손,/ 은행잎은 안 편 손"(「아기손」[8] 전문), "아기 아기 우리 아기/ 잡은 손 놓아 줄게/ 혼자서 앞으로 걸어 봐라,/ 섬마섬마 섬마섬마"(「섬마섬마」[9] 부분), "아기는 아기는/ 새 신이 좋아서/ 뜰에서도 뜰에서도/ 벗어 들고 놀지요,/ 벗어들고 놀지요"(「새 신」[10] 부분) 들은 아동문학의 가장 어린 향유층인 유아를 위한 시의 언어는, 눈으로 읽는 시가 지배적인 흐름이 된 시대에도 여전히 노래와 친연성을 가질 수밖에 없다는 것을 보여 준다.[11] 이와 같은 말년의 아기 동시들은 노래와

---

8) 어효선, 「아기손」, 『아기 숟가락』(교학사, 1991), 6쪽.
9) 어효선, 「섬마섬마」, 『파란 마음 하얀 마음』(가톨릭출판사, 2003), 72쪽.
10) 어효선, 「새 신」, 위의 책, 74쪽.
11) 신동재는 유아를 지향한 말이 과장된 운율의 음악성을 띤다는 점을 강조한 스티브 미슨의 이론을 아동문학 연구에 원용해, 동요는 유아지향어의 특징이 반영된 장르로서 음악과 언어가 일체화된 '전일적 장르'로서 동시와 별개의 특징과 존립 기반을 지닌 것으

시의 관계를 평생토록 탐구해 온 시인이 자연스럽게 다다르게 된 귀착점이라고 볼 수 있을 것이다.

서두에서 살폈듯 어효선의 시작 활동은 비록 의례용이기는 했지만 「졸업 축하의 노래」나 「어린이의 노래」와 같은 노래로 시작되었다. 그리고 그는 1950년대에 「꽃밭에서」를 비롯한 여러 동시들이 노래로 불림으로써 전쟁으로 상처받은 사람들의 마음에 깊은 감응을 일으키는 것을 몸소 경험한 작가였다. 때문에 그는 1960~1970년대 한국 아동문학장이 이른바 본격 동시 논쟁을 중심으로 소용돌이치며 재구축될 때에도 어린이 독자와 멀어지는 난해시의 경향과는 거리를 두는 태도를 견지했다.[12] 대신 그는 시와 노래의 관계를 지속적으로 탐구했다. 즉 동요에서 동시로 '발전'해 나가는 것이 합당하며, 내재율의 시 형식이 보다 세련된 것이라는 아동문학사의 서술이 의심받지 않고 지배적인 영향력을 미칠 때에도[13] 어린 독자를 위해서는 정형률이 유용할 수 있다는 점을 여전히 강조했던 것이다.[14]

로 보아야 한다고 주장했다. 이러한 주장은 한국 아동문학에서 '동요'라는 장르가 역사적으로 전개되어 온 과정과는 다소 부합되지 않는 면이 있으나, 아동문학 장르의 성격을 독자의 특수성과 언어와의 관계에 입각해 이론화하는 시도로서 의미가 있다. 신동재, 「Hmmmmm'적 동요와 링구아(lingua)적 동시」, 《아동청소년문학연》 32, 2023.

12) 어효선은 동시계에서 난해시의 경향이 한창 두드러지던 1960년대에 "요즘 동시가 내용이나 표현에 있어서 어려워져 가는 듯하다. 나는 이러한 경향에 적이 회의를 갖는다."라면서 동시 작가는 어린이를 귀엽게 보기보다는 어린이가 되어서 쓰는 태도를 가져야 한다고 지적했다. 어효선, 「동시 「인사」의 작품 분석과 전망」, 《아동문학》 11, 1965, 14쪽.

13) 한국아동문학사 서술에 가장 큰 영향력을 미친 이재철의 『한국현대아동문학사』(1978)가 대표적인 예이다. 동요에서 동시로의 발전사가 재고되기 시작한 것은 비교적 최근의 일이다. 원종찬은 이재철의 문학사가 '동요에서 동시로'의 전환을 진화론적·발전론적으로 바라보면서 도식화했고 1930년대 계급주의 비평의 동요·동시 논쟁 등 중요한 전개 과정을 도외시한 한계가 있다고 지적한 바 있다. 원종찬, 「일제강점기의 동요·동시론 연구: 한국적 특성에 관한 고찰」, 《한국아동문학연구》 20, 2011, 91쪽.

14) 어효선은 '동화시'에 대한 원탁 좌담회에서 "저학년용으로는 외형률을 맞추는 동화시가 어울릴 것"이라면서 박홍근 등이 동화시는 운율이 있는 것보다 내재율에 힘써야 한다는 의견에 "정형률이면 어때요?"라고 반문했다. 어린 독자를 위해서는 문장 길이가 짧고, 되풀이 반복되는 것이 필요하다면서 윤석중의 동화시를 중요한 성과로 꼽았다. 어효선·

동요 작가와 작곡가들이 중심이 된 '한국동요동인회'의 창립 회원으로서 활발히 활동했던 것도 이러한 노력의 일환이라고 볼 수 있다.[15]

이와 같은 행보는 자칫 어효선을 초기작의 대중적 인기에 사로잡혀 있는 작가로 보이게 했으며 시대의 흐름에 기민하게 대응하지 못한 작가로 평가받게 한 원인이 되기도 했다.[16] 그러나 유년 동시에서 시와 노래의 친연성을 이해하는 일은 장르의 존재 이유와 정체성을 탐문하는 것과 맞먹을 만큼 중요한 것이기도 하다. 비단 어린 독자에 정향을 둔 동시가 아니라 해도 시의 다양한 향유 방식과 수용 맥락을 이해하기 위해서는 시가 눈으로 읽는 문자 텍스트를 넘어서 음악이나 그림과 같은 인접 예술과 결합함으로써 촉발될 수 있는 문화적 파급력을 적극적으로 고려할 필요가 있을 것이다. 가창 동요의 전성기로서 이른바 국민 애창곡이 만들어지던 1950년대 어효선의 창작 활동은 이러한 문제들을 검토할 기회를 제공한다.

김요섭·박홍근 외, 「동화시를 말한다: 아동문학사에 남을 원탁 좌담회」, 《아동문학》 9, 1964, 79쪽.

15) 한국동요동인회는 1968년에 발족되었는데 작사 부문에 한정동, 윤석중, 이원수, 박경종, 박홍근, 박화목, 김영일, 어효선, 김요섭, 석용원, 유성윤, 홍은순, 박송, 이석현, 장수철 등이 참여했으며, 작곡 부문에는 박태준, 나운영, 안병원, 김공선, 손대업 등이 참여했다. 어효선은 1986년에 회장을 맡았으며 마지막까지 회원으로 활동했다. 한용희, 『창작 동요 80년』(한국음악교육연구회, 2004), 158~159쪽.

16) 최명표는 어효선 작품의 특색이 7·5조, 음수율, 의성어나 의태어의 반복 등 동요적 바탕을 기저로 삼은 동시라는 점은 문학사적 평가에서 불이익을 받을 수 있는 요인이라면서, 이는 그가 동요 작사가로 유명해지다 보니 매너리즘에 빠진 탓이며 "전란의 불안감과 휴머니즘에 대한 절절한 지향에 터한 시적 몸부림"을 보여 주지 못했다고 한계를 지적했다. 최명표, 「의고적 의식의 문화적 질서화: 어효선론」, 《어린이책 이야기》 27, 2014.

3 어효선 대표작의 비평적 쟁점

1) 한국전쟁과 '우리'의 공통 감각:「꽃밭」3부작

작곡가 한용희는 1950년대부터 1960년대 전반기를 동요 창작의 질과 양이 모두 풍요로웠던 '전성시대'로 파악하면서 "사회에서나 또 가정에서도 동요의 가치를 높게 평가하고 어린이들이 마음껏 노래를 즐겼던 시절"로서 동요 창작에 관여하는 문학인과 음악인의 열의와 대중매체의 교육적 기능에 힘입어 동요가 널리 보급될 수 있었다고 했다.[17] 어효선의 대표작들은 이처럼 시와 노래의 거리가 유독 가까웠던 1950년대적 맥락을 잘 보여 준다.「꽃밭에서」는 권길상이 곡을 붙여 노래로 만들어 널리 알려졌다.[18] 그런데 1952년《소년세계》9월호에 처음 발표되었을 때는 잘 알려진 노랫말과는 약간 다른 부분이 있었다. 발표 당시 이 작품은 '동요'가 아니라 '동시'라는 장르명으로 소개되었으며 전체 5연이었다. 그런데 이 시에 권길상이 곡을 붙이면서 2절짜리 노래 형식으로 바꾸었으며 이 과정에서 마지막 5연의 두 행인 "진이는 아빠가 그리울 때면/ 언제나 꽃밭에서 꽃을 땁니다"가 생략되었다. 삭제된 마지막 연은 제3연의 "애들하고 재밌게 뛰어놀다가/ 아빠 생각 나 — 서 꽃을 땁니다"의 행위 주체가 '진이'라는 이름을 가진 아이였다는 것을 알려 준다.

---

17) 한용희,『창작 동요 80년』(한국음악교육연구회, 2004), 123~135쪽.

18) 「꽃밭에서」는 권길상이 곡을 붙여 노래로 만들어 널리 알려졌다. 권길상도 한국전쟁기인 1951년에 가족들과 흩어져 부산으로 피난을 갔는데 아동 잡지에서「꽃밭에서」를 읽자마자 곡을 붙이면 좋은 노래가 되겠다는 느낌이 와서 작사자가 누군지도 잘 모른 채 작곡을 했다고 한다. 이후 서울로 다시 돌아와 YMCA 천막교실에서 어린이들과 노래 공부를 할 때 이 노래를 가르치기 시작했고 라디오 방송 어린이 프로그램을 통해 이 노래가 널리 퍼진 1953년, 1954년 무렵에 어효선을 처음 만났다고 한다. 어효선과 권길상 모두 가족과 헤어져 부산에 피난을 갔다는 공통점이 있는데 이러한 공통의 경험이 서로 얼굴도 모르는 두 사람을 이어 주었다고 할 수 있을 것이다. 이 노래의 곡보는 권길상의 첫 번째 동요 작곡집인『진달래』에 실렸다. 권길상,『진달래: 권길상 동요 작곡집 (1)』(서울어린이음악원, 1954).

이 '진이'라는 아이가 누구인가는 동시의 부제인 "피난 간 아빠에게"를 통해 실마리를 얻을 수 있다. 어효선은 1948년에 결혼했으며, 1949년 2월에 첫 아들 '진(辰)'을 얻었다. 이 시는 작가가 1951년 1·4후퇴 때 가족들은 천안에 피신시키고, 자신은 부산에 피난을 가 제2국민병으로 토성국민학교에 동원되었을 때 지었다고 한다. 물론 시적 화자는 아빠의 그리움을 느끼고 표현할 수 있는 어린이로 설정되어 있어 실제 작가의 자녀와 동일시할 수는 없다. 작가 스스로도 밝혔듯 "두 살짜리 진이 아빠를 보고 싶어 할 리는 없"[19]을 것이며, 아빠를 찾더라도 아빠가 피난지에 있다는 사실은 잘 파악하지 못할 터이기 때문이다. 등에 업힌 아기들만 보면 어린 아들을 떠올리고, 가족 소식이 궁금해 밤마다 꿈을 꾼 것은 아들 '진'이 아니라 작가 쪽이었다. 따라서 피난 간 아빠를 그리워하는 시적 화자 '진'은 전쟁 중에 떨어져 지내게 된 어린 아들 '진'을 걱정하고 그리워한 작가의 마음이 투사된 '구체적인 가상(假像)'이자 시적 화자의 발화 위치와 소통 맥락을 확보하는 미적 장치로서의 '어린이 화자'라고 할 수 있다.[20] 이 동시에 동시대인들이 폭넓게 감응했다는 사실은, 이 동시의 아빠를 그리는 '진'이라는 어린이 화자가 작가 개인의 경험을 한국전쟁기의 공통 감각에 접속시키는 데 유효했을 뿐만 아니라, '진'이라는 구체적인 고유명사가

---

19) 어효선, 「그리움과 슬픔이 배인 노래」, 『멋과 운치』(깊은샘, 1980), 250~251쪽.

20) 작가 집단과 독자 집단의 불일치를 구조적으로 내재하고 있는 아동문학에서 동시의 '서정적 자아'는 핵심 논제 중 하나다. 최근 김유진은 서정적 자아의 사상, 감정, 체험을 기반으로 세계와의 동일성을 추구하는 시에서 서정적 자아는 작가와 밀접할 수밖에 없지만 동시는 대개 "어른인 작가 자신의 서정적 자아가 아닌 어린이를 표방"하는 차이가 있음을 지적했다. 김제곤은 '시인과 서정적 자아 간의 불일치'에 대한 문제의식에 동의하면서도 이를 동시의 결핍 조건이 아니라 오히려 동시를 허구적이고 극적으로 만드는 중요한 구성 원리로 보자고 제안한다. 김유진의 주장이 아동문학의 '보편의 어린이'를 '구체적인 어린이'로서 해체하고 재구성하자는 데 강조점이 있다면, 김제곤은 동시가 고유하게 내장해 왔던 "보편적인 단순성"을 소홀하게 취급하는 것은 경계해야 한다는 입장을 견지한다. 김유진, 「구체적인 화자들」, 《창비어린이》 86, 2024; 김제곤, 「'해묵은 동시' 이후의 동시」, 《창비어린이》 88, 2025; 김유진, 「보편과 구체, 새로운 동시를 위하여」, 《창비어린이》 89, 2025.

삭제되어도 효력이 유지될 만큼 강력한 텍스트 구성력을 발휘했다는 방증이 될 것이다.

이 시의 소통 맥락은 이보다 앞서 《아동구락부》 1950년 4월호에 발표한 「꽃이 피거든」[21]을 통해 보다 생생하게 살아난다. "뒷산에/ 개나리는 피었더라// 진달래/ 붉은 꽃도 피었더라// 진아/ 우리 좁은 앞마당에/ 꽃밭 만들자// 돌멩이를 고르자/ 사금파리도 골라내자// 뒤에는 나팔꽃/ 앞에는 채송화// 누나가 좋아하는/ 봉숭아도 심으자// 파아란 싹이 자라서/ 꽃이 피거든// 진아/ 우리 꽃 보며 살자/꽃같이 살자"라는 이 동시는 어효선이 아들 '진'이 태어나 첫돌을 맞았을 무렵 발표한 것으로서 "꽃 보며 살자/ 꽃같이 살자"는 젊은 아버지가 이제 막 태어난 어린 생명에게 보내는 가장 아름다운 축원이자 간절한 소망의 메시지였던 것이다.

이 두 편에 이어 1953년 10월에 《소년서울》에 발표된 「과꽃」도 '꽃밭'을 노래하고 있어서 「꽃이 피거든」과 「꽃밭에서」와 함께 '꽃밭 3부작'이라 불린다. 그런데 이 세 작품은 정확히 한국전쟁을 사이에 두고 창작되었다. 즉 1950년 한국전쟁을 불과 두어 달 앞둔 시점의 서울, 1951년 1·4후퇴로 떠난 부산의 피난지, 1953년 다시 서울로 돌아온 후 휴전이 된 직후에 창작되었다. 「꽃이 피거든」의 '진'이 아직 마당 밖을 나서지 못한 어린아이라면, 「꽃밭에서」의 시적 화자 '진'은 친구들과 재미있게 놀다가도 꽃밭에 와서 아빠를 그리워하는 마음을 표현할 수 있는 감정과 행위의 주체였으며, 「과꽃」의 누이를 그리워하는 시적 화자는 아빠를 기다리는 '진'보다는 상대적으로 더 긴 마디의 시간과 이별을 상상할 수 있는 성숙한 소년으로 설정되어 있다. 작가 개인사적 맥락에서 「꽃이 피거든」이 아빠가 막 태어난 '진'의 '미래'에 보내는 축원의 시라면 「꽃밭에서」는 어린 '진'이 '현재' 부재한 아빠에게 부치는 그리움의 시라고 할 수 있다. 「과꽃」은 보다 연장된 서사적 흐름을 보여 주는데, 여기에서는 시적 화자가 출가하여 오랫동

---

21) 잡지에 발표 당시 제목은 「꽃이 피거던」이었으나 동시집 『봄 오는 소리』부터는 「꽃이 피거든」으로 수정되었다.

안 소식이 없는 누이를 그리워하고 있다. 이 누이 또한 시적 상황과 어조를 조성하기 위해 가정된 대상으로서 3부작의 첫 작품 「꽃이 피거든」의 "누나가 좋아하는/ 봉숭아도 심으자"라는 구절에 이미 예비되어 있었다. 그런데 시적 화자와 누이와의 만남은 3년째 이루어지지 않은 채여서 「과꽃」은 「꽃이 피거든」과는 달리 "누나는 과꽃을/ 좋아했지요./ 꽃이 피면 꽃밭에서/ 살았었지요."라며 '과거'의 꽃밭을 회상하는 시가 되었다.

　이처럼 '꽃밭'은 어효선의 시 세계의 근간이 되는 중요한 장소라고 할 수 있는데, 종종 '꽃밭'이 좁고 폐쇄적이며 사적인 관계만 반영하는 작가의 한계를 보여 주는 공간으로 지목되기도 했다. 즉 어효선의 초기 시는 "안마당의 서정"[22]으로 한정되어 있으며, 개인과 가족의 영역을 벗어나지 못함으로써 보다 큰 '우리'를 발견하지 못했다는 것이다.[23] 그러나 앞에서 살폈듯 '꽃밭' 3부작은 한국전쟁이라는 거대한 폭력으로 인한 일상의 파괴, 관계의 단절, 이별의 정서 등이 '꽃밭'이라는 공통의 장소에 '미래―현재―과거' 또는 '봄―여름―가을'의 계절의 변화가 변주되어 있어 이러한 상호 관계에 바탕을 둔 해석의 확장을 유도한다. 「꽃밭에서」의 '꽃밭'은, 「꽃이 피거든」의 아빠가 봄에 심은 꽃들이 여름을 맞아 활짝 피어났으나 정작 아빠는 부재한 현실을 날카롭게 환기시키는 장소가 된다. 「과꽃」은 누이가 좋아했던 과거의 가을 '꽃밭'과 현재의 가을 '꽃밭'을 대비시켜 이별의 시간이 기약 없이 누적될 것을 암시함으로써 앞의 두 작품보다 심화·확장된 상실과 그리움의 정서를 보여 준다. 어린이의 시간 경험에서 한 계절을 건너는 것과 사계절의 주기를 3번이나 겪는 것에는 큰 차이가 있기 때문이다. 이처럼 '꽃밭' 3부작의 시간과 공간은 폐쇄적이고 고

---

22) 유경환, 「어효선론」,《햇불》 13, 1970. 1, 32쪽.

23) 최명표는 '꽃밭' 3부작 등의 초기작이 '나'를 중심으로 한 가족과 집안 공간에 한정되어 있었다면 「파란 마음 하얀 마음」은 이를 벗어나 '우리'를 내세운 것이 달라진 점이라고 평가했다. 최명표, 「의고적 의식의 문화적 질서화: 어효선론」,《어린이책 이야기》 27, 2014, 189쪽.

립적이라기보다 유기적으로 연결되어 있으며, 작가 가족의 구체적인 체험에서 출발했으나 이에 머무르지 않고 시적 화자와 대상을 재구축함으로써 폭넓은 공감을 확보하는 데 성공했다. 작은 꽃밭이 함축한 소망, 단절과 그리움, 상실과 회억은 한국전쟁을 통과하며 겪었던 공통의 경험이나 정서와 무관한 것이 아니었다. 따라서 "진아/ 우리 꽃 보며 살자/ 꽃같이 살자"(「꽃이 피거든」)에서의 복합명사 "우리"는 친밀하고 사적인 가족 관계를 가리킬 뿐만 아니라 한국전쟁을 겪은 공동체의 경험과 감정을 묶어 내는 호명이 될 수 있었다.

2) 동심의 빛과 그림자: 「파란 마음 하얀 마음」

어효선의 시에서 무엇을 '본다'는 행위는 곧 그것과 '닮아 간다'는 의미로 이어지는 경우가 많다.[24] 좁은 마당에라도 꽃밭을 가꾸고 꽃을 보고자 하는 것은 산이 꽃들을 철 따라 피워 내듯 자연의 순환 속에서 조화롭게 어울려 살고자 하는 순한 마음일 수 있다. 그러나 함께 가꾼 꽃을 보면서 순하게 어울려 살자는 이 소박한 소망은 곧이어 벌어진 전쟁으로 인해 뿌리 내릴 한 뼘의 안전한 땅도 찾기 어려웠을 것이며, 이는 어느 한 가족만 겪은 비극이 아니었다. 때문에 꽃밭에서 아빠를 그리워하는 어린 '진'의 마음은 마당의 경계를 넘어 동시대 사람들에게 깊고 오랜 울림을 줄 수 있었다.[25] 동시 「꽃밭에서」가 노래로 만들어지면서 '진이'라는 고유명사와 작가 개인의 사연은 지워졌지만 대신 노래의 씨앗은 보다 넓은 '우리'

---

24) 『인형아기 잠』(1977)에 수록된 "꽃을 보고 있으면/ 꽃을 보고 있으면// 꽃들이 웃어요/ 하하 호호호………// 나도 따라 웃어요. 호호 호호호………"(「꽃」), "하얀 구름을 보고 있으면/ 나도 갑니다, 나도 갑니다"(「구름」), "보름달을 보다가/ 잠이 들면은,/ 둥그렇고 환한/ 달꿈을 꾸겠지요"(「꿈」) 등을 예로 들 수 있다.

25) 어효선의 회고에 따르면 가족과 생이별하고 생사를 몰라 애태우는 것은 당시에 많은 사람들이 겪는 일이어서 어린이들이, 동요의 그 아이 "아빠는 돌아가셨나요?"라고 물어보기 일쑤였다고 한다. 작곡가 권길상은 수녀들에게 이 노래를 지도했을 때 누군가 한구석에서 훌쩍훌쩍 울기 시작하자 곧 울음바다가 되어 버린 경험을 전하기도 했다. 어효선, 「그리움과 슬픔이 배인 노래」, 『멋과 운치』(깊은샘, 1980).

의 대지에 뿌려졌다고 할 수 있다.

그런데 「꽃밭에서」에 대해 쓴소리를 하는 사람도 생겨났으니, 바로 어효선이 동시의 교과서처럼 여기던 『호박꽃 초롱』(1941)의 작가 강소천이다. 강소천은 「꽃밭에서」의 1절은 좋지만 2절은 '동요'가 아니라고까지 혹평했는데,[26] 「꽃밭에서」가 많이 불리더군요. 그렇지만, 2절은 동심이 아냐. 2절만 고쳤으면 좋을 것 같애."[27]라며 어효선을 만날 때마다 타박에 가까운 충고를 했다고 한다. 이유인즉 아빠를 그리워하는 아이라면 아빠가 심은 꽃을 들여다보거나 어루만지지 따지는 않을 것이기 때문이라는 것이다. 어효선은 「꽃밭에서」에 대한 세간의 호평이나 대중적 인기보다도 강소천의 이 고언을 더 깊게 새겼다.[28] 첫 동시집 『봄 오는 소리』(1961)를 내면서도 「꽃밭에서」가 마음에 들게 고쳐지지 않자 아예 빼 버렸을 정도였다. 강소천이 지적한 "꽃을 땁니다" 부분의 수정은 아이러니하게도 초등학교 교과서에 수록되면서 이루어졌다. '꽃을 딴다'는 것이 비교육적이라는 이유에서 '꽃을 봅니다'로 수정되었기 때문이다.[29]

그러나 강소천이 「꽃밭에서」의 "꽃을 땁니다"라는 구절을 문제 삼은 것은 비단 어린이에게 좋지 못한 행동을 가르칠 수 있다는 의미에서는 아니었다. 그보다는 동시가 담아야 할 '어린이의 마음', 즉 동심 표현의 타당성에 초점이 있었다. 어효선이 강소천의 지적을 가볍게 무시하기 어려웠던 것도 동시 창작의 근본적인 난제라고 할 수 있는 '동심'의 문제를 짚었기 때문일 것이다. 「꽃밭에서」는 1952년에 처음 발표된 후 20여 년이 지나 두 번째 시집 『인형 아기 잠』(1977)에 수록되는데, 이때 어효선은 구어 표현을

---

26)　어효선 「나의 문학 나의 인생」, 《아동문학평론》 10, 1985. 9, 27쪽.

27)　어효선, 「강소천의 인간과 문학: 순진. 솔직. 엄격」, 《현대문학》 9권 6호, 1963, 57쪽.

28)　어효선은 교사 출신 작가였지만, 배우는 것에도 충실했다. 등단하자마자 만난 이원수에게는 매번 자신의 시를 보여 주며 의견을 물었다고 한다. 첫 동시집 『봄 오는 소리』의 「머리말」에서 어효선은 이원수를 '스승'으로 지칭했다. 또한 윤석중과의 관계도 각별해 평생 가깝게 교유하며 '새싹회'를 비롯한 많은 일을 함께했다.

29)　심효숙, 「명작 동요를 찾아서」, 《21문학과 문화》, 2003. 9, 99~100쪽.

비롯한 몇 부분을 다듬었으나,[30) 정작 강소천이 지적한 "꽃을 땁니다"라는 구절은 손대지 않고 그대로 두었다. 그러나 '꽃밭' 3부작의 마지막 작품인 「과꽃」에서 어린 화자가 누이를 그리워하는 마음을 "과꽃 예쁜 꽃을/ 들여다보면// 꽃 속에 누나 얼굴/ 떠오릅니다"라고 표현한 것을 보면 어린이의 마음이 담겨야 동요가 될 수 있다는 강소천의 충고를 받아들인 것이 아닌가 추측해 본다.

한편 강소천은 어효선에게 동시를 청탁하면서 슬프고 애상적인 분위기 대신 밝고 명랑한 동시를 쓰라고도 주문했다. 그 결과로 나온 작품이 《새 벗》 1957년 6월호에 실린 「파란 마음 하얀 마음」이라는 것은 널리 알려진 바다. 당시 서울중앙방송국 어린이 프로그램 담당 프로듀서이자 작곡가 한용희는 '새 시대의 새로운 동요 보급 운동'의 일환으로 밝은 노래, 고운 노래 부르기 캠페인에 앞장섰는데 《새벗》에 발표된 이 시를 읽자마자 아름다움과 참신함에 충격 받을 정도로 매료되어 흥분된 상태로 그 자리에서 곡을 붙였으며, 어린이 합창단을 긴급 소집해 노래 지도를 하고 작곡 당일에 곧장 라디오 방송에 내보냈다고 한다.[31) 「꽃밭에서」에는 불만을 표했던 강소천 또한 「파란 마음 하얀 마음」에 대해서는 맑고 밝은 동심, 그리고 너그러움과 희망의 정신을 한국 동요의 정수로 집약한 작품이라고 높게 평했다.

그런데 어효선이 「파란 마음 하얀 마음」보다 강소천에게 먼저 보여 준 작품이 있었으니 한국전쟁으로 인한 전쟁고아의 이야기를 담은 「엄마 생각」 연작 5편이 그것이다. 어효선은 "내 깐엔 꼭 발표하고 싶었던 고아와

---

30) 『인형 아기 잠』에 수록된 「꽃밭에서」는 권길상이 노래로 만들면서 바꾼 2연의 형식이었다. 아울러 "아빠하구 나하구"를 "아빠하고 나하고"로 바꾸는 등 구어적 표현을 다듬었으며, "채송화도 봉숭아도"였던 것을 "봉숭아도 채송화도"의 순서로 수정했다. 무엇보다 2연의 마지막 두 행을 "아빠는 꽃처럼 살자고 했죠./ 날보고 꽃같이 살라고 했죠."로 바꾼 것이 눈에 띄는데 이는 메시지의 내용과 전달의 대상을 선명하게 드러내고자 한 의도로 판단된다.

31) 한용희, 『동요의 샘물에서 찾은 행복한 인생』(한국음악교육연구회, 2001), 72~73쪽.

어머니" 이야기를 담았지만, 강소천은 한번 죽 훑어보더니 못마땅한 표정으로 "왜 이렇게 슬픈 걸 쓰우." 하고 책상 서랍에 넣어 버렸다고 회고했다.[32) 강소천에게 박정하게 거절당해서인지 어효선은 1953년에 창작한 이 연작도 「꽃밭에서」와 마찬가지로 1961년에 낸 첫 번째 동시집 『봄 오는 소리』에 넣지 않았다. 「엄마 생각」 연작은 「꽃밭에서」와 함께 1977년에 간행된 두 번째 시집 『인형 아기 잠』에 뒤늦게 수록되었다.

「엄마 생각」 연작에는 '어느 고아의 노래'라는 부제가 달려 있었는데, 피난길에 고아가 된 어린 화자가 얼굴도 잘 기억나지 않는 엄마를 하염없이 기다리는 장면이 그려졌다. "봄이 왔건만,/ 꽃이 폈건만,/ 나는 엄마가 없어,/ 봄도 싫어/ 꽃도 싫어"(「엄마 생각」 II), "겨울이 지나가고/ 봄이 왔건만,/ 잃어버린 엄마는/ 언제 오려나.// 개나리꽃 활짝 핀/ 울타리에서/ 꽃가지 뺨에 대고/ 꼬박 졸았다."(「엄마 생각」 II)[33) 고아원 울타리에 서서 엄마를 기다리는 아이는 꽃도 봄도 싫다고 한다. '꽃밭' 3부작과 비슷한 시기에 쓰였지만 꽃을 보면서 누군가를 그리워할 여유조차 가질 수 없는 쓸쓸하고 지친 마음이 그려졌음을 살필 수 있다. 물론 '꽃밭' 연작에 비한다면 「엄마 생각」 연작은 독자의 연민을 불러일으키기 위해 전쟁고아의 정형화된 상황을 작위적으로 연출한 면이 있으며 어린 화자의 마음을 직설적으로 노출하는 방식에 치우친 한계가 보인다. 그러나 "우리들 마음" 즉 동심의 빛을 티 없이 맑고 명랑한 "파란 마음 하얀 마음"으로만 채색하려 할 때, 이렇게 슬프고 쓸쓸한 동심은 제대로 조명 받지 못하고 어두운 서랍 속으로 감춰졌다는 점은 기억해 둘 필요가 있을 것이다. 「엄마 생각」 연작은 동심의 이미지를 관리하는 사회·문화적 공공의 담론장에서 암묵적인 검열에 의해 배제되고 삭제당한 텍스트라고 할 수 있다.

앞에서 언급했듯 어효선의 1950년대 초의 시들은 '안마당'의 좁은 범위를 벗어나지 못했지만, 「파란 마음 하얀 마음」은 '우리'를 내세웠다는 점

---

32) 어효선, 「소천과 나」, 『멋과 운치』(깊은샘, 1980), 224쪽.
33) 어효선, 「엄마 생각」, 『인형 아기 잠』(교학사, 1977), 85~86쪽.

에서 진일보했다는 평가를 받기도 했다. 그러나 「파란 마음 하얀 마음」이 놓인 자리가 슬프고 외로운 동심을 밀어낸 자리였다는 사정을 생각해 본다면 "우리들 마음"의 밝고 깨끗하게 채색된 동심과 '우리'의 보편성은 오히려 의심해 볼 필요를 느끼게 한다.[34) 동시의 시적 화자로서의 어린이는 작가가 미적 효과를 최대로 발휘하기 위해 고안한 전략적 장치라고 할 때 「파란 마음 하얀 마음」의 '우리들'은 어른들이 안심할 수 있는 순수한 어린이의 모습을 담은 계몽의 장치이며, "파란 마음 하얀 마음"은 전후의 폐허에서 밝고 고운 노래가 캠페인으로라도 필요했던 때에 특화된 후 지속적으로 추인되어 온 동심의 이미지라고 볼 수 있기 때문이다.

3) '아빠'라는 호칭: 어린이의 일상과 동시의 언어

「꽃밭에서」에 대한 또 한 명의 혹평가는 어효선과 동갑으로 그와 마찬가지로 교사 출신인 아동문학가 이오덕이다. 강소천의 촌평이 「꽃밭에서」가 발표된 직후인 1950년대 초에 이루어진 것에 비해 이오덕의 비평은 이로부터 약 20년 후인 1970년대 중반에 발표된 「어린애 흉내와 어른의 넋두리」[35)에서 이루어졌다. 이오덕은 무엇보다 이 동요에 쓰인 '아빠'라는 호칭을 불편하게 여겼다. 그가 보기에 '아빠'는 서울의 여유 있는 집의 아이들이나 쓰는 말이었다. 당시에 대다수를 차지했던 농촌 지역 어린이들에게 '아빠'는 초등학교 취학 전후까지 쓰는 말로서, 1학년들조차 글에는 많

---

34) 「파란 마음 하얀 마음」의 시상은 「하늘」(《새벗》, 1959. 10)에서 볼 수 있듯 "하늘은 하늘은/ 파아란 도화지/파아란 도화지엔/ 하아얀 구름 그려 놓고"로 변주되기도 했는데 이러한 귀여운 상상을 하는 어린이 화자야말로 관념적인 동심주의 아동관을 보여 주는 대표적인 유형이기도 하다. 밝고 환한 동심의 빛은 작가에게 강박으로 작용하여 『인형 아기 잠』(1977)에 수록된 「연필 다섯 자루」에서 검은색은 "까망 으응 —/ 캄캄한 빛,/ 싫어, 싫어/ 정말 싫어"처럼 극단적으로 거부되며, 「5월의 빛깔로」에서는 어린이의 깨끗한 마음은 "까아만 먹물이 튈라,/ 까아만 먹물이 들라."에서와 같이 경계해야 하는 것으로 표현되었다.

35) 이오덕, 「어린애 흉내와 어른의 넋두리」, 《여성동아》 1974. 10; 『시정신과 유희 정신』(창비, 1977), 165~175쪽에 재수록.

이 쓰지 않고 있다는 것이다. 초등 국어 교과서도 부친의 호칭을 '아버지'로 적고 있어 학교에서도 '아버지'로 가르치고 있는데, 유독 아동문학가들만 '아빠'라는 유아어를 선호해 동요나 동화에 자주 사용하고 있다고 지적했다. 그는 이러한 현상이 나타나는 이유로 어린이를 귀엽게만 보려는 '동심천사주의'를 지목했다. 이어서 동심의 꽃밭이 아이들에게 한때 달콤한 꿈을 꾸는 즐거움을 줄 수 있을지는 모르나 "어린이 생활의 진실을 덮어 감추고 모든 것을 아름답고 재미있는 것으로 보이게 하는 화장술"은 어린이 정신을 해치는 독소가 된다면서 그 대표적 예로 「꽃밭에서」를 들었다. 이오덕은 교실에서 커다란 학생들이 '아빠'를 찾는 이 노래를 부르는 것을 들으면 참 딱한 생각이 든다고까지 했는데, 이 지점에서 왜 그가 굳이 발표된 지 20년도 넘은 「꽃밭에서」를 비판의 표적으로 삼았는지를 엿볼 수 있다.

　1970년대 당시에 이오덕은 대표적인 리얼리즘 비평가이자 어린이 글쓰기 운동의 선두 주자로서 기성 동시 문단의 폐단을 이른바 "짝짜꿍 동요", "말놀이 동요"로 명명하면서 강하게 비판하고 있었다. 즉 "윤석중, 박목월, 강소천 등 우리나라 거의 모든 동요 작가의 동요가 유아 세계의 표현으로 그 본령을 삼"아 실제 아동문학 독자층보다 훨씬 어린 5~6살 유아의 세계를 순진하고 귀여운 재롱과 의미 없는 말장난으로 그리는 것에 대해 강한 반감을 표했던 것이다.[36] 그런데 어효선은 오랜 기간 윤석중과 각별하게 교유하며 활동하고 있었으며, 「꽃밭에서」는 대중적으로 널리 알려진 데다 교과서 정전으로 자리를 굳혀 가고 있었으므로 눈에 띄는 비판의 대상이 될 수 있었을 것이다.

　어린이에 대한 관념적이고 피상적인 이해를 넘어서야 좋은 아동문학이 될 수 있다는 이오덕의 지적은 지금도 물론 유효하며, 동시의 언어가 지역이나 계층과 무관하게 탈현실적으로 사용되는 것이 아니라는 점을 새삼

---

36) 이오덕, 위의 책, 112쪽.

스럽게 생각해 보게 하는 의의가 있다. 어효선 말년의 유년 동시들에서는 이오덕이 지적한 것처럼 아동을 귀엽게만 묘사하는 관념적 동심주의 경향이 엿보이는 것도 사실이다.[37] 그러나 앞에서 살핀 것처럼 「꽃밭에서」의 꽃밭은 한국전쟁 속에도 삶을 가꾸고 지키고자 한 노력이 가까스로 남아 있는 장소로서, 이를 단지 도시 중산층의 안온한 보금자리를 상징하는 것으로만 보는 것은 표면적 인상에 치우친 것일 수 있다. 또한 작품의 창작 배경을 참작하면서 시의 분위기를 살핀다면 이 동시의 시적 화자는 완연히 성숙한 소년이라기보다는 어린 유년으로 보는 편이 더 적절해 보인다. 그렇다면 문제는 「꽃밭에서」가 유년의 세계를 그린 것 자체에 있다기보다 "커다란 학생들"에게 걸맞지 않은 노래를 부르게 한 교육과정에 있다고도 할 수 있을 것이다.[38]

사실 대표작의 이미지에 가려졌을 뿐 어효선은 어린이의 일상과 골목길의 이웃을 그린 동시도 여럿 썼다. 어효선의 첫 동시집 『봄 오는 소리』의 발문에서 이원수는, 노래로 불린 동요들만 생각했는데 실제로는 산문시를 비롯한 다양한 유형의 작품이 많았으며 특히 "어린이들의 생활 속에서 시를 찾아내려는 노력"을 기울인 시들이 눈에 많이 띈다고 했다. 즉 "「꽃이 피거든」에서 보는 자기의 드러냄, 「싸리비」에서 보는 날카로운 느낌, 「벌을 쓴다」에서 보는 생활의 아름다움, 「도장포 할아버지」, 「솜틀집 할머니」, 「군밤 장수」 등에서 보는 할아버지, 할머니 들의 모습에 대한 조용한 관찰, …… 이러한 것들이 두드러져 보이는 한편, 인정에 얽힌 서민적인 생

---

37) 박영기는 이미 『인형 아기 잠』(1977)에서부터 어효선의 동시가 어린이의 생활과 내면을 꿰뚫어 보지 못하고 피상적 관념을 나열하는 데 그쳐 「파란 마음 하얀 마음」에서 보여 준 낙관적 동심이 '어린이는 언제든지 즐겁다, 행복하다'는 관념적 허상에 빠지고 있었고, 이 때문에 그의 시 세계가 난관에 봉착했다고 지적했다. 박영기, 「어효선 동요 동시 연구」, 《아동청소년문학연구》 8, 2011, 181쪽.

38) 「꽃밭에서」는 제2차 교육과정 이후 대개 초등 4~5학년 음악 교과서에 수록되어 왔으며, 2009 개정 교육과정에 이르러 3~4학년군 교과서에 수록되었다. 김은주, 「교육과정 시기별 초등학교 음악 교과서의 동요 수용 양상 연구」, 한국교원대 박사논문, 2017, 176쪽.

활"이 그지없이 아름다워 보인다는 것이다.[39] 이원수가 짚은 것처럼, 산수 시간에 벌을 서면서도 다른 친구들은 문제를 풀었을까 궁금해하고 창밖의 눈부신 햇살과 흘러가는 구름을 보며 "아! 가슴이 시원하구나./ 그러나 나는 한 문제를 못 푼 채/ 지금 벌을 쓰고 있는 것이다."(「벌을 쓴다」)라며 독백하는 어린 화자의 답답한 마음이나, 토요일이 일요일보다도 더 즐겁다며 "무슨 큰 일을 마친 것 같은/ 가벼운 마음", 숙제가 많아도 "그까짓 것쯤/ 거뜬히 해치울 수 있는 것"(「토요일」)이라며 들떠하는 낙천성은 「파란 마음 하얀 마음」과는 또 다르게 생활의 빛깔이 스며든 동심이라고 할 수 있을 것이다.

이 어린 화자들은 서울 거리의 풍경이나 골목길의 이웃들을 세심히 관찰하기도 하는데, 까만 아스팔트 전찻길 위에 물을 뿌리면서 종을 요란하게 치고 가는 물전차의 "운전사 할아버지"부터(「물전차」), "조그만 책상 앞에/ 쪼그리고 앉아서/ 네모반듯한 도장틀을/ 이리저리 돌려 가며/ 정성껏 도장을 새기시네,/ 누구의 이름을 새기시네"의 주인공인 "도장포 할아버지"(「도장포 할아버지」), 매일 등굣길에 만나는 "신기료 장수"나(「신기료 장수」), 허리는 다 꼬부라졌어도 연신 솜을 떼어 넣으며 오른발로 발딛개를 밟아 부지런히 솜을 트는 "솜틀집 할머니"(「솜틀집 할머니」), "남의 집 담벽에다/ 조그만 간판을 걸어 놓고/ 그 밑에/ 할아버지가 혼자 앉아 계시다"가 계속 졸다가도 누가 지나가면 놀란 듯이 두 눈을 번쩍 뜨는 "복덕방 할아버지"(「복덕방」)까지 호기심 많은 어린 화자의 눈에 비친 이웃의 모습이 다채롭고 생생하다. 이들의 모습은 시적 화자에게 "그 앞을 지날 때면/ 모자를 벗고,/ 인사를 하고 싶은"(「신기료 장수」) 마음이 들게 하는데 이는 그들 대부분이 거창하거나 변변하지는 않아도 자신의 일터에서 오랜 세월 성실히 삶을 지켜 온 노인들이기 때문일 것이다. 이는 좁은 마당 구석에라도 꽃밭을 가꾸고자 하는 마음으로부터 그리 멀리 떨어진 것이 아닐 것이

---

39) 이원수, 「책 끝에」, 『봄 오는 소리』(교학사, 1961), 114~115쪽.

다. 서울 토박이인 어효선에게 서울은 자본이 집중되는 화려한 대도시이기 전에 대대로 터를 닦아 살아온 생활의 장소였다. 이런 점에서 그를 농촌 어린이들의 현실과 언어에 무심했던 대표 작가로 꼽는 것은 다소 어긋난 면이 있어 보인다.

4 공공재로서의 동시, 함께 가꾸는 동시의 꽃밭

1950년대 어효선의 많은 동시들은 잡지나 동시집에 처음 발표된 후에 곧 노래로 만들어져 대중적 인기를 끌었다. 어효선의 동요가 널리 사랑받게 된 중요한 요인으로 이른바 가창 동요의 '전성시대'를 연 라디오 매체의 문화적 파급력을 빼놓을 수 없다. 1950년대에 급증한 라디오 매체의 영향력을 배경으로[40] 박홍근의 「나뭇잎 배」(윤용하 곡), 박목월의 「노래는 즐겁다」(윤용하 곡)와 「얼룩 송아지」(손대업 곡), 윤석중의 「우산」(이계석 곡)과 「무궁화 행진곡」(손대업 곡), 강소천의 「꼬마 눈사람」(한용희 곡), 박경종의 「초록 바다」(이계석 곡) 등 수많은 동요들이 어린이 프로그램의 전파를 탔다. 이후 이들 방송 동요는 곧 교과서 정전이 되어 전 세대를 아우르는 애창곡으로 권위를 확보해 나가는 비슷한 경로를 거쳤다.[41]

어효선의 동시에도 많은 작곡가들이 곡을 붙였는데 「꽃밭에서」로 처음 인연을 맺은 권길상은 이후에도 「이른 봄」[42] 「과꽃」, 「오월」, 「우리는 자란다」, 「우물가」, 「싸리비」, 「발자국」, 「선생님의 은혜」, 「졸업 축하의 노

---

40) 마동훈에 따르면 라디오의 영향력은 1950년대 중반부터 급증해 1959년에는 전국 라디오 보급률이 20.8%, 서울은 61.5%에 달했다고 한다. 대도시의 일상에는 라디오의 영향력이 급속도로 강화되었으며, 이러한 매체 환경의 조건에서 '방송 동요'를 위해 정형률이 강한 동시가 창작되는 현상까지 나타나게 되었다고 볼 수 있다. 마동훈, 「초기 라디오와 근대성의 체험」, 『매체·역사·근대성』(나남출판사, 2004).

41) 한용희, 『창작동요 80년』(한국음악교육연구회, 2004), 123~135쪽; 조은숙, 「어린이의 노래는 어떻게 모두의 애창곡이 되었을까?: 권오순의 「구슬비」와 박홍근의 「나뭇잎 배」를 중심으로」, 『전후 휴머니즘의 발견, 자존과 구원』(민음사, 2019).

42) 권길상, 『진달래: 권길상 동요 작곡집 (1)』(서울어린이음악원, 1954).

래」, 「눈 온 달밤」,[43] 「봉숭아」, 「실바람」, 「우리는 잔디밭에」, 「봄이 온 줄을」,[44] 「나무는 봄비를」[45] 등을 노래로 만들었다. 동요 「파란 마음 하얀 마음」의 작곡자 한용희는 "이 노래 한 곡이 나의 인생을 대변해 주는 것 같고, 나의 보람과 행복을 이 노래가 말해 주고 있다는 고마움을 느끼게 된다."라고 할 정도로 각별한 애정을 표한 바 있다.[46] 이 밖에 노래로 만들어진 어효선의 동시로 김공선 작곡의 「이른 봄의 들」, 「파란 가을 하늘」,[47] 김규환 작곡의 「영치기 영차」, 김경환 작곡의 「누나 생각」,[48] 안병원 작곡의 「학교 앞 문구점」[49] 신규복 작곡의 「강아지」, 김은석 작곡의 「새처럼」[50] 등이 있다. 이처럼 어효선은 노래와 시의 거리가 유독 가까웠던 시기에 창작 활동을 한 작가로서 어린이 독자를 도외시하고 어렵게 쓰는 창작 경향을 경계해 왔으며 "노래를 담을 수 있는 내용과 말을 담은" 동시를 지향했다. 그는 한 인터뷰에서 여러 장르에서 활동했으나 결국 여건만 허락된다면 동요에 매진하고 싶다면서 자신의 동요가 "골목길이나 대포집"에서 "어린이와 어른"의 입을 통해 불리는 것을 볼 때 작가로서 가장 보람을 느낀다고 말했다.[51]

그의 동시가 어린이와 어른이 함께 부르는 노래가 될 수 있었던 또 하나의 중요한 계기는 교과서 수록에 있다. 그의 동요는 제1, 2차 교육과정부터 초등 교과서에 수록됨으로써 교육과정 정전이 되었고 이후 시간이 누적되면서 '국민 애창곡'의 지위를 얻게 되었다. 어효선의 동요 중 가장 먼

---

43) 권길상, 『과꽃: 권길상 동요곡집 (2)』(예술교육출판사, 1957).

44) 권길상, 『봉숭아: 권길상 동요곡 (3)』(음악예술사, 1960).

45) 권길상, 『권길상 동요 50곡집』(음악예술사, 1962).

46) 한용희, 『동요의 샘물에서 찾은 행복한 인생』(한국음악교육연구회, 2001), 73쪽.

47) 김공선, 『김공선 작품 연주: 제30회 정기연구회용 악곡집 (96)』(서울시립합창단, 발행시기 미상).

48) 김공선 편, 『합창합주곡집 (1)』(교학사, 1969).

49) 김공선 편, 『노래하는 리코오더』(엔젤출판사, 1980).

50) 한국동요동인회 편, 『새 동요곡집 (18)』(세광음악출판사, 1993).

51) 「어효선 씨죠. 회갑문집 『파란 마음…』 출간 축하합니다」, 《경향신문》, 1986. 1. 10.

저 교과서에 수록된 작품은 「파란 마음 하얀 마음」이다. 「파란 마음 하
얀 마음」은 제1차 교육과정(1955~1962) 초등 음악 교과서에 처음 수록되었
다.[52] 발표 시점은 '꽃밭' 3부작이 몇 년 더 앞섰지만, 「파란 마음 하얀 마
음」이 먼저 수록된 것은 작품의 우수성뿐만 아니라 그만큼 이 동요가 교
과서 편찬 이데올로기에 부합되었다는 방증일 수 있다. 이후 어효선의 동
요는 여러 편이 교과서에 수록되는데 김은주의 조사에 따르면 제2차 교육
과정(1963~1973) 음악 교과서에 「꽃밭에서」는 초등 4학년, 「파란 마음 하
얀 마음」은 5학년, 「과꽃」은 6학년에 나란히 실린다. 「파란 마음 하얀 마
음」은 제1차 교육과정부터 「꽃밭에서」는 제2차 교육과정부터 2009 개정
교육과정까지 한 번도 빠지지 않고 초등 음악 교과서에 수록되어 왔으며,
「과꽃」도 제2~4차, 제6차 교육과정에 수록되었다. 「서로서로 도와가며」
는 3~4차, 6~7차, 2007 개정 및 2009 개정 교육과정의 몇몇 검인정 교과
서에 수록되었다.[53] 최은경에 따르면 비교적 최근에 해당하는 제5차 교육
과정(1987~1992)부터 2009 개정 교육과정까지 초등 음악 교과서에 어효선
의 동요들이 실린 횟수는 모두 합쳐 18회로, 윤석중(75회)과 강소천(35회)
에 뒤이어 전체 3위의 높은 순위를 차지한다.[54] 그의 동요들이 처음 발표
되었을 때만 잠시 인기를 얻은 것이 아니라 반세기 이상 꾸준히 사랑받아
왔음을 알 수 있다. 이처럼 오랜 기간 공유된 작품들은 학교 울타리 안의
교육 정전을 넘어 일종의 사회·문화적 공공재로서 자리매김하게 될 가능
성이 커진다.

그의 초기 대표작이 당대 독자들에게는 잡지, 라디오 등의 대중매체를

---

52) 교육과정이 공포된 후에도 실제로 교과서가 편찬되는 데는 몇 년이 더 걸리며, 1차 교육
과정 음악 교과서는 1958년부터 출간되기 시작했으므로 어효선의 동요들이 실제로 교
실에서 불리기 시작한 것은 대략 1960년대 이후로 볼 수 있다.

53) 김은주, 「교육과정 시기별 초등학교 음악 교과서의 동요 수용 양상 연구」, 한국교원대 박
사학위논문, 2017.

54) 최은경, 「한국 동요·동시 정전화 연구 — 초등교과서 수록 작품을 중심으로」, 인하대 박
사학위논문, 2015.

통해 현실 경험의 직접성 면에서 호소력을 가졌다면, 이후의 독자들에게는 국가 교육과정을 통해 학습한 결과로 익숙함을 느끼게 된 면이 크며 시간이 경과함에 따라 이제는 시민의 공공 관리의 영역으로 흡수된 공공재가 되었다고 볼 수 있다. 이러한 사회·문화적 공공재는 어떻게 활용되느냐에 따라 지난 시대의 낡은 이데올로기를 보존하는 기능에 복무할 수도 있고, 역사의 집합적 기억의 보고로서 세대를 연결하고 새로운 가치를 창출하는 역할을 감당할 수도 있을 것이다. 예를 들어 「꽃밭에서」와 같이 널리 알려진 노래가 성별 통념을 강화하는 방식으로 수용되는 현상은 흔한 일인데[55] 「꽃밭에서」를 모티프로 활용하여 파생된 작품들이 '진'이라는 시적 화자를 여자 어린이로 묘사한 것에서 그 편린을 살필 수 있다. 애초에 「꽃밭에서」가 처음 발표된 《소년세계》의 삽화에도 소녀의 모습이 그려졌거니와, 이 동시를 가르치는 장면을 결말 부분에 비중 있게 넣은 한 장편동화에서도,[56] 이 동시를 바탕으로 만들어진 최근의 어느 그림책[57]에서도 시적 화자를 여자 어린이로 상상한 것을 찾아볼 수 있다. 작가의 손을 떠나 모두의 노래가 된 시는 시대의 아픔과 슬픔을 함께하는 큰 공감의 회오리를 타기도 하고 작가의 의도와는 다른 방식으로 수용되기도 하며 심지어 변질되고 부패할 수도 있다는 점을 생각해 보게 한다.[58]

---

55) 비평 중에도 이러한 경향을 찾을 수 있다. 박영기는 '진'을 딸이라 단정했으며, 김원석은 프로이트를 원용해 이들 붉은 '꽃'들은 여성의 성기나 처녀성, 월경 등을 상징하는 여성적인 것으로 해석했는데 이는 '꽃=여성'이라는 성별 선입견을 대입한 예라고 판단된다. 박영기, 「어효선 동요 동시 연구」, 《아동청소년문학연구》 8, 2011; 김원석, 「그리움과 아름다움」, 《한국아동문학》 19(《21문학과 문화》, 2004. 9, 63~64쪽에서 재인용).

56) 김영순, 「해방둥이네 교실」, 《아동문예》 404, 2014.

57) 어효선 글, 하수정 그림, 『꽃밭에서』(섬아이, 2015).

58) 황정아는 지적·문화적 커먼즈(commons)는 "변질되고 부패하며 가치가 떨어질 수 있"다는 하비의 말을 인용해 물리적 커먼즈와 구별하는 한편, 나아가 문학에서의 '함께 나눔'의 의미를 "현재를 바꾸기 위한 살아 있는 창조적 반응에서만 살아 있는 세계"로 본 리비스를 경유해, 문학의 공공성이 당위적 주장에만 그치는 것이 아니라 함께 새로운 가치를 만드는 커머닝의 실천으로서만 가능해 짐을 강조했다. 황정아, 「문학성과 커먼즈」, 《창작과 비평》 46(2), 2018.

현재 어효선의 동시는 100년이 넘은 한국 창작 동시가 걸어온 역사와 동심의 이미지를 대표하고 있다. 국립한글박물관은 2022년에 어린이날 100주년을 기념하여 동요를 주제로 전시회를 개최하면서 제목을 '파란 마음 하얀 마음'(2022. 5. 10~9. 12)으로 잡았다. 대산문화재단과 교보문고는 '어린이해방선언 100주년 기념 동요그림전'(2023. 10. 11~11. 12)을 개최하면서 전시회의 제목을 '우리들 마음에 빛이 있다면'으로 정했다. 이는 「파란 마음 하얀 마음」이 20세기 한국 동요를 대표하는 자리에 있을 뿐 아니라 우리 사회가 상상하는 '동심'의 이미지를 가장 선명하게 드러내기 때문일 것이다. 그러나 앞에서 살폈듯 1950년대 밝고 고운 노래의 동심 코드는 어린이 마음을 단일한 것으로 이미지화함으로써 어린이의 현실에서 어둠과 슬픔을 억압하고 어린이 내면을 단순하고 균질하게 상상하게 할 위험도 동반한다는 점도 함께 고려할 필요가 있을 것이다. 문학이 공통의 활동 영역으로서 공공재라면 '동심'의 이미지를 어떠한 실천을 통해 새롭게 생산하며 관리해 나갈 것인가는 모두의 과제가 될 것이다.

1950년대는 라디오 방송을 통해 어린이의 노래가 모두의 노래로 확산될 수 있었으며 이른바 국민 애창곡이 만들어질 수 있는 때였다. 만약 오늘날에도 여전히 어린이와 함께 즐길 수 있는 노래로서의 시, 시로서의 노래가 필요하다고 생각된다면 지금의 매체 환경에서는 새로운 가능성을 찾는 노력이 필요할 것이다. 애초에 동시('어린이시')는 어른과 어린이가 함께 쓰고 함께 향유하는 문학으로서 "모두가 함께 나누는 공통적 장소"[59]가 될 가능성에 열려 있다. 더욱이 디지털 매체와 AI 기술의 발전으로 인해 전문 작곡자가 아니더라도 노래를 만드는 작업이 용이해진 현재에는 어린이를

---

59) 이민주는 문학의 '사회적 전환' 가능성을 타진하면서, 문학이 사회의 공동 자산으로서 언어를 활성화하는 커머닝 작업으로서, 가장 주관적인 서정문학을 통해서도 사회와 소통하며 만남을 추구하는 실천이 가능하다고 보았다. 그는 문학에 내재한 정치성과 공통성을 활성화하는 커머닝으로서의 문학을 '함께-쓰기"의 실천으로 제안했다. 이민주, 「커머닝으로서의 문학: 문학의 정치성과 공통성을 중심으로」, 서울대 박사학위논문, 2022.

비롯한 시민들의 참여 가능성을 확장함으로써 시와 노래, 어른과 어린이, 작가와 독자의 거리를 한껏 좁혀 보는 즐거운 상상도 가능하지 않을까.

5 맺음말

이 논문은 난정 어효선의 동시 세계를 조명하고, 그의 대표작으로 꼽히는 '꽃밭' 3부작과 「파란 마음 하얀 마음」을 중심으로 동시 비평의 쟁점을 살펴보았다. 어효선은 생전에 9권의 동시(선)집을 출간했다. 그는 시와 노래의 거리가 유독 가까웠던 1950년대부터 1960년대에 주로 활동했다. 초기작인 『봄 오는 소리』(1961)와 『인형 아기 잠』(1977)은 그의 대표적인 시 세계를 보여 준다. 그러나 그는 말년에 이르기까지도 유아 동시를 통해 시와 노래의 친연성을 탐구하고 있었다.

그의 대표작인 '꽃밭' 3부작에서 '꽃밭'은 '미래―현재―과거' 또는 '봄―여름―가을'의 계절의 변화를 긴밀히 연결하는 장소로서, 한국전쟁을 겪은 작가 가족의 구체적인 체험과 공동체가 함께 겪은 비극적 경험이 엮이면서 폭넓은 공감을 얻는 데 성공했다. 그러나 한편으로는 '아빠'라는 용어가 대도시의 유년들을 과잉 대표하고 어린이들을 천진하고 귀엽게만 보려는 동심주의의 표징으로 여겨져 비판받기도 했다. 「파란 마음 하얀 마음」은 밝고 노래 고운 노래 부르기 캠페인이 벌어지던 때에 창작되어 한국 동시사에서 '동심'의 이미지를 오랜 기간 대표해 온 상징적인 작품이다. 그러나 이러한 밝고 고운 노래에 대한 강박적 편향은 슬픔이나 쓸쓸함 등의 감정은 배제시키는 암묵적 검열로 작용했다. 이러한 점들은 동심 이미지의 편향성 및 계층·지역의 측면에서 동시가 담아야 할 일상의 경험과 언어에 대한 쟁점들을 재고해 보게 한다.

어효선 동시 연구는 작가 개인의 시 세계를 조명하는 의미를 지닐 뿐 아니라 해방 이후 현재에 이르기까지 한국 사회에서 동시가 향유되어 온 방식 및 사회·문화적 공공재로서의 가치를 생각해 보는 데 유효하다. 어효선의 대표작들은 1950년대에 발표된 후 노래로 만들어져 라디오 방송을 통해 널리 전파되었으며, 초등 교과서에 거듭 수록되면서 수십 년 동안 교과서 정전으로 자리 잡았다. 이러한 교육 정전들은 대개 국가와 사회의 지배적 이데올로기를 반영한다는 측면에서 비판적으로 검토되어 왔으나, 이제는 세대 간 문화 경험을 이어 주고 함께 활용하며 참여할 수 있는 공동의 자산으로 기능할 수 있다는 역설적인 가능성에 대해서도 관심을 둘 필요가 있다.

참고 문헌

기초 자료

어효선, 『봄 오는 소리』, 교학사, 1961.

어효선, 『인형 아기 잠』, 교학사, 1977.

어효선, 『고 조끄만 꽃씨 속에』, 일지사, 1979.

어효선, 『파란 마음 하얀 마음』, 가톨릭출판사, 1985.

어효선, 『소나기 그치고』, 대교문화사, 1987.

어효선, 『인형 아기 잠』, 교학사, 1990.

어효선, 『아기 숟가락』, 교학사, 1991.

어효선, 『그래서 장난꾸러기 너희들은』, 교학사, 2002.

어효선, 『파란 마음 하얀 마음』, 으뜸사랑, 2003.

단행본

권길상, 『진달래』, 서울어린이음악원, 1954.

권길상, 『과꽃: 권길상 동요곡집 (2)』, 예술교육출판사, 1957.

권길상, 『봉숭아: 권길상 동요곡 (3)』, 음악예술사, 1960.

권길상, 『권길상 동요 50곡집』, 음악예술사, 1962.

김공선, 『김공선 작품 연주: 제30회 정기연구회용 악곡집(96)』, 서울시립합창
　　단, 발행 시기 미상.

이오덕, 『시정신과 유희 정신』, 창비, 1977.

한국동요동인회 편, 『새 동요곡집 (18)』, 세광음악출판사, 1993.

한용희, 『동요의 샘물에서 찾은 행복한 인생』, 한국음악교육연구회, 2001.

한용희, 『창작동요 80년』, 한국음악교육연구회, 2004.

논문 및 비평

김영순, 「해방둥이네 교실」, 《아동문예》 404, 2014.

김원석, 「그리움과 아름다움: 「꽃밭에서」, 「과꽃」, 「파란 마음 하얀 마음」」, 《21문학과 문화》, 2004. 9.

김유진, 「구체적인 화자들」, 《창비어린이》 86, 2024.

김유진, 「보편과 구체, 새로운 동시를 위하여」, 《창비어린이》 89, 2025.

김은주, 「교육과정 시기별 초등학교 음악 교과서의 동요 수용 양상 연구」, 한국교원대 박사학위논문, 2017.

김제곤, 「'해묵은 동시' 이후의 동시」, 《창비어린이》 88, 2025.

마동훈, 「초기 라디오와 근대성의 체험」, 『매체·역사·근대성』, 나남출판사, 2004.

문삼석, 「어효선론」, 『한국 아동문학작가 작품론 (하)』, 서문당, 1991.

박상재, 「파랗게 하얗게 물든 동심: 어효선 동화론」, 《아동문학평론》 50(2), 2025.

박영기, 「어효선 동요 동시 연구」, 《아동청소년문학연구》 8, 2011.

신동재, 「'Hmmmmm'적 동요와 링구아(lingua)적 동시」, 《아동청소년문학연구》 32, 2023.

신현득, 「난정 어효선 선생의 선비 정신」, 《월간문학》, 2002. 11.

심효숙, 「명작 동요를 찾아서」, 《21문학과 문화》, 2003. 9.

어효선 글, 하수정 그림, 『꽃밭에서』, 섬아이, 2015.

어효선, 「강소천의 인간과 문학: 순진·솔직·엄격」, 《현대문학》 9권 6호, 1963.

어효선, 「그리움과 슬픔이 배인 노래」, 『멋과 운치』, 깊은샘, 1980.

어효선, 「나의 문학 나의 인생」, 《아동문학평론》 10(3), 1985.

어효선, 「동시 「인사」의 작품 분석과 전망」, 《아동문학》 11, 1965.

어효선·김요섭·박홍근 외, 「동화시를 말한다: 아동문학사에 남을 원탁 좌담회」,《아동문학》9, 1964.

원종찬, 「문학사 인터뷰 2_어효선: 내가 걸어온 아동 문단」, 『한국 아동문학의
　　계보와 정전』, 청동거울, 2018.

원종찬, 「일제강점기의 동요·동시론 연구: 한국적 특성에 관한 고찰」,《한국아
　　동문학연구》20, 2011.

유경환, 「어효선론」,《횃불》13, 1970.

이민주, 「커머닝으로서의 문학: 문학의 정치성과 공통성을 중심으로」, 서울대
　　박사학위논문, 2022.

이재철, 「한국 아동문학가 연구 (1)」,《국문학논집》10, 1981.

정원석, 「어효선의 문학과 인생 (상. 중. 하)」,《아동문학평론》12(1)~12(3), 1987.

조은숙, 「어린이의 노래는 어떻게 모두의 애창곡이 되었을까?: 권오순의 「구
　　슬비」와 박홍근의 「나뭇잎 배」를 중심으로」, 『전후 휴머니즘의 발견, 자존
　　과 구원』, 민음사, 2019.

최명표, 「의고적 의식의 문화적 질서화: 어효선론」,《어린이책 이야기》27,
　　2014.

최은경, 「한국 동요·동시 정전화 연구 ― 초등 교과서 수록 작품을 중심으
　　로」, 인하대 박사학위논문, 2015.

황정아, 「문학성과 커먼즈」,《창작과 비평》46(2), 2018.

1925년   11월 2일, 서울 종로구 인사동 247번지에서 부친 어재한과 모
                      친 이을남 사이에서 2녀 1남 중 둘째로 태어남. 어효선의 집안
                      은 대대로 서울 토박이였으며, 무성영화 필름에 자막을 넣는
                      일을 했던 부친은 세필가로도 유명했다고 함.

1932년(7세)   서울 중앙 유치원 졸업. 서울 교동국민학교 입학.

1935년(10세)   국민학교 4학년 때 늑막염을 앓아 휴학함. 이 무렵에 친구의
                      부친으로서 고서화에 조예가 깊은 한문학자이자 무교회주의
                      자였던 소석(小石) 김태희 선생 댁에 출입하며 정신적으로 깊
                      은 영향을 받음. 유소년 시절에 『잃어버린 댕기』 등 윤석중의
                      동요집을 읽었으며, 신문에서 어린이란의 글을 스크랩하는 등
                      문학에 관심을 가짐.

1938년(13세)   서울 교동보통학교 졸업. 서울 한영중학원 입학. 청나라 문필
                      가 하소기(何紹基)에 심취해 그의 서첩을 입수해 서예를 익힘.

1943년(18세)   한영중학원 졸업. 일본 동경홍아서도연맹 주최 전국서도전람
                      회에 서예 작품을 출품해 동상을 수상함.

1944영(19세)   일제의 소개 명령으로 낙원동에서 월곡으로 이사하고, 문맹
                      부녀자 계몽을 위한 국어강습소 강사로 동원됨. 경기도 고양
                      군 뚝도면 능리(현재 서울 광진구 능동) 소재 계명학원에 1년
                      여 출강함. 훗날 어효선은 이때에 사대문 밖 가난하고 소외된
                      어린이들의 현실을 가까이에서 목도했으며 이런 아이들 앞에
                      서 교사랍시고 황국신민서사를 선창했다는 사실에 죄책감을

느껴 이를 만회하기 위해서라도 아이들을 위한 노래를 써야겠다고 마음먹었다고 아동문학가가 된 동기를 밝혔음.

1945년(20세) 해방을 맞아 서울 낙원동으로 다시 이사함. 11월, 서울 매동 국민학교에서 근무를 시작해 1952년까지 약 7년간 복무함.

1947년(22세) 서울시 초등교원 검정고시에 합격함.

1948년(23세) 2월, 한정애 씨와 결혼함. 3월, 매동초등학교 윤재천 교장의 지시로 학교 졸업식에 부를 노래로 「졸업 축하의 노래」와 「선생님의 은혜」 두 편을 작사했으며, 박재훈이 곡을 붙임. 8월, 이 동요들을 윤재천 교장이 잡지 《어린이》에 투고해 「졸업 축하의 노래」가 발표됨. 이를 계기로 원고 청탁을 받기 시작했으며, 아동문학가 최병화와 이원수 등과 교유하게 됨.

1949년(24세) 2월, 첫 아들 '진'이 태어남. 3월, 문교부의 대한민국 정부 수립 기념 노래 가사 현상 모집에 「어린이의 노래」가 당선됨.(심사위원: 박종화, 김광섭, 서정주, 조지훈) 8월, 잡지 《소년》의 소년시 현상 모집 어른 부문에 동시 「봄날」이 당선됨.(심사위원: 박목월, 조지훈, 임인수)

1950년(25세) 4월, 잡지 《아동구락부》에 동시 「꽃이 피거든」을 발표함. 첫 아들 '진'의 이름을 호명하며 "꽃보며 살자/ 꽃처럼 살자"라고 한 이 작품은 김의환 화백의 삽화와 함께 권두시로 실렸으며, 추후 「꽃밭에서」, 「과꽃」과 함께 어효선의 '꽃밭 3부작'으로 불림.

1951년(26세) 한국전쟁 중 1·4후퇴 피난길에 수원 부근에서 윤석중을 만나 인사를 나눔. 가족들은 천안에 피난시키고 자신은 부산으로 피난했으며, 부산에서 제2국민병으로 토성국민학교에 교사로 동원되어 근무함.

1952년(27세) 9월, 전쟁 중에 떨어져 지내게 된 가족을 그리워하는 마음을 담은 동시 「꽃밭에서」를 피난지 대구에서 창간된 잡지 《소년세계》에 발표함. 이 동시에 이화여고 교사였던 권길상이 곡을 붙여 널리 퍼졌으며 초등학교 음악 교과서에 실려 큰 인기를 얻음. 그러나 아동문학가 강소천은 만날 때마다 「꽃밭에서」 2절의 가사 일부가 어린이의 마음을 담지 못했다고 평했고, 어효선은 이를 마음에 새겨 자신의 첫 동시집인 『봄 오는 소리』에도 이 동요는 수록하지 않았다는 일화가 유명함. 정부 수복 전에 서울로 돌아옴. 이때 홀로 지내던 윤석중을 집으로 데려와 3개월 동안 한 방에서 기거했으며 이후 평생 각별한 교유를 이어 감. 6월, 윤석중을 도와 《조선일보》 어린이란 편집에 객원으로 참여함.

1953년(28세)　남산국민학교로 전근해 1957년까지 근무함. 수필을 쓰기 시작하여 「모자」와 「월야래우기」 등을 발표함. 9월, 잡지 《소년세계》에 「잔디에 누워」를 발표함. 10월, 동시 「과꽃」을 주간 《소년서울》에 발표함. 권길상이 「과꽃」을 비롯한 많은 동시에 곡을 붙임.

1955년(30세)　1월, 주간 《소년조선일보》가 복간되어 윤석중이 편집을 맡자 객원으로서 1959년까지 참여함. 시내 일간지 《소년조선》의 학생 작문 고선을 맡음. 이 무렵 잡지 《종로구학보》, 《남산학보》, 《학생계》 등의 편집에 도움을 줌.

1956년(31세)　윤석중이 '새싹회'를 만들자 창립 회원으로 활동함.

1957년(32세)　서울시의 교사순환제 운영 방식에 반발해 교직을 떠남. 잡지 《소년계》의 편집장을 맡았으나 창간호로 폐간됨. 문교부 편수국의 국어교과서 교사용 지도서 편수를 담당해 근무하던 중 건물 화재 사고로 전신 화상 및 골절을 당해 입원함. 퇴원 후 고려대학교 국어학과 연구실에 다니며 3년간 국어 공부에 몰두함. 6월, 강소천의 요청에 따라 밝고 명랑한 분위기로 쓴 동시 「파란 마음 하얀 마음」을 잡지 《새벗》에 발표함. 이 동시를 읽고 큰 감명을 받은 서울중앙방송국 어린이 담당 프로듀서 한용희가 곡을 붙였으며, 이후 초등학교 음악 교과서에 거듭 수록되면서 세대를 넘는 애창곡으로 자리 잡음.

1958년(33세)	대한교과서주식회사에서 홍웅선, 김민수과 공저로『콘사이스 국어사전』을 편찬함.
1959년(34세)	'난정(蘭丁)'이라는 호를 사용하기 시작함. 5월, '한국글짓기회'를 결성해 초등 부문 상임위원을 맡음. 창립 회원은 김요섭, 박화목, 신지식, 윤태영, 이상로, 이영희, 이준구, 임인수, 홍웅선, 홍은순 등이었음.《한국일보》작문 고선을 맡음.
1960년(35세)	4월, 이원수, 홍웅선과 공저로 수필집『비·커피·운치』발간.
1961년(36세)	대한교과서 주식회사에 입사해 초대 편집과장에 취임함. 7월, 「한국아동문학사연표(1890~1961. 7.)」를《새한신문》에 6회 연재함. 추후 내용을 보완해 잡지《아동문학》12집(1965. 7.)에 다시 발표함. 11월, 첫 동시집『봄 오는 소리』를 출간함. 이 책은 1962년 8월에 국민학교 4·5·6학년용 우량 아동 도서로 선정됨. 작문 지도서『글짓기 교실』를 출간함. 이 책은《한국일보》어린이란의「우리들 차지」에서 지도한 내용을 정리한 것임. 주평·홍문구와 공저로『학교극 사전』을 출간함.
1962년(37세)	대한교과서 주식회사의 초대 출판부장으로 승진해 국정교과서를 편찬하다가 3월, 방계 출판사 어문각이 창설되자 초대 편집부장으로 취임함. 어문각에서 '학년별 아동문고' 10종 전 60권, '재미있는 자연학습' 등의 문고를 기획해 큰 성공을 거둠. 홍문구와 공저로 작문 지도서『생활 작문 지도』를 출간함.
1963년(38세)	작문 지도서『우리들의 글짓기』를 출간함. 이 책은 1955년부터 4년 동안《소년조선일보》에서 지도한 내용과《새벗》에 연재한 글을 모은 것임. 대한적십자사 청소년 적십자 자문위원으로 1974년까지 활동함. 10월,《새교실》주최 전국 어린이신

문 콘테스트 심사위원을 맡음. 한국문인협회의 이사로 선출
됨(1963~1964, 1966, 1969년)

1964년(39세)　　5월, 어문각에서 잡지《새소년》을 창간해 주간으로 취임함.
근대 아동 잡지의 서지 정보를 정리한「초창기 아동 잡지」
를 잡지《아동문학》에 3회(8, 10~11집)에 걸쳐 연재함.《소
년한국》호남판 탄생을 기념한 전라남도 어린이 글짓기 대회
의 심사위원을 맡음. 대한적십자사 작문 모집 심사위원을 맡
음.(1964, 1965, 1968년) 이원수와 공편으로『한국아동문학선
집』(전 3권)을 편찬함. 신춘문예 아동문학 당선 작품집『종이
배』를 편찬함.

1965년(40세)　　잡지《새소년》의 판매 부진으로 만화 잡지로의 전환이 논의
되자 이에 완강히 반대하다 제20호를 마지막으로 어문각을
떠남. 풍문여고와 배화여고 주최 전국어린이글짓기대회 심사
위원을 맡음. 마해송 회갑기념문집에 권두시「마해송 할아버
지」를 실음.

1966년(41세)　　《소년동아일보》편집위원을 1970년까지 맡음. 작문 지도서
『국민학교 글짓기』(전 3권)를 출간함.

1967년(42세)　　금란여중고로 교직에 복귀해 1973년까지 근무함. 대전일보사
주최 제6회 어린이 예능대회 글짓기부 심사위원을 맡음.

1971년(46세)　　동시「꽃잎은 날마다 날리어」로 제3회 한정동 아동문학상을
수상함.《조선일보》,《동아일보》,《서울신문》신춘문예 심사
위원을 맡음. 이후에도 20여 년간《경향일보》,《한국일보》등
주요 일간지의 신춘문예 아동문학 부문 심사를 맡음.

1972년(47세)　　소천문학상 운영위원 및 심사위원을 맡음. 이후에도 2000년
에 운영위원장을 맡는 등 계속 참여함. 문공부 우량도서 선정
심사위원을 맡음. 잡지《소년중앙》에 사진소설「하아모니카」
를 발표함. 김민수와 공편으로『표준새국어사전』을 편찬함.

박영준과 공편으로『한국의 전설』(전 10권)을 편찬함. 정주상
과 공편으로『중학한문사전』을 편찬함. 김요섭·정주상과 공
편으로『한국 아동문학 60년 선집』을 편찬함.

1973년(48세) 금란여중고를 떠나 교학사에 주간으로 취임함. 잡지《소년중
앙》에 '좋은 말 고운 말'을 연재함. 이인식과 공편으로『표준
신일한사전』을 편찬함.

1974년(49세) 한국동요동인회의 부회장으로 선출됨.(회장 나운영) 세종아동
문학상 심사위원을 맡음. 이후에도 수차례 맡음.

1975년(50세) 첫 번째 동화집『도깨비 나오는 집』을 출간함.

1976년(51세) '교학사 소년문고'를 기획해 제1집 총 30권을 간행한 후 1983년
까지 제7집 총 210권을 발간함. 잡지《소년중앙》문학상의 심
사위원을 맡았으며 이후에도 수차례 맡음. 동화집『나비 잡는
할아버지』를 출간함.

1977년(52세) 4월, 문인여기화(餘技畵) 특별 초대전에 출품함. 12월, 한국
아동문학상 상임 운영 위원을 맡음. 동요 생활 30년을 기념해
동시집『인형 아기 잠』을 출간함. 작문 지도서『즐거운 작문
교실』,『즐거운 시교실』,『즐거운 국어교실』,『새로운 글짓기』
등을 편찬함.

1978년(53세) 1월, 신세계백화점 주최 한국문인서화전에 출품함. 3월,『신
한국문학전집』의 '아동문학편(전2권)'을 엮음. 잡지《여성중
앙》현상문예작품 심사위원을 맡음. 동화집『종소리』와『인형
의 눈물』을 출간함.

1979년(54세) 한국일보사 통일 관련 작문 심사위원을 맡음. 동시집『고 조
끄만 꽃씨 속에』를 출간함.

1980년(55세) 문교부가 주최하고 한국일보사가 주관한 어린이를 위한 선생
님의 글 심사위원을 맡음. 동화집『느티나무』를 출간함. 수필
집『멋과 운치』를 출간함.

1981년(56세)   대한민국문학상 심사위원을 맡음. 그림책『호랑나비』(그림: 김
               영덕)를 출간함.

1982년(57세)   2월, 한국문학 100호 기념 문인화가 백자 서화전에 출품함.
               4월, 한국소설가협회 유고문인돕기 문인서화가 백자도예전에
               출품함. 7월,기독교방송 주최 선교백주년기념 도서화전(陶書
               畵展)에 출품함. 문예교육연구회를 창립해 초대회장을 맡음.
               반년간지《문예교육》을 발간함.

1983년(58세)   문화방송 자문위원을 맡음. 9월, 제1회 한국각서(刻書)협회전
               에 출품함. 동화집『이상한 일기책』을 출간함.

1984년(59세)   11월, 서울시문화상(출판 부문)의 심사위원을 맡음. 동화집
               『도깨비 할머니』를 출간함.

1985년(60세)   문예진흥원 문학지원 심의위원을 맡음. 동화집『도깨비 할머
               니』로 제19회 소천문학상을 수상함. 회갑기념으로 대표 작품
               선집『파란 마음 하얀 마음』을 발간함.

1986년(61세)   10월, 한국동요동인회 회장으로 선출됨. 11월, 연작 동화「용
               아의 일기」로 대한민국문학상 아동문학 부문 본상을 수상함.

1987년(62세)   KBS 일반자문위원을 맡음. 동시집『소나기 그치고』를 출간함.
               동화집『무너진 코스모스 빌딩』을 출간함.

1988년(63세)   6월, 춘천교육대학교 도서관에 아동문학 관련 장서 및 자료
               를 기증하고 '난정문고' 개관식을 거행함. 난정문고에는 방정
               환이 편역한『사랑의 선물』을 비롯한 아동문학 관련 도서 및
               자료 1,500여 점이 포함되었으며 이후에도 추가로 기증해 총
               4,000여 점이 비치되었음. 전승되는 옛이야기를 재화해 그림
               책『그림 한국전래동화(전20권)』을 편찬함.(그림: 이우경)『아
               동문학 대표작 선집』(전30권)을 윤석중·박홍근·유경환·이오
               덕 등 10명의 아동문학가와 편집위원회에 참여하여 편찬함.

1989년(64세)   《동아일보》와 서울YMCA가 주관하는 대한민국동요대상의 심

사위원을 맡음. 한국문화예술진흥원이 주관하는 대한민국문학상의 심사위원을 맡음.

1990년(65세)　사진 수필집『내가 자란 서울』(사진: 한영수)을 출간함. 이 책은 서울의 풍물을 글과 사진으로 담은 것으로서 1994년 서울 문화상품전의 우수문화상품 대상을 수상함. 동시집『인형 아기 잠』을 출간함. 동화집『나비 잡는 할아버지』를 출간함.

1991년(66세)　'석동문학연구회'를 정원석, 유경환 정채봉, 김원석 등과 발족하고 회장을 맡음. 수필집『우리들 마음에 빛이 있다면』을 출간함. 이 책은 30여 년간 신문 잡지 등에 어린이를 위해 쓴 산문 모음집임. 동시집『아기 숟가락』을 출간함. 동화집『달나라 소동』을 출간함.

1992년(67세)　퇴역 원로 방송인 모임 방우회가 주관하는 방송공헌상의 어린이 부문을 수상함. 동화집『개나리 피면』을 출간함.

1993년(68세)　그림 수필집『문방사우 이야기』를 출간함. 이 책에는 문방사우 관련 글과 함께 직접 그린 서화가 다수 들어 있음.

1994년(69세)　10월, 문화체육부에서 주관하는 대한민국 문화훈장 옥관을 서훈받음. 동화집『니코로스키 영감』을 출간함.

1996년(71세)　11월, 제6회 반달동요대상을 수상함. 제4회 눈높이아동문학상 심사위원을 맡음.

1997년(72세)　《소년조선일보》60주년 행사에서 감사패를 받음.

2000년(75세)　교학사 이사를 사임함.

2001년(76세)　김요섭 기념사업회의 회장을 맡음. 동화집『인형의 눈물』을 출간함.

2002년(77세)　동화집『종소리』를 출간함. 동시집『그래서 장난꾸러기 너희들은』을 출간함.

2003년(78세)　동시집『파란 마음 하얀 마음』을 출간함.

2004년(79세)　2월, '새싹회' 2대 회장을 맡음. 동화집『용아의 일기』를 출간

함. 5월 15일, 작고함. 시신은 유지에 따라 한양대학교 병원에
의학 실습용으로 기증됨.

함. 5월 15일, 작고함. 시신은 유지에 따라 한양대학교 병원에
의학 실습용으로 기증됨.

발표일	분류	제목	발표지
1948. 8	동요	졸업 축하의 노래	어린이
1948. 12	동시	꽃없는 화병	상동
1949. 3	동시	눈	새동무
1949. 8	동시	봄날	소년
1949. 12	동시	모과	어린이
1950. 4	동시	꽃이 피거든	아동구락부
1952. 9	동시	꽃밭에서	소년세계
1952. 12. 28	동요	우물가	조선일보
1953	수필	모자	문학과 예술
1953. 1	동시	설날	소년세계
1953. 1. 25	수필	가난과 공부	조선일보
1953. 4. 15	동요	어머니 시계	상동
1953. 5. 6	수필	자녀를 두신 어머니에게	상동
1953. 5. 24	수필	우리말과 존댓말	상동
1953. 5. 31	수필	바른 예의	상동
1953. 6. 10	수필	시간 생활	상동
1953. 6. 17	수필	나아가는 생활	상동
1953. 6. 23	수필	생각하는 사람	상동
1953. 6. 24	수필	훌륭한 사람	상동

발표일	분류	제목	발표지
1953. 8. 5	수필	조그만 희망	조선일보
1953. 8. 26	수필	단결심	상동
1953. 9	동시	잔디에 누워	소년세계
1953. 9. 2	수필	서로 돕는 정신	조선일보
1953. 9. 9	수필	인격자	상동
1953. 9. 27	수필	민주주의와 자유	상동
1953. 10	동시	과꽃	소년서울
1953. 10. 25	수필	튼튼한 몸	조선일보
1953. 11. 29	수필	생활과 반성	상동
1954. 1. 6	수필	1.3후퇴 때 이야기 진이와 장난감	상동
1954. 1. 20	수필	명랑한 생활	상동
1954. 3	동시	봄오는 소리	소년세계
1954. 3. 28	동요	얼굴	동아일보
1954. 5. 16	동요	싸리비	동아일보
1954. 8. 23	동요	비 개인 아침	조선일보
1954. 10. 4	시	우리는 자랑스런 민족이러라	상동
1954. 12. 20	동시	겨울비	상동
1957. 6	동요	파란 마음 하얀 마음	새벗
1958. 3. 31	동시	봄바람이	동아일보
1958. 7. 7	동시	비 개인 아침	상동
1959. 6. 2	동시	물전차	상동
1959. 10	동시	신기료 장수/하늘/물전차/소풍	새벗
1959. 12. 20	동시	도장포 할아버지	동아일보
1960	수필집(공저)	비·커피·운치	수학사

발표일	분류	제목	발표지
1961	사전	학교극 사전	교학사
1961	교육서	글짓기 교실	인문각
1961. 11	동시집	봄 오는 소리	교학사
1962	교육서	생활작문지도	상동
1963	교육서	우리들의 글짓기	상동
1965. 1	동화	밝은 해 민주공화국	가톨릭소년
1965. 4	평론	해방 20년의 문학	현대문학
1966	교육서	국민학교 글짓기(전 3권)	교학사
1967. 2	동화	눈사람	새벗
1967. 3	동화	강아지 장수	동아일보
1970	교육서	생활문의 지도법	
1970	수필	붓글씨	현대문학
1970. 5	동시	한약국 할아버지	새가정
1970. 7	동시	신기료 장수	소년중앙
1970. 10	동시	일요일 아침	아동문학사상
1971. 2. 20	동시	꽃잎은 날마다 날리어	소년조선
1971. 5	동시	엄마편지	새가정
1972. 7	평론	전래동화 재화의 문제점	아동문학사상
1972. 11~12	사진소설	하아모니카	소년중앙
1973. 5	시	목어	새생명
1974. 3	동화	아이들 덕분에	새가정
1974. 10	동화	키 큰 할아버지	상동
1975	동화집	도깨비 나오는 집	교학사
1976	동화집	나비 잡는 할아버지	상동
1977	교육서	즐거운 작문교실	상동

발표일	분류	제목	발표지
1977	교육서	즐거운 시교실	교학사
1977	교육서	새로운 글짓기	상동
1977	동시집	인형 아기 잠	상동
1977. 3	동시	햇살	소년중앙
1978	동화집	인형의 눈물	일지사
1978	수필집(공저)	창가에 앉은 사색	현대인사
1978	동화집	종소리	교학사
1979	동시집	고 조끄만 꽃씨 속에	일지사
1979	그림책	꾀 많은 토끼	현대문학
1979. 1. 28	수필	연날리는 아이들은 어디로 갔느냐	조선일보
1980	수필집	멋과 운치	깊은샘
1980	동화집	느티나무	삼성당
1980	수필	모과	현대문학
1981	그림책	호랑나비	동화출판공사
1981. 5. 1	수필	어린이 문화	경향신문
1981. 5. 8	수필	자녀 사랑	상동
1983	동화집	이상한 일기책	꿈동산
1983. 11. 12	동화	세종	동아일보
1984	동화집	도깨비 할머니	겸지사
1984. 5. 4	수필	어린이는 사회가 돌봐야 한다	동아일보
1985	아동문학집	파란 마음 하얀 마음	가톨릭출판사
1987	동시집	소나기 그치고	대교문화
1987	동시화집	동시나라	교학사
1987	동화집	무너진 코스모스 빌딩	꿈동산

발표일	분류	제목	발표지
1988	그림책	그림 한국전래동화	교학사
1989	수필	그런 부끄러운 얘기는 하지도 말라	한국논단
1990	동화집	나비 잡는 할아버지	교학사
1990	수필집	내가 자란 서울	대원사
1990	수필집	우리들 마음에 빛이 있다면	대교출판
1990	동시집	인형 아기 잠	교학사
1990	교육서	독서지도 엄마가 해야	교학사
1990. 5	수필	읽은 것이 없으면 권할 수도 없다	출판저널
1991	동시집	아기 숟가락	교학사
1991	동화집	달나라 소동	웅진
1991. 4	동시	봄날	어린이동산
1992	동화집	개나리 피면	교학사
1992	동화집	집 나간 바둑이	상동
1993	수필집	문방사우 이야기	한국감정원
1994	수필집	꽃밭에서	혜화당
1994	동화집	니코로스키 영감	꿈동산
1995	수필	미신	현대문학
1999	동화집	노랑나비	수능교육
2001	동화집	인형의 눈물	지경사
2001. 3	동시	엄마는/여우비	열린아동문학
2001. 6	동시	때/간식	상동
2002	동시집	그래서 장난꾸러기 너희들은	교학사
2002	동화집	종소리	교학사

발표일	분류	제목	발표지
2003	동시집	파란 마음 하얀 마음	으뜸사랑
2004	동화집	용아의 일기	으뜸사랑

작성자 조은숙 춘천교대 교수

이오덕 사유의 종합적 조망

삶과 글쓰기, 문학과 교육

신동재 | 시인, 춘천교대 강사

1 이오덕 생애에 대하여

이오덕(李五德)은 1925년 11월 14일, 경상북도 청송군 현서면 덕계리(德溪里)에서 태어났다. 이름 '오덕'은 태어난 연도(五)와 장소(德)에서 한 글자씩 따온 것이다. 학교 졸업 후 군청 직원으로 일했으나, 학교에서 들려오는 어린이들의 목소리를 듣고 교사가 되고 싶다고 생각했다고 한다. 교원 시험 합격 후 1944년 4월, 청송군 부동국민학교에서 교직 생활을 시작했다. 일제강점기 교사로 일했던 경험은 이후 그의 교육, 아동문학에 대한 문제의식에 커다란 영향을 주었다. 1948년 6월 정부 수립을 앞둔 시기의 혼란상 속에서 청송을 떠나 부산으로 갔다. 국제시장 인근의 노점 서점에서 교육, 문학과 관련된 여러 책들을 사서 읽었다. 그 가운데에는 글쓰기 교육과 관련된 책들도 있었던 것으로 알려져 있다. 그의 글쓰기 교육에 대한 관심은 점차 문학 영역으로 확장되어 나갔다.

1955년 이원수가 주간을 맡고 있던 《소년세계》에 '이지'라는 필명으로 동시 「진달래」를 발표하며 등단했다. 그는 아동문학 비평가로 더 많이 알려져 있지만, 『별들의 합창』(아인각, 1966)부터 『언젠가 한번은』(대교문화, 1987)까지 총 5권의 동시집을 상재한 동시인이기도 하다. 이 무렵부터 이원수와 교류하면서 글쓰기 교육, 문학에 대한 자신의 생각을 체계화해 갔다. 《새교육》 등에 글쓰기 교육과 관련된 글들을 꾸준히 발표했다. 1950년대 후반, 상주 지역에서 근무하며 김종상, 신현득 등과 교류하면서 글쓰기 교육에 대한 이론을 형성했고, 1962년 결성된 상주글짓기회에서는 핵심 인물로 활동했다. 1965년에는 글쓰기 이론을 정리한 『글짓기 교육 — 이론과 실제』(아인각)를 상재했다. 이 책을 통해 한 명의 어린이 글쓰기 이론가로 이름을 알렸다. 이 저작은 당시 학교 글쓰기 교육에 상당한 영향을 끼치고 있던 박목월의 『동시 교실』(아데나사, 1957)과는 다른 관점을 담고 있었다. 박목월은 『동시 교실』에서 기성 동시인의 작품을 모범으로 삼아 글쓰기 할 것을 권했지만, 이오덕은 어린이가 성인의 아동문학 작품을 모방하기보다, 자신이 겪은 일을 정직하게 쓰는 것이 중요하다고 보았다.

연구자는 1965년 첫 단행본 출간 이후부터 2003년 그의 사망에 이르기까지의 이오덕 아동문학, 교육 비평을 다섯 시기로 구분할 것을 제안한다.

제1기 형성기(1965~1974): 『글짓기 교육 — 이론과 실제』(1965), 『아동시론』(1973)

제2기 본격화기(1974~1981): 『시정신과 유희 정신』(1977), 『이 아이들을 어찌할 것인가』(1977), 『삶과 믿음의 교실』(1978), 『일하는 아이들』(1978)

제3기 성숙기(1981~1989): 『삶을 가꾸는 글쓰기 교육』(1984), 『어린이를 지키는 문학』(1984), 『이 땅에 살아갈 아이들 위해』(1986), 『삶·문학·교육』(1987)

제4기 전면화기(1989~1998): 『우리글 바로쓰기 1~3』(1989~1995), 『참고

육으로 가는 길』(1990), 『우리 문장 쓰기』(1992), 『글쓰기 어떻게 가르칠까』
(1993), 『우리말로 살려 놓은 민주주의』(1997)

　제5기 종결기(1998~2003): 『권태응 동요 이야기 농사꾼 아이들의 노래』
(2001), 『문학의 길, 교육의 길』(2002), 『어린이책 이야기』(2002)

　위 다섯 시기를 구분하는 기준은 다음과 같다. 제1기는 『글짓기 교
육 ─ 이론과 실제』가 발간된 시기이다.[1] 제2기는 그가 본격적으로 아동
문학 비평을 시작한 시기로, 「아동문학과 서민성」이 발표된 때이다. 제3기
는 그의 정신적 스승인 이원수가 사망한 시기이며, 제4기는 우리글 바로
쓰기 운동의 출발점이 된 『우리글 바로쓰기』가 발간된 시기이다. 마지막
제5기는 '일하는 아이들' 논쟁이 시작된 시점으로, 김이구의 비평 「아동문
학을 보는 시각」(《아침햇살》 제98권 가을호, 1998)의 발표가 해당된다.

　이오덕은 2000년대 초까지 끊임없이 글을 썼다. 제1기, 제4기는 주로 글
쓰기 교육, 우리글 바로쓰기에 집중해 아동문학 관련 글은 상대적으로 적
다. 제1기 글쓰기 교육 비평은 제2기, 제3기 아동문학 비평과 연결돼 있
다. 제4기에서는 우리글 바로쓰기에 대한 글이 압도적으로 많다. 그러나
그 빈도가 적기는 하지만 아동문학에 계속 관심을 기울였다. 그리고 '강
조'된 지점이 다를 뿐 이전 시기의 사유들과 상당히 긴밀하게 연결되어 있
다. 특히 글쓰기 교육에 대한 문제의식은 그의 전 기간을 통틀어 가장 중
요하게 다루어지고 있다.

　1971년 한국 아동 문단이 한국아동문학회와 한국아동문학가협회 두
단체로 분열된다. 이런 상황 속에서 이오덕은 비평에서 두각을 나타낸다.
특히 1974년 《창작과비평》에 「아동문학과 서민성」(1974. 7), 「시정신과 유희

---

1)　생활, 삶을 바탕으로 한 글쓰기론은 온전히 이오덕만의 독창적인 생각은 아니었다. 이미
　　다른 논자들도 언급했듯 그 이론적 근원을 추적해 올라가면 1930년 일본의 아동문학 이
　　론가였던 모모타 소우지(百田宗治)가 주장한 '아동생활시' 담론에 도달한다. 김영순, 『일
　　본 아동문학 탐구』(채륜, 2014), 232쪽 참조.

정신」(1974. 9) 등 기존 아동문학의 소위 '동심주의'적 관점과 반대되는 비평을 발표하며 한국 아동 문단의 새로운 비평가로 떠올랐다.

　　동시(童詩)는 어른인 시인 자신의 세계를 온몸으로(물론 아동에게 주는 시란 것을 의식할 수도 있고 전혀 의식하지 않을 수도 있다.) 쓴 것이 그대로 아동에게 이해되고 받아들여지는 시, 곧 동시(童詩)로 되는 것이 가장 바람직하다. 이러한 시가 되자면 아동의 세계(관념적인 동심이 아니라 살아가고 있는 아동의 현실 세계)에 대한 시인의 깊은 관심과 이해가 있어야 할 것은 물론이지만, 무엇보다도 시인으로서의 자각과 특질, 곧 높은 지성을 밑받침으로 한 시정신을 가져야 한다. (중략) 자칫하면 모방과 정체 상태로 떨어지기 쉬운 형식성에 대해 끊임없는 자기 갱신과 탈피의 자세를 확보하는 일 또한 시인이 지녀야 할 특성이라 하겠다.[2]

《창작과비평》은 당시 다른 문학 잡지들이 대체로 신경 쓰지 않았던 아동문학에 관심을 보이고 있었다. 백낙청은 「민족문학 개념의 정립을 위해」(1974)에서 민족문학론을 천명하고 있었다. 민족문학론의 관점에서는 어린이 독자 역시 '민중'과 '민족'을 구성하는 중요한 일원으로 간주되었다. 민족문학론의 확장, 성취를 위해 아동문학이 중요하다는 인식을 가졌던 것으로 보인다. 이오덕은 백낙청이 주창했던 민족문학론을 아동문학적인 차원에서 재구성해 '서민문학론'을 제시했다. 서민문학론은 1970년대 산업화 속에서 소외된 어린이들을 주목하고 있었다. 또한 그는 《창작과비평》에서 발간하는 아동문학 시리즈인 《창비아동문고》의 발간에도 관여했다. 『이 아이들을 어찌 할 것인가』(1977), 『삶과 믿음의 교실』(1978) 등 교육 에세이집에서 어린이를 위한 더 나은 교육을 논의하기도 했다.

　　1981년 그의 가장 든든한 지원자였던 이원수가 사망하자, 이오덕은 홀

---

2)　이오덕, 「시정신과 유희 정신 — 동시론」, 《창작과비평》 9권 3호 통권 33호, 1974 가을호, 690~691쪽.

로서기를 시작한다. 자신의 글쓰기 교육 담론에 뜻을 같이한 교사들과 함께 '한국글쓰기교육연구회'를 조직해, 글쓰기 이론을 교육 현장에 확산시켰다. 어린이도서연구회에서는 어린이 독서 교육의 방향을 지도하기도 했다. 두 단체는 이오덕이 주장한 어린이의 정직한 글쓰기, 학교 문집 만들기, 어른의 아동문학 작품 읽기와 같은 활동이 교육계와 아동문학계, 나아가 사회 전반에 뿌리내리는 데 중요한 역할을 했다.

2 왜 글쓰기 교육이었는가?: 『삶을 가꾸는 글쓰기 교육』

이오덕의 이론적 출발에는 글쓰기 교육이 있다. 이오덕은 『글짓기 교육 ─ 이론과 실제』에서 "글짓기를 순문학과 혼동하고 있는 현상"[3]의 문제점에 대해 지적했다. 그는 글쓰기 교육을 "아동 문예"라고 부르는 현실을 언급하며, 그것이 결국 아동문학을 흉내 내는 방식으로 이루어져 왔다고 말했다.[4] 또한 글쓰기 교육의 목적이 어린이 자신의 생활을 '정직하게' '있는 그대로' 드러내는 데 있다고 보았다. 이런 생각은 1930년대 일본에서 이뤄진 '아동 생활시' 담론에서 영향을 받은 것으로 보인다.

이오덕은 '동시에서 리얼리즘은 어떻게 가능한가'라는 화두를 중심으로, 자신의 아동문학 창작과 어린이 글쓰기 교육 모두에서 '생활'과 '삶'을

---

3) 이오덕, 『글짓기 교육 ─ 이론(理論)과 실제(實際)』(아인각, 1965), 3쪽.

4) "시뿐 아니라 모든 글을 쓰는 데 있어서 어린이들의 태도를 바르게 가지도록 하기 위해서 어른의 문학작품과 어린이의 글을 구별할 필요가 있다. (중략) 또한 아동문예니 문예지도니 하여 아동문학과 어린이의 글쓰기를 문예란 이름으로 같이 보고 혼동하고 있는 것도 모두가 아는 사실이다. 어른이 쓰는 아동문학도 제 갈 길을 가야 하겠지만, 무엇보다도 어린이가 쓰는 글이 어린이의 것으로 되도록 하기 위해서 어른의 글과 어린이의 글이 다르다는 것을 분명히 인식해야 한다."(이오덕, 『삶을 가꾸는 글쓰기 교육』(한길사, 1984), 57쪽)
"글쓰기 교육은 문학창작 교육이 아니며, 아이들의 글은 어디까지나 어른들의 창작물과 구별하는 것이 옳다. 지금까지의 글짓기 교육이 문학작품을 흉내 내는 기술을 가르치는 교육이 되어 왔기에 아이들은 그들 자신의 삶의 세계를 표현하지 못하고 피해만 입고 있었던 것이다."(이오덕, 「문학 교육」, 『삶·문학·교육』(종로서적, 1987), 214쪽)

기반으로 한 지향점을 분명히 드러냈다. 그는 아래와 같이 말한다.

> 어른들이 만든 현실 세계는 언제나 거짓과 악(惡)으로 넘쳐 있다. 그래서 그들은 진실을 염원하며 허구의 세계를 문학으로 창조하고 싶어 한다. 그러나 어린이들은 체험한 그대로를 쓰면 되는 것이다. '본대로 들은 대로, 생각한 대로, 행한 대로 정직하게' 쓰는 태도가 글쓰기 지도의 처음이요 마지막이 될 만큼 중요한 까닭이 여기에 있다.[5]

위의 글에서 그는 어린이들이 '있는 그대로', 다시 말해 "본 대로, 들은 대로, 생각한 대로, 행한 대로 정직하게" 글을 쓰는 태도야말로 "글쓰기 지도의 처음이자 마지막"이라고 강조했다. 1970년까지 발표된 이오덕의 글쓰기 교육 저작들은 주로 학교라는 맥락을 강하게 염두에 두고 있었다. 이오덕에게 어린이의 글은 어른들이 "만들어 놓은 진실"을 넘어서서 그 "이상의 진실"까지 보여 주는 것으로 인식됐다. 그런데 1980년대에 들어 이오덕의 글쓰기 이론은 학교 교육, 아동문학이라는 한 분야에 특화된 글쓰기를 넘어 보편적인 '삶'을 가꾸는 글쓰기로 전개된다. '삶'이라는 보다 보편적 차원에서 사유하는 시각으로 진화된 것이다. 그래서 그는 "글은 곧 길(진리)"이며 "사람의 생각, 곧 정신을 나타내 주는 것"이라고 말한다.[6] 그가 보기에 '글', '길'은 홀소리 하나가 다를 뿐 "묘하게도 닮"아 있다. "글을 가르치는 것은 길을 가르치는 것"이다. 글은 길을 "보여" 주고 "가도록 도와"준다. 그래서 그가 보기에 글쓰기 교육이든 아동문학이든 "인간 교육", "생활을 가꾸어 나가는 일"에 근접해 가야 한다. 그는 "비인간화의 글짓기 교육"을 "경계"해야 한다고 강조하고 있다.

이오덕은 "삶이 그대로 글이 되고 글이 곧 삶이 되"어야 한다고 말한다.[7]

---

5) 이오덕, 『삶을 가꾸는 글쓰기 교육』, 24쪽.
6) 위의 책, 32쪽.
7) 위의 책, 81쪽.

'삶'에서 이탈된 모든 것은 필연적으로 "비인간화"로 떨어질 수밖에 없다. 그렇기에 글쓰기 교육은 '인간화 교육'이 돼야 한다.

> 글을 쓰게 하는 것보다 더 좋은 인간 교육이 있는지를 나는 모른다. 글쓰기보다 더 나은, 아이들을 지키고 가꾸는 교육이 있는지를 나는 모른다."[8]

그는 글쓰기야말로 최고의 인간 교육이며, 글쓴이 자신의 실존을 가장 잘 보여 줄 수 있는 것이라고 생각했다. 심지어 "부끄럽게 여"기는 일조차도 "정직하게 써서 자기를 버젓하게 드러내도록 해야 할 것"[9]이라고 주장했다. 이오덕은 사람들이 지금 부끄러워하는 것은 무엇인지, 정말로 부끄러워해야 할 것은 무엇인지를 물었다. 그는 만약 부끄러워할 이유가 없다면, 부끄러워하지 않고 '버젓이' 있는 그대로 드러내야 한다고 보았다. 자신의 부끄러움을 솔직하게 드러내는 글쓰기는 글쓴이를 각성시키고 해방감을 준다. 이는 현재에도 어린이 글쓰기 교육뿐 아니라 성인 작가들의 글쓰기에도 시사점을 제공한다.

『삶을 가꾸는 글쓰기 교육』에서 그는 글쓰기 교육을 '어린이 교육'이 아닌 '인간 교육'이라고 불렀다. 1980년대 이오덕의 '삶을 가꾸는 글쓰기'는 아동, 성인 할 것 없이 '모든 인간'에게 해당된다. 이오덕에게 '인간 교육으로서의 글쓰기 교육'이란 "삶을 풍부하게" "가꾸기" 위한 것이었다.[10]

이오덕은 글짓기를 농사짓기에 비유하기도 했다. 인간 생존에 필수적인 '농사짓기'처럼, 그에게 글쓰기는 인간을 인간답게 만드는 교육의 핵심이었다. 그는 '글짓기' 대신 '삶짓기'라는 말을 사용하는 것은 어떨지 고민하기도 했다.[11]

---

8) 위의 책, 4쪽.

9) 이오덕, 「'일하는 아이들'은 버려야 할 관념인가」, 『문학의 길 교육의 길』(소년한길, 2002), 127쪽.

10) 이오덕, 『삶을 가꾸는 글쓰기 교육』, 75쪽.

3 이오덕의 사상: 삶·문학·교육

　　이오덕: 무엇이든 바깥에서 바라보면 곱고 아름답기만 합니다. 농사일도 차 타고 들길을 지나다 보면 그들이 하는 일이 아름다운 시같이 보입니다만 그 속에 들어가 함께 살면 얼마나 괴롭고 힘드는지를 알게 되지요. 학교 아이들도 운동장에 뛰노는 것을 밖에서 보면 얼마나 귀엽고 아름답습니까? 밖에서 구경하는 태도가 동요적 발상을 낳는 거지요. 그러나 그 아이들은 숙제와 시험과 그 밖의 온갖 일들에 시달리면서 잠도 제대로 못 자고 있습니다. 이런 아이들 속에 함께 살아야 참 문학이 창조됩니다. 작가는 아이들을 구경하는 방관자가 돼서는 안 되지요.[12]

　위의 글에서 보듯 이오덕은 '피상적인 관조'가 아닌 '실제를 아는 것'의 중요성을 강조했다. 가령 피상적으로 농촌을 관조하고 소비, 관광하는 것으로 실제 '농촌의 삶'을 이해했다고 할 수 없다. 그는 '관조'만으로는 인간의 '생활', '삶'의 실상을 이해했다고 할 수 없다고 보았다. 피상적으로 관조해 놓고 충분히 이해했다고 믿는 것이 글쓰기도 왜곡시킨다고 생각했다.

　그래서 이오덕은 문학(아동문학)과 교육(글쓰기 교육) 역시 피상적으로 관조한 것의 결과가 아닌, 일하고 직접 경험한 것들에 기초한, 다시 말해 '삶'에 기반한 것의 소산이 돼야 한다고 주장했다. 이 관점은 1978년에 낸 어린이 문집 『일하는 아이들』에도 잘 나타난다. 1980년대에 들어서며 이러한 관점은 한층 체계화되었다.

　이제 이오덕의 질문은 '삶' 개념을 향해 집중된다. 1980년대 그의 사유는 '삶의 사유'였다. '삶'에 대한 이오덕의 생각을 가장 잘 보여 주는 저작이 『삶·문학·교육』이다. 이 저작은 이오덕 비평 단행본 중 문학 담론, 교육 담론이 가장 균형을 이루고 있으며 체계적이고 완숙한 형태를 이루고

---

11)　위의 글, 32쪽.
12)　이오덕, 「좌담 ― 아동문학의 나아갈 길」, 《새가정》 통권 제361호, 1986, 27쪽.

있다. 아동문학 평론서 『시정신과 유희 정신』의 후속작이기도 하지만, 아동문학에만 국한된 것이 아닌 글쓰기 교육, 아동문학, 교육 비평이 총집결된 사상가 이오덕의 결정체를 보여 준다. 또한 전기의 이오덕, 후기의 이오덕을 포괄한다. 이오덕의 사유들이 집결되고 퍼져 나가는 '접합점'이었다. 사실 이오덕 비평의 정점으로 권오삼, 김상욱을 비롯해 많은 사람들이 『시정신과 유희 정신』을 꼽는다.[13] 그러나 연구자는 이오덕이 글쓰기 교육, 아동문학의 의미를 가장 '완숙한' 형태로 구체화한 저작으로 『삶·문학·교육』을 지목할 수 있다고 생각한다.

『삶·문학·교육』에서 그는 교육, 문학, 삶을 한 차원에서 바라보았다. 이 세 가지는 상호 보완적인 존재들이다. 그 가운데서 핵심적 위치에 있는 것은 물론 '삶'이다.

문학이 애당초 삶 속에서 배태하지 않고 삶 밖에서 생겨난 것이라면, ⓗ과 같이 그것은 아무리 큰 것이라 하더라도(크면 클수록) 필경 병든 열매가 되는 것밖에 아무것도 아니다. 이 병든 열매의 문학은 게으르고 사치한 사람들, 이기주의자들, 사기꾼들과 그 밖의 사악한 무리들에게는 쾌감을 주겠지만, 인간스럽게 살아가려고 하는 모든 사람들에게 열등감을 불어넣고 혹은 퇴폐적 취미나 수공적 기교에 몰두하도록 하여 이성을 마비시키고, 그리하여 모든 사람들이 서로 갈라져서 적대시하고 미워하도록 한다. 한마디로 말해서 삶이 없는 문학은 인간 정신에 어떤 마약을 주사하는 노릇을 한다. 그러나 삶 속에서 나와 그 삶을 더욱 넓혀 주고 갱신해 주는 문학은 이기주의자들과 악인들이 반가와하지 않지만, 일하면서 살아가는 사람들에게 위안과 기쁨을 주고 희망과 용기를 준다. 삶에서 배태하여 그 삶을 확충하는 문학이 삶의 문학이요, 삶 밖에서 생겨나 삶을 좀먹고 삶에 기생하면서 인간을 병들게 하는 문학은 죽음의 문학이다.[14]

---

13)　김상욱, 「[이오덕론] 근본적 성찰과 관념적 동요」, 《한국아동문학연구》 10호, 2004, 92쪽.
14)　이오덕, 「삶과 문학」, 『삶·문학·교육』, 158쪽.

이오덕은 "삶 속에서 배태하지 않"은 것은 "병든 열매"가 될 수밖에 없으며[15] 이러한 문학은 "열등감을 불어넣고 혹은 퇴폐적 취미나 수공적 기교에 몰두하도록 하여 이성을 마비"시킨다고 주장했다. "삶이 없는 문학"은 "인간 정신"에 놓이는 "마약"이다. 이런 주장은, 1980년대에 새롭게 등장한 것이 아니라, 그동안 이오덕이 주장해 온 바를 체계화한 것이라고 볼 수 있다.

1970년대까지도 그는 '삶'보다 '생활'이란 말을 더 많이 사용했다. 그런데 그는 점차 '생활'이라는 말이 "물질적인 삶이란 뜻으로 너무 편중"[16]됐다는 데 문제 의식을 느낀다. 1980년대로 넘어오며 그는 '삶'이란 말을 더 많이 쓴다. 이오덕이 사용한 '삶'이라는 용어는 교육과 문학을 통합하려는 그의 보편적 지향을 보여 준다.

> 아동문학 작가란 사람은 아이들이 어떻게 살아가고 있는가, 그 아이들이 안고 있는 문제가 무엇인지를 알아야 한다. 그래서 아이들의 문제를 작가 자신의 문제로 삼아서 그것을 풀어 나가려는 생각이 있어야 한다. 이런 '생각'을 갖는 것이 아동문학 작가로서 갖추어야 할 첫째 조건이다. 그런데 작가의 대다수가 '생각'이 없어 보인다.[17]

그는 제5공화국 정부에 의하여 거의 반강제로 교직에서 물러났다. 그러나 학교에서 '물러남으로써' '해방'될 수 있었다. 교직에서 나온 이후 그는 학교를 넘어 '보편적 삶'의 맥락에서 교육, 문학의 문제를 사상적인 차원에서 사유했다. 전국의 유, 초, 중, 고 교사들, 심지어 교육이나 아동문학과 무관한 사람들도 '삶'에 기반한 이오덕의 실천적인 주장에 관심을 기울였다. 특히 많은 현직 교사들이 이오덕의 담론을 교육 현장에서 열정적으로

---

15) 위의 책, 같은 곳.
16) 위의 책, 252쪽.
17) 위의 책, 237쪽.

실천했고, 그 움직임은 당시 한국의 수많은 일선 학교에도 두루 미쳤다. 교실에서 학생을 가르치며 외친 '글쓰기 교육'이 인간 교육 차원의 '글쓰기'로, 또 일반인을 대상으로 한 '우리글 바로쓰기'로 확장되었다. 이제 그에게 영향을 받은 사람은 단지 교육자나 아동문학가에 국한되지 않았다. 말 그대로 이 분야와 무관한 일반인들까지 이오덕의 말에 귀를 기울이기 시작했다.

이오덕은 '삶'의 의미를 좀 더 확장시켜 교육과 문학을 종합하는, 아니 그것을 넘어서는 보편적인 차원을 상징하는 말로 확장시켜 나갔다. 이오덕에게 '삶'이라는 개념은 더 이상 교육과 문학이 학교나 아동문학에 국한되는 것을 의미하지 않았다. 이는 '모든 사람의 삶'을 포괄하며, '교실에서 사회까지', 삶에서 글쓰기까지'를 아우르는 보다 보편적 사상적 지향을 담고 있었다.

애들러(Mortimer J. Adler)는 철학(사상)이 되기 위한 조건 중 하나로, 인간의 존재, 가치, 행위 등에 던져지는 '1차적 질문'을 제시한다. 이오덕의 '삶'에 대한 사유 역시 인간의 존재, 가치, 행위와 역사적 사건을 직접 겨냥한다. 그의 글쓰기 비평 역시 '인간학' 차원으로 확장되고 있다. 아동문학사 전반을 통틀어 보더라도, 교실과 아동문학에서 출발해 사회 전반으로 자신의 담론과 사상을 보편 차원에서 확장, 보급한 사례는 찾아보기 어렵다. 아동문학사에서 '아동문학 연구자', '아동문학 비평가', '글쓰기 교육 연구가'로 불릴 수 있는 이들은 많지만, 보편 차원의 '사상' 차원으로까지 근접한 이는 거의 없다. 연구자는 바로 이 점이 이오덕이 아동문학사에서 지닌 고유한 위치라고 생각한다.

이오덕의 인간과 교육에 대한 '참삶의 사상'은 저서와 신문을 통해 대중에게도 확산되었다. 이는 1990년대 사람들이 교육 현상을 성찰하는 중요한 관점을 제공했다. 예를 들어 '글짓기 교육'의 성행 문제,[18] 어린이 독서

---

18) 「"우리 아이 글 잘 쓰게 해 주세요" 어린이 글짓기교육 열기」,《동아일보》1990. 2. 20.

문제,[19] "불량 아동도서 추방"[20] 등에서 사람들은 이오덕의 관점을 차용해 문제를 이해하고 평가했다.

1980년대 이오덕은 점차 사회 참여적 운동에 나서며, 자신의 글쓰기 이론을 확장, 심화했다. 한국글쓰기교육연구회, 민주교육실천협의회, 전국민주교육추진교사협의회(전교협, 전교조의 전신), 한국어린이문학협의회 등에서 활동하며 글쓰기와 아동문학 담론을 '참삶', '참교육'을 실천하는 민주주의적 기제로까지 확장해 갔다. 이런 실천적 교육 운동과 이오덕의 관련성을 설명할 수 있는 것이 전교조를 대표하는 상징어인 '참교육'일 것이다. 이 용어는 공식적으로는 「왜 참교육이 헌신짝 취급받나」(《통일세계》, 1978. 5)에서 처음 사용된 것으로 보인다. 그는 1980년대에 들어 점차 이 용어를 자신의 교육적 지향을 설명하는 말로 사용하기 시작했다. 『참교육으로 가는 길』(1990)은 제6공화국 성립과 더불어 자신이 생각하는 한국 교육의 이상을 구체화한 저작이었다.

그가 생각한 '참교육'의 본질은 민주 교육이었다. 그리고 그 민주 교육은 글쓰기 교육, 문학과 밀접한 관련을 맺는다. 그는 "민주 교육의 방법"으로 "결코 놓쳐서는 안 되는 것"으로 "표현"을 든다. 그가 보기에 "말하기, 글쓰기, 그리기, 만들기, 노래하기, 춤추기"와 같은 "자기 표현 활동"이 지금까지 "쳐넣기 교육"[21]으로 이루어 왔는데 이렇듯 표현 교육이 "거짓스런 꼴로 강요"된다면 민주 교육은 이루어질 수 없다. 그가 오랫동안 주창해 온 글쓰기 교육 담론이 마침내 '민주 교육'의 이념으로 직접적으로 연결되기 시작한 것이다. 처음에는 초등 교실에서 시작된 그의 글쓰기 교육이, 1980년대 말에는 사회 전반을 변화시키는 실천적 접근 차원으로 발전한다. 그는 1970년대 「아동문학과 서민성」에서 주장한 "사회 체제의 위-밑, 안-바깥 방향을 '뒤집는' 전복"의 이상을 이제 교육 영역에서 구체

---

19) 「자녀와 함께 생각한다 (5) 도서」,《한겨레》1990. 7. 6.

20) 「不良(불량) 아동도서 추방운동」,《조선일보》1991. 3. 30.

21) 이오덕, 「선생님은 민주의 씨앗을 뿌리는 농부」,《중등우리교육》통권 제2호, 1990, 90쪽.

화하고 있었다.[22]

그는 표현 교육, 글쓰기 교육을 민주주의를 위한 출발점으로 봤다. 그에게 "아이들을 해방하는 표현 교육은 아이들 하나하나의 생명을 살리는 사업인 동시에 그 사회와 국가 전체를 살리는 기본이요 원천"이었다.[23] 한 가지 주목할 점은, 과거에는 '글쓰기 교육'이 강조되었으나, 1980년대 이후에는 '표현 교육'이라는 용어가 더 빈번히 사용되고 있다는 것이다.[24] 이제 그의 생각은 단순히 글쓰기를 넘어 모든 형태의 '표현'을 포괄하는 차원으로 발전됐다. 또한 교육 전반을 대상으로 하는 '보편적인 교육 사상'으로 나아갔다.

이오덕은 대중과 괴리되지 않기 위해, 자신의 사상적 이상을 실제 대중의 삶 속에서 실천했다. 한글 바로쓰기 운동,[25] '국민학교' 이름 바꾸기 운동,[26] 헌법 쉬운 말로 고치기 운동,[27] 과천 눈썰매장 반대 운동,[28] 수돗물 불소투입기 설치 운동,[29] 미혼모 홀로서기 보금자리 마련 운동,[30] 1992년 대선 민주당 후원회 참여,[31] 작가회의 민족문학 교실 참여,[32] 북한, 연변 동화 소개 활동,[33] 대구《우리 신문》창간,[34] 학부모 대상 아동문학 세미나[35] 참여 등 1990년대 초반, 그는 정치·경제·사회 등 광범위한 영역에서 '참삶'의

---

22) 신동재, 「1970~1980년대 본격신동심문학과 현실어린이문학의 비평 담론과 작품 연구」, 연세대 대학원 박사학위논문, 2023, 235쪽.

23) 이오덕, 「1. 생명해방의 표현 교육」, 『참교육으로 가는 길』(한길사, 1990), 107쪽.

24) 위의 글, 106쪽.

25) 「우리말 사랑 '알림쪽지'에 듬뿍 부산시민 한글 바로쓰기운동 편」,《한겨레》1991. 7. 21 ; 「아동문학가 李五德(이오덕) 씨 우리말 바로쓰기에 평생을 걸었다」,《경향신문》1992. 2. 16.

26) 「'국민학교' 이름은 부끄러운 일제 유산」,《한겨레》1993. 6. 29.

27) 「아동문학가 李五德(이오덕) 씨 주장 "헌법 쉬운 우리말로 고치자"」,《경향신문》1993. 2. 3.

28) 「서울대공원 눈썰매장 특혜 시비」,《한겨레》1994. 2. 27.

29) 「과천시 수돗물에 불소 투입」,《한겨레》1994. 6. 9.

30) 「미혼모 홀로서기 보금자리」,《한겨레》1992. 5. 5.

31) 「고은 씨 등 후원 문인들 민주당 2백 55명 발표」,《조선일보》1992. 12. 12.

32) 「작가회의 민족문학교실」,《한겨레》1991. 3. 19.

사상을 실천해 나갔다. 이 역시 아동문학사에서 다른 사례에서는 보기 힘든 이오덕의 독보적 행보였다.

4 마무리하며: 왜 지금 이오덕인가?

> 한번 잘못 병들어 굳어진 말은 정치로도 바로잡지 못하고 혁명도 할 수 없다. 그것으로 우리는 끝장이다. 또 이 땅의 민주주의는 남의 말 남의 글로써 창조할 수 있는 것이 아니라 우리 말로써 창조하고 우리 말로써 살아가는 것이다.[36]

1989년부터 1995년까지 이오덕은 『우리글 바로쓰기』 시리즈를 발표했다. 이 저작은 단순히 국어 순화 운동 차원의 글이 아니라 1950년대부터 실천해 온 글쓰기 교육을, '어문일치'의 차원으로 확장한 것으로 평가할 수 있다. 이오덕은 당시 제도적 민주주의 확립과 더불어 사회적 변혁의 요구가 확산되던 상황 속에서 '우리말 바로쓰기'를 '정치', '혁명'을 위한 기초로 보았다. 『우리글 바로쓰기』의 근본적 문제의식은 생활 속 몇몇 잘못된 언어습관을 고치자는 것이 아닌 '세상을 바꾸자'는 데 있었다. 학교 교실에서 시작된 이오덕의 언어와 글에 대한 문제의식은 마침내 세상과 사회를 변혁하려는 차원으로까지 확장되었다.

1980년대 말, 이오덕이 갑자기 어문일치의 이상을 추구하게 된 배경은 무엇일까? 그의 '우리글 바로쓰기 운동'은 1987년 6월 항쟁과 제도적 민주

---

33) 「童話(동화) 통해 한겨레 확인」, 《매일경제》 1991. 7. 18.

34) 「대구 '우리신문' 9월 창간 예정 주식청약 66％선…지역언론 모범 다짐」, 《한겨레》 1991. 7. 21.

35) 「"어린이 독서 습관 어머니에 달렸다" 아동문학 세미나」, 《동아일보》 1986. 8. 16.

36) 이오덕, 「머릿말」(1989), 『우리글 바로쓰기 1』(한길사, 1992), 8쪽.

주의 정립과도 연관지어 이해할 수 있다. 그는 "말의 민주화"를 목적으로 삼고 있었다.

> 말은 삶에서 나올 뿐 아니라 삶을 열어 가는 수단이요, 바탕입니다. (중략) 최근 한 신문에서「역할」을「할일」로,「입장」을「태도」로 쓴 것을 봤어요. 지난 추석 때는 백화점들이 신문 광고에「대잔치」대신「큰잔치」라는 표현을 썼더군요. 또 얼마 전에 만난 한 소설가는 '이제 그녀라는 말을 쓰지 않겠다'고 말하기도 했어요. 우리 말과 글을 되살리는 것은 결코 어려운 일이 아닙니다. 이처럼 조금씩 바꿔 나가면 말의 민주화를 반드시 이뤄 낼 수 있을 겁니다.[37]

그가 보기에 1987년 6월 항쟁 이후에도 '민주화'는 결코 완성된 것이 아니었다. 언어생활에는 식민지 시기, 군사 정권 시기 억압적 영향이 고스란히 남아 있다. 단지 정치적 차원에서 그치지 않고, 모든 한국인의 삶 그 가운데에서도 한국어로 이루어지는 '삶'까지 변혁해야 '민주화'가 일상 곳곳에 자리잡을 수 있다는 것이 이오덕의 생각이었다. 그는 '우리말 바로쓰기'를 정치, 사회의 혁명적 기반으로 간주하고 있다.

> 한번 잘못 병들어 굳어진 말은 정치로도 바로잡지 못하고 혁명도 할 수 없다. 그것으로 우리는 끝장이다. 또 이 땅의 민주주의는 남의 말 남의 글로써 창조할 수 있는 것이 아니라 우리 말로써 창조하고 우리 말로써 살아가는 것이다.[38]

가령 '말의 변질 문제'가 지속되는 한 한국에서 정치, 사회의 변혁은 요

---

37) 「우리글 바로쓰기」전 3권 끝낸 이오덕 씨 "말의 민주화 반드시 이뤄 낼 것",《경향신문》 1995. 10. 4.
38) 이오덕, 「머릿말」(1989), 『우리글 바로쓰기 1』, 8쪽.

원한 일이 될 수 있다. 예컨대 그는 문익환과 주고 받은 편지를 언급하며 "민주고 통일이고 그것은 언제가 반드시 이뤄질 것"이라면서도, "말이 아주 변질되면 그것은 영원히 돌이킬 수도 없다."라고 지적했다. 그의 관점에서 말을 바로 세우는 일은 혁명적 활동의 기초가 된다. 초등학교 교실에서 시작된 그의 글쓰기 교육, 언어 문제의식이 결국 사회 변화를 지향하는 수준으로까지 발전된 것이다. 이오덕의 이러한 문제의식은 문학 영역에서도 '어문일치'의 중요성을 강조하는 방향으로 점점 발전됐다.

그는 언어의 변질이 개인의 사유, 정치, 사회 전반에까지 영향을 미칠 수 있음을 인식하고, 말과 글의 일치를 통한 인간 교육과 사회 변혁의 가능성을 강조했다. 이러한 관점은 어린이를 대상으로 한 글쓰기 교육을 넘어, 모든 사람을 대상으로 한 보편적 언어관을 제시했다는 점에서 의미가 있다. 나아가 문학 영역에서까지 어문일치를 성취하려는 그의 어학적 천착은, 글쓰기와 언어의 사회적 가치를 구체적으로 실천화한 것으로 평가할 수 있다. 이 점에서 『우리글 바로쓰기』에 나타난 어문일치, 글쓰기에 대한 집요함은 언어 순화, 문장 교정 차원을 넘어 글을 쓰는 개인의 정신, 사회의 구조까지 포괄하는 보다 거시적 차원의 문제의식과 닿아 있음을 알 수 있다.

연구자는 글을 마무리하며 2025년 이오덕의 글쓰기 교육, 언어, 아동문학에 대한 생각이 어떤 의미를 지니는지를 묻고자 한다. 그가 강조하듯, 글쓰기, 문학, 우리가 쓰는 말의 변화는 정말 세상을 변화시킬 수 있는가? 아니 그 전에 그 행위를 하는 단 '한 명'부터 바꿀 수 있는가? AI를 활용한 글쓰기가 대세로 떠오르는 현 시대에 '삶'에 기반한 이오덕의 글쓰기 담론에 대해 생각해 본다. 그는 단순히 '잘 쓴 글'을 모방, 패턴화하는 글쓰기가 아닌 '삶'을 가꾸는 글쓰기를 주장했다. 글쓰기의 핵심이 '인간 교육'에 있다고 보았다. 어린이가 어른들의 '잘 쓴 글'을 흉내 내는 것을 비판했고, 오히려 고사리 같은 손으로 자기 내면의 '부끄러움'까지 정직하게 드러내는 글쓰기를 소중하게 생각했다.

AI는 인간보다 글을 잘 '쓸' 것이다. 아니 이미 잘 '쓴다'. 그러나 이오덕의 관점에서 그것은 '모방'에 기초한 '패턴'의 재현, 재구성이지 인간의 '삶'을 가꾸는 차원의 글쓰기는 결코 아니다. 이오덕의 시각에서 글쓰기는 모든 인간을 대상으로 한 최고의 교육이며, 인간 자신이 직접 글을 쓸 때에만 그 교육적 가치가 실현된다. 그 점에서 AI 글쓰기의 결정적 약점은 불완전하기 짝이 없는 '인간'이 쓰지 않았다는 것이다. 그는 글쓰기가 소설가, 시인이 되기 위한 것이 아닌 '좋은 사람'이 되기 위한 것이라고 봤다. 앞으로도 글쓰기의 궁극적 목표가 단순히 '잘 쓰는 사람'을 만드는 데 있지 않다면, 우리는 이오덕의 글쓰기 교육 담론에서 미래 글쓰기에 대한 여러 시사점을 도출할 수 있을 것이다.

이오덕 글쓰기론의 목표는 글 자체가 아니라 글을 읽고 쓰는 인간 자체에 있다. AI가 아무리 뛰어난 능력을 지녔다고 해도 '인간이 썼다는 것' 즉 '글쓰기의 인간성' 자체를 결코 대체할 수 없을 것이다. 이러한 점에서 AI가 주도하는 글쓰기는 사람의 글쓰기를 완전하게는 대체할 수 없다고 생각된다. 사람이 '글을 쓴다'가 아니라, '사람이' 글을 쓴다는 점이 AI 시대 글쓰기의 새로운 패러다임이 될 수 있다. 이러한 관점에서 '인간'과 '삶'을 목표로 삼았던 이오덕의 담론은, AI 시대에 글쓰기를 수행하는 사람들이 '인간성'과 '주체성'을 중심으로 글쓰기를 지속할 수 있는 방법에 대해 중요한 통찰을 제공한다.

참고 문헌

기본 자료

이오덕, 『거꾸로 사는 재미』, 범우사, 1983.

이오덕, 『글짓기 교육 ─ 理論과 實際』, 아인각, 1965.

이오덕, 「병든 어른은 아이들의 말을 모른다」, 《새가정》 통권 제401호, 새가정사, 1990. 4.

이오덕, 『삶·문학·교육』, 종로서적, 1987.

이오덕, 『삶을 가꾸는 글쓰기 교육』, 한길사, 1984 .

이오덕, 「선생님은 민주의 씨앗을 뿌리는 농부」, 《중등우리교육》 통권 제2호, 1990.

이오덕, 『우리글 바로쓰기 1』(개정판), 한길사, 1992.

이오덕, 『참교육으로 가는 길』, 한길사, 1990.

안철홍·이오덕 인터뷰, 「지식인들이 우리말 망치고 있어요」, 《월간말》, 1998.

논문 및 평론

권오삼, 원종찬 「이원수 이오덕 권정생이 남긴 숙제」, 《창비어린이》 6권 3호, 2008.

김상욱, 「〔李五德論〕 根本的 省察과 觀念的 童謠」, 《한국아동문학연구》 10호, 2004.

송희복, 「아동문학평론가 이오덕의 우리말 의식에 관한 연구」, 《어문학교육》 42집, 2011.

신동재, 「1970~1980년대 본격신동심문학과 현실어린이문학의 비평 담론과 작품 연구」, 연세대 박사학위논문, 2023.

이주영, 「이오덕 어린이 문학론 연구: 어린이 문학에 대한 논쟁을 중심으로」, 백석대 대학원 박사학위논문, 2010.

조은숙, 「1960년대 어린이 문학 독본과 '학교 밖' 전문가들: 강소천 편『어린이 세계문학독본』(계몽사, 1961)을 중심으로」,《우리어문연구》61호, 2018.

단행본

佐藤茂,『北原白秋·百田宗治と子どもの詩』, 主婦の友社, 1987. 11.

Adler, Mortimer J. *The Conditions of Philosophy: Its Checkered Past, Its Present Disorder, and Its Future Promise*. Antheneum, 1965.

신문 기사

「"어린이 독서 습관 어머니에 달렸다" 아동문학 세미나」,《동아일보》, 1986. 8. 16.

「"우리 아이 글 잘 쓰게 해 주세요" 어린이 글짓기 교육 열기」,《동아일보》, 1990. 2. 20.

「작가회의 민족문학교실」,《한겨레》, 1991. 3. 19.

「"童話(동화) 통해 한겨레 확인"」,《매일경제》, 1991. 7. 18.

「아동문학가 李五德(이오덕) 씨 우리말 바로쓰기에 평생을 걸었다」,《경향신문》, 1992. 2. 16.

「고은 씨 등 후원 문인들 민주당 2백55명 발표」,《조선일보》, 1992. 12. 12.

「아동문학가 李五德(이오덕) 씨 주장 "헌법 쉬운 우리말로 고치자"」,《경향신문》, 1993. 2. 3.

「'초등학교' 이름은 부끄러운 일제 유산」,《한겨레》, 1993. 6. 29.

「우리글 바로쓰기 전 3권 끝낸 이오덕 씨 "말의 민주화 반드시 이뤄 낼 것"」,《경향신문》, 1995. 10. 4.

이오덕 생애 연보[1]

1925년	11월 14일, 경상북도 청송군 현서면 덕계리(德溪里)에서 이규하, 정작선의 첫째 아들로 태어남. 오덕(五德)이란 이름은 태어난 연도(五)와 장소(德)에서 한 글자씩 따온 것임. 아버지가 세우고 장로로 일했던 화목교회를 다님.
1933년(8세)	화목공립심상소학교 입학. 모친 사망.
1939년(9세)	화목공립심상소학교 졸업.
1941년(16세)	경상북도 영덕군 영덕공립농업실수학교 입학.
1943년(18세)	영덕공립농업실수학교 졸업. 군청 직원으로 특채.
1944년(19세)	교원시험에 합격. 4월, 부동국민학교 부임. 훗날 「첫 교단 회상」에서 자신이 부동국민학교를 희망한 이유를 "부동이란 곳을 한 번도 가 본 일이 없었다는 것" 때문이었다고 말함. 또한 "나는 지금도 잘 알고 있는 곳에 가고 싶어 하지 않는데, 그런 성격이 그때부터 나타났던 것 같다."라고 회고함. 「부지중에 나온 일본말」(1968. 3)에서 1940년대 후반 부동국민학교에서 일본의 군국주의 교육을 수행했던 과거를 통렬하게 고백하기도 함.
1945년(20세)	화목공립국민학교 부임.
1946년(21세)	첫째 아들 탄생.
1948년(23세)	6월, 부산으로 도피. 이오덕 관련 학위논문을 쓰기 위해 관

---

1) 생애 연보 작성을 위해 김종상, 이주영과 인터뷰를 진행했고, 그 증언 내용을 수록했다.

련 내용을 취재했던 이주영에 따르면 이오덕이 그 무렵 보현산 자락에 있는 수락국민학교에 근무하던 중 당시 의성경찰서에 근무하던 외가 쪽 친지에게서 도피하라는 연락을 받았다고 함. 이오덕 포함 총 3명이 도피했는데, 그중 한 명을 만나서 면담했는데, 도피 사유는 말할 수 없다고 거절했다고 함. 보현산에는 정부 수립을 전후한 시기부터 6·25전쟁까지 좌익 무장대(빨치산) 활동이 있었던 것이 확인됨. 가까운 고향 친구들 가운데서도 입산했을 가능성도 있고 혹시 이들과 관련해 어떤 혐의를 받게 돼 긴급 도피한 게 아닐까 추측할 수 있음. 7월, 명덕애육원에 의탁해 생활함. 이곳은 당시 어려운 어린이들의 거주, 식사를 책임지는 곳이었음. 운영자 윤효량은 광복회 회원, 부두 노조 위원장이었다고 알려져 있음. 부산 남부민공립초등학교 교사로 일함. 국제시장 노점 헌책방(현재 보수동)에서 책과 그림을 구입했다고 함. 생활 글쓰기와 관련된 책도 이때 처음 봤을 것으로 생각됨.

1950년(25세)	2월, 부친 사망. 이오덕은 장례에 밤중에 가서 절만 하고 나왔다고 함. 장례와 재산 처분은 일체 외숙이 처리했다고 알려짐.
1951년(26세)	부산에서, 피난 온 여러 아동문학 인사들과 교류함. 8월, 부산 동신국민학교 근무. 동신국민학교 학생의 글이 남아 있는 것으로 보아 이 학교에서도 글쓰기 교육을 실천했던 것으로 보임.
1952년(27세)	이주영이 이오덕에게 들은 바에 따르면, 당시 부산에 체류 중이던 윤이상에게 1년 정도 피아노를 배움. 윤이상이 이오덕에게 손가락이 길어서 피아노를 잘 치니 계속 배우라고 권했다고 함. 훗날 이오덕은 동요를 10여 곡 작곡했음. 부산에서 의탁하고 있던 윤효량이 경상남도 함안군 군북중학교를 세우면서 개설 요원으로 감. 국어 교사를 맡음. 초대 교장은 이태길

이었음. 군북중학교에서 생애 처음으로 학생 문집을 만든 것으로 추정됨. 그때까지 윤석중의 『초생달』을 "정말 놀라운 책"이라고 생각하고 있었으나, 이원수가 발간하던 《소년세계》를 배우고 생각을 바꿈. 훗날 "거기서 다른 어떤 시문학 강의보다 더 많은 것을 배웠"으며 해방 이후의 시기를 모두 통틀어 "《소년세계》만 한 잡지가 없었다."라고 평가함.

1953년(28세) 전쟁 이후 교회에 나가지 않음. 이주영이 이오덕에게 들은 바에 따르면, 이오덕은 해방 정국 화목교회 청년회가 좌우로 갈라져 싸운 사건, 누나가 아버지가 세운 화목교회를 떠나 화목제일교회를 세워서 나간 두 사건에서 큰 충격을 받아 이후 교회를 나가지 않게 되었다고 함.

1954년(29세) 부산 시절 당시 피난 와 있던 강소천, 김영일을 비롯한 여러 아동문학가들과 교류하던 중 한국아동문학회 창립 회원으로 참여하게 됨.

1955년(30세) 3월, 《소년세계》에 '이지'라는 필명으로 동시 「진달래」를 발표함. 공식적으로 문단에 데뷔.

1957년(32세) 누나를 통해 아들이 고아원에 있다는 소식을 알게 됨. 고아원에서 아들을 찾아와 키우기 위해 군북중학교 교감을 사표 내고 상주 누나 집 근처로 이사함. 이주영이 학위논문 작성을 위해 아들을 통해 이오덕의 제적등본과 초본을 떼 본 내용에 따르면 주소는 상주군 청리면 청하리였다고 함. 7월 20일, 경남에서 도간 이동으로 경북 상주군 청리면 공검국민학교 부임. 두 권의 학급 문집을 만듦. 이 학교 어린이들의 글이 훗날 『일하는 아이들』에도 다수 수록됨. 당시 이웃 학교 교사이자 함께 상주 글짓기회 회원이었던 김종상 동시인의 증언에 따르면 이 당시 이오덕이 일본 글짓기 교육 이론서를 많이 갖고 있었다고 함. 그중에서도 그가 『출판교육』이라는 책의 영향을 받았던 것 같은데, 상당히 진보적인 글쓰기 이론서로 기억함.

1959년(34세)　경북 상주국민학교 부임. 학교를 나갈 수 없을 만큼 신장병이 심해져 휴직함.

1960년(35세)　서울 중앙공보관(현 조선일보 인근)에서 상주어린이시전시회를 엶. 새싹회의 윤석중이 '상주의 어린이들의 글짓기가 전국에 종소리처럼 울려라'라는 의미에서 상주에 있는 글짓기 중심 국민학교들에 종을 보냄.(김종상 증언)

1961년(36세)　3월, 상주군 청리국민학교로 복직함.『봄이 오면』,『흙의 어린이』문집 만듦. 이 학교 어린이들의 글도 훗날『일하는 아이들』에 다수 수록됨. 왕성하게 글쓰기 교육을 실천하며, 기존에 '현상 당선'을 목표로 하는 글짓기 교육을 "선수 양성 교육"으로 비판적으로 바라보게 됨. 그만의 글쓰기 교육론이 구체화돼 감. 《새교실》잡지에 글을 투고함. 5·16군사정변으로 한국아동문학회가 한국문인협회로 통폐합됨.

1962년(37세)　상주글짓기회가 결성됨.(회장 김종상) 이오덕도 참여했으며 신현득, 이철하, 이청규, 하청호 등도 함께함. 회원은 총 60~70명 정도였고, 대부분 상주 지역 초등 교사들이었음. 이 모임은 매년 경북 전체 학생들을 대상으로 군 단위로 백일장을 개최함. 회원 두 명씩 경북 전체로 파견돼 심사를 했는데, 이오덕이 매번 거의 자원하다시피 갔다고 함. 그곳에서 대회를 주관하고 작품들을 모아 상주로 가져와 심사함. 김종상의 증언에 따르면, 이오덕은 만날 때마다 글짓기, 동시 짓기 운동에 대해 자주 얘기했다고 함. 둘 사이 한 가지 생각이 다른 것이 있었는데, 김종상은 학교인 만큼 표준어를 가르쳐야 한다고 생각한 반면, 이오덕은 '아이들의 말은 사투리'라고 했다고 함. 이오덕의 동시를 읽으면서도 한자말, 어려운 말보다는 쉬운 말이 주로 나온다고 느꼈다고 함. 이러한 언어에 대한 생각은 훗날 『우리글 바로쓰기』의 언어관으로 발전됨.

1963년(38세)　8월, 경북글짓기지도연구회(회장 김동극) 창립 회원. 상주글짓기회와는 별개의 단체였음.

1964년(39세)　경북 상주군 이안면 서부국민학교 2학년 어린이 문집 『유리창』 발간. 9월, 《새교실》에 수필 「개 이야기」 발표.

1965년(40세)　첫 단행본 『글짓기 교육 이론과 실제』(아인각) 출간. 김동극 등 다른 회원들도 글짓기 교육서를 출판함.

1966년(41세)　첫 동시집 『별들의 합창』(아인각) 출간. 그가 말한 글쓰기 이론과 달리, 이 동시들에서는 상당히 당시 소위 '순수 동시'적인 경향이 나타남.

1967년(42세)　교감 자진 반납 후 경주국민학교에 평교사로 부임. 이주영의 증언에 따르면 교감이 교장의 비리를 도와주어야 하는 당시 현실에 환멸을 느꼈다고 함. 교육청에 이를 폭로하고 다른 학교로 전근 가기 위해 강등요청서를 냈음. 교육청에서 교장에 대한 교감의 고발 사건을 덮기 위해 최초로 강등요청서를 받는 대신 경주시에서 가장 큰 학교로 보냈던 것임.

1968년(43세)　경주에서 1년 근무하면서 도시 학교 비리(촌지 문화)에 환멸을 느끼고 비리가 없는, 대부분 교사들이 가기 싫어하던 산골 분교로 전근을 요청해 가게 됨. 안동군 동부국민학교 대곡분교장 부임. 이 학교 어린이들이 쓴 글이 훗날 어린이 문집 『일하는 아이들』(1978)에 다수 수록됨. 둘째 아들 태어남.

1969년(44세)　동시집 『탱자나무 울타리』(보성문화사) 출간. 『별들의 합창』에서는 분명하지 않았던 현실, 삶을 정직하게 마주하려는 의식이 조금 더 선명하게 나타남.

1971년(46세)　1월, 《동아일보》 신춘문예에 동화 「꿩」, 《한국일보》에 수필 「포플러」가 당선됨. 두 개의 신춘문예가 동시에 당선되면서, 중앙 문단에서 인지도가 올라감. 동화 「꿩」은 이오덕이 가르쳤던 어린이의 실화를 바탕으로 한 작품이었다고 함. 2월, 한국아동문학가협회(회장 이원수)가 창립됨. 이오덕도 창립 회원으로 참여함. 3월, 대구 비산국민학교로 발령. 4월, 교감 신청하여 문경군 김룡초등학교 부임.

1972년(47세) 9월, 「아동시의 이해」(《한국아동문학》 1집)에서 1950~1960년대 소위 '글짓기' 교육을 겨냥해 "아동들이 어른(동시인)의 흉내를 내어 써 온" 것으로 비판함. 이러한 문제의 본질에 "동심이라는 고정된 세계"를 그리는 것이 있다고 보며, 누군가에게 "비통한 마음"이 있는 것 자체가 "패배"가 아니라 그 마음을 숨기고 남의 글을 "흉내 내는 것이야말로 패배"라고 봄. 10월, 셋째 딸 태어남.

1973년(48세) 1월, 동화 「버찌가 익을 무렵」(《한국아동문학》)을 발표함. 권위와 규칙을 내려놓고, 어린이들과 어우러지는 교장의 모습을 그림. 교장으로 부임하며 자신이 꿈꾼 '좋은 교장상'을 담은 작품이라고 생각됨. 경북 봉화군 삼동국민학교 교장 부임. 어린이글 지도서 『아동시론』(세종문화사) 출간. '짝짜꿍 동요'와 같은 아동문학 작품을 모방하게 하는 어린이 글쓰기 교육에 대한 비판 의식을 드러냄.

1974년(49세) 4월, 수필 「자취」(《수필문학》) 발표. 《창작과 비평》에 「아동문학과 서민성」(7월 여름호), 「시정신과 유희 정신」(9월 가을호), 「동시란 무엇인가」(12월 겨울호)를 연달아 발표. 이를 계기로 《창작과 비평》과 긴밀하게 협력하게 됨. 같은 해 백낙청이 '민족문학'을 천명한 「민족문학 개념의 정립을 위해」(1974)가 발표됨. 이오덕은 백낙청의 '민족문학론'을 아동문학적 맥락에서 재구성한 '서민문학론'을 구체화해 감. 자유실천문인협회 가입. 동시집 『까만새』(세종문화사) 출간. 서문에서 "비단 같은 말로 아이들을 눈가림하며 속이"는 것을 거부하고 "생활

이야말로 동시가 뿌리박을 단 하나의 영토”라고 주장함. 《여성동아》에 「풀섶에 아픈 아이들: 어느 교육의 현장」이라는 제목으로 교육수필을 연재함. 발표한 글들은 『이 아이들을 어찌할 것인가』에 수록됨. 「어린애 흉내와 어른의 넋두리」(《여성동아》 10월호)에서 어효선이 '아빠'라는 말을 쓴 것을 비판함. 이 말이 서울 중산층 아이들이 사용하는 말로, 도시 중산층의 언어, 정동을 대변하고 있다고 봄.

1975년(50세)   5월, 『동시, 그 시론과 문제성』(한국아동문학가협회 편)에 「부정의 동시」와 「표절 동시론」을 발표함. 한국아동문학가협회 이사회에서 표절 동시의 문제점이 언급된 적이 있었는데, 이원수가 이오덕에게 관련 자료들을 모아 비평을 써 볼 것을 권유한 것으로 알려짐. 김종상 동시인, 이현주 동화 작가도 이오덕과 함께 표절 동시 의혹이 있던 작품을 모음. 글이 발표되고 표절 동시로 언급된 당사자로부터 고소를 당함. 당시 한국아동문학가협회 간사 이재철이 「표절 동시론」과 관련해 표절 혐의 당사자들에게 사과하기로 약속하고 왔는데, 이 일로 이원수, 이오덕과 틀어짐. 6~10월, 이상현과 논쟁. 이상현이 「동시의 기능 분화」(《아동문학사상》), 「네거티브적 시론을 추방한다」(《한국문학》)에서 '성인을 위한 동시', '아동을 위한 동시'가 구분돼 존립할 수 있다고 주장하며, 전자의 경우 난해성이 용인될 수 있다고 주장함. 이에 대해 이오덕은 「아동문학 작가의 아동 기피」(《매일신문》)에서 이상현이 주장하는 '동시의 기능 분화'란 난해 동시를 옹호하기 위해 개발된 논리에 불과하며, 어린이가 감동할 수 있는 동시여야 어른들도 감동할 수 있다고 비판함. 12월, 「동시의 승리」(《창작과비평》, 겨울호) 발표.

1976년(51세)   비평 「부정의 동시」로 제2회 아동문학상 수상. 안동군 길산

국민학교 교장 부임. '창비아동문고' 선정위원이 됨. 3월, 《영
남일보》에「모작 동시론」발표. 이 글에서 모작 동시의 대상
으로 지목된 작가 중에는 이오덕이 속한 한국아동문학가협회
이들도 있었는데, 이원수 사후 이오덕이 해당 단체 내에서 비
난당하는 원인이 됨. 5월, 이오덕을 비판한 박경용의「제거되
어야 할 부정적 요인」(《한국일보》)이 발표됨. 8월,「무엇을 논
의하였는가?」(《아동문학평론》)에서 당시 유행하던 전원문학을
"인간과 자연을 유리(遊離)시켜 놓고 그 두 가지를 적당히 병
행해서 그린다는 지극히 온당한 듯하면서도 모호하고 추상적
인 이론"이라고 비판함. 이와 대조적으로 이원수의 문학 세계
는 높이 평가함. 또한 그동안 아동문학에서 '동심(童心)'이라
는 말이 "정치주의자, 상업주의자들"에게 "껍데기만이""이
용"돼 왔다고 강하게 비판함. 11월, 박경용과 논쟁.「반론: 수
공문학의 말로: 박경용의「비리, 부정, 섬어 기타」」(《아동문학
평론》)에서 박경용의 글에 대해 반론을 제기함.

1977년(52세) 『시정신과 유희 정신』출간. 이 책에 실린 글들은 1974~1976년
《창작과비평》,《아동문학평론》,『동시, 그 시론과 문제성』에 발
표한 비평이 주를 이루고 있음. 이원수를 제외한 이전 시기 동
요, 동시에 대해 총체적인 비판을 가함. 윤석중, 강소천, 박목
월을 '동심 천사주의'적인 작가들로 비판했음. 또한 1960년대
'본격동시 운동'에서 발표된 작품 역시 정작 어린이들의 실제
생활은 외면하고 기교에만 신경 썼다고 비판함. 교육 수상집
『이 아이들을 어찌 할 것인가』출간. 12월,「애무와 발언」(《창
작과비평》) 발표.

1978년 (53세) 교육 수상집『삶과 믿음의 교실』출간. 한길사 사장 김언호의
제안으로 출판하게 됐다고 함. 이 책에 수록된「노동과 교육」
에서 '노동과 유희의 분리'를 "인격의 분열"이자 "인간의 분

열”로 규정함. 상대적으로 농촌이 도시에 비해 '노동, 유희가 분리되지 않는 공간'이라고 생각함. 이러한 인식은 훗날 '민중성' 개념으로 발전됨. 어린이 시 모음『일하는 아이들』출간. '일하는 아이들' 어린이상을 통해 억압적 현실 속에 사는 어린이의 목소리를 드러나게 하고 어린이의 자발적 주체성을 구현하려고 함.《소년》에「어린이들에게 보내는 편지」를 연재함. 당시 어린이들에 대한 깊은 애정과 관심을 보여 줌. 부인은 자녀 교육을 위해 자녀들과 대구로 이사. 이오덕은 학교 근처에서 자취함. 5월,「왜 참교육이 헌신짝 취급 받나」(《통일세계》)라는 글에서 '참교육'이란 말을 처음으로 사용함.

1979년(54세) 어린이 글 모음『우리도 크면 농부가 되겠지』출간. 3월, 안동군 대성초등학교 교장으로 부임. 7월, 수필「거꾸로 사는 재미」(《샘터》)를 발표함. 8월, 경북글짓기교육연구회 회장을 맡음. 이때부터 '글짓기' 대신 '글쓰기'라는 말을 본격적으로 사용하기 시작함.

1980년(55세) 한국아동문학가협회 부회장이 됨. 그러나 단체에서 동료 선후배 작가들의 작품을 비판한다고 이오덕을 비난하는 분위기가 있었음.「역사를 살아가는 동심」(《창작과비평》) 발표. 5월, 서울양서협동조합 산하 어린이도서연구회 지도위원.

1981년(56세) 동시집『개구리 울던 마을』출간.

1982년(57세) 경북 성주군 대서초등학교 교장 부임.

1983년(58세) 이오덕의 주도 아래 한국글쓰기교육연구회라는 전국 단위 단체 결성, 회장. 수필집『거꾸로 사는 재미』출간. 도서출간 인간사 어린이책 기획위원. 여러 문학 잡지가 폐간되자, 이에 대한 응전으로 무크지를 만듦. 어린이 무크지《살아 있는 아동문학》기획 편집. 이오덕, 권정생, 김녹촌, 김종상, 최춘해, 이준연, 손동인 등이 이 책에 글을 실음. 이오덕은 이 책의「살아 있는 아동문학」에서 "많은 동화 작가, 동시인들이 담 저편에 있는 아이들의 살아 있는 세계를 모르고 있고, 알려고도 하지 않는다."라고 말함. 1980년대 무크지에 수록된 작품들 중 일부는 1980년대 말 단행본으로 재출간되어 한국 현실 어린이문학의 중요한 작품들이 되기도 함.

1984년(59세)　　『이원수 아동문학 전집』 기획과 편집 주관. 아동문학 평론집 『어린이를 지키는 문학』(백산서당) 출간. 「전래동화와 전통을 잇는 문제」에서 옛이야기가 일과 놀이가 '일치'된 장소에서 탄생했으며, 때문에 '민중성'이 있다고 주장함. 「판타지와 리얼리티」에서는 현실을 최우선하는 기존의 입장에서 한발 나아가 "어린이들의 마음을 한번 판타지로 활짝 열어 주고" "매여 있는 어린이들을 자유롭게 풀어놓아"야 한다고 말하며 판타지의 중요성도 인정함. 그러나, 이는 1970년대 전원문학론에 기반한 판타지 이론과는 구분되는 것으로, 리얼리즘적 차원에서 판타지를 이해한 것임. 글쓰기 교육 이론서 『삶을 가꾸는 글쓰기 교육』 출간. 글쓰기 교육의 목적은 소설가, 시인이 되는 것이 아니며, 자신의 '삶'을 있는 그대로 정직하게 펼쳐 내는 데 있다고 봄. 1960년대 학교, 어린이를 강하게 의식했던 것과 달리, 이 저작에서는 '보편적 인간'을 염두에 둠. 또한 '생활'이 아닌 '삶'을 글쓰기의 출발점, 도착점으로 설정해 단순한 기능적 글쓰기가 아니라 '보편적 삶'을 성찰, 사유하는 것으로서 그만의 글쓰기론을 구축해 감. 이 점에서 그의 글쓰기론은 이전 시기 글쓰기론과 일정한 '단절과 감싸기' 양상을 보임. 1980년대 이오덕 글쓰기론은 '르포르타주'적 성격이 한층 부각됨. "싱거운 동화, 무엇을 써 놓았는지 알 수 없는 동화보다는 차라리 수수한 생활 기록 같은 것이 훨씬 읽을 맛이 난다."라고 말함. 또한 동화 작가도 "어린이들의 느낌과 생활과 삶",

"어린이의 말과 글의 특징"을 먼저 배울 것을 권유함.

1985년(60세)   어린이 문학 무크지《지붕 없는 가게》기획 편집.「삶과 문학」
에서 "삶 밖에서 생겨난" 문학은 "필경 병든 열매가 되는 것"
이라고 주장함. 반면 "삶 속에서 나와 그 삶을 더욱 넓혀 주고
갱신해 주는 문학"은 "일하면서 살아가는 사람들에게 위안과
기쁨을 주고 희망과 용기를 준다."라고 긍정적으로 평가함. 이
글은『삶·문학·교육』에도 수록됨.

1986년(61세)   경북 성주군 대서국민학교에서 교장 퇴임. 이주영에 따르면
공로 퇴임 신청서를 제출해 도교육청에서도 승인됐으나, 문교
부에서 반려됐고 결국 의원면직이 됐다고 함. 이오덕을 마땅
치 않게 생각하던 당시 군사 정권의 의중이 반영된 것으로 생
각됨. 신군부 정권하에서 이오덕은 요주의 인물로 감시 대상
이 됨. 경기도 과천시 주공아파트로 이사. '민주교육실천협의
회' 공동 대표(이오덕, 성내운, 문병란). 어린이 무크지《겨레와
어린이》기획 편집. 교육 수필집『이 땅에 살아갈 아이들 위
해』발간.

1987년(62세)   1월부터 1990년 4월까지《새가정》에 교육, 글쓰기에 대한 비
평을 연재함. 동화집『종달새 우는 아침』출간. 동시집『언젠
가 한번은』출간. 비평집『삶·문학·교육』출간. 이 책에서 이
오덕은 삶, 문학, 교육이 통합적으로 연결돼야 한다고 주장함.
'삶'이 문학, 교육보다 맨 앞자리에 위치한 데서 볼 수 있듯
'삶'을 모든 문학, 교육의 기저에 위치시키는 이오덕의 관점이
확립, 체계화됨.「현실, 그 무한한 창조의 원천」에서 "어린이
의 현실이 너무 나를 압도하고 있기 때문"에 "공상의 얘기보
다는 현실의 얘기를 쓰지 않을 수 없었다."라고 '현실'을 "문
학 창조의 유일한 원천"으로 강조함.

1988년(63세)   어린이 글쓰기 지도서『어린이는 모두 시인이다』출간.「우리

말을 살리자」를 《한겨레》에 연재함. 8월 16일, "어린이 독서습
관 어머니에 달렸다"라는 제목으로 아동문학 세미나 개최.

1989년(64세)   1월, 「얕은 웃음이나 자아내는 '명랑아동문학' 이대로 두어도
괜찮나」(《교보문고》), 7월 「지상논쟁 II: 명랑소설」(《학원》)로
명랑소설 논쟁에 참여함. 한국어린이문학의회 회장이 됨. 한
길사 김언호 사장의 요청에 따라 『우리글 바로쓰기』(한길사)
출간. 『이오덕 교육일기 1·2』 출간.

1990년(65세)   입시 위주의 '글짓기 교육 열풍'에 대해 비판적 시각 제시.
1990년대 초 다량의 글쓰기 교육 저술을 낸 것은 이런 열풍
속에서 좋은 글쓰기 교육을 어린이, 청소년에게 널리 전파하
기 위함이었음. 민족문학작가회의 아동문학분과위원장을 맡
음. 교육 수필집 『참교육으로 가는 길』(한길사) 출간. 교육 전
문 잡지 월간 《우리교육》 편집자문위원. 《우리교육》에 '우리
말 바로쓰기' '문학교육', '민주교육'을 주제로 글을 연재함. 임
길택의 동시집 『탄광마을 아이들』의 해설 「우리들의 아름다
운 꿈」을 씀. 임길택은 한국글쓰기교육연구회 회원으로서 이
오덕이 말한, 글쓰기 교육론, 아동문학을 하나의 차원으로 보
려는 입장을 수용해 어린이시 속에서 그들의 삶, 정동을 발견
해, 그것에 기반해 동시를 썼음. 이오덕이 생각한 모범적인 아
동문학 작가였다고 할 수 있음. 《월간말》에 '우리글 바로쓰기'
글을 연재하기 시작함. 1994년까지 계속함.

1991년(66세)   5월부터 1992년 4월까지 《주간조선》에 '우리말 바로쓰기' 글
을 연재함.

1992년(67세)   『우리글 바로쓰기 1·2』 출간, 『우리 문장 쓰기』 출간. 문화방
송에 우리글 바로쓰기 글 연재. 《쌍방울》, 《럭키금성》, 《한국
투자신탁》 등 회사 회보에까지 '우리글 바로쓰기' 관련 글을
연재해 논의의 독자층을 최대한 확장하려 함. 민주당 김대중

후보 지지 후원 문인 명단에 이름을 올림.

1993년(68세)　　대학 논술이 중요해지면서 글쓰기 교육에 대한 대중적 관심
이 높아짐. 출판사로부터 다수의 글쓰기 지도서 출판 요청을
받음.『글쓰기 어떻게 가르칠까』출간.『신나는 글쓰기』,『우
리 모두 시를 써요』,『와아 쓸거리도 많네요』,『이렇게 써 보
세요』,『어린이 시 이야기 열두 마당』출간. 동화집『버찌가
익을 무렵』출간. 1월, 12월,《민주사회를 위한 변론》에「우리
말로 바로잡아 본 헌법」을 2회에 걸쳐 연재함. 우리글 바로쓰
기 운동의 법 영역까지 확장시킴. 6월, 국민학교라는 이름을
"부끄러운 일제 유산"으로 보고 바꿀 것을 주장함.(《한겨레》
1993. 6. 29.)

1994년(69세)　　『동화 읽는 어른』에 '우리글 바로쓰기'를 주제로 글을 연재함.

1995년(70세)　　1월, '한국글쓰기교육연구회'와 '우리말 살리는 모임'이 통합
되어 '한국글쓰기연구회' 발족됨.『우리글 바로쓰기』전 3권
을 끝내고 가진 인터뷰에서 "말의 민주화 반드시 이뤄 낼 것"
이라는 포부를 밝힘.

1996년(71세)　　노동자 글쓰기 안내서『일하는 사람들의 글쓰기』출간.《시사
법률》에「헌법: 이오덕 선생의 「우리말로 바로잡아 본 헌법」」
발표. 헌법, 법률 언어를 쉬운 말로 바꾸는 데 지속적으로 관
심을 기울임.

1997년(72세)　　눈썰매장 특혜 문제, 수돗물 불소 투입 문제 등 거주하던 과
천시의 시민 운동에 적극적으로 참여함.《좋은 생각》에 우리
글 바로쓰기, 글쓰기, 교육을 주제로 글을 연재하기 시작해
1999년까지 이어짐.

1998년(73세)　　김이구가 이오덕의 '일하는 아이들'론을 비평한「아동문학을
보는 시각 — '일하는 아이들' 이후의 길」(《아침햇살》가을호)
을 발표함.《계몽 문화》에 어린이의 글쓰기, 생활 등을 주제로

글을 연재함.

1999년(74세) 충북 충주시 신니면 광월리 710번지 무너미마을로 이사. 전국
교직원노동조합 합법화 이후, 해당 기관이 수여하는 첫 번째
'참교육상'을 수상함. 7월부터 12월까지《뉴스메이커》에 '이오
덕의 우리말 바른말' 글을 연재.

2001년(76세) '일하는 아이들' 논쟁. '낮은산' 출판사 주간 정광호가 한국
글쓰기교육연구회 주최 여름 연수회에서 있었던 모둠 토론에
대해 글을 써서《글쓰기》회보(2001. 10)에 실음. 이오덕이 이
글을 읽고 정광호에게 그날 어떤 얘기가 오갔는지를 자세하게
질의함. 그날 토론에서 참석자들 사이에서 김이구의 글「아
동문학을 보는 시각」이 인용돼 이야기되었는데, 이오덕은 이
토론의 핵심이 '일하는 아이들'론에 대한 비판이라고 인식함.
『권태응 동요 이야기 농사꾼 아이들의 노래』출간. '일하는 아
이들'의 정신을 그린 중요한 작가로 평가됨.

2002년(77세) 『문학의 길 교육의 길』출간. 김이구가 3년 전 발표한 글에 대
한 반박 글인「일하는 아이들'은 버려야 할 관념인가」가 1부
로 실려 있음. 아동문학 비평집『어린이책 이야기』출간.『일
하는 아이들』복간. '일하는 아이들' 논쟁 가운데, 자신이 생
각한 '일하는 아이들'이 무엇이었는지를 알리기 위함이었던
것으로 보임.

2003년(78세) 2월부터《신동아》에 수필, 비평을 연재함. 사망한 이후인 8월까
지 글이 계속 실림. 8월 25일 6시 50분경 사망. 8월 27일 11시,
충북 충주시 무너미마을 고든박골 뒷산에 묻힘. 사후《우리
말과 삶을 가꾸는 글쓰기》에 이오덕을 공부하고, 배우려는
글이 계속 발표됨. 고인돌, 양철북, 한길사, 소년한길, 아리랑
나라, 어린이도서연구회 등에서 이오덕 저작 단행본이 출간
됨. 한국글쓰기연구회를 비롯, 일선 교사, 시민들 사이에서

이오덕을 배우고, 그 정신을 이어 가려는 움직임이 지속되고 있음.

2025년   이오덕 탄생 100주년 행사가 여러 단체와 지역에서 개최됨.

이오덕 작품 연보[1]

발표일	분류	제목	발표지
1955. 3	동시	진달래(필명 이지)	소년세계
1964. 9	수필	개 이야기	새교실
1965	지도서	글짓기 교육 — 이론과 실제	아인각
1965. 6	수필	우리 말에 대하여	새교실
1965. 7	수필	나무와 교육	교육평론
1966	동시집	별들의 합창	아인각
1967. 6	수필	쥐	수필
1967. 8	비평	어린이 글을 어떻게 볼 것인가	말에 대하여
1969	지도서	글짓시 교육	동신인쇄사
1969	동시집	탱자나무 울타리	보성문화사
1969. 6	수필	창밖을 보며	새교육
1969. 10	비평	생활글을 쓰게 하자	교육평론
1970. 10	동시	물웅덩이	가톨릭소년
1971	시	산	안델센연구 (아동문학사상)
1971. 1	동화	꿩	동아일보
1971. 1	수필	포플러	한국일보

---

1) 이번 작품 연보에서 정리한 작품 수는 총 1,112편이지만, 지면 분량상 주요 작품 위주로 추렸다.

발표일	분류	제목	발표지
1971. 8	동시	나무의 눈물	가톨릭소년
1972	수필	어느 사진을 보고	매일신문
1972. 9	비평	아동시의 이해	한국아동문학
1972. 12	수필	낙엽과 청소와 교육과	새교육
1973	수필	하늘	경북수필
1973	지도서	아동시론	세종문화사
1973. 1	동화	버찌가 익을 무렵	한국아동문학
1973. 3	동시	산은 달려가네	소년
1973. 9	시	수만이의 병	월간문학
1973. 9	비평	그림일기와 대필	현대아동문학
1973. 11	비평	왜 안 읽는가	새교육
1973. 11	비평	농촌 아동의 시	한국문학
1973. 12	비평	생명의 존엄	신동아
1973. 12	동시	코스모스	현대문학
1974	동시집	까만새	세종문화사
1974	비평	보충 의견 몇 가지	아동문학의 전통성과 서민성 (세종문화사)
1974	수필	변소 이야기	한국수필 75인집(범우사)
1974. 2~12	수필	풀섶에 아픈 아이들: 어느 교육의 현장 ①~⑪	여성동아
1974. 4	수필	자신 없는 이야기	새교육
1974. 6	동화	글짓기 시간	소년
1974. 7	비평	아동문학과 서민성	창작과비평

발표일	분류	제목	발표지
1974. 9	비평	시정신과 유희 정신	창작과비평
1974. 10	비평	어린애 흉내와 어른의 넋두리	여성동아
1974. 12	비평	동시란 무엇인가	창작과비평
1975	수필	버스 이야기	경북수필
1975	동시	이 비 개이면/개구리 소리/꽃밭과 순이/아이의 울음/개싸움/탱자나무 울타리/목이 잘린 해바라기의 노래/뻐꾸기	아동문학 선집 (어문각)
1975. 3	시	아이의 울음	월간문학
1975. 5	비평	표절 동시론	동시 그 시론과 문제성
1975. 5	비평	진실과 허상	한국문학
1975. 7	비평	부정의 동시	동시 그 시론과 문제성
1975. 7	비평	혼미 속에 성장하는 본격문학	월간문학
1975. 8·9	비평	아동문학 작가의 아동 기피 (1), (2)	매일신보
1975. 9	비평	초식과 육식	샘터
1975. 12	비평	동심의 승리	창작과비평
1976	수필	올챙이와 인간	건널 수 없는 피안: 영원의 에세이 (진문출판사)
1976	수필	자취(自炊) 이야기	그 찬란한 허상: 행복의 에세지

발표일	분류	제목	발표지
			(진문출판사)
1976	비평	아동문학의 문제점	아동문학평론
1976	비평	이원수론	영광스런 고독
			(범우사)
1976	비평	열등의식의 극복	창작과비평
1976. 1	시	하늘과 아이들	월간문학
1976. 3	비평	모작 동시론	영남일보
1976. 7	수필	소쩍새 우는 밤에	새생명
1976. 8	비평	무엇을 논의하였는가?	아동문학평론
1976. 11	비평	반론: 수공문학의 말로: 朴敬用의 「비리, 부정, 섬어 기타」에 대하여	상동
1977	비평집	시정신과 유희 정신	창작과비평사
1977	동화	현수의 나팔	별들의 잔치 (세종문화사)
1977. 1	비평	생각나는 그 사람: 대추나무를 붙들고 운 동화 작가	새생명
1977	수필	교원과 입신출세	아름다운 이 아침에: 한국 수필 77인집 (범우사)
1977	수필집	이 아이들을 어찌 할 것인가	청년사
1977. 3	비평	문학평론: 특집·아동문학과 독자 —수용 관계: 아동들은 아동문학 작품을 어떻게 수용하고 는가?	아동문학평론
1977. 4	수필	자라를 잡는 사람들	매일신문

발표일	분류	제목	발표지
1977. 7	비평	새교육 컬럼: 교육을 가능하게 하는 것	새교육
1977. 10〜1	비평	園丁의 꿈: 참교육의 회복/ 베껴쓰기/자연의 가르침/ 非人間化時代	교육춘추
1977. 12	비평	애무와 발언	창작과비평
1978. 1 〜1979. 12	산문	어린이들에게 보내는 편지	소년
1978	어린이문집	일하는 아이들	창작과비평사
1978	수필	우리마음 갖기	어떻게 살 것인가: 우리 시대의 양심을 대변하는 민족지성 15인의 역사와 삶에 대한 성찰 (한길사)
1978	수필집	삶과 믿음의 교실	한길사
1978. 5	수필	속을 보는 눈	월간중앙
1978. 5	비평	왜 참교육이 헌신짝 취급 받나	통일세계
1978. 6	좌담	분단 현실과 민족 교육	창작과비평
1978. 7	수필	돌을 주우며	씨알의 소리
1978. 9	수필	교회 어린이의 학교생활	월간 목회
1978. 12	비평	園丁의 꿈: 사랑과 자유	교육춘추
1979. 1	비평	어린이는 어른의 어른	새생명
1979	비평	사랑의 노래	스물하나

발표일	분류	제목	발표지
			(상지사)
1979	비평	아이한테 퇴짜맞는 아동문학	우리 아이의 장래 (뿌리깊은 나무)
1979	수필집	내가 걷는 길: 자전적 수상록 20인선(공저)	청조사
1979. 4	비평	교육이 이루어지는 곳	씨알의 소리
1979. 5	칼럼	너마저 가는구나/산골 사람들/ 어른의 어린이해	동아일보
1979. 6	수필	교육자의 열등감	동아일보
1979. 6	수필	갇힌 짐승	주부생활
1979. 7	수필	광야(曠野)의 시인	경향잡지
1979. 7	수필	거꾸로 사는 재미	샘터
1979. 10	수필	가난하게 사는 지혜	영남일보
1980	수필	길게 바라본다는 것	샘터
1980. 3	비평	역사를 살아가는 동심: 이원수 동시 전집 『너를 부른다』	창작과비평
1980. 5	수필	사람 닮는 개/또 하나의 발견	샘터
1980. 5	비평	공부와 독서/어머니 사랑/ 농민과 놀이	서울신문
1980. 6	비평	청소 시간	서울신문
1980. 6	비평	이 현실을 알아야 한다	세계의 문학
1980. 10	비평	전래동화와 그 전통 계승 문제	아동문예
1980. 11	비평	흙 속의 그 사람들	샘터
1981	동시	개구리 울던 마을	창작과비평사
1981. 1	수필	이원수 선생	서울신문

발표일	분류	제목	발표지
1981. 3	수필	大谷에 살으리랏다	신동아
1982	수필	포플러/개구리 소리 벌레 소리/ 변소 이야기	도시에 비가 내리면(청조사)
1982	비평	농촌의 삶을 인정해 주는 교육	안동대학
1982. 1	비평	나를 키워 준 노래	영광문화
1982	수필집	도시에 비가 내리면(공저)	청조사
1982. 2	수필	열려 있는 이웃	샘터
1982. 3	수필	인간의 길	대구매일
1982. 4	수필	문학, 예술 단체의 문제점	상동
1982. 4	동시	고양이	소년
1982. 6	수필	웅변에 대하여	대구매일
1982. 7	수필	학생들과 농촌 봉사	상동
1982. 8	수필	말과 글의 어지러움/ 출판 기념회 이래도 좋은가	상동
1982. 9	수필	편지에 대하여	안동수필
1982. 9	수필	감사하며 산다/ 고마움에 대하여	여성중앙
1982. 11	수필	과자를 먹는 아이들	월간조선
1982. 11	비평	산문	월간조선
1983	수필집	거꾸로 사는 재미	범우사
1983	수필	울면서 하는 숙제	인간사
1983. 1	비평	나의 이웃들	한국인
1983. 1	수필	서민 철학: 내 마음을 뜨겁게 해 주는 이웃들	상동
1983. 2	비평	나를 키워 준 노래	안동대학

발표일	분류	제목	발표지
1983. 4	동시	어느 날 저녁 신작로 포플러나무 밑에서 있었던 일	소년
1983. 7	비평	세계에서 제일 어려운 책	새한신문
1983. 9	수필	매미 소리	경향잡지
1983. 9	비평	자연과 더불어 살게 하는 교육	새한신문
1983. 9	비평	어린이들에게 동요를 되돌려주자	월간 2000년
1983. 10	수필	시골 교장선생님 이오덕	여성자신
1983. 10	비평	판타지와 사실성	영대신문
1983. 11	비평	상에 대하여	대구매일
1984	수필	생명의 존엄, 슬기롭게 자라게	32인 교육수상집 사랑의 교실 (모음사)
1984	수필	개구리 소리 벌레 소리	가랑잎만 한 무게로: 이양하. 김진섭—80년대 작가까지(한샘)
1984	비평	서울	경향잡지
1984	비평집	어린이를 지키는 문학	백산서당
1984	비평	전문대학의 교육을 생각한다	신비
1984	비평	아이들의 글—어떻게 보고, 어떻게 지도할까?	어린이 마을 어머니 책 (웅진출판)
1984	비평	이 땅에 태어난 아이들 위해	주부생활
1984	수필	내 마음을 뜨겁게 해 주는 이웃 사람들	한국의 서민철학 (사회발전연구소)

발표일	분류	제목	발표지
1984	비평집	삶을 가꾸는 글쓰기 교육	한길사
1984. 5	비평	아이들이 어떻게 물들고 있나?	여원
1984. 5	비평	시를 어떻게 가르칠까	월간조선
1984. 5	비평	감각을 마비시키는 일상의 삶/ 인간답게 사는 길: 아이들이 살아야 민족이 산다	한국인
1984. 10	수필	서울	새 생명
1984. 10	비평	전래동화의 문학적 가치	영대신문
1985	비평	삶과 문학	
1985. 1	비평	유치원 선생님	어린이소식
1985. 2	대담	참된 삶의 교육, 대담	원광
1985. 5	비평	글짓기 교육과 아동문학	글쓰기회보
1985. 5	비평	어린이를 생각한다	대구매일
1985. 5	비평	구호	서울신문
1985. 5	비평	한 아이의 자살	주부생활
1985. 5	비평	아이들이 버림받고 죽어 가도 괜찮습니까	한국인
1985. 8	비평	아동문학가 이오덕 교장: 인간답게 키우는 것만이 우리 모두가 살아남는 길	KBS—TV 여성백과
1985. 8	비평	교사와 아동문학	한국아동문학
1985. 9	비평	엽록소: 아이들의 글	생활작문
1986	비평	참사랑 교육은 글짓기에서	여기, 이 땅 사람들 (햇빛출판사)

발표일	분류	제목	발표지
1986	비평	일하기 중심의 교육과정	오늘의 책
1986	비평	일을 해야 사람이 된다	상동
1986	비평	대추나무를 붙들고 운 동화 작가	오물덩이처럼 딩굴면서 (종로서적)
1986	수필	변소 이야기	우리가 잃어 가는 것들 (범우사)
1986	지도서	글쓰기 이 좋은 공부	지식산업사
1986. 1	비평집	이 땅에 살아갈 아이들 위해	상동
1986. 5	비평	박해당하는 어린이와 아동문학	민족문학
1986. 5	비평	어린이는 어른의 어른	새생명
1986. 5	수필	교회에 나가야지	상동
1986. 5	수필	소쩍새 우는 밤에	상동
1986. 5	비평	죄 많았던 선생 노릇	샘이깊은물
1986. 7 ~1987. 9	칼럼	'이오덕 칼럼' 연재	새가정
1986. 9	비평	이원수 선생: 돈과 권력 앞에서 어린이를 지킨 사람	생활성서
1986. 9	비평	지방에서 글을 쓰는 분들의 모임에 바라는 것	안동문학
1986. 11	수필	마음에 새긴 한 구절: "목에 맷돌을 달고"	한국인
1987	동시집	언젠가 한번은	대교문화
1987	비평	교육과 문학의 길	내가 걷는 길

발표일	분류	제목	발표지
			(삼오문화사)
1987	비평집	삶·문학·교육	종로서적
1987	수필	싸움과 구경꾼	문학정신
1987	비평	아이의 글쓰기와 어른의 문학작품 쓰기가 어떻게 다른가	어린이, 우리의 희망 (물레출판사)
1987	비평	'세계명작' 어떻게 읽힐까	외국문학
1987	비평	글쓰기 지도 지침 12가지	우리는 하나님의 사람들(대한기독교교육협회)
1987	수필	올챙이와 인간	잊어서 그리운 사랑이여 (삼한출판사)
1987	동화집	종달새 우는 아침	종로서적
1987	수필	참사람의 씨알 가꾸기	진실을 찾는 벗들에게 (한길사)
1987. 1	수필	비뚤어진 어른들	신동아
1987. 1	대담	동심을 지키는 이오덕 선생님: 겨울아 빨리빨리 가거라	신앙세계
1987. 2	비평	자기 목숨 자기가 지켜야	우리시대
1987. 3	비평	어린이를 위한 어린이의 책을	가정조선
1987. 3	비평	공장에 갈까 아니면 학교를 다닐까	종로서적
1987. 3	비평	이달의 에세이: 우리말 공부	현대자동차
1987. 4	좌담	'아동도서' 무엇이 문제인가	가정조선

발표일	분류	제목	발표지
1987. 4	비평	'세계명작' 어떻게 읽힐까	외국문학
1987. 5	수필	5월 이야기: 어디메쯤 조밥꽃 이밥꽃들이 피어 있을까	객석
1987. 5	비평	어린이 세계의 이해	동아약보
1987. 5	수필	싸움과 구경꾼	문학정신
1987. 5	비평	가정과 자녀	삼진
1987. 5	산문	어린이들에게 보내는 편지: 어린이날 어린이 달에	소년
1987. 5	비평	자기를 잃지 않는 아이 —「현복이의 일기」에 대하여	시문학
1987. 6	비평	어린이 글에 대한 오해	종로서적
1987. 8	수필	아이들에게도 해방과 자유를	경향잡지
1987. 9	비평	편지: 선생님의 길, 어렵고 긴 그 길	종로서적
1987. 10	비평	사람이 되게 하는 교육	춘천교대 강연록
1988	비평	머리말	어머니 사시는 그 나라에는 (지식산업사)
1988	수필	버스 이야기	영남수필 20집
1988	수필	우리 마음 갖기	우리들의 문학 교실(까치)
1988	비평	우리도 이제 참 교육해야	학급 혁명: 아이들에게서 배우는 교사의

발표일	분류	제목	발표지
			기록(사계절)
1988	비평	우리말을 살리자(1~18)	한겨레
1988. 1	비평	우리말 속의 일본말	민족지성
1988. 1	토론	교육은 학생·학부모·교사가 결정해야	신동아
1988. 1	비평	다시 읽고 싶은 책: 이원수 동요동시 전집 『고향의 봄』	한국인
1988. 2	비평	말의 민주화 없이 민주사회 못 된다	현대
1988. 3	대담	삶의 뿌리에서 싹튼 글만이 생명 있는 문학이다	생활간호
1988. 3	비평	참된 영생을	아동문학평론
1988. 5	비평	우리의 이야기를 우리의 말로 써야	동서문학
1988. 5	비평	학장의 죽음과 어린이의 자살	월간 2000년
1988. 6	수필	넥타이와 뽀족구두와 귀고리	신협
1988. 7	비평	글에 나타난 아이들의 삶	호남정유
1988. 8	비평	우리 말을 파괴하는 일본말	한국인
1988. 9	비평	권두언	거북이교육
1988. 9	비평	바로 써야 할 신문·방송의 말	한국인
1988. 9	비평	아이들의 글쓰기와 어른들의 글쓰기	한글새소식
1988. 10	비평	글쓰기·그리기·말하기 교육, 병들어 있다	신동아
1988. 11	수필	버스 이야기	영남수필

발표일	분류	제목	발표지
1988. 11	비평	한 권의 책	학원
1988. 12	비평	민주사회의 밑알 — 교육 민주화	한겨레
1989	비평	글쓰기 강좌: 형식에 얽매이지 말자	노동문학 1989 (실천문학사)
1989	비평	머리말	밥 먹으며 시계 보고 시계 보고 또 먹고(사계절)
1989	비평	우리글 바로쓰기(우리말 바로쓰기 1)	한길사
1989	일기집	이오덕 교육일기 1, 2	한길사
1989. 1	비평	죽음을 넘어선 동심	늘푸른나무: 동시와 동화
1989. 1	비평	참삶을 가꾸는 글쓰기 교육의 본질과 방향	교육현장
1989. 1	비평	소리 2: 우리말을 살리자	柏領
1989. 1	비평	살인 교육의 질서를 바꿔야	여론시대
1989. 1	비평	사사로운 생각과 크게 보는 생각	월간중앙
1989. 2	비평	교육관을 바꿔야 합니다	사회과 사상
1989. 2	비평	민주주의를 교실에 심어야 한다	씨알의 소리
1989. 2	비평	하루바삐 몰아내어야 할 일본말 찌꺼기	예술공보
1989. 3	비평	스스로 가르치는 일	동화 읽는 어른
1989. 4	비평	비극의 교단을 살아온 뜻	월간성공
1989. 4	대담	어린이의 마음으로 세상을 봅니다	차담
1989. 5	비평	우리의 넋이 담긴 민주의 말 사전	한길

발표일	분류	제목	발표지
1989. 7	비평	선생님과 노동자	신동아
1989. 7	대담	참교육 43년의 외곬 참선생: 이오덕: 선생님, 참교육이 무엇입니까?	여원
1989. 7	비평	지상논쟁 II: 명랑소설	학원
1989. 9	비평	글쓰기 교육의 실례	종로서적
1989. 10	비평	(1) 학교 교육의 현주소	중앙개발
1990	비평	아동문학의 이해	강좌, 민족문학 (정민)
1990	동시(노랫말)	개구리소리	겨레의 노래 1 (한겨레신문사)
1990	비평	한국 현대 동시 감상 이오덕	국민학교 시문학 교육 (대교출판사)
1990	비평	글쓰기 교육 대강풀이	글쓰기 교육의 이론과 실제 1 (온누리)
1990	이야기책	울면서 하는 숙제	산하
1990	수필	복술이	엄마의 옷: 감동 휴먼 에세이(인왕)
1990	비평	우리들의 아름다운 꿈	탄광마을 아이들: 임길택 시집 (실천문학사)
1990	비평집	참교육으로 가는 길	한길사

발표일	분류	제목	발표지
1990. 3~9	비평	보람 있는 교단 생활: 이오덕의 교육 단상	우리교육
1990. 5 ~1994. 5	비평	우리글 바로쓰기(2)	월간말
1990. 7~9	비평	본 대로 느낀 대로: 잘못된 노래말/보리매미/ 아이들을 잊어버린 어른들	생활성서
1990. 8	비평	아이들에게 좋은 책을 골라 주려면	월간 책
1990. 8	수필	해방 전후에 읽었던 책들	한길문학
1990. 10	비평	우리는 어떤 문학 교육을 받아 왔나	우리교육
1990. 10	비평	흉내 내기를 어떻게 보아야 할까?	상동
1990. 10	수필	評者들이 말하는 박상규의 동화 세계: 농촌과 어린이에 대한 사랑	중원문학
1990. 11	비평	통일보다 아이들 교육이 더 절실합니다	학원
1990. 12	비평	우리 소설은 어떤 '말'로 써 왔는가: 소설에 나타난 불순한 남의 말	한길문학
1991	비평	우리말, 우리 혼을 살리자	십대, 그 아름다운 영혼의 시절 (쪽지)

발표일	분류	제목	발표지
1991	비평	어린이 문학과 책 읽기 교육	재미있는 동화 읽기 어떻게 지도할까 (돌베개)
1991. 1	비평	'자기 이야기'를 쓰지 못하게 하는 쓰기 교과서	우리교육
1991. 1	비평	민중은 우리말과 우리 글의 뿌리	한길
1991. 3	비평	창간 25주년에 말한다	창작과비평
1991. 3	비평	우리 소설은 어떤 '말'로 써 왔는가 소설에 나타난 불순한 남의 말	한길문학
1991. 5	수필	생활과 음악: 그 먼 길을 가면서 혼자 부르는 노래	객석
1991. 5 ~1992. 4	비평	우리말 바로쓰기	주간조선
1991. 7	비평	삶을 등진 글쟁이들의 비극	우리교육
1991. 7	수필	짧은 글, 깊은 생각: 무엇을 하며 살아갈 것인가	지성과 패기
1991. 8	비평	위기에 빠진 겨레의 말을 살려야 한다	예감
1991. 10	비평	일본말과 일본의 국민성	역사산책
1991. 10	수필	'그러나'를 쓰는 자리	연엽초생산협동조합중앙회
1991. 10	비평	교육을 생각하며: 재주꾼을 길러 내는 교육은 안 된다	우리교육
1992	수필	어디메쯤 조밥꽃 이밥꽃들이	그래도 세상은

발표일	분류	제목	발표지
		피어 있을까(1987)	아름답더라 (예음)
1992	지도서	우리 문장 쓰기	한길사
1992	비평	우리글 바로쓰기 2	상동
1992. 1	비평	우리말, 바로씁시다: 말을 병들게 하는 글	문화방송
1992. 1	비평	지식인의 글과 백성의 말: 고길섶 씨의 비판에 대한 반비판	사회평론
1992. 2	비평	한국의 교육: 아이들을 죽이는 어른들의 나라	문화통신
1992. 2	비평	학교교육부터 바로잡아야 한다	한겨레
1992. 4	비평	『우리 문장 쓰기』를 펴내면서: "누구나 우리말로 글을 잘 쓸 수 있다"	한길
1992. 5	비평	까치집과 아파드	안녕하십니까
1992. 5	비평	내 저서를 말한다: 우리 말과 글 바로쓰기 돕는 길잡이	책과 인생
1992. 6	비평	자신을 바로 세워야 우리 말을 쓰게 된다	감사
1992. 6	대담	'시골 노인이 하는 말이 순우리말' 이오덕 선생님	경북여성
1992. 7	비평	교육을 생각하며: 교육에 무지하니 아이들을 잡을밖에	우리교육
1992. 7	비평	고양이는 새끼에게 몸단장을 가르친다	월간오픈
1992. 8	비평	바른말 바른글: 이 땅의 서양	좋은생각

발표일	분류	제목	발표지
		사람도 우리 말을	
1992. 9	비평	외길 인생: 우리말지기	아삼
1992. 9	비평	우리말을 하면 새로운 길이 보인다	우리교육
1992. 9	비평	이오덕의 우리말 쓰기: 우리 말을 하면 새로운 길이 보인다	좋은생각
1992. 10 ~1993. 3	비평	우리말, 바로씁시다: 방송말에 대한 소견	문화방송
1992. 10	비평	'생활지도'와 '삶 가꾸기'	우리교육
1993	지도서	글쓰기 어떻게 가르칠까	보리
1993	동화집	버찌가 익을 무렵	삼성출판사
1993	지도서	우리 모두 시를 써요 1	상동
1993	지도서	신나는 글쓰기	상동
1993	지도서	와아 쓸거리도 많네	상동
1993	지도서	이렇게 써 보세요	상동
1993	지도서	어린이 시 이야기 열두 마당	상동
1993. 1	비평	글쓰기 지도: 글의 생명은 정직한 마음에서 태어난다	독서문화
1993. 1	비평	우리 말 바로쓰기: 우리말로 바로잡아 본 헌법	민주사회를 위한 변론
1993. 1	대담	새교육 초대석: 교단 떠나 새교육 펼치는 '한국의 페스탈로치' 이오덕 씨	
1993. 3	비평	우리 말을 잡아먹은 일본말	월간 순국
1993. 3~10	비평	이오덕의 우리말 쓰기	중등우리교육
1993. 7	비평	책을 읽는 국민이 되자	지구촌 책정보
1993. 10	비평	우리말을 살립시다	경남문화

발표일	분류	제목	발표지
1993. 10	비평	우리말을 바로 쓰자: 바른말은 바른 삶에서 나온다	독서문화
1993. 12	비평	우리말로 바로잡아 본 헌법 ②	민주사회를 위한 변론
1994	비평	우리 것, 내 것 사랑으로 아동문학을 살리자	문학사상
1994	수필	개구리 소리 벌레 소리	병든 바다 병든 지구(범우사)
1994	지도서	이오덕 글 이야기	산하
1994	비평	삶, 그 한없는 창조의 샘	살아 있는 그림 그리기(보리)
1994	수필집	자기를 팔 만큼 가난하지 않고 남을 살 만큼 부유하지 않은	범우사
1994	수필	꽃	자기를 팔 만큼 가난하지 않고 남을 살 만큼 부유하지 않은 (범우사)
1994. 1	비평	우리말 바로쓰기	동화 읽는 어른
1994. 2	비평	우리 말 바로쓰기: '~었었다'와 '~에 있어서'가 없는 글	상동
1994. 3	비평	우리말 바로쓰기: 이원수 선생님의 글	상동
1994. 3	동시	연재기획: 이 시대의 아동문학가(13) 이오덕 편:	아동문학평론

발표일	분류	제목	발표지
		동시편: 감자를 캐면서/개구리 소리(1)	
1994. 3	비평	연재기획: 이 시대의 아동문학가(13) 이오덕 편: 이오덕의 아동문학관: 아동문학, 무엇이 문제인가?	상동
1994. 3	아동소설	연재기획: 이 시대의 아동문학가(13) 이오덕 편: 소년소설편: 종달새 우는 아침	상동
1994. 3	비평	어린이들에게 주는 유언과 같은 노래들	오늘의 문예비평
1994. 4~10	비평	우리말 바로쓰기: 아빠·아버지·아버님	KBS 라디오 매거진
1994. 4	비평	어린이를 독재 군주의 자리에 앉힌다는 이야기	동화 읽는 어른
1994. 4	비평	어린이 글쓰기 교육, 어떻게 하는 것이 바람직한가	열매
1994. 5 ~1995. 10	비평	우리말 바로쓰기: 분단 문제를 아이들 삶에서 풀어 본 작품	동화 읽는 어른
1994. 5	비평	우리 것, 내 것 사랑으로 아동문학을 살리자	문학사상
1994. 6	비평	살며 생각하며: 우리말 사전과 한자말	시인과사회
1994. 8	비평	어린이문학과 우리 말 —글 쓰는 사람의 생각과 문장	동화 읽는 어른
1994. 8	비평	언어: 우리 겨레의 얼을 빼는 일본말	친일문제연구

발표일	분류	제목	발표지
1994. 9	대담	만나 봤습니다: 이오덕 선생님	세원
1994. 9	대담	초대석: 이오덕〔우리말연구소 소장〕	지성과 패기
1994. 12	비평	쉬운 말, 어려운 말	문학사상
1995	비평	정직한 글에서 가치 있는 글로	글쓰기 교육의 이론과 실제 2 (온누리)
1995	지도서	무엇을 어떻게 쓸까?	보리
1995	비평	착한 사람들이 이뤄 가야 할 통일	통일, 그 바람에서 현실로 (비봉출판사)
1995	비평	우리글 바로쓰기 3	한길사
1995. 2	비평	말만 보면 말도 못 본다	오늘예감
1995. 3	좌담	무엇을 위한 글쓰기인가	아침햇살
1995. 8	수필	우리들의 감격 시대	월간말
1995. 11	비평	우리말 바로쓰기	번역의 세계
1995. 12	수필	채식 위주에 식사는 하루 두 끼 몸사 정 다르니 권치는 않아	생활간호
1996	동시	동시를 쓰랍니다	동시 300편. 1 (박이정)
1996	동시	이슬	동시 300편. 2 (박이정)
1996	수필집	일하는 사람들의 글쓰기	보리
1996	비평	말과 글의 관계	역사와 지성 (한길사)
1996	지도서	어린이를 살리는 글쓰기	우리교육

발표일	분류	제목	발표지
1996. 1	대담	『무엇을 어떻게 쓸까』의 저자 이오덕	신간뉴스
1996. 4	비평	교육 이야기: 글쓰기 교육, 그 희망과 절망	초등우리교육
1996. 5	비평	이오덕 선생님의 삶을 가꾸는 글쓰기	건강 丹
1996. 5	비평	'비자금'이란 말의 언저리	문학사상
1996. 6·9·11	비평	다시 살려야 할 뛰어난 유년 동화의 고전: 현덕 동화집 『너하고 안 놀아』(1)·(2)·(3)	삶 사회 그리고 문학
1996. 9	비평	말을 살려야 겨레가 삽니다	계몽문화
1996. 9	비평	자연스러움 죽이는 '자연스러운 자세'	초등우리교육
1996. 10	비평	삶의 풍경: '우리말'과 '국어'	세아가족
1996. 10	비평	우리글 바로쓰기(1): 우리말이 없는 독립선언문	월간말
1996. 10	수필	모닝캄 라운지: 차표를 보면서	창공
1996. 10	비평	이오덕이 쓰는 교과서 이야기	초등우리교육
1996. 11	비평	헌법: 이오덕 선생의「우리말로 바로잡아 본 헌법」	시사법률
1996. 12	비평	이오덕이 쓰는 교과서 이야기: 살이 있는 말은 어디서 나오는가	초등우리교육
1997	비평	삶을 가꾸는 참된 글쓰기	굵어야 할 것이 있다(보리)
1997	비평	정직한 자기 표현에서 시작해야	내가 당신을

발표일	분류	제목	발표지
			사랑하는 까닭은 (시와 시학사)
1997	비평	발문 사람의 길을 가르치는 귀한 이야기들	아버지는 언제나 너희들 편이다 (우리문학사)
1997	비평	추천하는 말: 기록문학의 훌륭한 본보기	왈왈이들의 합창(보리)
1997	비평	우리말로 살려 놓은 민주주의	지식산업사
1997	비평	종살이 본성을 버려야	한국언론학회
1997. 1	비평	이오덕의 생활인을 위한 글쓰기 교실. 2, 쓰고 싶어서 쓰는 글	좋은생각
1997. 5	비평	신문은 말을 살리고 있는가	신문연구
1997. 7	수필	믿음보다 더 중요한 것	여성불교
1997. 8 ~1998. 6	비평	이오덕의 생활인을 위한 글쓰기 교실	좋은생각
1997. 9	비평	문학이 없는 교육	문학과교육
1997. 10	비평	가을밤에 생각하는 우리말 우리 글	여성시대
1997. 11	비평	글쓰기를, 그림을, 컴퓨터를	계몽문화
1997. 12	비평	제 것은 버리고 남의 것 흉내 내기	Jeonbuk 문화저널
1997. 12	비평	우리말 글쓰기상 심사 결과: 글쓰기상 심사 결과를 알립니다	우리말과 삶을 가꾸는 글쓰기
1998	어린이시집	허수아비도 깍굴로 덕새를 넘고	보리
1998. 1	비평	자기를 죽이는 흉내 내기	계몽문화

발표일	분류	제목	발표지
1998. 1	수필	사색의 창가에서	동부 2001
1998. 2	비평	지난 회보를 읽고: 두 아이 글에 대한 소견	우리말과 삶을 가꾸는 글쓰기
1998. 3	비평	삶이 있는 글과 삶이 없는 글	계몽문화
1998. 4	비평	그것이 무엇입니까	아침햇살
1998. 4	수필	붓 가는 대로 마음 가는 대로: 나라 이름, 태극기	우리말과 삶을 가꾸는 글쓰기
1998. 5	비평	올바르게 살아간다는 것	계몽문화
1998. 5	비평	붓 가는 대로 마음 가는 대로: 애국가	우리말과 삶을 가꾸는 글쓰기
1998. 5	대담	아동문학가 이오덕: 아이들은, 아름답게·사람답게 키우자	원광
1998. 6	비평	말 살리기, 사람 살리기: 우리 마음 도로 찾기	우리말과 삶을 가꾸는 글쓰기
1998. 6	수필	수필 초대석	월간 에세이
1998. 6	비평	부러운 '우리교육' 세대	초등우리교육
1998. 7	비평	일기장을 검사하는 어머니의 잘못	계몽문화
1998. 7·8	비평	잊을 수 없는 이야기 1·2 —어린이와 교육 문제를 생각하게 된 이야기	사회평론 길
1998. 9	비평	어린이 글, 어떻게 볼 것인가	계몽문화
1998. 9·10	비평	도시에서 바라본 시골 아이들의 허상 1·2	우리말과 삶을 가꾸는 글쓰기
1998. 11	비평	어린이가 쓰는 시	계몽문화
1998. 12	비평	아이들에게 한문글자 가르쳐야	우리말과 삶을

발표일	분류	제목	발표지
		한다는 억지와 속임수	가꾸는 글쓰기
1999	비평	몸으로 실천한 데서 우러나온 글	아름다운 열매를 위하여 (평단문화사)
1999	비평	우리도 이제 참교육을 해야	학급혁명(사계절)
1999	비평	아이는 아이답게, 사람답게 키우자	한국의 지성과 원불교 (월간원광사)
1999. 4	비평	한문 글자는 우리말과 우리 민족을 죽이는 암이다	시사정보
1999. 4	칼럼	문화칼럼	영남시대
1999. 5~12	비평	자연과 함께 살아가는 노래 (1)~(7)	우리말과 삶을 가꾸는 글쓰기
1999. 7~12	비평	이오덕의 우리말 바른말	뉴스메이커
1999. 8	비평	기어코 밀어붙이려는 한자 병기 시책, 얼빠진 속임수는 걷어치워!	샘이깊은물
1999. 8	비평	주제발표 6 『한티재 하늘』에서 무엇을 배울 것인가: 우리 마음 찾아 가지기	우리말과 삶을 가꾸는 글쓰기
1999. 8	비평	우리말 바로쓰기	한글사랑
2000	비평	하고 싶은 일을 열심히 하는 것	89인이 전하는 나의 삶의 철학 (대학문화신문사)
2000. 1	비평	새 천년의 새벽에 서서 사람이 살아날 길을 생각한다	우리말과 삶을 가꾸는 글쓰기

발표일	분류	제목	발표지
2000. 2	비평	다른 나라 어린이 글: 일본 어린이들의 시	상동
2000. 4	비평	다른 나라 어린이 글: 일본 어린이의 시 (3)	상동
2000. 5·6	비평	글쓰기 교육의 지난날과 오늘 (1) (2)	상동
2000. 7	비평	다른 나라 어린이의 글: 일본 어린이 시 (5)	상동
2000. 9	비평	다른 나라 어린이의 글: 일본 중학생의 시 (1)	상동
2000. 11	비평	모든 파벌을 뛰어넘어, 진리를 찾아가는 정신 잃지 않기를	주간기독교
2001	산문	범우사를 말한다	범우사를 말한다(범우사)
2001	비평집	권태응 동요 이야기 농사꾼 아이들의 노래	소년한길
2001	동시	밤을 까먹으면서	아름다운 길 (그루)
2001. 1	비평	글쓰기와 먹는 것	우리말과 삶을 가꾸는 글쓰기
2001. 3	비평	아름다운 우리말: 사과와 능금	상동
2001. 5	비평	다른 나라 학생 글: 일본 중학생의 시 (2)	상동
2001. 8	동화	까마귀 소년	상동
2002	수필집	나무처럼 산처럼	산처럼

발표일	분류	제목	발표지
2002	비평집	문학의 길 교육의 길	소년한길
2002	비평집	어린이책 이야기	상동
2002	동화책	버찌가 익을 무렵	효리원
2002. 3	대담	이오덕: 지식인, 우리말을 오염시킨 범죄자들	대구사회비평
2002. 3	산문	이상석 선생님	상동
2002. 4	비평	48년 미군의 독도 고기잡이배 폭격 사건을 돌아보며	우리말과 삶을 가꾸는 글쓰기
2002. 5	비평	아이들을 학대하는 나라	시민과 변호사
2002. 6	비평	누구를 위한 번역인가? — '잎싹' 논쟁에 붙여	우리말과 삶을 가꾸는 글쓰기
2002. 9	비평	아이신 학교 소개: 일본의 교육과 문화를 생각나게 하는 자료	상동
2002. 10	대담	'생활글' 쓰게 해야 아이들이 산다	신동아
2002. 11	비평	이원수 선생의 일제 말기 친일 시, 어떻게 볼 것인가	우리말과 삶을 가꾸는 글쓰기
2002. 12 ~2003. 5	비평	글 이야기, 세상 이야기: 문학과 사람, 그리고 자연을 어떻게 볼까	상동
2003	지도서	무엇을 어떻게 쓸까: 중고등학생, 청소년을 위한 글쓰기 길잡이	보리
2003	비평	우리 겨레의 얼을 빼는 일본말	언어와 문학 (집문당)
2003	편지모음	살구꽃 봉아리를 보니 눈물이 납니다	한길사

발표일	분류	제목	발표지
2003. 1	수필	고양이는 어떻게 살고 있는가	신동아
2003. 2	비평	자연과 어울려 사는 길	상동
2003. 2	비평	사람이 기계가 되면	우리말과 삶을 가꾸는 글쓰기
2003. 3	비평	권두시론: 재앙은 누가 일으키는가	대구사회비평
2003. 3	수필	하늘, 그리고 개 짖는 소리	신동아
2003. 4	수필	봄에 피는 꽃	상동
2003. 4	비평	글 이야기, 세상 이야기: 문학과 사람, 그리고 자연을 어떻게 볼까 (4)	우리말과 삶을 가꾸는 글쓰기
2003. 5	수필	들나물 산나물	신동아
2003. 5	비평	이오익 선생님 유고: 아이들에게 배워야 한다	우리말과 삶을 가꾸는 글쓰기
2003. 6	수필	분디나무와 초피나무	신동아
2003. 6	비평	새 잡지에 바란다	창비어린이
2003. 7	수필	하나 할머니가 살아온 이야기	신동아
2003. 8	비평	산산조각으로 박살나는 겨레 모듬살이	상동

작성자 신동재 시인, 춘천교대 강사

홍윤숙 시의 현실 인식과 도덕적 상상력

김지윤 | 상명대 교수, 문학평론가

1 들어가며

홍윤숙(洪允淑, 1925~2015)은 1925년 8월 19일 양친이 임시 이향(離鄕)해 있던 황해도 연백에서 출생했고, 곧 고향 평안북도 정주군 마산면 신오리로 귀향했다.[1] 3세 때인 1928년에는 양친이 선조의 땅을 떠나 서울로 이주했다. 1942년[2]을 마지막으로 고향인 평안북도 정주에 다시 돌아갈 수 없어 고향 상실과 이산의 아픔을 겪은 가족 안에서 성장했다. 서울은 홍윤숙이 인생의 대부분을 살았던 곳이면서도 타관이기도 하다. 그렇기에 서울은 실향 의식과 소속감을 동시에 가지게 하는 장소였다.

---

1) 홍윤숙의 생애에 대해서는 시선집 『북촌 정거장에서』(고려원, 1985)의 연보를 중심으로 홍윤숙, 『모든 날에 저녁이 오듯이』(성바오로 출판사, 1993); 『어머니 나의 어머니』(바오로딸, 2011); 「홍윤숙 시의 장소 연구」(엄영란, 단국대 박사학위논문, 2021)를 참고했다.
2) 1942년 여고 3학년 여름방학때 고향 정주에 이복동생(7세)과 다녀왔다.

홍윤숙은 주요 성장기에 일제강점기와 해방기를 거치고, 20대에 남북 분단, 전쟁, 피난을 경험하는 등 역사의 격동기를 지냈다. 국가적 혼란뿐 아니라 가족사의 아픔 등 개인적인 고난도 있었는데, 소아결핵과 소화기 장애가 그녀를 괴롭혔고 당시에는 치명적일 수 있었던 급성맹장염으로 수술을 받는 등 건강 문제도 있었다.

1943년 동덕고등여학교를 졸업했고, 경성여자사범대를 거쳐 1947년 서울대학교 교육학과에 진학했고 그해 변두갑의 소개로 문학가 동맹에 입회했으며 사무를 보던 이병철 시인의 추천으로 그해 11월 《문예신보》에 「가을」을 게재하며 활동을 시작했다. 당시 연극에 관심을 가졌고 학생 연극 활동을 하며 서울대 사범대학 연극부장을 맡기도 했다.

1949년에는 대학 재학 중 한성여자상업중학교 국어과 교사로 나갔고, 태양신문사 문화부 기자로 입사했다. 1950년에는 6·25전쟁으로 서울대 사범대를 중퇴하고 12월에 대구로 피란했다. 전쟁 중에 결혼했으며 한국전쟁 직후의 창작 공백기[3]를 갖는다. 이후 1958년 조선일보 신춘문예에 희곡 「원정(園丁)」이 당선되며 문단 활동을 다시 시작해 1·4후퇴 무렵을 다룬 희곡 「무너진 땅」(단막)을 《현대문학》에 발표했다.

1962년 첫 시집 『여사시집』을 출간했는데, 부산 피난 당시 문단의 대선배였던 송지영(宋志英)[4]이 지어 준 여사(麗史)라는 이름을 붙인 것이다.

---

3) 홍윤숙은 1985년 시선집 『북촌 정거장에서』를 묶어 내며 『여사시집』에서 가져온 작품들에만 연도를 표시했다. 그리고 연도를 표시한 이유를 "시들은 거의 50년 전후에 쓴 것들임"을 밝히며 독자의 이해를 돕고 스스로 제작 연도를 기억하기 위해 표기한다고 밝혔는데, 「還鄕의 노래」에 표시된 1955년이라는 창작 연도에서 전쟁 이후 공백기에도 시를 썼다는 사실이 확인된다. 그러나 한동안 발표는 하지 않았고, 희곡으로 재등단하면서 다시 문단 활동을 재개했다.

4) 해방 이후 「젊은날의 노래」, 「청등야화」, 「천풍」 등을 저술한 작가. 소설가, 언론인이다. 『한국민족문화대백과사전』의 "홍윤숙" 항목의 설명을 보면 "1962년 첫 시집 『여사시집』은 부산 피난 당시 스승이 지어 준 여사(麗史)라는 이름으로 출간하였다."라고 되어 있고, 많은 글에서 '여사'라는 이름을 지어 준 사람이 홍윤숙의 '스승'이라고 쓰고 있는데, 이는 사실과 다르므로 수정되어야 한다. 실제 홍윤숙의 술회를 보면 자신에게 '여사'

1964년에는 『풍차』를 출간했다. 1966년 시극동인회에 가입했으며, 1967년
에는 시극 「여자의 공원」을 이인석, 신동엽의 작품과 함께 시극동인회주
관 아세아재단 후원으로 국립극장에서 공연했다. P.E.N 클럽 작가기금으
로 시극 「에덴, 그 후의 도시」를 탈고 및 출간했다.

1968년에는 KBS의 전신인 중앙방송국에서 「무너진 땅」을 방송했고 『장
식론』을 출간했다. 1970년에는 상명여대 사범대 국어과에 출강하기 시작
하여 1979년까지 강단에 섰다. 1971년 『일상의 시계 소리』(한국시인협회)를
출간했다. 1972년에 기행수필집 『자유, 그리고 순간의 지상』을 출간했고,
일본 문화연구국제회의에서 발표한 원고 『일본 전전시(戰前詩)에 나타난
한국관 고찰』이 일본 P.E.N 클럽 발행 《일본문화연구》에 수록 출간되기도
했다.

1974년에 『타관(他關)의 햇살』로 제7회 한국시인협회상을 수상했다.
1978년 『하지제』(문지사)를, 1983년에 『사는 법』을 출간했으며 『태양의 건
너마을』(1987), 『경의선 보통열차』(1989), 『낙법놀이』(1994), 『실낙원의 아침』
(1996), 『조선의 꽃』(1998), 『마지막 공부』(2000), 『내 안의 광야』(2002), 『지상
의 그 집』(2004), 『쓸쓸함을 위하여』(2010), 『그 소식』(2012)을 간행했다.

김귀희의 분류5)에 따르면 『여사(麗史)시집』과 『풍차』를 초기 시로, 『장
식론』(1968)에서 『일상의 시계 소리』, 『타관의 햇살』, 『하지제(夏至祭)』,
『사는 법』까지를 중기 시로, 『태양의 건너마을』(1987)에서 1990년대에 출
간한 시집들인 『경의선 보통열차』, 『낙법놀이』, 『실낙원의 아침』, 『조선의

라는 이름을 지어 준 송지영에 대해 "선배"라고 호칭하고 있다. 당시 송지영은 1950년 피
난수도 부산에서 발행되던 국제신문 논설위원을 지냈다. 이에 관한 내용은 다음과 같이
홍윤숙의 수필에 정확히 기록되어 있다. "이른바 아호라는 것을 나도 하나 갖기는 갖고
있다. 6·25동란 중 부산 피난 시절, 내가 아직 20대 중반의 젊은 나이 때였다. 내게는 문
단 대선배이신 송지영 선생께서 하루는 불쑥 "내가 좋은 호 하나를 지어 주리다." 하시고
는 즉석에서 지어 주신 것이 바로 「여사」다."(홍윤숙, 「부끄러운 관처럼」, 『해 질 녘 한 시간』
(1980), 257쪽)

5)　김귀희, 「홍윤숙 시 연구」 성신여대 석사학위논문, 2000.

꽃』을 후기 시로 나누고 있다. 류영례[6]는 홍윤숙의 시집들을 ① 모성애 중심의 시, ② 역사적 인식과 생명을 다룬 시, ③ 종교적 구원을 향한 의식을 드러내는 시라는 세 가지 주제로 크게 나누어 보았다.

3세대 여성시인으로서의 확고한 위상이 있고, 과거 여성시의 주류인 감상성을 벗어나 냉철한 지성과 인식으로서의 시를 드러냈으며[7] 1960년대 능동적인 주체 이미지를 형상화함으로써 당대 여성 이미지의 봉건성이나 수동성을 효과적으로 극복[8]한 시인이라는 평가를 받았다. 홍윤숙은 "숱한 현실의 비시적 불행의식, 결핍감, 고독과 같은 고통들을 극복"[9]하기 위해 시를 써 왔다고 스스로도 말하고 있듯 현실의 부정성에 대한 문제의식과 이를 넘어서기 위한 탐색을 긴 시력(詩歷) 동안 일관된 시적 목표로 삼아 왔다. 22세에 등단해 90세에 별세할 때까지 70여 년 동안 홍윤숙은 총 17권의 시집을 출간했으며 천 편 가까운 시를 썼고, 9권의 수필집을 간행했으며 시극을 포함한 희곡 등 다양한 장르를 시도했을 뿐 아니라 교육, 문학 단체 활동에도 헌신하여 문학계에 공헌했다.

이 글은 홍윤숙 시의 형성 과정을 다시 살펴보며 홍윤숙 초기 시를 재평가하고 전체 홍윤숙 시의 흐름 속에서 깊어지는 현실 인식과 홍윤숙 시에 나타난 불의 이미지, 종교와 극기의 인간상을 통해 홍윤숙 시의 도덕적 상상력을 탐구해 보려 한다.[10]

홍윤숙은 2015년 작고하기까지 70년 가까이 활발한 작품 활동을 했으나, 비교적 연구가 많이 되지는 않았고 연륜에 비해 축적된 연구의 수가

---

6) 류영례, 「홍윤숙 시 연구」. 호남대 석사학위논문, 2005.
7) 김남조, 「홍윤숙 편」, 『수정과 장미』(1959). : 김해성, 『한국 현대시문학 전사』(형설출판사, 1974), 572쪽.
8) 김옥성, 앞의 글.
9) 홍윤숙, 「나의 삶 나의 문학」, 「한국 대표시인 101인 선집 ― 홍윤숙』(문학사상사, 2004), 237쪽.
10) 이 글은 필자의 박사학위논문 「한국 전후시의 현실 인식과 상상력 연구」(2017)의 연구 흐름을 계승하여 작성되었으며, 논문 중 홍윤숙을 다룬 일부 내용을 수정·확대하여 새롭게 제시한 부분이 있다.

적은 편이며 주로 여성문학의 자장 안에서 다소 제한적으로 이루어졌다.

전후 한국 시문학의 전반적인 지형 속에서 실존적 인식과 생명 윤리의 문제, 현실에 응전하며 미래를 열어 갈 희망의 기초를 진지하게 사유한 성취로서 다시 평가하는 것이 홍윤숙 문학 연구의 지평을 넓히고 홍윤숙의 문학사적 위상을 재정립하는 일일 것이다.

2 홍윤숙 초기 시와 재평가의 필요성

홍윤숙은 한국전쟁 이전인 1947년 《문예신보》에 시 「가을」을 발표하면서 문단에 등단했다. 그와 비슷한 세대의 시인들은 비교적 전 시대의 부채감이 없이 새 시대의 문학을 구현한다는 시대적 과제를 인식하고 있었고 홍윤숙 역시 마찬가지였다. 홍윤숙의 초기 시는 혼란의 시대를 겪으며 폐허 위에 전쟁의 상흔을 극복하고자 하는 시적 태도를 보여 주고 있다.

그러나 홍윤숙의 초기 시는 지금까지 해방기 시, 전쟁기 시, 전후 시기 시문학 연구의 주요한 분석 틀 안에서 충분히 조명되지 못했다. 이는 부분적으로 홍윤숙이 여성 시인이라는 점에서 비롯된 문학사적 고정관념의 영향이며, 결과적으로 문단 내에서의 평가와 비평적 수용에 제약을 초래한 측면이 있다.

홍윤숙 시는 주로 2기 여성시의 대표적 시인 중 한명으로 위치 짓는 경우가 많은데, "1920년대의 김명순을 필두로 1930년대의 노천명과 모윤숙을 거쳐 1950년대에 여성시의 위상을 강화한 시인"으로 홍윤숙을 평가한 허영자와 한영옥의 분석[11]을 예로 들 수 있다.

홍윤숙의 작품에 대한 선행 연구는 주로 여성문학의 범주 안에서 다루어졌으며, 살펴보면 홍윤숙 시를 모성과 생명이라는 키워드를 중심으로 분석한 연구, 종교성을 중심으로 본 연구, 전개와 변모 양상을 살펴본 연

---

11) 허영자, 『한국 여성시의 이해와 감상』(문학아카데미, 1997).

구, 어조에 주목한 연구 등이 있으나 주로 여성시의 계보학적 맥락 속에서 위치 지어지고 그 의미가 규정되는 경향이 강했다.

이처럼 홍윤숙의 시를 여성문학이라는 틀 안에서 바라보는 태도는 홍윤숙 연구의 폭을 제한하는 결과를 초래한 점이 있다. 1950년대 문단에서 여성시는 고유한 시적 토대를 만들어 나가고 있었으며, 이는 당대 여성 작가들이 전쟁과 분단이라는 역사적 현실 속에서 자신만의 언어와 서사를 구축하려 했던 노력의 일환이었다. 이러한 흐름 속에서 홍윤숙 역시 중요한 위치를 점하고 있으나, 여성문학이라는 정체성에만 국한하기보다는 전후 한국 시문학의 전반적인 지형 속에서 홍윤숙 시의 문학적 성취를 재평가할 필요가 있다. 전후 세대 시인들이 새로운 세상을 재건할 방법을 시적으로 모색했던 것과 연관하여 홍윤숙의 시는 좀 더 보편적인 맥락에서 해명되어야 한다.

홍윤숙은 학생운동에 참여했고 해방기의 혼란을 어떻게 헤쳐 가야 할지 치열하게 고민했다. 시인 스스로도 "학생 시절 나는 운동권 학생이었고 몇 편의 시들이 그 시절에 발표되고 그중에도 「환별(歡別)」[12] 같은 작품은 발표 당시 적지 않은 문제가 되기도 했"[13]다고 술회했다.

홍윤숙은 학창 시절 문학가동맹 시인들과 긴밀히 교류했고 '여사'라는 이름을 지어 준 송지영은 남북평화협상을 지지한 진보 언론인이었으며 남편 양한모(홍민표)는 1949년 전향하기까지는 남로당 서울시당 제1부위원장으로 활약했던 인물이었다.

1949년 《새한민보》에 발표했던 시 「환별」에서 시인은 "옳은 것이 그리워 너 가거든/ 부디 사랑과 같은 것은 조그마한 이름으로 불러 두어라"라는 구절처럼 군더더기 없는 단호한 어조로 인간성도, 사랑도 위협받는 시대의 폭력 속에서 "옳은 것"에 대한 추구를 위해 "총대도 탄환도 없이" 장도

---

12) 발표 당시 제목은 「너의 장도(壯途)에」인데, 원제목에 현실 참여 의식이 더 직접적으로 나타난다.
13) 홍윤숙, 『모든 날에 저녁이 오듯이』(성바오로출판사, 1993), 134쪽.

(壯途)에 오르는 청년의 형상을 그려 낸다. 주먹과 가슴팍과 불타는 젊음"
은 "무기"라고 표현되며, "개선(凱旋)의 새벽까지 살아야겠다"라고 말하는
강인한 의지적 태도가 엿보인다. 이 시에서처럼, 홍윤숙이 1947년 등단 이
후 썼던 일련의 해방기 작품들에는 시대에 대한 문제의식과 현실 참여 의
지가 명확히 드러난다.

등단작 「가을」(1947)에서도 "가난한 소녀"가 "이 바람 드센 가을 밤길
을/ 옷자락 여미며 가야" 한다며 "가야 할 길/ 가야 할 길"을 반복적으로
외치는 의지적 태도가 분명하게 나타나고 있다. 「산상에서」(1949)에서도
"가난한 사람들 숨어가는 길에/ 짙은 눈보라도 내려치련만 …… 발부리
채여 가며 내 설 곳을 찾는 산에는 오늘도 바람이 불고/ 태양이 한꺼풀씩
식어 갑니다 …… 거리거리에/ 소란히 黃昏은 다시 오는데// 가야 하겠습
니다 나의 거리로/ 그리움과 노래와 싸움이 있어/ 서울이여! 소리쳐 부르
고 싶은/ 바람에 휘몰리는 나의 거리로"라고 말하며 '거리의 사명'을 다지
는 시적 화자를 찾아볼 수 있다.

홍윤숙은 첫 시집을 낼 무렵을 돌아보며 당시에 "경향적인" 시편들을
시집에서 제외하자는 권유를 받았지만 "내 시의 출발이었을뿐더러 삶의
소중한 궤적들"이기에 그 작품들을 빼고 시집을 내는 것은 스스로 용서가
되지 않았다고도 회고했다.[14] 그러나 이처럼 시인이 의지를 보였음에도
불구하고 일련의 작품들에 드러난 문제의식은 당시에도, 이후에도 크게
조명되지 못했다. 『여사시집』이 발간된 직후의 서평에서 선우휘는 홍윤숙
을 "가정주부로서 가사에 분주한 틈을 타서 그동안 쓴 시를 모아 이처럼
아름다운 시집을 발표"[15]했다고 소개하고 있다.

---

14) "송지영 선생님이 위로하듯 그런 작품 몇 편을 뽑아내고 내자고 하셨다. 그러나 나는 마
   음으로 결코 용서가 되지 않았고 그렇게 궁색한 방법으로 시집은 내지 않으리라 결심했
   다. 그것들은 내 시의 출발이었을뿐더러 삶의 소중한 궤적들이니 결코 버릴 수도 지울 수
   도 없는 영광의 상처들이었기 때문이다."(위의 책, 같은 쪽)
15) 선우휘, 「홍윤숙 저, 『여사시집』」, 《조선일보》, 1962. 12. 5.

그간의 연구에서도 제1시집인 『여사시집』(1962)에 대한 논의가 대체로 한국전쟁이라는 역사적 배경과 맞물려 해석되면서도 주로 1950년대 문단에서 여성시가 어떤 지형을 형성하고 있었는지에 집중하고 있다. 그로 인해 1950년대 문단 내 여성시의 존재를 재조명하고 그 문학사적 가치를 재평가하는 데 기여한 부분이 크지만 여성문학 내에서 위치 짓는 방식은 홍윤숙의 시적 성취가 지닌 보편적 문학적 가치나 시대정신이 충분히 조명되지 못하게 하였다.

애도하고 기억함으로써 전쟁의 외상 기억을 극복하고자 하는 초기 여성적 글쓰기의 시도로서 재조명[16]되기도 했지만, 홍윤숙 초기 시 연구는 대부분 전후시의 전체 맥락에서 살펴보기보다는 여성시의 계보 안에서 바라보고 있다. 이러한 관점은 그 이후 시기 홍윤숙 시에 있어서도 '여성 시인'이라는 정체성이 해석의 주요 전제로 작용하게 한 점이 있다.

손미영[17]은 홍윤숙의 시를 전후시로 보고, "정제되고 지성적 언어"로 "내면에 존재한 생명력과 존재의 본질"을 드러냈다고 평했다. 이 글은 홍윤숙 시의 수목적 상상력에 대한 섬세한 해명 등 의미 있는 성취를 보여주고 있지만, 여성적 어조와 지성적 어조가 분리 가능하다는 관점을 전제로 김남조, 홍윤숙 시인의 어조 차이를 '여성'과 '지성'으로 구분하고 있어 이러한 분류가 적절한 것인지 재고해야 할 여지가 있다.

3 홍윤숙 시에 나타난 불의 이미지

홍윤숙의 전후시를 살펴보다 보면 자주 등장하는 '불'의 이미지에 주목하게 된다. 그에게 '불'이 어떤 의미인지는 다음의 시에서 짐작할 수 있다.

　　그리고 열일곱 살

---

16)　김귀희, 앞의 글; 「홍윤숙 시 연구」, 《비평문학》 20, 2005.
17)　손미영, 「1950년대 여성시의 모색과 문학적 전략」, 《한민족어문학》 77, 2017.

일본 침략 시절 여고 강당에서
처음 만난 불
검정 치마 흰 저고리 흰 버선 고무신에
싸안은 불
김천애 목에서 활활 타던 이 땅의 불
「봉선화」 거센 불에 가슴 데이고
처음으로 「빼앗긴 들」의 암울한 일월을
혼자 배웠다
그때는 아직 아무도
새벽 종소리 울려 주지 않았지만
뙤약볕에 뱀딸기 제풀에 익듯
풀섶에 여치가 혼자 영글 듯
그렇게 저 혼자 눈뜨며 알이 들었다
실바람에도 악기처럼 울리던
스무 살 안팎

—「약력」

이 시에서의 '불'은 분노이면서, 나를 체념하지 않고 강하게 만드는 '불'
이다. 내면에 불이 타오르고 있는 한 그는 무기력하지 않고, 깨어 있으며
더 높은 영적(靈的) 단계로 접어들 수 있다. "혼자 영글"어 가며 "저 혼자
눈 뜨"게 되는 것이다. '불'은 생명을 자극하고 지혜와 사유의 깊이를 준다.
시적 화자는 가슴 데이면서도 거센 불을 마음에 품는다. "아무도/ 새벽
종소리 울려 주지 않았지만/ 뙤약볕에 뱀딸기 제풀에 익듯"이 마음속 불
꽃은 내면의 무지(無知)를 밝힌다. 이것은 바슐라르가 말한 불의 몽상과
같다. 바슐라르에게 불, 그중에서도 촛불은 초월함(transcendance)과 비상
(ascension)을 의미한다. 몽상은 사람의 정신을 활동성 있게 해 주고 존재
의 진실성을 유지하도록 해 준다. 몽상이 있기 때문에 사람에게는 '미래'

가 생긴다. 타오르는 불은 우리를 상상하게 하고, 정신을 타오르게 하며 우리의 마음을 자극한다. 또한 불은 비상의 이미지이다. 수평적인 정신, '평평한 삶'에서 벗어나 수직적으로 상승하여 더 높아지기 위해 의지를 불태운다. 이러한 상상력은 삶을 고양시키고 가치를 부여하는 마음속의 조용한 격정이다.

바슐라르의 상승하는 불꽃 이미지를 내면화한 것처럼 보이는 시 「불」에서 "온 하늘 불 살라도 못다 탈 불/ 아는 이 없는 깊은 내 안에/ 산불처럼 피어나/ 몸을 태우는", "마지막 타는 불"은 "꽃"으로 승화된다.

불이 '나'를 태우는 상상은 재생과 갱신의 욕망과 관련이 있다. 불속에서 다시 태어나는 새 피닉스와 같이, 예전부터 불은 '부활'의 상징성을 가졌다.

기독교에서도 타오르는 불은 사회적 변혁뿐 아니라 개인의 내면적 변화를 가져오는 불이다. 신약성서에는 세 종류의 세례가 있는데 그중 하나가 불로 받는 세례이다. 불로 세례를 받으면 완전한 깨달음을 얻어 신인합일의 신비로운 체험을 체득하게 된다.

홍윤숙 시에서의 불은 이러한 내적, 영적 변화의 상징이다. '죽음, 고뇌, 죄책'이라는 실존의 한계상황을 통과해 존재의 전환을 이루는 실존주의적 경험을 불의 상상으로 보여 주고 있는 것이다.

바슐라르는 상상력을 "초인간성(surhumanité)의 능력"이라고 불렀는데, 바슐라르는 "인간은 그가 초인(超人)인 정도에 따라 그만큼의 인간이 되는 것"이라고 말하기도 했다. 홍윤숙이 보여 주는 극기의 인간은 초인간적이며, 역설적이게도 이를 통해 인간성을 보여 준다. 인간이 초인이 되고자 하는 자기초월적 시도는 상상의 힘을 통해 이루어진다. 바슐라르의 표현을 빌리면 "상상력은 현실의 이미지를 형성하는 능력이 아니고, 현실을 넘어서 현실을 노래하는 이미지를 형성하는 능력"이기 때문이다.

"일본 침략 시절 여고 강당에서/ 처음 만난 불/ 검정 치마 흰 저고리 흰 버선 고무신에/ 싸안은 불"(「약력」)은 홍윤숙 시에서 다양하게 변주되는데 주로 각성의 계기로 작용한다. 삶을 고양시키고 가치를 부여하는 마음속의 격정이다. 이 불은 심지어 시적 화자를 태우고, 다시 태어나게 하며 존재를 변화시킨다. 불은 투쟁이며, 갱신의 계기이고 초인간적인 전회의 시도이다.

초기 시에서 전쟁과 피난, 불안과 고난 속에서 타오르는 불의 이미지가 강렬하게 사용되었고 해의 이미지는 불과 함께 자연과 생명의 원초적 힘, 혹은 불모의 땅을 만드는 원인으로 나타난다. 역동성, 생명력을 가진 동시에 소멸을 의미하기도 하는 것이다. 초기 시에서 태양은 '낡음', '식음', 혹은 '앙상한'. '죽은' 등 부정적인 표현으로 묘사되어, 생명의 상징인 태양이 빛을 잃고, 오래되고 썩어 가는 모습이 존재의 위기와 희망의 고갈을 나타내고 있다.

중기 시에서도 「타관의 햇살」에서 잘 드러나듯 해가 석양(저녁 해)으로 묘사되고 "귀향한 집은 잠시 불타다 스러질 것"이며 다음 날의 아침도 "부숴진 하루의 문을 여는" 시간이 될 것이라는 암울한 인식은 이어지고 있다. 해가 석양으로, 집이 잠시 "불타다 스러질 것"으로 묘사되는 모습, "균열진 마른 땅에/ 하얗게 표백된 백색의 일광이/ 외로이 뒹굴고" 있다는 구절 등에서 초기 시의 태양 이미지와 연장선상에 있음을 알 수 있다.

비극적 현실의 고통, 불안, 위기의식 같은 정서가 중첩되어 있는 이 시에도 해가 더는 생명의 빛과 열을 모두 지니지 못한 상태, 즉 소멸과 상실 혹은 쇠퇴의 이미지로 쓰이고 있다. 그러나 이 시에서는 시간의 흐름과 함께 다음 날 아침, "부숴진 하루의 문을 여는" 이미지를 통해 소멸 후에 새로운 시간이 도래할 가능성도 암시한다. 중기 시에는 이처럼 '끝'과 '새 시작'의 이중적 시각이 섞여 있고 소멸 이후의 재생과 시간의 흐름을 병치시키는 심화의 형태를 보여 준다.

초기 시에서 찾아볼 수 있었던 현실 인식은 중기 이후의 시들에서도 이어진다고 할 수 있는데, 모순과 부조리로 가득한 현실 세계에 대한 비판적 시선과 탐구가 심화 확대되어 나간다.

홍윤숙은 "절약이 미덕이었던 지금까지의 삶에서 70년대 물질의 홍수로 소비가 미덕으로 뒤집히는 가치의 전도와 변질 앞에 감성의 실조와 불안정을 꽤 오래 겪어야 했다."[18]라고 말하기도 했는데, 배금주의에 물든 도시의 세속화와 정치사회적 부패에 대한 문제의식이 작품 속에 날카롭게 나타난다.

홍윤숙의 중기 시 중 「1978년 8월」은 현실 비판 인식이 잘 드러난 작품으로 주목할 만하다. 1978년은 유신체제 2기가 시작되는 정치적 긴장이 고조되던 시기이다. 민주화 운동의 흐름 속에서 국민의 생존권 투쟁과 정치적 혼란이 특히 심화된 해였다. 총선을 통해 야당의 득표율이 여당을 앞지르며 민심 이반 현상이 극적으로 표출되었다. 경제적으로는 중화학공업 과잉 중복 투자, 오일쇼크 영향 등으로 경제적 위기가 심해졌다.

이러한 일상적으로 누적된 사회 불만과 경제적 어려움이 사회 전체를 뒤덮고 있었던 시기라고 할 수 있다. 이 시는 1978년 8월 30일 자 《조선일보》에 발표했던 시인데 시 아래에 적혀 있는 시작 노트를 주목해 보아야 한다. 홍윤숙은 시작 노트에서 "유례없는 폭서"였던 1978년 여름에 대해 언급하며 "유례없는 불쾌지수 더하기 불행지수로 점철된 듯싶다."라고 말한다. 그리고 "간과할 수 없는 몇 가지 사건들"로 "현대아파트 특수분양사건, 위조교사증, 성 스캔들 …… 흡사 창궐하는 사교(邪敎)의 합동부흥회 같은 인상"이라고 쓰며 "더위 때문이었을까, 조금씩 미치는 것은."이라는 의미심장한 말을 덧붙인다.

1978년 현대아파트 특혜 분양은 유신체제 말기 정치적 긴장 속에서 터져 나온 정경유착과 부패를 상징하며, 당시 국민이 느낀 불평등과 박탈감을 보여 주는 사태였다. 1978년 위조교사 사건도 17명이 가짜 자격증으로 교단에 서 있던 사실이 드러나면서, 교육 신뢰를 무너뜨리고 전국적 파문을 일으킨 사건이었다. "사교의 합동부흥회 같은 인상"이라는 시작 노트와 함께 해석하면, 혼돈의 시대에 믿음이 붕괴되고 윤리적 위기감이 고조

---

18) 홍윤숙, 「나의 삶 나의 문학」, 『태양의 건너마을』(문학사상사, 1987), 89쪽.

되는 상황을 표현한 것이라 할 수 있다. 시작 노트에도 직접적으로 진술되고 있듯, 시인은 사회의 부정부패와 정신적 타락에 대한 문제의식을 강하게 표출한다.

시인은 하늘을 "불에 달은 금속"이라 비유한다. 용광로에서 쇠붙이가 태워지고 제련되는 장면을 연상시키며, 가장 높은 곳(하늘)마저 이와 같이 뒤틀리고 상처받은 존재로 변형된 것은, 세계 전체가 고통스럽게 변화하고 있음을 나타낸다. 이후 "가죽 타는 냄새"와 연결해 보면 현실이 주는 시련을 불에 달구어진 금속처럼 견디는 인간의 단련, 극기를 표현한 것으로 읽힌다. "숨죽은 신음들이 담쟁이로 엉키고", "마음은 빈집에 거미줄을 치고", "뽀얗게 눈이 멀어 앞을 못 본다"라는 표현들이 내적 방황과 영적 혼돈을 표현한다고 본다면 지상에서 악마와 죄의 냄새가 물씬거린다는 인식의 바탕에 깔린 심적 괴로움이 시작 노트에서의 "창궐하는 사교"라는 말로 나타났음을 짐작할 수 있다. 1970년대 유신체제하 사회·정치적 불안, 정경유착, 도덕적 위기, 인간적 박탈감 등 "불에 달군 금속"이 연상시키는 극심한 긴장과 고통이 느껴지고 영적으로 고갈되고 타락하며 정신적으로 황폐화되는 사람들이 "조금씩 미치는" 모습을 어둡게 그려 낸다. "어디서나 창궐하는 죄의 냄새가 물씬거렸다."라는 문장에서 부패와 불의가 만연하는 사회에 대한 문제의식이 강하게 드러난다. 시대의 어둠은 언제나 홍윤숙에게는 시를 쓰게 하는 이유이자 동인이 된다.

『해 질 녘 한 시간』(1980)에서 홍윤숙은 태양에 대한 사유[19]를 이렇게 적는다. 시인은 "빛은 결코 화사하고 부드럽고 인자한 것이 아니다. 녹음 속에 노닐고 등나무 그늘 아래 오수를 즐기는 사람을 위해 따뜻하고 조용히 내리쬐는 박사 안개 같은 것이 아니다. 철없는 시인들이 노래하는 신기루같은 태양도 아니고 그림 속에 그려지는 동화 같은 태양도 아니다."라면서 "태양을 사냥꾼으로 묘사했던 고대인들의 발상"처럼 "사납고 가차 없

---

19)　관련 인용은 홍윤숙, 「빛을 위하여 아직도 어둠 속에」, 『해 질 녘 한 時間』(샘터, 1980).

는 빛의 화살을 쏘며 끊임없이 등 뒤에 쫓아오는 무서운 사냥꾼"이라고 묘사한다. 빛은 시인에게 "가혹하고 참담하고 유예 없는 화살"이며 "일체의 더러운 것을 더러운 원형대로 밝혀내"고야 마는 빛과 어둠 사이를 내왕하는 자신이 "빛의 나그네인가 어둠의 수인인가"라고 자문한다. 그리고 반복되는 "빛과의 싸움"에서 "다치고 상한 나비가 되어 돌아와 누운 어둠 속에서 나는 다시 빛을 그린다. 내가 어둠 속에 있으면 있을수록 빛은 더욱 커지고 뚜렷해진다"라고 말한다. "나는 빛을 그리며/ 다시 어둠으로 돌아오고/ 어둠 속에 빛은 다시 도도해졌다"(속 「주일기도」)라고 썼던 시인의 마음풍경을 가늠해 보게 된다.

홍윤숙의 후기 시는 예전보다 더욱 사색적이고 침착한 정조를 띠게 되는데, 불의 이미지, 태양의 이미지는 더욱 심오한 존재론적 상징으로 변모한다. 소멸과 생명의 원천이라는 이중성이 더욱 깊어지고 인간 내면의 근원적 실존 탐구와 연결되어, 생명과 죽음, 유한한 삶과 영원한 것 사이의 긴장 관계를 표현하게 된다.

한 강연[20]에서 "내 생애 황금기를 전쟁으로 상실했다."라고 회고한 시인은 이산의 아픔, 전쟁의 고통, 불행과 궁핍을 겪지 않았다면 시를 쓰지 않았을 것이라며 문학이 "불행과 고통에 잉태되는 것"이라고 했다. 홍윤숙은 "일상이라는 것"이 자신에게는 "정신의 불모지"였다면서 문학이 일상으로부터 매몰된 우리를 현실에서 이탈하게 만들어 주는 비일상성을 가지고 있기 때문에 가치가 있으며 "창조적인 상상력"을 가진 시가 "일상이라는 사막지대로부터 나를 이탈시켜 줄 수 있는 힘"이었다고 밝혔다. 홍윤숙은 매슈 아널드의 말을 빌려 시가 "종교에 버금가는 힘을 가지고 있다."라고 했다. "선과 진리를 구하게 하는 것"이 "시의 힘"이라고 본 것이다.

전후의 혼란과 폐허 속에서 문학을 시작했던 홍윤숙 시인 세대는 새로운 문학을 건설해야 하는 시대적 책무를 느끼고 있었다. 불 이미지는 전

---

20) 홍윤숙, 「문학은 구원이 될 수 있는가?」, 한국문화예술진흥원 강당, 2001. 9. 14 강연문 일부.

쟁으로 인해 붕괴된 기존 세계를 청산하고, 새로운 세계를 만들 가능성을 내포하며 실존의 위기 속에서 인간 존재의 본질을 탐구하고, 도덕적 상상력을 펼칠 강력한 메타포로 기능한다. 불은 사회를 재건하고 삶과 인간성을 회복하기 위한 열정과 의지의 상징으로 읽을 수 있다. 과거의 부정적인 요소를 태워 버리고 새롭게 시작하려는 정화와 재생의 에너지를 품고 있는 것이다.

4 종교와 극기의 인간상 ─ 희망이라는 독, 절망이라는 약

홍윤숙 시인은 정치보위부 구금 사건 중 예수의 이름이 떠올랐다고 회고한 바 있고, 이후 독실한 종교인이 되었다. 그러나 홍윤숙의 작품 속 종교적 상상력은 세계의 고통을 신에게 의탁하며 도피하고자 하는 것이 아니라 신심(信心)을 가짐으로써 스스로를 굳게 만들기 위한 것이다. 고통을 극복하는 것은 신의 은총으로써가 아니라 인간의 의지로 가능해진다는 생각이 두드러진다.

전후 시와 시기적으로 일치하는 초기 시에서 종교성은 고통의 삶 속에서 가지는 실천적 행위 속에 나타나며, 존재의 본질에 대해 탐구하는 구도자의 모습을 그려 낸다.

시 「일몰」에서처럼 "잃어버린 노래도 찾을 길 없는" 암담하기 짝이 없는 "무수한 그날을 견뎌"야 "무딘 목숨"을 이을 수 있지만, 그렇다 해도 "닭 우는 소리/ 개 짖는 소리 끊인 지 오래"된 마을 풍경은 이미 일상이 실종되고 생활의 기반과 인간관계가 파괴된 현실을 보여 준다. "서로를 알아볼 수도 없으리만큼 무딘 눈망울에 남은 슬픈 목숨"이라는 시적 인식에서도 찾아볼 수 있듯 시인에게 질긴 목숨을 이어 가는 일은 고통스러움으로 받아들여진다. 신적인 요소라고 할 수 있는 '태양'은 홍윤숙 시, 특히 초기 시에서 "불모의 땅"(「불모의 땅」)을 만드는 원인이거나, "빛도 없이 낡은 태양", 혹은 앓아눕거나 죽은 태양(「일몰」), 뜨거움을 잃고 식어 버린 태양(「산상(山上)에서」)으로 그려지는 경우가 많다. 이 '불모의 땅'은 "한 포기 싸리도 나지 않"고 "사나운 가시나무 두어 그루/ 바늘만큼씩 돋은 모래땅"으로, 완전한 절멸의 장소이다. 그러나 이 불모의 장소에 "폐허에 토옥(土屋)을 세우고 꽃을 피우며/ 진정 다시는 수난(受難) 없이 살고 싶(「가고 싶다 폐허로 변한 거리일지라도」)"은 욕망은 "1957년(一九五七年)의 또 하나의 실화(失和)를 흔드는 작은 기수(旗手)(「봄은 또 하나의 실화를」)" 같은 '봄'을 소망하고, 봄의 소리를 듣게 한다.

그러나 '봄'은 신의 은총으로 오는 것이라기보다 인간의 정신 속에서 생성되는 것으로, "오늘은 쓸쓸한 광음(光陰)의 소리 물결쳐 흐르"고 "섭리를 등진 고단한 마음 더욱 굳어" 그 강건한 마음으로 인해 "어느 땐가" 찾아올 것이라는 가능성으로 존재하는 것이다. 그래서 시인은 "봄은 영원히 지심(地心)에만 사는가"라고 쓴다. "태양은 한 마리 외로운 짐승처럼 굴러다"닐 뿐 아무런 역할을 하지 못하는 이 땅에서, 희망의 근원은 천상에 있는 것이 아니라 지상에 있다는 것이다.

「생명의 향연」은 인간 존재의 허망함과 유한성, 그럼에도 불구하고 살아 있다는 '권능'과 이웃과 함께하는 '영광'에 대한 감사와 다짐을 노래한다. '살아 있음'은 이 시의 핵심 키워드다. 욕망의 씨앗을 뿌리고 허무의 열매를 거두는 인간 존재의 숙명, '무상(無償)의 원정', 삶과 존재에 대한 묵직한 긍정이 반복구를 통해 강조된다. "살아 있다는 것만으로 다행한 우리들"에서 보이듯 인간 존재의 근원적 외로움, 허무, 그리고 그럼에도 불구하고 살아 있다는 것은 값진 일이라는 것이다. 반복되는 구절과 병치 구조를 통해 무상하지만 값진 삶의 역설적 아름다움을 미학적으로 나타낸다. 홍윤숙 시에서 '나무'로 상징되는 수목적 상상력은 자주 나타나는데 시대적 고통에 맞서는 생명 의지로 읽힌다. "사랑하지 않아도 좋으리/ 기다리지 않아도 좋으리// 우리는 지상에 떨어진 수만의 별들/ 제각기의 길을 가는 각각의 그림자// 나와 더불어 이 세상 어느 한구석에 살아 있다는/ 다만 살아 있다는 그것만으로 다행한"이라는 구절에서 보듯 홍윤숙 시에서 발견할 수 있는 희망이란 늘 비관을 품은 낙관이며 어둠의 긴 터널을 통과한 후에야 더 눈부시게 바라볼 수 있는 빛이다. "해후의 약속 없음"을 받아들인 후 "시공을 넘어선 무상(無想)의 언덕 위에 무심히 마주 선 한쌍의 은행"이기를 소망하는 염원일 뿐이다.

홍윤숙의 종교성이 특이한 점은 종교적 상상력을 펼치는 데 있어서도 인간이 중심이 된 사유를 보여 준다는 점이다. 홍윤숙의 시에는 인간과, 인간의 목숨이 가장 중요한 것이라는 인식이 뚜렷이 나타나는데 "살아 있음은 오직 하나의 권능"이라는 말에서 잘 드러난다. 홍윤숙 시의 화자들은 확실한 내일의 약속이 없더라도 "서러워 말고" 계속 살아가자는 삶의 태도를 보인다.

홍윤숙 시에서 "인간은 검은 그림자처럼 엷어만 가고/ 목숨은 하루의 기약 없는 불꽃 속에/ 광무(狂舞)고하는 호적(胡蝶)들" 같으며, "반역과 기만, 배신과 파탄, 그리고 승부"(「전락하는 도시올시다」)"로 가득 찬 것이 인생이라는 인식이 엿보인다. 그 속에서 견디며 사는 삶의 무거움과 존엄성을 통해 시인은 역설적으로 길을 찾는다. 시인이 인식하기에, 고뇌 속에서 견디며 살아가는 인간의 적극성은 존재의 전환을 이루려는 투쟁과 같다.

문제적 현실에 대한 비판적 시각은 제6시집까지도 여전히 살아 있지만, 점차 존재의 내적 투쟁으로 초점이 옮겨 간다. 「겨울 포플라」에서 "한 그루 포플라"는 시대의 풍파 속에 홀로 서 있는 시인의 모습과 같다. 시인은 "내 나이 스무 살 적 여린 가지에/ 분노처럼 돋아나던 푸른 잎사귀/ 바람에 귀 앓던 수만 개 잎사귀로 피어나는지", "나는 왜 끝내 겨울 눈밭에/ 허벅지 빠뜨리고 돌아가지 못하는/ 한 그루 포플라로 떨고 섰는지"라고 자문한다.

김인경[21]은 홍윤숙의 후기 시가 근거하고 있는 시 의식을 "소멸 의식"으로 명명한다. 홍윤숙의 후기 시에 등장하는 소멸 의식은 노년의 시인

---

21) 김인경, 「홍윤숙 후기 시에 나타난 소멸 의식 연구」, 《돈암어문학》 30집, 돈암어문학회, 2016.

이 "내면의 불안과 육신의 고통을 통해 머지않아 다가올 죽음을 예감"하며 "주체를 자기동일성의 해체와 상실의 경험"으로 이끄는 과정에서 존재에 대해 깊이 성찰한 결과다. 김인경의 분석처럼, 후기 시에 나타나는 소멸 의식은 인생의 말년에 직면한 불안과 육신의 고통을 경험하는 과정에서 더욱 깊어지는 존재 성찰로 이어진다.

노년의 시인의 사유는 소멸에서 멈추지 않고 더 나아간다. 홍윤숙의 소멸 의식은 결국 다시 생명과 희망, 영원성의 가능성으로 전환된다. 고통과 인내를 통한 내적 성장, 그리고 다시 새로운 시작으로 이어지는 희망과 영원성을 품은 시적 사유로 거듭나는 것이다.

홍윤숙은 "인간이 위대한 것은 바로 생각하는 능력, 정신을 가진 것이고 그러한 사실을 인간이 자각한다면 스스로 타락의 범주에서 자신을 구출하는 힘이 된다."[22]라고 했다. 결국 인간의 타락과 구원 모두 자신에게 달려 있다는 말이다.

2012년, 구순에 가까운 나이에 출간한 마지막 시집에 실린 시「희망과 절망」에서 시인은 희망을 '독'이라고 부른다. "사람들은 그 독을 마시며/ 조금씩 병들고 살고 죽어 간다/ 온 겨울 가지 끝에 매달려/ 떨어지지도 소생하지도 못하는/ 가랑잎 한 장 그 참담한 미련을 본다"는 것이다. 그리고 나서 "다시 살기 위해선 철저하게 절망해야 한다"고 쓴다. "절망하여 모질게 죽어야 한다/ 죽은 자리에서 비로소 새순이 돋아난다"는 것이다. 그렇기에 "절망이 약이 되는/ 죽음으로 죽음이 위로받는/ 십자가의 고통"이 시인에게는 오히려 힘이 된다. "오늘 쓸쓸한 전의(戰意)로 나를 일으켜 세운다"는 것이다. 철저한 절망에 이르러 낡은 존재의 죽음을 통해서만 새순, 즉 새로운 삶의 가능성이 열린다.

---

22) 홍윤숙, 『경의선 보통열차』(문학세계사, 1989), 119~122쪽.

5 나가며

한국전쟁은 우리 민족에게 사회적으로 지대한 영향을 끼치고 물적, 인적 자산을 파괴했으며 씻을 수 없는 상처를 남겼다. 한국의 전후기는 전쟁이 남긴 폐허 속에 있던 때였지만, 그렇기에 모든 것을 정상화시키려는 욕구가 충만하던 시기이기도 했다. 하지만 세상이 작동하던 방식들은 이미 폐기되었고 사람들은 세상이 과거 그대로 돌아가기를 원치 않았다. 문학에 있어서도 이러한 상황은 작가들에게 지대한 영향을 끼쳤다. 6·25전쟁을 전후해서 등단한 이른바 '신세대 작가'들은 6·25전쟁 경험과 2차 세계 대전 이후 전후 의식의 영향으로 새로운 문학 세계를 만들어 가야 한다는 어떤 시대적 중압을 느끼게 되었다. 역사에 대한 증언 의식도 강해졌다. 봉건주의 시기와 일제강점기, 외세에 좌우되던 해방기를 보내며 주체성 확립의 기회를 갖지 못했던 한국의 입장에서는 전쟁이 끝나도 '되살려내야 할 세상'이 부재한 대신 새로운 세계 건설에 대한 목표는 더욱 절실할 수밖에 없었다. 홍윤숙은 전후 세대로서 이러한 시대적 책무를 등단 초기부터 일관되게 느끼고 있었고, 평생 동안 홍윤숙을 따라다닌 것은 세계를 더 나은 곳으로 향하게 하려는 목표와 이를 이루기 위한 열정, 도덕적 상상력이었다.

도덕적 상상력(The Moral Imagination)을 존 폴 레더락은 "현실 세계의 과제에 뿌리를 두지만 존재하지 않는 것을 만들어 낼 수 있는 것을 상상하는 역량"[23]으로 정의했다. 폭력을 초월하는 데 필요한 상상력(27쪽)이라고 할 수 있다. 창조적이고 생성적이며 "그 탄생 자체가 세상과 시선에 변화를 주는 새로운 무언가를 탄생시키는"(67쪽) 힘이고 '폭력적 현실에의 건설적 변화'는 홍윤숙 시가 보여 주려 한 희망이라고 할 수 있다.

시인에게 희망이란 스스로 걸어 들어가며, 그곳에서 빠져나오길 바라지 않는 덫이다. "설사 우리가 지향하는 세계가 허상이라고 할지라도 인간은

---

23) 존 폴 레더락, 김가연 옮김, 『도덕적 상상력』(글항아리, 2016), 71쪽. 이하 인용 및 참조 시 쪽수만 표기한다.

스스로 희망이 덫을 치고 자신을 묶지 않고는 살아갈 수 없다. 우리는 다시 한번 세계를, 해와 별의 질서를, 인간의 이성을 믿어 볼 수밖에 없다. 희망이라는 이름에 덫을 놓고.”라고 『해 질 녘 한 시간』의 서문에서 시인은 썼다.

야스퍼스는 인간이 절망할 운명에 놓여 있으나 이 운명 가운데 끊임없이 본래적 자신에게 근접하고자 하는 진실한 자세로 그것을 극복한다고 보고 “한계 상황을 체험하는 것과 실존하는 것은 동일한 것”이라고 했다. 홍윤숙의 종교적 비전은 비관적인 정조를 띠지만, 그럼에도 그는 미래를 말한다. 결과가 낙관적이어서가 아니라, 그 결과가 어떻든 간에 신심을 가지고 살아가며 이겨 내고자 하는 것이다. 홍윤숙의 시는 그러한 아름다운 극기의 기록이다.

타계 5년 전에 발간한 『쓸쓸함을 위하여』(2010)에서 시인은 젊은 날 “수만 날을 꿈꾸며 떠돌았”다 하더라도 날이 저물어 “아득한 마을 등불 켜지면” 누구라도 집으로 돌아가야 할 때가 온다면서 “돌아갈 집이 있어/ 지상의 날들 비 오고 바람 차도/ 행복했다”라고 말한다. ‘빈 항아리’ 연작 10편은 ‘충만한 비움’의 경지를 보여 주는데, 자신이 걸어온 오랜 길은 “걸어서밖에는 갈 수 없는 길”이며 “아무도 동행할 수 없”는 여정이었지만 “켜켜이 쌓여 오는 적막”의 “그 길이 이젠 두렵지 않다”고 한다. 『사는 법 6』(1983)에서 “두 팔에 집채 같은 밤을 함께 안아요/ 어디서나 우리들의 언어는 빛이었어요”라고 노래했던 시인이 올곧게 추구했던 것은 “바람 부는 벌판에 장대로 서서/ 한 시대 어둠을 허물어 내”는 일이었다. 그녀는 한 수필[24]에서 “사랑하는 시가 있는 한 나는 끊임없이 슬프고, 재생되고, 그리고 시를 쓸 것이다.”라고 했다. 홍윤숙의 표현을 빌려, 한 편의 시를 “반짝이는 점화(點火)”라고, “삶의 원유이며 도약대”라고 부르자. “어둠 속에서만 의미를 발생”[25]하는 빛으로 “시대 어둠”의 한 귀퉁이를 허물기 위해

---

24) 홍윤숙, 「한 편의 愛誦詩, 그 감미로운 充電」, 『해 질 녘 한 시간』, 188쪽.

평생 분투했던 한 시인의 뒷모습을 기억하며.

---

25) "빛의 뿌리, 그 모체는 어둠이다. 어둠이 없는 곳에 빛은 빛으로 존재할 수 없으며, 이미 빛이 아니다. 빛은 어둠 속에서만 의미를 발생한다. 빛과 어둠은 서로 반역하며 공존한다. 저녁과 한밤이 어둡고 적막한 것은 태어나는 아침 해를 더욱 밝게 빛나게 하기 위해서다."(홍윤숙, 위의 책, 206쪽)

참고 문헌

기본 자료

홍윤숙, 『여사 시집』, 동국문화사, 1962.

홍윤숙, 「1978년 8월」, 《조선일보》, 1978. 8. 30.

홍윤숙, 『해 질 녘 한 時間』, 샘터, 1980.

홍윤숙, 『북촌 정거장에서』, 고려원, 1985.

홍윤숙, 『태양의 건너마을』, 문학사상사, 1987.

홍윤숙, 『京義線 보통열차』, 문학세계사, 1989.

홍윤숙, 『모든 날에 저녁이 오듯이』, 성바오로 출판사, 1993.

홍윤숙, 「문학은 구원이 될 수 있는가?」, 한국문화예술진흥원 강당, 2001. 9. 14
　　강연문.

홍윤숙, 『한국 대표 시인 101인 선집 —— 홍윤숙』, 문학사상사, 2004.

홍윤숙, 『어머니 나의 어머니』, 바오로딸, 2011.

김남조 편, 현대 여류시인 대표 작품집『수정과 장미』, 정양사, 1959.

단행본

김해성, 『한국 현대시문학 전사』, 형설출판사, 1974.

허영자, 『한국 여성시의 이해와 감상』, 문학아카데미, 1997.

존 폴 레더락, 김가연 옮김, 『도덕적 상상력』, 글항아리, 2016.

논문

김귀희, 「홍윤숙 시 연구」 성신여대 석사학위논문, 2000.

김인경, 「홍윤숙 후기 시에 나타난 소멸 의식 연구」, 《돈암어문학》 30집, 돈
　　암어문학회, 2016.

김지윤, 「한국 전후사의 현실 인식과 상상력 연구」, 숙명여대 박사학위논문,
　　2017.

류영례, 「홍윤숙 시 연구」. 호남대 석사학위논문, 2005.

손미영, 「1950년대 여성시의 모색과 문학적 전략」, 《한민족어문학》 77, 2017.

엄영란, 「홍윤숙 시의 장소 연구」, 단국대 박사학위논문, 2021.

기타

선우휘, 「홍윤숙 저, 『여사시집』」, 《조선일보》, 1962. 12. 5.

1925년   8월 19일, 양친이 임시 이향(離鄉)해 있던 황해도 연백에서
                출생, 곧 고향 평안북도 정주군 마산면 신오리로 귀향함.
1928년(3세)   양친이 선조의 땅을 떠나 서울로 이주함. 이후 1942년을 마지
                막으로 고향인 평안북도 정주에 다시 돌아갈 수 없어 실향과
                이산의 아픔을 겪은 가족 안에서 성장하게 됨.
1943년(19세)   동덕고등여학교 졸업.
1944년(20세)   인천소화동국민학교에 부임했으나 1945년 신병으로 휴직.
1947년(23세)   서울대학교 교육학과에 진학했고 11월, 문학가동맹의 이병철
                시인의 소개로 《문예신보》에 「가을」을 발표하며 활동을 시작
                함. 당시 연극에 관심을 가졌고 학생 연극 활동을 하며 서울
                대 사범대학 연극부장을 맡기도 했음.
1949년(25세)   대학 재학 중 한성여자상업중학교 국어과 교사로 나갔고, 태
                양신문사 문화부 기자로 입사했음.
1950년(26세)   6·25전쟁으로 서울대 사범대를 중퇴하고 12월, 대구로 피란
                함. 서북청년단에 끌려가 부역자 처벌법이 제정되기 직전에
                풀려난 이력이 있음. 서울에 잔류했다가 북한의 정치보위부에
                체포되어 취조를 당하고, 서울 수복 후에는 다시 우익 서북
                청년단원에 끌려가기도 했음.
1952년(28세)   부산에서 아동 잡지 파랑새사에 근무함. 남로당 핵심 간부로
                활약하다가 전향한 양한모와 한국전쟁 중에 결혼함.
1958년(34세)   《조선일보》 신춘문예에 희곡 「원정(園丁)」이 당선되었으며 희

곡「무너진 땅」(단막)을 《현대문학》에 발표함.

1962년(38세)	첫 시집 『여사시집』(동국문화사)을 출간함. 이 시집에서 홍윤숙은 다수의 여성 시인들에게서 보이는 감상적인 정서를 답습하지 않았으며 강인한 생명 의지를 볼 수 있음.
1964년(40세)	제2시집 『풍차』(신흥출판사) 출간.
1966년(42세)	시극동인회에 가입.
1967년(43세)	시극「여자의 공원」을 이인석, 신동엽의 작품과 함께 시극동인회주관 아세아재단 후원으로 국립극장에서 공연함. PEN 클럽 작가 기금으로 시극「에덴, 그 후의 도시」(을지문화사)를 탈고 및 출간함.
1968년(44세)	KBS의 전신인 중앙방송국에서 「무너진 땅」 방송, 제3시집 『장식론』(하서출판사) 출간.
1970년(46세)	상명여대 사범대 국어과에 출강하기 시작해 1979년까지 강단에 섬.
1971년(47세)	제4시집 『일상의 시계 소리』(한국시인협회) 출간.
1972년(48세)	기행 수필집 『자유, 그리고 순간의 지상』(서문당) 출간, 일본문화연구국제회의에서 발표한 원고「일본 전전시(戰前詩)에 나타난 한국관 고찰」이 일본 PEN 클럽 발행 《일본문화연구》에 수록 출간됨.
1974년(50세)	제5시집 『타관의 햇살』(유림문화사) 출간. 제2수필집 『하루 한순간을』(성바오로출판사) 출간.
1975년(51세)	『타관의 햇살』로 제7회 한국시인협회상 수상. 제3수필집 『해 아래 사는 날』(중앙출판공사) 출간. 문화예술진흥원 작가기금으로 장시「공후인」탈고.
1978년(54세)	제4수필집 『모든 시대의 모든 이의 노래』(문지사)와 제6시집 『하지제(夏至祭)』(문지사) 출간.
1980년(56세)	제5수필집 『해 질 녘 한 시간』(샘터사) 출간.

1981년(57세)   종교시선집『사과밭 주인의 집』(바오로출판사), 수필 선집『처음과 마지막에 쓰는 이름』(바오로출판사) 출간.

1983년(59세)   제7시집『사는 법(法)』(열화당) 출간.

1984년(60세)   한국여류문학인회회장직을 맡음.

1985년(61세)   제6수필집『나의 아픔이 너의 위안이 된다면』(第三企劃) 출간. 시선집『북촌(北村) 정거장에서』(고려원) 출간. 문화예술상 수상.

1986년(62세)   제7수필집『아름다운 문 앞에서』(고려원), 『등불 앞에서』(자유문학사) 출간.

1987년(63세)   제8시집『태양의 건너마을』(문학사상사) 출간.

1988년(64세)   1991년까지 한국 가톨릭문학인 대표 역임. 제7수필집『헤매는 자의 밤을 위하여』(둥지사) 출간.

1989년(65세)   1989~1990년까지 한국시인협회 회장 역임. 제9시집『경의선 보통열차』(문학세계사), 시선집『짧은 밤에 긴 시를』(문학아카데미) 간행.

1990년(66세)   한국시인협회장을 맡음. 예술원 회원으로 추대됨.

1991년(67세)   시선집『방목 시대』(미래사) 간행.

1993년(69세)   제8수필집『모든 날에 저녁이 오듯이』(열린출판사) 출간.

1994년(70세)   대한민국문화훈장 보관장 서훈. 제10시집『낙법놀이』(세계사) 간행.

1995년(71세)   공초 오상순문학상 수상.

1996년(72세)   제11시집『실낙원의 아침』(열린출판사 간행. 서울시문화상 수상) 출간.

1997년(73세)   대한민국 예술원상 수상. 일본 국제 PEN클럽 주최 아시아 작가대회 참석,「한국현대여성문학 동향」주제의 논문 발표.

1998년(74세)   제12시집『조선의 꽃』(마을) 간행.

1999년(75세)   제9수필집『지상의 끝에서 돌아보는 지상』(성바오로출판사)

간행.

2000년(76세)	제13시집『마지막 공부』(분도출판사) 간행.
2001년(77세)	3·1문화상 예술부문 수상 .
2002년(78세)	작품집『시극, 희곡, 장시』(문학포럼) 출간, 제14 묵상시집『내 안의 광야』(열린출판사) 간행. 춘강문화상 예술부분 수상.
2004년(80세)	제15시집『지상의 그 집』(시와시학사) 출간, 시선집『한국 대표시인 101선집 홍윤숙』(문학사상사) 간행.
2010년(86세)	제16시집『쓸쓸함을 위하여』(문학동네) 간행.
2011년(87세)	제10수필집『어머니 나의 어머니』(바오로딸) 간행.
2012년(88세)	제17시집『그 새벽』(서정시학) 간행. 제4회 구상문학상 수상.
2015년(91세)	10월 12일, 타계.

홍윤숙 작품 연보

발표일	분류	제목	발표지
1947	시	가을	문예신보
1948	시	까마귀	예술평론
1948	시	강가에서	민주일보
1948. 11	시	낙엽의 노래	신천지
1949	시	환멸	새한민보
1954. 4	시	하나의 약속을	시작
1958	희곡	원정(園丁)	조선일보
1958	희곡	무너진 땅	현대문학
1958. 4	시	역로(歷路)	자유문학
1958. 12	시	흐르는 창변(窓邊)에	자유문학
1959. 1	시	다리 아래 물은 흐르고	현대문학
1959. 6	시	봄은 또 하나의 실화(失話)를	자유문학
1960. 1	시	방(房)	
1960. 6	시	여인이 부르는 야상곡(夜想曲)	자유문학
1960. 12	시	어느 여정(旅程)	자유문학
1962	시집	여사시집	동국문화사
1962. 4	시	시간	자유문학
1963. 6	시	여인좌상(女人坐像)	사상계
1964	시집	풍차	신흥출판사

발표일	분류	제목	발표지
1965. 4	시	장식론(裝飾論)	현대문학
1965. 4	시	장식론 2	신동아
1965. 5	시	봄바람과 해의 대화	세대
1965. 10	시	초옥(草屋)의 노래	현대문학
1966. 3	시	장식론 4	세대
1966	시극	여자의 공원	현대문학
1967	시극	에덴, 그 후의 도시	을지문화사
1967. 12	시	가을나그네	윤대
1968	시집	장식론	하서출판사
1968	희곡	무너진 땅	중앙방송 방영
1968. 2	시	여행	세대
1968. 8	시	오늘, 우리는	현대문학
1969. 8	시	여행인(旅行人)	현대시학
1969. 10	시	지난여름	월간문학
1970. 2	시	여수(旅愁)	신동아
1971	시집	일상의 시계 소리	한국시인협회
1971	수필집	자유 그리고 순간의 지상	서문당
1971. 10	시	사과밭 주인의 집	현대시학
1971. 11	시	카인의 기침 소리	시문학
1972. 1	시	비정(非情)	월간문학
1972. 7	시	부숴진 장난감	풀과별
1973. 3	시	여일(餘日)	현대시학
1973. 10	시	잡목 울타리에서	현대문학
1973. 12	시	겨울, 도시, 입구에	한국문학
1974	시집	타관의 햇살	유림문화사

발표일	분류	제목	발표지
1974	수필집	하루 한 순간	성바오로출판사
1974. 5	시	타관(他關)의 햇살	심상
1974. 11	시	사마리아 여인에게 약속하신 물	경향잡지
1974. 11	시	희망	시문학
1975	장시	공후인	민족문학대계 6권
1975. 3	시	겨울, 사랑의 일기	현대시학
1976. 7	시	주일미사(主日彌撒)	한국문학(1976. 8, 《심상》 재수록)
1976. 9	시	시간을 위한 조곡(組曲)	창작과비평
1976. 11	시	혼수가(昏睡歌)	현대시학
1977. 9	시	하지제 1/하지제 2	심상
1978	수필집	모든 시대의 모든 이의 노래	문지사
1978	시집	하지제(夏至祭)	상동
1978. 2	시	투시	한국문학
1978. 2	시	사랑의 끝	시문학
1978. 7	시	바다의 언어	심상
1978. 8. 30	시	1978년 8월	조선일보
1979. 9	시	잡초 뽑기	심상
1979. 10	시	폐가	한국문학
1980	수필집	해 질 녘 한 시간	샘터사
1980. 6	시	변방에서	한국문학
1980. 7	시	봄 만나러	현대문학
1981	시선집	사과밭 주인의 집	성바오로출판사
1981	수필 선집	처음과 마지막에 쓰는 이름	상동
1981. 3	시	사는 법 1/사는 법 2	한국문학

발표일	분류	제목	발표지
1981. 12	시	네거리 신호등	상동
1982. 9	시	사는 법 5	상동
1983	시집	사는 법	열화당
1985	수필집	나의 아픔이 너의 위안이 된다면	第三企劃
1985	시선집	북촌(北村) 정거장에서	고려원
1985. 7	시	감꽃 지는 감나무 밑에서	월간문학
1985. 10	시	지상의 양식 5	한국문학
1986	수필집	아름다운 문 앞에서	고려원
1986	수필집	등불 앞에서	자유문학사
1986. 11	시	짧은 밤에 긴 시를	동서문학
1986. 12	시	가을엔	문학정신
1987	시집	태양의 건너 마을	문학사상사
1988	수필집	헤매는 자의 밤을 위하여	둥지사
1988. 2	시	선운사 풍경	동서문학
1988. 9	시	놀이	문학정신
1989	시집	경의선 보통열차	문학세계사
1989	시선집	짧은 밤에 긴 시를	문학아카데미
1989. 3	시	귀로	한국문학
1989. 10	시	두 아들의 얼굴	문학사상
1989. 10	시	징후	현대문학
1989. 12	시	뒷모습	문학정신
1991	시선집	방목시대	미래사
1993	수필집	모든 날에 저녁이 오듯이	열린출판사
1994	시집	낙법놀이	세계사
1996	시집	실낙원의 아침	열린출판사

발표일	분류	제목	발표지
1997. 10	시	로수-목숨 혹은 원죄	월간문학
1998	시집	조선의 꽃	마을
1999	수필집	지상의 끝에서 돌아보는 지상	성바오로출판사
2000	시집	마지막 공부	분도출판사
2002	작품집	내 안의 광야	열린출판사
2004	시집	지상의 그 집	시와시학사
2004	시선집	한국대표시인 101선집 홍윤숙	문학사상사
2009. 여름	시	풀밭에서	PEN문학
2009. 가을	시	낙일 앞에	문학선
2009. 겨울	시	건널목에서	시평
2009. 12	시	창	현대문학
2010	시집	쓸쓸함을 위하여	문학동네
2010. 가을	시	내일도 모레도	시안
2011	수필집	어머니 나의 어머니	바오로딸
2011. 겨울	시	지난겨울들은	시로 여는 세상
2011. 겨울	시	가야 할 남은 길	서정시학
2012. 1	시	그 소식	현대문학
2012. 5	시집	그 새벽	서정시학

작성자 김지윤 상명대 교수, 문학평론가

**존재의 슬픔을 넘어,
고향과 동심에 이르는 길**
탄생 100주년 문학인 기념문학제 논문집 2025

1판 1쇄 찍음 2025년 12월 20일
1판 1쇄 펴냄 2025년 12월 30일

지은이 유성호·권성우 외
펴낸이 박근섭, 박상준
펴낸곳 (주)민음사

출판등록 1966. 5. 19.(제16-490호)
주소 서울특별시 강남구 도산대로 1길 62(신사동)
       강남출판문화센터 5층(우편번호 06027)
대표전화 02-515-2000, 팩시밀리 02-515-2007

www.minumsa.com
www.daesan.or.kr

ⓒ 재단법인 대산문화재단, 2025. Printed in Seoul, Korea.

이 논문집은 대산문화재단과 한국작가회의가 기획, 개최한
'탄생 100주년 문학인 기념문학제'의 일환으로 제작되었습니다.

ISBN 978-89-374-4877-5 03800

* 잘못 만들어진 책은 구입처에서 교환해 드립니다.